SUSANNAH KELLS

Das Hexen-Amulett

HISTORISCHER ROMAN

Deutsch von
Michael Windgassen

ROWOHLT TASCHENBUCH VERLAG

Die Originalausgabe erschien 1983
unter dem Titel «A Crowning Mercy» bei
HarperCollins Publishers, London

2. Auflage März 2008

Deutsche Erstausgabe
Veröffentlicht im Rowohlt Taschenbuch Verlag,
Reinbek bei Hamburg, Februar 2008
Copyright © 2008 by Rowohlt Verlag GmbH,
Reinbek bei Hamburg
«A Crowning Mercy»
Copyright © 1983 by Bernard Cornwell
Redaktion Nicole Seifert
Umschlaggestaltung any.way, Wiebke Jakobs
(Fotos: CORBIS; bridgemanart.com,
akg-images)
Satz Minion (InDesign) bei
Pinkuin Satz und Datentechnik, Berlin
Druck und Bindung CPI – Clausen & Bosse, Leck
Printed in Germany
ISBN 978 3 499 24650 0

Gesegnet sei durch der Apostel Vier
das Bett, auf dem ich liege hier,
drum herum vier Engel stehen,
am Kopf bis runter zu den Zehen,
einer wacht und einer betet dort,
die anderen tragen meine Seele fort.

Thomas Ady

Für Michael, Todd und Jill

Prolog

1633

Krachend traf das Schiff auf einen Wellenberg. Wind heulte in den Spanten, schaufelte Gischt über das rutschige Deck und trieb die bebende Kogge auf die nächste Wasserwalze zu.

«Käpt'n, Ihr legt's drauf an, dass die verfluchten Masten brechen!»

Der Kapitän ignorierte seinen Steuermann.

«Ihr seid wahnsinnig, Käpt'n!»

Natürlich war er wahnsinnig! Er war stolz darauf. Er lachte. Seine Männer schüttelten die Köpfe. Manche bekreuzigten sich, andere, Protestanten, beteten nur. Früher, bevor all die Schwierigkeiten begonnen hatten, war er Dichter gewesen. Und waren nicht alle Dichter verrückt?

Eine Stunde später ließ er die Segel reffen und beidrehen. Von Wellen geschüttelt, schlingerte das Schiff durch die aufgewühlte See. Er hatte sich zur Heckreling begeben und starrte lange durch Regen und Gischt auf die flache, schwarze Landzunge. Von der Mannschaft war kein Wort zu hören. Alle kannten die tückische Passage vor der Küste. Ihre Augen waren auf den Kapitän gerichtet.

Schließlich kehrte er zu seinem Steuermann zurück. Seine Miene wirkte jetzt ruhiger, trauriger. «Kurs halten und abwettern.»

«Aye, aye, Käpt'n.»

Sie kamen der Küste so nahe, dass der eiserne Korb auf dem Mast der Bake zu erkennen war. The Lizard. Für viele war es der letzte Blick auf England, für allzu viele gar die letzte Landsichtung, bevor sie im großen Atlantik verschollen gingen.

Der Kapitän nahm Abschied. Er schaute auf das Leuchtfeuer, bis es vom Sturm verschluckt wurde, starrte noch lange in die Richtung, als hoffe er, es könnte noch einmal aufleuchten. Es war ein Abschied.

Er ließ eine kleine Tochter zurück, die er nie gesehen hatte.

Er hinterließ ihr ein Vermögen, in dessen Genuss sie womöglich niemals kommen würde.

Er ließ sie zurück, so wie alle Eltern ihre Kinder irgendwann zurücklassen müssen. Doch von ihr hatte er sich schon vor ihrer Geburt getrennt, und der ganze Reichtum, mit dem er sie ausgestattet hatte, konnte seine Schuld nicht schmälern. Er hatte sie im Stich gelassen, wie er nun all die anderen im Stich ließ, an denen er sich schuldig gemacht hatte. Er segelte einem unbekannten Ziel entgegen in der Hoffnung, vergessen und neu anfangen zu können. Nur eines führte er mit sich, das ihn an seine Schande erinnerte: eine goldene Halskette, die er unter der Wetterjacke trug.

Einem König war er Feind, einem anderen Freund gewesen. Man hatte ihn als den stattlichsten Mann Europas bezeichnet, und trotz Gefängnis, trotz mancher Kriege war er immer noch eine beeindruckende Erscheinung.

Ein letztes Mal richtete er den Blick zurück. Von England war nichts mehr zu sehen. Seine Tochter blieb ihrem Schicksal überlassen.

Erster Teil

Das Siegel des Apostels Matthäus

❦ 1 ❦

An einem Tag, der wie ein Vorgeschmack auf das Paradies schien, begegnete sie Toby Lazender zum ersten Mal. England schlummerte in der Sommerhitze. Der Duft nach wildem Basilikum und Majoran hing schwer in der Luft. Sie saß am Ufer eines Baches, in einem Bett aus blühendem Blutweiderich.

Sie glaubte, allein zu sein, und schaute sich um wie ein scheues Tier, nervös und auf der Hut, denn sie war dabei, eine Sünde zu begehen.

Bestimmt war keine Menschenseele in der Nähe. Sie blickte nach links, wo der Pfad zum Haus durch die Hecke von Top Meadow führte. Es war niemand zu sehen. Sie schaute auf die Hügel jenseits des Baches, aber auch da, zwischen den Stämmen der hohen Buchen oder in den Auen unterhalb, rührte sich nichts. Das Land gehörte ihr.

Vor drei Jahren – sie war damals siebzehn und ihre Mutter seit einem Jahr tot – hatte sie sich zum ersten Mal dieser Sünde hingegeben, obwohl sie ihr geradezu ungeheuerlich vorgekommen war. Sie fürchtete damals, ein unvorstellbares Vergehen wider den Heiligen Geist begangen zu haben, etwas so Schreckliches, dass die Bibel dafür keine Worte hatte, wohl aber damit drohte, dass dem, der dieser Sünde verfalle, nicht vergeben werde. Und trotzdem hatte sie sie begangen. Jetzt, drei Sommer später, nachdem sie den Fehltritt häufig wiederholt hatte, war die Furcht geringer geworden. Dennoch bestand kein Zweifel, dass sie sündigte.

Sie nahm die Haube vom Kopf und legte sie vorsichtig in den breiten Korb, in dem sie die Binsen nach Hause tragen wollte. Ihr Vater, ein wohlhabender Mann, verlangte von ihr, dass sie dem Müßiggang widerstand. Der heilige Apostel Paulus, so pflegte er zu sagen, sei ein Zeltmacher gewesen, und nach seinem Vorbild müssten alle Christen einem Gewerbe nachgehen. Schon mit acht Jahren hatte sie in der Molkerei gearbeitet, es dann aber vorgezogen, Binsen zu sammeln, die als Bodenstreu verwendet und für die Binsenlichter gebraucht wurden. Es gab einen besonderen Grund für diese Wahl. Hier, wo sich der Bach zu einem tiefen Teich staute, konnte sie allein sein.

Sie löste die Klammern aus ihren Haaren und legte sie ebenfalls in den Korb, wo sie nicht verloren gehen konnten. Noch einmal schaute sie sich um, ohne etwas zu entdecken, was sie hätte stören können. Sie fühlte sich so allein, als wäre der sechste Tag der Schöpfung angebrochen. Die Haare, so hell wie hellstes Gold, fielen ihr ins Gesicht.

Sie wusste um den Engel hoch über ihr, der das große Buch des Lebens führte, auch genannt das Buch des Lammes. Schon als sie sechs Jahre alt gewesen war, hatte ihr der Vater von diesem Engel mit dem Buch erzählt. Damals hatte sie den Namen seltsam gefunden, doch jetzt wusste sie, dass mit dem Lamm Jesus gemeint und das Buch des Lebens in Wirklichkeit das Buch des Todes war. Sie stellte es sich als einen riesigen Folianten mit Messingbeschlägen vor, mit dicken Lederwülsten auf dem Rücken und mit Seiten, die groß genug waren, um alle Sünden eines jeden Menschen auf Gottes Erde darauf festzuhalten. Der Engel suchte jetzt bestimmt nach ihrem Namen, fuhr mit dem Finger das Register entlang und hielt dabei seine in Tinte getauchte Feder schreibbereit.

Am Tag des Jüngsten Gerichts, so sagte der Vater, werde das Buch des Lebens dem Herrgott vorgelegt werden. Dann müsse jeder Mensch einzeln vor seinen Thron treten, und eine mächtige Stimme würde alle in diesem Buch eingetragenen Sünden laut vorlesen. Sie fürchtete diesen Tag. Sie fürchtete sich davor, auf dem kristallenen Boden unter dem aus Smaragd und Jaspis geschliffenen Thron zu stehen. Doch trotz dieser Furcht und trotz aller Gebete mochte sie nicht von der Sünde ablassen.

Ein Windhauch fuhr ihr durchs Haar und ließ das gekräuselte Wasser des Baches silbrig aufblitzen. Dann herrschte wieder Stille. Es war heiß. Der Leinenkragen schnürte ihr den Hals zu. Das enge Mieder klebte auf der Haut, und das schwarze Kleid hing schwer an ihr herab. Die Luft war wie aus Blei.

Sie fuhr mit den Händen unter den Saum ihre Rockes und öffnete ihre Strumpfbänder. Eine Erregung befiel sie, die sie trotz der Stille ringsum noch einmal ängstlich aufmerken ließ.

Ihr Vater stattete gerade seinem Advokaten in Dorchester einen Besuch ab und wurde erst am Abend zurückerwartet, ihr Bruder war beim Pfarrer im Dorf, und von den Dienstboten kam nie jemand an den Fluss. Sie zog die dicken Strümpfe aus und stopfte sie in ihre Lederschuhe.

Goodwife Baggerlie, die Haushälterin ihres Vaters, hatte sie ermahnt, nicht zu lange am Bach zu verweilen, weil die Soldaten kommen könnten. Aber die waren noch nie in der Nähe gesehen worden.

Der Krieg hatte zwölf Monate zuvor, im Jahre 1642, begonnen und war von ihrem Vater, den man eigentlich als zurückhaltenden Mann kannte, mit Begeisterung begrüßt worden. Er hatte mit Hand angelegt, als ein römisch-katholischer Priester in dem alten Amphitheater von Dorchester aufgeknüpft wurde, was Matthew Slythe als ein göttliches Zeichen dafür deutete, dass fortan den Regeln der Heiligen entsprochen werde. Matthew Slythe war Puritaner, wie sein Hausstand und das gesamte Dorf. Allabendlich erflehte er in seinen Gebeten den Sturz des Königs und den Sieg des Parlaments. Aber der Krieg war nur wie ein fernes Wetterleuchten, er hatte Werlatton Hall und das Dorf, nach dem das Anwesen benannt war, noch nicht erreicht.

Sie schaute sich um. Ein Wachtelkönig flatterte von der Wiese jenseits des Baches auf, aus Mohn, Mädesüß und Rauten. Da, wo der Bach in den Teich mündete, wuchsen die Binsen am höchsten. Sie löste die gestärkte weiße Schürze und legte sie, sorgsam gefaltet, zuoberst in den Korb. Auf dem Weg hierher hatte sie an der Hecke von Top Meadow ein paar rote Lichtnelken gepflückt, die sie jetzt vorsichtig an den Korbrand bettete, wo die zarten fünfblättrigen Blüten von den anderen Sachen nicht zerdrückt werden konnten.

Dann rückte sie näher ans Wasser heran, blieb reglos stehen und lauschte dem Gurgeln des Baches und dem Summen der Bienen im Klee. Andere Laute waren in der heißen, schweren Luft nicht zu hören. Es war ein perfekter Sommertag, gewidmet der Reife von Weizen, Gerste und Roggen. Schon hingen die Zweige der Obstbäume, von schwellenden Früchten beschwert, tief herab. Unter der Hitze verströmte das Land süße Düfte. Sie kauerte sich an den Rand des Teiches, wo die Grasnarbe abbrach. Im stillen, klaren Wasser blinkten Kieselsteine. Hier, von ihrem Versteck aus, vermochte sie nur noch die Binsen zu sehen und die Wipfel der hohen Buchen auf den fernen Hügelhängen.

Im Bach sprang ein Fisch. Sie erschrak, horchte, doch schon war es wieder still geworden. Trotzdem lauschte sie noch eine Weile mit klopfendem Herzen. Dann lupfte sie das schwere, schwarze Kleid und den Unterrock und zog beides mit flinker Hand über den Kopf. Nackt und weiß stand sie im Sonnenlicht.

Schon im nächsten Moment stieg sie ins Wasser. Sie schnappte unwillkürlich nach Luft, weil es so kalt war. Wie sie diesen Moment des Schauderns liebte. Sie watete tiefer in den Teich hinein und tauchte unter, ließ sich vom Wasser tragen und genoss das erfrischende Bad mit all ihren Sinnen. Sie schloss die Augen, spürte die Sonne warm und hellrot auf den Lidern. Wie im Himmel fühlte sie sich. Dann suchte sie mit den Füßen Halt auf dem Kieselgrund, beugte die Knie, sodass nur der Kopf aus dem Wasser ragte, und schlug die Augen auf, um zu sehen, ob nicht doch jemand nahte. Hier zu baden war eine heimliche, verruchte Lust. Eine Sünde.

Sie hatte irgendwann gelernt zu schwimmen und konnte sich, etwas unbeholfen mit den Armen paddelnd, vorwärtsbewegen, quer durch den Teich und bis zur Mündung des Baches, von dessen Strömung sie sich dann zurücktreiben ließ. Das war ihre Sünde, Lust und Schande. Oben im Himmel kratzte die Schreibfeder über eine Seite des großen Buches.

Noch vor drei Jahren war ihr dieses geheime Vergnügen wie ein unbeschreiblicher Frevel vorgekommen, wie kindlich mutwillige Gotteslästerung. So erschien es ihr auch heute noch. Sie konnte sich nichts vorstellen – jedenfalls nichts, was als Gedanke zu ertragen gewesen wäre –, das ihren Vater mehr entsetzt hätte als ihre Blöße. Und darum verstand sie ihr Bad im Teich nicht zuletzt auch als eine Geste der Auflehnung gegen Matthew Slythe, obwohl ihr klar war, dass es nur eine ohnmächtige Geste war, dass sie sich dem gestrengen Vater letztlich würde fügen müssen.

Sie war jetzt zwanzig und würde in knapp drei Monaten einundzwanzig Jahre alt sein. Ihr Vater machte sich, wie sie wusste, Gedanken über ihre Zukunft. Er betrachtete sie in letzter Zeit mit einer grüblerischen Mischung aus Verärgerung und Widerwillen. Schon bald würde sie nicht mehr wie ein geschmeidiger, bleicher Otter ins Wasser gleiten können. Ihre Tage am Teich waren gezählt. Eigentlich hätte sie schon längst, seit drei oder vier Jahren, verheiratet sein sollen. Matthew Slythe sorgte sich darum, was aus ihr werden sollte. Und sie fürchtete ihren Vater. Sie versuchte, ihn zu lieben, aber leicht machte er es ihr nicht.

Sie stand jetzt im flachen Wasser. Die Tropfen perlten an ihr ab, und die Haare klebten kalt und feucht auf ihrem Rücken. Mit den Händen streifte sie die Nässe von den Brüsten, von den Hüften. Sie spürte die Sonne auf ihrem Leib brennen und streckte beide Arme aus, sie genoss das erregende Gefühl von Freiheit, die Wärme auf der Haut und das Wasser, das ihre Beine umspülte. Wieder sprang ein Fisch.

Und noch einmal. Als es ein drittes Mal platschte, wusste sie, dass es kein Fisch sein konnte. Diese Sprünge waren zu regelmäßig. Sie bekam es mit der Angst zu tun, eilte ans Ufer und riss Unterrock und Kleid aus dem Korb. Sie zog sich die Sachen über den feuchten Kopf, zerrte, in Panik geraten, den steifen Stoff über Hüften und Beine.

Erneut spritzte Wasser auf, ganz in ihrer Nähe. Sie hatte ihre Blöße inzwischen bedeckt, sah aber noch sehr zerzaust aus. Schnell zog sie die feuchten Haare unter dem Kragen hervor und setzte sich auf den Boden, um die Strümpfe anzuziehen.

«Dryade, Hamadryade oder Nymphe?» Die Stimme, die

vom Wasser heraufdrang, unterdrückte offenbar nur mit Mühe ein Lachen.

Sie sagte nichts. Sie zitterte vor Angst. Die feuchten Haare verdeckten ihr die Sicht.

«Ihr müsst eine Nymphe sein, der Geist dieses Baches.»

Mit einer schnellen Bewegung wischte sie sich die Haare aus der Stirn. Ihr Blick fiel auf einen lächelnden jungen Mann mit dunkelroten Locken, die anscheinend kaum zu bändigen waren. Er stand in merkwürdig gebückter Haltung im Bach und hatte die Arme bis zu den Ellbogen eingetaucht. Sein weißes Hemd war aufgeknöpft und steckte im Bund einer schwarzen, durchnässten Kniehose. Schwarz und Weiß, die Farben, mit denen sich die Puritaner kleideten. Der junge Mann aber schien kein Puritaner zu sein. Dazu passten weder das feine Leinenhemd noch die schwarze Seide, auf die die dekorativen Falten seiner Hose den Blick freigaben. Und auch nicht sein Gesicht. Vor allem das Gesicht ließ sie vermuten, dass er kein Puritaner sein konnte. Es war ein markantes, hübsches Gesicht mit fröhlichen Zügen. Sie hätte sich eigentlich fürchten müssen, empfand aber stattdessen ein amüsiertes Interesse an diesem Mann, der da in gebückter Haltung und tropfnass vor ihr stand. Gleichgültigkeit mimend, fragte sie den Eindringling abweisend: «Was treibt Er hier?»

«Ich vergreife mich an Slythes Fischen. Und Ihr?»

Sein unverblümtes Geständnis entlockte ihr ein Lächeln. Auf seinem Gesicht spielten die Sonnenstrahlen, die das kräuselnde Wasser zurückwarf. Es gefiel ihr. Sie bemerkte, dass er weder eine Rute noch ein Netz bei sich hatte. «Auf Fische scheint Ihr mir nicht aus zu sein.»

«Ihr unterstellt mir, dass ich lüge!» Er schmunzelte. «Wir Lazenders lügen nie. Jedenfalls nicht oft.»

Ein Lazender! Das schien durchaus passend zu diesem verborgenen Ort, an dem sie ihrem Vater trotzte. Sir George Lazender war Mitglied des Parlaments und vertrat den Nordteil der Grafschaft. Er besaß große Ländereien und stand im Rang eines Ritters, aber ihr Vater hielt nur wenig von ihm. Zwar ergriff Sir George Lazender Partei für das Parlament und gegen den König, doch Matthew Slythe zweifelte nicht daran, dass die Unterstützung nur halbherzig war. Der Edelmann, so meinte er, sei viel zu vorsichtig für diesen großen Kampf. Schwerer wog der von Gerüchten genährte Verdacht, Sir George sei gegen die Abschaffung der Bischöfe und gedenke, das *Book of Common Prayers* für den Gottesdienst beizubehalten. Matthew Slythe glaubte diesen Gerüchten und witterte in beiden Vorhaben Werke des papistischen Teufels.

Der junge Rotschopf machte eine ungeschickte Verbeugung. «Darf ich mich vorstellen, Nymphe? Toby Lazender, Erbe von Lazen Castle und Wilddieb.»

«Ihr wildert nicht, jedenfalls fangt Ihr keine Fische.» Sie hatte die Arme um ihre Knie geschlungen.

«Doch, das tue ich.» Zum Beweis nahm er einen Beutel vom Rücken und zeigte ihr ein halbes Dutzend Forellen.

Sie lächelte. «Wie stellt Ihr das an?»

Er watete ans Ufer, legte sich, kaum einen Schritt von ihr entfernt, ins Gras und erklärte, wie man mit bloßen Händen Fische fangen könne. Es sei, sagte er, ein langwieriges Unternehmen. Man müsse Hände und Unterarme so lange im Wasser eingetaucht halten, bis sie auf die Temperatur des Baches abgekühlt seien. Dann pirsche man, die Hände immer noch unter Wasser, langsam flussaufwärts. Forellen, sagte er, seien träge Fische, die zwischen den Pflanzen am Grund verharrten und nur gerade genug täten, um der Strömung standzuhalten. Auch sie könne, wenn sie sich denn so langsam wie Distelwolle bewege, mit gespreizten Fingern das Wasser durchkämmen und mit etwas Glück einen Fisch erhaschen. Er grinste. «Den Fisch selbst kann man kaum erfühlen, jedenfalls nicht sofort, wohl aber einen gewissen Druck.»

«Einen Druck?»

Er nickte. «Ich kann's nicht besser erklären. Er ist einfach da. Das Wasser scheint dicker zu sein.»

«Und dann?»

«Dann streichelt man den Fisch.» Er beschrieb eine sachte Auf-und-ab-Bewegung mit den Fingern, die sich um diesen seltsamen Druck zu schließen hätten, bis sie den Leib des Fisches erspürten. Weil sich die Hände, die so kalt wie das Wasser seien, nur ganz langsam bewegten, schöpfe der Fisch keinen Verdacht. Der Fisch müsse, so erklärte er, äußerst behutsam gestreichelt werden, immer von vorn nach hinten, dass er sich wie von Wasserpflanzen umschmeichelt fühle. Plötzlich langte er in pantomimischer Geste zu, tat, als ergreife er blitzschnell einen Fisch und schleudere ihn ans Ufer. «Und dann versetzt Ihr ihm einen Schlag auf den Kopf.» Er grinste.

Sie lachte. «Wirklich?»

Er nickte. «Ehrenwort. Wart Ihr schwimmen?»

Sie schüttelte den Kopf und log: «Nein.»

Er hatte die nassen Hosenbeine hochgekrempelt. «Wenn Ihr euch weiter anziehen wollt – ich schaue in die andere Richtung», sagte er.

Ein ungutes Gefühl veranlasste sie zu der Bemerkung: «Ihr dürftet gar nicht hier sein.»

«Erzählt es nicht weiter. Ich tu's auch nicht.»

Sie blickte sich um, doch außer ihnen war nach wie vor niemand zu sehen. Sie streifte die Strümpfe über, stieg in die Schuhe, band sich die Schürze um und richtete ihr Kleid.

Toby machte ihr keine Angst. Er brachte sie vielmehr zum Lachen. Noch nie hatte sie jemanden kennengelernt, mit dem sich so unbeschwert reden ließ. Da ihr Vater fort war, konnte sie sich Zeit lassen, und so plauderten die beiden den ganzen Nachmittag miteinander. Toby lag auf dem Bauch und erklärte, dass er den Krieg schrecklich finde und lieber für den König kämpfen würde als an der Seite seines Vaters. Als er das sagte, ging ihr ein kalter Schauer durch und durch. Doch er lächelte und fragte neckend: «Ihr würdet den König wohl eher nicht unterstützen, oder?»

Sie sah ihn an. Ihr Herz klopfte laut. Sie lächelte scheu zurück. «Vielleicht.»

Insgeheim dachte sie: Für Euch würde ich womöglich die Gefolgschaft aufgeben, zu der ich erzogen worden bin.

Sie war ein puritanisches, von der Welt abgeschirmtes Mädchen und hatte sich noch nie weiter als vier Meilen von ihrem Elternhaus entfernt. Sie war geprägt von der harschen Moral und der zornigen Religion ihres Vaters, der zwar darauf bestanden hatte, dass sie lesen lernte, aber auch nur, damit sie in der Heiligen Schrift ihren Heilsweg fände. Davon abgesehen war sie ungebildet, das heißt, sie wurde in Unwissenheit gehalten, denn die Puritaner fürchteten das Wissen um die Welt und deren verführerische Kräfte. Doch nicht einmal Matthew Slythe vermochte der Phantasie seiner Tochter Zügel anzulegen. Er konnte für sie beten, sie schlagen und bestrafen, nicht aber in ihre Träume eingreifen, sosehr er auch danach trachtete.

Zwischen ihr und Toby, das würde sie später sagen, war es Liebe auf den ersten Blick.

Und das war es wohl auch, zumindest in dem Sinne, dass sie plötzlich ein starkes Bedürfnis empfand, Toby Lazender näher kennenzulernen und mehr Zeit mit diesem jungen

Mann zu verbringen, der sie zum Lachen brachte und ihr das Gefühl gab, etwas Besonderes zu sein. Sie hatte bisher ein sehr zurückgezogenes und farbloses Leben geführt und sich deshalb die Welt jenseits des väterlichen Landsitzes überaus bunt und fröhlich vorgestellt. Jetzt war plötzlich ein Gesandter dieser Welt zu ihr vorgedrungen, der ihr ein großes Glücksgefühl vermittelte. Sie verliebte sich noch am Ufer des Baches in ihn, er war, von diesem Augenblick an, der Mittelpunkt aller ihrer Träume.

Er wiederum sah ein Mädchen, das so schön war wie kein anderes. Ihre Haut war hell und klar, sie hatte blaue Augen, eine gerade Nase und volle Lippen. Als ihre Haare getrocknet waren, fielen sie ihr wie gesponnenes Gold über die Schultern. Er spürte eine Kraft in ihr, die so durchdringend schien wie fein geschmiedeter Stahl, doch als er sie fragte, ob er wiederkommen könne, schüttelte sie den Kopf. «Mein Vater würde es nicht erlauben.»

«Brauche ich denn seine Erlaubnis?»

Sie lächelte. «Ihr vergreift Euch an seinen Fischen.»

Er sah verwundert auf. «Ihr seid Slythes Tochter?»

Sie nickte.

Toby lachte. «Gütiger Himmel! Eure Mutter muss ein Engel gewesen sein.»

Sie lachte. Martha Slythe war eine dicke, rachsüchtige und verbitterte Frau gewesen. «Nein.»

«Wie heißt Ihr?»

Unvermittelt wurde ihre Miene ernst, und sie sah ihn mit traurigen Augen an. Der eigene Name war ihr verhasst; sie mochte ihn nicht preisgeben aus Sorge, er könnte wegen des hässlichen Namens weniger von ihr halten. Plötzlich wurde ihr schmerzlich bewusst, dass sie ihn nie wiedersehen durfte. Ihr Name ging ihn nichts an.

Er war hartnäckig. «Verratet ihn mir.»

Sie zuckte mit den Achseln. «Es kann Euch doch gleichgültig sein, wie ich heiße.»

«Das ist es aber nicht!», rief er. «Gleichgültig sind mir der Himmel, die Sterne und mein Abendbrot, aber nicht Euer Name. Verratet ihn mir.»

Sie lachte über seinen Überschwang. «Ihr wollt ihn gar nicht wissen.»

«Und ob! Sonst müsste ich mir einen Namen für Euch ausdenken.»

Lächelnd schaute sie über den Bach hinweg. Sie war verlegen. Ein von ihm ausgedachter Name wäre womöglich noch weniger schön als ihr wirklicher Name. Ohne ihn anzusehen, sagte sie: «Ich heiße Dorcas.»

Sie hatte damit gerechnet, dass er laut auflachte, doch es blieb still. Sie wandte sich ihm mit trotziger Miene zu. «Dorcas Slythe.»

Er schüttelte den Kopf, bedächtig und ernst. «Ich denke, wir sollten Euch einen neuen Namen geben.»

Sie hatte gewusst, dass er ihren Namen schrecklich finden würde.

Toby warf einen Blick in den Binsenkorb, nahm eine der rosaroten Lichtnelken in die Hand und drehte die Blüte vor seinen Augen hin und her. «Ich nenne Euch Campion.»

Der Name gefiel ihr sofort. Es schien, als habe sie ihr ganzes Leben darauf gewartet, dass ihr jemand sagte, wer sie war. Campion. Lichtnelke. Im Geiste sprach sie den Namen ein ums andere Mal aus – Campion Campion Campion. Sie ließ ihn sich auf der Zunge zergehen, schmeckte ihn und wusste zugleich, dass sie einen hoffnungslosen Traum träumte. «Mein Name ist Dorcas Slythe.»

Er schüttelte den Kopf, mit Nachdruck. «Ihr seid Campion. Und dabei bleibt es.» Er betrachtete die Blüte aus nächster Nähe und führte sie an die Lippen. Dann hielt er ihr die Blume hin. «Wer seid Ihr?»

Sie griff danach. Ihr Herz pochte so heftig wie zuvor, als sie die Kleider ablegt hatte, um ins Wasser zu steigen. Mit zitternden Fingern nahm sie die Blume entgegen. Die Blütenblätter vibrierten. «Campion», antwortete sie kaum hörbar.

In diesem Moment war ihr, als existierten nur sie, Toby und die zarte, wunderschöne Blume.

Er schaute sie an und flüsterte: «Morgen Nachmittag werde ich wieder hier sein.»

Ein Gefühl von Hoffnungslosigkeit löste den magischen Augenblick auf. «Ich nicht», entgegnete sie. «Ich kann nicht.» Die Binsen wurden nur einmal in der Woche geschnitten, und es gab keinen anderen Vorwand, zum Bach zu gehen. Der Gedanke erinnerte sie daran, dass es höchste Zeit war, nach Hause zurückzukehren.

Toby ließ sie nicht aus den Augen. «Wann werdet Ihr wieder hier sein?»

«Nächste Woche.»

Toby seufzte. «Dann bin ich in London.»

«In London?»

Er nickte. «Mein Vater will es so. Ich soll mich mit dem Recht vertraut machen, zumindest so weit, dass ich auf Advokaten verzichten kann.» Er schaute zum Himmel empor, um einzuschätzen, wie spät es war. «Viel lieber würde ich kämpfen.» Er war vierundzwanzig Jahre alt, und es gab sehr viel jüngere Männer, die in den Kampf zogen.

«Ist das Euer Ernst?»

Er richtete sich auf. «Wenn die Puritaner an die Macht gelangen, werden wir nichts mehr zu lachen haben.»

Sie nickte. Sie wusste Bescheid. Über ihr Leben bestimmten die Puritaner schon längst. Sie steckte sich die Haare hoch. «Ich werde am Sonntag in der Kirche sein.»

Er sah sie an. «Ich gebe mich dann als Puritaner», sagte er und setzte eine finstere Miene auf. Sie lachte.

Auch für ihn war es an der Zeit aufzubrechen. Er hatte im Nachbardorf ein Pferd gekauft, das noch beschlagen werden sollte, jetzt aber abgeholt werden konnte. Er sagte, er habe noch einen langen Rückweg nach Lazen Castle, werde aber wie im Flug reiten und dabei von dem Mädchen träumen, dem er am Bach begegnet sei.

«Bis Sonntag, Campion.»

Sie nickte. Schon mit ihm zu sprechen, war eine Sünde, jedenfalls in den Augen ihres Vaters. Doch sie wollte ihn unbedingt wiedersehen. Sie hatte sich in ihn verliebt, hoffnungslos, romantisch – und hilflos, denn diese Liebe hatte keine Aussicht auf Erfüllung. Sie war die Tochter ihres Vaters und unterstand seinem Befehl. Sie war Dorcas Slythe.

Nun aber sehnte sie sich danach, Campion zu sein.

Toby schnitt noch mit leichter Hand für sie die Binsen, er hatte sichtlich seinen Spaß daran. Dann nahm er Abschied. Sie schaute ihm nach, als er sich, dem Bachlauf folgend, in Richtung Norden entfernte. Sie wünschte sich, Werlatton den Rücken kehren und mit ihm gehen zu können.

Sie versteckte die Lichtnelken in ihrer Schürze und trug die Binsen nach Hause.

Ihr Bruder Ebenezer, der sie, hinter einer der großen Buchen versteckt, den ganzen Nachmittag über beobachtet hatte, hinkte auf der Straße nach Dorchester dem Vater entgegen.

Sie war Dorcas und wünschte sich, Campion zu sein.

2

*D*er Ledergurt klatschte auf ihren Rücken.
Matthew Slythe warf einen monströsen Schatten auf die Schlafzimmerwand. Er hatte zwei Kerzen auf das Nachttischchen gestellt und seinen Gürtel abgeschnallt. Sein massiges Gesicht spiegelte den Zorn Gottes.

«Dirne!» Wieder schnellte sein Arm herab, wieder traf sie das Leder. Goodwife Baggerlie hielt Campion, die auf dem Bett lag, bei den Haaren gepackt und lieferte sie den Peitschenhieben aus.

«Hure!» Er war ein Hüne von Mann, größer als jeder einzelne seiner Knechte, und er raste vor Wut. Seine Tochter, unverhüllt in einem Bach! Nackt! Und das im Beisein eines jungen Mannes! «Wer war er?»

«Ich weiß es nicht», schluchzte sie.

«Wer war er?»

«Ich weiß es nicht.»

«Lügnerin!» Er schlug wieder mit dem Gürtel zu. Sie schrie vor Schmerzen, was aber seinen Jähzorn nur zu schüren schien. Er drosch auf sie ein und bezichtigte sie lauthals der Sünde. Blind vor Wut, schwang er den Gürtel und sah nicht, wohin er schlug. Ihre Schreie verstummten. Zu hören war nur noch hilfloses Wimmern. Sie lag eingerollt auf dem Kissen am Kopfende des Bettes. Von der Schnalle getroffen, blutete das Handgelenk. Die Haushälterin hielt sie immer noch bei den Haaren gefasst. Sie blickte zu ihrem Herrn auf. «Geht's weiter, Sir?»

Matthew Slythe schnappte nach Luft. Die Haare standen ihm zu Berge, sein Gesicht war rot angelaufen und verzerrt. Seine Wut hatte sich immer noch nicht gelegt. «Dirne! Hure! Schamlose!»

Campion weinte. Sie litt schreckliche Schmerzen. Ihr Rücken war geschunden und blutete an etlichen Stellen, so auch die Beine, der Bauch und die Arme, die getroffen worden waren, als sie versucht hatte sich wegzuducken. Sie sagte nichts, konnte ihren Vater kaum hören.

Dass sie nicht antwortete, brachte ihn nur noch mehr in Rage. Wieder sauste der Gürtel herab und knallte auf ihre Hüfte. Sie schrie auf. Das schwarze Kleid nahm den Schlägen nichts von ihrer Wucht.

Matthew Slythe keuchte heiser. Er war jetzt vierundfünfzig Jahre alt, aber immer noch ungemein kräftig. «Nackt! Das Weib brachte die Sünde in die Welt. Seine Nacktheit gereicht ihm zur Schande. Dies ist ein christliches Haus!» Er bellte die letzten Worte und schlug ein weiteres Mal zu. «Ein christliches Haus!»

Draußen schrie eine Eule. Der Nachtwind bauschte die Vorhänge. Die Kerzen flackerten und ließen den großen Schatten an der Wand beben.

Matthew Slythe zitterte. Seine Wut klang ab. Er schnallte sich den Gürtel um den Hosenbund und achtete nicht darauf, dass er sich selbst an der Hand verletzt hatte. Mit Blick auf Goodwife Baggerlie sagte er: «Bring sie runter, wenn sie sich zurechtgemacht hat.»

«Ja, Sir.»

Es war nicht das erste Mal, dass sie von ihm geschlagen wurde. Schon oft hatte er die Hand gegen sie erhoben. Sie schluchzte, betäubt von Schmerzen. Die Haushälterin schlug ihr ins Gesicht. «Steh auf!»

Elizabeth Baggerlie, der Matthew Slythe nach dem Tod seiner Frau den Titel Goodwife verliehen hatte, war eine gedrungene Frau mit breiten Hüften, einem groben, zänkischen Gesicht und kleinen, stets geröteten Augen. Sie herrschte über die Dienerschaft von Werlatton Hall, sorgte für Sauberkeit und Ordnung und widmete sich diesem Amt mit der gleichen Entschlossenheit, die auch ihr Herr an den Tag legte, wenn es darum ging, Lasterhaftigkeit und Sünde von Werlatton fernzuhalten. Mit ihrer schrillen Stimme scheuchte sie die Dienstboten umher und hielt, von Matthew Slythe dazu angehalten, ein wachsames Auge auf dessen Tochter.

Sie warf Campion die Haube zu. «Du solltest dich schämen, Mädchen! In Grund und Boden. In dir steckt ein Teufel! Wenn deine liebe Mutter wüsste ... Los, beeil dich.»

Campion setzte mit tauben Fingern die Haube auf. Sie schluchzte und rang nach Luft.

«Beeilung!»

Es war bedrückend still im Haus. Die Dienstboten wussten genau, was geschehen war. Sie hatten die Schläge gehört, die Schreie und das fürchterliche Gebrüll ihres Herrn. Aber sie ließen sich nichts anmerken. Auch ihnen drohten jederzeit Prügel.

«Steh auf!»

Campion zitterte vor Schmerzen. Aus Erfahrung wusste sie, dass sie die nächsten drei oder vier Nächte nicht auf dem Rücken schlafen können würde. Sie wusste auch, was ihr nun bevorstand, und erhob sich wie von Fäden gezogen. Der Gewalt ihres Vaters war nicht zu entrinnen.

«Runter mit dir, Mädchen!»

Ebenezer, der um ein Jahr jüngere Bruder, saß im großen Wohnzimmer vor seiner Bibel. Das Parkett glänzte. Die Möbel glänzten. Seine Augen, so schwarz wie die Kleider der Puritaner, waren auf die Schwester gerichtet und ließen keinerlei Mitgefühl erkennen. Sein von Geburt an verkrüppeltes linkes Bein stand seitlich etwas ab. Er hatte seinem Vater mitgeteilt, was ihm zu Gesicht gekommen war, und mit stiller Genugtuung dem Klatschen des Ledergürtels gelauscht. Ebenezer selbst wurde nie geschlagen. Gehorsam und unermüdlich im Gebet und im Studium der Bibel, stand er in der Gunst seines Vaters.

Campion weinte immer noch, als sie die Treppe herunterkam. Tränen rannen über ihr schönes Gesicht. Die Augen waren gerötet, die Lippen aufeinandergepresst.

Ebenezer, dessen schwarze Haare nach dem Brauch geschnitten waren, der den Puritanern den Spitznamen «Rundköpfe» eingebracht hatte, beobachtete jeden ihrer Schritte. Zum Zeichen ihrer Anerkennung nickte Goodwife Baggerlie ihm zu, was er mit einer angedeuteten Verbeugung quittierte. Obwohl erst neunzehn Jahre alt, machte er einen sehr viel älteren Eindruck. Er war verbittert wie sein Vater und voller Neid auf seine Schwester.

Campion ging auf das Arbeitszimmer ihres Vaters zu. Vor der Tür legte ihr Goodwife Baggerlie die Hand auf die Schulter und zwang sie in die Knie, wie immer bei solchen Anlässen. Dann klopfte sie an.

«Herein!»

Der Ablauf folgte stets demselben Ritual. Nach der Strafe kam Vergebung, nach dem Schmerz das Gebet. Wie vom Vater befohlen, kroch sie auf Händen und Knien ins Zimmer. Goodwife Baggerlie schloss die Tür hinter ihr.

«Komm her, Dorcas.»

Sie kroch auf seinen Stuhl zu. Sie fügte sich ihrem Vater, obwohl sie voller Hass auf ihn war, ihr blieb keine andere Wahl.

Er legte ihr seine großen Hände auf die enge Haube. Sie erschauderte.

«Himmlischer Vater! Allmächtiger Gott!» Er hielt weiter ihren Kopf fest. Seine Stimme schwoll an, als er Gott darum bat, dass er ihm seine Tochter verzeihen möge, dass er sie läutere und von ihren Sünden befreie. Mit jedem Wort drückte er mit den Fingern fester zu. Er schüttelte ihren Kopf und versuchte mit krampfhaftem Eifer Gott davon zu überzeugen, dass Dorcas seiner Gnade bedürfe. Als er sein Gebet gesprochen hatte, lehnte er sich erschöpft zurück und hieß sie aufstehen.

Er hatte ein kräftiges, knochiges Gesicht, das voller Ingrimm und Abscheu war. «Du bist eine große Enttäuschung für mich, Tochter», knurrte er mit tiefer Stimme.

«Ja, Vater.» Sie stand auf und senkte den Kopf. Sie hasste ihn. Weder er noch ihre Mutter hatten sie jemals in den Arm genommen, geschweige denn liebkost. Sie hatten sie geschlagen und um sie gebetet, von elterlicher Zuneigung aber nichts erkennen lassen.

Matthew Slythe legte seine rechte Hand auf die Bibel. Er atmete schwer. «Durch die Frau ist die Sünde in die Welt gekommen, Dorcas, und an dieser Schuld hat sie zu tragen. Die Blöße einer Frau ist ihre Schande und ein Ärgernis Gottes.»

«Ja, Vater.»

«Sieh mich an!»

Sie hob den Blick. Sein Gesicht war von Abscheu entstellt.

«Wie konntest du nur?»

Sie fürchtete, wieder geschlagen zu werden, hielt aber still.

Er öffnete die Bibel und schlug die Sprüche Salomos auf. «‹Denn um einer Hure willen kommt ein Mann herunter bis auf einen Laib Brot.›» Er blätterte um. «‹Ihr Haus ist der Weg in die Hölle, da man hinunterfährt in des Todes Kammern.›» Er sah sie an.

«Ja, Vater.»

Er grollte. Sooft er sie auch geschlagen hatte, es war ihm nicht gelungen, sie zu bändigen, und das wusste er. Er sah den Widerstand in ihrer Seele und ahnte, dass er ihn nicht würde brechen können. Aber er gab nicht auf. «Du wirst bis morgen Abend Kapitel sechs und sieben der Sprüche auswendig lernen.»

«Ja, Vater.» Sie konnte beide Kapitel bereits auswendig aufsagen.

«Und du wirst um Verzeihung bitten, um Gnade und um Erleuchtung.»

«Ja, Vater.»

«Geh jetzt.»

Ebenezer saß immer noch im Wohnzimmer. Er sah sie an und grinste. «Hat's wehgetan?»

Sie blieb vor ihm stehen. «Ja.»

Seine Hand lag auf der aufgeschlagenen Bibel. Er grinste immer noch und sagte: «Er weiß es von mir.»

Sie nickte. «Das habe ich mir gedacht.» Sie hatte ihren Bruder immer zu lieben und ihm die Zuneigung entgegenzubringen versucht, die ihr selbst vorenthalten geblieben war. Doch während sie ihn, den kleinen, schwachen, verkrüppelten Bruder, stets in Schutz genommen hatte, war sie von ihm immer abgelehnt worden.

«Du widerst mich an, Dorcas», sagte er. «Du gehörst nicht in dieses Haus.»

«Gute Nacht, Ebenezer.» Langsam schleppte sie sich die Treppe hinauf. Ihr Rücken schmerzte, aber fast noch schlimmer waren für sie der Schrecken und die Trostlosigkeit, die von Werlatton Hall ausgingen.

Als Matthew Slythe wieder allein war, betete er, er betete in einer so aufgebrachten, verkrampften Weise, als fürchtete er, Gott könne eine ruhig vorgetragene Bitte nicht hören.

Er empfand Dorcas als Fluch. Durch sie war ihm zwar ein

unermessliches Vermögen zugefallen, aber sie erwies sich als das, was er schon befürchtet hatte, als ihm der Reichtum angeboten worden war: als ein Kind der Sünde.

Dass sie nicht wirklich schlecht war, das sah Matthew Slythe nicht. Er sah nur ihre Sündhaftigkeit, die darin bestand, dass sie stark und fröhlich war und keine Furcht vor dem schrecklichen, rachsüchtigen Gott zu haben schien, dem Matthew Slythe diente. Und so litt er darunter, dass es ihm nicht gelungen war, ihren Stolz zu brechen und aus dem Kind der Sünde ein Kind Gottes zu machen. Seine Tochter bekannte sich zwar zu ihrem Glauben an Gott und sprach ihre Gebete, ließ aber immer wieder einen Freiheitsdrang, eine Unabhängigkeit erkennen, die Matthew Slythe mit Schrecken erfüllten. Er fürchtete, dass sie nach weltlichen Freuden trachten könnte, und er fürchtete auch, dass sie dann hinter sein Geheimnis käme.

Es gab ein Juwel, ein Siegel aus Gold, es war versteckt und er verbarg es seit sechzehn Jahren sogar vor sich selbst. Wenn Dorcas erfahren sollte, was es damit auf sich hatte, würde sie womöglich mit Hilfe dieses Siegels den Bund aufdecken. Matthew Slythe stöhnte. Das Vermögen, das dem Bund zugute kam, gehörte Dorcas, was sie nicht wusste. Es galt, dieses Vermögen testamentarisch zu sichern, und Matthew Slythe hoffte, dies erreichen zu können, indem er Dorcas nach seinem Willen verheiratete. Seine gefährlich schöne Tochter durfte nie erfahren, dass sie reich war. Das sündhaft erworbene Geld musste Gott überschrieben werden, dem Gott von Matthew Slythe. In seinem Kopf hallten noch die Gebete nach, als er sich ein Blatt Papier zurechtlegte und einen Brief aufsetzte. Das Problem sollte ein für alle Mal geregelt werden. Er würde Dorcas seinen Willen aufzwingen, er würde sie brechen.

Oben im Schlafzimmer, das sie sich mit einer der Dienstmägde teilte, saß Campion auf der breiten Fensterbank und starrte hinaus in die Nacht.

Sie konnte sich nicht mehr daran erinnern, wie wunderschön Werlatton Hall einst gewesen war mit seinen von Efeu überwucherten alten Mauern und den hohen, Schatten spendenden Ulmen und Eichen. Nach dem Erwerb des Anwesens hatte Matthew Slythe den Efeu abschneiden, die Bäume fällen und eine weite Rasenfläche anlegen lassen, für deren Pflege zwei Arbeitskräfte nötig waren. Eine inzwischen hochgewachsene Hecke umschloss die streng geordnete Welt von Werlatton und schirmte sie von der fremden Außenwelt ab, in der Lachen keine Sünde war.

Campion schaute ins Dunkel jenseits der Hecke.

Zwischen den Buchenwipfeln jagte eine Eule, ihr Ruf tönte hohl durchs Tal. Fledermäuse schwirrten durch die Luft. Vom Kerzenschein angelockt, flatterte eine Motte ins Zimmer. Charity, die Dienstmagd, schrie auf. «Macht bitte das Fenster zu, Miss Dorcas!»

Campion drehte sich um. Charity hatte ihre Pritsche unter Campions Bett hervorgezogen. Sie hockte am Boden und blickte mit bleichem, verängstigtem Gesicht zu ihr auf.

«Hat's wehgetan, Miss?»

«Das tut es immer, Charity.»

«Warum habt Ihr das getan, Miss?»

«Ich weiß es nicht.»

Campion schaute wieder zum Fenster hinaus. Wie an jedem Abend betete sie zu Gott, er möge ihr zur Besserung verhelfen, aber sie würde den Vater nie günstig stimmen können. Sie wusste, dass es eine Sünde war, im Bach zu baden, verstand aber nicht, warum. Nirgendwo in der Bibel stand geschrieben: ‹Du sollst nicht baden›. Dass sich die Nacktheit nicht geziemte, war ihr klar, aber sie konnte der Versuchung einfach nicht widerstehen. Jetzt würde es ihr wohl nie mehr erlaubt sein, an den Bach zu gehen.

Sie dachte an Toby. Bevor sie von ihrem Vater geschlagen worden war, hatte er entschieden, dass sie einen Monat lang nicht außer Haus gehen dürfe. Selbst der Kirchbesuch am Sonntag war ihr verwehrt. Sie überlegte, ob sie sich davonschleichen könnte, ahnte aber, dass ihr das nicht möglich sein würde. Wenn sie Hausarrest hatte, ließ der Vater sie durch einen seiner Diener auf Schritt und Tritt überwachen.

Liebe. Das Wort verfolgte sie. Gott war Liebe, obwohl ihr Vater lehrte, dass Gott vor allem Zorn, Strafe, Rache und Allmacht sei. In der Bibel hatte Campion die Beschreibung von Liebe gefunden. «Lasst ihn mich küssen mit dem Kusse seines Mundes, denn deine Liebe ist lieblicher als Wein.» «Seine Linke liegt unter meinem Haupte, mit seiner Rechten umarmt er mich.» «Und die Liebe ist sein Banner über mir.» «Des Nachts auf meinem Lager suchte ich, den meine Seele liebt.» Ihr Vater sagte, Salomos Hohelied sei nur ein Ausdruck der Liebe Gottes zu seiner Kirche, was sie aber nicht glauben mochte.

Sie schaute über das dunkle Tal und dachte an ihren Vater. Sie fürchtete sich vor ihm, doch die Furcht erreichte nicht ihr Innerstes, denn sie hatte ein Geheimnis, an dem sie unablässig festhielt. Es war wie ein Traum, der sie auch tagsüber begleitete, und in diesem Traum sah sie sich als eine körperlose Seele, die ihr Dasein auf Werlatton von außen betrachtete. Sie lächelte bei dem Gedanken, dass diese körperlose Seele den Namen Campion trug und Dorcas dabei zusah, wie sie versuchte, gehorsam zu sein. Sie ahnte, dass sie nicht hierhergehörte. Erklären konnte sie dieses Gefühl ebenso wenig wie Toby Lazender zu erklären vermochte, warum die kalten Finger die Druckwellen eines Fisches im Wasser spüren konnten. Dennoch, die Ahnung von ihrer Andersartigkeit verlieh ihr die Kraft, der grimmigen Herrschaft Matthew Slythes zu widerstehen. Sie schöpfte Hoffnung aus ihrem Glauben an die Liebe und glaubte fest daran, dass es jenseits der hohen, dunklen Eibenhecke Freundlichkeit und Herzensgüte geben musste. Eines Tages, so wusste sie, würde sie in die Welt hinausgehen, deren Treiben ihr Vater so sehr fürchtete.

«Miss?» Charity duckte sich, um der flatternden Motte auszuweichen.

«Ich weiß, Charity. Du ekelst dich vor Motten.» Campion lächelte. Ihr Rücken schmerzte, als sie sich nach vorn beugte und ihre hohlen Hände um die Motte schloss. Sie spürte ihre Flügel auf der Haut kitzeln, trat ans Fenster und entließ das Insekt in die Freiheit der Nacht, durch die Eule und die Fledermäuse jagten.

Sie schloss das Fenster und ging neben ihrem Bett auf die Knie. Pflichtschuldig betete sie für ihren Vater, für Ebenezer, für Goodwife Baggerlie, die Dienstboten und – mit einem Lächeln im Gesicht – für Toby. Er hatte ihre Träume befeuert. So widersinnig und hoffnungslos es auch sein mochte – sie war verliebt.

Drei Wochen später, als das Getreide die Farbe von Campions Haaren annahm und die Ernte so gut zu werden versprach wie schon seit Jahren nicht mehr, kam ein Gast nach Werlatton Hall.

Gäste gab es nur wenige. Manchmal wurde einem reisenden Prediger, der mit Hass über den König sprach und allen Bischöfen den Tod wünschte, Obdach geboten, doch Matthew Slythe war kein geselliger Mann.

Der Gast hieß Samuel Scammell, Bruder Samuel Scammell, ein Puritaner aus London. Charity war ganz außer sich vor Freude über den Besuch. Sie kam zu Dorcas ins Schlafzimmer, als die Sonne über dem Tal unterging, und sagte erregt: «Goodwife Baggerlie will, dass Ihr Euer bestes Sonntagskleid tragt, Miss. Und, stellt Euch vor, im Wohnraum sind die Teppiche ausgerollt worden.»

Charitys Erregung amüsierte Campion. «Die Teppiche?»

«Ja, Miss, und Euer Vater lässt drei Hühner schlachten. Tobias hat sie schon aus dem Stall geholt. Es wird Fleischpasteten geben.» Charity half Campion beim Anziehen und richtete ihr den weißen Leinenkragen. «Ihr seht phantastisch aus, Miss.»

«Wirklich?»

«Diesen Kragen hat schon Eure Mutter getragen. Und doch ist er immer noch wie neu.» Charity zupfte an den Spitzen. «An Euch sieht er viel größer aus.»

Martha Slythe war eine große, beleibte Frau gewesen, deren laute Stimme mit der von Goodwife Baggerlie um die Vorherrschaft über den Schmutz von Werlatton Hall gewetteifert hatte. Campion lüftete den Rand des Kragens. «Wäre es nicht schön, nur ein einziges Mal etwas Hübsches zu tragen? Erinnerst du dich an die Frau vor zwei Jahren in der Kirche, die von Pfarrer Hervey ausgeschimpft wurde, weil sie sich angeblich wie eine Dirne kleidete?» Die Frau hatte einen feinen, zarten Spitzenkragen getragen.

Charity runzelte die Stirn. «Miss! Das ist ein unanständiger Wunsch.»

Campion seufzte im Stillen. «Tut mir leid, Charity. Ich habe gesprochen, ohne nachzudenken.»

«Gott wird Euch verzeihen, Miss.»

«Darum bete ich», log Campion. Sie hatte gelernt, dass dem Zorn Gottes am besten durch Lippenbekenntnisse auszuweichen war. Wenn Charity Goodwife Baggerlie von Campions Wunsch nach einem Spitzenkragen berichten würde, hätte Campion eine empfindliche Strafe von ihrem Vater zu erwarten. Um solchen Strafen vorzubeugen, hatte sie zu lügen gelernt. «Ich wäre jetzt so weit.»

Matthew Slythe, seine beiden Kinder und der Gast saßen im hinteren Teil des großen Wohnraums zu Tisch. Die Läden vor den hohen Fenstern waren geöffnet. Es dämmerte, und die weite Rasenfläche lag bereits im Schatten.

Campion schätzte Samuel Scammell auf Mitte dreißig. Seine rundliche Gestalt ließ darauf schließen, dass er gern und maßlos aß. Sein Gesicht wirkte zwar ebenso groß und schwer wie das ihres Vaters, war aber sehr viel weniger markant, und es schien, dass sogar seine Knochen weich und formbar waren. Er hatte volle, feuchte Lippen, über die er häufig mit der Zunge fuhr. Die Nasenlöcher waren zwei große, dunkle Höhlen, aus denen schwarze Haare wucherten. Die Hässlichkeit dieses Mannes wurde durch das kurz geschorene, dunkle Haupthaar noch betont.

Offenbar war er darauf aus, zu gefallen. Er hörte dem Gastgeber aufmerksam zu, der sich in seiner unwirschen Art über das Wetter ausließ und die Erträge der Ernte einzuschätzen versuchte. Campion sagte nichts. Ebenezer, auf dessen Wangen sogar dann, wenn er sich frisch rasiert hatte, ein dunkler Schatten lag, erkundigte sich bei Bruder Scammell nach dessen Geschäften.

«Ich baue Schiffe. Natürlich nicht mit eigener Hand, sondern mit Hilfe der Männer, die bei mir angestellt sind.»

«Hochseetaugliche Schiffe?», fragte Ebenczer, der es immer ganz genau wissen wollte.

«Nein, das nun wirklich nicht.» Scammell lachte wie über einen gelungenen Witz. Auf seinen Lippen klebten Krümel der Fleischpastete, so auch auf den Revers seines schwarzen

Überrocks. Auf dem weißen Kragen mit den zwei Quasten hatten sich Fettflecke gebildet. «Ich baue Kähne für Flussschiffer.»

Campion sagte immer noch nichts. Ebenezer warf ihr einen ungehaltenen Blick zu und beugte sich dann vor. «Kähne für Flussschiffer?»

Scammell legte eine Hand auf seinen Bauch, riss seine kleinen Augen auf und versuchte – vergeblich – ein Aufstoßen zu unterdrücken. «Jawohl. Für uns in London ist die Themse der Hauptverkehrsweg.» Er richtete sein Wort an Campion. «Die Flussschiffer befördern Frachten und Passagiere, und wir bauen ihnen die Boote. Zu unseren Kunden zählen allerdings auch die großen Häuser.» Er lächelte Matthew Slythe zu. «So haben wir zum Beispiel für den Herzog von Essex ein Schiff gebaut.»

Matthew Slythe grunzte. Dass Samuel Scammell Geschäfte mit dem General der Parlamentstruppen unterhielt, schien ihn nicht sonderlich zu beeindrucken.

Es wurde still, und für eine Weile war nur das Klappern von Scammells Besteck zu hören. Campion schob das zähe Hühnerfleisch an den Tellerrand und versteckte es unter einem Teil der trockenen Pastetenkruste. Um nicht unhöflich zu sein, beteiligte sie sich am Gespräch. «Habt Ihr auch ein eigenes Boot, Mr Scammell?»

«Aber ja, durchaus.» Ihre Frage schien ihn zu amüsieren. Er lachte und zeigte dabei den zerkauten Inhalt seines Mundes. «Mit meinen Fähigkeiten als Seemann ist es allerdings, so fürchte ich, nicht sehr weit her, Miss Slythe. Wirklich und wahrhaftig nicht. Sooft ich aufs Wasser muss, spreche ich die Worte unseres Heilands, mit denen er die Wogen geglättet hat.» Offenbar wollte er seine Bemerkung als Scherz verstanden wissen, denn er schnaubte vor Lachen.

Campion lächelte pflichtschuldig. Ihr Bruder scharrte mit den Füßen.

Matthew Slythe ließ seinen Blick von Campion zu Scammell wandern, und auf seinem strengen Gesicht zeigte sich der Anflug eines Lächelns. Campion kannte dieses Lächeln, das sie stets mit Grausamkeit in Verbindung brachte. Ihr Vater war ein grausamer Mann, hielt seine Grausamkeit aber für einen Akt der Barmherzigkeit, weil er davon überzeugt war, dass auf ein Kind Zwang ausgeübt werden musste, damit es Gottes Gnade erfahre.

Peinlich berührt von der Stille, die wieder eingesetzt hatte, wandte sich Matthew Slythe dem Gast zu. «Wie ich höre, erfreut sich die Stadt göttlichen Segens, Bruder.»

«Wirklich und wahrhaftig.» Scammell nickte eifrig. «Der Herr vollbringt an London große Werke, Miss Slythe», sagte er, wieder an Campion gewandt. Campion täuschte Interesse vor, als er davon berichtete, was sich seit der Abdankung des Königs in der Hauptstadt zugetragen hatte, die nun das rebellische Parlament regierte. Der Sabbat, so sagte er, werde ordnungsgemäß eingehalten, die Spielhäuser seien geschlossen worden, ebenso wie alle Lustgärten und das Bärengehege. «Für den Herrn unseren Gott reift eine große Ernte geläuterter Seelen heran», frohlockte Scammell.

«Amen», sagte Matthew Slythe.

«Gelobt sei der Name des Herrn», ergänzte Ebenezer.

«Und alles Übel wird mit Stumpf und Stiel ausgerottet!» Scammell hob die Augenbrauen, um seinen Worten zusätzliches Gewicht zu verleihen. Er kam auf zwei römisch-katholische Priester zu sprechen, die heimlich vom europäischen Festland nach London gereist waren, um dort der kleinen, im Verborgenen lebenden Gemeinde der Katholiken zu dienen. Sie waren entdeckt, gefoltert und schließlich gehängt worden. «Ihrer Hinrichtung hat eine große Menge Volks beigewohnt.»

«Amen», sagte Matthew Slythe.

«Wirklich und wahrhaftig.» Samuel Scammell nickte bedächtig. «Auch ich war ein Werkzeug im Kampf gegen das Übel.»

Er wartete darauf, dass jemand Interesse äußerte. Ebenezer stellte die gewünschte Frage, doch Scammell richtete seine Antwort wieder an Campion. «Es ging um die Frau eines meiner Arbeiter, eine liederliche Person, die sich als Wäscherin verdingte. Ich war einmal genötigt, die Wohnung der beiden aufzusuchen, und was, glaubt Ihr, ist mir dort zu Augen gekommen?»

Sie schüttelte den Kopf. «Wie soll ich das wissen?»

«Ein Bildnis von William Laud», erklärte Scammell in dramatischem Tonfall. William Laud war der inhaftierte Erzbischof von Canterbury, der unter den Puritanern nicht zuletzt deshalb verhasst war, weil er seine Kirchen schmücken ließ und ein Hochamt zelebrierte, das, wie es hieß, die in Rom gefeierten Riten nachäffe. Scammell fuhr fort, das Bildnis sei von zwei Kerzen beleuchtet gewesen. Als er die Frau gefragt hatte, ob sie wisse, wer auf diesem Bild dargestellt sei, bejahte sie nicht nur, sie lobte Laud sogar als einen guten Mann!

«Was habt Ihr daraufhin getan, Bruder?», fragte Ebenezer.

«Man durchbohrte später ihre Zunge mit einem heißen Eisen und band sie einen Tag lang an den Schandpfahl.»

«Gelobt sei Gott», sagte Ebenezer.

Goodwife Baggerlie trat ein und stellte eine Schüssel auf den Tisch. «Apfelkuchen, Master.»

«Ah. Apfelkuchen.» Matthew Slythe lächelte seiner Haushälterin zu.

«Apfelkuchen!» Samuel Scammell faltete die Hände,

lächelte und ließ die Fingergelenke knacken. «Ich liebe Apfelkuchen, wirklich und wahrhaftig.»

«Dorcas?» Matthew Slythe bedeutete seiner Tochter, die Nachspeise zu verteilen. Sich selbst gab sie eine winzig kleine Portion, was Goodwife Baggerlie, die brennende Kerzen auf den Tisch stellte, sichtlich missfiel.

Der Gast langte umso ungenierter zu. Er schaufelte den Kuchen in sich hinein, als hätte er seit Tagen nichts zu essen bekommen, und ließ sich zweimal Nachschlag geben, den er mit dem Dünnbier herunterspülte, das an diesem Abend serviert wurde. Stärkere Getränke kamen für Matthew Slythe nicht in Frage.

Während die Nachspeise gegessen wurde, fiel kein einziges Wort. Danach kamen die Männer, wie Campion erwartet hatte, auf die Religion zu sprechen. Die Puritaner hatten sich in eine Vielzahl von Sekten aufgespaltet, die in subtilen theologischen Details voneinander abwichen und Männern wie ihrem Vater und Bruder Scammell sattsam Gelegenheit boten, die Glaubensvorstellungen anderer zu verteufeln. Ebenezer beteiligte sich eifrig. Er hatte sich in seinem Studium ausführlich mit dem Presbyterianismus beschäftigt, der in Schottland gültigen Kirchenverfassung, die auch im englischen Parlament viele Anhänger hatte, und machte aus seiner Ablehnung keinen Hehl. Als Campion sein schmales Gesicht im flackernden Kerzenlicht sah, bemerkte sie etwas Fanatisches darin. Er richtete das Wort an Samuel Scammell. «Mir scheint, sie leugnen die rettende Gnade unseres Herrn Jesus Christus. Ein anderer Schluss lässt sich aus ihren Argumenten doch wohl nicht ziehen.»

Scammell nickte. «Wirklich und wahrhaftig.»

Draußen war es stockdunkel geworden. Motten flatterten vor den Fensterscheiben.

Samuel Scammell lächelte Campion zu. «Euer Bruder ist stark im Glauben, Miss Slythe.»

«Ja, Sir.»

«Und Ihr?» Er beugte sich vor und musterte ihre Miene.

«Ja, Sir.» Die Antwort war unangemessen und ließ ihren Vater unruhig auf seinem Stuhl hin und her rutschen. Scammell aber lehnte sich zurück und schien zufrieden.

«Gelobt sei Gott. Amen.»

Glücklicherweise stand Campions Seelenzustand nicht länger zur Debatte, stattdessen kamen die jüngsten Geschichten über Gräueltaten der irischen Katholiken zur Sprache. Matthew Slythe war in seinem Element und verschaffte seinem Ingrimm ungehindert Luft. Campion hörte nicht zu. Ihr fiel auf, dass Scammell immer wieder zu ihr hinsah und verlegen lächelte, wenn sich ihre Blicke trafen, was ihr sehr unangenehm war.

Toby Lazender hatte gesagt, sie sei schön. Sie fragte sich, wie es ihm jetzt wohl in London ergehen mochte, der Stadt, die von den Puritanern so gründlich «geläutert» worden war. Vor drei Wochen hatte sie Charity gefragt, ob ein Fremder in der Kirche gewesen sei. Ja, hatte sie gesagt, ein großer junger Mann mit roten Haaren, der die Psalmen lauter als alle anderen gesungen habe. Campion war traurig. Toby musste angenommen haben, dass sie ihn nicht wiedersehen wollte. Und während sie ihren Gedanken nachhing, spürte sie Samuel Scammells kleine Augen auf sich gerichtet. Sie kannte diesen Blick, mit dem sie von den meisten Männern bedacht wurde, ja, sogar von Pastor Hervey. Scammell sah sie an wie ein Bulle eine Färse ansah.

In den Buchen vor dem Fenster war wieder der Ruf der Eule zu hören.

Samuel Scammell entschuldigte sich, stand vom Tisch auf

und steuerte auf den mit Steinfliesen ausgelegten Durchgang zu, der zum Abort führte.

Als seine Schritte verhallten, richtete Matthew Slythe den Blick auf seine Tochter und fragte: «Nun?»

«Vater?»

«Gefällt dir Bruder Scammell?»

Weil er ihrem Vater zu gefallen schien, gab es für sie nur eine Antwort. «Ja, Vater.»

Scammell hatte die Tür offen stehen lassen, sodass zu hören war, wie er in den Steintrog machte. Es klang, als pisste ein Pferd aufs Pflaster, es schien gar nicht mehr aufzuhören.

Ebenezer starrte ins Kerzenlicht. «Er scheint fest im Glauben zu sein, Vater.»

«Das ist er, Sohn.» Matthew Slythe beugte sich vor und blickte auf die Reste auf seinem Teller. «Er ist von Gott gesegnet.»

Das Wasserlassen dauerte an. Er muss eine Blase wie ein Ochse haben, dachte Campion. «Ist er gekommen, um zu predigen, Vater?»

«Nein. Es gibt Geschäftliches zu regeln.» Matthew Slythe ergriff mit beiden Händen den Rand der Tischplatte. Er schien zu grübeln. Das Plätschern auf dem Abort ebbte ab, schwoll noch einmal an und ließ dann stotternd nach. Campion wurde übel. Sie hatte kaum etwas gegessen. Es drängte sie, ins Bett zu gehen, um in ihren Träumen von der Welt jenseits der hohen Eibenhecke zu schwelgen.

Mit lauten Schritten kehrte Samuel Scammell vom Abort zurück. Matthew Slythe zwinkerte mit den Augen und setzte ein Lächeln auf. «Ah, Bruder Scammell, Ihr seid wieder da.»

«Wirklich und wahrhaftig.» Er winkte mit seiner fleischigen Hand in Richtung Durchgang. «Ein vortrefflich eingerichtetes Haus, Bruder.»

«Gelobt sei Gott.»

«Wirklich und wahrhaftig.» Scammell stand vor seinem Stuhl und wartete auf das Ende der wechselseitigen Lobpreisung Gottes. Campion bemerkte einen dunklen, feuchten Fleck im Zwickel seiner Hose und blickte schnell zurück auf den Tisch.

«Setzt Euch, Bruder, setzt Euch.» Matthew Slythe bemühte sich um einen launigen Tonfall, um jene unbeholfene Fröhlichkeit, die er nur Gästen gegenüber zeigte. «Nun?»

«Ja, gewiss.» Scammell rückte den Stuhl zurecht und nahm Platz. «Gewiss.»

«Und?»

Irritiert von dem seltsamen Wortwechsel, blickte Campion auf und runzelte die Stirn.

Scammell lächelte. Er wischte sich die Hände und trocknete sie am Überrock ab. «‹Wem ein tugendsam Weib beschert ist, die ist viel edler denn die köstlichsten Perlen. Ihres Mannes Herz darf sich auf sie verlassen, und Nahrung wird ihm nicht mangeln. Sie tut ihm Liebes und kein Leides ihr Leben lang.›»

«Amen», sagte Matthew Slythe.

«Gelobt sei Gott», sagte Ebenezer.

«Wirklich und wahrhaftig.»

Campion sagte nichts. Sie fröstelte. Ihr wurde angst und bange.

Ihr Vater schaute sie an und zitierte aus demselben Kapitel der Sprüche Salomos: «‹Lieblich und schön sein ist nichts, ein Weib, das den Herrn fürchtet, soll man loben.›»

«Amen», sagte Bruder Scammell.

«Und Amen», stimmte Ebenezer mit ein.

«Nun?», fragte Matthew Slythe.

Samuel Scammell leckte sich die Lippen, lächelte und

betätschelte seinen Bauch. «Euer Angebot ehrt mich, Bruder Slythe, und ich habe mich bereits in Gebeten mit unserem Herrn im Himmel beraten. Ich glaube zutiefst, dass ich annehmen muss.»

«Amen.»

Scammell sah Campion an. «Wir werden also Mann und Frau, Miss Slythe. Ein glücklicher Tag, wirklich und wahrhaftig.»

«Amen», sagte Ebenezer.

Mit Blick auf Ebenezer sagte Scammell: «So sind wir denn nicht nur vor Gott, sondern auch in der Familie Brüder.»

«Gelobt sei der Herr.»

Sie hatte es geahnt, aber nicht wahrhaben wollen. Verzweiflung und Furcht trieben ihr nun Tränen in die Augen. Ihr Vater lächelte, doch es war kein Lächeln der Zuneigung, eher das eines Feindes, der seine Freude daran hat, den Widersacher gedemütigt zu sehen. «Bruder Hervey wird am kommenden Tag des Herrn das Aufgebot bekannt geben.»

Campion nickte. Es war ihr unmöglich zu widersprechen. Schon in einem Monat würde sie verheiratet sein, Dorcas Scammell heißen und dem Wunschnamen Campion auf immer abschwören müssen.

«Amen», sagte Samuel Scammell. «Ein glücklicher Tag.»

❦ 3 ❦

*D*u darfst dich glücklich preisen.» Die Worte der Haushälterin vor dem Frühstück klangen wie ein Befehl.

«Ich freue mich so für Euch», sagte Charity mit trauriger Miene, denn sie wünschte sich selbst nichts sehnlicher, als verheiratet zu sein.

«Lob und Preis, Dorcas!», kommentierte Myrtle, die wohl einzig glückliche Bewohnerin von Werlatton Hall, denn das Milchmädchen war schwachsinnig.

«Dein Vorsatz sei gesegnet», meinte Ebenezer, und seine dunklen Augen verrieten keinerlei Regung.

Campion wusste, dass sie nicht das Recht hatte, unglücklich zu sein. Es war ihr immer schon eine Selbstverständlichkeit gewesen, den Wünschen ihres Vaters zu entsprechen. Etwas anderes konnte sie sich kaum vorstellen. Dennoch hätte sie nicht einmal in ihren schlimmsten Träumen daran gedacht, an einen Mann wie Bruder Samuel Scammell verheiratet zu werden.

Als sie sich nach den Morgengebeten auf den Weg zur Milchküche machen wollte, rief der Vater sie zu sich. «Tochter.»

«Vater.»

«Du bist jetzt verlobt.»

«Ja, Vater.»

Er stand vor seinem Schreibpult. Scammell befand sich wenige Schritte hinter ihm. Ein Lichtstrahl, der durch ein Fenster im Treppenhaus fiel, streifte Matthew Slythes dunkles, ernstes Gesicht. «Die Arbeit in der Milchküche ist für dich zu Ende. Stattdessen wirst du dich auf deine Ehe vorbereiten.»

«Ja, Vater.»

«Du wirst dich mit den Pflichten im Haushalt vertraut machen.» Er runzelte die Stirn. «Es ist dir jetzt erlaubt, in Begleitung von Bruder Scammell ins Dorf zu gehen.»

Sie hielt den Kopf gesenkt. «Ja, Vater.»

«Ihr werdet euch noch heute Vormittag auf den Weg machen. Ich habe hier einen Brief an Bruder Hervey.»

Sie verließen Werlatton Hall und gingen entlang den Hecken, vor denen Wiesenkerbel und Kreuzkraut wucherten, auf abschüssigem Pfad hinunter zum Bach, wo Campion unter den Birken am anderen Ufer eine Fülle von rosaroten Lichtnelken blühen sah. Ihr Anblick brachte sie fast zum Weinen. Sie sollte nun zeit ihres Lebens Dorcas bleiben, die Mutter von Samuel Scammells Kindern. Und sie fragte sich, ob es ihr möglich sein könnte, Kinder zu lieben, die die wulstigen Lippen, das plumpe Gesicht und die riesigen Nasenlöcher ihres Vaters haben würden.

Scammell bot ihr seine Hand, als sie über die Steine in der Furt des Baches stiegen. «Kann ich Euch helfen?»

«Ich schaff's auch allein, Mr Scammell.»

Das Wasser strömte rasch über die Kiesel zwischen den Trittsteinen. Sie blickte flussaufwärts und sah den Schatten eines Fisches vorbeischnellen. In diesem Bach hatte sie vor kurzem noch ein Bad genommen. Jetzt wünschte sie sich fast, sie wäre ertrunken und ihr weißer, nackter Leichnam triebe auf Lazen Castle zu.

Hinter dem steilen Ausläufer eines Bergrückens bog der Weg nach Süden. Es war wieder ein heißer Tag, nur im fernen Westen zeigten sich ein paar weiße Wolken am Himmel. Der Saum von Campions langem Kleid wirbelte Staub auf.

Scammell bewegte sich schwerfällig. Den Oberkörper nach vorn gebeugt, fiel er in jeden Schritt. «Ihr sollt wissen, meine Liebe, dass Ihr mich zu einem glücklichen Mann macht.»

«Das sagtet Ihr bereits in den Gebeten, Mr Scammell.»

«Zu einem sehr glücklichen Mann. Auch Euch will ich glücklich machen.»

Sie sagte nichts. Das Weizenfeld zur Linken war voller Mohn. Sie schaute auf die Blüten, war aber blind für das, was sie sah. Sie hatte gewusst und im Grunde schon viel früher damit gerechnet, dass ihr Vater sie mit einem Mann seiner

Wahl verheiraten würde. Damit, so hatte er gesagt, habe er warten wollen, bis es Anzeichen dafür gebe, dass die erlösende Gnade Christi bei ihr fruchte. Allerdings glaubte sie nicht, dass dies der einzige Grund für sein Zögern gewesen war. Ebenezer war Matthew Slythes Erbe, doch stand lange zu befürchten, dass er, der Sohn, seinen Vater womöglich nicht überleben würde. Er war immer schon schwach und kränklich gewesen, weshalb Campion vermutet hatte, dass ihr der Vater einen Mann zur Seite zu stellen gedachte, dem er Werlatton als sein Erbe anvertrauen mochte. Und darum hatte sich Matthew Slythe Zeit genommen, den Richtigen zu finden – einen gottesfürchtigen Geschäftsmann.

Scammell räusperte sich. «Ein herrlicher Tag, meine Liebe. Wirklich und wahrhaftig.»

«Ja.»

Sie hatte es vorher gewusst: Auf ihre Kindheit sollten Ehe und Mutterschaft folgen. Warum also, wunderte sie sich, betrübte und erschreckte sie diese Aussicht so sehr? Es war schließlich nicht so, als hätten sich ihr, von vagen Träumen abgesehen, jemals andere Möglichkeiten geboten. Warum also dieses plötzliche Entsetzen einer schicksalhaften Fügung gegenüber, mit der sie schon lange hatte rechnen müssen? Sie warf einen Blick auf Scammell, entlockte ihm ein nervöses Lächeln. Sie konnte immer noch nicht glauben, dass ausgerechnet dieser Mann ihr Ehemann sein sollte. Sie versuchte den Gedanken von sich zu weisen. Ihr Gefühl der Andersartigkeit war immer Ursache ihrer Tagträume gewesen, und dieses Gefühl hatte sie nun betrogen. Sie war weder anders noch war sie etwas Besonderes. Sie war eine Tochter, über die verfügt wurde, nicht zuletzt auch in Eheangelegenheiten.

Im Schatten hoher Buchen, deren Laub, im Vorjahr gefallen, einen dicken Teppich vor ihnen ausbreitete, lag ein umgestürzter Baum quer über dem Weg. «Wär's recht, wenn wir hier kurz Rast machten, meine Liebe?», fragte Scammell.

Sie blieb am Rand des Weges stehen.

Scammell tupfte sich mit einem Taschentuch den Schweiß von der Stirn, wischte dann einen Teil des glatten Stamms sauber und bot ihr an, Platz zu nehmen. Sie ahnte, dass er vorhatte, sich ganz dicht neben sie zu setzen, und schüttelte den Kopf. «Ich bleibe lieber stehen, Mr Scammell.»

Er stopfte das Taschentuch in seinen Ärmel. «Ich möchte Euch etwas sagen.»

Sie schwieg. Sie stand auf einem Fleck strahlenden Sonnenlichts und weigerte sich, zu ihm in den grünen Schatten zu treten.

Er zeigte wieder sein salbungsvolles Lächeln, das sie aber, von der Sonne geblendet, nur erahnen konnte. «Es wird mir eine Freude sein, wieder eine Familie zu haben», hob er an. «Meine liebe Mutter, Gott hab sie selig, ist letztes Jahr verschieden und liegt nun an der Seite meines Vaters begraben. Ja, so ist es.» Er lächelte. Campion antwortete nicht. Schwerfällig verlagerte er sein übermäßiges Gewicht von einem Bein aufs andere. «Ich stehe also allein, meine Liebe, und bin darum doppelt glücklich, mich Eurer lieben Familie anschließen zu dürfen.» Er nahm auf dem umgekippten Baumstamm Platz und wippte mit dem breiten Gesäß auf und ab, um ihr zu zeigen, wie bequem er seinen Sitzplatz fand. Bald aber war wohl auch ihm klar, dass er sie auf diese Weise nicht an seine Seite locken konnte. «Wirklich und wahrhaftig.» Er schien zu seufzen.

Sie dachte daran, Reißaus zu nehmen, durch das Weizenfeld mit seinen Mohnblumen zu laufen, geradewegs auf die Eichen zu, die die Südgrenze des väterlichen Landes markierten, und von dort aus immer weiter. Sie stellte sich vor, wie das Wild im Freien zu schlafen und von den Früchten des Waldes zu essen, wusste aber, dass es für sie kein Weglaufen gab. Sie kannte keine Menschenseele außerhalb von Werlatton, sie hatte sich noch nie weiter als vier Meilen vom Haus entfernt. Außerdem fehlte es ihr an Geld, an Freunden – und an Hoffnung.

Scammell beugte sich vor. Er hatte die Ellbogen auf die Knie gestützt und die Hände gefaltet wie zum Gebet. Er schwitzte unter dem dicken Tuch, das er trug. «Euer Vater schlug mir vor, mit Euch über die Zukunft zu reden.»

Sie sagte immer noch nichts.

Er lächelte hoffnungsfroh. «Wir werden hier in Werlatton mit Eurer lieben Familie leben. Ihr braucht also nicht Euer Heim zu verlassen. Euer Vater wird nicht jünger und wünscht sich Hilfe in seinen Geschäften. Wenn natürlich der gute Ebenezer – ich denke bereits an ihn als einen Bruder – volljährig geworden ist, wird unsere Hilfe womöglich nicht mehr nötig sein. Dann werden wir vielleicht nach London ziehen.» Er nickte und schien zufrieden mit sich selbst. «All dies haben wir in Gebeten vor unseren Herrn gebracht. Darum können wir getrost sein, dass es gut so ist.»

Plötzlich kniff er die Brauen zusammen, rutschte auf dem Baumstamm hin und her und beugte sich mit angespanntem Gesichtsausdruck nach vorn. Dann hörte sie, wie er Wind streichen ließ, konnte es kaum fassen und lachte laut auf.

Entspannt lehnte er sich zurück. «Ihr seid glücklich, meine Liebe?»

Ihr war bewusst, dass sie nicht hätte lachen sollen, doch sie konnte der Versuchung nicht widerstehen, diesen Mann zu verhöhnen. Er wartete auf eine Antwort, und so sagte sie mit leiser, demütiger Stimme: «Bleibt mir denn etwas anderes übrig, Mr Scammell?»

Er zeigte sich betroffen und runzelte wieder die Stirn. Auf ihre Gegenfrage zu antworten fiel ihm sichtlich schwer. Doch dann lächelte er wieder. «Euer Vater war sehr großzügig in der Regelung unserer Vermählung. Wirklich und wahrhaftig. Außerordentlich großzügig.» Er schaute sie erwartungsvoll an, doch sie blieb stumm. Er blinzelte mit den Augen. «Kennt Ihr den Bund?»

«Nein.» Ihre Neugier war geweckt.

«Ah!» Er machte einen überraschten Eindruck. «Ihr seid eine glückliche Frau, meine Liebe, denn der Herr hat Euch nicht nur Reichtum geschenkt, sondern auch – wenn ich mir das zu sagen erlauben darf – Schönheit.» Er gluckste.

Reichtum? Bund? Sie wollte mehr wissen, konnte sich aber zu keiner Frage durchringen. Wenn es ihr bestimmt war, diesen Mann zu heiraten, musste sie sich fügen, es blieb ihr keine andere Wahl. Doch sie weigerte sich, Gefühle vorzutäuschen, die sie nicht empfand. Wohl würde sie versuchen, ihren Widerwillen zu bekämpfen, und darauf hoffen, dass sich vielleicht so etwas wie Zuneigung einstellen mochte. Jetzt aber spürte sie nur Tränen in den Augen brennen, als sie über seine Schulter hinweg auf das modernde Laub am Boden starrte. Wenn im kommenden Herbst die Bäume erneut ihre Blätter verlören, würde sie schon verheiratet sein und das Bett mit Samuel Scammell teilen.

«Nein!» Sie hatte diese Antwort eigentlich für sich behalten wollen.

«Wie bitte?» Er schaute eifrig zu ihr auf.

«Nein, nein, nein!» Ihr Entschluss, sich in Würde zu fügen, geriet ins Wanken, kaum dass er gefasst war. Um ihre Tränen zurückzuhalten, suchte sie die Flucht nach vorn und sagte mit gehetzten Worten: «Ich möchte heiraten, Sir, aber mit liebendem Herzen, ich möchte mit liebendem Herzen

Kinder zur Welt bringen und sie in Liebe großziehen.» Die Tränen strömten nun doch, denn ihr war die Vergeblichkeit ihrer Worte bewusst, und der Schrecken einer Ehe mit diesem abscheulichen Mann stand ihr deutlich vor Augen. Sie war wütend, nicht auf ihn, sondern auf sich, weil sie vor ihm in Tränen ausgebrochen war. «Ich will diese Ehe nicht, ich will überhaupt nicht heiraten. Lieber sterbe ich ...» Sie stockte. Ja, sie würde lieber sterben, als in Matthew Slythes Haus ihre Kinder aufzuziehen, aber sie konnte es nicht sagen, ihr Vater würde davon hören. Wut und Verzweiflung ergriffen von ihr Besitz.

Er war entsetzt. Er wollte diese Ehe, er wollte sie, seit Matthew Slythe ihm seine Absichten erklärt und angedeutet hatte, dass er, Samuel Scammell, durch Dorcas sehr reich werden würde. Als er sie dann am Abend zuvor zum ersten Mal gesehen hatte, wollte er sie umso mehr. Dass sie so schön war, hatte er nicht geahnt, denn Matthew Slythe hatte ihm gegenüber kein Wort davon verloren.

Am Vorabend hatte er sein Glück kaum fassen können. Sie war ein Mädchen von atemberaubender Schönheit und einer Anmut, die fleischliche Lust in ihm erregte. Jetzt aber wandte sich eben dieses brave, pflichtbewusste Mädchen gegen ihn und zürnte seiner. Er stand auf, die Stirn in Falten gelegt.

«Ein Kind muss seinen Eltern gehorchen wie auch eine Frau dem Gatten.» Er schlug den Tonfall eines Predigers an, sprach streng und laut. Er war nervös, beherzigte aber Matthew Slythes Rat und zeigte sich seiner Tochter gegenüber fest entschlossen. «Wir werden in Gottes Liebe leben, nicht in der irdischen Liebe des Fleisches und der Vergnügungssucht.» Er kam in Schwung, und es schien, als spräche er vor der Gemeinde der Heiligen. «Irdische Liebe ist so schwach wie das Fleisch. Wir aber sind zur himmlischen Liebe, der

Liebe Gottes aufgerufen, zu einem Sakrament, das ihm und seinem Sohn heilig ist.» Seiner puritanischen Moralpredigt hilflos ausgesetzt, schüttelte sie den Kopf. Er trat einen Schritt auf sie zu und sagte mit donnernder Stimme: «‹Denn wen der Herr lieb hat, den züchtigt er!›»

Sie starrte ihn an und antwortete ebenfalls mit einem Bibeltext: «‹Mein Vater hat euch mit Peitschen gezüchtigt, ich will euch mit Skorpionen züchtigen.›»

Scammell riss verschreckt die kleinen Augen auf. «Soll ich Eurem Vater sagen, dass Ihr Euch seinem Wunsch widersetzt?»

Sie war geschlagen, und sie wusste es. Falls sie diesen Mann ablehnte, würde ihr Vater sie in ihrem Zimmer einsperren, auf Brot und Wasser setzen und bei Sonnenuntergang mit dem Ledergürtel in der Hand zu ihr kommen. Er würde sie schlagen, den Willen Gottes beschwören und ihr vorwerfen, gesündigt zu haben. Allein der Gedanke an die Schmerzen und das Blut war für sie kaum zu ertragen. «Nein.»

Scammell wippte vor und zurück. «Verständlich, dass Ihr geknickt seid, meine Liebe», sagte er beflissen. «Frauen neigen zur Bestürzung, wirklich und wahrhaftig. Das schwächere Geschlecht, nicht wahr?» Er lachte, um Mitgefühl zu zeigen. «Aber Ihr werdet erfahren, meine Liebe, dass es einer Frau gut tut, wenn sie sich nach Gottes Plan in Gehorsam übt. Das Weib soll dem Mann untertan sein. Ist es gehorsam, so bleibt ihm die Qual der Wahl erspart. Versteht mich hinfort als Euren Hirten, und Ihr werdet im Hause des Herrn ein Leben lang glücklich sein.» Großmütig in seinem Sieg, beugte er sich vor, um ihr einen Kuss auf die Wange zu geben.

Sie wich vor ihm zurück. «Wir sind noch nicht verheiratet, Sir.»

«Wirklich und wahrhaftig.» Aus dem Gleichgewicht geraten, trat er schnell einen Schritt vor. «Bescheidenheit ziert eine Frau wie der Gehorsam», sagte er mit bittersüßem Lächeln. Er wollte dieses Mädchen. Er wollte sie berühren und küssen, fühlte sich aber selbst befangen. Sei's drum, dachte er. In einem Monat würde sie mit ihm vermählt und sein Eigentum sein. Er faltete die Hände, ließ die Knöchel knacken und wandte sich dem Dorf zu. «Setzen wir unseren Weg fort, meine Liebe. Wir haben Bruder Hervey einen Brief zu übergeben.»

Reverend Hervey, der Pastor der Gemeinde von Werlatton, war von seinen Eltern auf den Namen Thomas getauft worden, hatte aber im Zuge des religiösen Eifers, der, über England hereingebrochen, einen Krieg zwischen König und Parlament entfesselt hatte, einen neuen Namen angenommen. Wie viele Puritaner vertrat er die Ansicht, dass der persönliche Name ein Zeugnis der Wahrheit sein sollte, und so hatte er lange in innigen Gebeten um die richtige Wahl gerungen. Einer seiner Bekannten nannte sich jetzt «Und-ich-werde-sie-in-schmiedeeiserne-Ketten-legen», was dem Pastor gut gefiel, doch da war auch der Amtsbruder Reverend «Seine-Barmherzigkeit-wäret-ewiglich» Potter, ein altersschwacher Mann mit Tatterich, und wenn Potter heimgerufen worden wäre, hätte Hervey dessen Namen annehmen können, auch wenn der ein wenig lang war. Reverend Potter aber machte seinem angenommenen Namen alle Ehre und lebte, obwohl krank und senil, nun schon in seiner neunten Dekade.

Nach langer Suche in der Heiligen Schrift und zahllosen Bittgebeten um Gottes Führung hatte sich Reverend Hervey schließlich auf einen Namen festgelegt, der weder zu lang noch zu kurz war und der sich, wie er fand, durch Kraft und Würde auszeichnete. Er hatte sich umbenannt und hoffte, in ganz England bekannt zu werden unter dem Namen Reverend «Treu-bis-in-den-Tod» Hervey.

Reverend «Treu-bis-in-den-Tod» Hervey war ein Mann mit großen Ambitionen. Vor fünf Jahren hatte er das große Glück gehabt, aus ärmlichen Verhältnissen nach Werlatton gerufen zu werden, um der dortigen Pfarrgemeinde vorzustehen, wofür ihm Matthew Slythe nicht weniger als dreißig Pfund im Jahr zukommen ließ. Obwohl solchermaßen reich bestallt, empfand er eine nagende Eifersucht anderen Geistlichen gegenüber, die berühmter waren als er.

Er war inzwischen zweiunddreißig Jahre alt, unverheiratet, aber vergleichsweise unbekannt jenseits der Grenzen seiner Gemeinde. Damit mochte er sich nicht abfinden, und so trachtete er danach, seinem neuen Namen mit aller Entschlossenheit Geltung zu verschaffen. Vor zwei Jahren hatten sich die irischen Katholiken gegen ihre englischen Herren erhoben und das protestantische England erzittern lassen. Treu-bis-in-den-Tod sah nun in diesem Ereignis eine günstige Gelegenheit, prominent zu werden. Er machte sich daran, ein Pamphlet zu verfassen, das am Ende so umfangreich werden sollte wie zwei Bücher. Es trug den Titel: «Die Schrecken der jüngsten Massaker, begangen durch irische Katholiken an den friedfertigen Protestanten dieses Landes». Der Reverend war zwar selbst nie in Irland gewesen, sah darin aber keinen Hinderungsgrund, seinen Bericht aus der Perspektive eines Augenzeugen abzufassen. Gott, so glaubte er, würde seine Feder führen.

Er besorgte sich eine Landkarte von Irland, der er die Namen von Städten und Ortschaften entnahm. Ein knapper, drastischer Bericht, so sein Ansinnen, würde ihm den ersehnten Ruhm einbringen. Sich möglichst kurz zu fassen war ihm allerdings nicht möglich. Er schrieb fieberhaft,

Nacht um Nacht, und ließ seine albtraumartigen Gedanken frei und ungehindert aus der Feder fließen. Besonders leicht entzündete sich seine Phantasie an der Vorstellung von Notzucht und Schändung, der er so viel Raum schenkte und Zeit opferte, dass, als seine Ausführungen über vergewaltigte protestantische Jungfrauen schließlich die Verleger in London erreichten, bereits zwei andere Berichte zum selben Thema veröffentlicht waren. Reverend Treu-bis-in-den-Tod Hervey kam zu spät. Sein Manuskript wurde an ihn zurückgeschickt und gelangte nie in Druck.

Dass die Welt von seinen überragenden Fähigkeiten keine Notiz nahm, war die eine große Enttäuschung für ihn. Die andere bestand darin, dass er immer noch unbeweibt war, was sich für einen Geistlichen, der dreißig Pfund im Jahr bezog, im Grunde nicht gehörte. Ungünstigerweise hatte sich Treu-bis-in-den-Tod auf eine ganz bestimmte junge Frau kapriziert, ein Mädchen, das ihm weit mehr denn alle anderen als Ehefrau und Spenderin irdischer Freuden geeignet zu sein schien. Er wollte Dorcas Slythe heiraten.

Seit nunmehr fünf Jahren schmachtete er nach ihr. Auf sie richtete er seinen Blick, wenn er von der niedrigen Kanzel sprach, und er nahm jede Gelegenheit wahr, Werlatton Hall zu besuchen, um sich an ihrer Schönheit zu weiden. Da es keine anderen Bewerber um sie gab, hatte er selbst bei Matthew Slythe um ihre Hand angehalten, war aber so brüsk und unmissverständlich zurückgewiesen worden, dass er nie wieder darauf zu sprechen gekommen war. Slythes Ablehnung hatte seine Lust jedoch nicht schmälern können. Er sehnte sich mit Schmerzen nach Dorcas.

Als er nun in seinem Garten saß und an der Predigt für den kommenden Sonntag feilte, wurde ihm seine Angebetete in Begleitung ihres Verlobten angekündigt.

Es war ein bitterer Moment für Treu-bis-in-den-Tod, doch blieb ihm nichts anderes übrig, als die beiden willkommen zu heißen, zumal abzusehen war, dass Samuel Scammell dereinst sein Zahlmeister sein würde. Und so sehr er ihm nach außen hin schmeichelte, verachtete er ihn im Stillen. «Prächtiges Wetter, Bruder Scammell.»

«Wirklich und wahrhaftig. Gleiches bemerkte ich auch gegenüber Dorcas.»

Dorcas starrte auf den Rasen und sagte nichts. Sie konnte Hervey nicht ausstehen und vermied es, ihm ins düstere, knochige Gesicht zu sehen. Hervey aber suchte ihren Blick und fragte: «Ihr seid zu Fuß, Miss Slythe?»

Es lag ihr auf der Zunge zu antworten, sie sei auf einem Besenstiel herbeigeflogen. «Ja.»

«Ein herrlicher Tag für einen Spaziergang.»

«Ja.»

Scammell legte den Brief von Matthew Slythe auf die Sonnenuhr und half Treu-bis-in-den-Tod dabei, eine Bank aus dem Haus nach draußen zu tragen. Campion nahm darauf Platz und rückte zur Seite, um sich dem Druck von Scammells prallem Schenkel zu entziehen, während Hervey den Brief überflog. «Es soll also das Aufgebot bestellt werden.»

«Ja.» Scammell fächerte sich mit seinem schwarzen Hut Luft zu.

«Gut, gut.»

Der religiöse Aufruhr in England mochte zwar das Book of Common Prayers aus vielen Gemeinden vertrieben haben, doch blieben die Formen der Eheschließung und Totenbestattung unangetastet. Und so wurde nach altem Brauch auch das Aufgebot bestellt, indem den Gemeindegliedern an drei aufeinanderfolgenden Sonntagen Gelegenheit geboten wurde, Einspruch gegen die angekündigte Eheschließung zu erheben. Doch dass jemand Gebrauch von diesem Recht machte, war, wie Campion wusste, nicht zu erwarten. Niemand würde Einspruch erheben.

Die beiden Männer verständigten sich über die Gestaltung des Gottesdienstes, legten einen Termin fest und einigten sich auf die Psalmen, die gesungen werden sollten. Campion hörte nicht zu. Die Stimmen der beiden waren für sie ebenso bedeutungslos wie das Summen der Bienen im Pfarrgarten. Ihre Vermählung war eine beschlossene Sache, der sie sich fügen musste wie einem schicksalhaften Verhängnis.

Campion und Scammell blieben eine Stunde. Bevor sie sich auf den Rückweg machten, knieten sie zum Gebet nieder, das zum Glück nur zehn Minuten dauerte und von Treubis-in-den-Tod gesprochen wurde, der um die Gunst des Allmächtigen warb und darum bat, dass er dem Brautpaar den Segen spende, den es verdiene. Anschließend versicherten sich Bruder Hervey und Bruder Scammell noch einmal ihrer gegenseitigen Hochachtung.

Treu-bis-in-den-Tod schaute den beiden nach, als sie sein Haus verließen. Er war krank vor Eifersucht und spürte Hass in sich aufkeimen, Hass gegenüber Matthew Slythe, der ihm seine Tochter vorenthalten und sie stattdessen diesem Samuel Scammell an die Hand gegeben hatte. Doch damit wollte sich Treu-bis-in-den-Tod nicht abfinden. Er glaubte an die Kraft des Gebets und schlug, in den Garten zurückgekehrt, das fünfte Buch Moses auf: «Wenn du in einen Streit ziehst wider deine Feinde, und der Herr, dein Gott, gib sie dir in deine Hände, dass du ihre Gefangenen wegführest, und siehst unter den Gefangenen ein schönes Weib und hast Lust zu ihr, dass du sie zum Weibe nehmest, so führe sie in dein Haus.»

Er hoffte inständig, dass es dazu kommen würde, und betete mit Inbrunst, Dorcas Slythe zu seiner Gefangenen machen zu können. Auf Knien fand ihn sein Freund Ebenezer vor, als dieser eine halbe Stunde später zu seinem täglichen Besuch eintraf.

«Bruder Hervey?»

«Ebenezer! Mein lieber Ebenezer!» Treu-bis-in-den-Tod raffte sich auf. «Ich habe gerade mit dem Herrn gerungen!»

«Amen.» Von der Sonne geblendet, blinzelten die beiden einander zu und nahmen dann mit bitterem Herzen Platz, um ihre Bibelstunde abzuhalten.

Campion träumte von Flucht, wusste aber um deren Unmöglichkeit. Sie dachte an den rothaarigen jungen Mann, der neben ihr im Gras am Ufer des Baches gelegen und geplaudert hatte wie mit einer vertrauten Freundin. Toby Lazender war in London und würde sich an sie womöglich gar nicht mehr erinnern. Ihr Wunsch davonzulaufen war übergroß. Aber wohin? Sie hatte weder Geld noch Freunde. In ihrer Verzweiflung dachte sie daran, Toby Lazender einen Brief zu schreiben, kannte aber niemanden, den sie mit der Zustellung dieses Briefes hätte betrauen können.

Mit jedem neuen Tag wurde ihr die Unausweichlichkeit ihres Schicksals wieder schmerzlich vor Augen geführt. Goodwife Baggerlie versuchte immer wieder, ihr die Ehe schmackhaft zu machen. «Gott sei Dank, er ist ein guter Mann und Versorger. Eine Frau kann sich nichts Besseres wünschen.»

Als ihr eines Tages die Haushälterin sämtliche Gerätschaften und Bestände des Haushaltes aufzählte und erklärte, wo diese zu finden waren, wurde Campion mit einer weiteren Aussicht auf ihre Zukunft konfrontiert. «Da wären auch noch gute Windeln und eine Krippe, die wir aufbewahrt haben für den Fall, dass außer dir und Ebenezer noch weitere Kinder geboren werden.» Mit dem Wort «wir» bezog sie sich stets auf ihre Verbundenheit mit Campions Mutter. «Du wirst wahrscheinlich, bevor das nächste Jahr zu Ende geht, ein Kind haben.» Und mit kritischem Blick auf ihre schlanke Gestalt fügte sie hinzu: «So, wie du gebaut bist, wird's wohl Schwierigkeiten geben. Woher du diese schmalen Hüften hast, ist mir ein Rätsel. Deine Mutter, Gott sei ihrer Seele gnädig, war eine stattliche Frau, und auch dein Vater hat beileibe keine schmalen Lenden.» Sie schnäuzte ins Taschentuch. «Gottes Wille geschehe.»

Treu-bis-in-den-Tod Hervey verlas das Aufgebot, ein erstes, ein zweites und ein drittes Mal. Der Tag rückte näher. Sie würde aufhören, Campion zu sein, niemals wahre Liebe erfahren und sich umso mehr danach sehnen.

«Des Nachts auf meinem Lager suchte ich, den meine Seele liebt.» Und bei Nacht wälzte sich Campion voller Angst und Unruhe auf ihrem Bett hin und her. Mit Entsetzen dachte sie daran, wie Scammell sie nehmen würde wie ein Bulle. Sie glaubte, sein Grunzen schon zu hören und konnte fast fühlen, wie seine schlaffen Massen auf ihr lasteten. Sie stellte sich vor, von seinen fleischigen Lippen berührt zu werden, und schrie vor Entsetzen laut auf, sodass Charity sich im Schlaf unruhig herumdrehte.

Campion hatte einige Male bei der Geburt von Kälbern zugesehen, malte sich die Niederkunft des eigenen Kindes ähnlich blutig aus und fürchtete, im Kindbett verbluten zu müssen. Manchmal dachte sie, es wäre besser, schon vor der Hochzeit zu sterben.

Ihr Vater kam nur einmal auf die Hochzeit zu sprechen, und zwar drei Tage vorher. Er suchte sie in der Vorratskammer auf, wo sie gerade damit beschäftigt war, die Butter in große Vierecke zu schneiden. Es überraschte ihn, sie zu sehen.

Sie lächelte. «Vater?»

«Du arbeitest.»

«Ja, Vater.»

Er nahm das Musselintuch vom Butterfass und wrang es zwischen seinen großen Pranken aus. «Ich habe dich gewissenhaft zum Glauben erzogen.»

Sie spürte, dass er bestätigt werden wollte, und sagte: «Ja, Vater.»

«Er ist ein guter Mann. Ein Mann Gottes.»

«Ja, Vater.»

«Du wirst dich voll und ganz auf ihn verlassen können, denn er ist standhaft wie ein Fels in der Brandung. Für dich ist gut gesorgt.»

«Danke, Vater.» Es schien, dass er wieder gehen wollte, doch bevor er das Tuch von den Händen wickeln konnte, stellte sie ihm die Frage, die ihr seit dem Spaziergang mit Scammell auf dem Herzen lag. «Vater?»

«Tochter?»

«Was hat es mit dem Bund auf sich, Vater?»

Er verzog keine Miene, schien aber auf diese Frage nicht gefasst zu sein und ließ sie lange auf die Antwort warten.

Campion sollte diesen Moment für immer in Erinnerung behalten, denn es war das erste und einzige Mal, dass sie ihren Vater bei einer Lüge ertappte. Matthew Slythe war ein ehrlicher Mann, der es sehr ernst nahm mit dem Gebot der Wahrhaftigkeit. Doch in diesem Moment, dessen war sie sich sicher, sagte er die Unwahrheit. «Es ist deine Mitgift, nichts weiter. Für deinen Ehemann bestimmt und darum eine Angelegenheit, die nur ihn und mich etwas angeht.»

Das Musselintuch war an einer Stelle aufgerissen.

In dieser Nacht betete Matthew Slythe um Vergebung der Sünde, gelogen zu haben. Der Gedanke an den Bund brachte ihn um den Schlaf. Ihm verdankte er unermesslichen Reichtum, doch hatte er sich damit auch Dorcas eingehandelt. Er hatte ihren Willen zu brechen und aus ihr eine ergebene Dienerin seines unnachsichtigen Gottes zu machen versucht, fürchtete aber nach wie vor, dass sie dem Geheimnis des Bundes auf die Spur kommen könnte. Sie würde reich und unabhängig sein und womöglich das leichte Glück finden, das Slythe in ihr angelegt sah und für eine Versuchung des Teufels hielt. Das Geld aus dem Bund war nicht für dieses Glück bestimmt, sondern sollte nach seinem Willen darauf verwendet werden, der sündhaften Welt Gottesfurcht beizubringen. Er betete, dass Dorcas nie und unter keinen Umständen die Wahrheit erführe.

Auch seine Tochter betete. Sie konnte sich zwar nicht erklären, warum, war aber sicher, dass ihr Vater sie belogen hatte. Und so betete sie in dieser und in der folgenden Nacht, dass ihr der Schrecken einer Ehe mit Samuel Scammell erspart bliebe und stattdessen die von Gott versprochene Liebe zuteil werden würde.

Am Tag vor ihrer Hochzeit schien Gott ihr Flehen erhört zu haben.

Es war ein sonniger, hochsommerlicher Tag, als am frühen Nachmittag ihr Vater verstarb.

✯ 4 ✯

«Schlagfluss», sagte Dr. Fenderlyn.
«Sir?»
«Er ist dem Schlagfluss erlegen, Dorcas.» Fenderlyn stand neben seinem Pferd vor dem Eingang von Werlatton Hall. «Zu viel Blut, mein Fräulein. Wenn ich das gewusst hätte, hät-

te ich ihn zur Ader gelassen. Von sich aus wäre er ja nicht gekommen. Lieber hat er sich auf seine Gebete verlassen», sagte er verärgert und bestieg den Aufsitzblock. «Harn, Kind, Harn! Wer seinem Arzt regelmäßig Harnproben zukommen lässt, hat gute Aussichten ...» Er zuckte mit den Schultern und gab beim Einatmen einen ominösen Zischlaut von sich. «Ihr seht nicht gut aus, mein Fräulein. Zu viel gelbe Galle. Ich könnte Euch ein Emetikum geben. Das hilft besser als Gebete.»

«Nein Danke, Sir.» Campion kannte Fenderlyns Brechmittel aus leidvoller Erfahrung und erinnerte sich, an dem Würgen, das dieser dunkelbraune, schleimige Saft verursachte, fast erstickt zu sein.

Fenderlyn nahm die Zügel in die Hand und schwang sich in den Sattel. «Habt Ihr's schon gehört, Dorcas?»

«Was?»

«Der König hat Bristol eingenommen. Es scheint, dass die Royalisten nun doch den Sieg davontragen.» Er grunzte zustimmend. «Nun, ich schätze, Ihr habt jetzt anderes im Sinn. Für morgen war schließlich Eure Hochzeit angesetzt, nicht wahr?»

«Ja, Sir.»

«Damit würde ich aber an Eurer Stelle warten», erwiderte Fenderlyn mit düsterem Blick, aber seine Worte waren für sie wie die Botschaft eines Engels. Der Arzt rückte seinen Hut zurecht. «Es wäre keine Hochzeit, sondern eine Trauerfeier. Prächtiges Wetter, Dorcas! Er sollte möglichst bald bestattet werden. Vermutlich will er neben Eurer Mutter begraben sein.»

«Ja, Sir.»

«Ich werde veranlassen, dass Hervey das Grab öffnet. Hei ho! Wieder einer, der verschieden ist.» Er blickte auf die Efeuranken am Haus, zwischen denen die Hausschwalben nisteten. «Es wird uns irgendwann alle ereilen, mein Fräulein. Schlagfluss, Steine, Strangurie, die Gicht, Epilepsie, Aussatz, Blattern, Pest, Fisteln, Geschwüre, Wassersucht, Darmverwindungen, Leistenbruch, Kropf, Fieber, Pocken, Bandwürmer, Schweißausbrüche, Magengrimmen ...» Er schüttelte den Kopf, schien aber an seiner Aufzählung Gefallen zu finden. «Nur die Jungen glauben, dass sie ewig leben werden.» Dr. Fenderlyn war achtundsiebzig Jahre alt und hatte bislang keinen einzigen Tag krank zu Bett gelegen. Dennoch war er ein freudloser Mann, der immer mit dem Schlimmsten rechnete. «Was werdet Ihr jetzt tun, Dorcas?»

«Tun, Sir?»

«Werdet Ihr jetzt Mr Scammell heiraten und noch mehr Patienten zur Welt bringen?»

«Ich weiß nicht, Sir.» Die Zukunft wieder offen zu sehen, ließ Campions Herz vor Freude springen. Sie wusste nur, dass die Hochzeit verschoben war, und fühlte sich wie eine Verurteilte, der vom Kerkermeister mitgeteilt wird, dass die Galgenfrist verlängert ist.

«Ich wünsche einen guten Tag, Dorcas.» Fenderlyn tippte mit der Gerte an die Hutkrempe. «Und sagt Eurem Bruder, dass er mir eine Harnprobe schicken soll. Ich hätte nicht gedacht, dass er die ersten Monate überlebt, und nun ist er schon ein junger Mann. Das Leben ist voller Überraschungen. Seid guten Mutes», sagte er griesgrämig.

Ebenezer hatte seinen Vater tot aufgefunden, vor seinem Schreibtisch in sich zusammengesunken und mit jenem verzerrten Ausdruck im Gesicht, den er auch zu Lebzeiten so oft gezeigt hatte. Seine Faust war geballt gewesen, als habe er im letzten Moment am Leben festzuhalten versucht und noch nicht in den Himmel auffahren wollen, worauf er doch immer gehofft hatte. Er war vierundfünfzig Jahre alt geworden, hatte also ein für die meisten Männer gutes Alter erreicht. Und er war jählings verstorben, ohne dass er hätte lange leiden müssen.

Campion fühlte sich erleichtert, obwohl sie wusste, dass es dazu keinen Grund gab. Sie stand am Grab, starrte auf den morschen Sarg ihrer Mutter und musste schwer an sich halten, um nicht erkennen zu lassen, wie sehr sie sich freute. Sie stimmte mit ein in den dreiundzwanzigsten Psalm und hörte den Worten Herveys zu, der frohlockte, dass Bruder Matthew Slythe in die himmlische Herrlichkeit abgerufen worden sei und den Jordan überquert habe, um der Gemeinde der Heiligen beizutreten, mit der er nun auf ewig Gottes Majestät in den himmlischen Gefilden preisen würde. Campion versuchte, sich ihren Vater mit seiner düsteren Miene in den Reihen der Engel vorzustellen.

Als nach der Beisetzung das Grab zugeschaufelt wurde, nahm Treu-bis-in-den-Tod Hervey Campion beiseite. Er hatte seine Hand fest um ihren Arm geschlossen und sagte: «Ein trauriger Tag, Miss Slythe.»

«Ja.»

«Im Himmel wird es ein Wiedersehen geben.»

«Ja, Sir.»

Hervey warf einen Blick über die Schulter zurück auf die Trauergäste, die außer Hörweite waren. Das dünne, strohgelbe Haar fiel ihm in sein spitzes Gesicht. Er schluckte, und der Adamsapfel hüpfte auf und nieder. «Wie soll es nun weitergehen?»

«Ich weiß nicht.» Sie versuchte, sich aus seinem Griff zu lösen, doch Treu-bis-in-den-Tod ließ nicht locker. Seine Augen, die so fahl wie seine Haare waren, huschten hin und her.

«Trauer ist eine schwere Last, Miss Slythe.»

«Ja, Sir.»

«Sie sollte darum nicht allein getragen werden.» Seine Finger krallten sich noch fester um ihren Oberarm. Er lächelte. «Ich bin der Hirte dieser Gemeinde, Miss Slythe, und bereit, Euch auf jede erdenkliche Weise zu helfen. Versteht Ihr mich?»

«Ihr tut mir weh.»

«Meine liebe Miss Slythe!» Seine Hand löste sich von ihrem Arm und schwebte über ihrer Schulter. «Vielleicht sollten wir gemeinsam den Balsam von Gilead erbitten.»

«Ich weiß, dass Ihr für uns beten werdet, Mr Hervey.»

Ihre Entgegnung war nicht, was Treu-bis-in-den-Tod hören wollte. Er malte sich ergreifende Szenen im Haus aus: Campion in tiefer Trauer, ausgestreckt auf ihrem Bett, und er daneben als ihr Tröster. Geblendet von der eigenen Vorstellung, zwinkerte er nervös mit den Augen.

Samuel Scammell kam herbei und weckte ihn aus seinen Träumereien. Er dankte ihm für seine Ansprache und fragte: «Kommt Ihr morgen zu uns, Bruder? Mr Blood wird das Testament eröffnen.» Er leckte sich die Lippen und lächelte. «Ich glaube, unser lieber verstorbener Bruder wird sich auch an Eure guten Werke erinnert haben.»

«Ja. Ja.»

Das Hauspersonal wartete auf Scammell und Campion neben dem Fuhrwerk, auf dem Slythes Leichnam zum Friedhof gebracht worden war. Ebenezer saß bereits auf seinem Pferd. Er hing schlaff im Sattel, das verkrüppelte Bein von einem eigens für ihn angefertigten Steigbügel abgestützt. Er hielt Scammells Pferd beim Zaumzeug. «Bruder Scammell?» Er reichte ihm die Zügel und sagte mit Blick auf seine Schwester: «Du fährst mit den Dienern im Fuhrwerk.» Seine Stimme war harsch.

«Ich gehe zu Fuß, Ebenezer.»

«Das ziemt sich nicht.»

«Ich gehe zu Fuß, Ebenezer! Ich möchte allein sein.»

«Lasst sie nur, lasst sie!», empfahl Scammell dem Bruder und nickte Tobias Horsnell zu, der auf dem Bock saß und die Zügel in der Hand hielt. Campion schaute dem davonziehenden Tross nach.

Sie musste mit aller Macht an sich halten, um nicht geradewegs über den Hügel und durch die Felder zum Bach zu laufen, um dort ihre Kleider abzustreifen, ins Wasser zu springen und sich der schieren Freude eines kühlen Bades hinzugeben. Stattdessen schlenderte sie die Straße entlang, genoss die Freiheit des Alleinseins und spürte, wie ihrer Seele Flügel wuchsen. Als sie die Buchen erreichte, schlang sie die Arme um einen der Bäume wie um einen Liebhaber, überglücklich, dass eine große Last von ihr genommen war. Die Wange an die Rinde gelegt, flüsterte sie: «Danke, ich danke dir.»

In der Nacht bestand sie darauf, dass Charity woanders schlief. Sie sperrte die Tür ab und tanzte vor Freude in der Kammer umher. Sie war allein! Bei offenem Fenster zog sie sich aus. Ans Fensterbrett gelehnt, schaute sie auf das vom Mond beschienene Kornfeld und glaubte zu sehen, wie sich ihre Freude über das Land ergoss. Die Ehe mit Scammell würde ihr erspart bleiben! Sie kniete neben dem Bett nieder, faltete die Hände, dankte Gott und gelobte, ihm auch in ihrer Freiheit zu gefallen.

Am nächsten Tag kam Isaac Blood nach Dorchester.

Er hatte ein bleiches, vom Alter zerfurchtes Gesicht und graue Haare, die ihm bis zum Kragen reichten. Als langjähriger Rechtsbeistand von Matthew Slythe wusste er, welche Sitten in Werlatton Hall herrschten, weshalb er sich eine Flasche Malvasierwein mitgebracht hatte. Die Dienstboten hockten ihm auf ihren Gebetsbänken gegenüber, während Campion und Ebenezer zwischen Samuel Scammell und Treu-bis-in-den-Tod auf der Familienbank saßen. Isaac Blood stand hinter dem Lesepult und rückte sich einen kleinen Tisch zurecht, um seine Weinflasche und ein kleines Glas darauf abstellen zu können.

In Anerkennung ihrer treuen und gottesfürchtigen Dienste sollte Goodwife Baggerlie hundert Pfund erhalten. Sie wischte sich die geröteten Augen mit dem Saum ihrer Schürze. «Gott segne ihn! Gott segne ihn!»

Treu-bis-in-den-Tod zeigte sich überrascht von dieser Summe. Er sah die Haushälterin an und dachte bei sich, dass Slythe einem Mann Gottes gegenüber gewiss noch großzügiger sein würde als gegenüber einer Hausangestellten. Er lächelte und fasste sich in Geduld, denn Isaac Blood schenkte sich ein Glas Malvasierwein ein, trank einen Schluck und wischte sich die Lippen.

«Zu unserem Bruder Treu-bis-in-den-Tod Hervey», las nun Isaac Blood vor, worauf sich Scammell auf seiner Bank nach vorn beugte und dem Pfarrer zulächelte. Hervey heftete seinen Blick auf den Advokaten. «Ich weiß», fuhr dieser fort, «dass er von seiner selbstlosen Arbeit in Gottes Weingarten durch nichts abgelenkt sein möchte, und darum will ich ihn nicht über seine Wünsche hinaus belasten.»

Hervey krauste die Stirn. Blood nippte an seinem Wein. «Fünf Pfund.»

Fünf Pfund! Fünf! Hervey erstarrte. Er sah alle Augen auf sich gerichtet und litt Qualen der Bedeutungslosigkeit, der unvergoltenen Tugend und des Hasses auf Matthew Slythe. Fünf Pfund! Dieselbe Summe, die auch, wie sich herausstellen sollte, Tobias Horsnell und einigen der anderen Diener zuerkannt war.

Blood bemerkte nichts von der Verbitterung zu seiner Linken. «Meine geliebten Kinder Samuel und Dorcas Scammell erhalten die im Ehevertrag festgelegten Vermögenswerte.»

Scammell grunzte zufrieden und gab Campion, die neben ihm saß, einen Stups in die Seite. Sie selbst konnte zunächst nicht verstehen, was es mit den vorgetragenen Worten auf sich hatte. Ehevertrag? Doch dann dämmerte es ihr. Dass sie Scammell ehelichte, war Teil des letzten Willens ihres Vaters und über seinen Tod hinaus beschlossene Sache. Sie spürte die Verzweiflung der letzten Wochen zurückkehren. Matthew Slythe bestimmte sogar aus dem Grab heraus noch über sie.

Werlatton Hall, der gesamte Grundbesitz einschließlich aller angeschlossenen Pachtfarmen, ging, wie zu erwarten gewesen war, an Ebenezer. Der nahm ungerührt zur Kenntnis, so überreich beschenkt zu sein. Doch dann lächelte er Scammell zu, als verlesen wurde, dass Bruder Samuel Scammell dafür vorgesehen war, den großen Besitz bis zu Ebenezers Volljährigkeit treuhänderisch zu verwalten. Sollte Ebenezer ohne Nachkommen sterben, würde Werlatton an Samuel Scammell übergehen.

Der Rest des Testaments bestand aus einer Predigt zum Thema Rechtschaffenheit, die Isaac Blood mit tonloser Stimme vortrug. Es war Matthew Slythes letzte Predigt in diesem Haus. Campion hörte nicht zu. Ihr war nur eines klar: dass sie nach dem Willen ihres Vaters wie ein Stück Vieh an Samuel Scammell abgetreten wurde.

Als die Predigt zu Ende war, faltete der Advokat die steifen Papierbögen zusammen und sagte mit Blick auf die Dienerschaft: «Matthew Slythe wünscht, dass ihr alle euren Dienst hier fortsetzt. Darf ich annehmen, dass auch Ihr damit einverstanden seid?» Die Frage war an Scammell gerichtet, der lächelnd mit dem Kopf nickte und das Personal mit einer flüchtigen Geste willkommen hieß.

«Gut, gut.» Blood nippte an seinem Malvasierwein. «Und nun möchte ich darum bitten, dass alle, die nicht der engeren Familie angehören, den Raum verlassen.» Scammell, Ebenezer und Campion blieben auf ihrer Bank sitzen, während die Dienerschaft gehorsam abtrat. Treu-bis-in-den-Tod, dem es offenbar nicht gefiel, mit den Bediensteten gleichgestellt zu werden, blieb erwartungsvoll zurück, wurde aber schließlich von Isaac Blood höflich hinauskomplimentiert. Der Advokat schloss die Tür und kehrte ans Lesepult zurück. «Eures Vaters Testament enthält noch eine weitere Verfügung.» Er faltete die Papiere wieder auseinander. «Ah ja! Da steht's.»

Er räusperte sich, nahm noch einen Schluck Wein und führte den Text vor seine kurzsichtigen Augen. «Ich bin gehalten, Euch und nur Euch folgende Worte vorzutragen, was ich hiermit tue. ‹Ich entledige mich meiner Pflichten in Bezug auf den Bund, indem ich Samuel Scammell, meinen Schwiegersohn, zum Bewahrer des in meinem Besitz befindlichen Siegels bestimme. Sollte dieser sterben, ehe meine Tochter das Alter von fünfundzwanzig Jahren erreicht hat, geht die Vollmacht über das Siegel an meinen Sohn Ebenezer über, von dem ich weiß, dass er den Statuten des Bundes Rechnung tragen wird.›» Isaac Blood betrachtete Campion mit ernster Miene und schaute wieder auf den Text. «‹Falls meine Tochter Dorcas vor ihrem fünfundzwanzigsten Lebensjahr sterben und keine Nachkommen hinterlassen sollte, wird der Bewahrer des Siegels, wer dieser auch sein mag, alle Gelder des Bundes darauf verwenden, das Evangelium unter denen zu verkünden, die noch nicht erleuchtet sind.› So, das war's.» Blood richtete den Blick auf Scammell. «Versteht Ihr, Mr Scammell?»

«Allerdings, sehr wohl.» Scammell lächelte und nickte eifrig.

«Master Ebenezer?»

Ebenezer nickte, zeigte sich aber, wie Campion bemerkte, ein wenig irritiert und schien das Gesagte nicht ganz begriffen zu haben.

«Miss Dorcas?»

«Nein, ich verstehe nicht.»

Ihre Antwort war anscheinend unerwartet, denn Isaac Blood schaute sie zuerst verwundert, dann verärgert an. «Ihr versteht nicht?»

Campion stand auf und ging auf die Fenster zu, die nach Norden wiesen. «Was hat es mit dem Bund auf sich, Mr Blood?» Sie spürte, dass ihr die erst jüngst gewachsenen Flügel brachen und sie ohnmächtig in die Tiefe stürzte. Mit dem Tod ihres Vaters hatte sich nichts für sie geändert. Die Hochzeit war lediglich aufgeschoben.

Der Advokat ignorierte ihre Frage. Er legte seine Papiere zusammen. «Dürfte ich Euch einen kleinen Rat geben? Ich empfehle, dass Ihr möglichst bald die Ehe schließt. In sechs Wochen vielleicht? Diese Frist wäre nicht unziemlich.» Er schaute auf Samuel Scammell. «Ihr versteht, Mr Scammell, dass Matthew Slythes letzter Wille Eure Ehe mit Dorcas voraussetzt und dass Eure Familienzugehörigkeit Bedingung dafür ist, dass dieser Wille wirksam wird?»

«Ich verstehe, durchaus.»

«Und es wäre natürlich im Sinne des Verblichenen, wenn die glückliche Verbindung nicht über Gebühr hinausgezögert würde. Die Dinge sollten geordnet sein, Mr Scammell, geordnet.»

«Wirklich und wahrhaftig.» Scammell stand auf, um den Advokaten hinauszugeleiten.

Campion wandte sich vom Fenster ab. «Mr Blood, Ihr habt meine Frage nicht beantwortet. Was hat es mit dem Bund auf sich?»

Mit dieser Frage hatte sie ihren Vater in Verlegenheit gebracht, doch der Advokat zuckte nur mit den Schultern. «Eure Mitgift, Miss Slythe. Der Grundbesitz war natürlich immer schon für Euren Bruder bestimmt. Darum hat Euer Vater Vorkehrungen für Euer Heiratsgut getroffen. Mehr weiß ich auch nicht. Die Sache liegt bei einem Advokaten in London, aber ich denke, Euer Vater hat Euch großzügig bedacht.»

«In der Tat.» Scammell nickte, eifrig darauf bedacht, sich an ihrer statt zufrieden zu zeigen.

Für eine Weile trat Schweigen ein. Campions Frage war beantwortet worden, und sie sah keine Hoffnung mehr, der Ehe mit Scammell zu entkommen. Plötzlich meldete sich Ebenezers kratzige Stimme. «Was heißt ‹großzügig›? Auf welchen Wert beziffert sich der Bund?»

Isaac Blood zuckte mit den Achseln. «Das weiß ich nicht.»

Scammell hob die Brauen, fuchtelte mit den Armen und schien zufrieden mit sich. Er wusste Bescheid, und es drängte ihn, das wunderschöne, goldgelockte Mädchen, das er so gern in seine Arme schließen wollte, zu beeindrucken. Er wollte, dass seine Zukünftige ihn gern hatte, und hoffte, den Damm ihrer Zurückhaltung brechen zu können, indem er sagte: «Ich kann darauf antworten. In der Tat, das kann ich.» Er strahlte. «Nach unseren Berechnungen betrug der Wert des Bundes im letzten Jahr nicht weniger als zehntausend Pfund.»

«Gütiger Gott!» Isaac Blood hielt sich am Lesepult fest.

Ebenezer stand langsam auf. Sein Gesicht zeigte zum ersten Mal an diesem Tag eine Regung. «Wie viel?»

«Zehntausend Pfund», wiederholte Scammell gelassen und versuchte, den Eindruck zu erwecken, dass er für den Profit verantwortlich sei, sich damit aber nicht brüsten wolle. «Die Summe schwankt natürlich. In manchen Jahren steigt der Wert, dann sinkt er manchmal auch ein wenig.»

«Zehntausend Pfund?» Ebenezers Stimme war schrill vor Entsetzen. «Zehntausend Pfund?» Diese Summe sprengte den Rahmen dessen, was er sich vorzustellen vermochte. Sie überstieg die Erträge von Werlatton um ein Vielfaches. Ebenezer konnte aus der Bewirtschaftung des Gutes allenfalls mit siebenhundert Pfund im Jahr rechnen und musste nun hören, dass seine Schwester beträchtlich reicher ausgestattet war.

Scammell kicherte vor Vergnügen. «Wirklich und wahrhaftig.» Campion würde ihn jetzt wohl mit Freude heiraten, dachte er. Sie wären so vermögend wie nur wenige auf dieser Welt. «Seid Ihr überrascht, meine Liebe?»

Campion konnte das Gehörte ebenso wenig glauben wie ihr Bruder. Zehntausend Pfund! Unvorstellbar. Ihr schwirrte der Kopf, doch dann erinnerte sie sich an den Wortlaut des Testaments und fragte: «Mr Blood, habe ich richtig verstanden, dass ich über das Geld verfüge, wenn ich fünfundzwanzig bin?»

«Ja, so ist es.» Isaac Blood betrachtete sie nun geradezu ehrerbietig. «Allerdings nicht, wenn ihr verheiratet seid, denn dann verfügt Euer lieber Gatte über das Geld, wie es sich gehört. Sollte er aber vor Euch das Zeitliche segnen» – er warf einen Blick auf Scammell und bat ihn mit einer kleinen Geste um Verzeihung – «dann werdet Ihr natürlich in den alleinigen Genuss des Siegels kommen. Das Testament ist, wie mir scheint, nicht anders zu verstehen.»

«Das Siegel?» Ebenezer hinkte auf das Lesepult zu.

Blood schüttete den Rest der Flasche ins Glas. «Es beglaubigt lediglich die Unterschrift einer jeden Urkunde, die sich auf den Bund bezieht.»

«Aber wo ist es, Mr Blood? Wo befindet es sich?» Ebenezer war ungewöhnlich lebhaft.

Der Advokat trank von seinem süßen Wein und zuckte mit den Achseln. «Wie soll ich das wissen, Master Ebenezer? Vermutlich unter den Sachen Eures Vaters.» Missmutig starrte er auf den Grund des leeren Glases. «Sucht selbst danach. Und seid gründlich dabei.»

Wie beiläufig gab Blood noch einmal seinem, wie er sagte, tief empfundenen Mitgefühl Ausdruck und ging dann, von Ebenezer und Scammell begleitet, nach draußen. Campion blieb allein zurück. Das Sonnenlicht fiel schräg durch die bleiverglasten Fenster auf die gebohnerten Dielen. Sie war hier immer noch eine Gefangene. Das ihr zustehende Vermögen aus dem Bund änderte daran nichts. Auch wenn ihr die rechtlichen Umstände nicht durchsichtig waren, wusste sie doch, dass sie in der Falle steckte.

Samuel Scammell kehrte zurück. Seine Sohlen quietschten auf dem Holzboden. «Meine Liebe? Dass wir reich sind, scheint Euch sehr überrascht zu haben.»

Sie sah ihn mit niedergeschlagener Miene an. «Lasst mich bitte allein.»

Es war August, und das Wetter versprach eine so reiche Ernte wie schon seit Jahren nicht mehr. Campion schlenderte durch duftende Felder, mied diejenigen, auf denen gearbeitet wurde, und suchte stets stille Orte auf, an denen sie ungestört Rast machen und nachdenken konnte. Sie aß allein, schlief allein, war aber trotzdem immer allen im Haus gegenwärtig. Es schien, als lebte die Kraft ihres Vaters, mit der er seinen Missmut auf seine Umgebung übertragen hatte, in ihr weiter.

Goodwife Baggerlie nahm am meisten Anstoß daran. «Sie hat einen Teufel in sich, Master, merkt Euch meine Worte.»

«Trauer drückt sie», entgegnete Scammell.

«Trauer? Sie trauert nicht.» Die Haushälterin verschränkte ihre Arme und blickte trotzig drein. «Sie braucht eine Tracht Prügel, Master, ja, eine ordentliche Tracht Prügel. Dann käme sie wieder zur Besinnung. Ihr Vater, Gott hab ihn selig, hätte sie ihr längst verabreicht, und das solltet auch Ihr tun.» Sie wischte mit einem Lappen den Tisch ab, an dem Scammell gerade ein einsames Mittagsbrot zu sich genommen hatte. «Es mangelt diesem Mädchen an nichts. Wäre mir auch nur einer ihrer Vorzüge vergönnt gewesen ...» Sie schüttelte den Kopf und überließ es der Phantasie Scammells, sich auszumalen, welche Wunder sie als Tochter von Matthew Slythe vollbracht hätte. «Versetzt ihr eine Tracht Prügel, Master. Gürtel sind nicht nur dazu da, Hosen zu halten.»

Scammell war jetzt der Herr im Haus. Er entlohnte die Dienstboten und trieb die Pachtzinsen ein. Ebenezer half ihm dabei und versuchte, ihm zu gefallen. Beide teilten auch eine große Sorge. Das Siegel des Bundes war nicht aufzutreiben.

Campion kümmerte sich nicht darum. Die enormen Einkünfte durch den Bund kämen ihr ohnehin nicht zugute. Sie würde sich wider Willen in diese Ehe fügen müssen, und weder zehn noch zehntausend Pfund konnten sie Scammell gegenüber versöhnlich stimmen. Er war kein schlechter Mann, hatte aber, wie sie vermutete, einen eher schwachen Charakter. Als Ehemann hätte er anderen Frauen womöglich gereicht, aber nicht ihr. Sie wollte glücklich sein und frei, und Scammells schlaffe Lust war eine ganz und gar unzureichende Entschädigung für die Entsagung dessen, was sie sich vom Leben erträumt hatte. Sie war Dorcas und wollte Campion sein.

Sie verzichtete auf das Bad im Bach – daran konnte sie sich nicht länger erfreuen –, ging aber manchmal an den kleinen Teich, wo jetzt der Blutweiderich blühte, und dachte an Toby Lazender. Sie vermochte sein Bild nicht mehr wachzurufen, erinnerte sich aber noch an seine neckende Art, an seine Leichtigkeit, und träumte davon, dass er eines Tages an den Teich zurückkehrte und sie aus der erstickenden Enge Werlattons befreite.

So schwelgte sie eines Nachmittags wieder einmal in Gedanken an Toby und lächelte in Anbetracht der Vorstellung, dass er zu ihr käme, als hinter ihr auf der Wiese das Getrappel von Pferdehufen zu hören war. Sie drehte sich um und sah Ebenezer auf sich zureiten. «Schwester.»

Noch immer lächelnd, grüßte sie zurück. «Ebenezer.» Sie hatte für einen verzückten Moment gehofft, es sei Toby. Doch statt in seines schaute sie in das grimmige Gesicht ihres Bruders.

Sie hatte sich ihm nie verbunden gefühlt, obwohl ihr stets daran gelegen war. Während sie es als Kind immer hinaus in den Küchengarten getrieben hatte, wo sie sich von den Eltern unbeobachtet fühlen konnte, hatte Ebenezer vor seiner aufgeschlagenen Bibel gesessen und die vom Vater für den jeweiligen Tag ausgewählten Verse auswendig gelernt, doch nicht ohne seine Schwester mit neiderfüllten, eifersüchtigen Blicken zu bespitzeln. Dennoch, er war ihr Bruder, ihre einzige Verwandtschaft, und Campion hatte während der letzten Tage viel über ihn nachgedacht. Vielleicht konnte sie ihn als Verbündeten für sich gewinnen. Sie klopfte mit der flachen Hand aufs Gras zu ihrer Seite und sagte: «Komm und setz dich. Ich möchte mit dir reden.»

«Ich habe zu tun.» Er runzelte die Stirn. Seit dem Tod des Vaters gab er sich den Anstrich kummervoller Würde, besonders dann, wenn er mit Samuel Scammell die tägliche Andacht hielt. «Ich bin gekommen, um den Schlüssel zu deinem Zimmer zu holen.»

«Wozu?»

«Das hat dich nicht zu interessieren!», entgegnete er gereizt und hielt ihr die geöffnete Hand entgegen. «Ich verlange danach, und das sollte genug sein. Wir, Bruder Scammell und ich, wollen den Schlüssel haben. Wenn unser Vater noch lebte, würdest du dich nicht in deinem Zimmer einsperren.»

Sie stand auf, klopfte den Rock aus und nahm den Schlüssel vom Ring, der in einer Schlaufe am Bund steckte. «Du kannst ihn haben, Bruder, solltest mir aber sagen, wozu du ihn brauchst», sagte sie ruhig.

Die breite Krempe des schwarzen Hutes überschattete sein Gesicht. «Wir suchen nach dem Siegel, Schwester.»

Sie lachte. «In meinem Zimmer ist es nicht.»

«Was gibt es da zu lachen, Dorcas? Vielleicht erinnerst du dich: Nicht mir, sondern dir sind Jahr für Jahr zehntausend Pfund versprochen.»

Sie hatte ihm den Ring reichen wollen, hielt aber jetzt ihre Hand zurück und schüttelte den Kopf. «Du verstehst wohl nicht. Das Geld ist mir unwichtig. Ich will einfach nur allein sein. Und vor allem will ich nicht Mr Scammell heiraten. Lass uns beide nach dem Geld suchen, Ebenezer. Du und ich. Dazu brauchen wir Mr Scammell nicht.» Die Worte sprudelten nur so aus ihr heraus. «Ich habe nachgedacht. Du kannst das Geld haben, und wenn du dir eine Frau ins Haus holst, werde ich ausziehen und mir im Dorf eine Bleibe suchen. Wir könnten glücklich und zufrieden sein.»

Er rührte keine Miene, doch sein Blick verriet, wie sehr er ihr grollte. Er hatte sie noch nie leiden können, denn sie konnte laufen, was ihm versagt war, sie konnte nackt im Bach baden, während er sein verunstaltetes, steifes Bein hinter sich herzog. Nun schüttelte er den Kopf. «Du willst mich in Versuchung führen, nicht wahr? Du bietest mir Geld. Und warum? Weil du Bruder Scammell ablehnst. Meine Antwort ist nein, Schwester. Nein.» Er hob die Hand, um sich nicht unterbrechen zu lassen. «Nur du und ich, das klingt recht schön, aber ich weiß, was du im Schilde führst. Du würdest gleich an deinem fünfundzwanzigsten Geburtstag mit dem ganzen Geld durchbrennen. Aber dazu kommt es nicht, Schwester, denn du wirst Bruder Scammell heiraten, und wenn du verheiratet bist, wird dir klar werden, dass Bruder Scammell und ich ein Abkommen getroffen haben. Wir teilen uns das Geld, Dorcas, unter uns dreien, denn so will es Bruder Scammell. So hätte es auch unser Vater gewollt. Hast du auch daran gedacht? Oder glaubst du etwa, dass mit seinem Tod all seine Hoffnungen zerstört sind? Dass all seine Gebete ungehört bleiben?» Ebenezer schüttelte erneut den Kopf. «Eines Tages, Dorcas, werden wir wieder mit ihm zusammentreffen, und zwar an einem besseren Ort als diesem, und ich will, dass er mir dann dafür dankt, ein guter, treuer Sohn gewesen zu sein.»

«Eb?»

«Den Schlüssel, Schwester.» Er streckte wieder die Hand aus.

«Du irrst, Eb.»

«Her damit!»

Sie gab ihm den Schlüssel, und kaum dass er ihn entgegengenommen hatte, zerrte er mit Gewalt am Zügel, hieb dem Pferd die rechte Ferse in die Flanke und galoppierte davon.

Niedergeschlagen setzte sie sich wieder ans Ufer des ruhig fließenden Baches. Ebenezer verachtete sie, und sie wusste nicht warum. Es schien, als erfreute er sich an ihrem Kummer. Von seinem Vater hatte er nicht nur den Zorn geerbt, sondern auch dessen Hang zur Grausamkeit. Sie erinnerte sich, Ebenezer, als dieser zehn Jahre alt gewesen war, im Obstgarten mit Clarks *Martyrologie* vorgefunden zu haben. Die aufgeschlagene Seite zeigte, wie römisch-katholische Priester einem protestantischen Märtyrer die Eingeweide aus dem Leib herausrissen, und sie hatte entsetzt aufgeschrien, weil am Apfelbaum ein kleines Kätzchen mit aufgeschlitztem Bauch hing, gefoltert auf die gleiche Weise. Sie hatte ihren Bruder von dem blutverschmierten Baum weggezerrt, weg von dem kreischenden Kätzchen, war von Ebenezer bespuckt und gekratzt worden und musste erfahren, dass er schon neun andere Kätzchen auf diese Weise getötet hatte. Sie hatte am Ende das leidende Tier mit eigener Hand erlösen müssen und ihm unter dem hämischen Gelächter ihres Bruders die Kehle durchschnitten.

Ebenezer war nun mit Samuel Scammell im Bunde. Ihre Mitgift sollte unter ihnen aufgeteilt werden, und sie konnte nichts dagegen unternehmen.

Sie hatte in Werlatton nichts mehr verloren. Den Blick auf die Stelle gerichtet, an dem sich der Bach in den Teich ergoss, dachte sie an Aufbruch, daran, dem Lauf des Baches zu folgen und zu sehen, wohin er sie führte. Gleichzeitig aber wusste sie, dass es ihr nicht möglich sein würde davonzulaufen. Doch sie wusste auch, dass es ihr unmöglich war zu bleiben.

Sie stand auf und ging langsam und schweren Herzens zum Haus zurück.

Durch die Seitentür betrat sie den Korridor, der am Arbeitszimmer ihres Vaters vorbeiführte. An das helle Sonnenlicht gewöhnt, konnte sie in der Düsternis des Hauses zunächst kaum etwas erkennen, und so sah sie auch nicht den Mann, der vor der Tür zum Zimmer des Vaters stand.

«Zum Teufel! Wer bist du!»

Bei den Schultern gepackt, wurde sie rücklings gegen die Wand gedrückt. Der Mann grinste. «Gütiger Himmel! Eine Puritanermaid.» Er hob ihr Kinn mit seinem Zeigefinger an. «Ein reifes kleines Früchtchen.»

«Sir!», ertönte Samuel Scammells Stimme. Er kam aus dem Arbeitszimmer herausgeeilt. «Sir! Das ist Miss Slythe. Wir werden heiraten.»

Der Mann ließ von ihr ab. Er war groß, sein breites Gesicht vernarbt und hässlich, die Nase gebrochen. Ein Schwert hing an seiner Seite, und im Gürtel steckte eine Pistole. Mit Blick auf Scammell fragte er: «Sie gehört Euch?»

«Allerdings, Sir.» Scammell klang nervös. Der Mann machte ihm Angst.

«Nur vom Feinsten, eh? Zweifellos, sie ist die Antwort auf die Gebete eines Puritaners. Ich hoffe, Ihr wisst, wie verdammt glücklich Ihr Euch schätzen könnt. Hat sie's?»

«Nein.» Scammell schüttelte den Kopf. «Wirklich nicht.»

Der Mann starrte Campion an. «Wir werden uns später unterhalten, Miss. Und nicht, dass Ihr mir weglauft.»

Verschreckt von seinem Körpergeruch und der Gewalttätigkeit, die er ausstrahlte, lief sie davon und eilte in den Stallhof, der von der Sonne aufgeheizt war. Mit Tränen in den Augen setzte sie sich auf den Aufsitzblock und lockte die Kätzchen an, die ihr mit ihrem warmen Fell um die Beine strichen. Es drängte sie zur Flucht. Hier konnte sie nicht bleiben. Sie musste dieses Haus weit hinter sich lassen.

Im Hintergrund waren plötzlich Schritte zu hören. Sie schaute sich um und erkannte den Fremden. Er schien ihr gefolgt zu sein und kam eilends näher. Sein Schwert schlug scheppernd gegen den Wassertrog, und ehe sie sich versah, hatte er sie wieder bei den Schultern gepackt. Er stank aus dem Mund. Sein ledernes Soldatenwams war speckig. Er grinste und bleckte seine faulen Zähne. «Miss, ich bin doch nicht etwa den weiten Weg von London gekommen, um so unfreundlich empfangen zu werden, oder?»

«Sir!» Sie zitterte vor Angst.

«Wo ist es?»

«Wovon sprecht Ihr?» Sie versuchte, sich von ihm loszureißen, hatte ihm aber nichts entgegenzusetzen.

«Sapperlot! Halt mich nicht zum Narren», brüllte er und quetschte ihr mit seiner Pranke die Schulter. Dann lächelte er wieder. «Was seid Ihr doch für ein hübsches Kind. Und sollt an diesen Jammerlappen verschwendet werden?» Immer noch lächelnd stieß er ihr sein rechtes Knie zwischen die Beine und langte mit der freien Hand an den Saum ihres Rocks.

«Das reicht, Mister!», tönte es von der rechten Seite. Tobias Horsnell, der Stallknecht, stand im Torbogen, bewaffnet mit der Muskete, die dazu verwendet wurde, kranke Tiere zu erlösen. «Ich rate Euch, die Frau in Frieden zu lassen.»

«Wer bist du?»

«Die Frage sollte ich Euch stellen.» Horsnell schien sich von der rohen, gewalttätigen Art des Mannes nicht einschüchtern zu lassen. Er hob das Gewehr. «Na, wie wär's, wenn Ihr jetzt die Finger von ihr nähmt?»

Der Mann gab sie frei, trat zurück und rieb sich die Handflächen. «Sie hat etwas, was ich haben will.»

Horsnell schaute Campion an. Er war ein dünner Mann mit sehnigen, von der Sonne gebräunten Unterarmen. Während der Bibelstunden im Haus hielt er sich immer diskret zurück, obwohl er einer der wenigen Dienstboten war, die zu lesen gelernt hatten. «Was hat das zu bedeuten, Miss Dorcas?»

«Keine Ahnung.» Sie schüttelte den Kopf. «Ich weiß nicht, wonach er sucht.»

«Worum geht's, Mister?»

«Um ein Siegel.» Der Mann überlegte anscheinend, ob ihm genug Zeit bliebe, die Pistole aus dem Gürtel zu ziehen, doch Horsnell hielt den Lauf der Waffe auf ihn gerichtet. Mit gelassener Stimme fragte er: «Habt Ihr dieses Siegel, Miss Dorcas?»

«Nein.»

«Da habt Ihr Eure Antwort, Mister. Ihr solltet jetzt besser gehen.» Die Muskete verlieh seiner höflichen Aufforderung Nachdruck und blieb auf den Fremden gerichtet, bis dieser den Hof verlassen hatte. Erst dann senkte Horsnell den Lauf und sagte mit schiefem Lächeln: «Sie war gar nicht geladen, aber der Herr behütet uns. Ich hoffe, Ihr habt die Wahrheit gesagt, Miss Dorcas.»

«Das habe ich.»

«Gut. Gelobt sei Gott. Dieser Mann ist ein übler Bursche, Miss Dorcas, und von dieser Sorte gibt's viele jenseits dieser Mauern.»

Seine Worte verunsicherten sie. Sie hatte kaum Austausch mit Tobias Horsnell, denn von den Gebeten abgesehen, hielt er sich nur selten im Haus auf. Im Grunde kannte er sie kaum, und doch schien er ihre Fluchtabsicht durchschaut zu haben. Wieso hätte er sonst die Gefahren außerhalb von Werlatton erwähnen sollen?

Sie richtete den Kragen ihres Kleides. «Danke.»

«Dankt Eurem Herrn und Heiland, Miss. Er hilft aus aller Not.» Er bückte sich und streichelte eines der Kätzchen. «Ich könnte Euch viele Beispiele seiner Gnade nennen.»

«Auch Beispiele seiner Strafen, Mr Horsnell?»

Eine solche Frage hätte sie ihrem Vater nie zu stellen gewagt – und von ihm wäre auch nie eine solche Antwort zu hören gewesen, wie sie ihr nun der Stallknecht gab. Er zuckte mit den Schultern und sprach so nüchtern und gelassen, als unterhielte er sich mit ihr über Huföle oder Dungschaufeln. «Gott liebt uns, Miss. Das ist alles, was ich weiß. Was wir auch tun, er liebt uns. Betet, Miss, und Ihr werdet in Euren Gebeten Antwort finden.»

Sie wusste die Antwort längst und hatte sie als solche nur noch nicht erkannt. Was zu tun war, lag auf der Hand, nämlich das, woran der Fremde gescheitert war, so auch ihr Bruder und Samuel Scammell. Sie musste das Siegel finden und darauf hoffen, dass sich damit die Tür zur Freiheit öffnen ließ. Sie lächelte.

«Betet für mich, Mr Horsnell.»

Er erwiderte ihr Lächeln. «Das tue ich seit zwanzig Jahren, Miss Dorcas. Wieso sollte ich ausgerechnet jetzt damit aufhören?»

Sie würde das Siegel finden.

❦ 5 ❦

Noch am selben Abend machte sich Campion auf die Suche. Sie gab vor, im Arbeitszimmer ihres Vaters, in dem der Fremde herumgestöbert hatte, für Ordnung zu sorgen. Der Mann war gegangen, angeblich in der Absicht, Isaac Blood aufzusuchen, mit dessen Name der Brief unterschrieben war, der ihn nach Werlatton Hall geführt hatte. Ebenezer und Scammell waren schockiert über sein wildes Gebaren und entsprechend erleichtert, als er so rasch und mysteriös, wie er gekommen war, das Haus wieder verlassen hatte. Das Siegel schien nicht zu existieren.

Scammell war froh und glaubte, dass sich Campion von ihrer wochenlangen Schwermut erholt hatte. Er schloss die Tür zum Arbeitszimmer auf und bot ihr seine Hilfe an. Sie schüttelte den Kopf. «Habt Ihr auch den Schlüssel zu meinem Zimmer?»

Er gab ihr, worum sie ihn bat, und blickte über ihre Schulter hinweg auf das Chaos, das der Fremde in dem Zimmer hinterlassen hatte. «Da habt Ihr viel Arbeit, meine Liebe.»

«Das schaffe ich.» Sie nahm auch den Schlüssel zum Arbeitszimmer an sich, schloss die Tür und sperrte ab.

Fast im selben Augenblick wurde ihr klar, dass sie sich in ihrem ungestümen Eifer zu einem Fehler hatte hinreißen lassen. Dieser Raum war bereits mehr als einmal durchsucht worden, und es stand kaum zu erwarten, dass sie hier finden würde, was ihr Bruder und Scammell vermissten. Doch hier in diesem Zimmer überkam sie nun eine unwiderstehliche Neugier. Nie hätte sie es früher gewagt, sich allein Zutritt zu verschaffen. Ihr Vater hatte Stunde um Stunde in diesem Raum zugebracht, und während sie sich nun darin umschaute, rätselte sie, was er hier die ganze Zeit getan haben mochte. Sie fragte sich, ob die verstreut herumliegenden Papiere und Bücher einen Hinweis enthalten könnten, wenn schon nicht auf das mysteriöse Siegel, so doch zumindest auf das Mysterium ihres Vaters. Warum hatte ein Christenmensch zeitlebens so viel Groll in sich verspürt? Warum hatte er mit seinem Gott so heftig gezürnt, dem er doch angeblich in Liebe zugetan gewesen war? Auch das waren für sie Rätsel, die es zu lösen galt, wenn sie denn wirklich frei sein wollte.

Sie machte sich den ganzen Abend lang in diesem Zimmer zu schaffen und verließ es nur einmal, um heimlich in die

Küche zu schleichen, wo sie zwei Äpfel und ein Stück Brot einsteckte und eine brennende Kerze mitnahm, um damit die großen Kerzen auf dem Schreibtisch ihres Vaters anzuzünden. Als sie zum Arbeitszimmer zurückkehrte, stand Scammell schweigend in der offenen Tür und schaute mit finsterem Blick auf das Durcheinander. Er lächelte matt, als er sie sah, und fragte: «Ihr räumt doch auf, oder?»

«Ja, wie versprochen.» Sie wartete darauf, dass er ging, was er schließlich auch tat. In jüngster Zeit empfand sie manchmal durchaus Mitleid mit ihm, denn es war unverkennbar, dass er, den hohe Erwartungen nach Werlatton Hall begleitet hatten, in diesem Hause große Not litt. Sie wusste, dass er sie nach wie vor begehrte, die schmachtenden Blicke, mit denen er sie betrachtete, waren unverkennbar. Sie wusste auch, dass er, wenn sie ihn heiratete, gefügig sein würde und darauf bedacht, ihr zu gefallen. Doch ihren Körper gegen Gefügigkeit einzutauschen, schien ihr ein schlechter Handel zu sein.

Sie brachte die sechs großen Kerzen zum Brennen und sah Goodwife Baggerlie von außen durchs Fenster spähen. Sie klopfte an die Scheibe und wollte wissen, was sie, Dorcas, in dem Zimmer treibe. Doch Campion zog die schweren Vorhänge vor und entledigte sich so des Anblicks der griesgrämigen Haushälterin. Die Kerzen und die verhängten Fenster ließen es im Zimmer stickig und warm werden. Sie zog ihren Unterrock aus, nahm die Haube vom Kopf, aß, was sie sich aus der Küche mitgenommen hatte, und machte sich dann wieder an die Arbeit.

Auf einem Teil der Papiere standen ausschweifende Abhandlungen über Gott geschrieben. Matthew Slythe hatte den Geist Gottes auszuloten versucht, so wie sie nun versuchte, dem Geheimnis ihres Vaters auf den Grund zu kommen. Sie hockte, die langen Beine über Kreuz, am Boden und brütete über den dicht und mit pedantischer Hand beschriebenen Blättern, die zum Ausdruck brachten, wie sehr ihr Vater in Verzweiflung geraten war angesichts eines Gottes, von dem er glaubte, dass man ihm als Mensch nie wirklich gefallen könne. Campion las und wunderte sich über seine Furcht, über seine verzweifelten Versuche, seinen unerbittlichen Gott günstig zu stimmen. Von Gottes Liebe war nirgends die Rede, denn die gab es für Matthew Slythe nicht, für ihn existierte Gott nur als Gebieter.

Ein größerer Teil der Texte schien mathematischen Themen gewidmet zu sein. Diese schob sie beiseite, zumal sie sich mehr versprach von einem Stoß Briefe, den sie zwischen den Papieren entdeckte. Beim Lesen dieser Briefe kam sie sich vor wie jemand, der an der Tür lauscht. Die frühesten datierten auf das Jahr ihrer Geburt, doch es war kaum etwas über ihren Vater oder die Geschichte ihrer Eltern darin zu erfahren.

Die Briefe aus dem Jahr 1622 ließen sie aufmerken. Sie waren von den Eltern ihrer Mutter an Matthew und Martha Slythe adressiert und enthielten nicht nur fromme Ratschläge, sondern auch Ermahnungen an den Schwiegersohn, von dem sie verlangten, dass er härter arbeiten müsse, um Gottes Gunst zu erwerben und zu gedeihen. In einem Brief wurde ihm die Bitte um ein Darlehen verweigert mit der Begründung, dass er schon genug Geld erhalten habe und nun endlich einmal sein Gewissen erforschen müsse, um herauszufinden, ob Gott ihn wegen irgendeiner begangenen Sünde strafe. Zu dieser Zeit, im Jahr ihrer Geburt, hatten ihre Eltern in Dorchester gelebt, wo ihr Vater, wie sie wusste, als Wollhändler gearbeitet hatte – offenbar nicht besonders erfolgreich, wie aus den Briefen hervorging.

Sie sichtete die Briefe der ersten drei Jahre, übersprang die Stellen, in denen religiöser Rat erteilt wurde, und las, was

John Prescott, ihr Großvater mütterlicherseits, aus London geschrieben hatte. In einem Brief gratulierte er Matthew und Martha zur Geburt eines Sohnes, dem «freudigen Ereignis, das uns alle glücklich macht». Erst jetzt fiel ihr auf, dass sie selbst an keiner Stelle ausdrücklich erwähnt wurde, allenfalls in der allgemeinen Formulierung «die Kinder».

In den Briefen von 1625 tauchte ein für sie bislang unbekannter Name auf: Cony. Immer wieder war die Rede von ihm. «Ein braver Mann», «ein tüchtiger Mann», «wir glauben, dass Cony euch geschrieben hat», «habt ihr Mr Cony schon geantwortet? Er verdient es, dass ihr ihm antwortet.» Jedoch fehlte in all diesen Briefen jeglicher Hinweis darauf, in welcher Beziehung Mr Cony zu Matthew Slythe oder John Prescott gestanden hatte. In einem Brief, der offenbar nach einem Besuch von Matthew Slythe in London geschrieben worden war, hieß es: «Unsere Geschäfte nehmen einen gedeihlichen Verlauf.» Anscheinend waren diese Geschäfte so vertraulich gewesen, dass man sich gescheut hatte, Einzelheiten darüber auf dem Postweg auszutauschen.

Nach 1626 wurde Matthew Slythe kein einziges Mal mehr dafür getadelt, dass er seine finanziellen Angelegenheiten schlecht verwaltete. Im Gegenteil, nun war von Slythes Reichtümern die Rede, von «Gottes überaus großzügiger Gnade, die er dir zukommen lässt und für die wir vielfach Dank sagen». In einem der Briefe freut sich der Großvater auf «unseren Besuch in Werlatton». Ihr Vater schien also irgendwann zwischen 1625 und 1626 von Dorchester nach Werlatton umgezogen zu sein. Sie selbst war damals allenfalls drei Jahre alt gewesen und konnte sich an den Wohnortwechsel nicht erinnern. Für sie hatte es immer nur Werlatton Hall gegeben. Sie überflog weitere Briefe und suchte nach einem Hinweis auf die Ursache für den plötzlichen Reichtum ihres Vaters, fand aber keinen. In kürzester Zeit war er, wie es schien, von einem ärmlichen Händler zum Herrn über ein riesiges Anwesen aufgestiegen.

Ein Brief aus dem Jahr 1630 war von einer anderen Hand geschrieben und klärte Matthew Slythe über den Tod seines Schwiegervaters auf. Am Rand dieses Briefes hatte Slythe vermerkt, dass seine Schwiegermutter eine Woche später gestorben war. «Die Pest», so lautete die lakonische Erklärung.

Jemand klopfte an der Tür. Campion legte den Brief ab und fuhr sich mit der Hand durchs Haar. Es klopfte wieder.

«Wer ist da?»

«Ebenezer. Mach auf!»

«Nein. Lass mich allein.» Sie war unvollständig angezogen, trug ihr Haar offen und konnte ihn unmöglich hereinlassen.

«Was tust du?»

«Das weißt du doch. Ich räume auf.»

«Nein, das tust du nicht. Ich habe gelauscht.»

«Lass mich allein, Eb. Ich lese in der Bibel.»

Sie wartete, bis er sich entfernte, hörte, wie er grummelnd durch den Flur hinkte, und stand dann eilig auf, um weitere Kerzen anzuzünden. Sie glaubte, Ebenezer könne versuchen, durch das Fenster von außen einzusteigen oder durch den Spalt zwischen den Vorhängen ins Zimmer zu spähen. Sie stellte sich zwischen Vorhang und Fenster und schaute in den dunklen Garten. Ein Käuzchen rief, Fledermäuse schwirrten über den Rasen, doch Ebenezer ließ sich nicht blicken. Sie wartete, lauschte und erinnerte sich an die vielen, vielen Nächte, in denen sie wach im kalten Kinderbett gelegen und die im Zorn erhobenen Stimmen ihrer Eltern gehört hatte. Ihr war schon als Kind bewusst gewesen, dass die Bosheit ihrer Eltern Auswirkungen auf sie hatte.

Die Briefe ergaben keinen Hinweis auf das Siegel. Die restlichen Papiere enthielten nur mehr mathematische Aufzeichnungen. Müde breitete sie die Blätter vor sich aus und fing an, darin zu lesen. Es waren offenbar diese Berechnungen, die ihren Vater nächtelang beschäftigt und veranlasst hatten, mit seinem Gott zu ringen. Neugierig geworden, schaute sie näher hin.

Ihr Vater hatte geglaubt, die Bibel berge im Wesentlichen zwei Botschaften, von denen die erste allen, die sie hören wollten, offenbar sei, die zweite jedoch verborgen und mit geheimen Zahlen verschlüsselt. Wie ein Alchimist, der Quecksilber in Gold zu verwandeln trachtete, hatte Matthew Slythe eifrig versucht, Gottes Geheimnisse aus der Heiligen Schrift zu enträtseln.

«Dank sei Gott dafür» stand zuoberst auf einer Seite geschrieben, und Campion sah, dass sich dieser Satz auf das Buch der Offenbarung bezog, in dem das Biest, der Antichrist, der Zahl 666 zugeordnet wurde. Was Matthew Slythe dankbar gestimmt hatte, war die schlichte Tatsache, dass sich diese Zahl nicht durch zwölf teilen ließ. Die Zwölf, so schien es, war eine gottgefällige Zahl, was auch darin zum Ausdruck kam, dass im vierzehnten Kapitel der Offenbarung von 144 000 Menschen die Rede war, die sich auf dem Berg Zion versammelt hatten. Durch zwölf geteilt («die Anzahl der Apostel sowie der Stämme Gottes»), ergab sich die Zahl 12 000. Aus irgendeinem Grund schien ihm dieses Ergebnis von besonderer Bedeutung gewesen zu sein, denn er hatte es zwölfmal unterstrichen und anschließend weitere Divisionen vorgenommen, mal mit dem Teiler drei – der Zahl der Dreifaltigkeit –, mal mit vier – «für die vier Ecken dieser Welt» – und schließlich mit sechs, der «Hälfte von zwölf».

Doch mit jeder Frage, die sich für ihn beantwortet hatte, schienen neue Probleme aufgetaucht zu sein. Im Buch Daniel weissagt der Prophet, dass nach 2990 Tagen, gerechnet «von der Zeit an, wenn das tägliche Opfer abgetan wird», das Ende der Welt erreicht sei. Matthew Slythe hatte sich den Kopf über diese Zahl zermartert, war aber nicht hinter das Geheimnis gekommen. In seiner Verzweiflung hatte er aus demselben Kapitel einen Vers zitiert, der seine Enttäuschung zum Ausdruck brachte: «Denn es ist weggeschlossen und versiegelt bis auf die letzte Zeit.»

Versiegelt. Sie schüttelte den Kopf und lächelte. Dieses Wort schien ihrem Vater weniger bedeutet zu haben als das Wort «weggeschlossen», denn es war mit energischer Hand unterstrichen. Weggeschlossen. In ihrer Erinnerung regte sich etwas, das sie aber nicht benennen konnte. Sie sprach das Wort laut aus. «Weggeschlossen. Weggeschlossen.» Toby Lazender kam ihr in den Sinn, der im kalten Wasser eine Druckwelle zu spüren vermochte, die ihn wissen ließ, dass ein Fisch zum Greifen nahe war. Ebenso nahe wähnte sie sich in diesem Augenblick einer wichtigen Erkenntnis.

Cony, Bund, weggeschlossen.

Sie massierte sich die Schläfen und versuchte, dem unterstrichenen Wort eine verborgene Bedeutung abzuringen, so wie ihr Vater mit den Zahlen der Bibel gerungen hatte. Doch je konzentrierter sie nachdachte, desto weiter entfernte sie sich von der Antwort. Weggeschlossen? Welche tief verschüttete Erinnerung war mit diesem Wort verbunden?

Sie stand auf, zog die Vorhänge zurück und öffnete eines der beiden Fenster. Fahles Mondlicht beschien den Rasen und die Hecke. Am Himmel blinkten Sterne. Weggeschlossen. Es war still im Haus, alles schlief. Plötzlich schrie die Eule, die zwischen den Buchen Jagd auf Beute machte. Cony, Bund, weggeschlossen.

Unvermittelt kam ihr Toby Lazender wieder in den Sinn.

Sie hatte wieder eine Vorstellung von seinem Aussehen, das Bild, das sie wochenlang nicht hatte wachrufen können. Sie lächelte, nunmehr entschlossen davonzulaufen, und sie wusste, dass er derjenige war, an den sie sich wenden würde. Vielleicht erinnerte er sich an sie, doch auch wenn er es nicht täte, wäre ihr seine Hilfe gewiss, denn er hatte sich an jenem Nachmittag großzügig und freundlich gezeigt. Sogleich aber verließ sie wieder der Mut. Wie sollte sie ohne Geld nach London gelangen?

Seufzend schloss sie das Fenster. Es war wieder vollkommen still. Weggeschlossen. Jetzt erinnerte sie sich! Sie erinnerte sich an die Beisetzung ihrer Mutter vor vier Jahren, an das Schluchzen unter den Frauen, an die lange, lange Predigt von Treu-bis-in-den-Tod Hervey, in der er Martha Slythe mit der biblischen Martha verglichen hatte. Und sie erinnerte sich auch an das Wort «weggeschlossen». Ihr Vater hatte ein Gebet gesprochen, ein Gebet aus dem Stegreif, in dem er mit Gott gestritten und dieses Wort verwendet hatte. Nicht das Wort selbst war ihr, wie sie sich erinnerte, ungewöhnlich erschienen, sondern die Art und Weise, wie er es ausgesprochen hatte, nämlich nach einer langen, beklemmenden Pause.

Das Echo seiner Stimme war zwischen den steinernen Säulen der Kirche verhallt. Unter den versammelten Trauergästen hatte sich Verlegenheit breitgemacht, denn alle fürchteten, dass Matthew Slythe zusammenbrechen werde. Das Schweigen dauerte an. Er hatte gesagt: «Ihr Erdenleben ist zu Ende gegangen, ihre Angelegenheiten sind ...» Und an dieser Stelle waren seine Worte abgebrochen. Sie erinnerte sich an das Scharren von Füßen, an das Schluchzen der Haushälterin und daran, den Kopf gehoben zu haben, um einen verstohlenen Blick auf den Vater zu werfen. Der hatte sein Gesicht emporgewandt und eine Faust erhoben, und während sich das Schweigen in die Länge zog, war ihr deutlich geworden, dass er nicht zusammenzubrechen drohte. Er hatte einfach nur den Faden verloren, mehr nicht. Sie sah, wie er seinen schweren Kopf schüttelte, worauf er den begonnenen Satz schließlich mit dem Wort «weggeschlossen» beendete.

Das war alles. Doch damals hatte sie sich über die Wortwahl ihres Vaters sehr gewundert. Wegschließen ließen sich wohl Wertgegenstände, nicht aber die Angelegenheiten einer Ehefrau. Fast alle anderen Erinnerungen an die Beisetzung waren verblasst. Sie wusste noch, dass es gestürmt und geschneit hatte und dass am offenen Grab von Kummer und Schmerz die Rede gewesen war. Weggeschlossen.

Es war nicht viel, was Campion aus diesen Briefen von Martha Slythes Eltern erfahren konnte, im Wesentlichen nur, dass ein gewisser Cony im Leben ihrer Eltern eine Rolle gespielt hatte, als Matthew Slythe zu seinem Vermögen gekommen war. Sie fragte sich nun, ob das Siegel bloß als ein Geheimnis im Verborgenen lag oder aber tatsächlich weggeschlossen war. Womöglich im Zimmer ihrer Mutter?

Sie beeilte sich, ihre Kleider in Ordnung zu bringen, löschte die Kerzen und öffnete die Tür. Der Schlüssel knirschte im Schloss. Sie erstarrte. Doch im Flur blieb es still. Auf leisen Sohlen schlich sie die Treppe hinauf in der Absicht, ihre Suche im Schlafzimmer der Eltern fortzusetzen, das jetzt leer war, aber von ihr und Scammell nach der noch vor ihrem Geburtstag im Oktober erwarteten Hochzeit bezogen werden sollte.

Mit Ausnahme der Haushälterin schliefen alle Dienstboten im äußeren Trakt des Hauses, wo sich auch ihre eigene Schlafkammer befand. Scammells Zimmer lag über dem Haupteingang, und sie konnte sein Schnarchen hören, als sie den oberen Treppenabsatz erreichte. Goodwife Baggerlie schlief in der Kammer gleich neben dem Einkleidezimmer ihrer Mutter und würde schon bei dem geringsten Laut aufwachen. Campion streifte die Schuhe ab und schlich auf Socken durch den kurzen Gang in das große, stille Zimmer, wo ihre Eltern über viele unglückliche Jahre das Bett miteinander geteilt hatten.

Es roch nach Wachs in diesem Zimmer. Das Ehebett, über dem sich, von vier Pfosten gestützt, ein dunkler Baldachin wölbte, war mit einer schweren Leinendecke bespannt. Das Ankleidezimmer des Vaters befand sich auf der rechten Seite, das der Mutter zur Linken. Campion zögerte.

Sie konnte die Hand vor Augen nicht sehen und bedauerte, keine Kerze dabei zu haben. Doch die Vorhänge waren aufgezogen, und allmählich gewöhnten sich ihre Augen an die Dunkelheit. Sie hörte den eigenen Atem. Jedes Geräusch schien verstärkt zu sein: das Rascheln ihrer Kleider, ja selbst das kaum merkliche Schleifen ihrer bestrumpften Füße auf den Holzdielen.

Als sie den Kopf nach rechts drehte, hörte sie sogar ihre Haare über die Schulter streichen, und dann sah sie das wüste Durcheinander im Ankleidezimmer ihres Vaters. Jemand war schon vorher hier gewesen, hatte die Truhe durchwühlt und die Kleider aus den Regalen gezogen. Vermutlich, so dachte sie, hatte auch das Zimmer der Mutter eine ähnliche Behandlung erfahren. Die Tür war angelehnt.

Sie schlich darauf zu, balancierte vorsichtig jeden Schritt aus und hielt beim kleinsten Knarren der Dielen inne. Schließlich war die Tür erreicht, die sich, als sie mit der Hand dagegendrückte, lautlos in den Angeln drehte.

Mondlicht fiel in den kleinen Raum. Die Tür gegenüber führte direkt ins Schlafzimmer der Haushälterin. Sie war geschlossen. Eine Durchsuchung schien hier nicht stattgefunden zu haben – falls doch, hatten die Eindringlinge anschließend wieder aufgeräumt, oder sie waren von der Haushälterin auf frischer Tat ertappt und davongejagt worden. Die Kammer wurde jetzt zur Aufbewahrung der schweren Leinen genutzt, die bleich in den Regalen lagen. Es roch streng nach Raute, die nach Ansicht der Haushälterin die Motten fernhielt.

Weggeschlossen. Die große Truhe der Mutter stand mit aufgeklapptem Deckel vor der Wand.

Campion war nervös. Sie lauschte angestrengt ins Dunkel, hörte das Knacken im Gebälk des alten Hauses und von weither das gedämpfte Schnarchen von Scammell.

Sie erinnerte sich, als Kind häufig mit der alten Köchin Agnes im Küchengarten Heiß-oder-kalt gespielt zu haben, und so wie damals spürte sie auch jetzt, dass sie auf der richtigen Fährte war. Sie glaubte, Agnes' Stimme nach all den Jahren wieder zu hören. «Warm, wärmer. Du verbrennst dich gleich, Kind, so nah bist du schon dran. Such weiter, such weiter!»

Nach der intensiven Beschäftigung mit den Aufzeichnungen des Vaters hatte ihr Instinkt sie hierher geführt, und nun versuchte sie, sich in die Lage ihres Vaters zu versetzen, als dieser sich hierher begeben und nach einem sicheren Versteck Ausschau gehalten hatte.

Geheime Winkel. Weggeschlossen. Plötzlich fiel es ihr wie Schuppen von den Augen. Ihr Vater hatte, ehe Treu-bis-in-den-Tod nach Werlatton gekommen war, an jedem Sonntag vor allen Angehörigen des Hauses gepredigt, und nun erinnerte sich Campion an eine seiner Predigten. Sie hatte sich, wie üblich, über mindestens zwei Stunden hingestreckt. Die Dienstboten und Familienmitglieder waren gehalten gewesen, auf den harten Bänken still zu sitzen, wenn er redete, und sie erinnerte sich, dass die Predigt an jenem Sonntag von den geheimen Winkeln im Herzen eines Menschen handelte. Es sei nicht genug, hatte Matthew Slythe gesagt, sich nach außen hin als Christ auszugeben, zu beten und Gutes zu tun, denn in den geheimen Winkeln des Herzens könne dennoch das Böse lauern, Gott aber schaue auch und vor allem in diese Winkel hinein.

Matthew Slythe hatte sie mit dem Geheimfach einer Truhe verglichen, in der ein Dieb, der in der Nacht kommt, nichts weiter als eine gewöhnliche Truhe sehe, nur ihr Besitzer wisse um das geheime Fach im doppelten Boden der Truhe. So wisse auch Gott, der Schöpfer der Menschen, um all die verborgenen Winkel im Herzen seiner Geschöpfe. Campion erinnerte sich an dieses Gleichnis, das ihr Vater, wie sie ahnte, aus seinem eigenen Handeln und Erleben geschöpft hatte.

Nicht diese, sondern seine eigene Truhe war gemeint. Leise wie ein Dieb in der Nacht schlich Campion zurück in die durchstöberte Kammer ihres Vaters, räumte die große Holztruhe frei und warf alles, was sie daraus hervorzog, auf einen Haufen.

Sie untersuchte den Boden, sah auf Anhieb nichts, was ihr weiterhalf, hörte aber immerzu die Stimme aus ferner Vergangenheit, die ihr zurief: «Such weiter, such weiter!»

Sie versuchte, die Truhe hochzuheben, was ihr jedoch unmöglich war. Stattdessen fuhr sie tastend mit den Händen darin umher und drückte mit dem Finger in jedes Astloch. Es bewegte sich nichts, keine Stelle gab nach. Und doch spürte sie deutlich, dass sie dem Ziel ganz nahe war.

Am Ende war es ganz einfach. Der Sockel der Truhe war mit einer lackierten Leiste beschlagen. Daran hatte sie schon mehrfach gezogen und gezerrt. Nun kam sie auf den Gedanken, die Truhe ein Stück weit hoch zu hebeln und einen der schweren Schuhe des Vaters darunter zu verkeilen, um dann den Boden von unten ertasten zu können. Als sie eine Hose, die ihr im Weg lag, beiseitewischte, fiel ihr plötzlich etwas auf, das sie in der Dunkelheit bislang übersehen hatte. In der Sockelleiste an der rechten Seitenwand war ein Griff eingelassen, der aller Wahrscheinlichkeit nach den Transport der schweren Truhe erleichtern sollte. Sie ging davor in die Knie, langte mit der Hand in den Griff und versuchte erneut, den Kasten anzuheben.

Das gelang ihr zwar nicht, doch bemerkte sie, dass sich die Leiste bewegte, zwar nur um eine Winzigkeit, aber sie bewegte sich. Mit einem weiteren Versuch, daran zu zerren, verschaffte sie sich Gewissheit. Die Leiste bewegte sich deutlich.

Das kleine Fenster in der Wand hinter ihr war unverblendet. In seinem Ausschnitt zeigte sich, dass der Himmel lichter wurde. Bald würde die Dämmerung einsetzen.

Die Zeit drängte. Hektisch befingerte Campion die Sockelleiste und die darin eingelassene Griffmulde. Wieder und wieder zerrte sie daran mit aller Kraft, was sich aber als sinnlos erwies.

Doch plötzlich erfühlte sie mit den Fingerspitzen einen kühlen Gegenstand in der Kehlung des Griffs, einen kleinen Metallring, wie sie bei genauerer Untersuchung feststellte. Als sie daran zog, war ein Klicken zu hören. Sie erstarrte und fürchtete, das Geräusch könnte die Haushälterin geweckt haben und aus ihrer Kammer locken. Doch es blieb still im Haus.

Campions Herz pochte so ungestüm, wie wenn sie am Bach ihre Kleider ablegte und nackt ins Wasser watete.

Als sie nun an dem Griff zog, gab die Sockelleiste nach. Dahinter öffnete sich eine flache, verborgene Schublade, die quietschend über die Holzführung schabte. Campion erstarrte wieder.

Sie biss sich auf die Lippen und schloss die Augen, als ließen sich auf diese Weise die verräterischen Geräusche unterdrücken.

Sie zog die Lade heraus. Das Versteck ihres Vaters war entdeckt. Am Boden kniend, hielt sie inne und wartete für den Fall, dass sich im Haus irgendjemand rührte.

Die ersten Vögel fingen an zu singen. Bald würde Werlatton, wie sie wusste, zum Leben erwachen. Sie musste sich beeilen.

In der Lade befanden sich zwei Bündel. Sie hob das erste an und hörte Münzen darin klirren. Offenbar hatte ihr Vater Geld für Notzeiten zurückgelegt. Die meisten Haushalte, selbst die ärmsten, vertrauten auf solche Reserven. Agnes hatte ihr einmal gesagt, dass ihre Mutter eine lederne Börse mit zwei Goldstücken in der Traufe des Strohdaches versteckt gehalten habe. Matthew Slythes Hort schien um einiges größer zu sein. Sie legte den Beutel auf eins seiner Hemden und nahm dann das kleinere, leichtere Bündel zur Hand.

Mit angehaltenem Atem schob sie die Lade wieder zu. Es sollte niemand wissen, dass sie hier gewesen war. Am Ring in der Griffmulde spürte sie, wie die Sockelleiste einrastete.

Draußen ertönte ein Glockenschlag. Sie hörte die Wasserpumpe im Hof knarren und quietschen. Werlatton war erwacht. Sie wickelte das Hemd um die beiden Fundstücke, stahl sich aus dem Raum und schlich eilends zurück in ihr eigenes Schlafzimmer.

In dem Beutel steckten fünfzig Pfund, eine Summe, von der die meisten nur träumen konnten. Fünfzig Goldmünzen, in die der Kopf von König James geprägt war. Das Geld lag vor ihr auf dem Nachttisch, und Campion lächelte in Gedanken daran, dass ihr nun dank des Geldes, das ihr Vater für Notzeiten angespart hatte, die Flucht von Werlatton möglich war. Vorsichtig steckte sie das Geld zurück in den Beutel, lautlos, Münze für Münze.

Das zweite Bündel war mit einem Band verschnürt. Sie durchschnitt es mit der Schere, die sie zum Nähen gebrauchte, und lüftete das mit einem alten, vergilbten Leintuch umwickelte Geheimnis ihres Vaters.

Ein Paar Handschuhe.

Sie krauste die Stirn, hob die Handschuhe auf und fand darunter zwei andere Dinge. Die Handschuhe bestanden, wie sie sah, aus feiner Spitze, schön und zart wie Distelflaum und in einem puritanischen Haushalt so fehl am Platz wie Spielkarten. Es waren Damenhandschuhe, genäht für eine Frau mit langen schlanken Händen. Vorsichtig streifte Campion eines dieser edlen Stücke über und hielt ihre Hand ans Licht. Obwohl alt und vergilbt, war die Spitze immer noch wunderschön. Kleine aufgestickte Perlen säumten den Rand am Handgelenk. Umhüllt von dieser Kostbarkeit, kam ihr die eigene Hand vor wie die einer Fremden. So etwas Hübsches hatte sie noch nie getragen. Lächelnd betrachtete sie ihre Hand und fragte sich, wie das Tragen eines so schönen Dings als sündhaft verpönt werden konnte.

Ebenso vorsichtig, wie sie ihn angezogen hatte, streifte sie den Handschuh wieder ab, legte ihn zurück auf den anderen und nahm den zweiten Gegenstand des Päckchens in die Hand. Es war ein Brief aus steifem, sprödem Pergament, und sie fürchtete, dass es zerfallen könnte, wenn sie das Blatt auseinanderfaltete. Es war beschrieben von kühn geschwungener Hand. Sie setzte sich ans Fenster und las.

«Bitte bestätigt, dass der Jude Euch das Schmuckstück überbracht hat. Ihr wisst um dessen Bedeutung. Ich habe lange dafür gearbeitet, und es steht allein Euch zur Verfügung, bis das Mädchen fünfundzwanzig Jahre alt ist. Solange das Juwel in sicherer Verwahrung ist, hat auch der Bund Bestand.

Ihr seid gehalten, einen Abdruck des Siegels der von mir genannten Adresse zukommen zu lassen, und ich bitte Euch inständig, dass Ihr das Siegel kennzeichnet, um der Gefahr einer möglichen Fälschung vorzubeugen. Wir haben die Siegel von Aretine und Lopez noch nicht gesehen, sie aber das unsere. Dieser geheime Stempel ist auf mein Betreiben hin Teil unserer Vereinbarung. Enttäuscht mich bitte nicht.

Hütet das Juwel. Es ist der Schlüssel zu großem Reichtum. Dazu sind zwar auch die anderen Siegel vonnöten, doch Ihr solltet Euch schon jetzt darüber im Klaren sein, dass dieses Juwel eines Tages Gegenstand intensiver Suche sein wird.

Die Handschuhe stammen von dem Fräulein Prescott. Ihr dürft sie behalten.

Hütet das Juwel.»

Unterzeichnet war der Brief von Grenville Cony.

Cony, der Bund. Sie las den Brief ein zweites Mal. «Bis das Mädchen fünfundzwanzig Jahre alt ist.» Damit war wohl sie gemeint. Isaac Blood hatte gesagt, dass ihr das Geldvermögen aus dem väterlichen Erbe ab dem fünfundzwanzigsten Geburtstag zustünde, wenn sie denn unverheiratet bliebe. Das «Fräulein Prescott» schien ihre Mutter Martha Slythe zu sein, deren Mädchenname Prescott gewesen war. Allerdings konnte sich Campion kaum vorstellen, dass ihre korpulente, verbitterte Mutter jemals solche feinen Spitzenhandschuhe getragen hatte. Sie nahm wieder einen davon zur Hand, betrachtete die Perlen am Saum und fragte sich, welchem Rätsel ihre Mutter diese Prachtstücke verdankte.

Der Brief warf mehr Fragen auf, als er beantwortete. Die Namen Aretine und Lopez sagten Campion nichts. «Ihr solltet Euch schon jetzt darüber im Klaren sein, dass dieses

Juwel eines Tages Gegenstand intensiver Suche sein wird.» Dazu war es tatsächlich gekommen. Ebenezer und Scammell hatten das Haus durchsucht, und aus London war dieser seltsame Mann gekommen, der ihr sein Knie zwischen die Beine gestoßen hatte – und das alles wegen des letzten Gegenstandes, der sich in dem Päckchen befand.

Grenville Cony hatte in seinem Brief das Siegel als ein Schmuckstück bezeichnet, ein Juwel. Sie hob es auf und war von seinem Gewicht überrascht. Es bestand aus purem Gold und hing an einer Goldkette, sodass es am Hals getragen werden konnte. Ein so kostbares Ding hatte Campion, die in religiöser Strenge aufgezogen worden war, noch nie zu Gesicht bekommen.

Es handelte sich um ein zylindrisches Geschmeide, so groß wie ihr Daumen und mit Edelsteinen besetzt, die so weiß wie Sterne und so rot wie Feuer leuchteten.

In der unteren Schnittfläche befand sich das Siegel. Es war stumpfer als das Gold der Fassung, aus Stahl, wie sie vermutete. Die Prägung war nicht weniger kunstvoll als das goldene Juwel.

Die ersten Sonnenstrahlen fluteten über die Kornfelder und blinkten silbern in der Biegung des Baches fernab im Norden. Campion hielt das Siegel ins Morgenlicht.

Am Rand waren schmuckvolle Arabesken eingraviert. In der Mitte erkannte sie ein Beil mit breiter Klinge, daneben die spiegelbildlich angeordneten Buchstaben «St. Matt».

Das Siegel des Apostels Matthäus. Für ihn stand das Beil, von dem es hieß, dass damit dem Märtyrer der Kopf abgetrennt worden sei.

Sie betrachtete das schwere Goldstück in der offenen Hand, betastete es und fragte sich, ob in dem Tubus womöglich ein verborgener Mechanismus steckte wie in der Truhe. Da fiel ihr auf, dass er aus zwei Teilen bestand. Die Nahtstelle war von einer Perlenreihe geschickt kaschiert. Campion schraubte die beiden Teile auseinander.

Die untere Hälfte, die mit dem Siegel des Heiligen Matthäus, fiel ihr in die linke Hand. Die andere hob sie ans Licht. Und siehe da, das Schmuckstück an der langen goldenen Kette barg ein weiteres Geheimnis.

Im Hohlraum des Zylinders befand sich eine winzige Skulptur, kunstvoll aus Silber geschmiedet. Campion war schockiert, als sie erkannte, was dieses Bildwerk darstellte, nämlich ein Symbol von magischer Kraft, ein Symbol, das man sie zu verabscheuen gelehrt hatte. Vor allem auch ihrem Vater war es verhasst gewesen, und doch hatte er es in seinem Hause aufbewahrt. Campion starrte auf den Fund, der sie faszinierte und zugleich abstieß. Es war ein Kruzifix.

Ein silbernes Kruzifix in einem Gehäuse aus Gold, ein zu einem Schmuckstück verarbeitetes Siegel – der Schlüssel zu großem Reichtum. Sie warf wieder einen Blick auf den Brief, las noch einmal die dringliche Bitte an Matthew Slythe, das Siegel zu kennzeichnen. Sie hob es erneut ans Licht und entdeckte eine winzige Kratzspur in der Klinge des Beils. «Um der Gefahr einer möglichen Fälschung vorzubeugen», hatte der Verfasser des Briefes geschrieben. Wer aber war derjenige, dem ein Abdruck des Siegels zugesandt werden sollte? Wer waren Aretine und Lopez? Die Entdeckung des Siegels hatte neue Rätsel zutage gefördert, deren Lösung, wie Campion wusste, nicht in Werlatton zu finden war.

Wohl aber in London. Der Brief war von Grenville Cony signiert. Darunter stand der schlichte Hinweis «London».

London. Campion war noch nie in einer Stadt gewesen, geschweige denn in einer so großen. Sie wusste nicht einmal, welche Straße von Werlatton nach London führte.

Grenville Cony, wer immer er auch sein mochte, wohnte offenbar in London. Ebendort hielt sich auch Toby Lazender auf. Campion schaute auf den Nachttisch und sah den schweren Lederbeutel mit dem Goldschatz ihres Vaters. Damit war ihr der Weg geebnet. Sie schloss beide Hände um das Schmuckstück, starrte hinaus auf das lichtüberflutete Tal und verspürte eine zunehmende Erregung. Sie würde Reißaus nehmen, Ebenezer und Scammell, Goodwife Baggerlie und Werlatton entfliehen, so auch allen anderen, die sie bedrängten und aus ihr zu machen versuchten, was sie nicht sein wollte. Sie würde nach London fliehen.

Zweiter Teil

Das Siegel des Apostels Markus

✤ 6 ✤

Sir George Lazender, Tobys Vater, war ein Mann, der sich ständig Sorgen machte. Jedenfalls behaupteten das seine Freunde. Sie sagten, er nage selbst dann noch an Problemen, wenn längst kein Fleisch mehr am Knochen sei. Ende August des Jahres 1643 gab es für Sir George allerdings allen Grund zur Sorge.

Er hatte eines Morgens an den Privy Stairs ein Boot bestiegen, das ihn in die Stadt brachte. Im Schatten der St. Paul's Kathedrale gab er sich seiner Leidenschaft für Bücher hin, war aber mit dem Herzen woanders.

«Sir George!», grüßte der Buchhändler, der im Krebsgang hinter seinem Stand hervorkam. «Ein schöner Tag, nicht wahr?»

Wie immer höflich, tippte Sir George mit der Hand an die Hutkrempe, um den Gruß zu erwidern. «Mr Bird. Ich hoffe, Ihr seid wohlauf.»

«Das bin ich, Sir, aber den Geschäften könnte es besser gehen, Sir George.»

Sir George griff nach einem Buch in der Auslage. Er mochte sich jetzt auf kein Gespräch über die neuen Steuergesetze einlassen, die das Parlament verabschiedet hatte und für die er als Mitglied des Unterhauses Mitverantwortung trug. Weil es ihm aber allzu unhöflich erschien, den Buchhändler zu ignorieren, deutete er mit winkender Hand auf den wolkenlosen Himmel und sagte: «Immerhin habt Ihr das Wetter auf Eurer Seite.»

«Ich danke Gott, dass es nicht regnet, Sir George.» Bird hatte darauf verzichten können, das Zeltdach über seinen Stand zu spannen. «Schlechte Nachrichten aus Bristol, Sir George.»

«Ja.» Sir George öffnete das Buch und starrte auf die Seiten, ohne wirklich hinzuschauen. Noch weniger als eine Unterhaltung über die Geschäfte wünschte er, auf die kriegerischen Auseinandersetzungen einzugehen, denn dieser Krieg war seine Hauptsorge.

«Lasst Euch beim Lesen nicht stören, Sir George», sagte der Buchhändler entgegenkommend. «Das Exemplar, das Ihr in der Hand haltet, ist zwar ein wenig stockfleckig, aber immer noch gut und gern eine Krone wert.»

«Gewiss, gewiss», entgegnete Sir George zerstreut und bemerkte, dass er Haringtons Übersetzung von *Orlando Furioso* in der Hand hielt, ein Buch, das er selbst seit über zwanzig Jahren besaß. Gleichwohl vertiefte er sich darin und hoffte, den vielen Freunden und Bekannten, die wie er die Buchstände vor der Kathedrale aufzusuchen pflegten, nicht Rede und Antwort stehen zu müssen.

Der König hatte Bristol eingenommen, was vermuten ließ, dass sich womöglich das Blatt im Bürgerkrieg zugunsten der Royalisten wendete. Wenn Sir George jetzt das Lager wechselte, würden viele behaupten, er kehre dem Parlament aus Feigheit den Rücken, um sich der Siegerseite anzuschließen. Doch das entsprach nicht der Wahrheit.

Sir George wollte in der Tat die Seiten wechseln, was mit dem Fall von Bristol aber nichts zu tun hatte. Es gab dafür gewichtigere Gründe.

Der Krieg war im Jahr zuvor ausgebrochen. Damals hatte

Sir George als loyaler Parlamentarier keinerlei Zweifel gehegt. Die illegale Besteuerung durch König Charles hatte ihn zutiefst empört, und dann war aus der Empörung persönlicher Groll erwachsen, als der König seine vermögenden Untertanen zu Darlehen zwang. Sir George wusste, dass es zu einer Zurückzahlung nie kommen würde, und er war einer der Männer, die von der Krone auf diese Weise beraubt wurden.

Der Streit zwischen König und Parlament hatte sich fast unmerklich zum Krieg ausgewachsen. Sir George unterstützte immer noch die Sache des Parlaments, denn es war seine Sache. Nach seiner Überzeugung sollten die Gesetze herrschen und kein Mensch über dem Recht stehen, nicht einmal der König von England. Darum hatte er der Rebellion zugestimmt, doch jetzt war er im Begriff, die Seiten zu wechseln – von der des Parlaments auf die Seite des Königs.

Er schlenderte auf einen der großen Strebepfeiler der mittelalterlichen Kathedrale zu und lehnte sich an den von der Sonne aufgewärmten Stein. Nicht er hatte sich verändert, sondern, so dachte er bei sich, die Sache selbst war eine andere geworden. Er hatte sich den Rebellen angeschlossen, weil er überzeugt gewesen war, dass sie einen politischen Kampf führten, einen Kampf über die Frage, wie das Land regiert werden sollte. Dieser Kampf aber hatte nun auf Seiten des Parlaments ein Heer von Plagegeistern freigesetzt, und diese Plagegeister nahmen die Gestalt religiöser Schwärmer an.

Sir George Lazender war Protestant und standfest in der Verteidigung seines Glaubens. Allerdings hatte er nichts übrig für die Anhänger der Fünften Monarchie, für die Anabaptisten, die Familisten, die Mortalisten oder all die anderen seltsamen Sekten, die wie Pilze aus dem Boden schossen und ihre jeweils eigenen Vorstellungen einer revolutionären

Religion verbreiteten. London versank im Fanatismus. Vor zwei Tagen erst hatte Sir George miterleben müssen, wie auf offener Straße eine splitterfasernackte Frau sektiererische Predigten hielt, und das Verrückte war, dass die Zuhörer den Unsinn, den sie verkündete, ernst zu nehmen schienen. Für sich genommen mochte dieser religiöse Wahn ja noch harmlos sein, doch gesellten sich zu ihm geradezu unverschämte politische Forderungen.

Das Parlament behauptete, nur gegen die Berater des Königs Krieg zu führen, was, wie Sir George wusste, so nicht stimmte und nur dazu angetan war, die Revolte des Parlaments zu rechtfertigen. Es wollte den König auf seinen Thron in Whitehall zurückholen und ihn dann zwingen, mit Hilfe und Zustimmung des Parlaments über England zu herrschen. Natürlich würden größere Veränderungen nicht ausbleiben. Die Bischöfe müssten abtreten, und die Kirche von England würde in protestantischem Sinne reformiert werden. Sir George, der persönlich nichts gegen die Bischöfe einzuwenden hatte, war durchaus bereit, sie zu opfern, wenn denn am Ende ein König herrschte, der nicht Willkür, sondern Recht walten ließ. Sir George aber traute dem Parlament nicht mehr und fürchtete, dass es, wenn der König geschlagen wäre, außer Kontrolle geriete.

Die Fanatiker schürten die Rebellion und münzten sie um. Sie sprachen inzwischen nicht mehr nur davon, die Bischöfe abzuschaffen, sondern auch den König. Sie beschworen das Ende von Besitz und Privilegien, und Sir George erinnerte sich mit Schrecken an einen Vers, der im vergangenen Jahr in aller Munde war:

> Wir lehren den Adel, sich zu ducken,
> und halten die Junker in Schranken.

Nun, Sir George war ein Gentleman, und Anne, seine älteste Tochter, hatte den Earl of Fleet geheiratet, ein Mitglied des Adels und selbst von puritanischer Gesinnung. Er glaubte, dass sich die Fanatiker in Schach halten ließen, wovon Sir George jedoch längst nicht mehr überzeugt war. Er konnte nicht gutheißen, was ihm und seinen Kindern letztlich schaden würde, und so hatte er zähneknirschend beschlossen, das Lager zu wechseln. Er würde London verlassen, seine kostbaren Bücher, sein Silber, das Zinngerät und die Möbel zusammenpacken und nach Lazen Castle zurückkehren.

Natürlich würde er London vermissen. Er blickte von seinem Buch auf und schaute wehmütig in die Runde. Hier, unter dem Kreuz der Kathedrale, versammelte sich beschäftigungsloses Dienstpersonal auf der Suche nach Arbeit, hier bauten Buchhändler ihre Stände auf. Es war ein Ort voller Leben, Farbe und Bewegung, und Sir George hatte Gefallen daran. Er liebte die überfüllten Straßen, das lärmende Treiben, die Gespräche mit anderen und die vielen Hinweise darauf, dass sich die Dinge entwickelten, weil es keinen Stillstand geben konnte. Ihm würde die Politik fehlen, das Amüsement und nicht zuletzt auch sein Haus in der Nähe von Charing Cross, von dem er zur einen Seite hin auf grüne Felder blicken konnte und zur anderen das von Rauch verhangene Herz der großen Stadt sah. Aber London war eben auch das Zentrum der Rebellion. Als jemand, der das Lager wechselte, konnte er hier nicht bleiben.

«Sir George! Sir George!», rief eine Stimme aus Richtung Ludgate Hill.

Widerwillig legte er das Buch zurück in die Auslage. Dadurch, dass er zu lesen vorgab, ließ sich der Mann, der da auf ihn zulief, nicht abwimmeln. «Mein lieber John!»

Soeben noch hatte Sir George an seinen Schwiegersohn,

den Earl of Fleet, denken müssen, jetzt drängte der, schwitzend und mit gerötetem Gesicht, durch die Menge auf ihn zu. «Sir George!», rief er wieder, offenbar in Sorge, dass ihm der Schwiegervater entkommen könnte.

Mit seinen fünfundfünfzig Jahren galt Sir George unter seinen Kollegen als alter Mann, obwohl er immer noch durchaus rüstig und agil war. Trotz der weißen Haare wirkte sein Gesicht fast jugendlich. Dagegen schien der Earl of Fleet, obwohl zwanzig Jahre jünger als Sir George, vorzeitig gealtert zu sein. Er war ein ernsthafter und, wie Sir George fand, geradezu nervtötend langweiliger Zeitgenosse. Wie so viele andere Aristokraten puritanischer Gesinnung kämpfte er für das Parlament. «Wusst' ich's doch, dass ich Euch hier antreffe, Schwiegervater. Ich komme gerade von Whitehall.»

Sir George lächelte. «Es ist mir immer ein Vergnügen, dich zu sehen, John.»

«Wir müssen reden, Sir George. Über eine Sache äußerster Dringlichkeit.»

«Ah.» Sir George schaute sich in der Menge um. Er ahnte, dass der Graf nicht Gefahr laufen wollte, belauscht zu werden, und schlug darum vor, gemeinsam in einem Boot nach Whitehall zurückzufahren. Seltsam, dachte Sir George, dass den Schiffern kaum jemand zu misstrauen schien.

Sie gingen die steile Straße hinunter, die zur Anlegestelle von St. Peter's führte, durch ein Spalier von Marktständen und unter frisch gewaschener Wäsche hindurch, die an quer über die Straße gespannten Leinen hing. Am Pier angelangt, reihten sie sich in die Schlange derer ein, die wie sie auf ein Fährboot warteten. Es würde noch eine Weile dauern, bis die beiden an die Reihe kämen, was den Earl sichtlich verdross. Er war ein vielbeschäftigter Mann und bereitete sich darauf vor, in einer Woche in den Westen des Landes zu ziehen, um am Krieg teilzunehmen. Sir George konnte sich seinen beleibten, selbstgefälligen Schwiegersohn so gar nicht als Anführer einer Truppe vorstellen, ließ seine Belustigung über diesen Gedanken aber nicht durchblicken.

Langsam rückten sie mit der kürzer werdenden Schlange weiter vor. Sir George blickte nach links auf die London Bridge, die im hellen Sonnenlicht strahlte. Schade, dachte er, dass die am Stadtrand der Brücke abgebrannten Häuser nicht wieder aufgebaut worden waren, denn das Gesamtbild litt unter der klaffenden Lücke. Trotzdem war die weit über den Fluss gespannte Brücke mit ihren Häusern, Geschäften und der Kirche immer noch eines der prächtigsten Bauwerke ganz Europas. Wieder empfand Sir George schmerzliche Wehmut. Er würde den Sonnenglanz auf der Themse vermissen, das Gewimmel der Boote, das Dickicht der Masten unter der Brücke.

«Wohin, meine Herrn?», rief ihnen ein Fährmann mit heiterer Stimme zu. Der Graf half Sir George ins Boot.

«Privy Stairs.» Der Earl of Fleet versuchte einen Ton anzuschlagen, der anklingen lassen sollte, dass er in äußerst wichtigen Geschäften unterwegs war.

Der Schiffer und sein Helfer legten sich in die Riemen und lenkten das Boot in den Strom. Mit Blick auf seinen Schwiegersohn fragte Sir George: «Was hast du auf dem Herzen, John?»

«Es ist wegen Toby, Sir George.»

«So, so.» Sir George hatte schon befürchtet, auf seinen Loyalitätswandel hin angesprochen zu werden. Stattdessen wünschte der Graf über seine, Sir Georges, andere große Sorge zu reden: über seinen Sohn. «Was hat er nun schon wieder verbrochen?»

«Das wisst Ihr nicht?»

Sir George schob seinen schwarzen Hut in den Nacken zurück, um sich die Stirn von der Sonne wärmen zu lassen. Rechter Hand endete die Stadtmauer Londons am Baynard's Castle, hinter dem das alte Theater Blackfriar's lag. Sir George entschied sich, Unwissenheit vorzutäuschen, um dem Grafen den Wind aus den Segeln zu nehmen. «Toby? Wie du weißt, hatte er eine Zulassung am Gray's Inn. Er sollte also einiges über die Juristerei wissen, zumindest so viel, dass er mit dem Gesetz nicht in Konflikt gerät. Allerdings glaube ich, dass er sich langweilt. Vielleicht ist er deshalb manchmal ein wenig ungestüm. Das war ich früher auch.» Er schaute seinen Schwiegersohn an. «So sind junge Männer nun einmal, John.»

Der Earl of Fleet runzelte die Stirn. Er war nie ungestüm gewesen. «Verzeiht, Sir George, aber darum geht es nicht.» Von den Rudern aufgerührt, spritzte Wasser auf seinen schwarzen Mantel, das er unsinnigerweise mit der Hand abzuwischen versuchte. «Ich fürchte, Euch betrüben zu müssen.» Der Graf fühlte sich in der Rolle des Überbringers schlechter Nachrichten offenbar nicht wohl.

«Sei's drum», erwiderte Sir George gelassen.

«Nun denn ...» Fleet holte tief Luft. «Euer Sohn, Sir George, ergreift aktiv Partei für unsere Feinde. Ja, das tut er, obwohl er das Gegenteil behauptet.» Der Graf stach mit dem Zeigefinger auf sein Knie ein, um seinen Worten zusätzliches Gewicht zu verleihen. «Wenn sein Treiben ruchbar wird, drohen ihm aller Wahrscheinlichkeit nach Gefangennahme, Prozess und Kerkerhaft.»

«Ja.» Sir George schien immer noch ungerührt zu sein. Er blickte an seinem Gefährten vorbei auf die Menge, die an den Temple Stairs auf Boote wartete. Er wusste um die Aktivitäten seines Sohnes, denn er war eingeweiht. Wie aber war der

Earl of Fleet in Kenntnis darüber gelangt? «Ich hoffe, du sitzt nicht bloß irgendwelchen Gerüchten auf, John.»

«Gewiss nicht.» Den Grafen betrübte es wahrhaftig sehr, schlechte Nachrichten überbringen zu müssen. «Ich fürchte, jeder Zweifel ist ausgeschlossen.»

«Dann solltest du mir reinen Wein einschenken.»

Fleet fing in seinem Bericht, wie von Sir George befürchtet, ganz von vorn an und beschrieb Tobys Umtriebe mit pedantischer Ausführlichkeit. Was er sagte, entsprach der Wahrheit. Toby hatte sich in eine Konspiration der Royalisten verwickeln lassen, eine Konspiration, von der Sir George wusste, dass sie zum Scheitern verurteilt war. Es gab reiche Kaufleute in London, die in Opposition zum Parlament standen, aber aufgrund ihrer Geschäfte daran gehindert waren, die Stadt zu verlassen. Manche von ihnen hatten dem König, der in Oxford weilte, versprochen, dafür zu sorgen, dass sich, wenn es Seine Majestät wünsche, eine beträchtliche Zahl von Männern unter seiner im Zentrum Londons errichteten Standarte versammeln würde. Sie planten eine Rebellion gegen die Rebellen, einen Aufstand im Herzen der Hauptstadt, und Sir George wusste, dass Toby damit beauftragt worden war, festzustellen, wie viele Männer den königstreuen Kaufleuten folgen würden.

Sir George wusste Bescheid, weil Toby ihn davon in Kenntnis gesetzt hatte. Vater und Sohn waren einander in Respekt und Liebe zugetan, und obwohl Sir George Tobys heimliche Machenschaften nicht billigen konnte, mochte er sie ihm auch nicht verbieten, denn er war sich ja seiner Loyalitäten selbst nicht sicher.

Der Earl of Fleet wandte ihm sein rundes, ernstes Gesicht zu und sagte: «Einer der Männer, mit denen Toby im Gespräch ist, beschäftigt einen gottesfürchtigen Schreiber, der sich dem Pfarrer seiner Gemeinde anvertraut hat. Dieser Pfarrer, der übrigens weiß, dass wir miteinander verwandt sind, hat mich in dieser Angelegenheit unterrichtet. Und nun komme ich zu Euch ...»

«Ich danke dir.» Sir George war ernst. «Es tut mir leid, dass du nun durch diese Sache in eine unangenehme Lage geraten bist, John.»

Das Boot bog entlang der großen Schleife nach Süden. Zur Linken erstreckte sich ödes Marschland, rechts ragten die stolzen Häuser des Strand auf. Der Graf senkte seine Stimme. «Ich muss handeln, Sir George, und das schon bald.»

«Natürlich.» Sir George wusste, dass sein Schwiegersohn, ein ehrenwerter Mann, gezwungen war, innerhalb weniger Tage den zuständigen Behörden Meldung zu machen. «Was genau heißt ‹bald›?»

Der Graf ließ sich mit der Antwort Zeit. Das Boot entfernte sich nun vom Surrey-Ufer, wo die Strömung vergleichsweise gering war, schwenkte in den weiten Bogen ein und nahm direkten Kurs auf die Privy Stairs vor Whitehall. Fleet musterte mit trauriger Miene seinen feuchten Mantel. «Spätestens nächsten Sonntag muss ich meinen Bericht abgeliefert haben.»

Noch sechs Tage. «Danke, John.» Sechs Tage, um Toby aus London herauszuschleusen und ihn in die Sicherheit von Lazen Castle zu bringen. Der Gedanke ließ Sir George lächeln. Seine Frau, die großartige Lady Margaret Lazender, würde hocherfreut sein über die politische Neuorientierung ihres Gatten. Und gewiss würde sie auch Tobys heimliche Unterstützung des Königs von Herzen gutheißen.

Sir George entlohnte den Fährmann und stieg aus dem Boot. An der Seite seines größeren Schwiegersohns ging er am königlichen Palast vorbei und durch den Torbogen hinaus in die King Street. «Ich mache mich jetzt auf den Weg nach Hause, John.»

«Und ich muss zum Westminster.»

«Kommst du noch einmal zum Essen, bevor du London verlässt?»

«Natürlich, gern.»

«Gut, gut.» Sir George schaute zum blauen Himmel über der neuen Banqueting Hall auf. «Ich hoffe, das Wetter hält sich.»

«Auf dass die Ernte gut wird, ja.»

Sie verabschiedeten sich, und Sir George schlenderte nach Hause. Whitehall hatte nie prächtiger ausgesehen. Er würde diesen Ort vermissen, freute sich aber auch darauf, mit Lady Margaret bald wieder in Lazen vereint zu sein. Seine Frau, die er sehr liebte, hatte sich geweigert, mit ihm nach London zu ziehen, das sie als eine Schlangengrube aus Advokaten, Dieben und Politikern bezeichnete. Sir George dagegen genoss das Leben in der Stadt und kehrte ihr nur ungern den Rücken. Vielleicht, so gestand er sich lächelnd ein, bestand darin das Geheimnis ihrer guten Ehe: dass sie so lange voneinander getrennt waren. Lady Margaret liebte ihn aus Dorset, und er liebte sie aus London.

Er wechselte die Straßenseite, um einem puritanischen Mitglied des Unterhauses aus dem Weg zu gehen, einem giftigen Kerl, der ihn bestimmt aufgehalten und mit den jüngsten Klatschgeschichten über die Tändeleien des Königs mit den Katholiken gelangweilt hätte. Sir George tippte mit der Hand an die Hutkrempe, um einen Gruß von Sir Grenville Cony zu erwidern, der in seiner Kutsche vorbeifuhr. Ein mächtiger Mann, dieser Sir Grenville Cony, der im obersten Rat des Parlaments großen Einfluss ausübte und einen Gutteil des Rebellenheeres besoldete. Sir George hatte das ungute

Gefühl, dass Sir Grenville Cony, der ihm zulächelte, ihn in seiner schwankenden Treuepflicht durchschaute.

Vor Charing Cross blieb Sir George stehen und schaute hinüber auf die Royal Mews, wo eine Postkutsche, die von Westen kam, seinen Weg versperrte. Der Wagen hatte grosse, breite Räder, geeignet für die Fahrt auf den lehmigen, holprigen Strassen, die jedoch in diesem Sommer trocken und gut befahrbar waren. Auf dem Dach der Kutsche hockten zwischen Gepäckstücken mehrere Fahrgäste, doch Sir Georges Blick fiel auf eine junge Frau, die an dem mit Lederlappen halb verhängten Fenster sass und staunend Ausschau hielt. Seit Jahren hatte er kein so schönes Mädchen zu Gesicht bekommen. Ihre Blicke trafen sich, und er hob die Hand zu einem höflichen Gruss, der keinen Anstoss erregen konnte.

Wäre ich doch bloss dreissig Jahre jünger, dachte er und ging schmunzelnd auf sein Haus zu. Er beneidete die junge Frau, deren erregtes Mienenspiel deutlich machte, dass sie neu in London war. Ihr stand eine erlebnisreiche Zeit bevor, während er die grossartige Stadt verlassen musste.

Mrs Pierce öffnete ihm die Tür. «Master.» Sie nahm ihm Hut und Stock ab. «Master Toby ist oben.»

«Ist er das? Gut.» Sir George warf einen Blick ins Treppenhaus. Es galt, seinen Sohn vor der Rache der Heiligen zu beschützen und innerhalb der nächsten sechs Tage in Sicherheit zu bringen. Er würde ihn nach Lazen zurückschicken und ihm später folgen. Langsam stieg Sir George die Treppe hinauf.

Campion sah den älteren Herrn, der ihr mit erhobenem Stock einen Gruss entrichtete, und fast hätte sie ihm zugelächelt. Aber ihre Furcht vor der grossen Stadt, ihre Sorge angesichts des Unbekannten, das sie erwartete, überwog, und der Moment ging vorüber.

Sie war in London, und dass sie es bis hierher geschafft hatte, erstaunte und beängstigte sie zugleich.

Ein Kind, das in übertriebener Strenge erzogen wird und erfährt, dass jede auch noch so unschuldige Regung von den Eltern als sündig gebrandmarkt werden und Strafe nach sich ziehen kann, entwickelt schon früh ein Geschick für praktische Schliche und Listen. So war es auch bei Campion. Diesem Geschick verdankte sie es, so weit gekommen zu sein.

Und einer guten Portion Glück. Sie hatte einen Tag lang gewartet und war dann am frühen Morgen, noch bevor es dämmerte, aus dem Haus geschlichen, gekleidet in ein schlichtes Gewand und bepackt mit einem Bündel, in dem sie Brot und Käse, Münzen und ein zweites Kleid mit sich trug. Das Siegel hing, unter dem Mieder versteckt, an ihrem Hals. Die perlenbestickten Handschuhe und der Brief steckten im Bündel.

Bebenden Herzens und voll freudiger Erwartung war sie nach Osten gegangen, in Richtung der aufgehenden Sonne. Zwei Stunden später, als helles Tageslicht über Wiesen und Wälder flutete, war ihre Hochstimmung verflogen. Sie wanderte durch ein geschütztes Tal und überquerte gerade einen kleinen Fluss, als plötzlich ein zerlumpter Bettler vor ihr auftauchte. Wahrscheinlich hatte er ihr nichts tun wollen, doch der Anblick seines bärtigen Gesichts, seine knarzige Stimme und die knochige Hand, die er nach ihr ausstreckte, jagten ihr einen so großen Schrecken ein, dass sie Hals über Kopf davonrannte. Danach ließ die Angst sie nicht mehr los, und auf Schritt und Tritt witterte sie Gefahr.

Eine Stunde später, als sie bereits müde und mutlos geworden war, begegnete ihr eine Bäuerin auf einem mit Flachs beladenen Pferdekarren. Sie bot ihr an, mitzufahren, und obwohl die Frau in südöstlicher Richtung unterwegs war, nahm

Campion die Einladung an, weil sie sich an der Seite der Frau geschützt wähnte. Campion erzählte ihr, dass sie zu ihrem Onkel nach London müsse, um dort für ihn zu arbeiten, und als die Frau fragte, warum sie allein reise, erfand Campion eine Geschichte: Ihre kranke Mutter sei aus ihrer Hütte vertrieben worden und erhoffte sich nun von ihr, ihrer Tochter, dass sie im Dienst des Onkels für den gemeinsamen Lebensunterhalt sorgte. Die Bäuerin glaubte ihr und hatte Mitleid. Als sie ihr Ziel bei Winterborne Zelston erreichte, kümmerte sie sich um Campions Weiterfahrt.

In dem Dorf machte gerade ein Fuhrwerker Station, der, von seiner Frau begleitet, mit Maultieren auf dem Weg nach Southampton war. Die Bäuerin sprach ihn an und verabredete mit ihm, dass er Campion ein Stück Wegs begleitete. Der Fuhrwerker war, wie viele seiner Zunft, puritanischen Glaubens, was Campion hoffnungsvoll stimmte, denn sie wusste, dass Puritanern, so engstirnig und grausam sie auch sein mochten, durchaus vertraut werden konnte. Als die Frau des Fuhrwerkers Campions Geschichte hörte, war sie gerührt und sagte: «Armes Ding. Am besten wäre, du kommst mit nach Southampton und reist von dort nach London weiter. Der Weg ist sicherer.»

Im Verlauf dieser ersten Nacht, die Campion zusammen mit einem Dutzend anderer Frauen im Schankraum eines Gasthauses verbrachte, sehnte sie sich nach Werlatton zurück. Es war eine schäbige Herberge, deren Besucher allem Anschein nach Anhänger des Parlaments waren, denn an den Wänden klebten Plakate, die den Puritanern im Kampf gegen den König den Sieg versprachen. Als Campion austreten musste, wurde sie nach draußen in einen offenen Schweinestall geschickt. Ihr war elend zumute. Sie hatte sich auf eine Fahrt begeben, die ihr Angst machte, weil sie nicht wusste, wie sie sich an den fremden Orten, an die es sie verschlug, verhalten sollte. Doch der Gedanke an Scammell, an seine geifernde Begierde und die Aussicht darauf, die Mutter seiner Kinder zu werden, bekräftigte sie in ihrem Entschluss.

Am frühen Morgen bezahlte sie für die Unterkunft mit einer Goldmünze, die den Wirt argwöhnisch machte, und sie musste darauf vertrauen, dass er sie bei der Herausgabe des Wechselgeldes nicht übervorteilte.

Nachdem die Frau des Fuhrwerkers ihre eigene Rechnung beglichen hatte, führte sie Campion hinaus auf die Straße. Die Maultiere waren wieder aneinandergekettet, und so konnte sich der kleine Tross sogleich in Bewegung setzen. Campions Stimmung hellte sich auf. Sie hatte den ersten Tag in Freiheit unbeschadet überstanden.

Walter, der Fuhrwerker, war ein schweigsamer Mann und ebenso störrisch wie die Maultiere, die er führte. Mit der aufgeschlagenen Bibel in der Hand schritt er langsam voran. Von seiner Frau erfuhr Campion, dass er erst vor kurzem lesen gelernt hatte. «Er kann zwar noch nicht alle Wörter entziffern, wohl aber die meisten, und ich habe meinen Spaß daran, wenn er mir Geschichten aus der Heiligen Schrift vorliest.»

Im Süden waren dichte Wolken aufgezogen, und nach Mittag fing es an zu regnen. Am Abend kehrten sie in ein Gasthaus am Rand des New Forrest ein, wo Campion ihre Kleider vor dem offenen Kamin trocknete. Sie trank Dünnbier und wich Miriam, Walters Frau, nicht von der Seite, denn bei ihr konnte sie sicher sein und geschützt vor den zudringlichen Männern, die mit dem schönen, schüchternen Mädchen zu plänkeln versuchten. «Deine Mutter hätte dich beizeiten verheiraten sollen», meinte Miriam.

«Ich glaube, sie wollte mich nicht fortgeben», entgegnete Campion und fürchtete, dass Miriam fragen könnte, warum die Mutter sie dann nach London geschickt habe. Doch der Frau des Fuhrwerkers gingen andere Gedanken durch den Kopf.

«Es ist nicht bloß ein Segen, Liebes.»

«Was?»

«So schön zu sein, wie du es bist. Siehst du, wie unruhig die Männer sind? Aber immerhin hat dich der Herr vor Stolz bewahrt, und das ist ein Segen. Trotzdem, an deiner Stelle würde ich heiraten, und zwar bald. Wie alt bist du, Liebes?»

«Achtzehn», log Campion.

«Dann wird's wirklich Zeit. Ich habe Walter mit fünfzehn geheiratet, und einen besseren Mann hätte Gott aus seinem Lehm nicht formen können, nicht wahr, Walter?»

Walter, in das fünfte Buch Mose vertieft, blickte auf und brummelte schüchtern vor sich hin. Dann nahm er einen Schluck Bier aus dem Humpen und widmete sich wieder seiner Lektüre.

«Habt ihr keine Kinder?», fragte Campion.

«Wo denkst du hin, Kleines. Unsere Kinder sind längst erwachsen, zumindest diejenigen, die der Herr hat wachsen lassen. Unser Tom ist verheiratet, und die Mädchen dienen als Mägde. So kann ich jetzt mit Walter reisen, ihm Gesellschaft leisten und, was noch wichtiger ist, ihn vor Unbill bewahren.» Sie lachte, und Campion sah, wie Walters ernste Miene aufheiterte. Die scherzhafte Bemerkung seiner Frau war ihm offenbar schon vertraut. Campion spürte, dass sie es mit guten, freundlichen Menschen zu tun hatte, und sie hoffte, dass sie die beiden nicht würde betrügen müssen.

Am nächsten Tag durchquerten sie den New Forrest. Zwei Dutzend anderer Wanderer schlossen sich ihnen an. Walter zog eine große Pistole aus seinem Gürtel und legte ein Schwert auf das Gepäck des führenden Maultiers. Doch

Schwierigkeiten ergaben sich keine, abgesehen vom Regen, der den Pfad aufgeweicht hatte und noch lange, nachdem die Schauer vorübergezogen waren, von den Blättern der Bäume tropfte. Nachmittags schien die Sonne wieder, und sie näherten sich der Stadt, wo Campion von ihren Weggefährten würde Abschied nehmen müssen.

Southampton war bald erreicht, und Campion hatte sich so weit von ihrem Zuhause entfernt wie nie zuvor. Noch aber lag eine größere Strecke voller Hindernisse und Gefahren vor ihr. Miriam fragte, ob sie genügend Geld bei sich habe, und Campion antwortete ja, ungefähr fünf Pfund, worauf Miriam ihr den Rat gab, mit der Postkutsche weiterzureisen. «Das ist der sicherste Weg, mein Kind. Wirst du von deinem Onkel erwartet?»

«Ich glaube ja.»

«Nun, dann solltest du erst recht die Postkutsche nehmen. Wer weiß, vielleicht zahlt er dir das Fahrgeld.» Sie lachte, führte sie zu einem Gasthof, der als Haltestelle diente, und nahm sie zum Abschied in die Arme. «Du bist ein gutes Mädchen. Der Herr beschütze dich. Wir beten für dich.»

Vielleicht hatten die Gebete wirklich geholfen, denn in Southampton traf Campion mit Mrs Swan zusammen, und obwohl als ein Werkzeug Gottes scheinbar eher ungeeignet, war Mildred Swan doch zweifelsohne eines seiner wirkungsvollsten. Als sie Campion sah und erkannte, wie verloren und ängstlich sie war, nahm sie sie sogleich unter ihre Fittiche. Campion teilte sich mit Mildred Swan ein Bett und hörte artig zu, als diese ihr wortreich und weitschweifig aus ihrem Leben erzählte.

Sie hatte ihre Schwester besucht, die in Southampton mit einem Geistlichen verheiratet war, und kehrte nun nach London zurück, wo sie lebte. Die Erzählung ihrer Geschichte, vom Schlaf unterbrochen, wurde am nächsten Morgen wieder aufgegriffen, als sie in dem gepflasterten Hof auf die Postkutsche warteten. «Ich bin Witwe, weiß also ganz genau, was Trauer und Kummer bedeuten.» Zu ihren Füßen lagen ein riesiges, liederlich zusammengerafftes Bündel und ein mit Gebäck und Früchten gefüllter Korb. Als sie sich, von einem Geräusch im Hintergrund argwöhnisch gemacht, umdrehte und einen Stallknecht erblickte, der es, wie sie glaubte, auf ihr Gepäck abgesehen hatte, rief sie ihm zu: «Scher dich fort! Ich bin eine christliche Frau, allein und schutzlos auf Reisen. Untersteh dich, mich zu bestehlen.» Aufgeschreckt eilte der Stallknecht davon. Mrs Swan lachte vergnügt. Es gefiel ihr offenbar, die Welt nach ihrer Vorstellung einzurichten. «Erzähl mir von deiner Mutter, mein Kind.»

Mildred Swan war eine plumpe Frau mittleren Alters. Sie trug einen verschossenen blauen Rock und hatte einen farbenfrohen, geblümten Schal um die Schultern drapiert. Eine hellrote Haube zwängte sich um einen wirren Schopf blonder Haare. Anstatt auf eine Antwort von Campion zu warten, wollte sie nun von ihr wissen, ob sie in oder auf dem Dach der Kutsche zu reisen wünsche. Campion hatte sich darüber noch keine Gedanken gemacht.

«Drinnen ist es angenehmer. Wir sollten auf jeden Fall zusammenbleiben. Dann können wir uns auch besser vor den Männern schützen.» Die letzten Worte waren so laut gesprochen, dass sie auch der großgewachsene, grimmig dreinblickende Pfarrer nicht überhören konnte, der einige Schritte entfernt von ihnen stand. Mrs Swan warf ihm einen Blick zu, wandte sich dann wieder an Campion und fragte: «Nun?»

Campion besann sich und trug ihre Geschichte vor, die sie jetzt allerdings ein wenig abwandelte. Sie habe ihre kranke Mutter gepflegt, sei aber jetzt nach London unterwegs, um einen Advokaten in einer Erbschaftsangelegenheit aufzusuchen. Damit war sie von der Wahrheit nicht allzu weit entfernt, denn Campion hatte allen Anlass zu der Vermutung, dass Grenville Cony ein Advokat war, der sich um die Verwaltung des Bundes kümmerte.

Als Campion, von ihrer Begleiterin dazu aufgefordert, erklärte, was es mit dem Erbe auf sich hatte, saßen die beiden bereits auf der gepolsterten Rückbank in der Kabine der Kutsche, wo Mrs Swan, wie selbstverständlich und ohne auf die anderen Fahrgäste Rücksicht zu nehmen, den meisten Platz für sich in Anspruch nahm. Der Pfarrer saß Campion gegenüber und hatte eine aufgeschlagene Bibel vor sich.

Mrs Swan kam nun wieder auf Campions kranke Mutter zu sprechen. «Sie hat dünnes Blut, nicht wahr?»

«Ja.»

«Butterblumen, mein Kind, Butterblumen. Die wirken in solchen Fällen Wunder. Auch meine Mutter hatte dünnes Blut. Sie ist natürlich längst gestorben, aber nicht allein des dünnen Blutes wegen», sagte sie und fügte, wie um ein schreckliches Geheimnis zu beschwören, mit düsterer Stimme hinzu: «Oh, nein.» Dann wollte sie wissen, woran Campions Mutter sonst noch kranke.

Während der nächsten zwei Stunden, in denen die Kutsche auf holpriger Straße nordwärts rollte, dichtete Campion ihrer Mutter alle Leiden und Nöte eines weiblichen Hiob an, und zu jeder Krankheit, die sie beschrieb, kannte Mrs Swan ein unfehlbares Heilmittel, obwohl sie auch stets jemanden zu benennen wusste, dem selbst dieses Mittel nicht geholfen habe. Campions Phantasie erschöpfte sich allmählich, doch Mrs Swan konnte von dieser Art Unterhaltung offenbar nicht genug bekommen. «Wechselfieber, mein Kind? Darunter litt auch meine Großmutter, Gott hab sie selig. Aber daran ist sie nicht gestorben. Nein. Sie wurde geheilt, weil sie sich in ihren Bittgebeten hilfesuchend an die Heilige Petronilla gewandt hat. Aber das ist ja jetzt nicht mehr möglich dank gewisser Herren, deren Namen ich hier nicht nennen möchte.» Sie bedachte den Pfarrer mit finsterem Blick. «Tun ihr die Brüste weh?»

«Sehr.»

«Tja, das dachte ich mir», seufzte Mrs Swan. «Als mein Mann noch lebte, hatte ich das gleiche Problem. Er war Kapitän zur See und brachte mir aus Lissabon ein Bildnis der Heiligen Agnes mit. Das hat wahre Wunder an mir vollbracht.» Sie hob die Stimme, um den Pfarrer zu provozieren. «Oh, diese Schmerzen! Und da ist schließlich so einiges, was wehtun kann.» Sie lachte laut auf und hielt dabei ihren Blick auf den Gottesmann gerichtet, der nun tatsächlich reagierte.

Woran er Anstoß nahm – ob an der Erwähnung katholischer Heiliger oder an dem Gespräch über schmerzende Brüste –, war nicht klar. Jedenfalls beugte er sich vor und sagte: «Deine Rede ist ungebührlich, Frau.»

Sie achtete nicht auf ihn und fragte Campion lächelnd: «Hat sie lange Ohren, mein Kind?»

«Nein.»

«Gott sei Dank, denn dagegen helfen allenfalls ein paar kräftige Watschen.» Sie richtete ihren Blick wieder auf den Pfarrer, doch der hatte sich zurückgelehnt und las im Buch des Predigers Salomo. Mrs Swan ließ nicht locker. «Hat sie vielleicht auch die Fallsucht?»

«Allerdings.»

«Wie meine Tante, Gott hab sie selig. Sie ist manchmal ganz unvermittelt umgekippt. Einfach so. Doch alle, die unter dieser Krankheit leiden, dürfen auf den Heiligen Valentin hoffen.» Der Pfarrer blieb still.

Mrs Swan machte es sich auf der Bank bequem. «Ich werde jetzt ein bisschen schlafen, mein Kind. Falls dich jemand belästigen sollte ...», und wieder richtete sie den Blick auf den mitreisenden Pfarrer, «... du kannst mich jederzeit wecken.»

Mrs Swan war Campions Begleiterin, Mentorin und Beschützerin – und ab dem Moment, in dem sie ihr Ziel erreicht hatten und die Kutsche verließen, auch ihre Gastgeberin. Sie wollte nichts davon hören, als Campion sagte, sie werde sich nach einer Unterkunft umsehen, gab aber unumwunden zu, dass ihre Gastfreundschaft nicht gratis sei. «Nicht, dass ich gierig wäre, mein Kind, nein. Das kann keiner von Mildred Swan behaupten. Aber wie jeder andere muss auch ich sehen, wo ich bleibe.» Und damit war die Sache abgemacht.

Charing Cross und The Strand zählten nicht zum eigentlichen London. Die beiden Straßen lagen außerhalb der Stadtmauern und verbanden die im Westen neu gebauten Häuser miteinander. Als Campion den Blick nach Osten richtete, wurde ihr angst und bange. Aus unzähligen Kaminen stieg Rauch auf, der den Himmel verdunkelte, und in diesem grauen Dunst zeichneten sich mehr Türme und Zinnen ab als in Campions kühnsten Träumen von dieser Stadt. Über allem thronte die Kathedrale auf dem Hügel. Die Häuser entlang dem Strand, über den sie nun von Mrs Swan geführt wurde, waren groß und prächtig und von bewaffneten Männern bewacht. Auf der Straße selbst wimmelte es von Krüppeln und Bettlern. Campion sah Männer mit leeren, eiternden Augenhöhlen, Kinder ohne Beine, die sich nur mit Hilfe ihrer kräftigen Arme vorwärtsbewegten, und Frauen, deren Gesichter von schwärenden Wunden entstellt waren. Ein schrecklicher Gestank hing in der Luft.

Mrs Swan schien von alldem nichts zu bemerken. «Das

ist der Strand, meine Kleine. Hier lebten früher ausschließlich vornehme Herrschaften, doch leider sind die meisten fortgezogen. Jetzt wohnen hier die Frömmler, und die sind schlecht bei Kasse.» Mrs Swan war von ihrem Mann zwar gut versorgt worden, legte aber Wert darauf, sich ein Zubrot zu verdienen und verkaufte Handstickereien, die allerdings seit der puritanischen Revolution in London kaum mehr nachgefragt wurden.

Ein Trupp von Soldaten kam aus der Stadt marschiert, die Helme und Piken blitzten im Sonnenlicht. Wer nicht schnell genug den Weg frei machte, wurde brüsk beiseitegeschoben. «Schafft Platz für die Gesalbten des Herrn!», spottete Mrs Swan lauthals, worauf ihr einer der Offiziere einen grimmigen Blick zuwarf. Doch Mildred Swan war keine Frau, die sich einschüchtern ließ. «Passt auf, wohin Ihr tretet, Käpt'n», rief sie und lachte, als der Soldat über einen Haufen Pferdeäpfel sprang und keine gute Figur dabei machte. Mit einer wegwerfenden Handbewegung wandte sie sich von den Soldaten ab und sagte: «Die spielen nur. Hast du die Jungs auf der Knight's Bridge gesehen?» Die Kutsche war auf der Brücke im Westen der Stadt angehalten und von Soldaten durchsucht worden. Mrs Swan schnaubte. «Nichts als kleine Rotznasen. Kaum haben sie sich die Köpfe rasiert, glauben sie, die Welt beherrschen zu können. Hier lang, meine Kleine.»

Mrs Swan führte Campion in eine Gasse, die so eng war, dass die beiden nicht Seite an Seite gehen konnten. Auf sich allein gestellt, wäre Campion im Labyrinth der kleinen Straßen verloren gewesen, doch zu ihrer Erleichterung hielt Mrs Swan schließlich vor einer blau lackierten Tür an, schloss auf und ließ sie in eine kleine Diele eintreten. Campion war am Ziel. Hier, in dieser großen, verwirrenden Stadt, würde sie das Geheimnis des Siegels lüften. Hier würde es auch zu einem Wiedersehen mit Toby Lazender kommen, der in dieser fremden Welt einen noch größeren Platz in ihren Gedanken einnahm. Sie war in London, endlich frei.

Mrs Swan ließ sich auf einen Hocker fallen, lupfte die Röcke und zog ihre Holzschuhe aus. «Oh, meine armen Hühneraugen! Nun, Liebes, wir sind da.»

Campion lächelte. «Wir sind da.» Da, wo sie Antwort auf ihre Fragen zu finden hoffte.

❧ 7 ❧

Campion hatte sich in den Tagen, bevor sie von Werlatton weggelaufen war, so eigenbrötlerisch verhalten, dass ihre Abwesenheit am ersten Morgen bei Goodwife Baggerlie nur ein Kopfschütteln hervorrief. Sie hatte schon immer gewusst, dass diesem Mädchen nicht zu trauen war. Als Campion auch am späten Nachmittag noch nicht aufgetaucht war, schlug Scammell Alarm. Er ließ ein Pferd satteln und ritt die Grenzen des Grundbesitzes ab.

Selbst als kein Zweifel mehr daran bestehen konnte, dass Campion verschwunden war, hielt es niemand für möglich, dass sie sich zu einer so dramatischen Abkehr entschlossen hatte, dass sie geflohen war. Am frühen Morgen des zweiten Tages schickte Scammell den Stallknecht Tobias Horsnell auf die Suche in den Dörfern im Norden, während er selbst gemeinsam mit Ebenezer im Süden und Westen nach der Verschwundenen fahndete. Aber es gelang ihnen nicht mehr, ihre Fährte aufzunehmen, und als man am Abend in der großen Halle zusammentraf, regte sich in Samuel Scammell eine unheilvolle Furcht. Das Mädchen, sein Pfand für unermesslichen Reichtum, war ihm entwischt.

Wie alle Propheten des Untergangs, die sich durch schlechte Nachrichten bestätigt sehen, fand Goodwife Baggerlie offenbar Gefallen an Campions Verschwinden. Sie hatte sich an Matthew Slythes Bestrafungen seiner Tochter stets mit Eifer beteiligt, einem Eifer, der im Neid auf ihr Aussehen und ihren unbeugsamen Geist begründet lag. Jetzt, da Campion geflohen war, zählte die Haushälterin einen schier endlosen Katalog lässlicher Sünden auf, die Campion begangen hatte. «Sie ist vom Teufel besessen, Master, vom Teufel.»

Treu-bis-in-den-Tod Hervey, der sich an der Suche beteiligt hatte, blickte auf. «Vom Teufel?»

«Ihr Vater, Gott hab ihn selig, hatte ihn noch beherrschen können», die Haushälterin schniefte geräuschvoll und betupfte ihre geröteten Augen mit der Schürze. «‹Wer seine Rute schont, der hasst seinen Sohn, wer ihn aber lieb hat, der züchtigt ihn.›»

«Amen», sagte Scammell.

«Gelobt sei sein Wort», stimmte Ebenezer ein, der von seinem Vater nie verprügelt worden war, aber häufig dabei zugesehen hatte, wie die Schwester mit dem schweren Gürtel geschlagen wurde.

Treu-bis-in-den-Tod Hervey legte die Hände vor seinem auf- und abspringenden Adamsapfel zusammen, sodass sie aussahen wie ein Kirchturm. «‹Ein schönes Weib ohne Einsicht ist wie ein Juwel in einer Schweineschnauze.›»

«Wirklich und wahrhaftig.» Scammell suchte nach geeigneten Worten aus der Heiligen Schrift, um nicht hintanzustehen. Doch ihm fiel nur ein unpassender Vers aus dem Hohelied Salomos ein, den er nicht auszusprechen wagte: «Deine zwei Brüste sind wie zwei junge Rehzwillinge.» Er stöhnte im Stillen und fragte sich, wie wohl die Brüste seiner Verlobten aussehen mochten, Brüste, die er so gern liebkost hätte. Nun war sie verschwunden und mit ihr seine Hoffnung auf Wohlstand. «Wir müssen wachen und beten.»

«Amen», sagte Ebenezer. «Wachen und beten.»

Campion hatte richtig vermutet. Grenville Cony war tatsächlich Advokat. Mehr noch, wie Mrs Swan zu berichten wusste. «Er wurde zum Ritter geschlagen und darf sich Sir Grenville nennen. Er ist so mächtig und sein Stand ist so hoch, dass er unsereins gar nicht bemerkt. Er ist Politiker. Advokat und Politiker.» Ihre Worte ließen keinen Zweifel daran, was sie von den beiden Gattungen hielt. Advokaten waren für sie das Letzte. «Das sind Blutsauger», erklärte sie. «Wäre die Sünde nicht schon von Gott erfunden worden, hätten sie's getan, allein schon aus Beutelschneiderei.» Ihre Ausführungen ließen darauf schließen, dass sie ihr Leben als gefährliche Gratwanderung betrachtete – zwischen der Bedrohung durch Krankheit auf der einen und den Ränken habgieriger Advokaten auf der anderen Seite. «Ich könnte dir Geschichten erzählen, Liebes», sagte sie, was sie dann auch tat. Viele dieser Geschichten waren so verwickelt, dass sie einem Anwalt zur Ehre gereicht hätten, doch endeten alle auf verblüffende Weise mit Mrs Swans souveränem Sieg über die gesamte rechtsprechende Zunft.

Aber für Campion stand fest, dass sie Sir Grenville Cony einen Besuch abstatten musste, und wieder einmal lächelte ihr das Glück zu. Ein Nachbar von Mrs Swan, ein französischer Schneider, wusste, wo Sir Grenville wohnte: in einem der großen Häuser am Strand.

Mrs Swan war entzückt. «Das trifft sich gut, Liebes, das ist ganz in der Nähe.» Sie fädelte einen gefärbten Seidenfaden in eine feine Nadel. «Richte ihm aus, dass er, wenn er Stickerei zu kaufen wünscht, nicht weit zu gehen braucht.»

An ihrem zweiten Nachmittag in London machte sich Campion auf den Weg. Sie trug ein schlichtes Kleid und hatte die Haare mit einer Haube bedeckt. Trotzdem merkte sie, dass die Männer auf der Straße zu ihr hinsahen und war froh, dass der Schneider sie begleitete. Jacques Moreau war ein älterer Mann mit guten Manieren. Er half ihr über den verkehrsreichen Strand und fragte höflich: «Werdet Ihr auch allein zurückfinden, Miss Slythe?»

«Ich glaube ja. Ihr seid sehr freundlich.»

«Nein, nein. Es kommt nicht häufig vor, dass ich mit einer solchen Schönheit spazieren gehe. Es war mir ein Vergnügen, Miss Slythe. Da ist es.»

Conys Haus war nicht so groß wie manche andere am Strand, kein Vergleich mit dem Palais Northumberland oder York House, aber dennoch sehr beeindruckend. Aus dunklen Backsteinen gemauert, erhob es sich über mehrere Stockwerke zu einer hohen Balustrade, zu deren Seiten zwei aus Stein gemeißelte Skulpturen thronten. Die hohen Fenster waren von innen mit samtenen Vorhängen bedeckt. Vor dem Portal hielt ein Mann Wache, der mit einer Pike bewaffnet war. Er lächelte Campion einfältig an und sagte zu Jacques Moreau rüde: «Was will Er hier?»

«Die Lady hat in geschäftlichen Angelegenheiten mit Sir Grenville zu reden.»

«In geschäftlichen Angelegenheiten, so, so.» Er maß Campion vom Scheitel bis zur Sohle und ließ sich Zeit dabei. «Und was wären das für geschäftliche Angelegenheiten?»

Sie hatte sich vorgenommen, bescheiden und demütig aufzutreten, war aber nun über das Verhalten des Mannes verärgert. «Angelegenheiten, über die Sir Grenville ganz gewiss nicht mit dir zu diskutieren wünscht.»

Sie hatte anscheinend genau den richtigen Ton getroffen,

denn er schnaubte und deutete mit einer ruckartigen Bewegung des Kopfes zur Seite. «Hier geht's lang», sagte er, diesmal etwas respektvoller.

An der Ecke des Hauses verabschiedete sich Campion vom Schneider und trat dann in den engen Durchgang. Er führte zum Fluss hinunter, wo sie die Sonne auf dem Wasser glänzen sah und dahinter das öde Lambeth-Moor.

Nach etwa zwei Dritteln des Wegs durch die Gasse traf sie auf eine Tür, hinter der sie die Kanzlei von Sir Grenville Cony vermutete. Einen Wachposten gab es nicht. Sie klopfte an.

Niemand antwortete. Stimmen und Karrengeräusche drangen von der Straße herüber. Auf der anderen Seite war das Plätschern des Stroms zu hören. Aus dem Haus aber drang kein Laut. Sie wurde plötzlich nervös. Sie spürte das goldene Siegel auf der Haut, das sie daran erinnerte, dass in diesem Haus das Geheimnis des Bunds verborgen lag. Dies könnte ihre Chance sein, sich dem Zugriff zu entziehen, den ihr Vater durch sein Testament und die mit Scammell vereinbarte Heirat immer noch auf sie hatte. Campion fasste sich ein Herz und klopfte erneut.

Sie wartete. Sie wollte gerade ein drittes Mal anklopfen und suchte mit den Augen schon nach einem Stein, mit dem sie lauter an die schwere Holztür schlagen könnte, als eine winzige Klappe aufging.

«Siehst du die Glocke nicht?», herrschte sie eine Männerstimme an.

«Eine Glocke?»

«Zu deiner Rechten.»

Erst jetzt entdeckte sie im Schatten einer Mauernische eine Kette mit eisernem Handgriff. Der Mann hinter der Klappe schien zu erwarten, dass sie sich entschuldigte, was sie nun auch tat. Halbwegs besänftigt, fragte er: «Was willst du?»

«Ich möchte Sir Grenville Cony sehen, Sir.»

«Sir Grenville sehen? Das wollen alle. Warum wartest du nicht, bis er in seiner Kutsche vorbeifährt? Oder auf seinem Boot? Dann siehst du ihn gut genug.»

Campion konnte das Gesicht des Mannes mit der gereizten Stimme nicht erkennen, sie sah nur das Glitzern eines Auges und den halben Bogen einer Nase, die sich an das Eisengitter der Luke drückte. «Ich habe mit Sir Grenville Geschäftliches zu bereden, Sir.»

«Geschäftliches!» Der Mann tat so, als sei ihm dieses Wort völlig unbekannt. «Geschäftliches! Wenn du einen Bittbrief hast, gib ihn her. Na los!» Das Auge und die Nase verschwanden, nun streckten sich die Finger einer Hand durch die Luke.

«Ich habe keinen Bittbrief.»

Sie fürchtete schon, der Mann sei gegangen, denn als seine Finger verschwunden waren, blieb es lange still. Dann aber zeigte sich wieder das glitzernde Auge. «Keinen Bittbrief?»

«Nein.»

«Weiß Mr Cony von dir?», knurrte der Mann.

«Er kennt meinen Vater, Sir.»

«Augenblick.»

Die Klappe fiel zu, und im Haus war es wieder totenstill. Campion trat einen Schritt von der Tür zurück und starrte hinunter auf den Fluss. In dem schmalen Ausschnitt, den sie sehen konnte, glitt ein Schleppkahn vorüber, angetrieben von Männern, die, an Deck stehend, lange Ruder durchs Wasser zogen. Nacheinander kamen drei schwere Kanonen in Sicht, die auf dem Ladedeck vertäut waren – tödliche Fracht für den Krieg im Westen.

Die Klappe ging wieder auf. «Mädchen!»

«Sir?»

«Name?»

«Dorcas Slythe», antwortete sie, denn ihr war klar, dass ein erfundener Name jetzt nicht weitergeholfen hätte. Sie hörte eine Schreibfeder über Papier kratzen.

«Dein Anliegen?»

Ihr Zögern provozierte ein ungeduldiges Grummeln auf der anderen Seite der Tür. Sie hatte erwartet, dass man sie eine Weile warten, dann aber ins Haus eintreten ließe, und war deshalb auf diese Frage nicht vorbereitet gewesen. Kurz entschlossen antwortete sie: «Der Bund, Sir.»

«Der was?» Die Stimme verriet keinerlei Interesse. «Bund? Welcher?»

Sie dachte nach. «Der Bund des Apostels Matthäus, Sir.»

Wieder kratzte die Schreibfeder übers Papier. «Sir Grenville ist nicht zu Hause. Du kannst ihn also heute nicht sehen. Für die Öffentlichkeit ist er mittwochs zu sprechen, allerdings nicht diesen Mittwoch, denn da hat er zu tun. Nächsten Mittwoch. Komm gegen fünf. Nein. Sechs. Am Nachmittag», fügte er widerwillig hinzu.

Sie nickte mit dem Kopf, enttäuscht, dass sie so lange auf eine Antwort warten sollte. Der Mann schnaubte. «Aber wahrscheinlich wird er dich auch dann nicht empfangen, alles nur Zeitvergeudung.» Er lachte. «Guten Tag!» Die Klappe fiel zu. Campion drehte sich um und kehrte über den Strand zurück zu Mrs Swan.

In einem großen komfortablen Zimmer des Hauses, das sie soeben verlassen hatte, stand Sir Grenville Cony am Fenster und starrte dem Lastkahn hinterher, der sich in der Flussbiegung von Lambeth langsam entfernte. Kanonen für das Parlament, wahrscheinlich gekauft von dem Geld, das er für einen Zinssatz von zwölf Prozent verliehen hatte. Doch

Freude darüber empfand er keine. Sein Magen machte Beschwerden.

Er hatte zu viel gegessen, drückte mit der Hand auf den mächtigen Bauch und fragte sich, ob das Grimmen auf der rechten Seite womöglich von einer Verstopfung herrührte. Der Schmerz nahm zu und war so heftig, dass er das Gesicht verzog. Er würde nach Dr. Chandler schicken lassen.

Sein Sekretär hielt sich, wie er wusste, zurzeit im Unterhaus auf, also ging er selbst in die Buchhaltung. In diesem Moment kam einer der Schriftführer, ein spindeldürrer Kerl mit Namen Bush, durch die Hintertür hereingeschlichen. «Bush!»

Bush fuhr vor Schreck zusammen. «Sir?»

«Warum steht Er nicht an seinem Pult? Hat Er sich wieder auf meine Kosten herumgetrieben? Ist wieder die Blase schuld? Der Darm? Antworte, Beliar'scher Nichtsnutz!»

«Es war», stotterte Bush, «es war da jemand an der Tür.»

«An der Tür? Ich habe die Glocke nicht gehört. Korrigier mich, Sillers», sagte er an den Hauptschriftführer gewandt. «Hat etwa die Glocke geläutet?»

«Es wurde angeklopft, Sir.» Sillers zollte seinem Herrn Respekt, war aber nicht unterwürfig.

«Wer hat geklopft? Fremde an meiner Tür, empfangen von Bush. Bush! Wer war der Glückliche?»

Bush starrte voller Angst auf den kleinen, fettleibigen Mann, der ihm zusetzte. Sir Grenville Cony war siebenundfünfzig Jahre alt und von wunderlicher Erscheinung. Sein Gesicht glich dem eines Frosches und seine weißen Haare waren gelockt wie die eines Cherubs. Er lächelte Bush auf jene Weise an, mit der er die meisten seiner Opfer anlächelte.

«Es war kein Mann, Sir, sondern ein Mädchen.»

«Ein Mädchen!» Sir Grenville gab sich überrascht. «Das gefällt Ihm wohl, nicht wahr, Bush? Ein Mädchen, was? Hat

Er jemals eins gehabt? Weiß Er, wie ein Mädchen im Arm liegt? Na?» Er hatte Bush in eine Ecke getrieben. «Wer war diese Dirne, die dich in Wallung gebracht hat, Bush?»

Die anderen Schreiber, vierzehn an der Zahl, grinsten verstohlen. Bush fuhr sich mit der Zunge über die Lippen, hielt den Zettel vor die Nase und las davon ab. «Eine gewisse Dorcas Slythe, Sir.»

«Wer?» Conys Stimme klang mit einem Male ganz anders, nicht mehr nonchalant und hochnäsig, sondern hart wie Stahl. Mit einer solchen Stimme ließen sich das Parlament oder der Gerichtssaal augenblicklich zum Schweigen bringen. «Slythe? Was wollte sie?»

«Mit Euch sprechen. Über einen Bund, Sir. Den Bund des Apostels Matthäus.» Bushs Stimme zitterte.

Sir Grenville Cony rührte keine Miene und flüsterte: «Was hast du ihr gesagt, Bush?»

«Dass sie nächsten Mittwoch wieder vorsprechen soll, Sir.» Er schüttelte den Kopf und fügte hinzu: «Gemäß Euren Instruktionen.»

«Meinen Instruktionen! Nach meinen Instruktionen hat Er sein Gehirn zu gebrauchen. Dummkopf! Grimmett!» Seine Stimme war allmählich lauter geworden und der zuletzt genannte Name ein schriller Schrei.

«Sir?» Thomas Grimmett, der Anführer von Grenville Conys Leibwache, kam durch die Tür. Er war ein großer Mann mit markigem Gesicht und schien in Gegenwart seines Herrn völlig furchtlos zu sein.

«Grimmett, dieser Bush ist ein Narr und gehört bestraft.» Cony überhörte das Wimmern des Schreibers. «Danach wird er vor die Tür gesetzt. Verstanden?»

Grimmett nickte. «Ja, Sir.»

«Sillers! Mitkommen!» Sir Grenville Cony marschierte zurück in seinen Raum. «Such die Slythe-Papiere zusammen. Wir haben zu arbeiten.»

«Ihr habt aber doch eine Verabredung mit den schottischen Gesandten, Sir.»

«Die schottischen Gesandten können mir den Buckel runterrutschen, Sillers. Wir haben zu arbeiten.»

Bushs Bestrafung wurde vor Conys Augen vorgenommen, während dieser zu Mittag aß. Eine bessere Beilage zu Lamm, Kapaun, Garnelen und Rind als Bushs Schmerzensschreie hätte auch seine Küche nicht aufbieten können. Danach fühlte er sich besser, sehr viel besser, und so brauchte er auch nicht zu bedauern, dass er vergessen hatte, Dr. Chandler rufen zu lassen. Als Bush nach dem Mittagessen außer Haus geschafft worden war, ließ Sir Grenville die schottischen Gesandten zu sich bitten. Sie waren, wie er wusste, allesamt fromme Presbyterianer, und so betete er mit ihnen um ein presbyterianisches England, bevor sie miteinander in Verhandlung traten.

Wo war das Mädchen wohl in London untergekommen? Ob sie das Siegel bei sich hatte? Würde sie es ihm aushändigen? Heiliger Matthäus! Sollte der vor langer Zeit geschmiedete Plan tatsächlich aufgehen? Cony rieb sich im Stillen die Hände. Er blieb in dieser Nacht noch lange wach, schenkte sich ein Glas Claret ein und hob es vor das bleiverglaste Fenster, um seinem vielfach gebrochenen Spiegelbild zuzuprosten. «Auf den Bund», sagte er. «Auf den Bund.»

Campion blieb nichts anderes übrig, als zu warten. Mrs Swan hatte allem Anschein nach Freude an ihrer Gesellschaft, nicht zuletzt deshalb, weil Campion ihr aus den Nachrichtenblättern vorlesen konnte. Mrs Swan war selbst nicht imstande zu lesen, aber begierig darauf, das Neuste zu erfahren. Der Krieg hatte die Nachrichtenblätter beim Volk sehr beliebt gemacht, allerdings fand Mrs Swan an den Londoner Blättern, die aus naheliegenden Gründen das Parlament unterstützten, einiges zu kritisieren. Sie war aus tiefstem Herzen eine Anhängerin des Königs, und was sie im Herzen spürte, ging ihr auch unverfälscht über die Lippen. Sie hörte Campion zu, die von Siegen der Parlamentarier berichtete, quittierte jede Erfolgsmeldung mit verächtlichem Schnauben und bestritt deren Wahrheitsgehalt.

Tatsächlich hatte das Parlament in diesem Sommer nur wenig Anlass zur Freude. Bristol war gefallen, und ein größerer Sieg an anderer Front, der diese Schlappe aufgewogen hätte, stand nicht in Aussicht. Es gab zwar etliche kleinere Scharmützel, die von den Nachrichtenblättern jeweils zu einem vorzeitigen Armageddon aufgebauscht wurden, doch der vom Parlament herbeigesehnte Sieg wollte sich nicht einstellen. London hatte aber noch andere Gründe für düstere Betrachtungen. Um Geld für die Fortsetzung des Krieges aufzubringen, hatte das Parlament neue Steuern erhoben, Steuern auf Wein, Leder, Zucker, Bier und sogar Leinen. Die von König Charles auferlegten Bürden waren im Vergleich dazu viel leichter zu ertragen. Mrs Swan schüttelte den Kopf. «Und die Kohle wird immer knapper, Liebes. Es ist zum Haareraufen.»

Die zum Beheizen der Häuser gebrauchte Kohle wurde auf Schiffen von Newcastle herbeigeschafft, doch da der König Newcastle unter seiner Kontrolle hatte, stand den Bürgern von London ein bitterer Winter bevor.

«Könnt Ihr nicht fortziehen?», fragte Campion.

«Liebe Güte, nein. Ich bin eine Londonerin. Fortziehen? Daran ist gar nicht zu denken.» Mrs Swan musterte ihre Stickerei. «Sehr schön, das darf ich wohl sagen, auch wenn sich

Eigenlob nicht schickt. Nein, mein Liebes. Ich schätze, dass König Charles schon in diesem Winter wieder auf seinem Thron sitzt, und dann wird alles gut.» Sie rückte näher ans Licht, das durchs Fenster fiel. «Lies mir etwas vor, Liebes, etwas Aufheiterndes.»

In den Nachrichtenblättern aber stand kaum etwas, das eine solche Wirkung hervorgerufen hätte. Campion las aus einer Schmähschrift vor, in der diejenigen Mitglieder des Londoner Unterhauses namentlich genannt wurden, die immer noch nicht den seit Juni geforderten Treueeid geleistet hatten. Der war bislang nur von einer Hand voll Männern unterzeichnet worden, und der anonyme Verfasser behauptete: «Obzwar als Grund für deren Versäumnis Krankheit angeführt wird, ist zu vermuten, dass es ihnen weniger an Leibeskraft denn an Mut gebricht.»

«Gibt es nichts Interessanteres, Liebes?», fragte Mrs Swan und biss einen Faden mit den Zähnen ab. Campion blieb eine Antwort schuldig. Sie blickte stirnrunzelnd in die Zeitung und schaute so verwundert drein, dass ihre Gastgeberin neugierig wurde. «Was ist, Liebes?»

«Ach, nichts.»

Mit dieser Antwort aber mochte sich Mrs Swan nicht zufriedengeben. Sie brachte es fertig, aus einem vermeintlichen Nichts genügend Material herauszuseihen, um damit drei vergnügliche Vormittage lang nach Herzenslust zu schwadronieren. Also bestand sie darauf, den Grund für Campions Beunruhigung zu erfahren. Sie war überrascht zu hören, dass Campions Interesse lediglich der Erwähnung von Sir George Lazender galt, der als einer derjenigen angeführt wurde, die den Eid noch nicht geleistet hatten. Die Frage, die sie nun stellte, lag auf der Hand: «Kennst du etwa diesen Sir George, Liebes?»

«Sein Sohn ist mir mal begegnet.»

Der Stickrahmen sank in Mrs Swans Schoß. «Sieh mal einer an.»

Campion musste ein scharfes Verhör über sich ergehen lassen und gestand die einmalige Begegnung, verschwieg jedoch deren Begleitumstände und gab schließlich zu, dass sie Toby gern wiedersehen würde.

«Warum auch nicht? Das solltest du. Lazender, Lazender. Wahrscheinlich vermögend, nicht wahr?»

«Ich glaube, ja.»

Mrs Swan witterte neue Kundschaft und überredete Campion, sofort nach nebenan zu Jacques Moreau zu gehen, um ihn um Papier, Tinte und Schreibfeder zu bitten. Es wurde schon dunkel, war aber noch so hell, dass keine Kerzen angezündet werden mussten, als sich Campion an den Tisch setzte und eine Nachricht zu Papier brachte. Sie schrieb, dass sie in London sei und bei Mrs Swan wohne (ihre Gastgeberin bestand darauf, als eine «Gentlewoman» bezeichnet zu werden, und ließ sich von Campion jeden einzelnen Buchstaben zeigen und erklären), in dem Haus mit der blauen Tür am Bull Inn Court, wo Toby als Besucher jederzeit willkommen sei. Campion war unschlüssig, mit welchem Namen sie unterschreiben sollte. Womöglich, so dachte sie, würde er sich selbst nicht mehr daran erinnern, wie er sie damals am Bach genannt hatte. Weil sie aber ihren tatsächlichen Namen nicht leiden mochte, unterzeichnete sie am Ende mit «Campion». Am nächsten Morgen machte sie sich, von Mrs Swan begleitet, auf den Weg nach Westminster, wo Mrs Swan sie durch das Gedränge der Buchhändler vor der Westminster Hall und an den Schreibstuben der Advokaten vorbei zum Parlamentsgebäude führte, um die Nachricht bei einem Angestellten des Parlamentssprechers zu Händen von Sir George abzugeben.

Anschließend musste sich Campion in Geduld üben, was ihr noch schwerer fiel, als darauf zu warten, Sir Grenville Cony vorgestellt zu werden.

Nicht einmal die vielfältigen Ablenkungen Londons vermochten ihr das bangende Herz zu erleichtern. Mrs Swan bestand darauf, ihr die Stadt zu zeigen, und Campion musste ihr folgen, obwohl sie fürchtete, dass Toby ausgerechnet dann vor der Tür am Bull Inn Court stehen würde, wenn sie unterwegs wäre.

Am Abend des zweiten Tages, nachdem sie den Brief aufgegeben hatten, waren Campion und Mrs Swan im Haus von Jacques Moreau eingeladen, in dem sich noch weitere Nachbarn eingefunden hatten, um Musik zu hören. Der französische Schneider spielte Violine, seine Frau Flöte. Es versprach ein schöner Abend zu werden, doch Campion war voller Sorge. Was, wenn er sie gerade jetzt aufsuchte? Dann fragte sie sich, ob er überhaupt gewillt sei, sie zu sehen. Womöglich erinnerte er sich nicht einmal an sie, und, wenn doch, stand zu befürchten, dass er für ihren Brief nur ein mitleidiges Lächeln übrig hatte. Bei diesem Gedanken wünschte sie, ihm gar nicht erst geschrieben zu haben. Bald war sie überzeugt davon, dass er nicht kommen würde, und so versuchte sie sich einzureden, dass auch sie kein Interesse an ihm hatte. Schon zweifelte sie daran, ob sie ihn überhaupt noch so gern hatte wie damals. Vielleicht war es ein schrecklicher, peinlicher Fehler, ihn eingeladen zu haben. Und so glaubte sie schließlich fast selbst, dass es ihr gleichgültig war, ob er käme oder nicht. Dennoch schaute sie, sooft Schritte im Court zu hören waren, ängstlich zum Fenster hinaus.

Sie war ihm einmal begegnet, ein einziges Mal, und hatte doch all ihre Hoffnungen auf ihn gesetzt, von ihm geträumt und ihn zum Gegenstand ihrer Vorstellung von Liebe gemacht.

Sie wusste um die Torheit solcher Gedanken und fürchtete nun, er könnte kommen und sie müsste feststellen, dass er nur ein ganz gewöhnlicher junger Mann war, nicht anders als all die anderen Männer Londons, die ihr nachsahen.

Am nächsten Morgen schwanden ihre Hoffnungen. Seit sie ihre Nachricht bei dem Schreiber in Westminster hinterlassen hatte, war nun schon so viel Zeit vergangen, dass ihre Erwartungen und Befürchtungen unmöglich in gleicher Intensität beibehalten werden konnten. Campion half der Dienstmagd von Mrs Swan in der kleinen Küche und rupfte zwei dürre Hühner, die am frühen Morgen gebracht worden waren. Sie zerrte wütend an den Federn des einen Vogels, während die Magd den anderen ausnahm und dabei mit der Hand bis zum Handgelenk in den Innereien verschwand. Da klopfte es plötzlich an der Tür. Bevor eine der beiden reagieren konnte, rief Mrs Swan, dass sie die Tür öffnen werde.

Campions Herz fing an zu rasen. Vielleicht war es nur eine Kundin, gekommen, um einen bestellten Kissenbezug oder Vorhänge abzuholen. Nein, dachte sie und versuchte, ihre Erwartungen zu dämpfen. Nein, er würde nicht kommen. Es waren Stimmen in der Diele zu hören, doch ließen sich weder Worte noch Sprecher voneinander unterscheiden.

Bis dann eine Stimme lauter wurde, die unverkennbar die von Mrs Swan war. Sie sprach von den Hühnern. «Diese Preise! Kaum zu glauben. Ich erinnere mich an Zeiten, als eine achtköpfige Familie mit fünf Schillingen in der Woche zurechtkam und anständig zu essen hatte. Davon wird heute keiner mehr satt. Herrje, meine Haare! Wäre ich auf Euren Besuch eingestellt gewesen, hätte ich mir eine Haube aufgesetzt.»

«Meine liebe Mrs Swan, Schönheiten ziehen einander offenbar an.»

Er war's! Die Stimme klang so vertraut, dass Campion sie gar nicht verkennen konnte. Es war Toby! Sie hörte, wie er lachte und von Mrs Swan aufgefordert wurde, in ihrem besten Sessel Platz zu nehmen. Campion hatte gerade die letzten Federn gerupft, nahm ihre Haube vom Kopf und ließ das Haar über die Schultern fallen. Ihr war bewusst, dass sich ihr Gesicht gerötet hatte. Schnell klopfte sie ihre Schürze aus und griff sich dann ins Haar, wobei kleine Federflöckchen von den Händen in die Locken gerieten. Als sie eine Bewegung im Türausschnitt wahrnahm, blickte sie auf. Da stand er und lächelte, und aus dem Lächeln wurde ein Lachen. In diesem Moment fielen alle Zweifel von ihr ab. Sie hatte sich nicht in ihm getäuscht und würde sich nie wieder in ihm täuschen.

Wie war es möglich, fragte sie sich, dass sie sein Bild vergessen hatte, die heitere Miene und die langen, roten Locken, die seine markanten Wangen- und Kieferknochen umrahmten. Er schaute sie an. «Mein kleiner, gefiederter Engel.»

Fast hätte sie ihn mit dem Huhn beworfen. Sie war verliebt.

✣ 8 ✣

Zwei Tage lang, so schien es, hatten die beiden nichts anderes im Sinn, als miteinander zu reden. Mrs Swan erwies sich als entgegenkommende Anstandsdame. Sie war jederzeit bereit, die Füße hochzulegen und die beiden allein losziehen zu lassen. Wenn sich aber eine für sie interessante Möglichkeit abzeichnete, wich sie nicht von ihrer Seite. Am zweiten Abend besuchten sie eine Schauspielveranstaltung. Die Puritaner hatten zwar sämtliche Theater geschlossen, doch gab es in manchen großen Häusern private Bühnen, auf denen heimlich dramatische Stücke inszeniert wurden. Das Spiel, das an diesem Abend gegeben wurde, trug den Titel *Bartholomew Fayre*, und ihm beizuwohnen war umso spannender, als sämtliche Zuschauer und Darsteller Gefahr liefen, noch während der Aufführung verhaftet zu werden.

Campion hatte noch nie ein Schauspiel gesehen und wusste nicht, was sie erwartete. Gleichwohl drückte sie ein schlechtes Gewissen in Erinnerung an ihren Vater, der immer wieder gepredigt hatte, dass solche Dinge des Teufels seien. Sie amüsierte sich trotzdem. Das Publikum, dem die neuen Herren Londons zuwider waren, hatte großes Vergnügen an Ben Jonsons Farce, die die Puritaner zum Gespött machte. Auch das war für Campion eine neue Erfahrung: dass Menschen wie ihr Vater so verspottet wurden. Doch auch sie konnte nicht umhin, in «Zeal-of-the-land Busy» eine ebenso wahre wie lächerliche Figur zu sehen. Das Publikum klatschte begeistert Beifall, als Busy schließlich an den Pranger gestellt wurde. Campion war im ersten Moment entsetzt über den Hass, der sich ringsum bemerkbar machte. Dann aber schnitt der Darsteller von Busy eine so komische Grimasse, dass sie lachen musste, zumal die grimmige Miene der ihres Vaters genau glich. Toby, der immer spürte, wie es ihr erging, entspannte sich neben ihr.

Campion hatte mehr Glück, als sie ahnen konnte. Toby Lazender war, was seinen Unabhängigkeitsdrang und sein Temperament anging, nach der Mutter geraten und hatte von seinem Vater Intelligenz und Einfühlungsvermögen geerbt. Sir George war stolz auf ihn und dankte Gott, mit einem solchen Sohn beschenkt worden zu sein. Toby wusste allerdings, dass seine Eltern mit Campion nicht einverstanden sein würden. Sein Vater würde darauf dringen, dass Toby eine reiche Frau heiratete, um den Besitz von Lazen zu sichern. Was Lady Margaret sagen würde, konnte Toby nicht vorhersehen, seine Mutter war eine heikle und unberechenbare Person. Campions Herkunft und Stand sprachen gegen eine Verbindung mit ihr, doch Toby wollte an ihr festhalten. Für ihn war ihre erste zufällige Begegnung ebenso wundersam gewesen wie für sie, und nun, da sie sich wieder gefunden hatten, schien es beiden, als wären sie schon immer ein Paar gewesen. Die beiden hatten sich so viel zu sagen, dass sogar Mrs Swan, die selbst nicht auf den Mund gefallen war, über ihre Redseligkeit staunte.

Toby war der alleinige Erbe von Lazen Castle mit den dazugehörigen Ländereien und den Viehherden auf dem Hügelland im Norden. Mit seinen vierundzwanzig Jahren war es für ihn an der Zeit zu heiraten, und er wusste, dass seine Mutter eine Liste junger Frauen führte, die sie als angemessen empfand. Doch von denen wollte Toby nichts mehr wissen. Er war, wie er selbst wusste, leichtsinnig und schwärmerisch, doch nichts konnte ihn abbringen von dem puritanischen Mädchen, dem er im Sommer des vergangenen Jahres am Ufer des Baches begegnet war. Er hatte sich verliebt, so unerwartet, jählings und toll, wie man sich nur verlieben konnte. Mrs Swan schien Gefallen daran zu haben. «Ihr seid wie Eloise und Abelard, wie Romeo und Julia, wie Will und Beth Cockell.»

«Wer?», fragte Campion, als sie spätabends mit ihrer Gastgeberin allein war.

«Die Cockells wirst du nicht kennen, Liebes. Will war Bäcker in St. Sepulchre's. Als er Beth zu Gesicht bekam, war ihm auf den ersten Blick klar, dass er mit ihr sein Leben verbringen wollte.» Mrs Swan seufzte. «Und sie waren sehr glücklich miteinander, bis er an einem Gallenstein verstarb und sie mit gebrochenem Herzen zurückließ. Sie folgte ihm eine Woche später, sagte, dass sie ohne ihn nicht leben könne, legte sich ins Bett und verschied. Jetzt verrate mir doch, was er dir heute gesagt hat.»

Campion und Toby waren so verliebt, dass ihnen die Stunden, die sie nicht zusammen verbringen konnten, endlos erschienen, während die Stunden ihres Beisammenseins allzu rasch verflogen. Sie planten eine Zukunft, die von der Gegenwart keine Notiz nahm, und malten sich ein gemeinsames Leben aus, das einem ewig währenden Sommertag unter blauem, wolkenlosem Himmel glich. Campion konnte ihr Glück kaum fassen. Aber die Wirklichkeit sollte die beiden bald einholen.

Toby sprach mit seinem Vater. Der wehrte das Ansinnen seines Sohnes wie erwartet ab, allerdings heftiger als befürchtet. Sie sei nicht die Richtige, er müsse sie vergessen. Sir George weigerte sich, sie überhaupt kennenzulernen. Seine Ablehnung war rigoros. Bei der Gelegenheit ließ er Toby auch gleich wissen, dass ihm Gefangennahme und Haft drohten, dass er London verlassen müsste.

Der Tag, den Sir George dafür vorgesehen hatte, lag drei Tage vor Campions Verabredung mit Sir Grenville. Als Campion von dem Gespräch zwischen Vater und Sohn erfuhr, sagte sie: «Du musst gehen.» Sie hatte Angst um ihn.

«Nicht ohne dich», erwiderte er entschlossen. «Ich werde warten.»

Mrs Swan hatte Toby in seiner königstreuen Gesinnung längst durchschaut, was sie umso mehr für ihn einnahm. «Ich erinnere mich an Queen Bess, junger Mann, und ich sage Euch, das waren gute Zeiten, o ja, wirklich gute Zeiten.» Dabei hatte Mrs Swan noch am Daumen gelutscht, als Königin Elisabeth gestorben war, aber sie behauptete, sich erinnern zu können, wie sie, auf den Schultern ihres Vaters sitzend, die königliche Kutsche hatte vorbeirollen sehen. «Damals gab es noch nicht so viele selbsternannte Heilige. Man hat im Schlafzimmer oder in der Kirche gebetet. Wir waren glücklicher damals», sagte sie. «Heute herrscht religiöser Wahn», fügte sie kopfschüttelnd hinzu.

Toby lächelte. «Und unter der guten Queen Bess war immer alles gut?»

Mrs Swan wusste, dass er sie necken wollte, aber es gefiel ihr, von einem gutaussehenden Adelsspross im eigenen Wohnzimmer geneckt zu werden. «Auch wenn's merkwürdig klingt, Master Toby, aber so war's. Und wenn das kein himmlisches Zeichen für Gottes Wohlgefallen war, weiß ich auch nicht ...» Sie legte ihren Stickrahmen ab. «Was hatten wir für einen Spaß! Tom und ich, wir haben bei der Bärenhatz mitgemacht und sind ins Theater gegangen. In Paris Garden war ein Puppenspieler, bei dem lagen wir vor Lachen am Boden. Das waren harmlose Vergnügungen. Und da war kein Rundkopf, der uns gesagt hätte, was erlaubt ist und was nicht. Warum gehen die nicht alle nach Amerika und lassen uns hier in Ruhe. In Amerika sind sie willkommen. Sollen sie doch da ihre schlechte Laune ausleben. Dann könnten wir wieder fröhlich sein.»

Toby lächelte. «Für solche Reden könntet Ihr verhaftet werden.»

Mrs Swan schnaubte verächtlich. «Ja, so weit ist es mit diesem Land schon gekommen. Bald kann man sich nicht einmal mehr auf die Straße trauen.»

Toby reiste weder am Sonntag ab noch am Montag. Er wollte warten, bis Campion Sir Grenville Cony gesprochen hatte, denn er war wie sie voller Hoffnung, dass der Advokat ihr den Weg zur Freiheit zeigen konnte. Die beiden stellten endlose Spekulationen über das Siegel und den Brief an, ja sogar über die perlenbestickten Handschuhe, konnten aber keine schlüssige Erklärung für diese Dinge finden. Wenn es überhaupt eine Antwort gab, war sie bei Sir Grenville zu finden, und solange dieser nicht damit herausrückte, wollte Toby in London ausharren. Auf keinen Fall würde er Campion zurücklassen. Sie planten gemeinsam ihre Zukunft, als könnte die Liebe jede Hürde nehmen.

Inzwischen wurde bereits nach Toby gefahndet. Eine Personenbeschreibung von ihm war an die Stadtwachen verteilt worden. Campion fürchtete um ihn, zumal er kein Risiko scheute. Er zeigte sich offen mit ihr in den Straßen und verzichtete sogar darauf, seine dunkelroten Locken unterm Hut zu verbergen. Am Tag vor ihrer Verabredung mit Sir Grenville wäre er fast erwischt worden.

Sie schlenderten gerade an der Kirche von St. Giles vorbei, beide schlicht und unauffällig gekleidet, allerdings hatte Toby darauf bestanden, ein schwarzes Seidenhemd zu tragen, das unter den aufgeschlitzten Ärmeln zu sehen war. Er lachte über einen Scherz, den er gemacht hatte, als ihnen ein stämmiger Mann den Weg versperrte. Der Mann hob den Arm und zeigte auf Toby. «Ihr da!»

«Sir?»

«Ihr seid es doch, oder?», knurrte der Mann mit hasserfüllter Miene. «Dieser Lazender!» Er trat einen Schritt zurück und rief: «Ein Verräter! Ein Verräter!»

«Sir!», erwiderte Toby mit ebenso lauter Stimme. Passanten waren stehen geblieben und hielten sich bereit, dem stämmigen Kerl zur Hilfe zu eilen, doch Toby ließ sich von ihnen nicht einschüchtern. Er entblößte seinen linken Arm und deutete auf eine lange Narbe, die vom Handgelenk bis zum Ellbogen reichte. «Diese Wunde, Sir, wurde mir im vergangenen Jahr auf dem Feld bei Edgehill geschlagen. Wo wart Ihr, Sir?» Toby trat einen Schritt vor und langte mit der rechten Hand nach dem Schwert. «Ich führte diese Waffe für unseren Herrn und Heiland, Sir, doch Ihr wart nicht zugegen, als mich die Mächte des Bösen umzingelten.» Toby schüttelte den Kopf. «Gelobt sei der Herr, Brüder und Schwestern, denn er hat mich, Captain Scammell, von Charles' papistischen Horden errettet. Ein Verräter, ich? Dann bin ich stolz darauf, für meinen Herrn und Heiland ein Verräter zu sein. Ich habe mich für ihn geschlagen, Brüder. Aber war etwa dieser da an meiner Seite?»

Tobys Nachahmung eines puritanischen Aufwieglers war so überzeugend, dass die zusammengelaufene Menge ausnahmslos für ihn Partei ergriff. Sein Widersacher entschuldigte sich beflissen und ersuchte Bruder Scammell, gemeinsam mit ihm auf die Knie zu sinken und zu beten. Zu Campions großer Erleichterung zeigte sich Toby hochherzig in seinem Sieg, schlug jedoch die Bitte um ein gemeinsames Gebet aus. Stattdessen gab er ein paar fromme Floskeln zum Besten und schritt durch die Menge, die sich rasch auflöste. Als die beiden wieder allein waren, grinste er ihr zu und sagte: «Die Wunde am Arm habe ich mir vor zwei Jahren bei einem Sturz vom Pferd zugezogen. Hätte nicht gedacht, dass sie mir nochmal nützlich sein würde.»

Campion lachte, obwohl sie sich verzweifelte Sorgen machte. «Und wenn sie dich finden, Toby?»

«Ich werde mich verkleiden, wie ein Schauspieler.»

«Sei vorsichtig.»

Toby hatte bereits Vorkehrungen getroffen. Er mied das Haus seines Vaters und übernachtete stattdessen bei einem Freund. «Wir müssen nur noch bis morgen durchhalten», sagte er, konnte aber nicht verhehlen, dass auch ihn der Vorfall vor St. Giles beunruhigt hatte.

«Und dann?»

Sie waren vor dem Haus von Mrs Swan angekommen. Er zeigte sein sanftes, amüsiertes Lächeln, das sie so sehr an ihm mochte. «Dann heiraten wir.»

«Unmöglich.»

«Wieso?»

«Dein Vater ...»

«Mein Vater wird sich hoffnungslos in dich verlieben.»

«Toby! Du hast doch gesagt, er weigert sich, mich zu sehen.»

Toby lächelte wieder und legte einen Finger an ihre Wange. «Er wird nicht umhin können, mit seiner Schwiegertochter zusammenzutreffen.»

Campion krauste die Stirn. «Sind wir verrückt, Toby?»

«Wahrscheinlich.» Er lächelte. «Trotzdem, es wird alles gut werden. Das verspreche ich dir.»

Sie glaubte ihm. Aber sie war verliebt, und Verliebte glauben immer, das Schicksal sei auf ihrer Seite.

Allein im Salon seines Hauses, das er in zwei Wochen verlassen würde, stopfte Sir George Lazender eine Pfeife mit seinem Lieblingstabak und wünschte sich, dass die verbreitete Annahme, derzufolge Tabak eine gefährliche Substanz sei, die Leidenschaft und seltsame Gelüste entfache, der Wahrheit entsprach. Mit echten, realen Problemen hatte er genug zu schaffen.

Seine älteste Tochter und ihr Mann waren ihm fremd geworden, und es stand zu befürchten, dass es zum Bruch mit ihnen käme.

Jetzt lief ihm auch noch Toby aus dem Ruder.

Zweimal war sein Haus nach ihm durchsucht worden, und beide Male hatte er den Soldaten wahrheitsgemäß versichert, dass er nicht wisse, wo sein Sohn sich aufhalte. Er wähnte ihn noch in der Stadt und fürchtete tagaus, tagein, die Nachricht seiner Gefangennahme und Inhaftierung zu erhalten.

An diesem Dilemma war nur das Mädchen schuld. Sir George war wütend. Sie musste ein listiges Mädchen sein, wenn die seinen Sohn so in Bann schlagen konnte.

Er trat vor das Ostfenster und starrte hinunter auf die Straße. Es war dunkel, nur wenige Fackeln brannten. Zwei Soldaten, auf deren Helmen rötlicher Flammenschein flackerte, marschierten auf die Royal Mews zu. Ein leeres Fuhrwerk rollte in die entgegengesetzte Richtung.

Und was das für eine Geschichte war, mit der sie Toby um den Finger gewickelt hatte! Hirngespinste von einem Bund, einem Siegel und einem so großen Vermögen, dass es allenfalls in einem Kindermärchen Platz fand. Doch Toby glaubte ihr. Er hatte ihm gegenüber von Sir Grenville Cony gesprochen, von Lopez und Aretine, von einer Kette samt goldenem Anhänger. Was für ein Unsinn, dachte Sir George.

Sir Grenville Cony war ein angesehenes Mitglied des Parlaments und am Kanzleigericht als Advokat zugelassen. Mehr noch, er saß in diversen Regierungsausschüssen und war mit Vollmachten ausgestattet. Was hatte dieser Sir Grenville mit einem puritanischen Landjunker zu schaffen?

Lopez. Sir George kannte ein Dutzend Männer dieses Namens, allesamt spanische Juden. Angeblich hatten alle Juden England verlassen, allerdings vermutete Sir George, dass einige wenige nach wie vor still und zurückgezogen in der Stadt lebten. Lopez. Was konnte ein spanischer Jude mit einem Mädchen aus Dorset zu schaffen haben?

Und Aretine. Sir George erinnerte sich und empfand ein heimliches Vergnügen dabei. Christopher Aretine, kurz Kit, war ein Freund von Jack Donne gewesen und vermutlich längst verstorben. Einen anderen Aretine als diesen Kit kannte Sir George nicht. Aber vielleicht wusste Lady Margaret mehr, sie kannte alle führenden Familien des Landes.

Sir George war Kit Aretine nie begegnet, hatte aber in seiner Jugend ungezählte Male von ihm gehört. Er sei, wie Jack Donne zu sagen pflegte, der wildeste Mann Englands gewesen, ein Mann, der es mit jedem anderen aufnehmen konnte, und das in jeder Beziehung. Er war Galan, Schelm und Poet. König James hatte ihn im Tower einsperren lassen. Zwar war er irgendwie wieder freigekommen, hatte aber England für immer verlassen müssen.

Sir George zog an seiner Pfeife und hüllte sich in Rauch. Er glaubte sich zu erinnern, dass Aretine ein dürftiger Dichter gewesen war, voller Gefühl, aber ohne Disziplin. Kein Zweifel, er weilte längst nicht mehr unter den Lebenden, denn ein Mann, der einmal ein Gedicht von sich in Druck sah, würde gewiss weitere veröffentlichen wollen, und von Aretine waren seit zwanzig Jahren keine Verse mehr erschienen. Gütiger Gott! Was hatte ein toter Dichter mit der Familie Slythe zu schaffen?

Toby sagte, das Mädchen sei wunderschön. Sir George schnaubte. Einem jungen Mann von vierundzwanzig Jahren würde wohl jedes Mädchen schön erscheinen, machte einem Hungerleider nicht schließlich so gut wie jede Speise Appetit? Sir George lehnte sich in seinem Sessel zurück und blickte wehmütig auf die leeren Bücherregale. Sämtliche Bände waren eingepackt worden und lagen in Kisten für den Abtransport bereit.

Immerhin hatte Toby versprochen, nach Lazen Castle zurückzukehren, sobald das Mädchen seine törichte Angelegenheit erledigt haben würde. Sir George fürchtete allerdings, dass sein Sohn diese Slythe unterwegs heiraten würde, obwohl er gelobt hatte, zuerst mit seiner Mutter zu sprechen. Sir George lächelte.

Lady Margaret Lazender würde dem Mädchen gewiss alle Hoffnung nehmen. Sir George empfand fast Mitleid mit ihr, denn es erwartete sie eine übermächtige Gegnerin. Er hatte dem Earl of Fleet einen Brief mitgegeben, der vor Toby Lazen Castle erreichen würde und Lady Margaret vorwarnen sollte. Und vorgewarnt war Lady Margaret noch viel gefährlicher.

«Das Mädchen ist nach Tobys Bekunden mehr schlecht als recht gebildet und weiß allenfalls die Heilige Schrift zu lesen. Sie kennt keine Sitten außer denen der Puritaner. Über Herkunft und Stand dieser jungen Frau ist damit wohl alles gesagt.

Sie hat sich an Toby herangemacht und ihm eingeredet, dass ihr ein großes Erbe zustünde. Eine abenteuerliche Geschichte, eine Romanze, die so aberwitzig ist wie die Phantasien unseres Sohnes.»

Sir George erinnerte sich an seine Worte. Wusste sein Sohn nicht, dass für ihn nur eine gute Partie in Frage kam? Gütiger Himmel! Das Dach des Alten Hauses von Lazen musste neu gedeckt werden, und die Wassermühle brauchte ein neues Rad. Sir George wusste, was das alte Rad seinen Großvater seinerzeit gekostet hatte. Er mochte nicht einmal daran denken, wie teuer so etwas heutzutage sein wurde. Wenn Toby kein reiches Mädchen heiratete, würde auf Lazen der Pachtzins erhoben werden müssen, ein Schritt, vor dem Sir George und Lady Margaret zurückschreckten.

Es war auch nicht bloß eine Frage des Geldes. Geburt, Stand und Manieren von Tobys Zukünftiger fielen ebenso sehr ins Gewicht. Bekümmert schüttelte Sir George den Kopf.

«Er hat mir getreulich versichert, Euch zu Rate zu ziehen, bevor er dieses Mädchen zur Frau nimmt. Ich bitte Euch, nehmt Euch der Sache an, seid stark und setzt Euch durch.» Er sah bereits das Lächeln auf den Lippen seiner Frau, die sich fragen würde, wie es denn um die Durchsetzungskraft ihres Mannes bestellt war. «Das Mädchen muss nach Werlatton zurückgeschickt werden, und falls es denn nötig sein wird, sie für ihr Schweigen zu entschädigen, bin ich mir sicher, dass Ihr eine diskrete Lösung herbeiführen werdet. Toby sollte dann, wenn er es will, nach Oxford ziehen, um dort für seine Majestät zu kämpfen.

Ich lasse Euch diesen Brief über John zukommen, der von meiner Haltung in dieser Sache noch nichts weiß. Ich bitte Euch, ihm gegenüber Stillschweigen zu bewahren und auf meine Rückkehr zu warten.»

Sir George zog wieder an seiner Pfeife. Toby und das Mädchen würden ihr Techtelmechtel schnell vergessen. Sie würde einen frömmelnden Puritaner heiraten, der mit vielen Kindern und soliden Geschäften gut für sie sorgen würde. Lady Margaret würde sich des Problems annehmen. Auf seine Frau konnte sich Sir George voll und ganz verlassen.

Toby holte Campion am nächsten Nachmittag um fünf Uhr ab. Seine Verkleidung war denkbar einfach: Er trug das Lederwams eines Soldaten und hatte seine auffälligen roten Locken unter einer speckigen, ledernen Helmkappe versteckt. Er war unrasiert und machte einen etwas düsteren, rohen Eindruck, was ihm zu gefallen schien. Campion wusste bereits, wie gern er Theater spielte. Er liebte es, in die Rolle eines anderen zu schlüpfen, und dass er dieses Talent nutzbringend anzuwenden verstand, hatte er erst kürzlich vor der Kirche von St. Giles unter Beweis gestellt. Heute aber wollte es Campion gar nicht erst drauf ankommen lassen, dass er auf dem Strand einen gewalttätigen Soldaten mimte. «Wenn du dich nicht beherrschst, Toby, werde ich die Straßenseite wechseln.»

Er hatte unschuldige Passanten mit kämpferischen Blicken herauszufordern versucht. Jetzt grinste er und sagte: «Als einfacher Soldat, der ich bin, werde ich Eurem Befehl Folge leisten, Ma'am.»

Als sie die seltsame steinerne Skulptur auf dem Dachsims des Hauses von Sir Grenville Cony erblickte, blieb sie stehen. «Ich bin unsicher.»

«Wieso?»

«Was soll ich ihm sagen?» Sie blickte mit ihren blauen Augen ängstlich zu ihm auf.

Toby lachte. «Darüber haben wir doch ausführlich gesprochen.»

«Aber wenn er nicht antwortet?»

«Dann gehen wir nach Lazen, heiraten und vergessen die ganze Geschichte.»

Sie trat in einen Hauseingang zurück, um den vorbeidrängenden Passanten aus dem Weg zu gehen. «Warum tun wir das nicht ohnehin?»

«Willst du?»

Sie lächelte. «Ja. Aber …»

«Aber du bist neugierig. Und das bin ich auch.» Für einen Moment war Toby versucht, unverrichteter Dinge mit Campion davonzulaufen und das Geheimnis um den Bund und das Siegel als Teil jener Welt abzutun, die Campion zu vergessen wünschte. Sie könnten einen Geistlichen auftreiben und sich von ihm trauen lassen, den Einwänden der Eltern zum Trotz. Die hatten für Toby keine Bedeutung, solange er nur mit seiner goldenen, ruhigen Schönheit zusammen sein konnte.

Sie sah ihn mit scheuem Blick an. «Wäre dein Vater mit

mir einverstanden, wenn ich tatsächlich zehntausend Pfund im Jahr beziehen würde?»

«Dazu reichten schon tausend.» Toby lachte. «Das Dach des Alten Hauses ist ihm wichtiger als alle Prinzipien.»

Sie schaute an ihm vorbei auf das Haus von Sir Grenville Cony. «Womöglich will der mich gar nicht empfangen.»

«Das wird sich zeigen.»

«Ich wünschte, du könntest mich begleiten.»

«Das wäre mir auch lieber, ist aber ausgeschlossen.» Er lächelte. «Er würde mich auf der Stelle verhaften lassen, und ich glaube nicht, dass dir damit geholfen wäre.»

Sie sah ihm entschlossen in die Augen und sagte: «Du hast recht. Was habe ich zu verlieren? Entweder spricht er mit mir, oder er lässt es bleiben.»

«Richtig. Und ich werde draußen auf dich warten.»

«Und dann auf nach Lazen.»

«Dann auf nach Lazen.»

Sie lächelte. «Ich bring es hinter mich.»

«Augenblick noch.» Er hatte einen Lederbeutel geschultert, den er nun zur Hand nahm und aufschnürte. Darin steckte ein taubenblauer Umhang, der silbern schillerte und am Kragen mit einer silbernen Brosche zu schließen war. Er hielt ihn in die Höhe und sagte: «Für dich.»

«Toby!» Der Umhang war wunderschön. Sein Schimmern weckte in ihr das unwiderstehliche Verlangen, ihn zu berühren und zu tragen. Behutsam legte er ihn ihr über die Schulter und trat einen Schritt zurück.

«Er steht dir wunderbar.» Und das meinte er auch. Eine Frau, die am Hauseingang vorbeikam, sah Campion an und lächelte.

Toby zeigte sich beeindruckt. «Das ist deine Farbe. Dieses Blau solltest du immer tragen.»

«Wunderschön.» Sie hätte sich jetzt gern im Spiegel gesehen, aber allein schon das Tuch in den Händen zu spüren, war eine Wonne. «Das hättest du nicht tun sollen.»

«Ach, nein?», spöttelte er.

«Er gefällt mir.»

«Dein Reiseumhang.» Er versuchte, ihn zu richten, was gar nicht nötig war, denn er saß perfekt und umhüllte ihren schlanken Leib mit lang herabfallenden Falten. «Den kannst du auf der Fahrt nach Lazen tragen. Gib ihn jetzt wieder her.»

«Nein!» Sie lächelte verzückt. «Ich trage ihn jetzt. Dann habe ich etwas von dir dabei, wenn ich bei Cony bin.» Sie legte ihre Hand auf die Brosche. «Darf ich?»

«Natürlich.» Lachend reichte er ihr seinen Arm, was zu dem Schurken, als der er sich gab, nicht so recht passte, und führte sie über die Straße.

Sie hatte erwartet, dass die Gasse hinter Conys Haus voller Bittsteller sein würde, denn es war ja, wie sie erfahren hatte, der Tag, an dem sich Sir Grenville der Öffentlichkeit widmete. Doch zu ihrer Überraschung war der schattige Durchgang so leer wie bei ihrem ersten Besuch. Hinter seinem Ausgang glänzte der Fluss.

«Toby!» Campion war vor dem Torbogen stehen geblieben.

Er glaubte schon, der Mut habe sie verlassen, doch dann sah er, dass sie sich mit beiden Händen am Kragen des Umhangs zu schaffen machte. «Was ist?»

«Hier.» Sie steckte ihm einen Gegenstand zu. «Ich will, dass du auch etwas von mir hast, wenn ich im Haus bin.»

Es war das Siegel des Apostels Matthäus mitsamt der goldenen Kette. Toby starrte in seine offene Hand und schüttelte den Kopf. «Nein.»

«Warum nicht?»

«Weil du es da drinnen gebrauchen könntest. Vielleicht ist es ein Beweisstück, ohne das er dir womöglich nicht antworten wird.»

«Dann komme ich zurück zu dir und hole es.»

«Aber es gehört dir. Es ist sehr wertvoll.»

«Es gehört uns. Bewahre es für mich auf.»

«Ich gebe es dir zurück, wenn du wieder hier bist.»

Sie lächelte. «Gut.» Er legte sich die Kette um den Hals und steckte den Anhänger unter das Lederwams. Es freute Toby, dass sie ihm das Siegel gab. Verliebte bedürfen solcher Gesten und Glücksbringer. Das Gold fühlte sich gut an auf der Haut.

«Ich warte auf dich.»

Sie küssten sich, wohl schon zum tausendsten Mal in dieser Woche. Dann trat sie vor die Tür und zog an der Glockenkette. Es war noch vor der verabredeten Zeit, doch sie wollte das Treffen schnell hinter sich bringen. Es drängte sie, ihr neues Leben an Tobys Seite zu beginnen, ein Leben, von dem sie in Werlatton, ihrem unglückseligen Elternhaus, kaum zu träumen gewagt hatte. Nach dem Gespräch mit Sir Grenville Cony würde sie sich sogleich mit Toby auf den Weg machen.

Im Inneren des Hauses ertönte die Glocke.

Mit Blick auf Toby sagte sie: «Ich denke an dich.»

«Ich liebe dich.»

Die Klappe schnappte auf. «Ja?»

Sie wandte sich der Tür zu. «Ich bin Miss Slythe und würde gern Sir Grenville Cony sprechen.»

«Ihr seid früh», entgegnete eine unfreundliche Stimme. Die Klappe ging zu, und Campion fürchtete schon, dass ihr der Zutritt verweigert würde, doch dann hörte sie, wie Riegel zur Seite geschoben wurden. Schließlich schwang die Tür auf.

Vor ihr stand ein magerer junger Mann mit farblosem Gesicht. Er winkte sie hinein. Sie drehte sich noch einmal um, lächelte Toby zu und trat in einen düsteren Vorraum.

Toby sah Campion auf steinerne Stufen zugehen, ihr Umhang schimmerte im Halbdunkel. Dann fiel die Tür ins Schloss.

Er lauschte. Für einen Moment war es vollkommen still. Dann hörte er das Knirschen der Riegel, unnatürlich laut in der dunklen Gasse. Von einer plötzlichen Unruhe erfasst, rief er Campion bei ihrem Namen, doch aus dem Haus kam keine Antwort.

❦ 9 ❦

Campion wurde in einen großen, kahlen Raum geführt. Kein Laut war zu hören, und es schien fast, als habe die seltsame Stille, die das Haus beherrschte, hier ihren Ursprung. Selbst die Schreiber, die in ihrer düsteren, ausgekühlten Stube bei der Arbeit saßen, gaben keine Geräusche von sich. Der Mann, der ihr die Tür geöffnet hatte, offenbar selbst eine Schreibkraft, war mit der Bemerkung gegangen, dass Sir Grenville gleich kommen werde. Er hatte die Tür hinter sich zugesperrt, was Campion zusätzlich beunruhigte.

Sie zögerte, unschlüssig, ob es ihr wohl gestattet sei, sich in dieser fremden, stillen Kammer frei zu bewegen. Doch neugierig auf die Aussicht, trat sie vor eines der großen doppelflügeligen Fenster und blickte hinaus auf die Themse. Das Schweigen im Haus wirkte noch seltsamer angesichts des geschäftigen Treibens auf dem Fluss, von dem kein Laut heraufdrang. Unter ihr und nur vom Erdgeschoss erreichbar, war ein Garten mit Spalierobstbäumen, sorgfältig gepflegten Blumenbeeten und kiesbestreuten Wegen, die alle auf einen Pier am Fluss zuführten.

An diesem Pier lag eine weiß lackierte, stattliche Barke. Darin saßen vier Ruderknechte, die Ruder wie Lanzen neben sich aufgepflanzt. Es schien, als präsentierten sie sich dem kritischen Blick ihres Herrn. Im Bootsheck befand sich eine breite, mit Kissen gepolsterte Bank, auf der sich Campion Sir Grenville in vollem Staat vorstellte.

Sie wandte sich von dem großen, samtbehangenen Fenster ab und sah sich im Raum um, der nur spärlich, aber kostbar möbliert war. Vor dem Fenster befand sich ein riesiger Schreibtisch, überhäuft mit Papieren. Dahinter stand, zur Mitte des Raums ausgerichtet, ein schwerer Ledersessel mit breiten, nach außen geneigten Armlehnen. Ein kleiner, schmächtiger Stuhl, in einigem Abstand vor dem Schreibtisch platziert, passte so gar nicht ins Bild des Raumes, das von einem imposanten marmornen Kamin vor der Wand gegenüber beherrscht wurde. Auf dem Rost lagen Holzscheite, an die, wie Campion vermutete, wohl erst im Herbst Feuer gelegt werden würde. Über der Feuerstelle hing ein übergroßes Gemälde.

Das Bild ließ sich mit zwei Klappen verschließen, die wie die Vertäfelung des Raumes aus gekalkter Eiche bestanden. Nun aber waren sie aufgeklappt, sodass sich das Gemälde in vollem Ausmaß darbot. Es war großartig und schockierend zugleich. Vor einem dunklen Wald saß, von gleißendem Sonnenlicht beschienen, ein junger nackter Mann von schlankem, edlem Wuchs und sonnengebräunter Haut. Unweigerlich stellte sich Campion ihren Geliebten ebenso herrlich vor und schämte sich für diesen Gedanken, der so schockierend wie angenehm war. Dann aber vergaß sie ihre Schwärmereien, in Bann geschlagen von dem Gesicht des dargestellten jungen Mannes.

Es war ein außergewöhnliches Gesicht, faszinierend schön, hochmütig und von heidnischer Wildheit. Auf diesen Kopf, so dachte sie, passte ein goldener Helm, und der Blick des Helden müsste auf erobertes Land gerichtet sein. Er hatte goldene Haare, die zu beiden Seiten eines breiten, grausamen Mundes herabfielen. Campion hätte nicht für möglich gehalten, dass ein Mann so schön sein konnte, so furchterregend und begehrenswert zugleich.

Er schaute nicht aus dem Bild heraus, sondern starrte auf einen zwischen Felsen versteckten Tümpel, der selbst nicht zu sehen, wohl aber zu vermuten war, weil sich auf dem Antlitz des jungen Mannes die Wellen spiegelten so wie an der Zimmerdecke das bewegte Wasser der Themse.

Campion war wie gefesselt von dem Bild. Sie fragte sich, ob es ihr gefiele, einem solch edlen, hochtrabenden und vollkommenen Mann zu begegnen. Gewiss, er war nichts weiter als die Phantasie eines Malers, und doch konnte sie die Augen nicht von ihm lassen.

«Gefällt Euch mein Gemälde?» Sie hatte nicht gehört, dass die Tür neben dem Schreibtisch aufgegangen war, drehte sich erschrocken um und sah eine der seltsamsten Gestalten im Türausschnitt stehen, die ihr je zu Gesicht gekommen waren, einen Mann von grotesker Hässlichkeit. Er grinste spöttisch.

Sir Grenville Cony – das musste er wohl sein, wie sie vermutete – war einen Kopf kleiner als sie. Sein monströser Bauch wurde von dürren Beinen gehalten, die ihrer Aufgabe kaum gewachsen zu sein schienen. Sein Gesicht hatte mit seinem in die Länge gezogenen Mundschlitz und den freudlosen Glubschaugen verblüffende Ähnlichkeit mit dem eines

Frosches. Die Haare waren weiß, gelockt und buschig. Er trug Kleider aus braunem, edlem Stoff, der sich um seinen massigen Leib spannte. Sein Blick war über ihren Kopf hinweg auf das lebensgroße Abbild des nackten Mannes gerichtet. «Das ist Narziss, in sich selbst verliebt. Für mich ist er eine Mahnung an die Gefahren übersteigerter Selbstbezogenheit. Es wäre doch zu dumm, wenn ich mich wie er am Ende in eine Blume verwandelte, nicht wahr, Miss Slythe?» Er lachte. «Ihr seid doch Miss Slythe?»

«Ja, Sir.»

Er starrte sie aus seinen Froschaugen an. «Wisst Ihr, wer Narziss war, Miss Slythe?»

«Nein, Sir.»

«Natürlich nicht. Ihr seid ja eine Puritanerin. Aber die Geschichten aus der Bibel kennt Ihr gut, oder?»

«Das will ich hoffen, Sir.» Sie fühlte sich von ihm verspottet. Er lächelte.

«Narziss war ein junger Mann von solcher Schönheit, dass er sich in sich selbst verliebte. Stundenlang betrachtete er sein Spiegelbild und wurde zur Strafe in eine Blume verwandelt, die Blume, die wir Narzisse nennen. Findet Ihr nicht auch, dass er sehr schön ist, Miss Slythe?»

Seine Frage brachte sie in Verlegenheit. Sie nickte. «Ja, Sir.»

«So ist es, Miss Slythe, so ist es.» Sir Grenville Cony starrte auf sein Gemälde. «Auch dieses Bild ist eine Strafe.»

«Eine Strafe, Sir?»

«Der dargestellte junge Mann war mir bekannt. Ich habe ihm meine Freundschaft angeboten, doch er wollte lieber mein Feind sein. Um mich an ihm zu rächen, habe ich sein Gesicht auf Leinwand bannen lassen. Alle, die es sehen, sollen glauben, dass er mein Freund ist und für mich Modell gestanden hat.» Er schaute sie an und lächelte. «Ihr wisst wahrscheinlich nicht, wovon ich spreche, oder?»

«Nein, Sir.»

«Süße Unschuld. Ihr braucht nur zu wissen, dass ich als Freund sehr großzügig bin, als Feind aber fürchterlich. Was ist?»

Die Frage war nicht an Campion gerichtet, sondern an einen großgewachsenen, stattlichen jungen Mann, der in den Raum getreten war und mit einer Hand voll Papiere vor dem Schreibtisch wartete.

«Die Sache Manchester, Sir Grenville.»

Sir Grenville Cony hob den Kopf. «Ah! Das Darlehen für den Lord. Ich dachte, ich hätte die Papiere bereits unterzeichnet, John.»

«Nein, Sir Grenville.»

Sir Grenville ging an den Tisch, nahm seinem Angestellten die Papiere aus der Hand und blätterte sie durch. «Zwölf Prozent, nicht wahr? Wie teuer unser Geld geworden ist! Ist er aufdringlich?»

«Ja, Sir Grenville.»

«Gut. Mir gefällt es, wenn meine Schuldner aufdringlich sind.» Er griff nach einer Schreibfeder, tunkte sie in Tinte und unterschrieb. Dann, ohne sich zu ihr umzudrehen, sagte er: «Ist Euch nicht zu warm in dem Umhang, Miss Slythe? Mein Sekretär nimmt ihn Euch ab. John?» Der junge Mann eilte zu Hilfe.

«Ich behalte ihn lieber an, Sir. Wenn ich darf», fügte sie zaghaft hinzu.

«Oh, natürlich, Miss Slythe, Ihr dürft.» Sir Grenville blickte immer noch auf die Papiere. «Ihr dürft alles, wie es scheint.» Er nahm eines der Papiere zur Hand. «John, richte dem Lord von Essex aus, dass er kein Pulver mehr für seine

Kanonen bekommt, falls der Salpeter besteuert werden sollte. Ich finde, wir sollten ihn wie einen einfachen Soldaten behandeln. Er scheint sich in dieser Rolle wohl zu fühlen.» Er reichte seinem Sekretär die Dokumente. «Gut. Und nun lass uns allein. Miss Slythe und ich wünschen nicht gestört zu werden.»

Der Sekretär ging und zog die Tür hinter sich zu. Zu ihrem Befremden hörte Campion, wie wieder ein Schlüssel im Schloss bewegt wurde, was Sir Grenville Cony nicht zu beachten schien. Er quetschte seinen massigen Körper durch die Lücke zwischen Tisch und Wand und nahm in dem großen Ledersessel Platz. «Ihr seid also Miss Dorcas Slythe.»

«Ja, Sir.»

«Und ich bin, wie ihr zweifellos schon erraten habt, Sir Grenville Cony. Ich bin ein vielbeschäftigter Mann. Aus welchem Grund seid Ihr zu mir gekommen?»

Dass er so unvermittelt zur Sache kam, verunsicherte sie ebenso sehr wie sein außergewöhnlich hässliches Gesicht. Sie und Toby hatten sich dieses Treffen ganz anders vorgestellt.

«Ich möchte Euch ein paar Fragen stellen, Sir.»

«Das heißt wohl, Ihr erhofft Euch Antworten von mir. Worum geht's?»

Der kleine, fette Mann machte ihr Angst, doch wollte sie ihm gegenüber keine Schwäche zeigen und sagte klar und deutlich: «Es geht um das Testament meines Vaters, Sir, um den Bund.»

Er lächelte, und sein breiter Mund kräuselte sich tückisch. «Nehmt doch Platz, Miss Slythe, ich bitte Euch.» Er wartete, bis sie auf dem Rand des zerbrechlich aussehenden Stuhls Platz genommen hatte. «Ihr wünscht also, Antworten von mir zu erhalten. Nun, warum auch nicht? Dafür sind Advokaten schließlich da. Prediger sind für Glaubensfragen da,

Poeten für Phantasien und Advokaten für Tatsachen. Stellt mir Eure Fragen.»

Sir Grenville legte ein seltsames Verhalten an den Tag, während er sprach. Seine Hand kroch wie ein Krebs langsam über die Tischplatte auf eine Porzellanschale zu, in der sich Kuchenreste befanden. Seine Augen waren starr auf Campion gerichtet.

«Sprecht, meine Teure.»

Die Hand hatte die Schale erreicht und glitt über den Rand. Campion versuchte nachzudenken. «Der letzte Wille meines Vaters, Sir, erscheint mir rätselhaft ...», sagte sie, immer leiser werdend, während ihre Nervosität mit jedem Herzschlag zunahm.

«Rätselhaft? Rätselhaft!» Für einen so kleinen, dicken Mann klang Conys Stimme überraschend harsch. «Das Testament ist Euch doch von einem Kollegen von mir vorgelesen worden, oder? Zugegeben, Isaac Blood ist bloß ein kleiner Anwalt vom Lande, aber für eine Testamentseröffnung wird es bei ihm doch wohl noch reichen.» Die Hand klaubte Krümel zusammen und formte sie zu einem Bällchen.

«Er hat das Testament verlesen, Sir.» Campion versuchte sich zu konzentrieren, doch der Anblick der Hand, die jetzt auf dem Rückzug war, lenkte sie ab.

«Das erleichtert mich, Miss Slythe. Für einen Moment glaubte ich, Ihr wolltet unserer Zunft ein schlechtes Zeugnis ausstellen, aber das scheint ja uns und dem guten Blood erspart zu bleiben. Was also ist Eurer Meinung nach so rätselhaft an diesem Testament? Ich fand den letzten Willen Eures Vaters ganz unmissverständlich, geradezu anrührend schlicht.» Wie um seinen Spott abzumildern, lächelte er wieder und warf dann ganz ungeniert das Krümelbällchen in den Mund.

Er lächelte immer noch und schien Genugtuung dabei zu empfinden, dass er sie mit Erfolg verunsichert hatte. Die geleerte Hand krabbelte wieder über den Tisch.

Campion zwang sich, ihrem Gegenüber in die Augen zu schauen. «Im Testament meines Vaters ist von einem Bund die Rede. Und von einem Siegel. Mr Blood konnte nichts Näheres dazu sagen.»

Er nickte, schluckte und lächelte wieder. «Und darum seid Ihr den weiten Weg hierhergekommen?»

«Ja, Sir.»

«Schön, schön.» Die Hand schwebte über der Schale. Er drehte sich um. «John! John!»

Die Tür wurde aufgeschlossen. Campion vermutete, dass Cony seinen Sekretär beauftragen würde, bestimmte Unterlagen zu holen, vielleicht sogar solche über den Bund, stattdessen aber brachte dieser zwei flache Schalen auf einem Tablett. Auf ein Handzeichen von Sir Grenville hin ging er damit zu Campion. Sie nahm eine der Schalen, deren dünne Porzellanwand so heiß war, dass sie sie nicht in der Hand halten konnte und vor den Füßen auf dem Teppich abstellen musste. Sie enthielt, wie sie sah, eine dunkle, durchsichtige Flüssigkeit, auf der ein paar braune Spelzen schwammen.

Sir Grenville nahm das zweite Schälchen entgegen, worauf der Sekretär wieder ging und die Tür hinter sich verriegelte. Sir Grenville lächelte. «Tee, Miss Slythe. Habt Ihr jemals Tee getrunken?»

«Nein, Sir.»

«Armes Mädchen. Habt nie von Narziss gehört und noch keinen Tee getrunken. Tee, Miss Slythe, wird von Seeleuten unter großen Gefahren aus dem Orient zu uns gebracht, damit wir unsere Freude daran haben. Keine Angst ...» Er hatte seine plumpe Hand erhoben. «Alkohol ist nicht darin.» Er beugte sich über seine Schale, schlürfte geräuschvoll und ließ Campion dabei nicht aus den Augen. «Probiert einmal, Miss Slythe. Tee ist sehr kostbar, und ich fände es beleidigend, wenn Ihr meine Gastlichkeit verschmähtet.»

Mit Hilfe des Saums ihres silberblauen Umhangs hob sie die Schale an den Mund. Sie hatte von diesem Getränk gehört, aber noch nie davon gekostet. Es schmeckte unangenehm, geradezu ekelhaft. Sie verzog das Gesicht.

«Mögt Ihr's nicht, Miss Slythe?»

«Es ist sehr bitter.»

«Wie so vieles im Leben, nicht wahr?» Sir Grenville gab sich freundlich. Es schien, als versuchte er, Entgegenkommen zu zeigen. Die linke Hand kroch wieder auf seine Näscherei zu. «Das ist Quittenkuchen, Miss Slythe. Wäre Quittenkuchen nach Eurem Geschmack?»

«Ja, Sir.»

«Dann müsst Ihr den von Mrs Parton probieren. Sie wohnt in einem kleinen Haus an den Lambeth Stairs. Von dort werden mir jeden Morgen ihre Kuchen, frisch gebacken, zugeschickt. Habt Ihr das Siegel mitgebracht?»

Die Frage kam so unvermittelt, dass sie zusammenfuhr und ihren schönen, neuen Umhang mit Tee bekleckerte. Sie stieß einen spitzen Schrei aus, nutzte aber die Ablenkung, um nachzudenken. «Nein», antwortete sie schließlich.

«Nein was?»

«Ich habe das Siegel nicht mitgebracht.» Sie war von der Heftigkeit seiner Attacke verblüfft.

«Wo ist es?»

«Das weiß ich nicht.»

Sir Grenville Cony starrte sie an, und es schien, als bohrte sich der Blick aus seinen fahlen, glubschenden Augen bis in die hintersten Nischen ihrer Seele. Sie hielt die Teeschale immer noch in den Händen und war sichtlich verstört, und das nicht nur über den Fleck auf ihrem neuen Umhang. Er hatte sich ihr gegenüber freundlich gezeigt und sie mit dem Angebot, Tee zu probieren, davon überzeugt, dass er guten Willens war. Nun aber erkannte sie, dass Sir Grenville auf dieses Gespräch sehr viel besser vorbereitet war als sie selbst. Er hatte seinen Sekretär im Vorhinein beauftragt, Tee zu servieren, und sie nun, da sie sich entspannt hatte, mit seinen Fragen überrumpelt. Mit zitternder Hand stellte sie die Teeschale auf dem Teppich ab. Sir Grenvilles Stimme klang barsch.

«Wisst Ihr, was es mit dem Siegel auf sich hat?»

«Ja.»

«Ja, Sir.»

«Ja, Sir.»

«Erklärt es mir.»

Sie dachte schnell nach. Sie durfte nicht mehr verraten als das, was Isaac Blood am Tag der Testamentseröffnung hatte durchblicken lassen. Vorsichtig sagte sie: «Es beglaubigt die Unterzeichnung jeglicher Dokumente, die mit dem Bund zu tun haben, Sir.»

Cony lachte. «Sehr gut, Miss Slythe, sehr gut! Wo also ist das Siegel?»

«Ich weiß nicht, Sir.»

«Wie sieht es aus?»

«Ich weiß nicht, Sir.»

«Wirklich nicht?» Er steckte wieder eine Hand voll geballter Kuchenkrümel in den Mund, kaute und starrte sie dabei an. Sie fragte sich, ob er überhaupt schon einmal mit den Augen gezwinkert hatte, was er dann ausgerechnet in diesem Moment tat. Wie bei einem exotischen Tier wischten die Lider langsam über die hervorstehenden Augäpfel. Die Fettwülste unterm Kinn gerieten in Bewegung, als er den

Kuchenhappen schluckte. «Ihr wisst also nicht, wie das Siegel aussieht, Miss Slythe. Und doch habt Ihr, als Ihr zum ersten Mal bei mir anklopftet, zu erklären gewusst, dass der Bund dem Apostel Matthäus gewidmet ist. Nicht wahr?»

Sie nickte. «Ja, Sir.»

«Und woher wisst Ihr das?»

«Von meinem Vater, Sir.»

«Ach, ja? Ist das so?» Die linke Hand krabbelte wieder über den Tisch. «Hattet Ihr ein gutes Verhältnis zu Eurem Vater?»

Sie zuckte mit den Achseln. «Ja, Sir.»

«Tatsächlich, Miss Slythe? Ein so gutes Verhältnis, dass er mit all seinen Sorgen und Problemen zu Euch gekommen ist? Dass er mit Euch über das Siegel des Apostels Matthäus gesprochen hat?»

«Ja, Sir. In Andeutungen.»

Er lachte und schien ihr nicht zu glauben. Plötzlich setzte er wieder eine andere Miene auf. Er beugte sich vor. «Ihr wollt also mehr über den Bund in Erfahrung bringen. Nun, Miss Slythe, dann will ich Euch aufklären.» Er schaute über ihren Kopf hinweg auf den nackten Narziss, während seine linke Hand, die ein eigenes Leben zu führen schien, in die Kuchenschale langte.

«Vor vielen Jahren habe ich mit Eurem Vater und einigen anderen Gentlemen Geschäfte gemacht. Worum es im Einzelnen ging, tut hier nichts zur Sache. Nur so viel sei gesagt: Wir waren sehr erfolgreich. Außerordentlich erfolgreich. Ja, ich wage zu behaupten, dass uns unser Erfolg geradezu überrascht hat. Es war meine Idee, die gemeinsam erzielten Gewinne so anzulegen, dass wir auf unsere alten Tage gut versorgt sein würden. Aus diesem Grund wurde der Bund ins Leben gerufen. Er sollte gewährleisten, dass keiner den anderen übervorteilen konnte, und in dieser Hinsicht hat er sich auch bewährt. Da wir nun alle, oder zumindest diejenigen, die noch leben, in fortgeschrittenem Alter sind, wollen wir die Früchte unseres Erfolgs genießen. Mehr ist zu diesem Thema nicht zu sagen, Miss Slythe.» Mit feierlicher Gebärde ließ er zum Abschluss seiner Erklärung einen weiteren Happen im Mund verschwinden.

Seinen Worten war nicht zu trauen, ebenso wenig wie denen ihres Vaters. Wieso hatte Matthew Slythe seinen Anteil am Gewinn nicht einfach unter seinen Kindern aufgeteilt, wenn der Bund nur ein geschäftliches Arrangement war? Außerdem erinnerte sich Campion an die Briefe der Schwiegereltern ihres Vaters, die ihm mangelnden Geschäftssinn angekreidet hatten. Sir Grenville Cony aber wollte sie nun glauben machen, ihr Vater hätte ihn und andere Londoner Geschäftsleute in ein unvorstellbar erfolgreiches Unternehmen eingespannt. Sie sah ihn an. «Was war das für ein Geschäft, Sir?»

«Das geht Euch nichts an, Miss Slythe, nicht das Geringste», erwiderte er so heftig, dass sie erschrak.

«Das Siegel geht in meinen Besitz über, wenn ich fünfundzwanzig Jahre alt bin. Die Sache geht mich also sehr wohl etwas an.»

Er lachte sie aus. Seine Schultern bebten. «Was Ihr nicht sagt. Das Siegel wird Eures, weil es schön ist. Das ist Frauensache: die Hervorbringung von Kindern und hübschem Zierrat. Weiter nichts. Habt Ihr überhaupt schon einmal ein Siegel zu Gesicht bekommen?»

«Nein, Sir.»

Er kicherte immer noch, winkte sie zu sich heran und sagte: «Kommt näher.»

Sie trat vor den Tisch, während Cony seine rechte Hand in die Westentasche zwängte. Das braune Tuch war über dem dicken Bauch so straff gespannt, dass es ihm kaum gelang, aus der Tasche herauszuholen, was er ihr zeigen wollte. Campion schaute über seine weißen, krausen Haare hinweg durchs Fenster nach draußen und sah, dass die Ruderknechte immer noch wie Ölgötzen und mit aufgestellten Rudern in der Barke saßen. Sie dachte an Toby, der in der Gasse wartete, und wünschte, er wäre bei ihr. Er würde sich bestimmt nicht von dem froschartigen Mann einschüchtern lassen, der ihr gegenüber mal aufgesetzt freundlich, mal offen ablehnend war.

«Da.» Der Advokat legte einen Gegenstand auf den Schreibtisch, der dem Siegel, das Toby in Verwahrung hatte, zum Verwechseln ähnlich war.

Campion nahm es zur Hand und wunderte sich wie schon bei seinem Gegenstück, das sie in der Truhe gefunden hatte, wie schwer es war. Auch dieses war mit einer Girlande aus kleinen Diamanten und Rubinen geschmückt und hing an einer Kette, die um den Hals getragen werden konnte. Sie hielt das Siegel ans Licht und sah die gleichen Verzierungen am Rand des stählernen Stempels, der, wie sie von Nahem erkannte, anstelle des Beils einen geflügelten Löwen als Zeichen hatte. In eingravierter Spiegelschrift stand zu lesen: «St. Mark.»

Wie beim Anblick des ersten Siegels vermittelte sich ihr auch jetzt wieder ein schauriges Gefühl. Sie dachte an den Brief, der die Siegel als Schlüssel zu unermesslichem Reichtum beschrieb, und die Macht dieser goldenen Zylinder erschien ihr nun, da sie den zweiten in der Hand hielt, sehr viel realer. Sie konnte jetzt verstehen, warum die Siegel so begehrt waren, und wusste, dass sie Cony zum Feind haben würde, solange sie im Besitz des Siegels ihres Vaters war. Sie hatte sich aus Liebe auf ein Abenteuer eingelassen und ahnte erst jetzt, in welche Gefahr sie sich brachte.

«Ihr solltet einmal nachsehen, was darin steckt», sagte Sir Grenville wie beiläufig.

Fast hätte sie sich narren lassen. Auf den ersten Blick war nicht zu erkennen, dass der Zylinder aus zwei Teilen bestand, und beinahe wäre sie auf Conys listig vorgetragenen Hinweis hereingefallen. Doch sie durchschaute die Finte rechtzeitig und hütete sich, die beiden Hälften auseinanderzuschrauben. Stattdessen ließ sie das Schmuckstück an der Kette vor ihren Augen hin und her baumeln. «Sehr schön», bemerkte sie.

Sir Grenville sagte lange nichts. In seinen gräulichen Augen spiegelte sich das goldene Siegel. Die Lider gingen langsam auf und zu. «Ich sagte, Ihr solltet einmal nachschauen, was darin ist.»

Sie tat ahnungslos, versuchte, das Schmuckstück auseinanderzuziehen, hielt es ans Ohr und schüttelte es.

«Es lässt sich aufschrauben.» Er machte einen enttäuschten Eindruck.

Campion gab einen mädchenhaften, verwunderten Laut von sich, als es ihr gelungen war, den Zylinder zu öffnen. Anscheinend enthielt auch er ein Kruzifix, denn im Inneren entdeckte sie eine menschliche Gestalt mit ausgebreiteten Armen.

Tatsächlich aber handelte es sich um ein magisches Symbol, das viel älter war als das Christentum und so alt wie die Menschheit selbst. Es war die Figur einer Frau mit schwarzem Kopf. Wie die Arme, so hatte sie auch die Beine seitlich von sich gestreckt. Die Hüfte war nach vorn geschoben, und obwohl winzig klein, vermittelte die Skulptur den Eindruck hemmungslosen Verlangens. Sir Grenville gluckste. «Abscheulich, nicht wahr?»

Vorsichtig schraubte Campion beide Hälften wieder zusammen und versteckte die nackte Gestalt. «Meinem Vater würde eine solche Darstellung sehr missfallen haben. Vielleicht hat er sein Siegel deshalb weggeworfen.»

Cony streckte seine bleiche, dralle Hand aus, um sich das Schmuckstück zurückgeben zu lassen, und lächelte. «Weggeworfen?»

«Wir haben danach gesucht, Sir. Überall. Doch es war nirgends zu finden.»

Er deutete auf den Stuhl. «Setzt Euch.»

Gehorsam nahm Campion wieder Platz. Sie war stolz darauf, dem kleinen, feisten Mann nicht auf den Leim gegangen zu sein und verraten zu haben, dass sich das väterliche Siegel in ihrem Besitz befand. Auch wenn sie nach wie vor im Unklaren über die Bedeutung dieser Siegel war, hatte sie doch nun in Erfahrung gebracht, dass Cony mit aller Macht danach trachtete, sie zu besitzen.

Sir Grenville stopfte das Siegel des Apostels Markus zurück in seine Westentasche. «Ihr habt recht, Miss Slythe. Das Siegel des Apostels Matthäus wird Euch gehören, wenn Ihr volljährig seid.» Wieder machte sich seine linke Hand auf den Weg über die Tischplatte. «Unser kleiner Bund ist befristet, und wenn die Frist ausläuft, haben die Siegel keinen Wert mehr. Abgesehen von dem des Goldes, versteht sich, doch der ist vergleichsweise gering.» Er lächelte. «Hübscher Tand, an dem eine junge Lady ihren Gefallen hat. Das ist mir bewusst, und darum habe ich Euren Vater überredet, Euch das Siegel des Matthäus zu schenken, wenn er für unsere Zwecke nichts mehr taugt. Ich dachte, warum sollte er seiner Tochter ein so schönes Ding am Ende vorenthalten? Euer Vater war zwar nicht glücklich über meinen Vorschlag, willigte aber mir zuliebe ein. Warum hätte er es wegwerfen sollen? Nun ja, er konnte in seinem tugendhaften Eifer sehr streng sein. Vielleicht habt Ihr recht, vielleicht hat er sein Siegel weggeworfen. Es wäre eine Schande.» Er zuckte mit den Achseln. «Seid Ihr deswegen zu mir gekommen?»

Campion ahnte, dass sie von Cony keine Antwort erhalten würde. Es wurde ihr allzu warm in ihrem neuen Umhang, und der Blick durchs Fenster auf den in der Sonne blinkenden Fluss lockte sie hinaus. Sie wollte bei Toby sein. «Ja, das war alles», sagte sie und schickte sich an zu gehen.

«Seltsam, dass Ihr den weiten Weg von Werlatton gekommen seid, nur um mir solch simple Fragen zu stellen. Und wie ich sehe, habt Ihr Euren Tee noch nicht getrunken. Nur zu, trinkt. Und sorgt Euch nicht, Ihr könnt gleich gehen», fügte er hinzu und lächelte, als sie auf dem unbequemen Stuhl wieder Platz nahm. Seine Hand hatte, wie sie sah, ihre Reise über den Tisch beendet.

«Ihr seid doch mit einem gewissen Samuel Scammell verlobt, nicht wahr, Miss Slythe?»

Sie nickte.

Er lächelte. «So wünschte es Euer treuer Vater. Hab ich recht?»

«Ja, Sir.»

Er starrte sie an, lächelte aber immer noch. «Sagt mir, Dorcas ... ich darf Euch doch Dorcas nennen, oder?»

«Ja, Sir.»

«Nun, Dorcas, ich bin von Natur aus neugierig. So verratet mir doch, ob Ihr Mr Scammell auch heiraten werdet.»

Sie sah sich wieder von seinen hervortretenden Augen ausgeforscht und zögerte. «Nein, Sir», sagte sie schließlich.

«Ah!» Er zeigte sich überrascht. «Sonderbar, ja, geradezu verwunderlich. Ich selbst, meine liebe Dorcas, bin unverheiratet geblieben, um mein Leben ganz und gar der Rechtspflege am Kanzleigericht widmen zu können. Hinzu kommt, dass ich seit geraumer Zeit von denen, die das Schiff unseres Staates lenken, um meine bescheidene Meinung in politischen Angelegenheiten gebeten werde. Ihr seht, ich habe viel mit Juristerei und Politik zu tun, für die Ehe bliebe mir überhaupt keine Zeit. Und wie steht's mit Euch? Wenn ich richtig informiert bin, ist jungen Damen nichts wichtiger, als verheiratet zu werden. Wollt Ihr das nicht auch, Dorcas? Oder wollt Ihr, wie ich, allein bleiben und Euer Leben der Rechtspflege widmen?»

«Ich würde gern heiraten, Sir», antwortete sie leise.

«Ah!» Er hob die Hand und gab sich abermals überrascht. «Jetzt verstehe ich. Ihr habt nur ein Problem, und das ist Mr Scammell, nicht wahr? Es fehlt Euch wohl an dem, was man gemeinhin Liebe nennt. Ist es das?»

«Ja, ich liebe Mr Scammell nicht, Sir.»

«Armes Kind. Armes, armes Kind. Ihr würdet wohl gern in Liebe schwelgen. Ihr wollt, dass sich die Sterne zu einem glitzernden Teppich vor Euren Füßen ausbreiten und Euer Himmel in üppiger Blumenpracht erblüht. Ihr wünscht Euch eine verwandte Seele an Eurer Seite, mit der Ihr glücklich und in Harmonie durchs Leben gehen könnt. Ist es das?» Er kicherte. «Ich darf wohl annehmen, dass Ihr den Ehevertrag gelesen habt, nicht wahr?»

«Ja, Sir.»

«Trotzdem beharrt Ihr auf Liebe? Habt Ihr dabei auch die rechtliche Seite bedacht? Gewiss, ich bin seit einiger Zeit fast ausschließlich zwischen Parlament und Kanzleigericht unterwegs, kann mich aber durchaus noch an ein paar sinnvolle Gesetze erinnern. Mr Scammell hat den Ehevertrag vermutlich unterzeichnet, oder?»

«Ich glaube, ja.»

«Euer Glaube ist begründet. Ich versichere Euch, dass

er unterschrieben hat. Mr Scammell hat seinen Londoner Wohnsitz aufgegeben, lässt sein hiesiges Geschäft von einem angeheuerten Stellvertreter führen und ist nach Werlatton gezogen, um Euch ein guter Mann zu sein. Soll er jetzt leer ausgehen, weil Ihr die Sterne vom Himmel holen wollt? Er hat viel Geld in diese Ehe investiert, Dorcas, er hat Opfer gebracht, weil ihm dafür viel versprochen wurde. Darf einem Mann, der für Ware bezahlt hat, deren Auslieferung verweigert werden? Findet Ihr nicht auch, mein liebes Kind, dass Mr Scammell das Recht auf seiner Seite hat; sicher wird er dieses Recht einklagen.»

Campion fühlte sich von ihm verspottet, konnte ihren Blick aber nicht von dem grotesken Gesicht wenden, das ihr höhnisch zugrinste.

«Angenommen, mein liebes Kind, Mr Scammell wendet sich mit seinem Ehevertrag an das Kanzleigericht, vor dem er Klage darüber erhebt, dass Miss Dorcas Slythe wankelmütig ist und sich statt seiner Tugenden Sonne, Mond und Sterne wünscht. Wollt Ihr wissen, was in diesem Fall geschieht? Ich will's Euch verraten. Nichts!» Er lachte. «Nach meiner Kenntnis liegen dem Kanzleigericht derzeit nicht weniger als dreiundzwanzigtausend Fälle zur Bearbeitung vor. Dreiundzwanzigtausend. Und es werden täglich mehr! So viel Tinte gibt's im ganzen Land nicht, geschweige denn anwaltlichen Atem, um all diese Klagen zügig zu verhandeln. Euer Fall wird gehört, Dorcas, er wird gehört, wohl aber erst, wenn Ihr alt und faltig und von schlauen Advokaten ausgeplündert worden seid. Und wer, mein Kind, wollte eine welke Blume heiraten, deren Zukunft an die Gerichtsbarkeit gebunden ist?»

Campion schwieg. Sie erinnerte sich an Mildred Swans Warnung vor «blutsaugenden Winkeladvokaten» und wusste jetzt, was sie damit gemeint hatte. Ihre Zukunft mit Toby, dieser endlose Sommer unter wolkenlosem Himmel, wurde von diesem feixenden Froschmaul in den Schmutz gezogen.

Er beugte sich vor und sprach, flüsternd wie ein Verschwörer: «Wollt Ihr Mr Scammell los sein?»

Sie sagte nichts. Er schaute sich argwöhnisch um, als wäre zu befürchten, dass jemand lauschte. «Wollt Ihr von Mr Scammell befreit werden, Dorcas, ohne die Fährnisse des Kanzleigerichts riskieren zu müssen? Wollt Ihr das?»

Sie nickte. «Ja, Sir.»

«Dann gebt mir das Siegel, Dorcas. Gebt es mir.»

«Ich habe es nicht, Sir.»

«In dem Fall werdet Ihr Mr Scammell heiraten müssen.» Er sprach wie zu einem kleinen Kind. «Ihr werdet Bruder Scammell heiraten müssen!»

«Nein!»

Er lehnte sich lächelnd zurück und schlug einen freundlicheren Tonfall an. «Meine liebe, liebe Dorcas. Was ist mit Euch? Schreckt Ihr so sehr davor zurück, mit Bruder Scammell ins Bett zu gehen und das Tier mit den zwei Rücken zu machen?» Er lachte. «Ich kann Euch schon vor mir sehen, glücklich vereint im Schlafgemach.» Seine Stimme schwoll an, wurde härter. Er quälte sie mit drastisch ausgeschmückten Vorstellungen einer Hochzeitsnacht mit Scammell. Sie versuchte, nicht hinzuhören, schüttelte den Kopf und stöhnte, doch er war unerbittlich in seinen obszönen Entwürfen ihrer Zukunft. Voller Spott sprach er von «Liebe», und seine Worte malten ein Bild aus, das noch viel entsetzlicher war als ihre eigenen Schreckensbilder. Sie war in Tränen aufgelöst, als Cony endlich aufhörte. Er sah sie an und wartete, bis sie weniger heftig schluchzte.

«Wollt Ihr das verhindern, Dorcas?»

«Ja.»

«Dann gebt mir das Siegel.»

«Ich habe es nicht.»

«Also werdet Ihr Mr Scammell heiraten müssen.»

«Nein!», antwortete sie, halb schluchzend, halb schreiend.

Sir Grenville Cony musterte sie mit scharfem Blick. «Ein letztes Mal, Dorcas. Ihr habt nur noch diese eine Chance. Gebt mir das Matthäussiegel. Ich will Euch hundert Pfund dafür zahlen, ja, einhundert Pfund. Das wird Euch zum Leben reichen, jedenfalls so lange, bis Ihr jemanden findet, der liebenswerter ist als Bruder Scammell.»

«Nein!» Sie hatte kaum zugehört, so verstört war sie von den Vorstellungen, die er ihr in den Kopf gesetzt hatte. Doch wagte sie es nicht, ihre Lüge einzugestehen. Sie würde weiter verhört, vielleicht sogar bestraft werden, so sehr, wie sie von ihrem Vater bestraft worden war. Darum hielt sie an ihrer Geschichte fest. «Ich habe das Siegel nicht.»

«Dann müsst ihr Samuel Scammell heiraten.»

«Ausgeschlossen.»

Sie hatte sich ein wenig erholt und nahm den Kampf auf, wenn auch nur mit Worten.

Er lachte und entblößte gelbliche Zähne. «Ihr werdet Euch nicht weigern können, Dorcas. Ich bin Anwalt, vergesst das nicht. Ich kann sehr viel in Bewegung setzen, sogar das Kanzleigericht. Es wird ungewöhnlich zügig arbeiten, wenn Sir Grenville Cony darauf besteht.» Er schmunzelte und schickte seine linke Hand auf den Weg, diesmal jedoch nicht zum Kuchen, sondern zu einem Blatt Papier, das er nun in die Höhe hielt. Es war, wie sie sah, mit schwarzer Tinte beschrieben und am unteren Rand mit rotem Siegellack markiert.

«Soll ich Euch verraten, was das ist? Ein Dokument, eine Rechtsurkunde. Sie ist mir heute Morgen vom Gericht zugeschickt worden, das ich über Eure Zwangslage bereits in

Kenntnis gesetzt hatte, denn ich wusste ja, dass Ihr mich besuchen würdet. Ah! Welch ein Trauerstück! Eine Waise, keine einundzwanzig Jahre alt, ganz allein und fern von ihrem Zuhause. Der Richter war tief bewegt. Ich sagte ihm, sie brauche Schutz, so auch ihr Bruder. Und wisst Ihr, Dorcas, wie entschieden wurde? Ihr seid nun beide Schutzbefohlene des Gerichts.» Er lachte. «Euer Bruder ist glücklich darüber, und das werdet auch Ihr sein. Ihr seid Mündel des Gerichts, und ich, Grenville Cony, bin Euer Vormund. Eure Zukunft liegt in meinen tüchtigen Händen.» Er legte das Dokument auf den Tisch, lehnte sich zurück und lachte triumphierend.

Campion war fassungslos. All ihre Träume schienen wie Seifenblasen zerplatzt zu sein. Sie sah das aufgedunsene, lachende Gesicht vor sich. Tränen verschleierten ihren Blick. Sie hörte Cony nach seinem Sekretär rufen.

«John! Schließ die Tür auf, John!» Seine Stimme klang vergnügt. «Und nun kommt herein, alle, die ihr da seid!»

Plötzlich füllte sich der Raum. Gesichter starrten ihr entgegen, neugierig und voller Ablehnung. Sie schüttelte den Kopf, wie um sich von einem Albtraum zu befreien. «Nein!»

«Aber ja!» Cony hatte sich erhoben. «Diesem Gentleman seid Ihr, so glaube ich, ja bereits begegnet. Thomas Grimmett. Er ist mein erster Leibwächter und ein treuer Diener.» Der Mann, der Campion vor dem Stall von Werlatton gestellt und ihr sein Knie zwischen die Beine gestoßen hatte, grinste hämisch auf sie herab. Auf seiner breiten, gebrochenen Nase hatte sich ein eitriger Furunkel gebildet.

«Und hier, Euer lieber Bruder, Ebenezer», krächzte Cony. «Was für ein feiner junger Mann! Ich habe ihm angeboten, in meine Dienste zu treten. Und wen haben wir da? Die treue Haushälterin, Goodwife Baggerlie. Sie ist überglücklich, dass ihr entlaufenes Küken in Sicherheit ist.»

Es schien, als wollte die Haushälterin vor Campion ausspucken. Ebenezer betrachtete seine Schwester mit hasserfüllter Miene.

Cony lachte. «Und Bruder Scammell! Seht, da ist Eure Braut! So erfüllt uns angewandtes Recht mit Freude.» Samuel Scammell schaute Campion lächelnd an und schüttelte seinen geschorenen Kopf. Sie fühlte, wie sich die großen Klauen von Gesetz und Pflicht, von Religion und Sühne um ihre Seele klammerten. Hoffnung, Liebesglück und Freiheit schwanden dahin wie das Sonnenlicht auf dem Fluss. Sie senkte den Kopf und weinte. Tränen tropften auf das feine, silbrige Gewebe ihres Umhangs.

Sir Grenville mimte Mitgefühl. «Ah, wie bewegt sie ist! Sie weint. Der Himmel frohlockt, wenn ein Sünder bereut.»

«Amen», sagte Scammell.

«Amen», bekräftigte Sir Grenville. «Ebenezer! Goodwife! Bruder Scammell! Führt jetzt Dorcas nach nebenan. Thomas wird gleich folgen. Geht! Adieu, meine liebe Dorcas. Euer Besuch hat mich hoch erfreut, ja, hoch erfreut.»

Goodwife Baggerlie schob Campion mit beiden Händen zur Tür hinaus, die Cony hinter ihnen zuschlug, um mit seinem Handlanger Thomas Grimmett allein zu sein. Cony rieb sich die Augen. «Das Mädchen hat Temperament.»

«Hat sie das Siegel, Sir?»

Cony zwängte sich hinter seinen Schreibtisch und nahm auf dem Sessel Platz. «Nein, ich glaube nicht.» Er lachte. «Ich habe ihr einen Preis genannt, den sie gewiss nicht ausgeschlagen hätte. Nein. Sie hat es nicht.» Er blickte zu Grimmett auf. «Das Schmuckstück ist immer noch in diesem verfluchten Haus, Thomas. Durchsuch es noch einmal. Lass keinen Stein auf dem anderen und grab den Garten um, wenn's sein muss. Du musst es finden.»

«Ja, Sir.»

«Aber zuerst ...» Cony kramte in seinen Unterlagen und fischte ein Blatt Papier daraus hervor. «Scammells Heiratsurkunde, auf den heutigen Tag datiert. Es fehlt nur noch ihre Unterschrift.» Sir Grenville klang müde. «Sie muss einwilligen, Thomas, sie muss. Verstanden?»

«Wenn Ihr es sagt, Sir.»

«Nicht ich sage es. So sagen es das Gesetz, das Testament und der Ehevertrag. Wenn sie Scammells Frau ist, verfügt er über das Siegel, und er wird es uns geben.»

«Seid Ihr Euch da wirklich sicher, Sir?»

«Ja, Thomas, denn du wirst auf Bruder Scammell aufpassen, bis er damit herausgerückt ist.»

Grimmett schmunzelte. «Ja, Sir.»

«Sorg dafür, dass die beiden heiraten. Noch heute Abend. Es muss eine rechtsgültige Trauung sein. Mit Priester und Gebetbuch. Und Scammells zeternde Puritaner bleiben draußen. Schaffst du das?»

Grimmett überlegte kurz. «Ja, Sir. Wo soll die Trauung stattfinden?»

«In Scammells Haus.» An der Art, wie Cony Scammells Namen aussprach, wurde deutlich, was er von ihm hielt. «Bring sie mit dem Boot dorthin und tu, was zu tun ist.»

«Jawohl, Sir.» Grimmett grinste.

«Gut. Und dann will ich, Thomas, dass du für ihre Entjungferung sorgst – wohlgemerkt, danach und nicht schon vorher, es soll schließlich alles mit rechten Dingen zugehen. Ich will nicht, dass sie die Ehe für ungültig erklärt und zum Beweis dafür die Beine öffnet. Wenn dieser verdammte Puritaner nicht weiß, wie er's anstellen soll, wirst du für ihn einspringen.»

«Und die Sache selbst erledigen, Sir?»

Sir Grenville blickte neugierig auf und musterte den riesigen, in Leder gehüllten Mann. «Gefällt sie dir?»

«Sie ist sehr hübsch, Sir.»

«Dann tu's. Hol dir deinen Lohn», sagte Cony lächelnd. «Es gefällt mir, wie sehr du dich für mich ins Zeug legst, Thomas.»

Grimmett lachte.

Cony winkte in Richtung Tür. «Geh jetzt. Amüsier dich. Und lass den Jungen hier, ich habe noch Verwendung für ihn. Wir sprechen uns dann morgen, Thomas. Ich will über alle Einzelheiten informiert werden.»

Sir Grenville beobachtete vom Fenster aus, wie die kleine Gruppe seine Barke bestieg. Grimmett hatte das Mädchen, das sich nach Kräften wehrte und von der Haushälterin mit Schlägen und Kniffen traktiert wurde, fest im Griff. Samuel Scammell folgte den dreien und schien nicht zu wissen, wohin mit seinen Händen. Cony schüttelte den Kopf und lachte.

Er hatte gefürchtet, das Mädchen könnte sich womöglich an Lopez wenden, doch diese Sorge war ihm nun genommen. Sie war hier, und das Siegel würde gewiss bald auftauchen. Die Dinge standen bestens, zumal Cony nun auch mit Ebenezer rechnen konnte. Schon bei ihrem ersten Zusammentreffen hatte Sir Grenville der verbitterten Miene des jungen Krüppels angesehen, dass Ebenezer eine Sache brauchte, für die er kämpfen konnte. Und es war nicht zu übersehen, dass er seine schöne Schwester verachtete. Cony lächelte. Master Ebenezer war für ihn ein Geschenk des Himmels.

Der Himmel im Westen schimmerte rötlich. Das Mädchen und die anderen waren an Bord. Die Ruderknechte hatten das Boot von der Anlegestelle gelöst und legten sich nun in die Riemen. Schnell glitt die weiß lackierte Barke auf den dunkelnden Strom hinaus. Im Kielwasser glitzerte das Abendlicht. Sir Grenville Cony war müde, aber sehr zufrieden. Die Schotten würden, wie er wusste, in den Krieg gegen den König ziehen, und das sollte sich für Cony lohnen. Noch glücklicher aber machte ihn die Aussicht darauf, dass die Siegel bald ihm gehören würden. Er wandte sich vom Fenster ab, warf einen Blick auf den nackten Narziss, der über sein Spiegelbild im Teich gebeugt war, und stieß dann die Tür zum Nebenzimmer auf. «Mein lieber Ebenezer! Guter Junge! Wir haben viel miteinander zu bereden. Wo ist der Wein?»

Sir Grenville Cony war ein sehr, sehr glücklicher Mann.

❧ 10 ☙

Wie Sir Grenville Cony kannte auch James Alexander Simeon McHose Bollsbie Momente schieren Glücks. Er war geweihter Diener der Kirche Englands und vom Bischof von London berufen worden, Gottesdienste zu zelebrieren, die Sakramente zu spenden, Tote zu bestatten und natürlich auch christliche Seelen in den heiligen Stand der Ehe zu erheben.

Pastor James Bollsbie war außerdem ein Trunkenbold, und vor allem diesem Umstand – weniger seinem frommen Wirken – verdankte er den Spitznamen «Seine Sobrietät», was Mäßigung bedeutet. Seine Sobrietät Bollsbie hieß er nun schon seit zwei Jahren. Er hatte allerdings nicht nur glückliche Momente, die ihm ausnahmslos im Zustand der Trunkenheit zuteil wurden, sondern erlebte auch Stunden tiefster Verzweiflung, die er jedoch allmorgendlich in Bier ersäufte.

Dabei hatte man ihn früher als einen Prediger voll Inbrunst und Überzeugung gekannt, als einen Mann, der seine

Gemeinde von der ersten bis zur letzten Kirchenbank in heiligen Aufruhr versetzen konnte. Er war auf Predigten spezialisiert gewesen, die das Höllenfeuer beschworen und selbst hartnäckigste Sünder in reuige Büßer verwandelten. Er hatte mit zürnenden Worten die Trunksucht gegeißelt, war aber schließlich selbst dem Erzfeind, der die Zitadelle seiner Seele belagerte, erlegen gewesen. Seine Sobrietät Bollsbie predigte nicht mehr.

Doch selbst als gebrochener Mann und notorischer Säufer hatte Bollsbie seinen Platz in der Gesellschaft. Er war immer schon sehr anpassungsfähig gewesen und jederzeit bereit, die Fahne seiner Überzeugungen an den vorherrschenden Winden auszurichten. Als Erzbischof Laud, noch unangefochten in seiner Vorrangstellung, verfügt hatte, die Gottesdienste im Land nach dem Vorbild der römisch-katholischen Kirche zu gestalten, war Seine Sobrietät der Erste gewesen, seinen Altar zu decken und den Chor mit Kerzen zu beleuchten. Als er dann sah, dass er sich verrechnet hatte und der Heilsweg einer schlichteren, nämlich der puritanischen Vorstellung folgte, scheute er nicht davor zurück, von jetzt auf gleich zu konvertieren. Diskreter Wandel war seine Sache nicht. Er lud die Puritaner ein, dem Abbau seines prunkhaften Altars, der Verbrennung der Kommunionsbänke und dem Zerreißen seiner bestickten Ornate als Zeugen beizuwohnen, und machte seinen Gesinnungswandel öffentlich bekannt. Er hielt eine Predigt, in der er seine Erweckung mit der Wandlung des Saulus zum Paulus verglich, und wurde dank dieser einen Rede zum Liebling der Puritaner.

Diese Anpassungsfähigkeit war ihm aber letztlich zum Verhängnis geworden. Die engen Beziehungen von Kirche und Staat brachten es mit sich, dass Advokaten wie Sir Grenville häufig auf willfährige Geistliche zurückgriffen, um ihren

Zwecken den Segen Gottes angedeihen zu lassen. Genau so ein Geistlicher war Bollsbie.

Er lebte inzwischen in Spitalsfield, in einer ärmlichen Kammer, wo er von Thomas Grimmett, nachdem dieser Campion ins Haus von Scammell gebracht hatte, in volltrunkenem Zustand vorgefunden wurde. Grimmett hievte ihn aus dem Bett.

«Lasst mich, guter Mann! Ich bin Priester!»

«Ich weiß, was du bist.» Grimmett schnappte sich einen Zuber voll schmutzigen Wassers und schüttete ihn über Bollsbie aus. «Wach auf, du Miststück!»

Bollsbie, durchnässt und elend, krümmte sich am Boden und jammerte: «Oh, mein Gott!»

Grimmett ging neben ihm in die Hocke. «Wann hat Er das letzte Mal gegessen?»

«Oh, mein Gott!»

«Du hast eine Trauung vorzunehmen, Hochwürden. Verstanden? Eine Trauung.»

«Ich habe Hunger.»

«Du wirst zu essen bekommen. Komm jetzt und nimm dein Buch mit.»

Grimmett half bei der Suche nach Bollsbies alter Soutane, seinem Skapulier und dem Gebetbuch und trug ihn dann auf die Straße hinaus, die zum Bishopsgate führte. Vor der erstbesten Garküche hielt er an, stopfte Seiner Sobrietät zwei Fleischpasteten in den Schlund und verabreichte ihm einen guten Schluck Rum. «Erkennst du mich jetzt?»

Bollsbie lächelte. «Thomas, nicht wahr?»

«Richtig. Sir Grenvilles rechte Hand.»

«Ah! Sir Grenville. Wie ist sein wertes Befinden?»

«Es geht ihm nicht schlecht. Kommt jetzt, es gibt zu tun.»

Bollsbie schielte hoffnungsvoll auf den mit Flaschen

gefüllten Sack, den Grimmett bei sich trug. «Werde ich als Zeuge gebraucht?»

«Wie schon gesagt, es geht um eine Trauung. Los, Beeilung.»

«Eine Trauung. Wie schön. Ganz nach meinem Geschmack. Zeig mir den Weg, Thomas, ich folge.»

Toby Lazender wurde ungeduldig. Das lange Warten in der engen, tristen Gasse schlug ihm aufs Gemüt. Nach einer Stunde ging er zum Strand in der Annahme, dass Campion Conys Haus womöglich durch den Haupteingang verlassen hatte. Doch da traf er nur den Wachposten an, der an dem gemauerten Torbogen lehnte. Toby kehrte in die Gasse zurück und schlenderte bis ans andere Ende hinunter, wo stinkendes Flusswasser und Unrat über das Pflaster schwemmten. Die Mauer von Conys Garten reichte tief in den Fluss hinein, und es gab keine Möglichkeit, einen Blick dahinter zu werfen. Er ging zurück ans Tor, lehnte sich an die gegenüberliegende Wand und starrte auf die schmucklose Fassade. Ihm blieb nichts anderes übrig, als zu warten. Bald, so tröstete er sich, sehr bald würde Campion durch diese Tür treten und wieder bei ihm sein.

Er war verliebt und sah die Welt im Vexierspiegel seiner Gefühle. Ihm war alles einerlei, außer, dass er mit Campion zusammen sein wollte. Auch die ablehnende Haltung seines Vaters war für ihn ohne Belang. Er hatte sie am Ufer des Baches zum ersten Mal gesehen, war augenblicklich für sie entflammt und voller Bangen gewesen, dass sie ihn womöglich nicht wiedersehen wollte. Er hatte sich dafür verflucht, nach London abgereist und nicht zu ihr zurückgekehrt zu sein. Als unverhofft ihr Brief kam, hatte er das Haus seines Vaters sofort verlassen und war zu ihr geeilt. Ein Leben ohne sie konnte er sich nicht mehr vorstellen. Der Vater missbilligte seine Liebe, was auch von der Mutter zu erwarten war. Campions Stand und Ausbildung sprachen gegen sie. Doch das kümmerte Toby nicht. Er fühlte sich unwiderstehlich zu ihr hingezogen, und allein der Gedanke an sie ließ die düstere Gasse für ihn in hellem Licht erscheinen.

Er spürte das Siegel unter seinem Hemd und tastete mit der Hand danach. Es hatte ihre Haut berührt und berührte nun seine, was ihm in seiner Verliebtheit wie ein Versprechen großen Glücks anmutete.

Er lehnte an der Wand und träumte von einer unbeschwerten Zukunft, als er seine Liebste plötzlich schreien hörte. Er schreckte auf, blickte zum Fluss hinunter und erhaschte einen Ausschnitt des silberblauen Umhangs im Heck des Bootes, das sich, von kräftigen Ruderschlägen angetrieben, rasch entfernte.

«Campion!» Er rannte ans Ufer. Doch sie war schon entschwunden, von der Strömung fortgetragen. «Fährmann! Fährmann!»

Verdammt! Wenn man dringend ein Boot brauchte, war keines zur Stelle.

Er hastete durch die Gasse zurück. Seine Stiefelschritte hallten laut von den Mauern wider. An der Straßenecke angelangt, versuchte er nachzudenken, wo sich die nächste Anlegestelle flussabwärts befand. Exeter Street! Die Temple Stairs! Er rannte los, gehetzt von der Vorstellung, dass sich seine Liebste mit jeder Sekunde weiter von ihm entfernte.

Scammell! Der steckte dahinter. Toby hatte sich von Campion die ganze Geschichte mehrmals erzählen lassen und nach Auswegen aus den juristischen Verflechtungen von Testament, Bund und Ehevertrag gesucht. Und während er nun durch die Menge der Passanten drängte, versuchte er, sich an den anderen Namen zu erinnern, von dem in Campions Brief die Rede war. Lopez. Vielleicht hatte der sie entführt. Toby musste sich entscheiden, und sein Instinkt sagte ihm, dass er nach Scammell suchen musste, um Campion zu retten. Er baue Boote, hatte sie gesagt, und die prächtige Barke, auf der sie verschleppt worden war, mochte durchaus aus seiner Werkstatt stammen.

Er bog vom Strand ab, prallte mit einem dickleibigen Händler zusammen, der sich lauthals beschwerte, und eilte dann die Stufen der Exeter Street hinab zum Pier, vor dem sich eine lange Warteschlange für die nächste Fähre gebildet hatte.

Plötzlich versperrte ihm ein Soldat mit Brustpanzer und Pike den Weg. Zwei weitere tauchten hinter ihm auf. «In Eile, Freundchen?»

«Ja!» Verdammt. Eine Patrouille! Eine der vielen, die das Parlament ausgeschickt hatte, um nach Deserteuren zu fahnden.

Die drei hatten ihn umzingelt. Das Volk ringsum wich aus, um selbst nicht behelligt zu werden. Der Soldat, der ihn aufgehalten hatte, musterte Toby von Kopf bis Fuß. «Wer bist du?»

Toby überlegte nicht lange und nannte den Namen, der ihm als Erstes in den Sinn kam. «Richard Cromwell, Oliver Cromwells Sohn.»

«Und warum so eilig?» Verunsichert krauste der Soldat die Stirn.

«Ich bin in einer dringenden Sache für meinen Vater unterwegs.»

«Lass ihn laufen, Ted», empfahl einer der beiden anderen Soldaten.

Ted aber zögerte. «Rote Haare.» Er rümpfte die Nase.

«Groß gewachsen und rote Haare. Danach sollen wir suchen.» Er langte an Tobys Kopf und riss ihm die Lederkappe herunter. «Na bitte. Rote Haare.»

Der erste Soldat staunte, schien aber immer noch unsicher zu sein. «Lazender?»

Toby rang sich ein Lächeln ab. «Mein Name ist Richard Cromwell. Bringt mich zu Euerm Hauptmann. Wie heißt er?»

Der Angesprochene trat unruhig von einem Bein aufs andere. «Ford, Sir. Captain Ford.»

«Ah, Ford!» Toby lachte. «Den kenne ich. Na los, gehen wir zu ihm. Kommt! Ihr habt eure Pflicht zu erfüllen.» Er lächelte dem ersten Soldaten zu. «Wie ist dein Name?»

«Wiggs, Sir. Edward Wiggs.» Es schien, dass er sich geschmeichelt fühlte.

«Bringen wir es hinter uns, Wiggs. Umso schneller kann ich die Sache für meinen Vater erledigen.»

Wiggs hätte Toby wohl auf der Stelle gehen lassen, aber die beiden anderen hielten es für besser, ihn zu ihrer Wachstation zu bringen.

Toby versuchte sich im Zaum zu halten. Es war zum Verzweifeln, aber wenn er jetzt das Falsche täte, könnte es in einer Katastrophe enden. Während er, von den Soldaten begleitet, auf das Essex House zusteuerte, legte er sich einen Fluchtplan zurecht. Wiggs ging links von ihm, die anderen beiden folgten. Alle drei waren entspannt, beruhigt durch Tobys heiteres Entgegenkommen, und bald war die Ecke zur Fleet Street erreicht. Toby deutete auf den hohen Bogen, der sich über die Straßenmündung spannte, und lachte. «Seht nur den Verrückten dort!»

Als die drei seinem Fingerzeig folgten, rammte Toby sein rechtes Knie in Wiggs' Schritt, schnappte sich dessen Pike und rannte los. Er hörte Wiggs vor Schmerzen brüllen, er schrie: «Haltet ihn! Haltet ihn!»

Die Menge hielt ihn für einen Soldaten, machte Platz und schaute sich nach dem Flüchtigen um.

Toby war sehr viel flinker als die plumpen Kerle aus Londons Garnison. Er rannte mitten über den Strand Richtung Norden, weg von Campion, und bog dann in eine der stinkenden Gassen am Stadtrand ein, wo er die Pike fallen ließ, um schneller voranzukommen. Das Geschrei hinter ihm wurde leiser.

Vor jeder Ecke bremste er ab und ging, wenn er Leute sah, gemessenen Schrittes weiter, um dann, wenn niemand zu sehen war, wieder loszurennen. Die Soldaten hatte er zwar abgeschüttelt, nicht aber seine quälende Sorge um Campion.

An der Ecke vom Bull Inn Court blieb er stehen. Seine Verfolger waren, wie ihr Lärmen verriet, an die fünfzig Schritt zurück im Gewirr der engen Gassen, als er an die blaue Tür klopfte.

«Master Toby!» Mrs Swan sah ihn aus großen Augen an.

«Pst!» Er hatte den Finger an die Lippen gelegt, schlüpfte an ihr vorbei in die Diele und schnappte keuchend nach Luft. «Ich bin nicht hier, Mrs Swan.»

«Verstehe. Ich habe Euch nie gesehen.» Sie machte die Tür zu. «Was ist geschehen?»

«Später.» Er atmete tief durch, lächelte und sagte: «Ich glaube, ich brauche Eure Unterstützung.»

«Das glaube ich auch, mein Guter. Wo ist Campion?»

In Schwierigkeiten, antwortete Toby im Stillen, in schrecklichen Schwierigkeiten. Er musste sie da herausholen.

Thames Street war die längste Straße der Stadt. Sie erstreckte sich über drei viertel Meilen vom Zollhaus neben dem Tower bis hin zu den verfallenen Mauern von Baynard's Castle am Ludgate. Scammells Werft befand sich ziemlich genau auf halber Strecke inmitten einer Vielzahl weiterer Werften und Lagerhäuser.

Auf der Fahrt dorthin war Goodwife Baggerlie ganz in ihrem Element. Sie schlug Campion, zwickte und kratzte sie. Wie eine Säge klang ihre Stimme, mit der sie auf das Mädchen einschimpfte. Wieder zählte sie sämtliche Sünden auf, die die Ausreißerin im Verlauf der vergangenen zwanzig Jahre begangen hatte, alles, womit sie ihre Eltern enttäuscht hatte, nichts was sie nicht in die Waagschale geworfen hätte. Scammell zitierte zwischendurch Verse aus der Heiligen Schrift. Conys Ruderknechte verzogen keine Miene, während Grimmett, der im Heck des Bootes saß, gehässig grinste.

Die Haushälterin zerrte an dem blauen Umhang. «Was ist das? Antworte! Du, erzogen im Geiste des Herrn, trägst solche Kleider?»

Samuel Scammell griff das Stichwort auf und deklamierte salbungsvoll: «‹Und siehe, da begegnete ihm ein Weib im Hurenschmuck, listig, wild und unbändig, dass ihre Füße in ihrem Hause nicht bleiben können.›»

«Amen», beeilte sich die Haushälterin zu sagen. «Eine Schande bist du, eine Schande deinen Eltern, aber auch mir, Master Scammell und seinem Herrn und Erlöser. Und was wird Sir Grenville von uns halten? Antworte! Was, glaubst du, wird er von uns halten?» Ihre Stimme war so laut und schrill, dass die Passagiere der vorbeifahrenden Boote verstört herüberschauten.

Endlich war das Ziel erreicht. Kaum hatte das Boot an einer schmalen Brücke zwischen zwei Pieren angelegt, wurde Campion über eine kurze Treppe geschoben, hinauf in einen Hof voller Holzbretter, stinkender Teerfässer und kleiner

Boote, an denen noch gebaut wurde. Scammell überließ Campion der Aufsicht Grimmetts und der Haushälterin und schickte seine Arbeiter nach Hause. Sie waren neugierig, vor allem der Vorarbeiter, doch Scammell scheuchte sie davon. Conys Barke hatte unterdessen wieder abgelegt und entfernte sich stromaufwärts.

Auf der einen Seite des Hofes standen hohe Schuppen, in denen Holz lagerte, auf der anderen erhob sich Scammells düsteres Haus. Campion wurde durch die Eingangshalle in eine kleine Kammer geführt und darin eingesperrt. Das Schlüsselklicken im Schloss erinnerte sie an die Strafexerzitien ihres Vaters, der sie immer zuerst in ihrem Zimmer eingeschlossen und sich selbst in Rage gebracht hatte, um an seinem Kind schließlich Gottes Rache zu üben.

Die Fensterläden waren verriegelt, doch nach einer Weile hatten sich Campions Augen an die Düsternis gewöhnt. Allem Anschein nach befand sie sich in Scammells altem Studierzimmer. Die Regale vor den Wänden waren leer geräumt, auf dem Tisch aber lagen noch mehrere religiöse Pamphlete. Sie riss eines davon in Fetzen, wusste aber um die Sinnlosigkeit einer solchen Geste. Ihre Zerstörungswut galt nicht einem Pamphlet, sondern diesem ganzen Haus. Am liebsten hätte sie laut aufgeschrien, geheult und mit den Fäusten gegen die Tür geschlagen. Aber sie wollte nicht, dass sich ihre Widersacher an ihrer Niederlage ergötzten.

Ja, sie war bezwungen. Alleingelassen und verängstigt stand sie in dieser Kammer und sah sich in tiefe Verzweiflung gestürzt. Doch sie hielt ihre Tränen zurück. Der Hass auf ihre Entführer verlieh ihr Kraft. Sie lauschte den Stimmen in der Halle. Grimmett erklärte irgendetwas, worauf Scammell, anscheinend überrascht, seine Stimme erhob, protestierte, dann aber zustimmte. Die Eingangstür fiel ins Schloss, und dann waren nur noch die Stimmen von Scammell und der Haushälterin zu hören.

Campion fühlte sich wieder an ihre Kindheit erinnert, wenn von weither die zornigen Stimmen ihrer Eltern als Vorboten grausamer Bestrafung an ihr Ohr gedrungen waren. Sie hatte dann die Hände krampfhaft gefaltet und den Himmel angefleht, dass er ihr ein kleines Zeichen der Liebe Jesu geben möge. Doch statt einer Antwort hatte sie nur den Wind gehört, der ums Haus strich, und das Gemurmel von fernen Stimmen.

Lange Zeit geschah nichts. Campion hatte, ohne dass es ihr bewusst geworden wäre, angefangen zu keuchen. Ihr Körper schien in seiner Anspannung nach Luft zu ringen. Allmählich beruhigte sie sich. Es war dunkel geworden. Sie versuchte, die Läden zu öffnen, war aber zu schwach, um die schweren Riegel beiseitezuschieben.

Sie betete. Sie betete darum, erlöst zu werden. Es gab einen gnädigen Gott, davon war sie überzeugt. Und trotz aller gegenteiligen Hinweise wusste sie um die Liebe Jesu. Sie beharrte darauf, an göttliche Güte und Liebe zu glauben. In ihrem Gebet richtete sie sich nicht an den puritanischen Gott der Strafe, sondern an einen liebenden Gott. Doch so inniglich sie auch betete, erschien ihr jegliche Hoffnung vergeblich.

Der Schlüssel drehte sich im Schloss und weckte mit seinem Geräusch alle Schrecken der Kindheit. Die Tür ging auf, und es zeigte sich ein Kerzenlicht, genau wie damals, wenn der Vater nachts gekommen war, um sie zu züchtigen, und Charity, das Dienstmädchen, hinausschickte. Diesmal aber war es Samuel Scammell, der zu ihr kam.

Er drückte die Tür hinter sich zu, stellte die Kerze auf den Tisch und lächelte. «Wollen wir beten, Dorcas?»

Sie antwortete nicht.

Er winkte sie zu sich und zeigte auf den Boden. «Ich dachte, wenn wir gemeinsam niederknien und dem Allmächtigen unsere Nöte offenbaren, wird uns vielleicht geholfen.»

Sie wunderte sich über seinen sanften Tonfall. «Er hat die Mauern von Jericho zum Einsturz gebracht. Habt Ihr eine Trompete dabei?»

Ihre Stimme war so zornig, dass er vor Schreck zusammenfuhr. «Du verstehst nicht, Dorcas. Ist dir nicht wohl?», fragte er händeringend. «Der Tod deines Vaters hat dich sehr mitgenommen. Dr. Fenderlyn meint, du solltest dich untersuchen lassen. Du brauchst Ruhe, meine Liebe. In Dorset kannst du ausspannen.» In hilflos törichter Geste schüttelte er den Kopf und wechselte in die Sprache der Frömmler über, die ihn davor bewahrte, den eigenen Verstand zu bemühen. «Unser Herr und Heiland Jesus Christus wird helfen, Dorcas. Wirf deine Sorgen auf ihn und vertraue.» Seine Stimme schwoll an. «Auch wenn uns Kummer quält, Dorcas, auch wenn wir in Versuchung geraten, ist er bei uns. Ich weiß aus Erfahrung um seine erlösende Gnade, die uns durch das Blut des Lammes zuteil wurde.»

«Seid still!», schrie sie ihn an. «Seid still!»

Goodwife Baggerlie hatte ihm empfohlen, Campion zu schlagen, und gesagt, dass damit alle Probleme gelöst würden. Nun fragte er sich, ob sie wohl recht haben könnte. Er blinzelte nervös. Ihm war bewusst, dass es ihm an Kraft mangelte. Anderenfalls hätte er der Forderung Grimmetts nach unverzüglicher Trauung entschieden widersprochen. Auf seinen Einwand hin, dass es unrechtmäßig sei, zu so später Stunde den Ehebund zu schließen, hatte Grimmett laut gelacht und gesagt: «Überlass das getrost Sir Grenville. Er weiß, was rechtens ist und was nicht.»

Dies also war Samuel Scammells Hochzeitsnacht, die Nacht, in der er Matthew Slythes heiliges Werk fortsetzen und Dorcas den Weg des Heils weisen würde. Scammell war von seinem Glauben hierhergeführt worden, zu seiner Braut. Ihn gelüstete nach ihr, gleichzeitig erschreckte ihn ihre Willensstärke. Vielleicht sollte er sie tatsächlich züchtigen und zum Gehorsam zwingen. Er versuchte es noch einmal.

«Bist du wirklich erlöst, Dorcas?»

Sie verachtete ihn. Die verriegelten Fensterläden im Rücken, richtete sie sich auf und straffte die Schultern. «Ich glaube an Jesus Christus.»

Unwillkürlich erwiderte er: «Gelobt sei Jesus Christus, unser Herr.»

«Aber ich bin nicht die Art von Christ, zu der Ihr Euch bekennt.»

Er schien verwirrt und kratzte sich am Nasenflügel. «Es gibt nur diese eine Art, Dorcas.»

«Und welche soll das sein?»

Er zeigte sich erleichtert. Endlich sprach sie mit ihm. Vielleicht würde er doch nicht den schweren Gürtel ziehen müssen, der seine Hose hielt. Er lächelte. Seine dicken Lippen glänzten im Kerzenschein. «Ein Christ ist jemand, der Jesus als seinen Herrn anerkennt und seine Gebote achtet.»

«Wer also seine Nächsten liebt und an ihnen tut, was man an einem selbst von ihnen getan wissen möchte.» Sie lachte. «Und was tut Ihr? Achtet Ihr etwa seine Gebote, indem Ihr Euch mir aufzwingt?»

Er schüttelte den Kopf. «Nein, nein. Wenn ein Mann von Gott auserwählt und fest in seinem Glauben ist, dann hat er eine Pflicht, ja, die Pflicht, andere zu führen. Niemand behauptet, dass es leicht wäre, Christ zu sein, Dorcas, doch wir müssen Hirten der Herde sein. Wir müssen sie führen.»

«Und ich gehöre zur Herde? Ich muss geführt werden?», empörte sie sich.

Er nickte, eifrig darauf bedacht, sich ihr verständlich zu machen. «Frauen sind schwach, Dorcas, mehr Fleisch denn Geist. Und doch hat es eine Frau leichter, weil sie nur gehorsam zu sein hat. Wenn auch du dich gehorsam fügtest, blieben dir viele Probleme erspart. Ich komme zu dir im Geist Gottes und mit dem Wunsch, dich auf den rechten Weg zu bringen. Du solltest dich betend fügen und wissen, dass dies Gottes Wille ist.»

Sie beugte sich über den Tisch, das Gesicht voller Wut. Er wich zurück, als sie ihm entgegenschleuderte: «Unterwerfung! Gehorsamkeit! Etwas anderes kennt Ihr wohl nicht. Strafe und Hass, daraus besteht Eure Religion. Was würdet Ihr tun, wenn Christus heute zurückkehrte? Ihr würdet Hammer und Nägel besorgen und ein Kreuz errichten lassen.» Sie richtete sich auf. «Ihr heiratet mich nicht aus Christenpflicht, Samuel Scammell. Ihr heiratet, um das Vermögen meines Vaters zu erben und weil Ihr das hier wollt …» Sie öffnete den Umhang, präsentierte ihren schlicht gekleideten Körper und spuckte auf seine Pamphlete. «Das halte ich von Eurer Habgier und von Eurer Lust.»

Er stockte vor Wut. Ihr Verhalten erinnerte ihn daran, wie er als Kind von seiner Mutter behandelt worden war. Die Haushälterin hatte recht. Campion musste gezüchtigt werden. Er konnte nicht dulden, dass sie ihn in seinem eigenen Haus demütigte. Sein Zorn verlieh ihm Mut. Er schnallte den Gürtel ab und schrie: «Du lasterhaftes Weib! Sünderin!» Für Campion war es, als habe sich der Mantel ihres Vaters mitsamt dessen Geld um Scammells Schultern gelegt. Er ließ den Gürtel in die rechte Hand klatschen, knurrte Zornesworte vor sich hin und holte zum Schlag aus.

Campion umklammerte die Tischkante mit beiden Händen, bot all ihre Kraft auf und hievte den Tisch in die Höhe. Die Kerze rutschte mit flackernder Flamme über die Platte. Ihr folgten die Pamphlete. Dann war es plötzlich dunkel. Der Tisch kippte und krachte mit voller Wucht auf Scammells Fuß.

Er schrie auf und brüllte wie am Spieß, bis es an der Tür klopfte.

«Master! Master!» Es war die Haushälterin.

«Gütiger Gott! Mein Fuß ist gebrochen.»

Campion rührte sich nicht von der Stelle.

«Master! Master!», rief die Haushälterin.

«Ich komme.» Wimmernd schleppte sich Scammell zur Tür und fummelte am Schloss herum.

Als die Tür aufging, zeigte sich sein schmerzverzerrtes Gesicht im Schein der Kerze, die die Haushälterin in der Hand hielt. «Mein Fuß ist gebrochen.»

«Macht Euch darüber jetzt keine Sorgen.» Baggerlie heftete ihren Blick auf Campion. «Der Priester ist da, Master. Mit dem Buch und allem, was dazugehört», sagte sie triumphierend.

Scammell richtete sich auf. «Der Priester?»

«Ja, Master. Für Eure Trauung.» Sie ließ Campion nicht aus den Augen. Ihre Miene war voller Häme. «Für Dorcas' Trauung. Wie ich mich freue!»

Im Flur waren Stimmen zu hören. Campion schüttelte den Kopf. «Nein!»

«Doch.» Baggerlie trat ins Zimmer und stellte die Kerze ins Regal. «Macht Euch bereit, Master. Ich bleibe so lange hier bei Dorcas und sorge dafür, dass sie keine Schwierigkeiten macht.»

Für Campion hatte der Tag im hellen Glanz der Liebe und

der Vorfreude auf eine rosige Zukunft begonnen. Jetzt war es dunkel um sie herum geworden. Noch in dieser Nacht sollte sie mit Scammell vermählt werden.

Sooft Toby versuchte, den Bull Inn Court zu verlassen, sah er bewaffnete Soldaten in den engen Gassen patrouillieren. Sie hatten den ganzen Bezirk abgeriegelt und fahndeten nach ihm.

Es wurde Nacht. Toby litt schreckliche Qualen. Er hatte zwar fliehen können, steckte nun aber in der Falle. Mrs Swan war bereit, alles für ihn zu tun, konnte ihn aber unmöglich an den Soldaten vorbeischmuggeln. Also blieb ihm nichts anderes übrig, als zu warten. Er betete, gequält von Gedanken an das, was mit Campion zu geschehen drohte.

Erst nachdem die Glocke zehn geschlagen hatte, zogen die Soldaten ab. Vorsichtig schlich Toby aus dem Haus und spähte in jeden dunklen Winkel, bevor er eine Straße überquerte oder in eine enge Gasse einbog. Er ging zum Fluss und nahm, um möglichst schnell zum Hause Scammells zu gelangen, das Risiko in Kauf, im hellen Fackelschein der Temple Stairs entdeckt zu werden.

Einige wenige Fährmänner fuhren auch zu dieser späten Stunde noch. Bis Mitternacht gab es für sie genug zu tun. Toby musste sich in Geduld üben, was ihm schwerfiel. Sooft ein Boot auftauchte, erkennbar an der Laterne im Bug, schöpfte er Hoffnung auf eine Passage. Umso enttäuschter war er, wenn es an ihm vorbeiglitt. Die Boote trugen Passagiere von Whitehall zur City, und keines schien einen zusätzlichen Fahrgast von den Temple Stairs aufnehmen zu wollen. Dann aber legte doch eines an. Toby sprang ins Heck und fragte den Fährmann: «Kennst du Scammells Werft?»

«Natürlich», antwortete der Fährmann ruppig. «Was

glaubst du, wo all die Boote hier auf dem Fluss gebaut worden sind?»

«Bring mich dorthin.» Toby war bemüht, seine Ungeduld zu bezwingen.

«Jetzt? In der Nacht?» Lachend wandte sich der Mann an seinen Gehilfen. «Hast du gehört, Jake? Der Herr möchte zu Scammells Werft.»

Der Gehilfe grinste nur. «Kommt nicht in Frage», sagte der Fährmann. «Wär viel zu gefährlich im Dunkeln. Bei all dem Zeugs, das da im Wasser liegt, würd ich mir am Ende noch meinen Kahn zuschanden fahren. Nein, mein Freund, nicht um diese Zeit. Ich bring dich allenfalls zur Anlegestelle. Wo wär's dir recht? Bei Paul's oder an der Brücke?»

Toby war weder mit dem einen noch mit dem anderen Ziel einverstanden. Scammell würde das Tor zu seiner Werft bei Nacht verriegelt haben, sie wäre also nur vom Wasser aus zu erreichen. «Vielleicht kann ich dir damit die Dunkelheit ein wenig lichten», sagte Toby lächelnd und zeigte eine von Campions Goldmünzen, die er für sie in Verwahrung hatte. «Ich möchte vor Scammells Werft abgesetzt werden.»

Der Fährmann starrte auf die Münze, dann auf Toby. «Eine für jeden von uns beiden?»

«Mehr habe ich nicht.»

«Sollte reichen. Versuchen wir's.» Er grinste. «Mal sehen, wie hell dein Fahrgeld strahlt.» Er nickte seinem Gehilfen zu, der sich daraufhin in die Riemen legte.

Von der Strömung getragen, kamen sie schnell voran. Dennoch fürchtete Toby, nicht rechtzeitig zur Stelle zu sein. Das rhythmische Schlagen der Ruder klang ihm wie die endlos wiederholte Botschaft: zu spät, zu spät, zu spät.

11

Thomas Grimmett wartete in der Halle auf Scammell. Er grinste. «Der Priester ist da drüben», sagte er und nickte mit dem Kopf in Richtung Küche, aus der ein Geräusch zu hören war, das darauf schließen ließ, dass sich jemand heftig erbrach. «Er wird gleich hier sein.» Grimmett blickte neugierig zu der Tür von Scammells Arbeitszimmer. «Wollt Ihr, dass ich mich um sie kümmere, Sir?»

«Nein, nein.» Scammell zitterte vor Schmerzen. Er wollte Dorcas zur Frau, aber die Eheschließung hatte er sich anders vorgestellt. Es gefiel ihm nicht, zu so später Nachtstunde zu heiraten, allerdings wagte er nicht, Conys kräftigem Handlanger gegenüber Protest zu erheben. Er deutete auf das Speisezimmer und sagte: «Ich werde dort warten.»

«In Ordnung, Sir.» Er nannte Scammell zwar «Sir», gab sich aber keinerlei Mühe, seine Verachtung für den plumpen, verängstigten Mann zu verhehlen.

Scammell sah, dass jemand – wahrscheinlich die Haushälterin – das Speisezimmer für die Trauung hergerichtet hatte. Die große Tafel war beiseitegerückt worden, um einem kleinen Tisch Platz zu machen, der vor dem Fenster stand, das zum Fluss wies. Darauf lag ein weißes Leinentuch. Eine Vielzahl von Kerzen erleuchtete den Raum.

Scammell war unglücklich. Er schämte sich, und zwar nicht nur, weil er sich vor Dorcas blamiert hatte, sondern auch ihrer wahren Worte wegen. Er war nach Werlatton gegangen, weil er sich von der Ehe mit Matthew Slythes Tochter ein Vermögen versprach. Er hatte erwartet, seine Braut sei so hässlich und dick wie ihr Vater. Tatsächlich aber war sie wunderschön, und zu seiner Habgier hatte sich körperliche Lust gesellt. Er wusste, dass sie sich gegen die Vermählung stemmte, und ahnte, dass das Eheleben mit ihr keine reine Freude sein würde, doch das konnte sein Begehren nicht schmälern. Er träumte von den Wonnen, die ihn im Ehebett erwarteten, und schämte sich seiner Phantasien.

Er hatte Gott angerufen und ihn gebeten, seine Ehe zu einem Bündnis zweier christlicher Seelen zu machen und sie mit Kindern zu segnen, die ihren Glauben an die übernächste Generation weitertragen würden. Leider kamen diesem frommen Ideal immer wieder seine schmutzigen Gedanken in die Quere.

Er zog seine Bibel aus der Manteltasche und schlug das siebente Kapitel des ersten Korintherbriefes auf. «Es ist gut für den Mann, dass er kein Weib berühre.» Er hatte diese Stelle seit seiner ersten Zusammenkunft mit Dorcas schon ungezählte Male gelesen und kannte sie längst auswendig. «So sie sich aber nicht enthalten mögen, so lass sie freien, um Unzucht zu vermeiden.»

Er konnte nicht an sich halten und stöhnte auf. Vor lauter Lust vergaß er für einen Moment den schmerzenden Fuß. Paulus hatte recht. Er sollte heiraten, um nicht Höllenqualen zu leiden, denn seine Begierde drohte ihn zu verzehren, und er schämte sich dafür.

Es wäre, wie er wusste, besser, eine Frau zu heiraten, die im Glauben so fest war wie er selbst. Der Korintherbrief aber spendete ihm Trost mit den Worten «... das ungläubige Weib ist geheiligt durch den Mann.» Ja, so war es. Dieser Vers rechtfertigte die Ehe mit Dorcas, gleichgültig wie sie darüber denken mochte. Indem er sie heiratete, errettete er ihre Seele, die zweifellos der Rettung bedurfte. Welchen größeren Liebesdienst könnte er ihr erweisen? Seine Heirat war ein Akt der Gnade, ein Werk aus göttlichem Geist. Dieser Gedanke zerstreute alle Bedenken im Hinblick auf Dorcas' Verhalten und seine Zukunft mit ihr. Eines Tages, so glaubte er, würde sie ihm dankbar sein.

Die Tür öffnete sich. Grimmett schob einen kleinen, ungepflegten Mann in den Raum. «Seine Sobrietät, Pfarrer Bollsbie, Sir. Und das ist Mr Scammell, Hochwürden.»

Scammell steckte seine Bibel in die Tasche zurück und musterte den Priester, der sich mit dem Saum seiner Soutane den Mund abwischte. «Sir?»

Seine Sobrietät sah sich, vom hellen Kerzenlicht geblendet, blinzelnd um. Er ließ den Saum fallen, hickste und lächelte. «Ich habe einmal vor dem Unterhaus gepredigt, Sir. Jawohl! Drei Stunden lang, Sir. Und die Lords waren auch zugegen. Wusstet Ihr das, Sir?» Begeistert wippte er vor Scammell auf und ab.

«Nein.» Scammell wich zurück.

«O ja, vor den versammelten Lords und den Bürgerlichen. Im Mittelpunkt meiner Predigt stand der dreiundzwanzigste Vers aus den Sprüchen Salomos, Kapitel sechsundzwanzig. Ist Euch dieser Vers bekannt, Sir?»

«Nein.»

Bollsbie erhob mahnend den ausgestreckten Zeigefinger. «‹Brennende Lippen und böses Herz sind wie eine Scherbe, mit Silberschaum überzogen.› Ja, Sir. Das liegt zwei Jahre zurück. Oder waren's drei, ich weiß es nicht mehr genau. Meine Worte trafen auf offene Ohren.» Er warf einen Blick auf Grimmett, der im Türausschnitt zurückgeblieben war. «Die Zuhörer waren sehr beeindruckt, oder etwa nicht?»

«Sie werden Euch nicht vergessen, Hochwürden.» Grimmett schaute zu Scammell und grinste. «Er war abgefüllt bis zum Stehkragen und hat die Kanzel voll gekotzt. Los jetzt, Hochwürden, schlag dein verdammtes Buch auf.»

Seine Sobrietät ließ sich auf einen Stuhl fallen und langte mit der Hand unter die Soutane. «Mir geht's schlecht, Thomas, richtig schlecht. Könnte ich ein wenig von meiner Medizin haben?»

«Später.» Grimmett ging auf Scammell zu, sein Schwert schlug scheppernd an den zurückgeschobenen Tisch. «Hier, von Sir Grenville, für den Fall, dass Ihr selbst nicht daran gedacht habt.» Er reichte ihm einen billigen Ring. «Keine Sorge, Sir. Er wird ihn auf die Rechnung setzen.»

Bollsbie hatte vorgesorgt und zog eine kleine Zinnflasche aus den Falten seiner Soutane. Er leerte sie in einem Zug, schaute sich lächelnd um und sagte: «Wein macht lustig, und starkes Getränk macht wild.»

«Amen», sagte Scammell, der immer wusste, wann aus der Bibel zitiert wurde.

«Geschlagene drei Stunden lang, Sir, vor den versammelten Lords und den Bürgerlichen. Ich sprach über den Wein, der lustig macht.» Er rülpste. «Brennende Lippen, die statt nach dem Geist Gottes nach dem Geist des Weins lechzen. Ja, Sir.» Er versuchte aufzustehen, beschwingt von der Erinnerung an seine letzte große, unvollendete Predigt. Grimmett stieß ihn auf seinen Stuhl zurück.

«Augenblick, Hochwürden. Halt dein Buch bereit.»

«Mir geht's schlecht, Thomas. Ich brauche meine Medizin.»

«Später. Erst wenn die beiden vermählt sind.»

«Vermählt?»

«Ja, durch dich.»

«Ah! Eine Trauung soll ich vornehmen.» Seine Sobrietät legte die Stirn in Falten und durchblätterte sein Gebetbuch. «‹Wer eine Ehefrau findet, der findet etwas Gutes und kann guter Dinge sein im Herrn.›»

«Amen», sagte Scammell.

Bollsbie schmunzelte. «‹Es ist besser, in einem Winkel auf dem Dach zu wohnen, denn mit einem zänkischen Weib in einem Hause beisammen.›» Es war, als verhöhnte der Priester den Bräutigam, der sich wie ein Gefangener vorkam, über den das Urteil gefällt wurde.

Grimmett schien sich zu langweilen. «Zur Sache, Hochwürden», blaffte er, worauf der Pfaffe wieder in seinem Buch blätterte. An Scammell gewandt, sagte Grimmett: «Er ist sehr gut, Sir.»

«Gut?»

«Wenn es darum geht, ein Paar zu vermählen, Sir. Ihr wärt überrascht zu erfahren, wie oft wir seine Dienste in Anspruch nehmen. Meistens an Totenbetten. Seine Sobrietät ist unser Mann. Der zügigen Abwicklung wegen.»

«Wie bitte?» Scammell fühlte sich in seinem Sinn für Recht und Ordnung verletzt, war aber zu schwach, um Widerstand zu leisten.

Grimmett grinste. «Es kommt manchmal vor, dass die Braut oder der Bräutigam an der Stelle, wo ‹Ich will› gesagt werden sollte, ins Zögern gerät. Dann hilft es, einen Mann wie Seine Sobrietät zu haben. Er lässt sich davon nicht irritieren und führt die Trauung zum Abschluss. Ganz legal, keine Sorge.»

Er zog eine Schriftrolle aus der Tasche, die Heiratsurkunde. Sie war bereits mit zittriger Schrift mit dem Namen «Pfarrer James Bollsbie» unterschrieben worden. «Sir Grenville lässt ausrichten, dass er sich um Euch kümmert, Sir.» Er warf einen Blick auf den Priester, richtete sich dann wieder an Scammell und fragte: «Soll ich die Braut holen, Sir?»

«Sind wir denn so weit?»

«Worauf sollen wir noch warten?» Grimmett verließ den Raum.

Seine Sobrietät Bollsbie stand auf, zeigte sich überrascht, als er Scammell sah, und strahlte dann übers ganze Gesicht. «Sind wir uns nicht schon einmal begegnet, Sir?»

«Vor einer Minute, Sir.»

«Wusstet Ihr, dass ich schon einmal vor dem Unterhaus gepredigt habe?»

Scammell blieb eine Wiederholung dieser Geschichte erspart, denn in der Halle ertönte ein Schrei, gefolgt von einem Schlag, der durchs ganze Haus hallte. Dann war zu hören, wie Absätze über den Boden schleiften. Jemand schnaubte, und wieder gellte ein Schrei. Der Priester blieb davon unbeeindruckt. «Drei Stunden lang, Sir, drei geschlagene Stunden! Das war vor meinen Beschwerden, versteht sich.»

«Beschwerden?» Scammell rang die Hände.

«Ich fürchte, es ist die Fallsucht. Ja. Gott erlegt seinen Dienern schwere Prüfungen auf.»

«Wirklich und wahrhaftig», entgegnete Scammell, und plötzlich drängte ein Knäuel aus drei Gestalten durch die Tür: Grimmett zerrte Campion an den Armen, die Haushälterin hieb auf sie ein, und Campion versuchte, ihre Widersacher mit Fußtritten loszuwerden. Bollsbie nahm keinerlei Kenntnis davon. Er hob die Stimme und fragte: «Euer Name, Sir?»

«Was?» Scammell starrte seiner Braut entgegen.

«Euer Name, Sir», wiederholte Bollsbie.

«Oh! Scammell. Samuel.»

«Gut.» Der Priester hatte Schreibfeder und Tinte gefunden und schrieb den Namen in sein Buch. Scammell sah, dass die aufgeschlagene Seite bereits voll mit anderen Namen war. Bollsbie richtete seinen Blick auf Campion, deren Haube in den Nacken gerutscht war. Auf ihrem tränenüberströmten Gesicht glühte hellrot der Abdruck der Hand, die sie geschlagen hatte.

«Der Name der Braut, Sir?»

«Dorcas Slythe.»

«Ein hübscher Name, wirklich sehr hübsch.» Die Feder kratzte übers Papier.

Campion schrie. Grimmett verdrehte ihr den Arm und knurrte: «Halt still, Dirne.» Er krallte seine Finger in ihre Oberarme. «Sonst reiß ich dir die Arme heraus.»

Bollsbie streifte sich sein Skapulier über die Schultern, lächelte Braut und Bräutigam zu und waltete seines Amtes. «Liebe Gemeinde, wir haben uns hier vor Gott dem Allmächtigen versammelt, um zwischen diesem Mann und dieser Frau den heiligen Bund der Ehe zu schließen.»

Campion schüttelte den Kopf, als versuchte sie, sich von einem Albdruck zu befreien. Die Arme schmerzten. Die Worte prasselten auf sie nieder. Sie wehrte sich gegen Grimmett, der sie mit eisernem Griff gepackt hielt. Der Priester stank nach Alkohol. Sie bespuckte ihn, um ihn zum Schweigen zu bringen, wurde aber von Grimmett zurückgezerrt. Er presste ihren Rücken an seine Brust und stemmte ihr von hinten sein Knie zwischen die Beine. Sein heißer Atem strich ihr über den Nacken.

«Die Ehe», plapperte Seine Sobrietät, «sollte nicht leichtfertig und aus Mutwillen geschlossen werden, um der fleischlichen Lust zu frönen wie die Tiere, die keinen Verstand haben, sondern mit Bedacht, in Ehrfurcht und in Frömmigkeit.»

«Nein!», schrie Campion. Sie zerrte einen Arm frei und hieb auf Grimmett ein, der sie aber sofort wieder zu fassen bekam und in seine Gewalt zwang.

«Ihr Zweck ist es, der Sünde zu widerstehen und Unzucht fernzuhalten, weshalb ein jeder, der Anfechtungen ausgesetzt ist, heiraten sollte ...»

Das Kerzenlicht ließ bizarre Schatten über die dunkle

Holzvertäfelung flackern. Grimmett bewegte sein Knie zwischen Campions Schenkeln etwas höher.

Seine Sobrietät Bollsbie fragte, ob einer der Anwesenden Einwände gegen die Vermählung von Samuel Scammell und Dorcas Slythe anzumelden habe. Goodwife Baggerlie schüttelte den Kopf. Campion schrie. Dem Priester war es einerlei.

«Samuel Scammell, wollt Ihr Dorcas Slythe zu Eurer rechtmäßig angetrauten Frau nehmen?»

Scammell nickte. «Ich will.»

Bollsbie betrachtete das Mädchen, das sich weit zurückzulehnen schien und ein Bein in die Höhe reckte. Ihre Miene war wutverzerrt, während Grimmett über ihre Schulter hinweggrinste. Seine Sobrietät fand offenbar an diesem Anblick nichts Verwunderliches.

«Dorcas Slythe. Wollt Ihr Samuel Scammell, den Gott Euch anvertraut, zum Manne nehmen und mit ihm die Ehe nach Gottes Gebot und Verheißung führen? Wollt Ihr ihm gehorchen und dienen, ihn lieben und ehren in guten wie in schlechten Zeiten, und nur ihm die Treue halten, bis dass der Tod Euch scheidet?» Statt auf eine Antwort zu warten, las er seinen Text zügig weiter, um möglichst schnell fertig zu werden und seinen Lohn einstreichen zu können.

Grimmett musste sein Knie zurückziehen, als der Moment gekommen war, da Campion der Ring übergestreift werden sollte. Er hielt sie beim linken Handgelenk gepackt, während Goodwife Baggerlie Campions Finger auseinanderbog und ihrem Herrn entgegenstreckte. Bollsbie wartete, bis der Ring am Finger steckte, und beeilte sich, zum Schluss zu kommen. «Ihr habt Euch vor Gott und dieser Gemeinde zueinander bekannt und seid somit in den heiligen Stand der Ehe getreten ...» Durch das Fenster zu seiner Linken drang ein flackernder Lichtschein ins Zimmer, wovon er sich aber nicht irritieren ließ. «Ihr habt Euch Euer Versprechen gegeben und einander gelobt ...»

«Feuer!», rief Scammell.

Seine Sobrietät wurde lauter. «Und somit erkläre ich euch zu Mann und Frau. Im Namen des Vaters, des Sohnes und des Heiligen Geistes. Amen.»

Ohne sich von dem Aufruhr ringsum beirren zu lassen, griff Bollsbie nach Grimmetts Beutel und fischte eine Flasche daraus hervor.

Die Ehe war geschlossen.

Weit vor sich sah Toby die Umrisse der London Bridge aufragen, einen dunklen Koloss, besprenkelt mit gelbem Licht aus Hunderten von Fenstern über der schimmernden Gischt des Wassers, das sich an den Brückenpfeilern brach. Von weitem hörte er schon das Rauschen, als das Boot aufs Ufer zusteuerte.

Die Fährmänner verlangsamten die Fahrt, um Wrackteilen auszuweichen, die im Fluss lagen, Überreste aus verfallenen Werften. Vorsichtig schleusten sie das Boot auf Scammells Anlegestelle zu. Aus den Schatten im Hintergrund trat ein hell erleuchtetes Fenster hervor. Wellen schwappten ans Boot. Der Mann im Bug langte nach dem Poller. Toby gab den Schiffern die versprochene Münze, sprang auf den Steg und schaute dem Boot nach, das sich lautlos entfernte.

Er sah sich nach der großen, weiß lackierten Barke um, auf der seine Liebste entführt worden war, entdeckte aber nur einen kleinen Kahn mit eingeholten Rudern, der im Schlick lag und von dunklen Wellen umspült wurde. Unterm Pier und auf dem Gelände der Werft war das Scharren und Fiepen von Ratten zu hören.

Eine Stimme ließ ihn vor Schreck zusammenfahren. Doch erleichtert stellte er fest, dass sie von der Nachtwache an der Thames Street stammte. «Die Uhr hat elf geschlagen. Wahrt Feuer und Licht, dass kein Unglück g'schicht.»

Mit der Linken hielt Toby die Schwertscheide gefasst, um zu vermeiden, dass sie irgendwo anschlug, als er auf das Haus zuschlich. Im Hof war es so dunkel, dass er nicht die Hand vor Augen sehen konnte. Er hielt inne und lauschte angestrengt. Nichts rührte sich. Allmählich gewöhnten sich seine Augen an die Dunkelheit. Rechts von ihm erhob sich das Haus mit nur einem beleuchteten kleinen Fenster. Das große Fenster, das er vom Fluss aus gesehen hatte, war von der Stelle, an der er sich jetzt versteckt hielt, nicht zu sehen. Linker Hand standen zwei hohe Schuppen. In dem einen lagerte offenbar Bauholz, in dem anderen zeichneten sich die Umrisse unverplankter Bootsgerippe ab. An der äußeren Hofmauer war neben dem großen Tor, das zur Thames Street hinausführte, ein seltsamer, kleiner Steinverhau zu erkennen, aus dem ein schwacher Schein von dunkelroter Glut nach draußen drang. Zuerst glaubte Toby, dort sitze ein Wachposten bei einem Feuer, doch es rührte sich nichts. Und als er dann den Geruch von Pech wahrnahm, wusste er Bescheid. Natürlich!

Er fasste einen Plan und lächelte. In dieser Werft musste es Unmengen von Pech geben, jener zähen, beißend stinkenden Substanz, mit der die Boote kalfatert wurden. Weil es viel zu zeitaufwändig wäre, den mit Pech gefüllten großen Kessel an jedem Morgen aufs Neue zu erhitzen, brannte das Kohlefeuer darunter rund um die Uhr.

Er schlich weiter, diesmal auf das große beleuchtete Fenster zu. Fast hätte er seiner Wut freien Lauf gelassen, als er hinter dem Fenster seine Liebste in den Klauen eines stämmigen Mannes gefangen sah. Rechts von den beiden stand ein in Schwarz gekleideter Mann, auf der linken Seite eine Frau. Ein dritter, ältlicher Mann in schäbiger Soutane stand, ein Buch vor sich aufgeschlagen, der Gruppe gegenüber. Eine Trauung.

Die Lippen des Priesters bewegten sich, und es drängte Toby, das Fenster einzuschlagen, einzubrechen und sein Schwert zu schwingen.

Aus der Stadt ertönte Glockenläuten. Die Glocken von Southwark antworteten mit ihrem Stundenschlag. Ihr Klang ließ Toby zur Besinnung kommen. Blinde Wut half ihm jetzt nicht weiter, wahrscheinlich würde er schon auf dem Weg durchs Fenster überwältigt werden. Stattdessen besann er sich auf den zuvor gefassten Plan.

Noch mehr als Krieg fürchteten die Bewohner Londons Feuer und Pest. Die Pest war das schlimmste Übel, drohte aber weniger häufig als eine Feuersbrunst. Die zumeist aus Holz gebauten Häuser mit ihren Strohdächern standen so dicht beieinander, dass sich die Flammen in rasender Geschwindigkeit ausbreiten und große Teile der Stadt in kürzester Zeit verwüsten konnten. Die Bürger waren darauf vorbereitet und wussten schnell zu reagieren. An jeder Straßenecke standen lange Hakenstangen parat, um brennendes Stroh von den Dächern zu reißen, und Äxte, um Türen einzuschlagen. Mit Schießpulverladungen wurden dann die Häuser rings um den Brandherd gesprengt, um eine Schneise zu schlagen, die das Feuer eindämmte. Zwar stand seit jüngster Zeit eine Pumpe zur Verfügung, mit der Löschwasser bis zu dreißig Fuß weit gespritzt werden konnte, doch die war meist erst zur Stelle, wenn das Feuer schon tobte. Den größten Feind Londons, das Feuer, wollte sich Toby in dieser Nacht zum Verbündeten machen.

Es würde die Nachtwachen auf den Plan rufen, Männer mit Äxten, die durch Scammells Tor brächen. Bald wären der Hof und die Straße davor, ja selbst das Ufer voller Menschen. In der Aufregung und dem großen Durcheinander, zu dem es dann käme, sah Toby die beste Gelegenheit, Campion zu retten.

Er wusste, dass das, was er plante, schrecklich war, aber seine Liebe zu Campion machte es ihm unmöglich, Rücksicht auf den Schaden zu nehmen, der der Stadt drohte. Er sah nur eines: dass seine Liebste in Gefahr war und aus den Fängen ihrer Feinde befreit werden musste.

Toby schlich ins Holzlager und beeilte sich, Späne und zerfaserte Tauenden, die zum Kalfatern benutzt wurden, unter einen Stapel aufgeschichteter Bretter zu stopfen. Immer wieder warf er einen Blick auf das erleuchtete Fenster, um sich zu vergewissern, dass niemand hinausschaute.

Als er fertig war, nahm er zwei gebogene Querspanten, vorgesehen als Rippen für den Bootskörper, und schleppte sie zu dem Steinverhau, in dem das Kohlefeuer über Nacht gehütet wurde. Dort warf er sie in die Glut, die eine ungeheure Hitze ausstrahlte. Sogleich züngelten Flammen auf. Das plötzlich aufflackernde Licht machte ihn nervös. Doch es blieb unbemerkt, und es wurde auch kein Warnruf laut, als er die brennenden Hölzer in den Schuppen zurücktrug und unter den Bretterstapel steckte.

Zuerst schien es, als drohten die Flammen zu ersticken. Dann aber fing eines der Tauenden Feuer. Kleine gelbliche Flammen griffen auf die Späne über und loderten plötzlich so heftig auf, dass Toby zurückwich.

Um den Brand zu beschleunigen, zündete er zwei weitere Spanten an. Den einen steckte er in einen Haufen Späne unter einem halbfertigen Boot, den anderen unter ein Regal voller Bauhölzer. Dann zog er sich aus Angst, entdeckt zu werden, in den Schatten des Hofs zurück.

Im Bootsschuppen flackerte heller Flammenschein. Darauf musste doch jemand aufmerksam werden! Er wartete und bangte. Die Schwere seiner Tat war ihm bewusst. Aus dem Holzlager drang kein Licht. Es schien, als sei das darin gelegte Feuer erstickt.

Doch in dem Bretterstapel, der bis zur Decke reichte, hatte sich ein Sog aus heißer Luft gebildet, der die Zunderflammen unter dem Sockel wie durch eine natürliche Esse auflodern ließ. Toby sah sie nicht. Er biss sich auf die Lippen und wollte gerade schon zurückkehren, um den Brand zu schüren, als mit einer Wolke aus Funken und Rauch das Feuer plötzlich explodierte. Der Holzstoß war in Flammen aufgegangen, die rasend schnell um sich griffen. Schon fing das Schuppendach Feuer, und es wurde taghell im Hof. Funken stieben in den Nachthimmel, aus den Flammen quoll Rauch, der sich wie ein gewaltiger schwarzer Ball über dem ganzen Werftgelände aufblähte. In der Straße waren erste Schreckensrufe zu hören. «Feuer!»

Fauchend schlugen die Flammen höher. Der Schuppen brannte lichterloh. Toby schaute nach rechts und sah Scammell mit entsetzter Miene am Fenster stehen. Jetzt war der Moment gekommen. Toby langte nach dem Heft seines Schwertes.

Fäuste trommelten ans Tor, Stimmen wurden laut und übertönten das Brausen der Flammen. Die Wache schlug Alarm. Kirchenglocken fingen an zu läuten. Inzwischen war wohl schon die ganze Nachbarschaft auf den Beinen, ängstlich darauf bedacht, das Feuer in Schach zu halten.

Aus dem Schuppendach stürzte brennendes Gebälk, das Funken sprühend auf dem Pflaster zerbarst. Im Haus öffnete sich die Tür zum Hof. In ihrem Ausschnitt stand Scammell mit heruntergeklappter Kinnlade und weit aufgerissenen Augen. Er rannte brüllend auf das Tor zu und versuchte, den schweren Riegel beiseitezuwuchten. Die vom Feuer ausstrahlende Hitze war kaum mehr zu ertragen.

Toby blickte zum Fenster hinauf und sah, wie der große Mann mit der gebrochenen Nase und dem runden Gesicht in den Hof hinausstarrte. Er hielt Campion bei den Haaren gepackt und zwang sie, den Kopf zu senken.

Das Tor stand jetzt offen. Das Stimmengewirr in der Straße schwoll an. Brüllend stießen die Wächter Befehle aus. Scammell warf ihnen Ledereimer zu in der irrigen Hoffnung, die tobende Feuersbrunst mit Wasser löschen zu können.

Toby setzte sich in Bewegung. Er sprang die drei Stufen zu Scammells Haus hinauf und schrie: «Feuer! Kommt heraus! Schnell, schnell!»

Der Priester stand wankend in der Diele, in der einen Hand einen Beutel voll klirrender Flaschen, in der anderen eine Flasche, die er an den Mund geführt hatte. Toby prallte mit ihm zusammen, stieß ihn zu Boden und eilte in den von Kerzen erleuchteten Raum. «Feuer! Nach draußen mit euch!»

«Wir haben's gehört!», brüllte der große Kerl. «Geh vor, wir kommen nach.» Er packte Campion beim Arm und zerrte sie hinter sich her.

Ohne auf ihn zu achten, ergriff Toby den freien Arm seiner Liebsten und schrie wie ein aufgebrachter Nachtwächter: «Beeilung! Nach draußen!»

«Lass sie los!»

Das Gebrüll von Thomas Grimmett schien Campion wie aus tiefer Trance aufzuwecken. In dem Handgemenge hatte sich ihre Haube gelöst, und die goldenen Haare fielen ihr ins gerötete Gesicht. Erst jetzt sah und erkannte sie ihren Retter. «Toby!» Sie riss sich von Grimmett frei und hielt sich an Toby fest. Der große Kerl merkte verwundert auf. Er hatte diesen Namen schon von ihr gehört und ahnte jetzt, dass Toby nicht der Wächter war, für den er sich ausgab. Schnell sprang Grimmett vor die Tür und zog sein Schwert.

«Toby!»

«Zur Seite!» Auch Toby zückte seine Waffe, spürte aber, dass er sich sehr viel ungeschickter dabei anstellte als sein stämmiger Gegner. Er hatte noch nie gekämpft, geschweige denn getötet, und sein Rettermut schwand angesichts der zuversichtlichen Miene des anderen.

Grimmett grinste. «Deswegen bist du also hier. Aber du bekommst sie nicht, Freundchen. Sie gehört mir.» Unversehens schnellte seine Klinge vor, einem silbrigen Lichtblitz im rötlichen Feuerschein gleich. Toby parierte und versuchte, sich auf seine Fechtlektionen zu besinnen. Erleichtert darüber, den Hieb abgewehrt zu haben, wich er zurück. Grimmett folgte und holte erneut zum Schlag aus. Toby parierte abermals, spürte aber Furcht in sich aufkeimen. Der große Kerl war gut, viel besser als er selbst. Um seine Furcht zu bezwingen, attackierte nun Toby seinerseits. Er versuchte, die Deckung des anderen zu durchstoßen, und wähnte sich schon erfolgreich, als er des Gegners Klinge herbeisausen sah. Im letzten Augenblick konnte er den Kopf einziehen. Grimmett lachte.

«Du müsstest dich schon ein bisschen mehr anstrengen, Freundchen.»

Die Haushälterin zitterte. Campion setzte sich ab und lief zur Tür, die wegen Grimmetts Ausfall unbewacht war, und als dieser zurücksprang, um ihr den Weg zu versperren, fiel sie mit gebleckten Zähnen über ihn her, krallte sich mit beiden Händen in seinen Haaren fest und zerrte seinen Kopf nach unten. Er fluchte und rief die Haushälterin zu Hilfe, doch Campion ließ nicht locker. Toby fackelte nicht lange. Er holte mit dem Schwert aus, schlug alle Mahnungen seines Fechtmeisters in den Wind, der ihm eingeschärft hatte, dass die Spitze immer nur die Schneide trifft, und schlug zu wie mit einer Hippe auf ein Brombeergesträuch, das es zu beschneiden galt.

Grimmett hob sein Schwert, wurde aber von Campion, die an seinen Haaren zerrte und mit den Füßen auf ihn eintrat, daran gehindert, die Attacke rechtzeitig zu parieren. Er brüllte vor Wut.

Toby hatte noch nie getötet, und der Furor, der sich seiner jetzt bemächtigte, war ihm gänzlich fremd. Er glaubte, neben sich zu stehen und unbeteiligt dabei zuzusehen, wie seine Klinge auf Grimmetts vorgebeugten Nacken zielte.

Es schien, als schnellte dessen Kopf hoch, als die Schneide Sehnen und Muskeln durchtrennte. Campion ließ von ihm ab. Er richtete sich auf, wodurch der Hieb mit noch mehr Wucht auftraf. Dem großen Kerl gingen die Augen zu. Toby schreckte zurück und zog das Schwert frei.

Grimmett knickte in den Knien ein. Scheppernd fiel sein Schwert zu Boden. Er hob die Hände wie zum Gebet, fasste sich dann aber in den Nacken, aus dem in Strömen das Blut hervorquoll. Toby sah seinen Feind nach vorn kippen und wie einen Sack Hafer zu Boden fallen. Er hatte zum ersten Mal getötet. Aus Liebe.

Die Haushälterin schrie. Sie stand in der Tür und starrte wie entgeistert auf Toby. Campion hatte die Hände vor den Mund geschlagen, auch sie starrte ihn an. Erst jetzt schien er die Geräusche wieder wahrzunehmen, das Feuer und die Hitze, die auf den Raum übergegriffen hatte. «Komm!»

Die Haushälterin wich schreckhaft zur Seite, als Toby Campion in die Halle hinausführte. Der Priester kauerte am Boden und sammelte die Scherben der zerbrochenen Flaschen ein, um zu retten, was noch zu retten war. Durch die geöffnete Tür strahlten helles Licht und eine unerträgliche Hitze.

«Komm!» Toby zog Campion hinaus in den Feuerschein. Sein Erschrecken über die Tat und den Anblick des sterbenden Gegners wich einem sonderbaren Hochgefühl.

Scammell sah Campion in den Hof treten. Er ergriff den Hauptmann der Wache beim Arm und rief: «Haltet sie auf!»

«Hier lang!» Toby wirbelte Campion, die er am Handgelenk gefasst hielt, herum. Der blaue Umhang flog auf. «Komm!» Hand in Hand rannten sie über die Werft auf das kleine Boot zu, das, wie sich Toby erinnerte, neben der Anlegestelle im Schlick lag.

«Haltet sie!», brüllte Scammell angesichts seiner Braut, die mit einem fremden Mann davoneilte. Die Wachmänner stimmten ein. Die Werft war nicht mehr zu retten, und auch die benachbarten Häuser drohten niederzubrennen. Doch immerhin schienen die Schuldigen ausgemacht zu sein. Auf Rache sinnend, nahmen die Männer unter lautem Gebrüll die Verfolgung auf.

Die beiden Flüchtigen sprangen vom Steg. Campion stürzte der Länge nach in den Morast. Toby durchschnitt mit blutiger Klinge die Leine, mit der das kleine Boot festgemacht war. «Hilf mir!»

Toby warf das Schwert auf die Ruderbank und machte sich daran, den Kahn ins Wasser zu schieben. Campion half nach Kräften. Sie versanken bis zu den Knien im Schlick und drohten zu scheitern, denn das Boot schien fest im Schlamm verankert zu sein. Endlich aber löste es sich und rutschte auf die Uferwellen zu.

«Feste!»

«Ich geb mein Bestes!» Campion lachte, erleichtert und erregt zugleich. Die hohen Flammen warfen flackerndes Licht auf den Fluss. Im Hintergrund stürzte brennendes Gebälk in sich zusammen, Funkenkaskaden sprühten durch die Luft. Campion, schwarz von Schlamm, brach in wildes Gelächter aus.

«Stehenbleiben!» Der Hauptmann der Wache hatte den Pier erreicht. Das Boot aber lag mit seinem Bug schon im Wasser. Toby stemmte sich mit aller Kraft gegen das Heck. Als der Kahn auf den Wellen schaukelte, drehte er sich um, hievte Campion aus dem Schlick und warf sie über den Dollbord. «Setz dich auf die Rückbank.» Das Boot vor sich her schiebend, watete er tief ins Wasser.

«Stehenbleiben! Im Namen des Königs!» Der Hauptmann der Wache hatte in seiner Aufregung vergessen, dass der Name des Königs nichts mehr galt. Er zog eine Pistole mit langem Lauf aus dem Gürtel und rief erneut: «Stehenbleiben!»

Toby war schon mit einem Bein im Boot und stieß sich mit dem anderen kräftig ab. Von der Strömung erfasst, trieb der Kahn davon.

Der Hauptmann wusste um die Reichweite seiner Waffe und richtete, ohne sich von Scammells wilden Rufen irritieren zu lassen, den Lauf auf die Flüchtigen. Dank der hellen Flammen war die Sicht gut. Er zielte auf Tobys Rücken und drückte ab.

Den Blick über die Schulter zurückgeworfen, sah Toby das Steinschloss zünden und eine hellrote Flamme aus der Mündung zucken. Dann schlug das Geschoss ein und riss einen großen Splitter aus der Ruderbank. Der Knall hallte von der Brücke wider.

«Toby!»

«Es ist nichts passiert. Bleib ruhig sitzen.»

Sie nahmen Fahrt auf und schlingerten auf die gefährlichen Stromschnellen vor der Brücke zu. Wenn das Boot an einen der Pfeiler prallen würde, drohten sie in der wirbelnden Gischt zu kentern. Toby musste sich zur Ruhe zwingen und wuchtete die schweren Ruder in die Dollen. Pistolenschüsse krachten, doch das kleine Boot war jetzt von Dunkelheit umhüllt. Er legte sich in die Riemen, drehte bei und ruderte stromaufwärts. Es war mühsam und kostete Toby alle Kraft, doch sie waren jetzt in Sicherheit und querten den schwarzen Fluss.

«Toby?»

Er schmunzelte. Ihr Gesicht war eine Maske aus Schlamm mit weißen, freigewischten Augen.

«Er hat mich geheiratet, Toby.»

«Muss ich dich jetzt Mrs Scammell nennen?»

«Toby!» Es war nicht zu erkennen, ob sie weinte oder lachte.

Sie ruderten im weiten Abstand an der brennenden Werft vorbei, über der sich eine gewaltige Rauchwolke ausbreitete. Lodernde Flammen warfen ihr Licht auf Häuser, Zinnen und Türme, ja sogar auf die große Kathedrale St. Paul's.

Toby schaute Campion an. «Hallo, Liebste.»

Donnernd stürzten die Schuppen in sich zusammen. Campion starrte wie gebannt auf die Feuersbrunst am fernen Ufer, dann auf Toby. «Toby.»

Scammell verlangte brüllend nach einem Fährmann, um seiner Braut nachsetzen zu können, doch Campion und Toby waren außer Reichweite. Toby ließ einen Moment von den Rudern ab, beugte sich vor und berührte ihre lehmverschmierte Hand.

«Alles wird gut. Mrs Swan wartet auf uns im Paris Garden. Wir fahren nach Lazen.»

«Lazen?» Sie schüttelte den Kopf. «Aber deine Mutter?»

«Mach dir wegen ihr keine Gedanken.» Er lachte. Auf das, was er in dieser Nacht getan hatte, drohte ihm der Galgen, und noch waren sie den Wachen vor der Stadt nicht entkommen. Der Vorsprung vor ihren Verfolgern betrug nur ein, zwei Stunden. «Wir fahren nach Lazen. Nach Hause.»

Es schien, dass sie schluchzte, doch dann sah er sie lachen. Sie waren frei.

✶ 12 ✶

Der günstigste Weg nach Lazen Castle führte durch das hügelige Weideland im Norden, das von flachen Auen durchzogen wurde, durch die, von Weiden und Erlen gesäumt, Lazens Bäche sprudelten. Hinter einer letzten Anhöhe schließlich öffnete sich das Tal und gab den Blick auf das Schloss frei.

Auf dieser Straße führte Toby Campion und Mrs Swan in der ersten Septemberwoche nach Lazen Castle. Von Abenteuerlust gepackt, hatte Mildred Swan darauf bestanden, die beiden zu begleiten. «Es ist nicht auszumalen, was euch zustoßen könnte, wenn ihr nicht von einer erfahrenen Person begleitet werdet», hatte sie erklärt, doch Campion vermutete, dass ihre gute Wirtin vor allem reiselustig war. Sie hatte die Wahrheit über Campions missliche Lage verständnisvoll aufgenommen und ihre Sorgen um die angeblich kranke Mutter erleichtert in den Wind geschlagen. «Du konntest eben niemandem trauen, meine Liebe, das war schon recht so.»

Den Fangarmen der Londoner Garnison zu entkommen war heikel gewesen. Zwei Tage lang hatten sie nur auf Nebenstraßen wandern können. Doch je näher sie Oxford kamen, desto schneller kamen sie voran. Als ihnen einmal eine königliche Patrouille den Weg verstellte, konnte Toby einen Passierschein der Royalisten vorlegen, der akzeptiert wurde. In Oxford bestiegen Campion und Mrs Swan eine Postkutsche nach Westen. Toby kaufte sich von Campions Geld ein Pferd, und nun, sechs Tage später, standen sie auf der Anhöhe und blickten auf Lazen herab.

Mrs Swan rümpfte die Nase. «Hampton Court ist das ja nicht gerade, nicht wahr, Master Toby?»

«Nicht ganz, Mrs Swan.» Toby lächelte. Mildred Swan war überzeugte Londonerin, und nichts konnte ihrer Meinung nach mit London mithalten. Tobys Einladung, in Lazen zu bleiben, hatte sie mit aller Entschiedenheit abgelehnt. Sie war gern unterwegs, aber nur, um mit bestätigten Vorurteilen zum Bull Inn Court zurückzukehren.

Campion konnte in dem, was sie sah, noch deutliche Anzeichen dessen erkennen, was Lazen Castle einmal gewesen war, nämlich eine Burg. Linker Hand erhoben sich die Überreste eines mächtigen Bergfrieds mit quadratischem Grundriss, der jetzt, wie Toby erklärte, als Scheuer genutzt wurde. Davor und in einigem Abstand zum Haupthaus stand das alte, aber noch bewohnbare Torhaus. Eine leere Fahnenstange wartete auf die Fahne, die zur Rückkehr von Sir George gehisst werden würde. Außerdem gab es einen Graben, das Wichtigste an einer Burg, der aber nur noch den Süd- und Westrand des Anwesens umschloss und eher einem Zierteich glich denn einer Wehranlage.

Von der ursprünglichen Burg war nur wenig übrig geblieben. Zwischen der Ruine des Bergfrieds und dem Haupthaus erstreckte sich noch ein Teil der alten Wehrmauer, die jetzt dazu diente, den Spalierobstbäumen im Küchengarten Halt zu bieten. Ein weiteres Mauerstück im Osten verband den Bergfried mit den Stallungen und schützte die Schmiede, das Brauhaus und ein Dutzend anderer Gebäude vor den Winterwinden. Mehr war von der Festung nicht erhalten geblieben. Die alten Steine waren dafür verwendet worden, neue Häuser zu bauen, und diese Häuser waren wunderschön.

Toby beschrieb das Anwesen. Campion war beeindruckt, doch gleichzeitig bangte ihr vor der Begegnung mit Lady Margaret Lazender. Denn obwohl Toby energisch das Gegenteil behauptete, ahnte sie, dass er keineswegs sicher war, dass seine Mutter sie herzlich willkommen heißen würde.

Rund siebzig Schritt im Süden des Torhauses befand sich das sogenannte Alte Haus, das zur Regierungszeit von Elizabeth gebaut und trotz seines Namens noch keine hundert Jahre alt war. Aus Stein gemauert, war es an seiner Westfassade nachträglich mit Holz verkleidet worden. Die hohen und breiten Fenster wirkten alles andere als trutzig und öffneten sich dem Licht der Abendsonne.

Im rechten Winkel zum Alten stand, nach Süden ausgerichtet, das Neue Haus, sodass beide Gebäude ein großes «L» bildeten. Erst vor zehn Jahren fertiggestellt und ganz aus Stein gebaut, war es, wie Toby sagte, mit seinen prächtigen Marmor- und Stuckarbeiten, den Fliesen und polierten Eichenhölzern der ganze Stolz seiner Mutter. Als sie sich langsam auf den Besitz zubewegten, deutete Toby auf die Wirtschaftsgebäude, die recht weit entfernt vom Haupthaus lagen, was sich als unpraktisch erwies, sooft Lady Margaret zu einem größeren Fest einlud. Er sprach mit Stolz von den neuen Schlafzimmern, die nun alle einen separaten Zugang hatten, während die alten aneinandergereiht gewesen waren.

Man habe, sagte er, nur durch das eine in das andere gelangen können, weshalb die Betten aus Gründen der Sittsamkeit mit Tüchern verhängt worden seien. Außer den Schlafzimmern gebe es im Obergeschoss des Neuen Hauses eine lange Galerie, sie sei das Thronzimmer von Lady Margaret, und dahin wolle er die beiden nun führen.

Vor dem Torhaus sprang ihnen ein Kind entgegen. Es grüßte Toby überschwänglich und erbot sich, ihm sein Pferd abzunehmen. Seine Rufe lockten etliche Knechte und Mägde ins Freie. Campion und Mrs Swan hielten ein paar Schritte Abstand, als immer mehr Dienstboten herbeieilten, um Toby zu begrüßen. Sie lüfteten ihre Kappen, verbeugten sich höflich und streckten ihm die Hände entgegen. Mrs Swan schüttelte den Kopf. «Wie sollen die nur alle über die Runden gebracht werden?»

Je näher die Begegnung mit Lady Margaret rückte, desto ängstlicher wurde Campion. Toby hatte viel von seiner Mutter erzählt, aber obwohl er voll Liebe und Bewunderung von ihr sprach, war aus seinen Worten deutlich herauszuhören, dass sie sich auf eine herrische Frau gefasst machen musste. Sie führte das Regiment über Lazen: über das Anwesen, die Ländereien, das Dorf und die Kirche, über die Pächter, die Dienerschaft und den Priester, über die ganze Familie und jeden, der in ihre Nähe kam. Sie war eine Respektsperson, eine große Lady, und Lazen Castle war ihre Wirkungsstätte. Toby sagte, sie leite die Geschäfte sehr viel besser als Sir George, was dieser selbst anerkenne, und deshalb habe ihr Wort hier die Wirkung eines Gesetzes.

Kein despotisches Gesetz, hatte Toby eilig hinzugefügt, um Campion zu beruhigen. Es sei großzügig, voller Wohlwollen und nirgends festgeschrieben. Lady Margarets Wünsche und Forderungen mochten zwar manchmal launisch sein, doch ihr sehnlichster Wunsch bestand darin, ein glückliches Anwesen zu führen, denn nur ein solches sei auch erfolgreich.

Vor dem Eingang des Hauptgebäudes ließen sie die Dienerschaft zurück und stiegen eine breite Treppe von der Empfangshalle hinauf ins Obergeschoss. Dort führte sie Toby durch ein dunkles Labyrinth von Korridoren, Verbindungsräumen und kurzen Stiegen. Ins Neue Haus gelangten sie durch einen niedrigen, gemauerten Torbogen, der zu einem hohen, lichtdurchfluteten und prächtig geschmückten Treppenabsatz führte. Vor einer Wand hing ein riesiger Gobelin, auf dem ein gefesseltes und gekröntes Einhorn dargestellt war, dessen Kopf auf dem Schoß einer jungen Frau ruhte. Überaus kunstvolles Stuckwerk zierte die Decke mit Blumen und Früchten, die nach allen Seiten hin üppig wucherten und nur in der Mitte ein großes, blankes Oval freiließen, für dessen Gestaltung, wie Toby sagte, noch ein geeigneter Maler gesucht werde. Er grinste Campion und Mrs Swan an. «Wartet hier.»

Lazen Castle lag zwar weniger als einen halben Tagesritt von Werlatton entfernt, aber Campion schien es, als gehörte es einer gänzlich anderen Welt an. Überwältigt von den Dimensionen und der Eleganz dieses Ortes, fühlte sie sich klein, linkisch und fehl am Platz. Was sollte Lady Margaret nur von ihr denken? Sie war schmutzig von der Reise und unfrisiert, und obwohl Mrs Swan ihr die Kleider ausgebürstet und zurechtgezupft hatte, kam sich Campion geradezu liederlich vor. Lachende Stimmen hallten durch das marmorne Treppenhaus. Was konnte sie, Campion, den Herrschaften dieses Hauses bedeuten? Warum sollten sie sich überhaupt um sie kümmern?

Sie fürchtete Lady Margaret. Aus dem Saal, in dem Toby verschwunden war, drangen unverständliche Wortfetzen nach draußen, und Campion ahnte, dass in diesem Moment über ihr Schicksal entschieden wurde. Von Sir Georges Brief, den der Earl of Fleet hier vor zwei Tagen abgegeben hatte, wusste sie nichts. Hätte sie davon gewusst, wäre ihr noch schwerer ums Herz gewesen.

«Nur keine Bange, meine Liebe.» Mrs Swan richtete ihr den Kragen. «Sie wird dich mögen. Wie könnte man dich auch nicht mögen?»

Toby hatte gesagt, Campion habe gute Chancen, von Lady Margaret akzeptiert zu werden, weil sie allem Neuen gegenüber aufgeschlossen und sehr begeisterungsfähig sei, wenn diese Begeisterung auch genauso schnell wieder verfliege, wie sie ausgebrochen sei. Er hatte lachend davon gesprochen, dass seine Mutter in ihrem Überschwang immer wieder für großen Wirbel sorge, zum Beispiel als sie angefangen hatte zu dichten, die Familie mit ihren Sonetten traktiert und die kostbaren Intarsien ihres Schreibtisches mit Tinte beschmiert habe. Als sie sich auf die dramatische Kunst verlegt hatte, seien aber immerhin ausgezeichnete Schauspieler und Musiker nach Lazen Castle gekommen.

Einmal hatte sich Lady Margaret in den Kopf gesetzt zu lernen, wie man Tiere ausstopft, und einen Präparator in Bristol darum gebeten, sie in die Geheimnisse seiner Kunst einzuweihen. Dieser aber, so berichtete Toby, habe sich nicht in die Karten schauen lassen wollen und sie mit falschen Instruktionen abgespeist.

Zahllose Hühner waren ihrem Ehrgeiz damals zum Opfer gefallen, doch keines der ausgestopften Exemplare hatte auch nur annähernd Ähnlichkeit mit dem lebendigen Vorbild gehabt. Die lange Galerie war fast nicht mehr bewohnbar gewesen, so sehr stank es darin. Doch das hatte Lady Margaret nicht davon abgehalten, weitere Kadaver zu zerpflücken und die Innereien durch eine Mischung aus Sägemehl und Kleister zu ersetzen. Toby erinnerte sich, dass jeder Tisch und jede Nische in der Galerie von diesen Hühnern besetzt waren, gefiederten Gestalten mit hängenden Köpfen. Sie waren am Ende alle verbrannt worden, bis auf ein besonderes Exemplar, das Toby in einen Schrank geschlossen hatte.

Die große, mit goldenen Ornamenten geschmückte Tür zur Galerie ging auf, und Toby kam zum Vorschein. Er lächelte, verriet aber mit keiner Miene, wie das halbstündige Gespräch mit seiner Mutter verlaufen war. «Mrs Swan, ich werde dafür sorgen, dass man Euch gut bewirtet.» Und an Campion gewandt: «Nach dir wird verlangt.» Er winkte sie zu sich.

«Jetzt gleich?»

«In dieser Sekunde. Du brauchst keine Angst zu haben.»

Dem Befehl der Hausherrin war Folge zu leisten. Unruhig ging Campion an Toby vorbei und hörte, wie er hinter ihr die Tür ins Schloss zog. Sie sah einen ungemein opulent gestalteten Saal, der die gesamte Länge des Neuen Hauses beanspruchte. Die hohen Fenster blickten auf das südliche Lazen-Tal. Eine leichte Brise bewegte die weißen Vorhänge. Campions flüchtiger Blick streifte kostbare Tische und Sessel, Bänke und Truhen. Ein langer Teppich erstreckte sich bis ans andere Ende des Saals. An der weißen Wand gegenüber den Fenstern hing ein Gemälde neben dem anderen, und die Stuckarbeiten unter der Decke waren noch kunstvoller als die im Treppenhaus. Campion nahm all dies nur am Rande wahr, denn ihre Aufmerksamkeit war auf Tobys Mutter gerichtet, die in der Mitte des Raums stand und ihr entgegenblickte.

«Wie soll ich dich nennen? Miss Slythe, Mrs Scammell, Dorcas oder Campion? Für eine junge Frau hast du ja erstaunlich viele Namen. Komm näher.»

Campion ging auf sie zu und fühlte sich wie am Tag des Jüngsten Gerichts, wenn sie sich auf kristallenem Grund dem Thron der Throne nähern würde.

«Komm, komm! Ich werde dich nicht fressen.»

Zwei Schritte vor Lady Margaret blieb Campion stehen. Sie machte einen Knicks und senkte den Blick, um Tobys Mutter nicht in die Augen schauen zu müssen.

Lady Margaret war eine großgewachsene, grauhaarige Dame mit gebieterischer Miene. Sie musterte Campion von Kopf bis Fuß und fragte dann: «Du bist also das Mädchen, dessentwegen mein Sohn halb London niedergebrannt hat.»

Weil eine Antwort verlangt war, bestätigte Campion: «Ja, Ma'am.»

«Mein Name ist Lady Margaret. Wie ich dich anreden soll, ist noch nicht geklärt, aber wir werden uns schon noch einigen.» Sie war merklich verärgert. «Drei Werkstätten und zwölf Häuser liegen in Schutt und Asche. Zwei Männer sind umgekommen. Weißt du das eigentlich?»

«Ja, Ma'am, Lady Margaret.» Die Nachrichtenblätter hatten Toby und Campion einen Tag vor Lazen eingeholt. Lady Margaret seufzte.

«Es scheint, dass außer dem Mann, den mein Sohn getötet hat, auch noch ein Priester gestorben ist. Ein gewisser Bollsbie, der den seltsamen Beinamen ‹Seine Sobrietät› trug. Ich nehme an, er hat deine Trauung vorgenommen.»

«Ja, Lady Margaret.»

«Schau mich an, Kind. Wenn du auf den Boden schaust, kann ich dir nicht ins Gesicht sehen. Du willst doch nicht, dass ich vor dir in die Knie gehe. Hoch mit dem Kinn! Höher! Und schau mich an. Ich bin nicht so alt und hässlich, dass du fürchten müsstest zu versteinern.»

Die Stimme passte zu der Frau, die Campion vor sich sah.

Margaret war von stattlicher Erscheinung. Sie hatte eine gebogene Nase und blaue Augen, die Neugier und Kampfeslust verrieten. Toby hatte von seiner Mutter nicht nur die hohe, aufrechte Gestalt, sondern auch den markanten Kiefer und die Form der Lippen geerbt. Von alt und hässlich konnte wahrhaftig nicht die Rede sein. Sie war, wie Campion wusste, fast fünfzig Jahre alt, hätte aber auch zehn Jahre jünger sein können.

«Leg den Umhang ab, Kind, und lass dich ansehen.»

Campion kam sich schäbig vor. Lady Margaret trug einen blassgelben Rock, bestickt mit weißen Veilchen. Das Mieder war mit Farbsprenkeln befleckt, Kleckse, die auch auf der rechten Hand zu sehen waren und Campions Interesse weckten. «Nimm die Haube vom Kopf, Kind.» Campion trug die schwarze Puritanerhaube, die Mrs Swan ihr zusammen mit den übrigen Kleidern mitgebracht hatte.

«Unansehnlich bist du nicht. Jetzt verstehe ich, warum sich Toby so energisch für dich eingesetzt hat. Er sagt, es sei unangenehm, einen Mann zu töten. Findest du das auch?»

Campion nickte. «Ja, Lady Margaret.»

«Ich bin mir nicht sicher, ob es mir auch unangenehm wäre. Dreh dich um.»

Campion gehorchte.

«Ganz herum, Kind, ich will mich nicht mit deinem Rücken unterhalten.» Campion wandte sich ihr zu. Lady Margaret seufzte wieder. «Mir scheint, die wenig anziehenden Dornengewächse der Slythes haben eine Rose hervorgebracht. Findest du die Taten meines Sohnes, die er dir zuliebe begangen hat, gerechtfertigt?»

Campion schluckte. «Ich hätte das Gleiche für ihn getan, Lady Margaret», antwortete sie nach kurzem Zögern.

Zu ihrer Überraschung fing Lady Margaret an zu lachen. «Er ist manchmal recht voreilig, unser Toby. Von wem er wohl seinen Enthusiasmus geerbt hat? Gewiss nicht von seinen Eltern. Ebenso schleierhaft ist mir, wem er seine scheußlichen roten Haare verdankt. Vermutlich dem Umstand, dass er bei Vollmond empfangen wurde. Ich habe das so in meinem Tagebuch vermerkt. George hat sich zur besagten Stunde nicht einmal die Mühe gemacht, seine Stiefel auszuziehen.» Lady Margaret äußerte all dies in einem so nüchternen Tonfall, als spräche sie über alltägliche Haushaltsdinge. «Bist du noch Jungfrau, Kind?»

Campion war wie vom Donner gerührt, erholte sich aber schnell. «Ja.»

«Ganz sicher?»

«Ja.»

«Und du bist zwanzig Jahre alt?»

Campion nickte. «Ja, Lady Margaret.»

«Dann hast du dich ja doch recht lange zurückgehalten. Sind das die Kleider, die du zu Hause getragen hast?»

«Ja, Lady Margaret.»

«Wie schrecklich! Dein Vater ist mir einmal in Shaftesbury begegnet. Ein unangenehmer Mann. Ich erinnere mich, dass seine Schultern voller Schuppen waren. Ob er in einen Schneesturm geraten sei, habe ich ihn gefragt.» Sie ging nicht weiter darauf ein, nahm einen Brief von dem Tischchen zu ihrer Seite und las laut daraus vor. ‹‹Das Mädchen ist nach Tobys Bekunden mehr schlecht als recht gebildet und weiß allenfalls die Heilige Schrift zu lesen.› Stimmt das?»

Campion nickte niedergeschlagen. «Ja, Lady Margaret.»

Die Blicke von Lady Margaret verrieten Missfallen. «Welche Stellen in der Heiligen Schrift sind dir am liebsten?»

Campion fragte sich, mit welcher Antwort sie Lady Margaret beeindrucken konnte, entschied sich aber für die Wahrheit. «Das Hohelied Salomos.»

«Ha! Das zeugt immerhin von Geschmack. George hat natürlich unrecht, wenn er glaubt, dass Eleganz und Geschmack allein auf Geburt und Stand zurückzuführen seien. Du hast meinen Schwiegersohn Fleet noch nicht kennengelernt. Er ist ein Graf, sieht aber in seiner Rüstung aus wie ein Schwein im Lederwams. Wenn eine hohe Geburt nicht Besseres hervorbringt, kann sie mir gestohlen bleiben. Du bist ein bisschen flach auf der Brust, Kind.»

«Bin ich das?», fragte Campion erstaunt. Lady Margaret fing an, ihr zu gefallen. Es war aufregend, nie zu wissen, was sie als Nächstes sagen würde.

«Ein paar Kinder könnten Abhilfe schaffen. Und auch die Liebe. Meine älteste Tochter war, was das betrifft, zum Glück schon vor ihrer Heirat mit Fleet großzügig ausgestattet, sonst hätte sie wohl nur wenig Hoffnung auf Zuwachs gehabt.»

Lady Margaret deutete unter die Decke. «Was hältst du davon?»

Campion schaute nach oben. Im Unterschied zum Stuckwerk des Treppenhauses, das mit herkömmlichen Motiven der Ernte verziert war, tummelten sich hier, an der Decke der Galerie, spärlich bekleidete oder gänzlich nackte Götter, Göttinnen und Faune. Über der großen marmornen Feuerstelle und einem Gemälde, das Lazen Castle von Norden zeigte, war das Halbrelief einer Gestalt zu sehen, die das überbordende Gepränge in Gips beherrschte. Eine nackte Frau, aufrecht im Streitwagen stehend, mit einem Speer in der erhobenen rechten Hand. Die Ähnlichkeit der Frauengestalt mit Lady Margaret war unverkennbar.

«Gefällt's dir, Kind?»

«Ja.»

«Warum?» Die Frage klang wie eine Herausforderung.

Campion kannte sich in solchen Dingen nicht aus und

wusste nicht, was sie sagen sollte. Sie dachte an das große Gemälde in Sir Grenville Conys Arbeitszimmer, an den nackten, über einen Tümpel gebeugten jungen Mann. Diese Abbildungen in Gips aber waren ganz anders. Während Sir Grenvilles Gemälde etwas Düsteres an sich hatte, wirkten diese nackten Gestalten geradezu unschuldig und verspielt.

«Nun?»

Campion deutete auf die Frau im Streitwagen. «Seid Ihr das?»

Lady Margaret zeigte sich erfreut. «Natürlich. Der Stuckateur, ein Italiener, hat mir damit einen Gefallen tun wollen. Wie ich ohne Kleider aussehe, hat er sich natürlich nur vorstellen können, aber ich muss sagen, er hat mich erstaunlich gut getroffen.» Lady Margaret schmeichelte sich selbst. Die Frauengestalt war vollkommen. «Weißt du, wen dieses Bildnis verkörpert?»

«Nein, Lady Margaret.»

«Diana, die Jägerin.»

Campion lächelte. «Ihr wurde in Ephesus gehuldigt.»

«So ist es», entgegnete Lady Margaret in säuerlichem Tonfall. «Ich vergaß, dass du dich in der Heiligen Schrift auskennst. Schockiert es dich nicht, dass sie nackt ist?»

«Nein, Lady Margaret.»

«Gut. Prüderie zählt gewiss nicht zu ihren Attributen.»

Lady Margaret sprach, als wüsste sie um alle Geheimnisse der Göttin. «Du weißt also nichts und kleidest dich schlecht, liebst aber meinen Sohn. Liebst du ihn?»

Campion nickte verlegen. «Ja, Lady Margaret.»

«George erwähnte etwas von einer unsinnigen Geschichte über zehntausend Pfund im Jahr. Ist sie wirklich Unsinn?»

«Das weiß ich selbst nicht.»

«Erzähl.»

Campion berichtete von dem Siegel, ihrem Treffen mit Sir Grenville Cony und dem Brief, den sie im Geheimfach der Truhe ihres Vaters gefunden hatte. Nach anfänglichem Zögern legte sie ihre Nervosität ab, denn Lady Margaret erwies sich als aufmerksame Zuhörerin, die bei der Erwähnung von Sir Grenvilles Namen verächtliche Laute ausstieß. «Der Froschkönig? Unser kleiner Grenville! Ich kenne ihn. Sein Vater war Bootsbauer in Shoreditch.»

Sie verlangte, das Siegel zu sehen, und schien ungeduldig, als Campion das Schmuckstück an der Kette hervorzog. «Lass sehen. Ah! Venezianisch.»

«Venezianisch?»

«Kein Zweifel. Hierzulande wäre niemand imstande, ein solches Meisterwerk zu schaffen. Du sagst, es lasse sich aufdrehen?» Sie war fasziniert von dem kleinen Kruzifix. «Ein Rekusantenkreuz.»

«Ein was, Lady Margaret?»

«So etwas trugen die Katholiken, als sie von Gesetz wegen an der Ausübung ihrer Religion gehindert wurden. Ein Kruzifix, getarnt als Schmuckstück. Sehr beeindruckend. Enthält auch das Siegel von Sir Grenville ein solches Kreuz?»

«Nein.» Campion beschrieb die silberne Figurine, worauf Lady Margaret in schallendes Gelächter ausbrach.

«Eine nackte Frau!»

«Ja, Lady Margaret.»

«Wie unpassend!» Lady Margaret lachte immer noch. «Sir Grenville würde vor einer nackten Frau Reißaus nehmen. Nein, mein Kind, seine Vorlieben liegen woanders, nämlich eher in entgegengesetzter Richtung.» Mit Blick auf Campion fügte sie hinzu: «Du hast nicht die leiseste Ahnung, wovon ich spreche, oder?»

«Nein.»

«Welche Unschuld. Und ich dachte, so etwas gäbe es gar nicht mehr nach dem Sündenfall. Und wie steht's mit Sodom und Gomorrha, Kind?»

«Davon habe ich gehört.»

«Nun, Sir Grenville wäre liebend gern der Froschkönig von Sodom. Alles Weitere erkläre ich dir später, meine Liebe.» Sie schraubte die beiden Hälften des Siegels wieder zusammen und gab es Campion zurück. «Pass gut darauf auf. George hat deine Geschichte nicht geglaubt. Nun ja, er kann manchmal recht töricht sein. Aber ich bin mir sicher, dass seine Prinzipien ins Rutschen geraten wie die Ziegel auf dem Dach des Alten Hauses.»

Campion war inzwischen selbstsicherer, nicht nur, weil die zehntausend Pfund ihre niedere Geburt gewiss vergessen machen würden, sie fühlte sich auch immer wohler in Lady Margarets Gesellschaft und spürte, dass dies auf Gegenseitigkeit beruhte. Es war ihr aufgefallen, dass Lady Margaret sie plötzlich und wahrscheinlich ganz unwillkürlich mit «meine Liebe» angesprochen hatte.

Tobys Mutter krauste die Stirn. «Wenn ich richtig verstanden habe, weißt du also selbst nicht so recht, ob dir dieses Geld wirklich zusteht.»

«Ja.»

«Nun, das ist ehrlich von dir. Und du behauptest, noch Jungfrau zu sein?»

«Ja.»

«Kannst du mir das versprechen?»

Campion lächelte. «Ja.»

«Das ist wichtig, mein Kind. Gütiger Himmel, du hast keine Ahnung, wie wichtig das ist.»

Campion zuckte mit den Achseln. «Für eine Heirat?»

«Ach was!», höhnte Lady Margaret. «George hat mich

schon Wochen vor unserer Hochzeit entjungfert. In einem Heuschober. Er hat sich ziemlich ungeschickt angestellt, aber ich muss sagen, dass er mit den Jahren immer besser geworden ist. Nein, mein Kind, nicht für eine Heirat, sondern im Hinblick auf die Gerichte.»

«Die Gerichte?»

«Ich vermute doch, dass du mit Mr Scammell nicht verheiratet bleiben möchtest.»

Campion schüttelte den Kopf. «Auf keinen Fall.»

«Die Ehe ließe sich für null und nichtig erklären. Dazu müsstest du allerdings beweisen, dass sie nicht vollzogen worden ist. Muss ich dir erklären, was das bedeutet?»

«Nein», antwortete Campion lächelnd.

«Gott sei Dank. Es ist nicht der Priester, der euch vermählt. Wir, George und ich, wurden von einem Bischof getraut, der nicht nur nüchtern war, sondern auch eine stattliche Erscheinung. Aber davon nimmt der Herr im Himmel kaum Notiz. Er gab uns erst seinen Segen, als mich George zu Bett geführt hat. Was zwischen den Laken geschieht, mein Kind, ist mindestens ebenso wichtig wie die Amtshandlung eines Priesters. Ich werde Toby fortschicken.»

Campion wagte es nicht, Einspruch zu erheben.

Lady Margaret nickte. «Er kann nach Oxford gehen und für den König kämpfen. Das wird ihm gut tun. Ob der König ihm dafür auch danken wird, ist eine andere Frage. Auf jeden Fall wäre so sichergestellt, dass mein Sohn nicht in Versuchung gerät und du, mein Kind, intakt bleibst.» Sie musterte Campion mit ernstem Blick. «Ich will damit nicht gesagt haben, dass du dir Hoffnung auf Toby machen darfst. Er wird in Oxford wahrscheinlich eine Menge junger Frauen kennenlernen, die als Braut eher in Betracht kämen als du. Wie dem auch sei, ich glaube, ich mag dich und wünsche mir

Gesellschaft. Weißt du, was ich von einer Gesellschafterin erwarte?»

«Nein, Lady Margaret.»

«Dass sie mich aufheitert, bedient, unterhält, meine Launen erträgt, mir alle Wünsche von den Augen abliest und mich niemals, ich betone, niemals langweilt. Traust du dir das zu?»

«Ich will's versuchen.» Campion wuchsen Flügel, die sie in einen Himmel voller Glück emporhoben. Sie würde zwar von Toby getrennt sein, hatte aber eine sichere Zuflucht gefunden. Außerdem gefiel ihr diese großgewachsene, temperamentvolle Frau, deren vornehme Fassade sehr viel Warmherzigkeit zu verbergen schien.

Lady Margaret hatte ihrerseits ihren Gefallen an Campion, und sie konnte gut verstehen, dass ihr Sohn von der überirdischen Schönheit dieses Mädchens tief beeindruckt war. Welcher Mann wäre das nicht, dachte sie. Eine Trennung für ein paar Monate würde den beiden nicht schaden.

Die Frage, ob Toby Campion heiraten würde oder nicht, stellte sich ihr im Moment nicht. Schließlich war sie verheiratet, und solange sie ihre Unschuld bewahren musste, um die Ehe mit Scammell annullieren zu können, galt es, Toby von ihr fernzuhalten. In Oxford würde er sich vielleicht in eine andere verlieben. Wenn nicht, wenn er an seiner Liebe zu ihr festhielte, wäre ihr Erbe, falls sie denn in seinen Genuss käme, eine mehr als akzeptable Mitgift.

Wichtiger als all diese Überlegungen aber war, dass Lady Margaret ein neues Betätigungsfeld gefunden hatte, auf das sie sich mit Eifer stürzen konnte. Sie mochte dieses Mädchen. Es war ein unbeschriebenes, jungfräuliches Blatt, das Lady Margaret mit ihrer Handschrift zu füllen gedachte. Sie würde Campion erziehen, ihre Sinne öffnen und mit schönen Dingen bekannt machen. Sie würde das puritanische Mädchen in eine elegante Lady verwandeln. Sir George hätte wahrscheinlich Bedenken, doch Lady Margaret kannte ihren Mann. Wenn er erst einmal diese Schönheit zu Gesicht bekäme, wäre er zahm wie ein Lämmchen. Sie lächelte.

«Komm her, Kind. Wie soll ich dich nennen?»

«Toby nennt mich Campion.»

«Ich weiß. Ein seltsamer Name, aber er passt. Na schön. Komm her, Campion.»

Sie deutete auf ihren Arbeitstisch. Darauf lag zwischen Farbtöpfen, Pinseln und beschmiertem Papier ein winziges Porträt. Lady Margarets jüngste Lieblingsbeschäftigung war das Malen von Miniaturen, die sie meist aus der Erinnerung anfertigte, denn die Dienstboten machten sich rar, wenn Lady Margaret nach jemandem suchte, der ihr Modell saß. Das kleine Werk, auf das sie zeigte, sollte Sir George darstellen, was Campion allerdings nicht erkannte. Sie sah einen eiförmigen Kopf mit schiefstehenden Augen, krummem Mund und kahlem Haupt, auf dem ein Fleck war, der wie Vogelmist aussah. Genau das hatte auch Toby gesagt, als seine Mutter ihn um seine Meinung gebeten hatte: dass es sich anscheinend um Vogelmist handele. Lady Margaret hatte damit allerdings die graumelierten Schläfen ihres Gatten kenntlich machen wollen. «Wie findest du's, Campion?»

«Wunderschön.»

«Du hast also schon gelernt zu lügen.»

Campion lachte. «Ich finde es wunderschön.»

Lady Margaret schmunzelte. «Ich glaube, wir werden gut miteinander auskommen. Zuerst werden wir dich ein wenig herrichten, Kind, und dann schicken wir Toby nach Oxford. Komm.»

Sie ging mit forschen Schritten voran, majestätisch wie

Diana in ihrem Streitwagen, der Scharen von nackten Gipsgottheiten die Ehre erwiesen.

«Dass er für dich getötet hat, war sehr schlau von Toby. So etwas hat George für mich noch nie getan. Ich werde von ihm verlangen, dass er das nachholt, sobald er zurückkommt. Die Straße nach Shaftesbury soll gepflastert sein mit erschlagenen Nebenbuhlern. Komm, Kind, trödle nicht. Und halt dich gerade. Schultern zurück. Du bist hier auf Lazen und nicht im Jammertal von Werlatton. Schlafen wirst du hier, gleich neben meinem Zimmer in der Kammer von Caroline, Tobys jüngerer Schwester. Sie ist sechzehn und sollte bald unter der Haube sein. Was trägst du da eigentlich an den Füßen? Du hörst dich an wie ein Karrengaul. Gütiger Himmel, nennst du so etwas Schuhe? Zieh sie sofort aus. Ich werde sie verbrennen lassen. Warum lächelst du? Glaubst du etwa, dass du zum Vergnügen hier bist?»

Campion lächelte, sie *war* vergnügt – glücklich, in Lazen zu sein.

Sir Grenville Cony stand noch unter dem Schock der Nachricht, dass sein treuer Diener Grimmett getötet worden war. Und das Mädchen entflohen, gerettet von einem Kerl, der Grimmett niedergestochen hatte. Der Advokat war außer sich vor Wut gewesen und hatte wie ein waidwundes Tier geschrien, nicht zuletzt wegen der Schmerzen in seinem Wanst. Ihm war, als wälzte sich darin eine riesige Schlange mit giftigen Zähnen, und nicht einmal die von Dr. Chandler verordnete Diät aus Ziegenmilch und Taubenfleisch vermochte diese Schmerzen zu lindern.

Jetzt erreichten ihn weitere schlechte Nachrichten. Er war aus einer Sitzung im Unterhaus gerufen worden, einer hitzig geführten Debatte, in der es darum ging, wie das von den

Royalisten beschlagnahmte Eigentum verwendet werden sollte. Sir Grenville Cony hatte zwar sicherstellen können, dass alles beim Alten blieb, war aber gezwungen gewesen, den geschwätzigen Dummköpfen der Regierung Honig ums Maul zu schmieren und ihnen das Gefühl zu geben, dass ihre Meinung von Belang sei. Sein Sekretär wartete vor dem Portal der Westminster Hall auf ihn. «Sir Grenville?»

«Worum geht's?»

«Um das hier. Von Cottjens.»

Sir Grenville nahm einen Brief entgegen, den sein Sekretär bereits geöffnet, gelesen und für so wichtig erachtet hatte, dass er unverzüglich damit zum Parlamentsgebäude geeilt war. Sir Grenville überflog das Schreiben, warf dann einen zweiten Blick darauf und fing an zu knurren. «Dieses Miststück. Dieses jüdische Miststück. Dieses dreckige jüdische Miststück!»

Julius Cottjens war Kaufmann an der Amsterdamer Börse. Er handelte nicht nur mit Tüchern und edlen Gewürzen, sondern auch mit geheimen Informationen, für die er hohe Preise erzielte, denn er galt in der Welt der Gerüchte als besonders zuverlässig und glaubwürdig. Julius Cottjens war angeblich äußerst diskret, außerordentlich neugierig und mit einem erstaunlichen Erinnerungsvermögen ausgestattet. Für seine jüngste Nachricht an Sir Grenville Cony aber hatte er auf keine dieser Fähigkeiten zurückgreifen müssen. Sir Grenville zählte schon seit langem zu seinen Kunden. Zwischen den beiden war abgemacht, dass er den Engländer über alles unterrichtete, was sich über Mordecai Lopez in Erfahrung bringen ließ, wie unwichtig die Information auch scheinen mochte. Zwei Jahre lang hatte es keine Nachrichten über ihn gegeben. Und nun dies. Lopez war auf seinem Schiff, der *Wanderer*, nach Amsterdam zurückgekehrt und hatte dort wieder sein altes, prächtiges Haus bezogen. Laut Cottjens deutete alles darauf hin, dass Lopez für längere Zeit zu bleiben gedachte, denn er hatte ein Gutteil seiner Habe aus Venedig mitgebracht und die *Wanderer* zu Reparaturzwecken abtakeln lassen.

Sir Grenville Cony führte seinen Sekretär in einen stillen Winkel vor dem alten Jewel Tower. «Warum? Warum? Warum ist dieses jüdische Miststück ausgerechnet jetzt zurückgekehrt?» Ein Bettler kam auf verkrüppelten Beinen herbeigehumpelt und behauptete, im Dienst des Parlaments verwundet worden zu sein. Sir Grenville kehrte ihm den Rücken.

Gütiger Himmel! Diese Nachricht hatte dem Advokaten gerade noch gefehlt. Das Mädchen war verschwunden, Grimmett, sein treuer Grimmett, tot, und zu allem Überfluss hatte es Scammell, dieser feiste Narr, versäumt, seine Braut rechtzeitig zu entjungfern. Immerhin gab es die Heiratsurkunde, die in Scammells festem Ziegelhaus vom Feuer auf der Werft verschont geblieben war und bis zum Beweis des Gegenteils gültig sein würde. Conys einziges Vergnügen an der ganzen Sache hatte darin bestanden, Scammell heulen und die Hände ringen zu sehen, als er ihm die Leviten gelesen hatte.

Und nun dies! Lopez war nach Amsterdam zurückgekehrt. Sir Grenville versetzte dem Bettler, der an seiner Robe zerrte, einen heftigen Tritt. «Er weiß Bescheid, John! Er weiß Bescheid.»

Der Sekretär zuckte mit den Achseln. «Glaubt Ihr wirklich, Sir Grenville?»

«Natürlich! Wieso wäre er sonst gekommen? Das Mädchen wird ihm eine Nachricht geschickt haben. Verdammt! Sie hat das Siegel, John, das Siegel!» Er war auf dem kleinen Rasenstück mit stampfenden Schritten auf und ab gegangen, nun aber stehengeblieben und auf dem Absatz herumgewirbelt.

Mit ausgestrecktem Finger zeigte er auf John Morse, als wäre dieser an allem schuld.

Der Sekretär versuchte sich zu beherrschen. «Das sind nur Spekulationen, Sir.»

«Papperlapapp! Natürlich weiß er Bescheid.» Wie unter Schmerzen kniff Cony seine Glubschaugen zusammen. «Verdammt, verdammt! Sie hat es. Es war die ganze Zeit in ihrem Besitz. Sie hat mich hinters Licht geführt. Verdammt!», knurrte er und schien plötzlich zu erstarren.

Als er sich wieder bewegte und die Augen langsam öffnete, war er ganz ruhig. Morse kannte dieses Wechselspiel. Seine Wut hatte sich gelegt und kühler Besonnenheit Platz gemacht. «Wer von unseren Leuten würde das Mädchen wiedererkennen?»

Morse dachte nach. «Ich und die Bootsmannschaft.»

Sir Grenville schnippte mit den Fingern. «Die Bootsmannschaft. Wer davon ist unser bester Mann?»

«Taylor, Sir Grenville.»

«Schick ihn und zwei Männer meiner Leibwache nach Amsterdam. Falls das Mädchen versuchen sollte, mit dem Juden in Kontakt zu treten, sollen sie zugreifen. Wenn sie Erfolg haben, zahle ich jedem von ihnen hundert Pfund.»

Der Sekretär hob die Augenbrauen, sagte aber nichts. Sir Grenville krauste die Stirn. «Wir müssen sie finden, John. Unbedingt. Wer ist zur Zeit in Werlatton?»

«Davis, Sir.»

Sir Grenville hatte eine seiner Wachen nach Werlatton geschickt mit dem Auftrag, dafür zu sorgen, dass Samuel Scammell bei seiner Suche nach dem Siegel keinen Stein auf dem anderen ließ. «Schick diesem Davis eine Nachricht. Kann er lesen?»

«Nein, Sir Grenville.»

«Verdammt. Dann schick einen Boten. Zwanzig Pfund für den, der das Mädchen ausfindig macht.»

«In Werlatton?» Morse zeigte sich verblüfft.

«Gib dich nicht dümmer als du bist. Alles was sie kennt, ist Werlatton. Wo sollte sie sonst Freunde gefunden haben, auf die sie sich verlassen könnte?» Sir Grenville überlegte. «Möglich, dass Lopez, statt sie zu sich kommen zu lassen, einen seiner Männer nach Dorset geschickt hat. Ich will, dass sie gefunden wird. Zwanzig Pfund für den, der mir einen Hinweis auf sie liefert. Verstanden? Und sorg dafür, dass sich Scammells Diener an der Suche beteiligen.»

Mehr konnte er im Moment nicht tun. Er hatte gewusst, dass einmal der Tag kommen würde, an dem die Siegel zusammengeführt werden würden, und er wollte in dem Kampf, der nun anstand, nicht unterliegen.

Es gab insgesamt vier Siegel: das des Matthäus, des Markus, des Lukas und des Johannes. Sir Grenvilles Widersacher trachteten danach, an drei Siegel heranzukommen, egal an welche. Denn wer über drei Siegel verfügte, kontrollierte den Bund und trug den Sieg davon.

Mit diesen Gedanken kehrte er ins Unterhaus zurück. Das Problem beschäftigte ihn schon seit Jahren, genau genommen seit Gründung des Bundes.

An das Siegel des Apostels Markus würde Lopez nicht herankommen, denn das war in Conys Besitz und gut gehütet. Fest stand auch, dass er keine Chance hatte, das Siegel des Apostels Lukas für sich zu gewinnen, denn das war bei dem Juden Lopez ebenso sicher aufgehoben wie das Markussiegel bei Sir Grenville.

Blieben noch zwei weitere Siegel. Das des Apostels Matthäus hatte Dorcas Slythe, daran bestand für ihn kein Zweifel mehr. Falls es Lopez in die Hände fallen würde, wäre das

Spiel fast verloren, der Kampf vom Feind gewonnen. Allein der Gedanke tat weh.

Noch ungeklärt war der Verbleib des Johannessiegels. Es hatte Christopher Aretine gehört, dem Vater des Bundes. Sir Grenville hasste ihn, den gescheiterten Poeten, Gelehrten und Soldaten, wie man nur hassen konnte. Aretine, so hieß es, war tot. Cony hätte einiges darum gegeben, sich dessen sicher zu sein und auf den verwesten Überresten seines Feindes zu tanzen. Stattdessen musste er der Aussage des Seefahrers Glauben schenken, der, von der amerikanischen Siedlung in Maryland zurückgekehrt, Sir Grenville bei allen Heiligen geschworen hatte, dass Aretine tot und begraben sei. Wo aber war sein Siegel?

Sir Grenville quetschte seinen massigen Leib an den Bankreihen des Unterhauses vorbei und zermarterte sich den Kopf. Wo war das Siegel des Apostels Johannes? Wer mochte es jetzt haben und ihm womöglich die Kontrolle über den Bund streitig machen?

Er nahm Platz und starrte in den Staub, der durch den Lichtstrahl über dem Stuhl des Parlamentssprechers wirbelte. Plötzlich dachte er an Ebenezer Slythe, ein Gedanke, der ihn ein wenig beruhigte. Sir Grenville hatte ihn eingeweiht und über alle Einzelheiten informiert, abgesehen von der Höhe der zu erwartenden Einkünfte, und er hatte förmlich sehen können, wie die Gier in dem verkrüppelten Körper erwacht war. Ebenezer war intelligent und verschlagen, ehrgeizig und skrupellos. Aus ihm hätte, so dachte Cony, ein hervorragender Advokat werden können. Nun aber wollte er ihn einem anderen Amt zuführen, einem Amt, für das er sich dank seiner Frömmigkeit und grausamen Neigungen bestens eignete. Sir Grenville war entschlossen, Ebenezer zu benutzen, um den Bund zu gewinnen.

Er hörte eine Weile einem salbadernden Dummkopf zu, der vorschlug, die beschlagnahmten Ländereien der Royalisten unter den Armen der jeweiligen Gemeinden aufzuteilen. Den Armen! Was würden die denn schon mit einem solchen Geschenk anzustellen wissen, außer es mit den eigenen Exkrementen zu düngen und mit ihren Wehklagen zu versäuern? Sir Grenville klatschte artig Beifall, als der Redner auf seinen Platz zurückkehrte.

Sir Grenville ließ den Gedanken an eine Niederlage gar nicht erst zu. Die Flucht des Mädchens hatte ihm zwar einen Rückschlag versetzt, doch er würde es finden und mit Ebenezers Hilfe unschädlich machen. Er würde sich den Triumph nicht nehmen lassen, weder von einem verdammten Juden noch von einem toten Dichter oder einer hirnlosen Metze. Sir Grenville knirschte mit den Zähnen. Er würde siegen.

✶ 13 ✶

Campion dachte manchmal an den Bach zurück, jenen heimlichen Ort ihrer ersten Begegnung mit Toby, den sie auch in den Tagen nach dem Tod ihres Vaters aufgesucht hatte, und sie erinnerte sich daran, wie sehnsüchtig sie in dieser unglücklichen Zeit daran gedacht hatte, Werlatton zu verlassen und dem Lauf des Baches zu folgen, wohin er sie auch führen mochte. Genau dazu war es, wie es ihr nun schien, gekommen. Der Tod von Matthew Slythe hatte sie einem großen, dunklen Fluss mit reißender Strömung ausgesetzt, hatte sie nach London verschlagen, wo sie in gefährliche Stromschnellen geraten war, denen sie nur mit knapper Not hatte entkommen können, schließlich war sie in das ruhige und von der Sonne beschienene Wasser von Lazen gespült worden. Es schien, als wären ihre zahllosen Gebete schließlich erhört worden.

Der Herbst und Winter 1643 waren für Campion eine sehr glückliche Zeit, überschattet nur von Tobys Abwesenheit und dem ungelösten Rätsel um das Siegel.

Auch Toby hatte sich einen langgehegten Wunsch erfüllt. Er stand als Soldat in den Diensten König Charles' und war dank der Fürsprache seines Vaters sofort in den Rang eines Hauptmanns berufen worden, obwohl er sich dieser Stellung, wie er in seinen ersten Briefen beichtete, kaum gewachsen fühlte. Umso eifriger versuchte er, sein Handwerk zu erlernen. Er war entschlossen, dem Namen «Cavalier» gerecht zu werden. Eigentlich war dieser von den Puritanern geprägte Ausdruck als Beleidigung gemeint, denn die spanischen *caballeros* galten als Erzfeinde des wahren Protestantismus. Die englische Übertragung «Cavalier» sollte die Royalisten mit den verhassten Katholiken Roms gleichsetzen. Doch wie die Rundköpfe hatten auch die Cavaliers den Schmähnamen ihrer Feinde voller Stolz angenommen und zu einem Ehrentitel umgemünzt. Toby wollte ein wahrer Cavalier sein.

Campion vermisste ihn, doch seine Briefe, die voller Witz und Zärtlichkeit waren, hielten das in London abgelegte Versprechen einer gemeinsamen Zukunft aufrecht. Gleichzeitig wurde sie aber auch durch das Siegel des Apostels Matthäus, das sie ständig an der Kette um den Hals trug, daran erinnert, welche Gefahren diese Zukunft barg. Lady Margaret plädierte dafür, unverzüglich zu handeln, und empfahl, Sir Grenville Cony unter Druck zu setzen und zu zwingen, seine Geheimnisse preiszugeben. Sir George Lazender aber, der inzwischen nach Hause zurückgekehrt war, verbat sich solche, wie er sagte, «törichten Ansinnen».

«Sir Grenville lässt sich nicht zwingen, insbesondere nicht von uns, denn wir hätten gar nicht die Mittel dazu.»

Lady Margaret runzelte die Stirn. «Was sollen wir dann tun?»

«Nichts. Wir können nichts tun.»

Untätig zu bleiben kam für Lady Margaret nicht in Frage. «Nichts! Irgendetwas muss geschehen. Was ist mit diesem Lopez? Wir könnten Nachforschungen über ihn anstellen.»

Sir George seufzte. «Meine Liebe, wir wissen doch nicht einmal, von welchem Lopez in diesem Brief die Rede war. Selbst wenn wir's wüssten, was dann? Womöglich ist er ebenso skrupellos wie Cony. Falls Campion ihm in die Hände fiele, würde es ihr wahrscheinlich nicht besser ergehen, möglicherweise sogar schlechter. Nein. Warten wir, bis sich der Staub gelegt hat. Vielleicht sehen wir dann mehr.»

Die Besonnenheit, die in der Natur von Sir George lag, war in diesem Fall nicht zuletzt von dem Wunsch getragen, sich nicht in Campions Angelegenheiten verwickeln zu lassen. Es hatte ihn überrascht, ja, irritiert und sogar enttäuscht, bei seiner Rückkehr erfahren zu müssen, dass das Mädchen von Lady Margaret mit offenen Armen empfangen worden war.

«Sie ist für unseren Sohn ungeeignet, Margaret. Völlig ungeeignet.»

«Du hast sie noch nicht kennengelernt, George.»

Und tatsächlich, die meisten seiner Einwände gegen ihren Aufenthalt in Lazen verflüchtigten sich, als Campion ihm vorgestellt wurde. Sie machte einen artigen Knicks, und Lady Margaret beobachtete schmunzelnd, wie ihr Gemahl auf die außergewöhnliche Schönheit des Mädchens reagierte.

Mit der Zeit erfreute sich Sir George mehr und mehr an Campions Nähe. Er sah in ihr eine Zierde seines Hauses und akzeptierte sie als Gesellschafterin seiner Frau. Seine Vorbehalte im Hinblick auf eine mögliche Vermählung mit seinem Sohn blieben jedoch bestehen. Daran konnte auch die vage Aussicht auf ihr vermeintliches Erbe nichts ändern. Er hielt es für geraten, dem Mädchen Zeit zu lassen und abzuwarten, ob Tobys Leidenschaft die nächsten Monate überdauern würde.

Lady Margaret fügte sich seinem Rat, was sie aber nicht davon abhalten konnte, Spekulationen über das Siegel und den Bund anzustellen. Dabei kam ihr zu Hilfe, dass sie sich in den Verhältnissen der vornehmen Familien Englands bestens auskannte. «Aretine. Ein sehr interessanter Name, meine Liebe.»

Campion legte ihren Stickrahmen in den Schoß. «Sir George sagt, er kenne nur einen Aretine.»

«Mag sein. Er denkt wahrscheinlich an Kit, nicht wahr?»

«Ja.»

«Dabei ist England voll von Aretines. Lass mich kurz nachdenken. Da war zum Beispiel dieser Erzdiakon von Lincoln. Percy. Auf der Kanzel ein schrecklicher Langweiler. Er heiratete eine Frau, die ganz und gar nicht zu ihm passte, und hatte mit ihr acht Kinder, eins so unerträglich wie das andere. Dann gab es einen Aretine in Salisbury. Er war Advokat und verlor schließlich den Verstand. Bildete sich doch tatsächlich ein, der Heilige Geist zu sein.»

«Und was hat es mit diesem Kit Aretine auf sich, Lady Margaret?»

«Das ist eine ganz andere Geschichte. Er war eine unvergleichlich stattliche Person. Armer Mann.»

«Armer Mann?»

«Wahrscheinlich ist er tot. Es sind immer die besten, die allzu früh dahingerafft werden, mein Kind.»

Lady Margaret war seit Wochen schlecht gestimmt. Sie hatte ihre Miniaturenmalerei aufgegeben und sich der Kunst der Kriegsführung zugewandt, überzeugt davon, dass Lazen Castle zur Strafe für Sir Georges Loyalitätswandel – auch wenn dieser bislang kaum merklich war – von den Horden der Parlamentarier gestürmt werden würde. Notwendige Arbeiten auf den Feldern blieben unverrichtet, weil sie die Knechte beauftragt hatte, neue Verteidigungsgräben rund um das Anwesen auszuheben. Dahinter ließ sie Erdwälle errichten, die sie dann mit entsprechenden Zeichnungen aus ihrem Buch über militärische Wehranlagen verglich. Dabei stellte sie fest, dass ihr Bollwerk wie eine Mistmiete aussah, und darüber ärgerte sie sich.

Mehr Erfolg hatte sie auf der Ostseite der Burg, wo zwischen Stallhof und Wassergraben eine neue Steinmauer entstand. Als diese fertiggestellt war, erklärte sie Lazen Castle zur Festung, die dem Angriff der Feinde trotzen werde. Sir George, der aus seiner Bibliothek gerufen worden war, um den Wall zu inspizieren, betete im Stillen, dass der Feind die Arbeit seiner Frau niemals auf die Probe stellen möge.

Der Krieg schien von Lazen weit entfernt. Der König hatte den Sommer überlebt. Allerdings war es ihm nicht gelungen, London einzunehmen, und auch der Herbst brachte den Royalisten schlechte Nachrichten. Die Presbyterianer aus Schottland hatten sich den Parlamentariern angeschlossen, sodass König Charles nun nicht mehr nur von den Truppen der Rebellen im Süden, sondern auch von den Schotten im Norden bedrängt wurde. Sir George fürchtete eine Ausweitung der Kämpfe und sah auch Lazen bedroht.

Das Schloss lag inmitten eines weitläufigen Gebietes, in dem unterschiedliche Allianzen gepflegt wurden. Ein Dorf stand wie seine Herrschaft auf Seiten des Parlaments, während das nächste wie seine Herrschaft dem König treu ergeben war. Die meisten Bewohner aber mochten sich weder der einen noch der anderen Seite anschließen und wollten lediglich in Ruhe ihr Land bestellen. Doch der Krieg zwang sich ihnen auf.

Drei große Häuser hatten sich für das Parlament gerüstet, eine Burg und ein weiteres Haus für den König, und die Kämpfer aller fünf Festungen zogen marodierend umher. Sir Georges Land war bislang verschont geblieben, denn die Parlamentarier wähnten ihn auf ihrer Seite, während die Royalisten darauf hofften, dass er sich offen zu ihnen bekannte.

Irgendwann würde Sir George seine Zurückhaltung aufgeben müssen. Sein Schwiegersohn, der Earl of Fleet, kam im November mit seiner Frau zu Besuch und erkundigte sich unverblümt nach Sir Georges politischer Haltung. Sir George gab vor, neutral zu sein, doch Lady Margaret, die am Kopf des großen Esstischs saß, erklärte frank und frei, dass Lazen Castle hinter dem König stehe.

Ihre Tochter Anne war entsetzt. «Das kann doch nicht Euer Ernst sein, Mutter.»

«Ach nein? Wär's dir lieber, ich rebellierte gegen meinen König? Das können von mir aus die Fleets tun, die Lazenders werden sich hüten.»

Der Earl of Fleet zog die Brauen zusammen. «Bedauerlich, sehr bedauerlich.»

«Ja, bedauerlich, Fleet. Ich sähe es wahrhaftig nicht gern, wenn dem Gatten meiner Tochter der Kopf abgeschnitten würde, werde mich aber wohl darauf einstellen müssen. Der Tower Hill ist gewiss kein schöner Ort zum Sterben.»

Sir George beeilte sich zu sagen, dass es fraglich sei, ob auf dem Tower Hill überhaupt noch einmal eine Hinrichtung stattfinden werde, die Zeiten hätten sich geändert, und wahrscheinlich würden die gemäßigten Kräfte in der Regierung eine friedliche Lösung herbeiführen.

Lady Margaret aber wollte davon nichts wissen. «Aufrührer sind und bleiben Aufrührer und verdienen den Tod.»

Anne, die Gräfin von Fleet, starrte ihre Mutter an. «Bin ich etwa eine Aufrührerin?»

«Ich kann nur hoffen, dass die Axt geschärft sein wird. Reich mir die Butter, Campion. George, dein Ärmel hängt in der Soße.»

Das strittige Thema wurde nicht weiterverfolgt. Am nächsten Tag reisten die Fleets wieder ab, nicht ohne das wie eine Drohung klingende Versprechen, Weihnachten zurückzukehren. Der Krieg hatte auch auf die Familie übergegriffen.

Aber ob Krieg oder nicht, Campion verlebte eine glückliche Zeit. Zum ersten Mal in ihrem Leben trug sie Kleider, die nicht dazu angetan waren, die vermeintliche Schande der Weiblichkeit zu verhüllen, sondern dazu, hübsch darin auszusehen. Lady Margaret ließ inzwischen zwei bedienstete Näherinnen für sich arbeiten, hatte aber früher leidenschaftlich gern selbst geschneidert. Aus dieser Zeit stammten noch viele wunderschöne Gewänder, und Campion hüllte sich in Satin, Musselin, Spitze und Seide. Ihre neuen Kleider hatten weiche, fließende Formen, lagen in der Taille eng an und ließen unter den aufgeschlitzten Röcken hübsche Petticoats zum Vorschein kommen. Die Halsausschnitte waren tief und von feiner Spitze gesäumt, und auch wenn eine breite Schärpe das Dekolleté verdeckte, wirkten sie auf Campion so unanständig, dass sie sich anfangs scheute, sie zu tragen. Lady Margaret hatte kein Verständnis für ihre Hemmungen.

«Was ist?»

Campion wies auf die großen Flächen nackter Haut und sagte: «Es fühlt sich seltsam an.»

«Seltsam? Da ist doch nichts, was groß genug wäre, um sich seltsam anzufühlen.» Sie zupfte an der spitz zulaufenden Schnürbrust aus Samt, die dem Mädchen zu groß erschien. «Du bist zu dünn, meine Liebe. Zeig mir jetzt das Blaue.»

Es war Campions Lieblingskleid, was vielleicht an der taubenblauen Farbe lag, der Farbe des Umhangs, den Toby ihr geschenkt hatte. Das Kleid war für sie umgenäht worden, und sie hatte lange darauf warten müssen. Doch das Warten hatte sich gelohnt.

Auch dieses Kleid ließ sehr tief blicken. Die weiße Seidenspitze, mit der der eckige Ausschnitt gesäumt war, lag kalt auf ihrer Brust, als sie das Kleid anprobierte. Aus weißer Seide bestanden auch die weiten Ärmel, die von der Schulter bis zur dreifachen Spitzenkrause mit blauen Bändern verziert waren, sodass sie, wenn die Arme bewegt wurden, blau und weiß aufblitzten. Der Rock war in der Mitte geteilt und öffnete sich keilförmig über dem weißen Unterrock aus Satin. Lady Margaret, die sich mit Komplimenten eher zurückhielt, schüttelte vor Verwunderung den Kopf. «Du siehst hinreißend aus, mein Kind. Hinreißend.»

Campions Haare waren lang und golden wie Weizen zwei Wochen vor der Ernte. Zu Hause in Werlatton hatte sie die Locken zurückkämmen, flechten und zu einem festen Knoten zusammenbinden müssen, um es unter der Puritanerhaube verstecken zu können. Die Haushälterin hatte ihr und den Mägden einmal im Monat mit einer langen Schere in gerader Linie die Haarspitzen abgeschnitten. Mehr wusste Campion zum Thema Haare nicht zu sagen. Caroline Lazender, Tobys jüngere Schwester und das dritte von Lady Margarets sieben Kindern, die das Säuglingsalter überlebt hatten, gab ihr Nachhilfe. Caroline hatte selbst langes dunkles Haar, dem sie unendlich viel Zeit widmete. Dass sie nun auch an Campions

Kopf herumprobieren konnte, schien die Sechzehnjährige vollends glücklich zu machen. «Es müssen Ringellöckchen sein.»

«Ringellöckchen?», fragte Campion erstaunt. Caroline hatte auf einem Tablett seltsame Gerätschaften herbeigetragen, darunter eine Schere, viele blaue Bänder und Zangen, die heiß gemacht werden mussten.

«Heutzutage tragen alle Ringellöckchen.» Carolines Tonfall ließ keinen Widerspruch zu.

Campion bekam also Ringellöckchen, und wenn sie sich in den Tagen danach zufällig im Spiegel oder in einer dunklen Fensterscheibe sah, blieb sie wie angewurzelt stehen und staunte über ihren eigenen Anblick. Statt des ernsten, bescheidenen Puritanermädchens, das seine als Schande verstandene Weiblichkeit verhüllen musste, blickte ihr ein fremdes Wesen entgegen, dem goldene Löckchen, von einer silbernen Spange zusammengefasst, auf die bloßen Schultern herabfielen. Auf der Brust trug sie das Siegel, und an den Fingern steckten Ringe von Lady Margaret. Als Sir George sie zum ersten Mal in ihrem neuen Putz sah, tat er, als kenne er sie nicht, und bat darum, ihr vorgestellt zu werden. Sie machte einen Knicks, lachte und wünschte, Toby könne sie so sehen.

Sie verbrachte die Tage mit Lady Margaret, teilte ihre Tatkraft und Begeisterung und las ihr an jedem Abend, bevor gegessen wurde, laut vor. Sie hatte eine gute Stimme und konnte flüssig lesen, obwohl sie anfangs manchmal schockiert war über das, was Lady Margaret zu hören wünschte. Sie lernte Bücher kennen, von denen sie nie zuvor gehört hatte. Bei manchen Texten wunderte sie sich, dass sie überhaupt zu Papier gebracht worden waren oder dass Lady Margaret sie bewusst für sich als Lektüre ausgewählt hatte.

Lady Margaret hatte ein besonderes Faible für Poesie. Eines Abends geriet Campion über einem bestimmten Gedicht ins Stocken. Sie hörte auf zu lesen und errötete. Lady Margaret sah sie fragend an.

«Was hast du, Kind?»

«Es ist so unanständig.»

«Gütiger Himmel! Jack Donne war ein frommer Gottesmann, Dechant der Kathedrale von St. Paul. Wir waren in unserer Jugend gut mit ihm bekannt.» Lady Margaret verzichtete darauf zu erwähnen, dass John Donne als junger Mann und vor seiner Priesterweihe ein sehr ausschweifendes Leben geführt hatte.

«Ist er tot?»

«Leider, ja. Lies weiter.»

Und sosehr es sie auch in Verlegenheit brachte, las Campion:

«Gewähre meiner Hand, die streunt, Begehr
zu fahren auf und ab, kreuz und quer.
Oh, mein Amerika! Neuentdecktes Land,
ach, wär's doch nur mit einem Mann bemannt …»

Sie errötete wieder, als sie das abschließende Couplet rezitierte:

«Will dich lehren, ich bin nackt zuerst, warum dann
bedarfst du der Kleider mehr als ein Mann?»

Lady Margaret lächelte. «Sehr hübsch, meine Liebe. Du liest recht ordentlich.» Sie seufzte. «Der gute Jack. Er zählte zu den Männern, die ihre Stiefel anbehalten.»

«Wie bitte, Lady Margaret?»

«Nichts für ungut, Liebes. Manche Dinge sind für junge Ohren nicht bestimmt.»

So jung war Campion, wie Lady Margaret wusste, nun auch wieder nicht. Sie zählte inzwischen einundzwanzig Jahre, hatte also ein Alter erreicht, in dem die meisten Mädchen verheiratet waren. Trotzdem war sie noch unschuldig. Aber sie lernte. Lady Margaret öffnete ihr die Augen, regte ihre Gedanken an und hatte ihren Gefallen daran.

Campion musste Lady Margaret bei den Kriegsvorbereitungen helfen, die nach Fertigstellung ihrer «Befestigungsanlage» mit der Ausbildung an der Muskete und Schießübungen quer über den Graben fortgesetzt wurden. Eines Novembermorgens, als Campion gerade das Ziel aufgestellt hatte und über den wackligen Brettersteg auf die andere Seite ging, winkte Lady Margaret ihr mit einem Blatt Papier zu. «Ein Brief von Toby. Keine Sorge, für dich ist auch einer gekommen.» Campion sah, wie dem Boten im Schlosshof ein Krug Bier gereicht wurde. Boten mussten bei Laune gehalten werden, um sicherzustellen, dass Briefe möglichst schnell ihr Ziel erreichten und nicht wochenlang unterwegs waren. Lady Margaret blickte an ihrer römischen Nase entlang auf den Briefbogen. «Ha! Er hat einen Mann getötet. Gut!»

«Getötet?»

«Er schreibt, er war in einem *chevauchée* unterwegs, was immer das sein mag. Ah, jetzt verstehe ich. In einem Reiterzug. Warum sagt er das nicht gleich? In einem Dorf sind sie auf mehrere Lobster getroffen, und er hat einen von ihnen mit der Pistole niedergeschossen. Schön für ihn!» Campion wusste, dass mit einem «Lobster» ein gepanzerter Rundkopf gemeint war.

«Geht's ihm gut?», fragte sie besorgt.

«Nein, mein Kind, er ist tot. Toby hat ihn getötet.»

«Ich meine doch Toby.»

«Natürlich geht's ihm gut. Sonst hätte er wohl kaum schreiben können. Manchmal, Campion, fürchte ich, du könntest am Ende so dumm sein wie meine eigenen Töchter ... Ah, Herr im Himmel!»

«Was ist?»

«Geduld, mein Kind. Ich bin noch nicht fertig.» Als sie den Brief gelesen hatte, reichte sie Campion das Blatt mitsamt dem Umschlag. Worüber sich Lady Margaret so erschreckt hatte, war in der Tat beunruhigend. Bei dem Gefecht in der Ortschaft, in der Toby den Lobster erschossen hatte, war ein Kurier der Rundköpfe gefangen genommen worden, der in seiner Ledertasche einen an «Unseren treuen Diener Samuel Scammell» adressierten Befehl mit sich getragen hatte. In diesem Befehl wurde Scammell damit beauftragt, Truppen auszuheben, vermutlich mit Geldern aus dem Bund. Toby berichtete außerdem, dass das Parlament die Royalisten aus Dorset zu vertreiben gedenke, um die Ernte des nächsten Jahres für die eigenen Streitkräfte zu sichern. «Sie werden uns sehr nahe kommen», sagte Campion.

«Dann freue ich mich schon jetzt auf deinen Gatten, Liebes.» Lady Margaret hatte ihren spöttischen Spaß daran, Scammell als Campions Gatten zu bezeichnen und dieses Wort mit Abscheu auszusprechen. Sie hob die Muskete an ihre Schulter. «Soll er nur kommen!» Das Ziel, ein mannsgroßes Stück Sackleinen an einer Stange, wehte im Wind. Lady Margaret blinzelte über den Lauf, der nur zur Hälfte mit Pulver geladen war, und drückte ab. Es krachte, und aus der Mündung puffte schwarzer Rauch. Das Geschoss verfehlte das Ziel um Längen. Lady Margaret setzte einen finsteren Gesichtsausdruck auf. «Mit dieser Waffe stimmt was nicht.»

Campion war beunruhigt. «Glaubt Ihr, dass sie auch hierherkommen werden?»

«Nein, mein Kind. Ich vermute, sie ziehen gegen Corfe. Mach dir keine Sorgen. Zu uns werden sie nicht kommen.» Lady Margaret verbannte Scammell und Werlatton aus ihren Gedanken. Die beiden Häuser lagen nur zwölf Meilen voneinander entfernt, doch während sich das puritanische Werlatton nach Süden orientierte, suchte Lazen die Märkte im Norden auf. Die tiefen Wälder, die sich zwischen den beiden Häusern erstreckten, waren nur für Schweinehirten und Jäger von Interesse. Dass es Toby und seine Truppen dorthin verschlagen hatte, war strategisch kaum von Bedeutung.

Mit den länger werdenden Nächten kam der erste Winterfrost. Die Knechte holten das Vieh von den Weiden. Ein Großteil der Herde würde geschlachtet, das Fleisch gepökelt und eingelagert werden, der Rest kam in die Ställe. Um die Tiere zu füttern, wurden die großen Heuhaufen wie riesige Brotlaibe angeschnitten. Selbst die Bienen in ihren Körben im Küchengarten mussten versorgt werden. Lady Margaret und Campion stellten kleine Gefäße mit Wasser, Honig und Rosmarin in jeden Korb. Das Schloss bereitete sich auf die Belagerung durch den Winter vor, füllte seine Vorräte an Feuerholz und Lebensmitteln auf und sah der Weihnachtszeit entgegen.

Obwohl Lady Margaret einen kriegerischen Angriff auf Lazen für unwahrscheinlich hielt, traf sie weiter Vorkehrungen für die Verteidigung. Die Häute der geschlachteten Rinder wurden in Kalk vergraben, um sie vollständig zu enthaaren, dann gründlich geschabt und in einem Sud aus Jauche und Eichenrinde gegerbt. Das feinere, für den Verkauf bestimmte Leder wurde sonst immer zusätzlich mit Hundekot behandelt, was aber in diesem Jahr nicht nötig war, weil alles

Leder für den Eigengebrauch verwendet werden sollte. In kochendem Wasser fest und steif gesotten, wurden schwere Wämser daraus geschneidert, die einen Schwertstreich oder ein halb krepiertes Geschoss abzufangen vermochten. Sir George rüstete zum Kampf.

Er hatte sich endlich zu seiner neuen Allianz bekannt. Der König hatte das Parlament nach Oxford zitiert, wo er sich den Winter über aufhielt, und Sir George war bereit, seinem Aufruf zu folgen. In seinem Antwortschreiben an den König hatte er ihn darum gebeten, eine kleine Schutztruppe nach Lazen zu entsenden. Die Pächter und Knechte waren angehalten worden, sich zu bewaffnen und, falls es zu Kämpfen kommen sollte, dem Banner der Lazenders zu folgen. Es flatterte über dem Torhaus und präsentierte eine blutige Lanze auf grünem Feld.

Es war kalt und verregnet. Die grauen Wolken zogen manchmal so tief dahin, dass sie die Fahne und die Spitze des Bergfrieds verhüllten. Die Bäume am Fluss standen schwarz und kahl. Es gab Tage, an denen Campion in der langen Galerie saß, in den Regen hinausstarrte, der sich über das Tal ergoss, und froh darüber war, dass drei große Feuerstellen den Saal erwärmten. Über die Götter aus Gips an Lady Margarets Himmel flackerten mysteriöse Schatten.

Ihr Stuckwerk mochte zwar auf einen eher profanen Charakter schließen lassen, aber Lady Margaret war durchaus fromm und entsprechend schockiert, als sie erfuhr, dass Campion nicht als ein Mitglied der Kirche Englands konfirmiert war. Was eigentlich kaum erstaunen konnte. Ihr Vater hatte die Bischöfe verachtet und darum Konfirmationen, die mit dem Segen der Bischöfe vorgenommen wurden, in seiner Gemeinde nicht mehr zugelassen, ebenso wenig wie all die anderen kirchlichen Bräuche, die er ablehnte. Pastor

Treu-bis-in-den-Tod Hervey (Campion erinnerte sich an ihn und die anderen Personen aus ihrer Vergangenheit nur noch selten) hatte sogar ganz im Sinne von Matthew Slythe die Heilige Kommunion abgeschafft und ließ stattdessen etwas zelebrieren, das er «Abendmahl» nannte. Lady Margaret war empört. «Abendmahl! Wie lächerlich! Warum nicht gleich Frühstück? Oder Mittagessen?»

Sie sah es nun als ihre Pflicht an, Campion für ihre Konfirmation vorzubereiten, und behauptete, diese Aufgabe ebenso gut erledigen zu können wie Mr Perilly, der Vikar von Lazen. So kamen die beiden auf Gott und die Religion zu sprechen.

«Du machst die Sache komplizierter, als sie ist, mein Kind», erklärte Lady Margaret und schüttelte ihren grauen Schopf. «Gott ist gut, und gut sind auch alle seine Werke. Damit wäre alles gesagt.»

«Alles?»

«Selbstverständlich. Glaubst du wirklich, er hätte uns auf die Erde gebracht, damit wir unglücklich sind? Ein Ding, an dem wir Freude haben, ist gut, denn es kommt von Gott.»

«Aber was ist mit den Dingen, an denen manche Anstoß nehmen, weil sie schaden können?»

«Werd ja nicht unverschämt. Ich unterrichte hier dich. Anstößiges ist schlecht und kommt vom Teufel.» Lady Margaret schnaubte. «Diesen Cony hat gewiss der Teufel geschickt, aber denk nur an all die guten Dinge, die uns Gott geschenkt hat. Köstliche Mahlzeiten, Jagdausflüge mit einer Hundemeute, gute Werke, Hochzeiten, hübsche Kleider.» Mit zuversichtlicher Stimme zählte sie eine schier unerschöpfliche Fülle von Segnungen auf. «Gute Bücher, Musik, Muße, Glühwein, Freunde, der Triumph über Rebellen und ein warmes Zuhause. All das sind Gottes Geschenke, mein Kind, und wir sollten dankbar dafür sein.»

Campion versuchte ihre Ängste zu erklären, Ängste, die daher rührten, dass ihr in ihrer Erziehung das Menschenleben als ein permanenter Kampf gegen die allgegenwärtige Sünde beschrieben worden war. Lady Margaret wollte davon nichts wissen.

«Genug. Du machst aus meinem Schöpfer einen ganz und gar unfreundlichen Mann, und das lasse ich mir nicht einreden.»

Campion lernte durch Lady Margaret eine völlig neue Art christlichen Glaubens kennen, einen Glauben, der ohne quälende Gewissenskämpfe und Selbstbestrafung auszukommen schien. Für Lady Margaret war die Welt ein Gottesgeschenk, voller Liebe und den Menschen zur Freude gegeben. Es war ein schlichter Glaube, doch eben darum gefiel er Campion, die der puritanischen Debatten über die Dreifaltigkeit, der Lehre von der Prädestination und der Haarspaltereien über die Frage, wodurch der Mensch erlöst werde, überdrüssig war. Lady Margarets Glaube wurzelte in der Überzeugung, dass Lazen Castle einen Mikrokosmos der göttlichen Weltordnung darstelle. Sie sah in Gott einen vornehmen, allmächtigen Gutsherrn, eine Art himmlischen Sir George Lazender. «Meine liebe Campion, wir erwarten nicht, dass unsere Pächter George anbeten. Dann bliebe die Arbeit am Ende unverrichtet. Wir erwarten aber, dass sie ihm Respekt erweisen und zu uns kommen, wenn sie in Schwierigkeiten sind. Dann werden wir ihnen nach Kräften helfen. Es wäre doch für uns alle äußerst unerquicklich, wenn sie ein Leben lang seinen geheimen Gedanken nachzuspüren versuchten und ihn von morgens bis abends lobpreisen würden. Natürlich erwarten sie auch einiges von uns, zum Beispiel, dass wir am zweiten Montag im Januar, am ersten Mai, zur Ernte und zu Weihnachten ein Fest veranstalten, aber daran haben wir ja selbst unsere Freude. Unsere Pächter sind glücklich, und das macht uns auch glücklich. Wie kann man nur glauben, dass es Gott gefallen könnte, wenn man Trübsal bläst?»

Auf diese Frage gab es keine Antwort, und so nahm Campions Furcht vor Gott allmählich ab und machte einem robusteren, selbstbewussteren Glauben Platz. Sie veränderte sich, sowohl im Inneren als auch äußerlich, was ihr besonders klar wurde, als es kurz vor Weihnachten zu einem Zwischenfall kam, der sie an ihr altes Leben erinnerte und ihr das zaghafte, ängstliche Selbst von damals in Erinnerung rief.

Sir George hatte sich für den König entschieden, diese Entscheidung aber nicht öffentlich gemacht. Die parlamentarischen Regierungsvertreter der Grafschaft hofften nach wie vor auf seine Unterstützung und schickten ihre Steuerschätzer nach Lazen, um Sir Georges Treue auf die Probe zu stellen.

Die Steuerschätzer besuchten jedes Anwesen in den vom Parlament beherrschten Gebieten und forderten Abgaben ein, die helfen sollten den Krieg zu finanzieren. Käme Sir George seiner Steuerpflicht nach, wäre damit seine Treue erwiesen; eine Weigerung, so kalkulierten die Rundköpfe, müsste als eine feindliche Erklärung gewertet werden.

Von schweren Regenfällen aufgehalten, trafen die Steuerschätzer spätnachmittags ein. Sir George, höflich wie immer, öffnete ihnen die Tür des Alten Hauses, ließ sie eintreten und bewirtete sie mit Bier. Er kannte die meisten von ihnen, sie waren Nachbarn und würden womöglich bald seine Feinde sein. Zwei Männer hatte er allerdings nie zuvor gesehen, weshalb er darum bat, ihnen vorgestellt zu werden. «Sir George, das ist der Vikar von Werlatton, Pastor Treu-bis-in-den-Tod Hervey.»

Hervey verbeugte sich lächelnd, um dem offenbar sehr

vermögenden Besitzer von Lazen Castle zu schmeicheln. Treu-bis-in-den-Tod hatte immer noch nicht den ersehnten Ruhm erworben, war aber froh, immerhin dem Komitee für Steuerschätzung angehören zu dürfen, was er Sir Grenville Cony und der Fürsprache von Ebenezer Slythe verdankte. Er grüßte Sir George wie jeden hohen Herrn, von dem er sich großzügige Abgaben versprach. «Gesegnet sei dieses Haus.»

«Euer Wort in Gottes Ohr», sagte Sir George.

In diesem Moment betrat, von Caroline begleitet, Campion die Vorhalle. Beide lachten. Sie hatten sich zum Abendessen hergerichtet. Campion trug ein Kleid aus roter Seide und Musselin. Sie grüßte die Besucher mit einem höflichen Knicks.

Sir George zögerte nicht lange und sagte: «Meine Tochter Caroline und meine Nichte Lady Henrietta Creed.»

Von seiner Lüge irritiert, merkte Campion auf. Immer noch lächelnd, schaute sie in die Runde und sah, von den Laternen in der Halle nur schwach beleuchtet, das hagere Gesicht aus der Vergangenheit. Treu-bis-in-den-Tod Hervey starrte sie an, sein Kehlkopf hüpfte auf und ab wie eine in der Falle sitzende Ratte. Er öffnete den Mund, um etwas zu sagen, doch Sir George schnitt ihm das Wort ab. Er winkte die Mädchen in Richtung Salon und sagte: «Ich bin in Kürze bei euch.»

Campion lehnte sich an die geschnitzte Holzvertäfelung des Salons. Sie war kreidebleich geworden und hielt das Siegel an der Kette mit der Hand gefasst. «Er hat mich erkannt! Er hat mich erkannt!»

«Wer?»

«Der Pfaffe da draußen.»

Sir George versuchte ihre Angst zu zerstreuen. «Unmöglich, meine Liebe. Deine Haare, deine Kleider ... alles an dir ist anders. Alles! Er hat mich gefragt, und ich habe ihm gesagt, du seist meine Nichte aus Leicestershire. Er meinte lediglich, du glichest jemandem, den er von früher kenne. Beruhige dich.»

Campion aber konnte sich nicht beruhigen. «Er hat mich erkannt!»

«Das hat er nicht. Und wenn es so wäre? Es wäre einerlei. Bevor du Margaret etwas vorliest, möchte ich dich zu einer Partie Kribbage herausfordern.»

Sir George schien recht zu behalten. Aus Werlatton waren keine Gerüchte zu hören, wonach Matthew Slythes vermisste Tochter in Lazen gesehen worden sei, und so ließ Campion nach einigen Tagen davon ab zu glauben, Treu-bis-in-den-Tod habe sie erkannt, und konnte sogar darüber lachen.

In Lazen wurde überhaupt viel gelacht, mehr noch als früher und besonders häufig vor Weihnachten, als Sir George, von seinen Büchern weggelockt, dafür sorgte, dass der Julscheit in die große Halle geschafft wurde. Der Pulsschlag von Lazen, der im Winter langsamer geworden war, beschleunigte sich in Erwartung des Festes, das an Heiligabend stattfinden sollte. Der Weihnachtstag war dem Kirchgang vorbehalten. Am nächsten Tag aber wurde weitergefeiert – bis zum Dreikönigsfest. Weihnachten war auf Lazen Castle ein großes Ereignis.

Für Heiligabend wurden Gäste erwartet: der Graf und die Gräfin von Fleet, die versprochen hatten, alle familiären Zwistigkeiten für die Dauer der Festtage zu vergessen, außerdem Sir Simon und Lady Perrot, die nächsten Nachbarn von Lazen Castle, dazu ein Dutzend Vertreter des niederen Landadels mit ihren Familien, sowie die Leute aus dem Dorf, Pächter und Dienstboten. Die große Halle würde sich mit gutgelaunten Menschen füllen. Es sollte geschmaust und getrunken, gelacht und gescherzt werden, und am Ende wollte Sir George wie in jedem Jahr ein Lied zum Besten geben.

Campion war voller Vorfreude und wünschte, Toby wäre da. Doch auch ohne ihn wollte sie diesen Heiligabend genießen. Sie wählte das blaue Kleid, ihr Lieblingskleid, und ließ sich gerade von Enid, Lady Margarets Zofe, die Haare richten, als Lady Margaret das Zimmer betrat. Mit kritischem Blick musterte sie das Kleid und lächelte dann.

«Du siehst reizend aus, Campion.»

«Danke, Lady Margaret.»

«Mir musst du nicht danken, mein Kind. Dank deinen Eltern.» Lady Margaret sah zu, wie Enid Campions Haare nach hinten kämmte und die Wangen freilegte, auf denen der milde Kerzenschein spielte. Erstaunlich, dachte sie, dass Matthew und Martha Slythe, diese beiden Trampel, ein so schönes Wesen hervorgebracht hatten. Weil sie aber kein Kompliment äußern konnte, ohne auch Kritik zu üben, sagte sie: «Allerdings ist dein Busen immer noch zu klein.»

«Ihr lasst ja auch nicht zu, dass ich Abhilfe schaffe.» Campion lächelte Lady Margaret im Spiegel zu.

«Das hast du dir selbst zuzuschreiben, mein Kind. Du hättest diesen schrecklichen Kerl nicht heiraten sollen. Übrigens, mach dich heute Abend auf einiges gefasst. Sei gewarnt.»

«Gewarnt?»

«Zu Weihnachten ist George immer sturzbetrunken. Eine alte Tradition. Er sucht dann die Dienstboten in ihrem Quartier auf und singt äußerst zweifelhafte Lieder. Ich weiß selbst nicht, von wem er die hat. Jedenfalls nicht aus seinen Büchern.»

Enid hatte Haarnadeln zwischen den Lippen und nuschelte, dass Sir Georges Vater seinem Sohn diese Lieder beigebracht habe.

«Das sieht ihm ähnlich», entgegnete Lady Margaret. «Männer betrinken sich immer zu Weihnachten. Ich kann mir vorstellen, dass auch Josef ziemlich lästig war, als unser Heiland geboren wurde.» Mit dieser Bemerkung verließ sie den Raum, gerufen von lauten Stimmen, die die Ankunft weiterer Gäste ankündigten.

Enid bestrich Campions Lider mit einer Creme aus Lampenschwarz, puderte ihr ein wenig Rouge auf die Wangen und trat dann zwei Schritte zurück. «Ihr seht bezaubernd aus, Miss Campion.»

«Dein Werk, Enid.» Campion betrachtete sich im Spiegel, einem edlen Stück versilberten Glases aus Venedig, und was sie sah, erstaunte sie selbst. Sie lächelte bei dem Gedanken, was Ebenezer, Scammell oder Goodwife Baggerlie wohl sagen würden, wenn sie sie so sehen könnten, die goldenen, mit Silberschmuck und Schleifen verzierten Ringellocken, und die bloßen Schultern, freigelassen vom tiefen Ausschnitt des seidenen Kleides. Zum ersten Mal trug sie an diesem Abend zwei Saphir-Ohrringe, die ihr von Sir George zum Geschenk gemacht worden waren. Lady Margaret hatte ihr die Ohrläppchen zuerst mit Eis fühllos gemacht und dann mit einer Lederahle durchstochen. «Stell dich nicht so an, Kind. Ein kleiner Schmerz für lebenslange Zier. Halt still!»

Campion legte ihre Kette an und ließ das Siegel in den Ausschnitt fallen. «Sind meine Brüste wirklich zu klein, Enid?», fragte sie mit skeptischem Blick in den Spiegel.

«Hört nicht auf das, was die Lady sagt. Wichtiger ist, was Toby denkt.»

«Ich wünschte, er wäre hier, ich hatte gehofft, er würde kommen», sagte sie traurig. Seit September hatte sie Toby nicht mehr gesehen.

«Ihr werdet auch ohne ihn Euren Spaß haben. Ihr solltet

jetzt nach unten gehen, Miss. Und trinkt nicht so viel vom Punsch. Eine halbe Kelle davon haut sogar ein Pferd um.»

Musik hallte in den Fluchten des Neuen Hauses wider, als Campion ins alte Gebäude hinüberging. Die Musiker waren in der Galerie und spielten, noch unbeeindruckt von den Getränken, die sie bald zum Lallen bringen und schließlich verstummen lassen würden. Campion blieb auf dem oberen Treppenabsatz stehen, wie geblendet von der Pracht, die sich ihren Blicken bot.

Der große Saal erstrahlte im Licht zahlloser Kerzen, die auf Tischen standen und in Wandleuchtern und den beiden großen Kronleuchtern steckten, die an Eisenketten von der gelb getönten Decke herabhingen. Das Feuer der beiden großen Kamine wärmte die Gästeschar. Alles lachte, redete durcheinander und schob Freunde oder Nachbarn unter den riesigen Mistelzweig, der zwischen den beiden Kronleuchtern hing. Die Tische waren mit Zinn- und Tongeschirr gedeckt, und auf der Tafel, an der nachher der Adel Platz nehmen würde, blinkte vielfältiges Silberzeug.

Auf der Suche nach Verbündeten, die ihr unter all den Fremden zur Seite stünden, suchte sie nach Sir George und Lady Margaret und fand sie schließlich vor der größeren der beiden Feuerstellen inmitten einer Gruppe besonderer Gäste. Sie schritt die breiten, blank polierten Stufen hinab, blieb dann aber auf halben Weg jählings stehen.

Toby war gekommen.

Noch in seinen Reisekleidern und mit lehmverschmierten Stiefeln, deren Stulpen bis zu den Knien reichten, stand er vor dem Kaminfeuer und führte einen Krug zum Mund, hielt aber in der Bewegung plötzlich inne und starrte mit ungläubigem Blick der jungen Frau auf der Treppe entgegen, einer Frau, die im Schein der Flammen zu glänzen schien.

Den Blick auf sie gerichtet, verwandelte sich seine Miene, bis er vor Freude übers ganze Gesicht strahlte. Seine Mutter tippte ihm auf die Schulter und sagte: «Toby, es gehört sich nicht, so zu gaffen.»

«Ja, Mutter.»

Seine Augen waren unverwandt auf Campion gerichtet. Lady Margaret, die auf diese Überraschung ihres Sohnes hingewirkt hatte, folgte seinem Blick. Ein Lächeln huschte über ihre Lippen. «Ich habe doch recht gute Arbeit geleistet, findest du nicht?»

«Ja, Mutter.» Toby hatte einen Kloß im Hals, und sein Blut geriet in Wallung. Sie war märchenhaft, ihre Schönheit fast beängstigend.

Sir Georges Blick wanderte von Campion zu seinem Sohn, zurück zu Campion und schließlich zu seiner Frau. Mit einem kleinen, heimlichen Achselzucken quittierte er den amüsierten Ausdruck im Gesicht von Lady Margaret. Beide spürten, wie es um ihren Sohn stand. Die Monate in Oxford hatten weder ihn noch Campion umgestimmt. Sir George wusste, dass er sich geschlagen geben musste. Nur die Feuer der Hölle würden diese beiden auseinanderbringen können.

❧ 14 ❧

London erlebte dieses Jahr kein glückliches Weihnachten. Nachdem der König Newcastle eingenommen hatte, war die Kohle knapp. Zwar halfen die Schotten als Verbündete des Parlaments aus und lieferten, was sie an Kohle übrig hatten, doch die Preise waren so hoch, dass die meisten Bürger nichts davon hatten. Selbst wenn man alle Bäume in den königlichen Parks rund um London gefällt, zerhackt und in den Straßen verteilt hätte, wären die meisten Einwohner der Stadt, die über eine Viertelmillion zählten, unversorgt geblieben. Und so mussten fast alle bitterlich frieren. So gut sie konnten, wappneten sie sich mit wärmenden Kleidern gegen den kalten Ostwind und sahen zu, wie sich die Themse oberhalb der London Bridge allmählich mit Eis überzog. Es sollte ein langer, grimmiger Winter werden.

Weihnachten hätte in dieser trostlosen Zeit ein Lichtblick sein können, war aber vom Parlament in seiner unermesslichen Weisheit abgeschafft worden.

Schuld daran trugen die Schotten. Die neuen Verbündeten des Parlaments, energische Männer aus Edinburgh und anderen zugigen Gegenden im Norden, hielten das Weihnachtsfest für eine heidnische Absonderlichkeit, die dem Christentum hinterlistig aufgepfropft worden war. Und so erklärten die presbyterianischen Schotten, dass in einer Welt, die von den Heiligen zur Vollkommenheit geführt werde, Weihnachten keinen Platz habe. Um den neuen Verbündeten zu gefallen, deren Streitkräfte, obwohl sie noch nicht eingetroffen waren, gewiss zum Sieg und der Herrschaft der Heiligen verhelfen würden, stimmten die Vertreter des Unterhauses eifrig zu und beschlossen die Abschaffung des Weihnachtsfestes. Im Gedenken an Christi Geburt fröhlich zu sein war jetzt nicht nur eine Sünde, sondern auch ein Straftatbestand. Wahrlich, der Tag des Herrn stand unmittelbar bevor.

London, eine dem Parlament geneigte Stadt, bewohnt von Puritanern jeder Couleur, schien jedoch mit der Entscheidung nicht einverstanden zu sein. Das Parlament erklärte, dass am Weihnachtstag die Geschäfte wie üblich geöffnet sein und die Flussschiffer ihren Fährdienst aufrechterhalten sollten, soweit das zunehmende Eis es erlaube. Aber niemand folgte dem Erlass. So einfach ließ sich Weihnachten nicht abschaffen, auch nicht durch schottische Geistliche, die aus ihrer kalten Heimat gekommen waren, um dem Süden das Licht der Wahrheit zu bringen. London bestand auf seinem Weihnachtsfest, ob heidnisch oder nicht. Die Feiern aber waren halbherzig, Freude mochte nicht aufkommen. Die Presbyterianer sahen über den Ungehorsam der Bürger hinweg und trösteten sich mit der Gewissheit, dass Frömmigkeit und Gottesfurcht rechtzeitig obsiegen würden.

Wie die meisten Vertreter des Unterhauses bekannte sich nun auch Sir Grenville Cony öffentlich zum Glauben der Presbyterianer. Auf sein Weihnachtsfest aber mochte auch er nicht verzichten. Nachdem er am ersten Weihnachtstag seinen Pflichtbesuch in der Westminster Hall absolviert und sich auf dem Rückweg über geschlossene Geschäfte und offene Wirtshäuser geärgert hatte, kehrte er in sein Haus am Strand zurück, wo in dem großen Marmorkamin unter dem Bild des nackten Narziss ein hochaufloderndes Feuer brannte. Für das Hauptgericht seines Festmahls hatte er sich einen Pfau besorgt, der noch im Ofen steckte, als er sich über die geröstete Gans und den Schweinebraten hermachte. Er schmauste bis in den Nachmittag hinein, spülte die Köstlichkeiten mit dem von ihm bevorzugten Bordeaux herunter und stellte zu seiner Erleichterung fest, dass sein Magen nicht protestierte. Auch als er gezwungen war, den Hosenbund zu öffnen, und an den Schnüren nestelte, mit denen die Hose am Überrock festgebunden war, empfand er keinerlei Schmerzen. Zwar spürte er große Luftblasen aufsteigen, die in der Kehle platzten, doch daran war er gewöhnt, und sie taten nicht weh. Als der gebackene und mit einer köstlichen Farce gestopfte Pfau aufgetischt wurde, rieb er sich vergnügt die Hände. «Mein lieber Ebenezer, lass mich dir ein schönes Scheibchen abschneiden. Und schenk dir noch ein Glas Wein ein. Bitte. Mehr.»

Das Schicksal war dem Advokaten wieder hold. Er hatte den Herbststürmen standgehalten und sah seine Bemühungen fruchten. Der Bund würde ihm gehören. Er legte ein Stück Brustfleisch auf Ebenezers Teller und sagte: «Links von dir findest du das Rübengemüse, mein lieber Junge, und die Bratensoße. Schneide doch bitte das Brot auf. Wie wär's noch mit einem Flügelchen? Nein?»

Sie aßen und schwiegen einträchtig. Ebenezer wäre von seiner Schwester ebenso wenig erkannt worden wie sie von ihm. Er wirkte um einiges älter, und sein düsteres Gesicht war von einer bitteren Weisheit gezeichnet, die so gar nicht zu seinen jungen Jahren passte. Er hatte sich die Haare länger wachsen lassen, sie waren zurückgekämmt und fielen ihm bis in den Nacken, er sah aus wie ein Räuber, ein Eindruck, den seine funkelnden Augen noch verstärkten.

Zwar behinderte ihn immer noch das verkrüppelte Bein, doch hatte er nun eine Kraft in sich gefunden, durch die er sich anderen überlegen fühlte. Er kleidete sich nicht mehr in Schwarz, sondern bevorzugte ein sakrales Violett, das ihm das Aussehen eines Geistlichen verlieh. Er war glücklich wie seine Schwester, doch während Dorcas ihr Glück in der Liebe und einer großzügigen Umgebung gefunden hatte, ergötzte sich Ebenezer an dunklen, blutigen Machenschaften. Er hatte gelernt, seinen Glauben als Waffe einzusetzen, und durch Sir Grenville Cony seine Berufung gefunden.

Im Namen Gottes und im Dienst des parlamentarischen Komitees für Sicherheit nahm sich Ebenezer derer an, die der Untreue bezichtigt wurden, und folterte aus ihnen die Wahrheit heraus. Die Schreie von Frauen auf der Streckbank, das Wimmern derer, denen die Füße von Eisenstiefeln zerquetscht wurden, das Knacken brechender Knochen – daran hatte Ebenezer seine Freude. Seine Werkzeuge waren die Klinge, das Feuer und der Flaschenzug, Haken, Nadeln und Kneifzangen, und wenn er anderen Schmerzen zufügte, fühlte er sich frei. Er stand über dem Gesetz, sowohl über menschlichem als auch göttlichem Recht, und sah sich in eine Sonderstellung befördert, die ihn von den moralischen Zwängen loslöste, die er anderen auferlegte. Er war anders, war immer anders gewesen und wusste nun endlich um seine Überlegenheit. Eine Person aber erkannte er als seinen Herrn an: Sir Grenville Cony.

Sir Grenville lutschte an einem Knochen, den er dann ins Feuer warf. «Barnegat hat recht behalten», gluckste er. Barnegat war Sir Grenvilles Astrologe und hatte ihm für Weihnachten gute Nachrichten in Aussicht gestellt. Sir Grenville löffelte sich mehr Soße auf den Teller. «Und du hattest recht, was diesen Priester betrifft. Ich bin froh, dass wir ihm geholfen haben. Wie ist er so?»

Ebenezer lehnte sich zurück und verriet mit keiner Miene, was er dachte. «Ehrgeizig. Er fühlt sich betrogen.»

Sir Grenville grunzte. «Deine Beschreibung trifft auf mindestens die Hälfte aller Parlamentsabgeordneten zu. Kann man ihm trauen?»

«Ja.»

Am Weihnachtsmorgen, während Sir Grenville in Westminster weilte, war ein seltsames Paar in seinem Haus zu Gast gewesen: Pastor Treu-bis-in-den-Tod Hervey und Goodwife Baggerlie. Durchfroren und müde hatten sie am Tor in der Seitengasse geläutet, wo ihnen von Ebenezer aufgemacht worden war, der sich ihre Geschichte anhörte und ihnen dann ein Quartier in St. Giles empfahl. Nach Hause zurückgekehrt, war Sir Grenville von Ebenezer mit einer freudigen Nachricht empfangen worden, die ihn allen Kummer vergessen ließ und wieder zuversichtlich stimmte.

Sir Grenville war immer noch beglückt von dieser Nachricht. «Warum ist diese Frau mitgekommen?»

Ebenezer zuckte mit den Schultern und nippte an seinem Weinglas. «Sie hasst Dorcas. Hervey wollte ihr wohl Euer Haus zeigen.»

«Verlangt auch sie zwanzig Pfund?»

«Nein.» Vorsichtig stellte Ebenezer das Glas zurück auf den Tisch. Er war in all seinen Bewegungen sehr genau. «Ich vermute, sie ahnt, dass mit Samuel Scammell auf Dauer nicht zu rechnen ist.»

Sir Grenville lachte. «Kluge Frau. Es wäre uns allerdings viel Ärger erspart geblieben, wenn sie uns hätte sagen können, wer dieser Kerl ist, der mit dem Mädchen durchgebrannt ist. Nun ja, Schwamm drüber.» Er schmunzelte.

Sir Grenville konnte sich wirklich glücklich schätzen. Vor nur vier Monaten hatte er noch Schlimmstes befürchtet. Lopez in Amsterdam, das Mädchen verschwunden. Doch seine Sorgen hatten sich als grundlos erwiesen. Wie es schien, war der Jude nach Amsterdam gekommen, um dem kriegerischen England näher zu sein. Wahrscheinlich investierte Mordecai Lopez, so vermutete Sir Grenville, in beide Kriegsparteien, auch wenn bislang nur bekannt geworden war, dass er dem König Geld geliehen hatte. Nichts deutete allerdings darauf hin, dass Lopez über Matthew Slythes Ableben informiert war, und auch das Mädchen hatte nicht versucht, Kontakt mit ihm aufzunehmen. Sir Grenville würde seine Schießhunde getrost aus Holland abziehen können.

Er schob seinen Teller beiseite, rülpste leise und lächelte Ebenezer zu. «Wollen wir ans Fenster rücken?»

Sie saßen vor dem Fenster und starrten auf die Themse hinaus. Es war fast dunkel. Ein einziges Boot mit einer brennenden Laterne im Bug glitt stromaufwärts. Die Ruderknechte mussten sich mächtig anstrengen, denn das Eis an beiden Ufern hatte die Strömung anschwellen lassen. Bald wäre der Fluss nicht mehr beschiffbar. Sir Grenville würde zusätzliche Wachen im Garten postieren müssen, weil auf zugefrorenem Wasser sein Grundbesitz leichter zugänglich wäre.

Griffbereit auf dem kleinen Tischchen, das zwischen ihnen stand, lagen Weintrauben und mit französischem Marzipan umhüllte Mandeln aus Jordanien. Sir Grenvilles Büro war für die Festtage wohnlich hergerichtet worden, und die Nachricht des Tages krönte das Fest. Sir Grenville steckte sich eine Mandel in den Mund und lächelte. «Wir können wahrhaftig von Glück sagen, Ebenezer.»

«Das können wir.» Der junge Slythe verzog keine Miene.

Das Mädchen hielt sich in Lazen Castle auf. Der Priester, so Ebenezer, habe es ohne jeden Zweifel wiedererkannt und darum den beschwerlichen Weg nach London auf sich genommen. Sir Grenville kicherte. Um seine Froschaugen kringelten sich fröhliche Fältchen. «Und sie hat das Siegel getragen!»

«Sie trug einen goldenen Tubus an goldener Kette», präzisierte Ebenezer übergenau.

Sir Grenville war bester Stimmung. Er gluckste vor Vergnügen, was sich seltsam anhörte, und füllte sein Glas. Er trank reichlich, während Ebenezer sehr zurückhaltend blieb.

«Lazen Castle. Lazen Castle. Günstiger hätte es kaum kommen können.»

Ebenezer schwieg. Er musterte den kleinen, überaus feisten Mann mit dem geöffneten Hosenschurz und den von Fettflecken starrenden Kleidern. Er schaute Ebenezer an und sagte: «Von meinem Mann in Oxford weiß ich, dass sie Lazen befestigen.»

Ebenezer legte die Stirn in Falten. «Wäre es deshalb nicht

geraten, meine Schwester zu holen, bevor sie damit fertig sind?»

«Nein, Ebenezer, nein!» Sir Grenville strahlte vor Freude. «Wozu die Mühe? Ein Wort von mir, und das Parlament setzt Truppen in Marsch. Wir werden Lazen Castle belagern, einnehmen und deine Schwester wegschaffen. Sie und einiges mehr.» Lachend schenkte er sich wieder ein. «Kennst du das Schloss?»

«Nein.»

«Ein prächtiger Besitz.» Sir Grenville nickte zufrieden. «Der ältere Teil des Wohnhauses geht auf Elizabeth zurück, und dann gibt es einen neuen Flügel, der von Lyminge entworfen wurde. Die Stuckarbeiten in der langen Galerie sollen, wie ich mir habe sagen lassen, vorzüglich sein. Daran angeschlossen sind ein recht großes Waldgebiet, knapp zwei Quadratmeilen Ackerland und etwa doppelt so viel Weideflächen.» Er lachte tonlos, wobei seine Schultern auf und ab hüpften. Als er wieder sprach, klang seine Stimme wie die eines kleinen, schadenfrohen Buben. «Ich glaube, der Grafschaftsausschuss für Beschlagnahmung würde sich freuen, mir den Besitz überschreiben zu können, meinst du nicht auch?»

Ebenezer deutete ein Lächeln an. Er wusste, dass sich Sir Grenville schon seit geraumer Zeit an dem vom Parlament beschlagnahmten Grundbesitz seiner politischen Widersacher bereicherte und im Süden Englands bereits riesige Ländereien sein Eigen nannte. «Wem gehört dieser Besitz zur Zeit?»

«Sir George Lazender. Ein schrecklich ehrlicher Mann. Mit einer großartigen Frau an seiner Seite. Sir George hat sich auf die Seite unserer Feinde geschlagen. Also können wir ihn guten Gewissens bestrafen.»

«Amen.»

«Und er hat einen Sohn, an dessen Namen ich mich allerdings nicht erinnern kann. Kann es sein, dass deine liebe Schwester seinetwegen Reißaus genommen hat?»

Ebenezer zuckte mit den Achseln. «Keine Ahnung.»

«Ist ja auch ohne Belang. Hauptsache, wir wissen, wo sie sich aufhält.»

Lachend mühte er sich aus seinem Sessel, hielt mit der einen Hand die Hose und zog mit der anderen einen Schlüssel aus der Tasche, mit dem er eine große eiserne Truhe öffnete. Er entnahm ihr ein Schriftstück, das er vor Ebenezers Augen durch die Luft wedelte, und sagte: «Du weißt, was zu tun ist, mein lieber Junge.»

Ebenezer nahm das Papier mit spitzen Fingern entgegen, als fürchtete er, davon angesteckt zu werden. Es war die Heiratsurkunde von Samuel Scammell und Dorcas Slythe, unterschrieben von James Bollsbie, Vertreter der Heiligen Weihen. Ebenezer schaute zu Sir Grenville auf. «Seid Ihr sicher?»

«Das bin ich, mein Junge, sehr sicher. Ich bin sozusagen bis zur Halskrause mit Gewissheit angefüllt. Mach dich ans Werk!»

Ebenezer hielt das spröde, bräunliche Papier in die Flamme der ihm nächsten Kerze. Die Urkunde fing Feuer, wellte sich und verbrannte. Ebenezer ließ sie auf einen silbernen Teller fallen, wo die Flammen erloschen. Sir Grenville beugte sich kichernd vor und zerstampfte mit dem Zeigefinger die Asche zu Pulver.

«Deine Schwester wurde hiermit geschieden.» Er nahm wieder Platz.

«Werdet Ihr es ihr sagen?»

«Wo denkst du hin? Aber nein. Weder ihr noch ihm. Sie sollen bis ans Ende ihrer Tage glauben, verheiratet zu sein. Von der Scheidung wissen nur wir, du und ich. Nun denn ...»

Er zeigte mit dem geschwärzten Finger auf die Asche. «Deine Schwester ist nicht mehr mit Bruder Scammell verheiratet. Wer also wäre jetzt der Hüter des Siegels?»

Ebenezer schmunzelte, sagte aber nichts.

«Du, Ebenezer, du. Gratuliere, du bist gerade vermögend geworden.»

Ebenezer hob sein Glas und nippte daran. Er trank nur wenig, weil er es vorzog, nüchtern zu bleiben.

Sir Grenville verknetete mehrere Marzipanstücke und Mandeln zu einer Kugel. «Was verfügte dein Vater in seinem Testament? Falls deiner Schwester das Unglück widerfährt, vor ihrem fünfundzwanzigsten Geburtstag und kinderlos das Zeitliche zu segnen, ist das Vermögen aus dem Bund für die Verbreitung des Evangeliums zu verwenden. Wer eignete sich besser, diesem Zweck zu entsprechen, als wir? Findest du nicht auch, mein Junge?»

Ebenezer Slythe nickte lächelnd. «Was ist mit Scammell?»

«Was soll mit ihm sein? Sag's mir.» Die Augen des Advokaten waren auf Ebenezer gerichtet, sie schienen noch weiter hervorzutreten.

Ebenezer legte die Fingerspitzen aufeinander. «Er ist Euch nicht länger von Nutzen, falls er das überhaupt je gewesen ist. Und als lästiger Zeuge einer Eheschließung, von der niemand etwas wissen soll, könnte er Euch Unannehmlichkeiten bereiten. Ich finde, für Bruder Scammell wird es Zeit, den Jordan zu überqueren.»

Sir Grenville lachte. «O ja. Lass ihn in der Ruhe seines Grabes auf die Wiederauferstehung warten.»

Eine große Eisscholle, gelb-grau schimmernd im letzten Tageslicht, trieb über den Fluss, eckte an andere Schollen an, verkeilte sich schließlich und bildete ein kleines Wehr, vor dem sich das dunkle Wasser schäumend brach. Aus der ärmlichen Ortschaft von Lambeth auf der anderen Seite des Flusses blinkten vereinzelte Lichter herüber. «Bruder Scammell muss also sterben. Aber durch wessen Hand?»

Die dunklen Augen verrieten keinerlei Regung. «Durch meine?»

«Damit würdest du mir einen Gefallen tun, mein Junge. Übrig wäre dann nur noch ein weiterer Zeuge dieser unglückseligen Heirat.»

Ebenezer zuckte mit den Achseln. «Goodwife Baggerlie wird kein Wort darüber verlieren.»

«Die meine ich auch nicht.»

«Ah.» Ein Lächeln huschte über Ebenezers Gesicht. «Unsere liebe Dorcas.»

«Unsere liebe Dorcas. Es käme uns sehr ungelegen, sollte sie ihren fünfundzwanzigsten Geburtstag erleben.»

Ebenezer streckte unter seinem violetten Gewand die Beine aus, das eine lang und dünn, das andere verdreht und nach innen gebogen. «Es käme allerdings ebenfalls sehr ungelegen, sollte Euer oder mein Name mit ihrem Tod in Verbindung gebracht werden. Ihr sagtet doch, Lopez könne immer noch lästig werden, nicht wahr?»

«Ja. Und?»

Ebenezer lächelte wieder. «Wir haben noch nicht über die Belohnung des Priesters gesprochen.»

«Über Pastor Treu-bis-in-den-Tod Hervey? Will er mehr als seine zwanzig Pfund?»

«Vielleicht verdient er mehr. Schließlich hat er Scammell nichts von seiner Entdeckung gesagt. Eingeweiht hat er nur die Haushälterin, weil er sie brauchte, um möglichst schnell zu Euch zu kommen.»

«Was will er?»

«Ruhm und Ansehen.»

Sir Grenville lachte kurz auf. «Wenn's sonst nichts ist. Das soll er haben. Ich werde veranlassen, dass er am Sonntag im Gebetshaus von St. Paul's predigen kann. An jedem Sonntag, wenn er will.»

«Nein», widersprach Ebenezer ohne Scheu. Seit er in Sir Grenvilles Haus wohnte, zeigte er sich außerordentlich selbstbewusst. «Er hat seine eigene Vorstellung von Ruhm», sagte er und führte mit knappen, präzisen Worten aus, worum es Hervey ging.

Sir Grenville dachte darüber nach und starrte auf die dunkle Fensterscheibe, in der sich nun das Licht der Kerzen spiegelte. Er schmunzelte. «Du schlägst also vor, dass das Gericht kurzen Prozess mit ihr macht.»

«Ja. Und uns wird niemand Schuld daran geben können.»

«Du könntest sie sogar verteidigen, Ebenezer.»

«Das werde ich.»

«Während Treu-bis-in-den-Tod – wie treffend dieser Name! – dafür sorgt, dass ihr der Strick gedreht wird.»

«Mindestens.»

«Das passt doch alles wunderbar zusammen.» Sir Grenville rieb sich die plumpen Hände. «Du musst nach Lazen reisen, Ebenezer. Ich werde dafür sorgen, dass dich das Komitee für Sicherheit aus seinem Dienst entlässt.» Ebenezer quittierte den Befehl mit ernstem Kopfnicken. Sir Grenville hatte zwar schon einiges getrunken, war aber noch klar im Kopf. «Und nimm den Priester mit. Ich werde es so einrichten, dass Scammell zugegen ist. Lass mich wissen, wann die Sache losgehen soll. Dann werde ich mich sofort auf den Weg machen.»

«Ihr wollt dabei sein?»

«Hast du's denn schon vergessen? Da ist doch ein Siegel einzusammeln.»

Ebenezer schwieg und rührte sich nicht.

Sir Grenville kicherte. «Und ein großes Landgut. Ich will es schnell in Besitz nehmen.»

«Wann?»

«Sobald als möglich.» Sir Grenville zuckte mit den Achseln. «Es könnte Frühling darüber werden, aber wir werden die Augen offen halten.» Er grinste übers ganze Gesicht. «Ich mache dich zu meinem Erben, Ebenezer.»

Ebenezer verneigte sich und lächelte. «Ich hoffe, Euer Astrologe wird in dieser anderen Sache nicht recht behalten.»

Sir Grenville wünschte, er hätte diese Worte nicht gehört. Trotz der Hitze, die das Feuer ausstrahlte, lief ihm ein kalter Schauer über den Rücken. Barnegat hatte sich in die Daten des Advokaten vertieft und vorhergesagt, dass ein Feind übers Meer herbeigesegelt käme. Sir Grenville dachte an Kit Aretine, doch der war tot. Sir Grenville fing an zu zittern. Käme Kit Aretine auch nur ein Bruchteil dessen zu Ohren, was an diesem Weihnachtsabend in diesem Raum gesagt worden war, hätte Cony Todesqualen zu fürchten, gegen die sich das, was Ebenezer Slythe seinen Opfern antat, geradezu gnädig ausnehmen würde.

«Leg noch ein paar Scheite aufs Feuer, Ebenezer. Aretine ist tot. Er liegt in seinem amerikanischen Grab, und ich hoffe, die amerikanischen Würmer werden sich über seinem Leichnam erbrechen. Nein. Barnegat meinte Lopez, und wenn dieser Jude es wagen sollte, sich in England blicken zu lassen, werden wir ihn hinter Gitter bringen.»

Ebenezer hinkte zur Feuerstelle, legte mehrere Scheite auf und sah zu, wie die Flammen auflodern. Seltsam elegant in seinem mit Pelz besetzten violetten Gewand, lehnte er sich an den Kaminsims. Seine Augen waren zwei helle weiße Lichtpunkte. «Wünscht Ihr Euch ein wenig Zerstreuung heute Abend?»

Sir Grenville fuhr mit dem Kopf herum. «Setz dich, mein lieber Junge. Mir tut der Nacken weh.» Sein Blick folgte Ebenezer, der zu seinem Sessel zurückhinkte. «Was hättest du anzubieten?»

«Ein Mädchen. Es bittet um Gnade für seinen Vater.»

«Wer soll das sein?»

«Ein Kerzenzieher. Wir glauben, dass er als Kurier für den König gedient hat. Er bestreitet es.»

«Wirst du ihn freilassen?»

«Das hängt von seiner Tochter ab.»

«Wie ist sie?»

«Recht hübsch. Siebzehn Jahre alt und noch Jungfrau.»

Sir Grenville lachte. «Weiß sie, wessen Haus dies ist?»

Ebenezer bedachte seinen Herrn mit mitleidiger Miene. «Wo denkt Ihr hin?»

«Verzeih mir, Ebenezer.» Er kicherte. «Ich bin gespannt, mein Junge», sagte er und hievte sich aus seinem Sessel. Es gefiel ihm zuzusehen, wie Ebenezer Rache nahm an einer Welt, die ihn nur als verbitterten Krüppel wahrgenommen und seine Begabungen außer Acht gelassen hatte. Durch eine verborgene Luke konnte Sir Grenville von einer dunklen Kammer aus Einblick in Ebenezers Schlafzimmer nehmen. Auch ohne das von der Regierung bereitgestellte Folterwerkzeug verstand sich der Junge bemerkenswert gut darauf, Unschuldige, die er aufgrund ihrer gesunden Gliedmaßen verachtete, zu demütigen, zu verletzen und in den Schmutz zu ziehen. Sir Grenville folgte ihm in erwartungsvoller Erregung.

Aus schwarzer Nacht ergoss sich ein eisiger Regen über das Moor von Lambeth, den Fluss und die Eisschollen, die sich kaum merklich nach Westen hin ausweiteten.

«Trägst du das immer bei dir?»

«Ja.» Energisch wehrte Campion Tobys Hand ab, mit der er das Siegel unter der weißen Seide über ihren Brüsten zu berühren versuchte.

Er lächelte. «Mutter sagt, du habest ihr Gedichte von John Donne vorgelesen.»

«Auch von Spencer und Drayton, von Ford, Greene und Shakespeare, Sir Philip Sidney und Royden, ja, selbst von einem Dichter namens Thomas Campion.»

Toby hörte nicht hin. Mit geschlossenen Augen rezitierte er: «‹Dir, volle Blöße, entspringen alle Wonnen.›»

«Weder hier noch jetzt, Toby Lazender.»

«Sehr wohl, Ma'am.»

Campion setzte sich auf eine mit Fell bespannte Truhe, die vor einer der beiden großen Feuerstellen in der Halle stand. Die Reste des gestrigen Festmahls waren noch nicht vollständig weggeräumt worden. Über einem Berg aus glühender Asche brannten riesige Holzscheite. Die meisten Bewohner des Schlosses schliefen.

In der vergangenen Nacht war es sehr spät geworden. Nachdem Toby seinen Vater aus dem Gesindehaus geholt und in sein Schlafgemach geschleppt hatte, waren die beiden noch einmal zusammengekommen, und auch in dieser Nacht würden sie noch lange beieinandersitzen, bis in die frühen Stunden miteinander reden und schweigen.

Toby hockte zu ihren Füßen, hob die Hand über den mit Bändern verzierten Ärmel, umfasste ihre Schulter und zog sie sanft, aber nachdrücklich zu sich. Er küsste sie, spürte ihr Entgegenkommen, und öffnete die Augen, um zu sehen, ob sie ihre geschlossen hatte. Er schaute in zwei sehr offene, sehr blaue Augen, lehnte sich zurück und sagte: «Du nimmst mich nicht ernst.»

«Oh.» Sie hänselte ihn mit vorgespiegeltem Mitgefühl.

Er schien sich kaum verändert zu haben. Dabei hatte sie erwartet, dass die Wochen im Sattel und die Erfahrungen im Kampf nicht spurlos an ihm vorübergegangen wären. Von Thomas Grimmett abgesehen, hatte er nach eigenem Bekennen vier Männer getötet, mit Pistole oder Schwert, und zwar aus nächster Nähe. Er hatte ihnen in die Augen gesehen, die Angst darin erkannt und seine eigenen Ängste zu überwinden gelernt. Ja, dachte sie, er war härter geworden, was aber seiner Sanftheit ihr gegenüber keinen Abbruch tat.

Er lächelte sie an. «Pfarrer Perilly meint, dass du nach wie vor als unverheiratet anzusehen bist. Dass, solange die Ehe nicht ...»

«Ich weiß», unterbrach sie ihn. «Er hat recht. Deine Mutter ist derselben Meinung. Ich bin nach wie vor unverheiratet.»

«Wirst du mich heiraten?»

Sie fuhr mit den Fingerspitzen über seine Nase und tat so, als dächte sie nach. «Ja.»

«Wann?»

«In drei Tagen.»

«Aber ich muss schon in zweien zurück in Oxford sein.»

«Ich weiß.» Sie lächelte.

Einer Heirat stand nichts im Weg. Nach der Christmette hatte sogar Sir George, wenn auch zähneknirschend, sein Einverständnis gegeben. Er war zwar immer noch nicht überzeugt davon, dass Campion die Richtige für seinen Sohn war und hätte lieber ein Mädchen mit reicher Mitgift als Schwiegertochter gesehen, wollte dem Glück der beiden aber nicht im Wege stehen. «Aber ihr müsst mit der Hochzeit noch eine Weile warten, Toby.»

«Ich weiß, Vater», hatte Toby geantwortet.

Pfarrer Perilly hatte, als er nach der Frühmesse zurate gezogen worden war, auf mögliche Schwierigkeiten hingewiesen. Ein ordnungsgemäß einberufenes Kirchengericht könne die Ehe durchaus annullieren, allerdings müsse zu diesem Zweck Campions Jungfräulichkeit zweifelsfrei nachgewiesen sein. Eine solche Überprüfung erfordere absolut glaubwürdige Zeugen: unbescholtene Ärzte und Hebammen. Das Verfahren koste Geld und Zeit, und da das Kirchengericht nicht mehr in London tage, müsse das Verfahren in Oxford durchgeführt werden, was für Campion zusätzliche Strapazen mit sich bringe. Perilly hatte den Kopf geschüttelt und gefragt: «Seid Ihr sicher, dass Mr Scammell davon absehen wird, das Kanzleigericht zu bemühen?»

Sir George brummte noch immer der Schädel. Er war schlecht gelaunt. «Ich weiß nichts mit Bestimmtheit, außer dass Toby kein Einsehen hat.»

«Das könnt Ihr ihm nun wahrhaftig nicht vorwerfen, Sir George.»

«Nein. Wohl kaum.» Sir George lächelte.

Campion war bereit, sich der Prüfung zu unterziehen, zu der es allerdings erst später im Jahr kommen konnte, wenn die Straßen wieder befahrbar sein würden. Lächelnd schaute sie auf die beiden Hunde, die vor dem Feuer lagen und schliefen. Manchmal zuckte eine Tatze, wenn ihnen im Traum ein Kaninchen erschien. Ihre Katze Mildred lag auf ihrem Schoß. Campion hatte das Kätzchen, das inzwischen fast ausgewachsen war, nach Mrs Swan benannt. «Ich frage mich, ob unser Brief sie erreicht.»

«Mrs Swan?»

«Ja.»

«Wer weiß?»

Sie lächelte immer noch. «Nächstes Jahr Weihnachten werden wir verheiratet sein.»

«Ja. Du wirst versprechen mussen, mir zu gehorchen.»

«So wie deine Mutter deinem Vater gehorcht?»

Toby lachte. «Genau so.»

Campion krauste die Stirn. «Glaubst du, die Fleets sind glücklich?»

«Mmm.» Toby gähnte. «Meiner Schwester scheint's zu gefallen, dass John ein Langweiler ist. Es gibt ihr ein Gefühl von Sicherheit.»

«Glaubst du, dass sie sich gegen uns wenden könnten?»

«Nein. Es gibt viele Familien, die politisch zerstritten sind, ohne dass sich die Mitglieder deshalb hassen.» Er schaute sie schmachtend an. «Mich deucht, der Mistelzweig lockt.»

«Ich fürchte, seine Kraft ist erschöpft. Im Übrigen bin ich müde und möchte zu Bett gehen.»

«Ich bringe dich auf dein Zimmer.»

«Toby Lazender, Treppensteigen kann ich zum Glück noch ohne Hilfe.»

«Es könnte jemand über dich herfallen.»

«Nicht, solange du hier unten bleibst, mein Lieber.» Sie lachte. «Es sei denn, dieser schreckliche Ferraby lauert mir auf. Was ist das eigentlich für einer?»

Toby schmunzelte. Manchmal, dachte er, klang Campion bereits wie Lady Margaret. «Mutter möchte, dass er Caroline heiratet.»

«Er hat mich die ganze Zeit wie ein Ochse angestiert. Wie ein dicker, trauriger Ochse. Und als ich ihn einmal angesprochen habe, tropfte ihm Speichel von den Lippen.»

«Ungefähr so?» Toby schnitt eine Grimasse und sabberte.

«Hör auf damit. Mildred erschrickt ja.»

Er lachte. «Du machst Ferraby nervös.»

«Ich wüsste nicht warum. Stimmt es, dass er Caroline heiraten soll? Er ist doch noch so jung.»

«Allerdings.» Er grinste. «Aber er bringt Geld ins Haus.»
«Dass es nicht um seine Schönheit geht, war mir klar.»
«Nur deswegen heirate ich dich.»
«Machst du das?»
«Ja.» Er kniete sich vor sie hin. «Wegen deiner Haare, deiner Augen, deines Mundes und wegen des großen, braunen Muttermals, das ungefähr ...», sein Finger schwebte über ihren Nabel und stach dann zu, «... da ist.»
«Toby!»
Er lachte. «Das stimmt doch. Du kannst es nicht leugnen.»
Er hatte recht. Sie errötete. «Toby?»
«Liebste?», hauchte er unschuldig.
«Woher weißt du?», fragte sie so laut, dass die Hunde mit den Augen blinzelten, aber sogleich wieder einschliefen, als sie sahen, dass es noch kein Frühstück gab. Die Katze fuhr ihre Krallen aus.
Toby grinste. «Wer mit den Händen nach Forellen jagt, muss sich sehr, sehr langsam bewegen und sehr, sehr leise sein.»
«Du hast mich gesehen?» Er nickte, und sie spürte, wie ihr das Blut ins Gesicht stieg. «Du hättest mich warnen sollen.»
«Aber dann hätte ich die Fische verschreckt», entgegnete er lachend. «Also blieb ich still, spähte durch die Binsen und entdeckte die Nymphe des Baches.»
«Bis du vermutlich mit den Füßen im Schlamm stecken geblieben bist und dich nicht mehr rühren konntest.»
«Genauso war's.» Er lächelte. «Und als ich mich halbwegs satt gesehen hatte, bin ich ein kurzes Stück zurückgeschlichen und habe mich bemerkbar gemacht. Und du hast gesagt, du warst nicht baden.»
«Und du hast behauptet, nichts gesehen zu haben.»

«Du hast mich nicht gefragt», erwiderte er und tat ebenso empört wie Campion.

«Toby! Du bist ein Scheusal.»

«Ich weiß. Heiratest du mich trotzdem?»

Sie schenkte ihm ein liebevolles Lächeln. Doch eines musste sie noch wissen. «Als du mich am Bach überrascht hast, Toby ...»

«Ja?»

«Deine Mutter meint ...», sagte sie stockend und legte die Hand auf die Brust. «Sie findet ...»

Er lachte über ihre Verwirrung. «Meine Mutter könnte einen schönen Busen nicht von einem hässlichen Hintern unterscheiden.»

«Toby!» Die Hunde rührten sich wieder.

Er lachte. «Dann sag ich's dir. Sie sind wunderschön.»

«Wirklich?»

«Wenn ich mich noch einmal davon überzeugen könnte?» Er lächelte. «Heiratest du mich?»

«Vorher musst du mir eines versprechen.»

«Und das wäre?»

Sie beugte sich vor, drückte ihm einen Kuss auf die Stirn und stand mit Mildred im Arm auf. «Dass du manchmal die Stiefel anbehältst.»

«Was soll das bedeuten?»

Im Weggehen imitierte sie Lady Margarets Stimme. «Nichts. Es gibt Dinge, die sind für junge Ohren nicht bestimmt.»

Unter dem Mistelzweig fing er sie ab, doch schließlich gelang es ihr, die Treppe heraufzukommen. Sie ließ ihn nur ungern zurück, wie schön wäre es, wenn sie am nächsten Morgen neben ihm aufwachen könnte.

Als sie in ihrer Kammer die Kleider ablegte, sah sie ihre

gemeinsame Zukunft als einen endlos blauen Himmel voller Glück vor sich, während die Vergangenheit nur noch eine belanglose Erinnerung an unglückliche Menschen zu sein schien, die ihrem Gott die Schuld an ihren eigenen Mängeln gaben. Sie hatte ein großes Leben vor sich, ein Leben, das sie in Liebe an Tobys Seite verbringen würde. Sie lächelte, als ihr in den Sinn kam, dass sie in drei Monaten kein einziges Mal an den Engel mit der Schreibfeder und dem großen, anklagenden Buch gedacht hatte. Statt seiner wachte nun ein guter Schutzengel über ihr. Sie kniete nieder vor ihrem Bett, in dem die Wärmpfanne längst kalt geworden war, dankte Gott für die glückliche Wendung in ihrem Leben und die Aussicht darauf, im Frühling den Bund besiegeln zu können, der ihr eine wundervolle Zukunft versprach.

Dritter Teil

Das Siegel des Apostels Lukas

❧ 15 ❧

Der 25. März 1644, mit dem nach julianischem Kalender das neue Jahr begann, war ein klarer, kalter Tag, der auf einen schönen Frühling hoffen ließ. In der für sie typischen Eigensinnigkeit weigerte sich Lady Margaret Lazender, dieses Datum als Neujahrstag anzuerkennen, für sie begann das Jahr am 1. Januar, wie es auch in Schottland und auf dem europäischen Festland Brauch war. Sir George hingegen hielt an der alten Tradition fest und versäumte es nicht, seiner Frau herzliche Neujahrsgrüße aus Oxford zukommen zu lassen. Aber ob Neujahr oder nicht, dieser Märztag war voller Verheißungen. Die Äcker waren bestellt, neue Kälber waren geboren worden, und in der Molkerei von Lazen Castle herrschte nach dem kargen Winter wieder Hochbetrieb. Solange auf den Weiden noch kein frisches Gras nachwuchs, bekamen die Kühe Pastinakenblätter zu fressen, dank derer die Milch köstlich süß schmeckte.

Noch wurden die Kamine im Schloss befeuert, aber es konnte schon das ein oder andere Fenster geöffnet werden, um die Flure und Hallen zu lüften. Wie in jedem Jahr um diese Zeit mussten eilends Kleinkinder getauft werden, die am Maitag des vergangenen Jahres gezeugt worden waren. Die Kapelle von Lazen befand sich eigentümlicherweise in dem Ring zwischen Burgwall und Graben und lag somit in den Schlossgärten. Als Taufgeschenk nahm jede Mutter einen kleinen Silberbecher, von denen Lady Margaret einen unerschöpflichen Vorrat zu besitzen schien, mit zurück ins Dorf.

Auf Anraten von Oberst Andrew Washington, dem Kommandeur von Lazens Garnison, waren die wertvollsten Gegenstände aus den Hallen entfernt und von einigen wenigen Dienern, denen vertraut werden konnte, heimlich in den Kellergewölben versteckt worden. Man hatte den neugemauerten Wallabschnitt mit verwässertem Kuhdung bestrichen, der die Mauern älter aussehen ließ und den Wuchs von Flechten begünstigte, um das Versteck zu verbergen. Im Haus wurde nun ausschließlich Zinngeschirr verwendet, denn alles Gold und Silber war aus den Sälen und Zimmern verschwunden.

Oberst Washington war ein kleingewachsener, rundlicher Mann, der auf den ersten Blick nicht wie ein erfahrener Soldat aussah. Aber dieser Eindruck täuschte. Er genoss hohes Ansehen unter seinen Männern, war sehr beschlagen und stand zurecht in dem Ruf, außergewöhnlich tapfer zu sein. Als er, vor zwei Monaten aus Oxford zurückgekehrt, die Gräben begutachtet hatte, die auf Lady Margarets Geheiß zu beiden Seiten des Torhauses ausgehoben, von den Regen- und Schneefällen des Winters aber stark in Mitleidenschaft gezogen worden waren, hatte er nur mit dem Kopf geschüttelt. Davon unbeeindruckt, hatte Lady Margaret ihn mit strahlender Miene angeschaut und gesagt: «Wie Ihr seht, Oberst, habe ich mir erlaubt, Eure Arbeit fortzusetzen.»

«Bei allem Respekt, Ma'am, aber was soll das sein?»

«Was das sein soll?» Empört richtete sie sich zu ihrer vollen Größe auf und überragte den Oberst um Haupteslänge. «Wehrgräben, was sonst?»

«Erwartet Mylady vielleicht den Angriff eines Kirchenchors? Es werden Soldaten sein, Ma'am, Soldaten. Wehrgräben!» Mit diesen Worten hatte er Lady Margaret den Rücken gekehrt und sie sprachlos zurückgelassen. Dem Schloss drohte ein Kampf zwischen zwei gleichermaßen hartnäckigen Köpfen.

Der Oberst hatte seine Orden nicht ohne Grund bekommen. Er wusste, wann ein Kampf Aussicht auf Erfolg hatte und wann es sich eher empfahl, Verhandlungen aufzunehmen. Nachdem er die Verteidigungsanlagen inspiziert und seine einhundertfünfzig Soldaten im Torhaus und dem Alten Haus einquartiert hatte, schloss er Frieden mit Lady Margaret. Gewieft wie er war, ersuchte er sie um ihren Rat, und suggerierte ihr dann so geschickt seine eigenen Überlegungen, dass sie am Ende glaubte, von allein darauf gekommen zu sein. Die letzten beiden Monate des alten Jahres blieben darum friedlich. Der Oberst und seine zwölf Offiziere saßen mit der Familie zu Tisch, und die Offiziere gaben es schließlich sogar auf, Campion zu belagern.

Am ersten Tag des neuen Jahres aber ging es hoch her, denn die Mörder kamen. Die Mörder und die Falken.

Sie waren schon Anfang Februar erwartet worden, hatten aber des schlechten Wetters wegen nicht herbeigeschafft werden können, und auch jetzt waren die Straßen noch tief und aufgeweicht, sodass Oberst Washington sich darüber wunderte, dass sie wohlbehalten eingetroffen waren.

Caroline eilte mit der Nachricht in die lange Galerie. «Sie sind gekommen! Sie sind da!»

Lady Margaret blickte von dem Buch auf, das sie zu binden versuchte, was ihr allerdings nicht so recht gelingen wollte. «Wer ist da? Beruhige dich, Kind, oder sind's etwa die Engel des Jüngsten Gerichts? Es waren aber doch gar keine Trompeten zu hören.»

«Die Mörder, Mutter, die Mörder!»

Das Buch war augenblicklich vergessen. «Campion! Mein Umhang. Besorgt dir auch einen, Kind. Beeilung! Ich brauche Stiefel! Caroline, hol mir meine Stiefel. Schnell, schnell!»

Die Geschütze, auf schweren Karren herbeigeschafft und von dreißig Männern eskortiert, standen vor dem Alten Haus. Oberst Washington strahlte übers ganze Gesicht. «Sind die nicht prächtig, Lady Margaret?»

«Wir sollten sofort eine ausprobieren.»

Washington verkniff sich ein Grinsen. Er hatte vorhergesehen, dass Lady Margaret, kaum dass die Geschütze eingetroffen wären, über sie herfallen würde. Er verbeugte sich und sagte: «Selbstverständlich gebührt Euch, Mylady, der erste Schuss.»

«Wie freundlich von Euch, Oberst.»

Der König in Oxford war sehr großzügig gewesen. Er hatte vier sogenannte Falken, Büchsen mit langem Rohr, und sechs Drehbassen, Geschütze mit kurzem Rohr, schicken lassen. Die Drehbassen wurden auch «Mörder» genannt, weil sie, auf einem Drehzapfen gelagert, herumschlagen und die Männer an der Lunte töten konnten. Während die Munition für die Falken aus Vollkugeln bestand, wurden die Drehbassen mit Hagel gefüllt, also mit kleinen, in Lehmkugeln eingeschlossenen Metallsplittern, die, wie Oberst Washington meinte, eine große Schneise in das eingreifende Heer zu schlagen vermochten.

Campion sah zu, wie eines der großen Falkenrohre per Seilzug auf einen fahrbaren Holzbock herabgelassen wurde. Der Anblick machte ihr Angst. Sie dachte an Toby und stellte sich vor, wie sein Körper, von einer dieser großen Kugeln getroffen, aussähe. Die zusammengebauten Geschütze erinnerten sie außerdem daran, dass die dunklen Wolken des Krieges, die im vergangenen Jahr noch so weit entfernt schienen, nun auch auf Lazen zuzogen. Oberst Washington versuchte sie zu trösten und sagte: «Der Feind ist nicht auf uns, sondern auf größere Fische aus, Miss Campion, vor allem auf Corfe Castle. Aber wie dem auch sei, ich werde ihm auf alle Fälle Beine machen.» Der Oberst hatte schlagkräftige Patrouillen ausgeschickt, die den Feind auf Abstand halten sollten.

Lady Margaret konnte ihre Ungeduld nicht länger im Zaum halten. Sie wollte einen Mörder abfeuern, nicht zuletzt, weil ihr der Name so gut gefiel, doch Washington machte sie taktvoll darauf aufmerksam, dass der Falke ein sehr viel größeres Geschütz sei, das einen sehr viel lauteren Knall verursache. Also willigte Lady Margaret ein, ihren ersten Schuss an einem Falken auszuprobieren. Aus der Nähe sah sie zu, wie das Rohr mit Schwarzpulver gefüllt, dann mit Lumpen gestopft und schließlich mit der Eisenkugel bestückt wurde. Ein Kanonier schüttete feines Pulver in das Zündloch, worauf Oberst Washington den Befehl gab zurückzutreten. Das Geschütz war gen Westen gerichtet, über den Graben hinweg auf die vom Winterregen überschwemmten Weiden.

Der Oberst entzündete die an einem Luntenstock befestigte Lunte an seiner Tabakspfeife und reichte Lady Margaret den Stock. «Haltet sicheren Abstand von den Rädern, Ma-'am.»

Sie bemerkte schnippisch, dass ihr Vater schon solche Büchsen abgefeuert habe, als er, Oberst Washington, noch in den Windeln lag, und schritt beherzt auf das mit kunstvollen Ornamenten verzierte Rohr zu. Sie schaute in die Runde, auf die Soldaten und Dienstboten, Campion und Caroline, und hob den schwelenden Luntenstock mit theatralischer Gebärde in die Luft. «Für König Charles!» Dann legte sie Feuer.

Lady Margaret kreischte auf, doch ihr Schrei wurde übertönt vom Donnergetöse des Falken, der auf seiner Lafette zurücksprang und sich aufzubäumen versuchte. Mit Entsetzen sah Campion, wie eine schwarze Rauchwolke aus dem Rohr quoll und sich über die Seerosen im Wassergraben wälzte. Die Kugel landete auf der überfluteten Wiese, prallte ab, sodass eine Fontäne silbrigen Wassers aufspritzte, und schlug krachend in einen beschnittenen Weidenbaum weiter unten im Tal ein.

«Formidabel!» Lady Margaret präsentierte den Luntenstock wie ein Zepter. «Der Feind kann kommen.»

«Für den Fall bräuchten wir noch ein paar Büchsen mehr», murmelte Oberst Washington, aber Campion hörte ihn.

Lady Margaret stolzierte auf den Oberst zu und fragte: «Na, wie war ich? Sollte ich vielleicht noch einen Versuch unternehmen?»

Der Oberst beeilte sich zu versichern, dass sie das Geschütz vortrefflich bedient habe, und obwohl er eine weitere Demonstration ihres Könnens überaus gern sähe, müsse er doch darauf hinweisen, dass Pulver und Munition leider allzu knapp und teuer seien. Huldvoll nahm sie, die bereits «Ehrenmusketier» und «Ehrenmechanikus» war, die Verleihung des Titels «Ehrenkanonier von Lazen Castle» entgegen, woraufhin sie beinahe mit dem Schwert auf die von Oberst Washington im angrenzenden Feld errichteten Zielscheiben losgegangen wäre – wenn dieser sie nicht noch im letzten Moment davon abgehalten hätte.

Zwei Wochen später kam dann tatsächlich der Krieg nach Lazen, allerdings auf eine Weise, über die Campion sehr erstaunt war. Es war vollkommen anders, als sie sich vorgestellt hatte.

Oberst Washington war mit einem Großteil seiner Männer nach Norden geritten, in Marsch gesetzt durch ein Gerücht, wonach ein Tross von Pulverwagen in Richtung Westen unterwegs war. Während seiner Abwesenheit drangen Truppen der Rundköpfe ins Lazen-Tal ein. Obwohl Lady Margaret vom Oberst gewarnt worden war, keine überstürzten Alleingänge zu unternehmen, stopfte sie eine Kugel in ihre Muskete.

Campion leistete Lady Margaret in der langen Galerie Gesellschaft. «Von denen haben wir wohl nicht viel zu befürchten», sagte sie.

«Es sind Feiglinge, meine Liebe.»

Der Feind wagte sich, wahrscheinlich auf der Hut vor den Soldaten, die Oberst Washington zurückgelassen hatte, nur bis an den Rand der Ortschaft von Lazen vor. Die Dorfbewohner packten ein paar Habseligkeiten zusammen und trieben ihr Vieh in die Sicherheit der Burg.

Eine Weile schien es, als würden die Rundköpfe nicht weiter vorrücken wollen. Sie lagerten an der Wassermühle und beobachteten die Burg, bis sich mehrere Reiter absonderten und tiefer ins Tal nach Westen zogen. Sie waren genauso gerüstet wie die Königstreuen: mit ledernen Wämsern, Brustpanzern und hohen Stiefeln mit umgekrempelten Stulpen. Die Sturmhauben waren hinten mit einem Nackenschutz und vorn unter der Kalotte mit einem Augenschirm versehen. Der einzige Unterschied schien darin zu bestehen, dass diese Männer rote oder orangefarbene Feldbinden an den Hüften trugen, während die der Männer, die Lazen verteidigten, weiß oder blau waren. Hauptmann Tugwell, der in Washingtons Abwesenheit das Kommando führte, ließ seine Musketiere vor dem Wassergraben Aufstellung nehmen. Sie alle hatten eine Musketengabel vor sich in den weichen Boden gerammt, um die schweren Läufe ihrer Waffen abzustützen.

Die Rundköpfe zeigten keinerlei Interesse an der Burg,

wohl aber am Vieh. Sie fingen ein paar Kühe ein und trieben sie zur Mühle. Zu Lady Margarets großem Verdruss war keiner der feindlichen Landsknechte bis auf Schussweite herangekommen, doch es tröstete sie, dass sie ausgerechnet das störrischste Rindvieh der Herde mitgenommen hatten. «Wir hätten es längst schlachten sollen.»

Wenig später verließen die Rundköpfe ihr Lager an der Mühle. Kaum waren sie abgezogen, ritt ein einzelner Mann auf den Burggraben zu, die Arme weit ausgebreitet, um zu signalisieren, dass keine Gefahr von ihm ausging. Er war prächtig gekleidet. Anstelle einer Sturmhaube trug er einen samtenen Hut mit breiter Krempe und extravagantem Federschmuck. Sein Brustpanzer glänzte wie aus Silber. Das Wams darunter leuchtete scharlachrot. Außergewöhnlich waren auch die weißen hohen Stiefel, die denkbar unzweckmäßig zu sein schienen. Hauptmann Tugwell wies seine Männer an, nicht zu schießen, und als Lady Margaret den Mann vom Fenster der Galerie aus sah, rief sie freudestrahlend aus: «Großer Gott! Das ist ja Harry! Komm, mein Kind.»

Als die beiden nach unten in den Garten eilten, erklärte Lady Margaret, wer dieser Harry war. «Lord Atheldene. Ein sehr charmanter Mann. Ich hätte ihn gern an Annes Seite gesehen, doch sie wollte unbedingt diesen langweiligen Fleet haben.» Am Rand des Wassergrabens angekommen, winkte sie mit beiden Armen. «Harry!»

Lord Atheldene lüftete seinen Hut. «Verehrte Lady Margaret.»

«Wie geht es Euch, Harry?»

«Ich bin vielbeschäftigt. Verzeiht unseren Überfall.»

«Papperlapapp. Wir holen uns das Vieh von Euch zurück. Ich nehme an, mein Schwiegersohn hat den Befehl dazu gegeben.»

Atheldene schmunzelte. Er war ein gutaussehender Mann mit langen blonden Locken. Campion schätzte ihn auf Anfang dreißig. «So ist es, Lady Margaret. Er fürchtet wohl, dass man ihn der Begünstigung zeihen würde, wenn er Euch ungeschoren ließe.»

«Und er fürchtet offenbar, sich bei mir blicken zu lassen. Wie geht es diesem Mädchen, das Ihr geheiratet habt?»

«Sie ist hochschwanger.» Er lächelte. «Und Sir George? Wie geht es ihm?»

«Gut, soweit ich weiß. Er ist in Oxford. Würdet Ihr meinem Schwiegersohn ausrichten, dass es sich nicht gehört, wehrlose Frauen anzugreifen?»

Atheldene warf einen Blick auf die Soldaten, sagte aber nichts. Lady Margaret schnaubte. «Es stimmt mich traurig zu sehen, dass Ihr Euren König bekämpft, Harry.»

«Nur seine Berater, Lady Margaret.»

«Ihr seid spitzfindig, Harry.»

Auch diesmal ließ sich Atheldene nicht provozieren. An Campion gewandt, sagte er: «Ich glaube, wir sind uns noch nicht vorgestellt worden.»

«Dazu kommt es auch nicht», entgegnete Lady Margaret. «Sie ist viel zu jung, als dass ich sie mit Verrätern bekannt machte.»

Die beiden tauschten Neuigkeiten über die Familien aus und plauderten noch ein wenig, bis sich Atheldene schließlich tief verbeugte, Hauptmann Tugwell mit einer Handbewegung seinen Dank dafür entrichtete, dass dieser nicht hatte schießen lassen, seinem Pferd die Sporen gab und in Richtung Dorf davonritt.

Campion wunderte sich über diese sonderbare Begegnung. Nach ihrer Vorstellung waren die Feinde des Königs Männer wie ihr Vater, strenge Puritaner in schwarzen Kleidern und mit kurzgeschorenen Köpfen, und in dieses Bild mochte ein so charmanter, eleganter und herausgeputzter Edelmann wie Lord Atheldene nicht passen. Lady Margaret erklärte ihr: «Der König ist ein sehr törichter Mann, meine Liebe. An zwei oder drei Tagen im Jahr kann er durchaus charmant sein, aber ansonsten ist er unglaublich dumm und verbockt. Sooft er Geld haben will, erfindet er irgendeine neue Begründung. Uns hat er fast ausbluten lassen, und Harry hat er um ein Vermögen gebracht. Es gab Steuern hier und Steuern da, und wenn ihm die nicht mehr reichten, hat er Darlehen verlangt, die nie zurückgezahlt wurden. Schließlich hat er sogar das Parlament abzusetzen versucht, und das mögen die Engländer gar nicht. Sie lieben das Parlament. Es gibt Männern wie George etwas zu tun. Es kann darum kaum überraschen, dass so viele gute Männer rebellieren.»

Campion amüsierte sich über die Nachsicht ihrer sonst so angriffslustigen Gastgeberin. «Warum habt Ihr Euch denn auf die Seite des Königs geschlagen?»

«Ich? In meiner Familie hat es noch nie einen Rebellen gegeben, und ich will nicht die Erste sein.» Sie waren in die lange Galerie zurückgekehrt. Lady Margaret blickte betrübt auf das Buch, das in einen Rahmen eingespannt war, der ihr helfen sollte, die Seiten zusammenzunähen. Ihre bisherigen Anstrengungen waren nicht gerade von Erfolg gekrönt. «Außerdem ist und bleibt der König König, und sei er noch so töricht. Aber es gibt natürlich noch andere Gründe.» Sie legte die Stirn in Falten. «Seit Ausbruch dieser Rebellion kriechen aus jeder dunklen Ecke schreckliche Dinge hervor. Ich will weder von Baptisten noch von Anabaptisten oder sonstigen Sektierern regiert werden. Sie verlangen, dass ich mich bis zum Scheitel in kaltes Wasser tauchen lasse, und nennen es Religion.» Sie schüttelte den Kopf. «Ja, mein Kind, ich bedaure sehr, dass es zu diesem Krieg gekommen ist. Wenn Königin Elizabeth so gescheit gewesen wäre, einen Sohn zur Welt zu bringen, hätten wir jetzt nicht diese elenden Schotten auf unserem Thron. Wir brauchen einen König, aber warum der schottisch sein muss, ist mir unbegreiflich.» Sie nahm ihre geladene Muskete zur Hand und sagte versonnen: «Vielleicht könnte ich ja ein Kaninchen erlegen.»

Es war alles so verwickelt. Teile des Adels standen auf der Seite des Parlaments, während nicht wenige Bürgerliche dem König die Treue hielten. Der König war Schotte, doch das schottische Volk, das in Charles nicht nur seinen, sondern auch den König über ganz England sah, hatte ein Heer gegen seinen Monarchen ins Feld geführt. Manche meinten, der Krieg sei ein Kampf gegen die unrechtmäßige Besteuerung durch den König, andere sahen das Kriegsziel darin, das Parlament an der Übernahme königlicher Vollmachten zu hindern, und wiederum andere glaubten, in dem Krieg gehe es um die Frage, welche Religion für England verbindlich sein solle. Nachbarn kämpften gegen Nachbarn, Väter gegen Söhne, und Soldaten, die in der Schlacht gefangen genommen worden waren, wechselten rasch die Seiten, um der Kerkerhaft zu entgehen.

Noch am selben Abend unterhielt sich Campion mit Oberst Washington, der in den Religionskriegen Nordeuropas gekämpft hatte und voller Zuversicht war. «Es ist kein schlechter Krieg, Miss Campion. Ohne wirkliche Garstigkeiten.»

«Garstigkeiten?», fragte Campion.

Er schaute sie von der Seite an und zupfte an seinem kleinen Schnurrbart. «Es ist nur wenig Hass im Spiel. Nun ja, wir kämpfen, und Männer sterben, aber es passiert hier nichts von dem, was uns in den deutschen Ländern zu Gesicht gekommen ist.» Er schüttelte den Kopf. «Ich habe gesehen, wie ganze Städte niedergemacht wurden. Kein schöner Anblick, wahrhaftig nicht.» Er starrte in seinen Bierkrug. «Aber vielleicht wird es hier auch blutiger, wenn sich der Krieg in die Länge zieht.» Er trank einen Schluck. «Ich geh jetzt zu Bett, meine Liebe, wieder allein, wie ich fürchte, denn ich darf wohl kaum darauf hoffen, dass Ihr einen alten Mann heute Nacht glücklich machen werdet, oder?»

Sie lachte. Er hatte ihr schon häufiger einen solchen Antrag gemacht, der, wie sie wusste, scherzhaft gemeint war. Oberst Washington war in mancher Hinsicht Sir Georges Stellvertreter geworden.

Sir George Lazender hielt sich in Oxford auf, wohin der König sein Parlament gerufen hatte. Die Mitglieder, die in der Christ Church zusammentrafen, gehörten alle dem alten, königstreuen Parlament an. Auch Sir George hatte sich ihm angeschlossen, obwohl er wusste, dass es keinerlei Macht besaß und nur dazu bestimmt war, den Erlassen des Königs den Anschein von Legalität zu geben. Sir George war aber wohl, wie Lady Margaret vermutete, auch deshalb nach Oxford gegangen, weil er in den Bibliotheken der Universität zu stöbern wünschte und wieder an politischen Debatten teilzunehmen hoffte – beides vermisste er seit seinem Weggang von Westminster schmerzlich.

Anfang April traf ein Brief von ihm ein, in dem er vorschlug, Campion nach Oxford reisen zu lassen, falls Oberst Washington eine Eskorte erübrigen könne. Es gebe dort Ärzte und Anwälte, außerdem tage ein Kirchengericht in der Stadt, das Campions Ehe mit Samuel Scammell annullieren könne. Campion war von dem Vorschlag angetan, obwohl es sie beschämte, ihre Jungfernschaft unter Beweis stellen zu müssen.

Von Atheldenes Überfall abgesehen, war der April ein friedlicher Monat. Es regnete sacht, das Land grünte, und die Luft wurde wärmer. Campion lernte reiten und erkundete das Tal und die Hügel zu Pferde, stets in Begleitung eines Soldaten, denn darauf bestand Oberst Washington. Es gab heitere Tage, an denen nur wenige Wolken am Himmel waren, die ein frischer Wind zu vertreiben versprach, sodass sich ihr Traum von einem makellos blauen Firmament bald zu erfüllen schien. Der Fluss ihres Lebens war in diesem Gewässer zur Ruhe gekommen, das so still war wie der kleine Teich von Werlatton, an dem sie sich Toby ohne ihr Wissen in ihrer Blöße gezeigt hatte. Wenn sie jetzt daran zurückdachte, musste sie lachen. Manchmal nahm sie das Siegel zur Hand, jenes Schmuckstück, das ihr inzwischen so vertraut war, dass es ihr gar nicht mehr wie ein Geheimnis vorkam. Wenn der Krieg vorbei und der König im Triumph nach London zurückgekehrt sein würde, dann und nur dann, so sagte Lady Margaret, könnte Sir Grenville Cony gezwungen werden, das Geheimnis preiszugeben.

Das Ende des Krieges aber war noch nicht in Sicht. Die Schotten rührten sich im Norden und lenkten den König von London ab. Campion musste sich in Geduld üben und wohl noch lange der Lösung des Rätsels harren.

Dann, urplötzlich, kam der Krieg, und das beschauliche Leben auf Lazen Castle geriet durcheinander wie der stille Fluss, der nach der Schmelze des Winterschnees von kalten, reißenden Wassern aufgewühlt wird und über die Ufer tritt.

Am 20. April, dem Tag vor Ostern, kündigte er sich an mit Hufgetrappel im Schlosshof, lauten Rufen und polternden Schritten auf der Treppe des Neuen Hauses. Die Tür zur Galerie flog auf.

Campion und Lady Margaret fuhren herum. Vor ihnen

stand eine großgewachsene Gestalt in Leder und Harnisch. Campion erkannte ihn als Erste. «Toby!»

An eine Reise nach Oxford war vorläufig nicht zu denken, geschweige denn an Hochzeit. Der König hatte sein Parlament aufgelöst und seine Truppen gegen die Schotten in Marsch gesetzt. Dies aber waren nicht die Nachrichten, die Sir George und Toby zurück nach Dorset hatten eilen lassen. Das Parlament in London hatte beschlossen, alle ertragreichen Grafschaften von Royalisten zu säubern, die Ernte zu konfiszieren und in die Hauptstadt zu schaffen. An die Truppen war bereits der Befehl ausgegeben worden, den Westen unter ihre Kontrolle zu bringen. Einer der Spitzel, die auf beiden Seiten Augen und Ohren offenhielten, hatte den König informiert, und durch diesen war auch Sir George über die Pläne der Londoner aufgeklärt worden. Lazen Castle sollte schon zu Ostern belagert und schließlich eingenommen werden. Sir George und Toby waren mit ihren Soldaten Hals über Kopf aus Oxford fortgeritten, um das Schloss zu erreichen, bevor sich der feindliche Ring darum geschlossen haben würde.

Sir George und Oberst Washington waren Toby nach oben in die Galerie gefolgt. Lady Margaret wandte sich an Campion und sagte: «Du musst fort von hier.»

«Nein!»

«Doch. George, könnte sie bei Tallis in Oxford unterkommen?»

Sir George nickte. «Ja. Allerdings wäre es für sie besser, wenn sie noch weiter wegzöge.»

Campion schüttelte den Kopf. «Nein!»

«Ihr werdet nirgendwo hingehen, Miss Campion.» Oberst Washington schaute zum Fenster hinaus. Seine Miene war düster. «Verdammt schnell, die verfluchten Lobster … Oh, verzeiht meine Wortwahl, Ma'am.»

Die Bewohner der Ortschaft eilten auf die Burg zu. Auf den Feldern hinter der Mühle und den Hütten des Dorfes waren, ihrer Standarte folgend, die Truppen der Rundköpfe aufgetaucht, Reiter, die in ihrer aus vielen Einzelteilen bestehenden Panzerung wie Hummer aussahen und darum «Lobster» genannt wurden.

«Wusstet Ihr denn nicht, dass sie schon so nahe sind?», fragte Sir George seinen Oberst Washington.

«Nein, Sir. Dabei bin ich jeden Tag Patrouille geritten. Ich vermute, sie sind von Süden gekommen, aus den Wäldern, in denen sich ein Heer gut verbergen kann.»

«Aus Richtung Werlatton?», fragte Campion.

«Wahrscheinlich, Miss Campion.» Washington lächelte. Der kleine Mann schien an Statur zu gewinnen, denn er wirkte vollkommen unerschrocken. Er trat auf die Feuerstelle zu und stellte sich unter die stolze, nackte Diana. «Sie werden in uns auf eine härtere Nuss stoßen, als sie gedacht haben. Unsere Burschen sind bestens vorbereitet.» Er sprach von den Pächtern und Feldarbeitern Lazens, die an Musketen und Piken ausgebildet worden waren und zusammen mit der Garnison eine stattliche Kampftruppe bildeten. «Aye. Ich glaube, sie werden sich an uns die Zähne ausbeißen und ihre Kühnheit noch bereuen.»

«Und wir werden sie büßen lassen.» Lady Margaret starrte mit hasserfülltem Blick auf die anschwellenden Streitkräfte des Feindes. «Entschuldigt mich, Oberst.» Sie stieß das Fenster auf und erschreckte mit ihrem Schrei die beiden Wachen vor dem Wassergraben. «Bastarde!»

«Margaret!» Sir George gab sich schockiert.

Oberst Washington schmunzelte und befingerte seinen Schnurrbart. «Ich schätze, gegen Ende Mai werden wir sie nur noch von hinten sehen.»

Toby stellte sich neben Campion, die sichtlich nervös war. «Du hast den Oberst gehört, meine Liebste», versuchte er sie zu beruhigen. «Ende Mai sind wir sie los.»

Sie ergriff seinen Arm und spürte das steife Leder kalt in ihrer Hand. Mit der Linken berührte sie das Siegel an ihrer Brust und fragte sich, ob womöglich dieser goldene Talisman die geharnischten Männer nach Lazen gelockt hatte.

Der Krieg war nach Lazen gekommen, der Feind stand vor den Toren. Sie fühlte sich bedroht und glaubte körperlich spüren zu können, wie der Fluss ihres Lebens sie mitriss, aus den stillen Gewässern hinwegschwemmte und unbekannten Ufern entgegenführte. Sie hielt an Toby fest wie an einem Anker.

Lazen Castle war belagert.

❧ 16 ❧

Ende Mai waren die Rundköpfe immer noch da, ohne allerdings etwas zu unternehmen, um die Burg einzunehmen. Selbst auf Campion, die in diesen Dingen keinerlei Erfahrung hatte, wirkte dieses Verhalten stümperhaft.

Die Soldaten konzentrierten sich auf den Norden, wo sie aus Holz und Erde eine große Schanze für ihre Geschütze gebaut hatten. Eines Morgens war aus einem dieser Geschütze gefeuert worden. Der laute Knall hatte sämtliche Vögel in der Umgebung aufgeschreckt. Eine schwere Kugel war mit ungeheurer Wucht auf die Nordmauer geprallt, allerdings ohne größeren Schaden anzurichten. Oberst Washingtons Hauptsorge galt einer anderen Waffe des Feindes, einer Büchse, die er als einen «heimtückischen Kochtopf» bezeichnete. Sie schleuderte ihre Geschosse hoch in die Luft und über alle

Schutzwälle hinweg. Diese Waffe, auch Mörser genannt, forderte das erste Opfer von Lazen, eine Küchenmagd, die gerade Geschirr spülte, als die Kugel einschlug und ihren Schädel zerschmetterte. Oberst Washington ließ dem Feind einen Brief zukommen, überbracht von einem Boten unter weißer Flagge, und gratulierte ihm mit beißendem Spott zum Abschuss der Magd. Außerdem teilte er ihm den Zeitpunkt ihrer Beisetzung mit und verlangte, dass während des Gottesdienstes die Waffen ruhten. Die Rundköpfe kamen seiner Forderung nach und stellten das Feuer ein.

Die feindlichen Krieger lagerten in Zelten oder hausten in den verlassenen Hütten des Dorfes, während sie mit Wachposten und Patrouillen das gesamte Anwesen umstellten. Zahlenmäßig waren sie der Garnison mindestens um das Dreifache überlegen, was Oberst Washington aber kaum zu beeindrucken schien; er schaute mit Verachtung auf den Feind herab. In der ersten Maiwoche hatte er mit einem kleinen Trupp einen Ausfall gewagt und im Schutz der anbrechenden Dunkelheit und des neuen Walls am Torhaus die Schanze gestürmt. Vom Bergfried aus hatten Campion und Lady Margaret zugeschaut und gesehen, wie das Lazender-Banner über dem feindlichen Bollwerk gehisst worden war. Sie hatten die Jubelrufe der Königstreuen vernommen und auch deutlich die Hammerschläge gehört, mit denen die Zündlöcher der feindlichen Kanonen vernagelt worden waren. Campion sah das Mündungsfeuer der Musketen und lauschte dem Gebrüll der Verteidiger des Schlosses: «König Charles! König Charles!»

«Zurück! Zurück!» Hoch zu Pferde winkte Oberst Washington seine Männer zu sich. Eine letzte Musketensalve richtete sich gegen den Feind, der zum Gegenangriff blies; dann sprangen die Royalisten über die Palisaden, die sie eingerissen hatten, und rannten zurück zur Burg. Campion sah Toby mit gezogenem Schwert seine Männer antreiben, und plötzlich erblickte sie am Nordhimmel ein Wetterleuchten, das den Horizont in Flammen aufgehen ließ. Über der Schanze stieg eine riesige Rauchwolke auf, gefolgt von gewaltigen Donnerschlägen. Das Pulvermagazin der Feinde war explodiert. «König Charles! König Charles!»

Zehn Tage lang schwiegen die Waffen. Der Feind zog sich ein Stück zurück, baute eine neue Schanze und musste eine weitere Schlappe erleiden, die er sich allerdings selbst zuzuschreiben hatte. Der Wassergraben von Lazen wurde von einer Quelle im Nordosten der Burg gespeist, die der Feind nun abzugraben versuchte, was ihm schließlich auch gelang, obwohl er von Oberst Washingtons Falken mit Beschuss belegt wurde. Der Erfolg schien einen Sieg der Parlamentarier zu verheißen, denn schon nach vier Tagen war das Wasser der Gräben im Norden und Südwesten versickert, und wo sonst prächtige Seerosen gediehen, war nur noch stinkender Schlamm übrig geblieben. Der bildete zwar ein kaum überwindliches Hindernis, würde aber bald ausgetrocknet sein. Oberst Washington sah sich darum gezwungen, einen Teil der Verteidiger vom Nord- und Westwall abzuziehen und die Ufer des Grabens bewachen zu lassen. Am fünften Tag war auch der Hauptabschnitt des Grabens fast trocken. In einer kümmerlichen Pfütze zappelten sterbende Fische. Als es Nacht wurde, gruben die Verteidiger tiefe Löcher in den Rasen, um aus ihnen den Feind beschießen zu können, falls er angreifen sollte.

Das Wasser aus der abgegrabenen Quelle aber hatte sich in der Senke am Fuß der Hügel im Norden gesammelt und das irdene Fundament der dort neuerrichteten Schanze dermaßen aufgeweicht, dass der schwere Mörser mitsamt dem Holzbock, auf dem er ruhte, im Morast versank. Als Gefechtsstellung taugte die Schanze nicht mehr. Lord Atheldene ließ sofort den Damm einreißen, und das Wasser aus der Quelle floss wieder hell und klar durch seine unterirdische Zuführung in den Burggraben. Die Fische erholten sich, die Verteidiger atmeten auf, und bald schwammen die Seerosen wieder auf frischem Wasser.

Lord Atheldene war ein höflicher Gegner. Von Oberst Washington darüber informiert, dass die Frauen und Kinder im Neuen Haus untergebracht waren, wies er seine Kanoniere an, ihre Büchsen auf andere Teile der Burg zu richten. Am Südrand der Ortschaft war eine weitere Schanze errichtet worden, ausgelegt für zwei Geschütze, die den Stallhof unter Beschuss nahmen. Pferde wurden verwundet und mussten erlöst werden. Zwei Tage lang hing über Lazen schrecklicher Kadavergestank.

Die Kanonen im Norden hatten schließlich die alte Brustwehr zwischen Bergfried und Altem Haus zum Einsturz gebracht und eine Bresche geschlagen, die die Rundköpfe in der darauffolgenden Nacht stürmten. Auf ihr lautes Geheul antworteten die Falken und Mörder mit tödlichem Gebell. Davon aufgeschreckt, warf Campion einen Mantel über ihr Nachthemd und eilte ins Alte Haus hinüber. Die Gebäude wie auch der Küchengarten, in den die Feinde eindrangen, waren rauchverhangen. Campion sah im Dunkeln Schwerter und Pikenklingen blitzen, sie hörte den Jubel der Feinde, die die Bresche durchbrachen, und verstand mit einem Mal, warum Oberst Washington die ganze Zeit über so gelassen geblieben war. Er hatte den Angriff erwartet, ja, gewollt, denn der Feind steckte nun in dem von Mauern umgebenen Garten in der Falle. Auf sein Zeichen hin griffen die Verteidiger vom Bergfried und dem alten Küchengebäude aus an. Zum ersten Mal hörte Campion Pike auf Pike schlagen und sah im grauen Licht der Dämmerung, wie die feindlichen Reihen mit riesigen, angespitzten Stämmen aufgebrochen wurden. Die Triumphrufe der Rundköpfe gingen in Panikschreie über, und Campion biss sich auf die Unterlippe angesichts der unbändigen Wut, mit der die in Leder gepanzerten Verteidiger ans Werk gingen und ihre Piken in Blut tauchten. Unablässig krachten Musketen, bis die Rundköpfe schließlich, zurückgedrängt, Reißaus nahmen oder gefangen genommen wurden. Erleichtert atmete Campion auf. Sie war wieder in Sicherheit.

Die Verwundeten wurden im Neuen Haus versorgt. Campion sah schreckliche Verstümmelungen und musste dem Wundarzt helfen, Arme und Beine zu amputieren. Sie stand Sterbenden zur Seite, die sich vor Schmerzen den Tod herbeisehnten, und spendete gefangenen Feinden Trost, sie las ihnen aus den Psalmen vor und betete mit ihnen während der qualvollen Nachtstunden, in denen der Morgen eine Ewigkeit entfernt zu sein schien.

Es wurde nicht durchgehend gekämpft. An manchen Tagen blieb es fast vollkommen ruhig, und manchmal zeigten sich beide Lager von einer friedlicheren Seite. Dann wurden Gefangene ausgetauscht und Verwundete ihren Kameraden übergeben. Einmal in der Woche ließ Lord Atheldene Lady Margaret und Sir George aktuelle Nachrichten übermitteln. Die Nachrichtenblätter stammten allesamt aus Parlamentskreisen und warteten mit Meldungen auf, an denen die Verteidiger wenig Freude haben konnten. Dennoch war Sir George geneigt, einen Großteil davon zu glauben. Es wurde berichtet, dass der König im Norden schwer bedrängt werde und die Schotten langsam nach Süden vorrückten, und sooft ein allein stehender Gutshof oder ein Schloss den Streitkräften der Rebellen in die Hände fiel, gab es großen Beifall auf Seiten der Berichterstatter. Für eine im Sinne des Parlaments siegreiche Entwicklung fehlte allerdings jeglicher Beleg. Der Krieg blieb unentschieden, und weder den Rebellen noch den Königstreuen gelang ein Sieg, der die Waagschale zu ihren Gunsten hätte ausschlagen lassen. Aber von Lord Atheldene kamen nicht nur Nachrichten. Einmal schickte er einen großen, mit Nelken gespickten Schinken, ein anderes Mal ein Fass Wein und einen Brief, in dem er sein Bedauern darüber zum Ausdruck brachte, alte Freunde und Nachbarn bekriegen zu müssen. Er versprach den Frauen von Lazen sicheres Geleit und schlug Lady Margaret sogar vor, in seinem Haus Zuflucht zu suchen. Doch davon wollte sie nichts wissen. «Mein Zuhause ist hier. Es fiele mir im Traum nicht ein, unter Harrys Dach zu wohnen. Da ist es zugig, und die kleinen Kinder machen einen Heidenlärm.» Sie hatte bereits ihr eigenes Epitaph verfasst, das in eine Steintafel gemeißelt und in der zerschossenen Schlosskapelle ausgestellt werden sollte. «Sie starb bei der Verteidigung ihres eigenen Hauses, belagert von tückischen Verrätern.» Sie schaute Campion an. «Du musst von hier fort, Kind.»

Campion schüttelte den Kopf. «Nicht ohne Euch, Lady Margaret.»

Campions Furcht vor den Feinden hatte abgenommen. Solange Lord Atheldene die Belagerungstruppen anführte, machte sie sich um Leib und Leben keine Sorgen. Er war, wie Sir George sagte, ein Mann von Ehre und Anstand und würde alles tun, um den Frauen von Lazen die Schrecken des Krieges zu ersparen. Selbst als Samuel Scammell zu seinen Truppen stieß, wovon Campion über einen verwundeten Gefangenen erfuhr, blieb sie gelassen. Scammell hatte keine Macht über Lord Atheldene.

Sie hielt nach Scammell Ausschau und suchte die feindlichen Linien mit dem klobigen Teleskop ab, das Lady Margaret auf dem Dach des Bergfrieds hatte aufbauen lassen. Toby war bei ihr. Seine roten Haare flatterten im Wind. «Vielleicht ist er gar nicht da.»

«Als Soldat kann ich ihn mir auch gar nicht vorstellen.» Sie richtete das große Rohr, das auf einem eisernen Dreifuß ruhte, auf das Dorf. Das Bild wackelte. Sie konnte das Erdwerk ausmachen, mit dem der Feind die Straße zum Schloss verschanzt hatte, und sah Soldaten in der Sonne hocken. Sie hatten ihre Sturmhauben abgelegt und aßen Brot und Käse. Hühner liefen pickend über die Dorfstraße. «Ah!» Sie lachte laut auf. «Ich habe ihn entdeckt.»

«Lass sehen!»

«Warte.»

Sie hatte erwartet, vor Scammell Angst zu haben. Dass sie nun über ihn lachen musste, überraschte sie selbst. Er stand vor einer der Hütten, blinzelte ins Sonnenlicht und kratzte sich am Hosenboden, wobei er so unbeholfen aussah, dass man vor ihm wahrhaftig nicht bange sein musste.

Toby, der Scammell während der feurigen Hochzeitsnacht in London nur flüchtig zu Gesicht bekommen hatte, starrte auf seinen Feind. «Was ist los mit ihm? Hat er die Pocken?»

«Er kratzt sich ständig.»

Toby grinste. «Hauptmann Scammell, Krieger des Herrn. Wie konntest du diesen Mann bloß heiraten?»

Sie gab ihm einen Knuff auf den Arm, wodurch das Teleskop zur Seite ruckte. Toby musste es neu ausrichten. «Mein Gott! Er hat seine eigene Leibwache bei sich.»

«Zeig mal.»

Campion spähte durch das Okular und schnappte nach Luft. «Was ist?», fragte Toby.

«Das kann doch nicht sein.» Das Lachen war ihr vergangen. «Nicht zu fassen.»

«Was?»

«Es ist Ebenezer. Kaum wiederzuerkennen. Und Pastor Hervey.»

Toby übernahm das Fernglas. «Welcher ist Ebenezer?»

«Der mit den schwarzen Haaren.»

Toby sah einen hageren, großgewachsenen jungen Mann neben Scammell stehen, ganz in Schwarz gekleidet. Selbst die eleganten hohen Stiefel und der Brustpanzer waren schwarz. Er hinkte zwar, doch wirkten seine Bewegungen eigentümlich würdevoll. Der dritte Mann, Pastor Hervey, dem die sandfarbenen Haare ins dünne Gesicht fielen, redete hektisch auf Scammell ein.

«Ich habe Angst, Toby.»

«Warum?»

«Sie sind meinetwegen gekommen.»

«Unsinn.» Er richtete sich auf. «Atheldene führt das Kommando.» Er lächelte ihr zu. «Womöglich wissen sie nicht einmal, dass du hier bist.» Er lachte, um sie aufzuheitern. «Es liegt doch auf der Hand, warum sie gekommen sind. Für Werlatton sind wir das am nächsten gelegene königstreue Haus. Keine Sorge. James und ich werden auf dich aufpassen.»

James war Tobys Diener, ein junger Mann, der von seinem Vater, der Hufschmied in Lazen war, Körperstatur und Muskelkraft geerbt hatte. James Wright war mit Toby aufgewachsen. Sie hatten gemeinsam in den Wäldern zu jagen gelernt, in den Fischgewässern der Nachbarschaft gewildert und kämpften nun auch in diesem Krieg Seite an Seite. Toby hielt große Stücke auf ihn, der wie kein anderer mit einer Holzfälleraxt umzugehen und diese auch gegen Rundköpfe zu führen verstand.

Trotzdem machte sich Campion Sorgen. Um sie zu trösten, setzte Toby auf Samuel Scammell ein Kopfgeld von fünf Pfund aus. Er machte die Kanoniere und Musketiere auf ihn aufmerksam, und sooft sich Bruder Scammell in den feindlichen Reihen blicken ließ, wurde er unter Beschuss genommen. Doch während die Männer rings um ihn fielen, blieb er unverletzt. Er schöpfte Trost aus dem 91. Psalm: «Ob tausend fallen zu deiner Seite und zehntausend zu deiner Rechten, so wird es doch dich nicht treffen.» Gleichwohl fürchtete er die Stunden seines Wachdienstes und fragte sich, ob womöglich Campion veranlasst hatte, dass all die mörderischen Salven gezielt auf ihn abgefeuert wurden.

Am 11. Juni fiel das Torhaus. Vom feindlichen Beschuss geschwächt, stürzten die alten Mauern ein und begruben zehn Männer unter sich. Der Belagerungsring zog sich enger zusammen. Die Moral der Verteidiger nahm ab, denn obwohl sie den Angriffen standhielten, war kein Ende der Kämpfe abzusehen, die nunmehr schon dreißig Tote gefordert hatten. Ebenso viele lagen unter grausamen Schmerzen im Sterben, und es würde weitere Opfer geben, denn aus den Geschützen wurde weiter gefeuert. Sie waren jetzt auf das Alte Haus gerichtet und hatten bereits große Löcher gerissen, durch die die Räume im Nordflügel den Frühjahrsschauern und feindlichen Brandanschlägen schutzlos ausgesetzt waren.

Unter dem Eindruck dieser Gefahr und weil er einsehen musste, dass vom König wegen des schwelenden Krieges im Norden keine Hilfe zu erwarten war, schrieb Sir George, ungeachtet der Proteste seiner Frau, einen Brief an Atheldene, mit dem er ihn an sein Versprechen erinnerte, den Frauen sicheres Geleit zu gewähren. Sie würden, so schrieb er, mit seiner, Lord Atheldenes, Erlaubnis und unter seinem Schutz das Schloss verlassen und nach Oxford gehen.

Die Geschütze verstummten, als der Bote mit einem weißen Lappen am Schwert auf das gegnerische Lager zuritt. Der Brief kam einem Eingeständnis der Niederlage gleich, auch wenn diese nicht der Überlegenheit des Gegners geschuldet war, sondern der zermürbenden Abnutzung infolge des anhaltenden Beschusses. Tief bekümmert packte Campion ihre Kleider in einen großen, ledernen Reisekoffer und hörte, wie die Pferde vor die Kutsche gespannt wurden, in der sie, Lady Margaret, Caroline und die Dienstmägde fortgebracht werden sollten. Wie Sir George war auch Oberst Washington überzeugt davon, dass Lord Atheldene sein Versprechen halten werde.

Die Antwort ließ nicht lange auf sich warten. Darin hieß es, dass Lord Atheldene nach London zitiert worden sei, wo ihm der Prozess gemacht werde, weil er «unseren Feinden in Lazen Castle erleichternde Zugeständnisse gemacht» habe. Die Parlamentstruppen standen nun unter dem Befehl von Oberst Fuller, dem Verfasser des Antwortschreibens, der behauptete, von Lord Atheldenes Zusage eines sicheren Geleits nichts zu wissen.

«Fuller!» Oberst Washington kniff die Brauen zusammen. «Den kenne ich.»

«Wer ist das?», fragte Sir George.

«Einer dieser neuen Männer.» Oberst Washington zupfte an seinem Schnurrbart. «Ein geifernder Puritaner, mit Verlaub. Er war Schuster in Bedford und nennt sich jetzt Oberst.»

«Ist er honorig?»

«Ich fürchte, er kann dieses Wort nicht einmal buchstabieren.» Oberst Washington zuckte mit den Schultern. «Allerdings ist er kein schlechter Soldat.»

Sir George schaute wieder auf den Brief und las laut daraus

vor. Fuller hatte durchaus höfliche Worte gewählt. Er gewährte sicheres Geleit, versprach sogar, bewaffnete Wachen abzustellen zum Schutz von Lady Margaret, ihrer Tochter «und allen anderen weiblichen Personen des Haushalts, die das Anwesen zu verlassen wünschten» – mit einer Ausnahme.

«In Eurer Mitte weilt eine gewisse Dorcas Scammell, die Ehefrau eines meiner Offiziere. Sie können wir nicht ziehen lassen. Ihre Ehe wurde vor Gott, dem Allmächtigen, geschlossen, für dessen Sache wir kämpfen. Unsere Zusicherung des Geleitschutzes für die erwähnten Frauen steht und fällt mit der Zurückführung von Dorcas Scammell an ihren rechtmäßigen Ehemann.»

Lady Margaret hatte für ihn nur ein Wort übrig. «Bastard!»

Es wurde bedrückend still in der langen Galerie. Campion fühlte wieder das entsetzliche Gewicht ihrer Vergangenheit auf sich lasten, und ihr war, als würde der Fluss ihres Lebens sie in den Schlamm von Werlatton zurückspülen. Sie sah die Sorge in Tobys Augen und fühlte sich verantwortlich für das Blutvergießen vor den Mauern von Lazen Castle. Sie wandte sich an Lady Margaret. «Ihr müsst gehen. Ihr habt keine andere Wahl.»

«Du scheinst den Verstand verloren zu haben, Kind. Allenfalls ließe ich mich von Lord Atheldene dazu überreden, aber nicht von einem dahergelaufenen Schuster aus Bedford. Oberst Fuller! Herrje. Wenn du glaubst, ein solcher Mann könnte mich aus meinem Haus vertreiben, irrst du gewaltig.»

Sir George rieb sich die Augen. Wieder breitete sich Schweigen aus, und Campion wurde das Gefühl nicht los, dass sie die Schuld an der Belagerung trug, weil das Siegel an ihrem Hals die Streitkräfte überhaupt erst nach Lazen gelockt und die friedlichen Felder in einen von Rauchschwaden umhüllten Leichenacker verwandelt hatte. Von Gram gebeugt, setzte sie sich auf einen Stuhl. Sir George sah sie lächelnd an. «Es ist nicht deine Schuld, Campion. Sie wären so oder so gekommen.» Draußen hörte man Musketenfeuer. An Washington gewandt, fragte er: «Werden wir ihnen standhalten können, Oberst?»

Oberst Washington nickte. «Ich glaube ja, Sir George.» Seine Fingerspitzen zupften an dem grauen Schnurrbart. «Wir haben den Graben vorm Alten Haus vertieft und erweitert und werden ihn morgen fluten. Ja, ich glaube, wir können ihnen standhalten.»

«Natürlich können wir das!», sagte Lady Margaret und blickte mit herrischer Miene in die Runde. Ihr fehlten bloß noch ein Speer und ein Streitwagen, dann hätte sie die Feinde wohl ganz allein in die Flucht geschlagen. «Gestern haben wieder zwei von ihnen Fahnenflucht begangen. Wenn sie an ihren Sieg glaubten, würde niemand davonlaufen.»

Oberst Washington nickte. «In der Tat, Ma'am, in der Tat.» In der vergangenen Nacht waren zwei Kanoniere der Gegenseite wie schon andere vor ihnen übergelaufen und hatten unter Einsatz ihres Lebens die Verteidigungsanlagen überwunden, um in der Burg Zuflucht zu suchen. In entgegengesetzter Richtung waren nur ein oder zwei Männer desertiert – ein sicheres Zeichen dafür, dass auch die Soldaten von der Wehrhaftigkeit Lazens überzeugt waren. Die beiden jüngsten Deserteure seien, sagte Oberst Washington, zwar Halunken, aber als erfahrene Kanoniere herzlich willkommen. Die beiden bemannten jetzt einen der Mörder und bedrohten damit ihre ehemaligen Kameraden.

Sir George stopfte Knaster in seine Pfeife. Wie allen anderen Mitgliedern der Garnison standen auch ihm nicht mehr als zwei Prisen Tabak am Tag zu. «Ich finde, Campion sollte gehen.» Sowohl seine Frau als auch Toby schienen Einspruch einlegen zu wollen, doch er winkte mit der Hand ab, um sich nicht unterbrechen zu lassen. «Campions Widersacher sind hier, und wir stehen nicht mehr unter Harrys Schutz.» Mit Blick auf Oberst Washington sagte er: «Ich denke, es sollte gelingen, sie in der Nacht an den Wachen vorbeizuschmuggeln.»

Jetzt wollte Campion protestieren, doch der Graf wiegelte ab. «Ich fürchte, meine Liebe, dass dir, sollten sie dich gefangen nehmen, die Möglichkeit genommen wird, die Ehe zu annullieren», erklärte er mit bedauerndem Lächeln.

Der Gedanke machte ihr Angst. Sie sah den Zorn in Tobys Gesicht, als er Washington fragte: «Ihr sagt, wir können ihnen standhalten, Sir?»

Washington nickte. «Eine Garantie gibt es nicht, nicht im Krieg. Sie könnten die Belagerung ewig fortsetzen. Auch vor Corfe liegen die Rundköpfe schon Gott weiß wie lange. So lange sich für Miss Campion eine Gelegenheit bietet zu fliehen, sollte sie es tun.» Er stockte, weil im Hintergrund feindliche Kanonen krachten. Als das Echo verstummt war, schaute er Toby an und fragte: «Würdet Ihr sie fortbringen?»

Toby schüttelte den Kopf. «Ich kann meine Männer nicht im Stich lassen und muss hier bleiben.» Toby kommandierte als Hauptmann ein Viertel der Garnison. Es war zu merken, dass ihm nicht gefiel, was er zu sagen hatte. «James könnte sie begleiten. Wenn sie die Wälder hinter der Straße erreichen, sind sie in Sicherheit.»

James Wright, der Sohn des Hufschmieds von Lazen, kannte sich in der Gegend aus wie kaum ein anderer. Wenn es einer schaffen konnte, Campion durch die feindlichen Linien zu führen, so war er es.

Sir George lächelte ihr zu. «Mir wär's wahrhaftig lieber, du könntest bleiben.»

«Sie muss gehen», erklärte Lady Margaret entschieden.

Oberst Washington schaute zum Fenster hinaus. «Heute Nacht wird's nicht gehen.»

Campion war entsetzt. Sie wollte nicht fort, sich nicht in die Welt hinauswerfen lassen, und begriff erst jetzt, dass sie, wenn es denn so sein musste, schon sehr bald aufbrechen musste.

«Warum?», wollte Toby wissen.

«Der Mond scheint zu hell», antwortete Washington. «Eine Chance hat sie nur, wenn's stockdunkel ist. Wäre Wright einverstanden?»

Toby nickte. «Es wäre ihm eine Ehre.» Er lächelte Campion zu. «Jamie wird dich nach Oxford bringen.»

Sie würde also fliehen müssen, als Vertriebene aus diesem Paradies, und Schuld daran war das Siegel. Sie konnte ihm nicht entrinnen, ihr Leben war unauflöslich mit diesem Schmuckstück verknüpft. Wie lange noch, fragte sie sich, würde sie vor ihren Feinden davonlaufen müssen? Sie waren ihr nach Lazen gefolgt und sollten sie nun von dort vertreiben. Gab es für sie überhaupt irgendwo Sicherheit, solange sie das Siegel mit dem Beil des Heiligen Matthäus an ihrem Hals trug?

Am Abend saß sie mit Toby Hand in Hand am Fenster. Die Sonne versank in goldener Pracht hinter den feuchten Weiden und tauchte den mäandernden Fluss von Lazen in hellrotes Licht. Kein Wölkchen war am Himmel zu sehen. Er lächelte ihr zu. «Heute Nacht musst du noch nicht fort.»

«Ich will nicht gehen.»

Aus dem Dorf schallte ein Horn, das zum Wechsel der Wachen blies. Bald würden die rings um die Burg eingerichteten

Posten neu besetzt werden. Wenn in der übernächsten Nacht Wolken aufzögen, würde sie von James Wright an diesen Posten vorbeigelotst werden. Sie lehnte ihren Kopf an Tobys Schulter. «Ich will dich nicht verlassen müssen.»

Er streichelte ihre Wange. «Ich möchte das auch nicht.»

Krähen krächzten. Campion sah sie über dem Fluss aufflattern. «Vielleicht hätten wir uns nie begegnen sollen.»

Toby lachte, aber sein Gesicht verriet tiefen Kummer. Er hatte in letzter Zeit nur wenig geschlafen, und seine Augen waren müde. «Ist das dein Ernst?»

Sie war für eine Weile still. Ihre Wange schmiegte sich an sein Lederwams. «Vielleicht sind wir wirklich nicht füreinander bestimmt.»

Er rückte von ihr ab und sah ihr in die Augen. Er lächelte. «Wir werden noch in diesem Jahr heiraten.»

Sie lehnte sich wieder an ihn. Ihr war schwer ums Herz. Sie spürte, dass der Fluss ihres Lebens anschwoll und sie von Toby wegzureißen drohte, fort ins Ungewisse, und sie hatte Angst. «Halt mich.»

Sie griff mit der Rechten nach der goldenen Kette und umklammerte das Siegel, als wollte sie es zerquetschen, um sich aus seiner Knechtschaft zu befreien. Mit einem letzten, triumphalen Aufleuchten rötlichen Lichts ging die Sonne im Westen unter.

«‹Wolken und Dunkel ist um ihn her; Gerechtigkeit und Gericht ist seines Stuhles Festung. Feuer geht vor ihm her und zündet an umher seine Feinde.›»

Die jungen Männer sprachen den Psalm im Chor. Der Prediger, Treu-bis-in-den-Tod Hervey, stand mit erhobenen Händen auf einem Karren vor der Mühle. «Lauter!», rief er den Männern zu. «Der Feind soll euch hören. Lauter!»

Der Chor schwoll an. Die Männer grinsten. Es gefiel ihnen, im Rhythmus des Psalms vereint zu sein und zu wissen, dass der Herr mit ihnen war.

Ebenezer Slythe stand neben dem großen, dicht bemoosten Wasserrad und hörte zu. Er fühlte sich von den Stimmen emporgehoben und darin bestätigt, dass Gott auf Seiten des Parlaments stand. Das Soldatenleben war ganz nach seinem Geschmack. Er liebte die Gerüche von Leder und Pferden und den Anblick kräftiger Männer. Er war gefürchtet, wie es einem Mann, der für das Parlament arbeitete, zustand, und niemand wagte es, ihn wegen seines verkümmerten Beins zu verspotten.

Er hinkte ins Haus des Müllers, begleitet vom Schall der psalmodierenden Stimmen, die ihn mit einem Gefühl von Ruhm und Rechtschaffenheit erfüllten. Das Mädchen, das im Wald aufgegriffen worden war, ein erbärmliches Wesen, lächelte ihn an.

«Raus mit dir!», herrschte er sie an. Nächtens war sie ihm genehm, aber ansonsten verabscheute er sie, zumal sie auf eine für ihn unerträgliche Art um Anerkennung buhlte. Es war natürlich eine Sünde, mit ihr zu verkehren, doch Treu-bis-in-den-Tod hatte ihm versichert, dass der Himmel manchen Männern besondere Privilegien gewährte zum Ausgleich dafür, besonders schwer an geistlicher Verantwortung zu tragen. Denn hatte nicht David auch seine Bathseba gehabt? Sobald aber die Belagerung vorüber wäre, würde sich Ebenezer dieses Weibes entledigen.

Er setzte sich an seinen Tisch und dachte nach. Er hatte zwei Kanoniere in die Burg geschickt, die sich als Deserteure ausgaben, in Wirklichkeit aber treu zu ihm standen. Bei der erstbesten Gelegenheit würden sie das Pulverlager der Burg in Flammen aufgehen lassen, und zwar dann, wenn die Hörner zum Morgenappell erschallten. Ebenezer betete, dass es bald so weit sein möge. Er hatte die ganze Nacht auf diesen Augenblick gewartet. Doch inzwischen war es hell geworden, ohne dass sich seine Hoffnungen erfüllt hätten. Oberst Fuller, der auf Grenville Conys Veranlassung hin Lord Atheldene abgelöst hatte, war der Meinung, dass die beiden Männer womöglich entlarvt und eingekerkert worden seien. Ebenezer aber hatte mit kaltem Lächeln erwidert: «Ist denn nicht der Herr mit ihnen?»

Mit dieser Frage war jeder Widerspruch im Keim erstickt. Oberst Fuller hielt sich zurück.

Ebenezer hatte seine Macht entdeckt, und das beflügelte ihn ebenso sehr wie der Psalmengesang. Selbst Oberst Fuller, dieser harte, grimmige Mann, der mit dem Schwert in der Rechten und der Bibel in der Linken kämpfte, zollte ihm Respekt. Fuller hatte ihn auf Sir Georges Brief antworten lassen und sich mit seinem Plan, wie die Burg einzunehmen sei, einverstanden erklärt. Ebenezer sprach mit der Autorität Sir Grenvilles. Sein Verlangen, den neuen Teil der Burg zu verschonen, und freie Hand zu haben, wenn der Feind bezwungen sei, war von Fuller unwidersprochen akzeptiert worden.

Ebenezer hatte Macht.

Morgen würde er, so Gott es wollte, das Siegel des Matthäus in den Händen halten.

Und morgen, wenn Samuel Scammell tot wäre, würde er, Ebenezer, der rechtmäßige Besitzer des Siegels sein und von Sir Grenville ein Vermögen ausgezahlt bekommen. Der Gedanke daran erregte ihn über die Maßen.

Er würde den Bund für seine Zwecke zu nutzen wissen. Er starrte auf den Mühlteich vorm Fenster, über den eine Ente mit ihren Küken paddelte, und dachte an seine Pläne. In

England bildete sich eine dritte Gewalt aus, die sowohl den König als auch das Parlament bedrohte. Ebenezer vernahm sie in den kräftigen Stimmen der jungen Männer, deren Gebet so inbrünstig war wie ihr Kampfesmut. Sie verabscheuten den König und alle Royalisten, hassten aber das von Presbyterianern dominierte Parlament nicht minder und würden sich, auch wenn sie jetzt dafür kämpften, niemals von ihm regieren lassen. Die Presbyterianer machten aus dem Himmel eine Lotterie, und das war den unabhängigen Puritanern zuwider.

Sir Grenville hatte sich mit den Presbyterianern gemein gemacht. Ebenezer aber dachte nicht daran, ihnen Gefolgschaft zu leisten. Er würde seine Zeit abwarten und dann den Forderungen des einfachen Soldaten mit seiner eigenen, festen Stimme Ausdruck verleihen. Der einfache Soldat trug das Schwert und die Muskete, und es waren Schwert und Muskete, die für die Heiligkeit Englands bürgten. Der Bund würde ihm helfen, seiner Stimme Gehör zu verschaffen.

Alles war für die frühen Morgenstunden vorbereitet, egal an welchem Tag. Die Männer, aus denen er seine eigene Truppe zusammengestellt hatte, wussten, was zu tun war. Das wussten auch Samuel Scammell, obwohl er sich widerwillig zeigte, und Treu-bis-in-den-Tod Hervey, der Goodwife Baggerlie zu seiner Haushälterin gemacht hatte. Sie waren eingeweiht und bereit, daran mitzuwirken, dass der Tag des Herrn näher rückte.

Sir Grenville Cony rechnete nicht damit, dass die Burg noch in diesem Monat fallen würde. Und das war gut so. Wenn sie in Flammen stünde, würde Ebenezer nur kurze Zeit brauchen, um sich das Siegel nutzbar zu machen. Er war entschlossen, diese Zeit darauf zu verwenden, Sir Grenville zu vernichten, so auch seine eigene Schwester und alle, die ihn daran hindern konnten, in England das Königreich Gottes zu errichten.

Ihm verlangte nach dem Mädchen. «Weib!»

Sie kam zur Tür herein, eifrig darauf bedacht, ihm zu gefallen.

Ebenezer hinkte zum Bett und legte sich hin. «Schieb den Riegel vor.»

Er schloss die Augen und würde sie erst wieder öffnen, wenn sie fertig wäre. Während es über dem Tal von Lazen allmählich dunkel wurde, malte er sich seine Vision in den prachtvollsten Farben aus.

❦ 17 ❦

Mildred, Campions Katze, war immer schon vor dem Morgengrauen hellwach, stapfte schnurrend über die Decke, leckte mit der rauen Zunge über ihr Gesicht oder schmiegte das warme Fell an ihre Wange. «Geh weg, Mildred!»

Die Katze verstand all ihre Worte als Zuspruch und bemühte sich umso emsiger, Campion zu wecken. «Geh weg, Mildred. Es ist noch zu früh.»

Allmählich dämmerte aber auch ihr, dass die Nacht vorüber war. Durch den Burghof hallten Schritte, und sie wusste, dass die Soldaten allmorgendlich eine Stunde vor Sonnenaufgang ihre Stellungen bezogen. Campion streichelte ihre Katze und nahm sie in den Arm. «Vielleicht werde ich dich nie wiedersehen. Ich muss fort von hier, Mildred.» Die Katze schnurrte lauter denn je. «Dir ist's wohl egal, nicht wahr?»

Rasch zog sie ein schlichtes, graues Kleid an und setzte eine Haube aufs hochgesteckte Haar. Mit der Morgentoilette wartete sie immer bis zum Vormittag. Mildred streifte um ihre Füße und verlangte, gefüttert zu werden. «Du sollst doch Mäuse fangen, wie es sich für eine Katze gehört.»

Im Zimmer nebenan war Lady Margaret zu hören, die Enid darum bat, die Vorhänge zu öffnen. Campion nahm sich ein Beispiel daran. Es war immer noch dunkel und nicht zu sehen, ob Wolken aufgezogen waren. Mildred protestierte, bis sich Campion bückte und sie streichelte. «Dir ist's wirklich egal, stimmt's?»

Sie öffnete die Schlafzimmertür. Blitzschnell huschte die Katze hinaus in Richtung Küche, wo ihr und den anderen Katzen Futter und Wasser gereicht werden würde. Milch gab es für sie nicht mehr. Auch Campion verließ das Zimmer.

Sie liebte die frühen Stunden und ging oft nach draußen, um barfüßig über den taufeuchten Rasen zu laufen und die Soldaten zu begrüßen, die über den Graben hinweg ins Dunkle starrten. Manchmal kehrte sie auch in der Kapelle ein, kniete auf der Lazender'schen Gebetsbank nieder und erbat Gottes Segen für die Garnison. Auch für Toby betete sie dann dort, unter den Gedenksteinen seiner Vorfahren. So früh am Morgen, bevor die Kanonen krachten, war alles noch still und scheinbar friedlich.

«Miss Campion?» Es war Tugwell, der vor ihr aus dem Schatten trat und sie ansprach.

«Hauptmann.»

«Wie schön, Euch zu sehen», sagte Tugwell, um einen heiteren Tonfall bemüht. «Habt Ihr gut geruht?»

«Danke, ja. Und Ihr?»

«Die Nacht war ruhig.» Mit einer Kopfbewegung deutete er in Richtung Ortschaft, aus der vereinzelt Lichter herüberleuchteten. «Die sind heute schon früh auf den Beinen. Vielleicht hat der neue Mann, dieser Fuller, andere Saiten aufgezogen. Neue Besen kehren gut, Miss Campion.»

«Vielleicht.»

Tugwell zog sein Waffengehenk höher und stopfte seine messingbeschlagene Pistole tiefer unter den Gurt. «Hauptmann Lazender ist am Torhaus, Miss Campion.»

«Ich weiß. Danke. Ich bin auf dem Weg zur Kapelle.»

«Schließt mich in Eure Gebete mit ein.»

«Das werde ich», erwiderte sie lächelnd.

Am östlichen Horizont zeigte sich ein erster perlgrauer Lichtstreif, der die Umrisse der Bäume deutlicher hervortreten ließ. Sie zögerte vor dem Portal der Kapelle, um die Stimmung dieser frühen Morgenzeit noch eine Weile zu genießen.

«Ihr seid schon auf?», grüßte Mr Perilly, der Vikar von Lazen.

«Mr Perilly!»

Er kam gerade aus der Kapelle und war vor dem Kerzenlicht im Innern nur als Silhouette auszumachen. «Wieder ist ein Fenster zu Bruch gegangen», sagte er bekümmert.

«Wie schade.»

Die Rundköpfe hatten es ausgerechnet auf die kunstvolle Bleiverglasung abgesehen. Alles Schöne war ihnen ein Ärgernis, und während sie sich an ihrem Zerstörungswerk ergötzten, wurde Mr Perilly immer trübsinniger. «Da liegen noch eine Menge Scherben herum, obwohl ich schon gefegt habe.» Er seufzte. «Es kann jetzt ungehindert hereinregnen.»

«Schlimm.»

Er stand neben ihr und starrte auf das im Wassergraben schimmernde Licht. «Wie ich höre, werdet Ihr uns verlassen.»

«Leider, ja. James wird mich begleiten. Wir brechen auf, sobald es dunkel genug ist.»

Mr Perilly schüttelte den Kopf. «Es ist schon allzu dunkel.

Im ganzen Land herrscht Dunkelheit. Ich versteh es nicht. Gott prüft seine Kinder, aber manchmal wünschte ich mir, er würde uns nicht so lange im Ungewissen lassen.»

Im Stallhof krähte ein Hahn, und es schien, als weckte er mit seinem Ruf den Vikar aus seiner trüben Stimmung auf. Er lächelte. «Sehen wir uns zur Mette?»

«Natürlich.»

«Gebt acht auf die Scherben. Es ist das Fenster des wiederauferstandenen Lazarus. Zerstört, unwiederbringlich, denn es gibt niemanden mehr, der eine solche Arbeit machen kann. Wohl aber viele, die zerstören können und nichts als zerstören.» Er versank wieder in tiefe Trauer.

In diesem Moment explodierte das Pulver.

Campion wusste nicht, wie ihr geschah, als der Boden unter ihren Füßen bebte und das Wasser im Graben, das eben noch ganz still dagelegen und silbrig geglänzt hatte, plötzlich in Bewegung geriet.

Und dann das Donnern und Bersten uralter Gemäuer, als über dem großen Bergfried, der seit vier Jahrhunderten Lazen Castle beherrschte, ein greller Lichtblitz aufzuckte und gleich darauf haushohe Flammen emporschossen. Ihr Fauchen ließ die Luft erzittern und ins Tal hinausfliehen.

«Mr Perilly!» Sie ergriff seinen Arm.

Einem riesigen Ofen gleich spie der Bergfried Feuer und Rauch. Campion sah sich an Samuel Scammells brennende Werft erinnert, nur dass hier der Rauch noch gewaltiger und höher aufstieg. Es kam zu weiteren Explosionen, in deren grellem Licht das Ausmaß der Verheerung deutlich wurde.

«Das Haus!» Pastor Perilly fasste Campion bei der Hand und zerrte sie auf den Rasen.

«In Deckung!», brüllte Hauptmann Tugwell, als aus den feindlichen Reihen jenseits des Grabens Schüsse krachten.

Die Verteidiger legten ihre Musketen in die Gabeln und erwiderten das Feuer. Plötzlich schallte von Norden Jubelgeschrei. Campion rannte los, getrieben von Panik, vorbei am Alten und Neuen Haus, in denen kein einziges Fenster heil geblieben war.

Die beiden angeblich desertierten Kanoniere, denen von Ebenezer Slythe jeweils zwanzig Pfund versprochen worden waren, hatten ihre Sache gut gemacht. Sie waren zusammen mit einer Hand voll anderer Kanoniere in den Bergfried gegangen, um Pulver zu holen, hatten gewartet, bis die anderen wieder abgezogen waren, und dann eine Pulverspur gelegt. Der wachhabende Soldat, ein alter Sergeant, war ihnen zwar auf die Schliche gekommen, aber nicht mehr in der Lage gewesen, Alarm zu schlagen. Sie hatten ihm im Nu die Kehle aufgeschlitzt, Feuer an die Lunte gelegt und Reißaus genommen. Die Explosion war jedoch früher eingetreten als erwartet und hatte mit ihrer Druckwelle beide zu Boden geworfen. Lädiert, aber nicht ernsthaft verletzt, waren sie in die Stallungen geflohen, wo sie sich jetzt versteckt hielten und ihre hämische Freude an der tosenden Feuersbrunst hatten.

Von der Ruine des Torhauses aus sah Toby hinter den Schornsteinen des Alten Hauses hohe Flammen auflodern. Entsetzt und wie gebannt starrten auch seine Männer auf die Feuerwand, als plötzlich im Hintergrund Pferdegetrappel laut wurde. Toby drehte sich um. «Reihen schließen!», rief er. «Legt an!»

Die Lobster stürmten aus der Dunkelheit herbei, trieben ihre Pferde an und feuerten die Pistolen ab. Von Westen rückten Soldaten bis an den Graben heran, schossen aus Musketen und drängten auf den Garten zu. Toby ahnte, dass es um die Verteidiger dort geschehen war. «Sergeant!»

«Sir?»

«Haltet mit Euren Männern die Stellung. Alle anderen folgen mir!»

Ebenezer Slythe geriet geradezu in Verzückung angesichts des zerstörten Bergfrieds. Seine Gebete waren erhört worden. Lord Atheldene hatte noch den Vorschlag, die Verteidigungsanlagen zu sprengen, mit den Worten abgelehnt, dass ein solcher Anschlag unehrenhaft sei, wenn der Gegner nicht vorher gewarnt wäre und Gelegenheit hätte, seine Männer aus der unmittelbaren Gefahrenzone abzuziehen. Ebenezer kannte solche Skrupel nicht, denn er verstand das, was geschehen war, als einen Racheakt Gottes, der mit seiner allmächtigen Hand zugeschlagen hatte, um Tod und Verderben über Lazen Castle zu bringen. Wahrlich, Gott war groß!

Mit flatternden Panieren und lautem Jubelgeschrei rückten die Parlamentarier vor. Auf ihren Schwertern, Piken und Sturmhauben spiegelte sich der Schein des Feuers wider. Ebenezer grinste Bruder Scammell an und rief ihm die Worte zu, die auch auf seinem Banner standen: «‹Stark und mächtig ist der Herr im Streit.›»

«Wirklich und wahrhaftig.» Scammell schluckte, als er die in den Himmel lodernden Flammen sah. «Amen.»

Schon waren die ersten Rundköpfe in den Küchengarten vorgedrungen, um das Alte Haus zu stürmen. Ebenezer trieb sein Pferd an. «Auf, Bruder Scammell! Jetzt holen wir uns deine Braut.»

Scammell hastete unsicheren Schritts durchs Dunkle und stolperte fast über sein Schwert. Von Ebenezer geführt, eilte er dem Schlachtenlärm entgegen.

Oberst Washington war in beiden Augen von Steinsplittern getroffen worden und war nun geblendet und hilflos. Mit blutüberströmtem Gesicht hockte er am Boden und hörte den Feind in den Hof stürmen.

Toby rannte durchs Alte Haus und traf im Waschraum auf die ersten Gegner. Er empfand wie seine Mutter: Dies war sein Zuhause, der Stammsitz der Lazender. Seine Wut verlieh ihm ungeahnte Kräfte. Zwischen den steinernen Trögen, in denen das Leinzeug des Schlosses gewaschen wurde, schwang er sein Schwert. James Wright, der an seiner Seite kämpfte, schlug mit der Axt zu.

«Lazender! Lazender!» Toby brüllte den Schlachtruf und führte seine Männer hinaus in den dunklen Hof. Die verheerenden Auswirkungen der Explosion nahm er kaum wahr, denn schon sah er sich von den Rundköpfen umstellt. Vor ihm wehte ein Banner so nahe, dass er seine Aufschrift lesen konnte, einen Vers aus der Prophezeiung Jeremias: «Er wird sie schlagen mit der Schärfe des Schwerts.» Aber der, der schlug, war Toby. Vor Wut schäumend, brachte er den Standartenträger mit einem Hieb zu Fall und stieß sein Schwert in den Bauch eines Soldaten, der die Fahne wieder aufzurichten versuchte. Mit James Wright, der neben ihm die Axt kreisen ließ, setzte er sich dem Feind zur Wehr.

«Lazender! Lazender!»

Doch den Piken, jenen fünfzehn Fuß langen Stoßwaffen der Rundköpfe, war seine Klinge nicht gewachsen. Kaum hatte er eine beiseitegedrängt, stieß eine andere vor.

«Komm zurück, Toby!» James Wright hatte alle Rangordnung vergessen und sah in Toby nur noch den Freund aus Kindertagen, als er mit ihm durch die Wälder gestreift war. «Komm zurück!»

«Verfluchtes Pack!» Er hieb mit dem Schwert zu, hörte Eisen auf Eisen schlagen und sah plötzlich in den Reihen der Feinde das Feuer einer Muskete aufblitzen.

Ein brennender Schmerz durchfuhr ihn, und in seinen Ohren schwoll das Echo der klirrenden Klingen zu einem unerträglichen Kreischen an. Er ließ das Schwert fallen. Von Schmerzen geschüttelt, ging er zu Boden. Piken drangen auf ihn ein. James Wright versuchte, ihn in die Höhe zu hieven und zurückzuzerren, aber die Rundköpfe hinderten ihn daran. James wich zurück und suchte Zuflucht hinter den Mauern des Alten Hauses.

Ächzend wälzte sich Toby auf die Seite und versuchte aufzustehen, als eine im frühen Morgenlicht schimmernde Schwertklinge auf ihn niedersauste. Er verspürte einen schrecklichen Schmerz in der linken Hand, schrie auf und kippte zurück. Stiefel trampelten über seinen ohnmächtigen Körper hinweg. Lazen Castle war – wie so viele andere Häuser auch – durch Verrat gefallen.

«Seid tapfer!» Lady Margaret hatte die Frauen in die Galerie gerufen. «Seid tapfer!» Sie legte die Muskete auf den Tisch, der neben ihr stand, doch Campion sah, dass die Waffe nicht geladen war.

In den Gärten krachten Schüsse. Enid schrie. Lady Margaret fuhr wütend herum und herrschte sie an. «Sei still!»

Die Rufe der Sieger hallten durchs Schloss. Die Verteidiger waren gefangen genommen, entwaffnet und im Stallhof zusammengetrieben worden, wo die beiden verräterischen Kanoniere von ihren Rettern freudig begrüßt wurden. Ein Mann aus der Truppe von Hauptmann Tugwell riss sich das Lederwams vom Leib, sprang in den Graben und versuchte zu entkommen. Campion stand am Fenster der langen Galerie und sah, wie die Rundköpfe ihre Pistolen aus den Gurten zogen und feuerten. Auf dem grauen Wasser breitete sich ein roter Fleck aus. Andere Feinde drangen in die Kapelle ein. Campion ahnte, dass sie die ihrer Anschauung nach papistischen Altarschranken einreißen und den schweren Altar in die Mitte des Kirchenraumes schieben würden. Und wenn aller Schmuck zerstört oder verunstaltet wäre, würden sie sich damit brüsten, ein gottgefälliges Werk verrichtet zu haben.

«Campion, du weichst mir nicht von der Seite!», befahl Lady Margaret. «Enid. Sei still! Ich möchte deiner Mutter nicht sagen müssen, wie schwach du bist. Komm her, Campion.» Caroline, die einen Umhang über das Nachthemd geworfen hatte, stand rechts von ihrer Mutter, Campion links. Lady Margaret legte ihr einen Arm über die Schulter. «Sie werden dich nicht anrühren, Kind. Das lasse ich nicht zu. Der Name Lazender gebietet auch diesem Abschaum noch Achtung.»

Hunde bellten. Die Rufe und das Scheppern von Waffen waren nun schon von nahem zu hören. Aus den Küchen gellte ein Schrei. Beißender Rauch trieb durch die lange Galerie. Im Alten Haus rissen die Eroberer die Vorhänge von den Fenstern und feuerten mit ihren Musketen auf Möbel und Gemälde.

Campion war wie gelähmt vor Angst. Sie fragte sich, wie ihr wohl Ebenezer begegnen würde, und hoffte, in Gedanken nach jedem Strohhalm greifend, dass er als ihr Bruder doch ein Einsehen haben würde.

Mildred huschte mit gesträubtem Fell zur Tür herein und rannte geradewegs auf Campion zu. Sie bückte sich, hob die Katze vom Boden auf und drückte sie an ihre Brust. Mit der linken Hand ergriff sie das Siegel, zog die Kette über die Haube und stopfte sie in den Ausschnitt, weil ihr auf die Schnelle kein besseres Versteck in den Sinn kam. Sie spürte, wie sich das Schmuckstück hinter dem leinenen Vorbinder über der

Taille verfing. Das Siegel. Ursache der Schrecken, die über Lazen gekommen waren. Sie fragte sich, wo Toby sein mochte. Sie hatte keine Zeit mehr gehabt, für ihn zu beten.

Laufschritte hallten durch das große marmorne Treppenhaus. Es war nur eine Person, die da herbeieilte, und Campion hoffte verzweifelt darauf, dass es Toby sei. Sie dachte an Flucht, daran, die allgemeine Verwirrung zu nutzen, um sich in Sicherheit zu bringen, wollte aber unbedingt mit Toby zusammen sein.

Hauptmann Tugwell kam zur Tür herein. Sein rechter Arm war voller Blut. Er blieb stehen, starrte die Frauen an und ließ sein Schwert sinken, das so rot war wie sein Arm. «Ihr lebt! Gott sei Dank.»

«Was ist geschehen, Hauptmann?»

Er blieb ihr eine Antwort schuldig, denn schon war das Stampfen vieler Stiefel auf der Treppe zu hören. Der Hauptmann wandte sich zur Tür. Campion sah, wie er sein Schwert hob, es aber gleich wieder fallen ließ. Sein Gesicht verriet Resignation. Der gefürchtete Moment war da.

Vier Männer betraten die Galerie. Sie trugen Sturmhauben und Harnisch. Um ihre Hüften hatten sie die gelb-rote Feldbinde der Parlamentarier gewickelt. Ihre Gesichter waren hinter den vergitterten Visieren nicht zu erkennen. Nach einem flüchtigen Blick auf die Frauen wandten sie sich wie auf Kommando Hauptmann Tugwell zu. Er wurde entwaffnet und durch die Tür nach draußen gestoßen. Dann näherte sich einer der Soldaten mit gezogenem Schwert. Seine Stiefelabsätze knallten laut auf den schwarz-weißen Steinfliesen auf, ehe sie den langen Teppich in der Saalmitte erreichten.

«Lady Margaret Lazender?»

«Die bin ich.» Campion spürte, wie Lady Margaret sich versteifte.

Der Soldat blieb stehen und nahm die Sturmhaube ab. Die dunklen Haare klebten feucht am Kopf. Campion hatte diesen Mann nie gesehen.

«Ich bin Oberst Fuller. Seid Ihr bereit, mir Lazen Castle zu übergeben?»

«Das ist Sache meines Mannes. Ich würde mir so etwas nicht anmaßen.»

Oberst Fuller krauste die Stirn. Mit dieser Antwort hatte er nicht gerechnet. «Der Besitz ist von uns eingenommen.»

«Verstehe. Darf ich hoffen, dass selbst ein Rebell das Leben von Frauen verschont?»

Fuller kniff die Brauen zusammen. «Ich vergreife mich nicht an Frauen.»

«Wie erklärt es sich dann, dass Ihr mir mit gezogenem Schwert entgegentretet, Oberst? Wenn Ihr mich töten wollt, so zögert nicht lange; wenn nicht, steckt es bitte weg. Wo ist mein Mann?»

Wieder waren Schritte im Treppenhaus zu hören. Lady Margaret drückte Campion und Caroline enger an sich. Draußen wurde es hell, und die Vögel sangen, als wäre nichts geschehen.

Sechs Männer betraten den Saal. Auf den ersten Blick hielt Campion sie alle für Soldaten, doch dann sah sie die schwarzen Kleider und den lackierten Brustschild ihres Bruders. Neben ihm stand, trotz des vorgezogenen Visiers leicht erkennbar, Samuel Scammell.

«Oberst», flüsterte Ebenezer, aber Campion verstand jedes Wort, «ich denke, es müsste auch Euch erreicht haben, dass der Zutritt zu diesem Teil des Hauses ausschließlich Sir Grenvilles Männern vorbehalten ist.»

Oberst Fuller drehte sich um. Sein Schwert steckte erst zur Hälfte in der Scheide, und es schien, als wollte er es wieder ziehen, um Ebenezer zu züchtigen. Doch dann nickte er und sagte nur: «Wir gehen.»

«Recht so.»

Campion hatte sich während der vergangenen neun Monate sehr verändert und bemerkte nun zu ihrer eigenen Überraschung, dass auch ihr Bruder ein anderer geworden war. Seine Unbeholfenheit schien überwunden, und das einst trübsinnige Gesicht wirkte jetzt hart und bedrohlich.

Als sich die Tür hinter Oberst Fuller schloss, hinkte Ebenezer auf die Frauen zu. «Wer von Euch ist Margaret Lazender?»

«Für Euch, mein Junge, bin ich Lady Margaret Lazender», sagte sie und straffte die Schultern.

«Euer Name, Frau, ist Margaret Lazender.» Dass Ebenezer mit seinem verkrüppelten Bein nur langsam vorankam, ließ ihn umso unheimlicher erscheinen. «Hiob, Kapitel zweiunddreißig, Vers einundzwanzig: ‹Vor mir soll kein Ansehen der Person gelten und ich will keinem Menschen schmeicheln.› Am Tag des Jüngsten Gerichts, Margaret Lazender, wird Euch kein Titel schmücken. Daran solltet Ihr Euch schon jetzt gewöhnen.» Und mit flüchtigem Blick auf Campion sagte er: «Hallo, Schwester.»

Lady Margaret hatte immer noch ihren Arm schützend um Campions Schultern gelegt. «Dieses Mädchen steht unter meiner Obhut.»

Ebenezer lachte hämisch. «Ihr habt keine Obhut zu bieten, Frau. Dieses Haus ist ab sofort Eigentum des Parlaments, des englischen Volkes.» Er hatte seine Stimme erhoben, und seine Worte hallten durch den Raum. «Ihr dürft zwar bleiben, Frau, bis die Übergabe Eures Besitzes rechtlich abgeschlossen ist, könnt in diesem Haus aber keine Obhut mehr gewähren. Und auch kein anderes Privileg.»

Lady Margaret war überascht von dem forschen Auftreten des jungen Mannes, ließ sich von ihm jedoch nicht einschüchtern.

«Der Earl of Fleet, junger Mann, wird Eurer Frechheit Einhalt gebieten.»

Ebenezer war wenige Schritte vor den Frauen stehen geblieben. «Der Earl of Fleet, Margaret Lazender, wird eine Stimme in der Wüste sein. Die Zeit der Hochwohlgeborenen ist vorbei. Es wird keine Lords mehr geben, keinen Adel, auch keinen König.» Er drehte sich um und rief: «Bruder Scammell? Kommt!»

«Wo ist mein Mann?», fragte Lady Margaret. «Ich verlange, dass er hierhergebracht wird.»

«Ihr habt nichts zu verlangen», zischte Ebenezer und zeigte mit dem Finger auf sein Gegenüber. «Nichts.»

«Ebenezer», sagte Campion mit flehender Stimme und trat einen Schritt vor. «Ebenezer …»

«Schweig!» Er verzog das Gesicht, und seine Stimme war voller Hass. «Nichtswürdige, die du mit Gaben ausgestattet bist, von denen andere nur träumen können. Dein Vermögen übersteigt die Segnungen des Himmels. Und was tust du? Kommst hierher, in diese Räuberhöhle, dieses Papistenhaus, zum Feind. Erwarte von mir keine Milde.»

Samuel Scammell tapste zaghaft herbei. Zwischen dem feinen Mobiliar wirkte seine plumpe Gestalt geradezu grobschlächtig. Er war nervös und schien unentschlossen, ob er nun lächeln oder einen finsteren Blick aufsetzen sollte. Er trug seine Sturmhaube unter dem linken Arm und eckte mit der Scheide des Schwerts an einem Stuhl an.

Ebenezer schmunzelte. «Eure Braut harrt Eurer, Bruder.»

Lady Margaret zog Campion zur Seite und öffnete den Mund, um etwas zu sagen. Doch in diesem Moment flog die

Tür auf, und Mr Perilly, kreidebleich im Gesicht, rief in den Raum: «Lady Margaret!»

«Haltet ihn!», brüllte Ebenezer.

«Mylady!» Mr Perilly konnte einem der Soldaten ausweichen, musste sich aber einem anderen ergeben. Scammell war stehen geblieben und schien durch die Unterbrechung noch mehr durcheinandergebracht zu sein.

Lady Margaret krauste die Stirn. «Mr Perilly? Was ist?»

Ebenezer hinderte den Priester an einer Antwort. «Wer seid Ihr?»

Mr Perilly schien den jungen Mann in Schwarz erst jetzt zu bemerken. Er schüttelte die Hand des Soldaten von sich ab und ordnete seinen beschmutzten Mantel. «Mein Name, Sir, ist Perilly. Ich habe die Ehre, der hiesigen Gemeinde als Vikar zu dienen.»

Ebenezer lachte. «Ihr habt die Ehre, an den Zitzen der Hure Babylon zu liegen. Was wollt Ihr?»

Mr Perilly faltete die Hände wie zum Gebet, schaute Lady Margaret an und sagte: «Sir George ...» Er stockte.

Lady Margaret nahm den Arm von der Schulter des Mädchens. Sie war plötzlich ganz ruhig. «Nur zu, Simon. Sagt es mir.»

«Er ist tot, Gräfin. Und Euer Sohn verwundet. Sir George aber ist tot, von einer Kugel getroffen. Tot.»

Caroline schrie auf. Die Mägde schluchzten. Lady Margaret hieß sie, still zu sein. Campion war wie erstarrt. Die Nachricht dröhnte in ihrem Kopf. Toby verwundet? Als sie daran dachte, dass sie am frühen Morgen nicht für ihn gebetet hatte, schluchzte sie laut.

«Still, Campion.» Mit Blick auf Ebenezer sagte sie: «Ich gehe jetzt zu meinem Mann und meinem Sohn. Wenn Ihr mich aufhalten wollt, junger Mann, werdet Ihr mich töten müssen. Ich zweifle nicht daran, dass Ihr zu einer solch schändlichen Tat sehr wohl in der Lage seid.» Und an Caroline und Campion gewandt, sagte sie: «Kommt.»

Sie setzte sich in Bewegung. Ebenezer trat zur Seite und lächelte, als habe Lady Margaret ihm ein Kompliment ausgesprochen. Als Campion Lady Margaret und Caroline zu folgen versuchte, langte er mit seiner knöchernen Hand nach ihr und ergriff ihren Ellbogen. «Du nicht, Schwester.»

Sie wollte sich losreißen und um Hilfe rufen, mochte Lady Margaret aber jetzt nicht zur Last fallen. Lazen Castle war von einer Katastrophe heimgesucht worden, die ihre eigene Tragödie fast vergessen machte. Die Hand des Bruders spürte sie kaum. Sie sah Lady Margaret, von Caroline und Mr Perilly gefolgt, den Saal verlassen und stieß einen stummen Schmerzensschrei aus. Es war ihre Schuld, allein ihre Schuld. Sie und das Siegel des Apostels Matthäus hatten Unglück über dieses Haus gebracht. Sie streichelte die Katze, die ihr, unruhig geworden, vom Arm zu springen versuchte.

Ein Soldat schloss hinter den dreien die Tür. Scammell, der ihnen nachgeschaut hatte, wandte sich nun mit unsicherem Lächeln Campion zu. Sie beachtete ihn nicht.

Ein anderer Soldat, der die Räume des Neuen Hauses durchsucht hatte, kam durch die Westtür in den Saal. «Sir?»

Ebenezer blickte auf. «Ja?»

«Ich hätte da was Passendes gefunden, Sir.»

«Gut.» Ebenezer richtete sich an Scammell. «Komm mit, Bruder.»

Campion wurde abgeführt. Sie wusste nicht, was nun mit ihr geschehen sollte, und fragte auch nicht nach. Sie dachte nur daran, dass Toby verwundet war.

Der Soldat hatte ein Schlafzimmer ausfindig gemacht, das auf der Westseite an die lange Galerie angrenzte. Es wurde zum Schlafen kaum benutzt, weil abends das Licht der untergehenden Sonne durch die Fenster fiel. Lady Margaret hielt sich gern vor dem Abendessen darin auf. Campion hatte ihr hier schon häufig vorgelesen.

Ebenezer warf einen Blick in den Raum. Durch eine zweite Tür war der Flur zu erreichen. «Ist sie abgeschlossen?»

«Dafür habe ich soeben gesorgt, Sir.» Der Soldat hielt einen Schlüssel in die Höhe.

«Gut.» Ebenezer lächelte. «Rein mit dir, Schwester. Ich nehme an, das Bett ist bequem.» Er lachte, und die Soldaten, allesamt Männer, die in Sir Grenvilles Sold standen, lachten mit ihm. Campion wurde in das Zimmer gestoßen.

An Scammell gewandt, sagte Ebenezer schmunzelnd: «Und nun tu deine Pflicht, Bruder.» Er winkte ihn durch die Tür und schloss hinter ihm ab.

Campion war ihren Feinden ausgeliefert.

❦ 18 ❦

*D*iesen Moment hatte sie gefürchtet, allerdings war es ihr unmöglich, Samuel Scammell zu fürchten. Er schlurfte hinter ihr her, blinzelte einfältig, als die Tür hinter ihnen verriegelt wurde, und trat hilflos von einem Bein auf das andere, als sich Campion in den Erker zurückzog. Sie hielt ihre Katze fest umklammert. «Ihr werdet mich nicht berühren.»

Scammell rückte sich einen Sessel zurecht. Er trug eine vollständige Lobster-Rüstung mit überlappenden Eisengliedern an Armen und Schenkeln, die bei jeder Bewegung knirschten. Schwerfällig ließ er sich in Lady Margarets Sessel fallen. «Ich werde dich nicht berühren», erwiderte er mit kläglicher Stimme. Den Kopf in den Nacken gelegt, starrte er auf das Stuckwerk an der Decke. Er wischte sich die fleischigen Lippen, blinzelte wieder und schüttelte den Kopf.

«Ich wollte nicht, dass es so kommt. Dein Vater hat mir etwas anderes versprochen.»

Im Garten wurden Rufe laut. Von ihrem Fensterplatz hätte Campion dabei zusehen können, wie die Rundköpfe einen der schweren Falken fortschafften, doch sie achtete nicht darauf. Sie hielt Mildred an sich gedrückt. «Ihr habt mir nachgestellt», sagte sie, «Ihr habt mir diese Heirat aufgezwungen.»

Er schüttelte den Kopf, lehnte sich nach vorn und schaute sie flehentlich an. «Du verstehst nicht. Sir Grenville Cony. Dein Bruder.»

«Mein Bruder!»

«Von ihm geht der Zwang aus», entrüstete sich Scammell. «Er setzt durch, was er will. Es ist das Siegel. Immer wieder nur das Siegel. Ich kann nur hoffen, dass du es nicht hast», fügte er in gereiztem Tonfall hinzu.

«Warum?» Sie schüttelte den Kopf. «Warum?»

«Begreifst du denn nicht? Du und ich, wir sind denen einerlei, sie haben nur eines im Sinn, und das ist der Bund. Wenn wir als Mann und Frau in Werlatton zusammenlebten, würden sie uns in Frieden lassen. Aber du musstest ja davonlaufen!»

Seine Klage erreichte sie nicht. Sie war davongelaufen, um diesen Schwächling nicht heiraten zu müssen, einen Mann, der, wie sie jetzt erkannte, ebenso in der Falle steckte wie sie selbst, von anderen herumgestoßen, zum Opfer gemacht und mit ihr in diesem Zimmer eingesperrt. «Ihr wolltet das Geld!», sagte sie wütend.

Er nickte. «Aber es ist für dich bestimmt. So will es der Bund. Das Vermögen soll dir zugute kommen. Dein Vater hat von dem Geld Werlatton gekauft, ein Zuhause für dich.» Er betrachtete sie mit müdem Blick. «Hast du das Siegel?»

Sie antwortete nicht. Er sah den Zorn in ihrem Gesicht und schien selbst den Tränen nah zu sein. «Ich bin darauf nicht aus, Dorcas, nicht mehr. Gib ihm das Siegel. Gib es ihm, und ich werde behaupten, dass wir die Ehe vollzogen haben. Damit würden sie sich zufrieden geben, und du könntest gehen. Bei Gott. Ich gebe dir mein Wort darauf. Du kannst gehen. Sir Grenville wird sich die Hälfte des Vermögens unter den Nagel reißen, mehr als die Hälfte, aber dir bliebe der Rest. Für mich wünsche ich bloß, in Ruhe gelassen zu werden.»

«Gütiger Himmel. Und was, glaubt Ihr, wünsche ich für mich?» Sie dachte an Toby, fragte sich, ob er noch lebte, und sah ihn im Geiste sterbend auf dem Pflaster des Burghofes liegen. «Ihr habt mir Schreckliches angetan, nur um an das Geld heranzukommen.»

«Ich will Frieden.»

«Jetzt wollt Ihr Frieden. Denn Ihr habt Angst. Darüber hättet Ihr Euch vorher im Klaren sein sollen. Ich verfluche Euch, Samuel Scammell. Ich verfluche Euch und Eure Schwäche!»

Er schaute sie an, sah ihre Schönheit im Licht des jungen Morgens und schüttelte den Kopf. All sein Mut war erschöpft. Man hatte ihn in turbulentes Wasser gestoßen, und nun ging es ihm nur noch darum, nicht zu ertrinken. Selbst seine Lust auf Campion war verflogen. Das Gesicht in den Händen vergraben, schien es, als wollte er auch ihre Stimme ausblenden.

Doch sie gab ihm den gewünschten Frieden nicht. «Ihr wollt mit alldem nichts zu tun haben? Verstehe ich richtig?» Sie sah ihn fast unmerklich mit dem Kopf nicken. «Dann sorgt dafür, dass wir hier herauskommen. Ihr habt doch ein Schwert, oder? Eine Pistole? Dann kämpft, Samuel Scammell.

Kämpft, verdammt. Ich mache mir nichts aus dem Geld. An dem Siegel liegt mir nichts, wohl aber an meinem Leben. Wie wär's, wenn Ihr mir zur Abwechslung einmal helfen würdet? Oder ist dieses Schwert nur zur Zierde da?»

Sie blickte zum Fenster hinaus und sah eine Gruppe bewaffneter Männer, die im Garten standen und zu ihr hinaufschauten. Sie wandte sich von ihnen ab.

Die Tür ging auf.

Ebenezer betrat das Zimmer, machte hinter sich zu und lehnte sich an das lackierte Türblatt. Er musterte die beiden, richtete sich dann an Scammell und sagte: «Ich habe gehofft, dich im Ehebett vorzufinden.»

Er hielt ein Tablett in der linken Hand, auf dem sich, wie Campion bemerkte, ein Blatt Papier und eine brennende Kerze befanden. Vorsichtig trug er das Tablett zu einem kleinen Tisch und legte es darauf ab. Scammell rührte sich nicht.

Ebenezer lächelte. «Schwager. Wie steht's?»

Immer noch die Hände vorm Gesicht, murmelte Scammell: «Wir müssen tun, was in Gottes Augen das Richtige ist.»

«Oh! Wirklich und wahrhaftig!», spottete Ebenezer und trat ihm mit seinem lahmen Fuß vors Schienbein. «Seid ihr jetzt Mann und Frau?»

Scammell blickte auf, wandte sich an Campion und schüttelte den Kopf. «Nein.»

«In dem Fall, mein lieber Schwager, seid ihr vor Gottes Augen nicht die rechtmäßigen Besitzer des Siegels. Der bin nun ich.» Mit strahlender Miene trat Ebenezer auf Campion zu. «Hast du das Siegel, Schwester?»

«Ebenezer?» Sie versuchte, in ihrer Stimme Schwesternliebe anklingen zu lassen.

«Glaub nicht, dass du mich um den Finger wickeln kannst, Dorcas. Ich habe dich etwas gefragt.» Er hatte sich ihr bis auf einen Schritt genähert. Scammell legte wieder den Kopf in die Hände und nahm von den beiden keine Notiz. Ebenezer lächelte. Seine schwarzen Haare waren zurückgekämmt und glänzten wie sein lackierter Brustpanzer. Seine Augen glitzerten, als er langsam den rechten Arm hob. Campion wich zurück.

Plötzlich schnellte seine Hand vor und griff in den hochgeschlossenen Kragen ihres grauen Kleides. Ihre Gegenwehr war zwecklos. Sie spürte, wie Haken und Öse im Nacken aufplatzten. Er starrte auf ihren Hals. «Du trägst es nicht, Schwester. Wo ist es?»

«Ich habe es nicht.»

Er hob die Augenbrauen und tat überrascht. «Dann soll alles umsonst gewesen sein?» Er hielt die rechte Hand jetzt hinterm Rücken versteckt. «Haben wir Lazen Castle für nichts und wieder nichts belagert? Den Tod so vieler Männer in Kauf genommen?» Blitzschnell und schlangengleich kam die Hand wieder zum Vorschein. Campion sah einen langen, schlanken Dolch darin blitzen und spürte den kühlen Stahl unmittelbar darauf an ihrer Wange. «Wo ist es, Schwester?»

Sie wagte nicht sich zu rühren. Lächelnd drückte ihr Ebenezer die Seite der Klinge auf die Haut. «Wo, Schwester?»

Vor Angst wie gelähmt, gab sie keinen Laut von sich. Matthew Slythe hatte seine Grausamkeit an den Sohn vererbt, der sie allerdings im Unterschied zu seinem Vater mit kaltblütiger Gelassenheit einzusetzen verstand. Sie wusste, er würde sich durch nichts erweichen lassen.

Die Katze schrie auf. Ebenezer hatte sie seiner Schwester mit der linken Hand vom Arm gezerrt und setzte dem Tier nun den Dolch ans Fell.

«Sag's mir, Schwester.»

«Nein!» Sie versuchte ihm Mildred zu entreißen. «Nein!»

Das Messer ritzte ihr den Daumenballen auf. Sie schnappte vor Schreck nach Luft, als sie die Blutstropfen sah. Ebenezer hielt die Katze im Nacken gepackt und führte ihr die Klinge an die Kehle. «Sprich!»

«Ebenezer! Nein!»

Die Katze fauchte, wand sich und versuchte, ihre Krallen in die Faust zu schlagen, die den Dolch umklammert hielt. Mit blutender Hand ergriff Campion ihren Bruder beim Arm, doch er riss sich von ihr los. «Willst du, dass die Katze stirbt?»

«Ebenezer!» Sie schüttelte den Kopf. «Bitte!»

«Ich werde sie töten, Dorcas. Du kennst mich. Ich werde sie töten und mir dann dich vorknöpfen, liebe Schwester.» Er lachte. «Wenn Bruder Scammell keine Lust mehr auf dich hat, wüsste ich von einem Dutzend anderer Männer, die dir liebend gerne beiwohnten. Einer nach dem anderen. Möchtest du das, Schwester?»

«Ebenezer!»

Scammell sah mit Entsetzen zu. Er rührte sich nicht.

Ebenezer lächelte. Ohne auf die Katze zu achten, die sich nach Kräften gegen die Dolchspitze zu wehren versuchte, fragte er: «Wo ist das Siegel, Schwester?»

«Ich hab's. Ich habe es und will es nicht.»

Ebenezer verzog das Gesicht zu einer triumphierenden Grimasse und bohrte, mit unverhohlener Lust in den Augen, den Dolch in Mildreds zuckenden Körper, den er seiner Schwester so vor den Kopf hielt, dass ihr das Blut ins Gesicht spritzte. Dann ließ er den erschlafften, blutverschmierten Körper von der Klinge gleiten und zu Boden fallen. «Du hast es also. Wo?»

Er bedrohte nun wieder sie mit dem Dolch.

Sie nestelte an ihrem Kleid herum, kam aber nicht an das Schmuckstück heran, das sich an der Taille zwischen den Stofffalten verfangen hatte. Sie starrte auf die Klinge und roch das Blut ihrer Katze in ihrem Gesicht. «Ich werde es herausholen.»

Er griff ihr mit der Linken an den Kragen und setzte das Messer an. Die Klinge kratzte ihr übers Brustbein, als er das Kleid aufschlitzte. Mit lautem Schrei wich sie zurück. Das Oberteil glitt ihr von den Schultern, fiel bis auf die Hüfte herab und gab die goldene Kette frei. Ebenezer langte danach, warf einen flüchtigen Blick auf ihre Brüste und grinste, als sie ihre Blöße zu bedecken versuchte.

«Das Siegel.»

Es hing an der schweren goldenen Kette von seiner linken Hand herab. Die kostbaren Edelsteine, die den Zylinder schmückten, glitzerten. Das Siegel des Apostels Matthäus. Ebenezer ging zum Tisch und legte es geradezu weihevoll darauf ab.

Scammell starrte auf das Schmuckstück, als habe er bis zu diesem Augenblick an seiner Existenz gezweifelt.

Campion kauerte unter der Fensterbank am Boden und hielt mit beiden Händen das aufgeschnittene Kleid zusammengefasst. Die Katze lag in ihrem Blut zu ihren Füßen.

Ebenezer trat vom Tisch zurück. Die Kette hing von der Kante herab und schwang leicht hin und her. Er lächelte. «Wem gehört es jetzt?»

Niemand antwortete. Unten im Garten wurden Gefangene auf die Ruine des Torhauses zugeführt. Der Rauch der Schlacht hatte sich über das ganze Tal ausgebreitet.

Ebenezer griff nach den Bettvorhängen. Die Kordeln zum Auf- und Zuziehen waren abgenommen und zu Lunten für die Musketen zerschnitten worden. Er wischte seinen Dolch an dem kostbaren Brokat ab, steckte ihn in die Scheide zurück und trocknete sich dann die Hände an den Vorhängen wie an einem Lappen. «Ich fragte, wem es jetzt gehört.»

Scammells Rüstung scheppterte, als er sich umdrehte, um Ebenezer anzusehen.

Ebenezer rieb sich die Hände. «Ist es deines, Bruder Scammell, oder meins? Ich dachte, wir wären verschwägert.»

Scammell blieb stumm.

«Komm, Bruder Scammell!» Ebenezer schlug einen munteren Ton an. «Sie ist doch deine Frau, oder? Willst du sie nicht? Hübsch genug wäre sie doch. Auch wenn sie keine Jungfrau mehr sein sollte, so ist sie doch deine Gattin. Möchtest du mit ihr keine Nachkommen zeugen? Willst du nicht Stammvater eines Volkes sein, das dereinst die Welt beherrscht?»

Scammell leckte sich die Lippen und sah finster drein.

Ebenezer legte ihm scheinbar wohlwollend die Hand an den Kragen seines Lederwamses. «Wenn sie deine Frau ist, Bruder, gehört das Siegel dir. Willst du es nicht haben? Das Luder hat deine Werft in Schutt und Asche gelegt. Du könntest dich an ihrem Geld schadlos halten. Los! Nimm sie dir!» Er zerrte an seinem Kragen. «Beweg dich!»

Ursache dafür, dass Scammell aufsprang, war weniger die Hand am Kragen als der harsche Befehl. Den eigenen Willen schien er abgelegt zu haben. Er hatte Angst vor Ebenezer und den Soldaten, die, von Sir Grenville geschickt, draußen vor der Tür warteten. Er richtete seinen Blick auf Campion, die vor dem Fenster kauerte.

Ebenezer versetzte ihm einen Stoß in den Rücken. «Nun mach endlich, Bruder. Nimm von deiner Braut Besitz. Und von dem Siegel. Was ich nicht alles für dich tue. Ich könnte das Siegel ja auch an mich nehmen, doch was Gott zusammengefügt hat, soll der Mensch nicht scheiden.»

Scammell hauchte unwillkürlich «Amen». Er atmete schwer. Angstschweiß trat ihm ins Gesicht. Von Ebenezer geführt, der ihn wieder beim Kragen gepackt hielt, tappte er schwerfällig und mit scheppendem Harnisch auf Campion zu.

Ebenezer spottete. «Du willst sie doch, Bruder, oder?»

«Bruder Slythe?» Scammell hatte zur Sprache zurückgefunden und wandte sich seinem Peiniger zu.

«Sieh hin, sieh hin!» Ebenezer holte mit dem rechten Bein aus und hielt sich an Scammells Kragen fest, um das Gleichgewicht nicht zu verlieren. «Sieh hin!» Er trat Campion ins Gesicht und zwang sie, die Arme zu heben, um sich zu schützen. Das Kleid öffnete sich und entblößte ihre nackten Brüste. «Schau sie dir an. Willst du sie nicht?»

Campion raffte ihr Kleid und duckte sich in der Ecke des Erkers, musste aber einen weiteren Fußtritt erleiden. Sie schrie auf, versuchte, mit der einen Hand das Gesicht zu schützen, und hielt mit der anderen das zerrissene Kleid fest.

«Willst du sie denn nicht, Bruder? Sieh dir diese Brüste an! Fass sie an. Los, nimm sie in die Hand!» Ebenezer zwang Scammells Kopf nach unten. «Fass sie an!»

Scammell versuchte sich aufzurichten, doch Ebenezer hatte wieder den Dolch gezogen und drückte ihm die Spitze in den Nacken. «Fass sie an, Bruder!»

«Du bist von Sinnen.»

«Ich sagte, fass sie an!», brüllte er.

«Ja, ich fasse sie an.» Scammell streckte die rechte Hand aus und strich ihr über die Haare. Campion schrie, versuchte auszuweichen und hörte ihren Bruder hämisch lachen.

«Zu dumm nur, dass du nicht verheiratet bist, Bruder. Die

Heiratsurkunde ist vor sechs Monaten verbrannt worden. Und jetzt ertappe ich dich dabei, wie du meine Schwester belästigst. Das überrascht mich, Bruder. Ja, ich bin schockiert. Ich hatte dich für einen Mann Gottes gehalten, aber offenbar bist du, wie ich jetzt sehe, ein geiler Wüstling und nichts weiter.»

Scammell wollte sich aufrichten und protestieren, doch ehe er dazu kam, spürte er schon den Dolch an der Kehle. Er versuchte, Ebenezer von sich zu stoßen und hob den Arm. Ebenezer aber lachte nur und rammte die Klinge noch tiefer. Blut spritzte umher, auf Campions Kleid, ans Fenster, über die polierten Holzdielen. Röchelnd schnappte Scammell nach Luft und sackte tot über Campions Leib zusammen.

Sie schrie. Das Gewicht des schlaffen, gepanzerten Körpers nahm ihr den Atem. Sie fürchtete, in dem Blut ertrinken zu müssen, das dem Sterbenden entströmte, ihr warm und zähflüssig übers Gesicht rann und den Blick trübte. Bevor sie die Besinnung verlor, dachte sie noch, dass dieser Schrecken nur ein Traum sein konnte.

Ebenezer schaute sie an. Er kannte seine Schwester und wusste, dass sie aus der Ohnmacht bald wieder erwachen und sich fassen würde. Aber nicht, solange der Leichnam auf ihr lag. Vornübergebeugt stemmte er sich gegen Scammells Körper und wälzte ihn zur Seite.

Dann wischte er penibel die Klinge sauber und steckte sie in die Scheide. Er spuckte sich in die Hände, um das Blut zu entfernen, vor dem er sich ekelte. Seine Schwester stöhnte leise.

Er trat an den Tisch heran. Sir Grenville würde, wie er wusste, das Siegel unverzüglich ausgehändigt bekommen wollen. Ebenezer hatte lange darüber nachgedacht, wie er ihn übervorteilen könnte. Doch er, Ebenezer, war noch zu jung und unerfahren in der Welt der Mächtigen, um die Unterstützung zu finden, die nötig sein würde, wenn er sich mit Sir Grenville anlegte. Kampflos wollte er ihm das Siegel des Apostels Matthäus jedoch nicht überlassen. Gleichwohl war ihm bewusst, dass sein Förderer, der ihn zum Mord an Scammell angestiftet hatte, alles daransetzen würde, ihn zu vernichten, sollte er es wagen, ihm das Siegel vorzuenthalten.

Er nahm das Blatt Papier vom Tablett und strich es auf dem Tisch glatt. Dann hielt er eine Stange roten Siegelwachses über die Kerzenflamme, ließ das verflüssigte Wachs auf den Papierbogen tropfen und drückte ihm das Siegel mit der Beilprägung auf. Lächelnd musterte er das Ergebnis.

Er arbeitete schnell und konzentriert. Auf das Schluchzen seiner Schwester achtete er nicht. Nachdem er insgesamt zwölf solcher Abdrücke in gleichmäßigen Abständen auf dem Papierbogen verteilt hatte, blies er die Kerze aus, warf den Rest der Wachsstange in die Feuerstelle und legte ein zweites Blatt cremefarbenen, steifen Papiers deckungsgleich über das erste. Sorgfältig faltete er beide Seiten mehrmals und genau an den Stellen zusammen, wo er Platz für den Umbruch gelassen hatte, und steckte dann das Päckchen in seine Lederbörse.

Campion schluchzte nun lauter und schlug die Augen auf. Er war sicher, dass sie nichts erkannte, denn er wusste um den Zustand seiner Folteropfer, als er nach getaner Arbeit ans Fenster trat, auf die Themse hinausblickte und seine steifen Glieder reckte.

Er nahm das Siegel in die Hand, schraubte es auseinander und musterte mit ausdrucksloser Miene das Kruzifix. Auf diesen Anblick war er nicht vorbereitet gewesen, er hatte erwartet, wie im Siegel des Apostels Markus auch in diesem

Zylinder die Miniatur einer nackten Frau vorzufinden. Mit spitzen Fingern holte er die kleine, silberne Figur hervor.

Den Blick auf seine Schwester gerichtet, dachte er nach.

Schließlich schraubte er die beiden Hälften wieder zusammen, stand auf und ging leise auf sie zu. Ihre Augen bewegten sich, doch er wusste, dass sie ihn immer noch nicht sehen konnte. Sie wich auch nicht vor ihm zurück, als er über sie hinwegstieg und dabei gurrende Laute der Beruhigung von sich gab. Es schien, als spürte sie, dass da jemand in der Nähe war, es schien sogar, dass sie getröstet werden wollte, und tatsächlich waren seine Hände überraschend sanft und behutsam, als er ihren Kopf anhob und ihr das Siegel um den Hals legte.

Während er weiterhin beruhigend auf sie einredete, rückte er von ihr ab. Er öffnete die Tür, schlüpfte hinaus und schloss hinter sich ab. Denen, die vor der Tür auf ihn gewartet hatten und ihm nun mit fragender Miene entgegenblickten, nickte er zu. «Gleich. Eine kleine Weile noch», flüsterte er und legte den Zeigefinger an die Lippen. Einer seiner Männer bot ihm Wein aus dem Schlosskeller an, doch Ebenezer schüttelte den Kopf. «Wasser!», verlangte er mit finsterem Blick. «Bring mir Wasser! Und sieh zu, dass es sauber ist.»

Er lehnte sich mit dem Rücken an die Tür und machte die Augen zu. Wie befriedigend doch gut verrichtete Arbeit war, sinnierte er.

Campion rührte sich nicht. Sie kauerte in dem Erkerwinkel wie ein gefangenes, verängstigtes Tier und fürchtete, schon mit der kleinsten Bewegung neue Schrecken heraufzubeschwören. Der Geruch nach Blut ekelte sie. Sie hörte ein herzzerreißendes Schluchzen und begriff erst nach einer Weile, dass sie sich selbst hörte. Mit einem Finger berührte sie ihr Gesicht, fühlte die klebrige Schmiere auf der Haut und glaubte, den Verstand verloren zu haben oder in den Abgrund der Hölle gestürzt zu sein. Entsetzt vom Gedanken an die Hölle und auch davon, dass sie wie ein Kind wimmerte, raffte sie allen Mut und alle Kraft zusammen.

Sie schüttelte den Kopf und zwang sich, ihre unmittelbare Umgebung zu erkennen. Das Erste, worauf ihr Blick fiel, war die große, klaffende Wunde in Scammells Kehle. Ihr Magen drohte sich umzustülpen, sie hörte wie von fern das eigene Würgen und Schluchzen und wich vor dem Leichnam zurück. Keuchend rang sie nach Luft und kroch auf das Bett zu, wo sie sich mit dem Laken das Gesicht und die Hände abwischte und versuchte, die blutende Schnittwunde am Daumenballen zu verarzten. Als sie mit einem Zipfel des Lakens das Blut vom Busen abtupfte, ertastete sie das Siegel.

Sie nahm den Zylinder in die rechte Hand und starrte auf das blutverschmierte Gold, das so viel Unheil und Verderben über sie gebracht hatte. Dass dieser teuflische Schmuck an ihrem Hals hing, entsetzte sie so sehr, dass sie wieder in den Abgrund zurückzustürzen drohte, dem sie gerade erst entronnen war. Sie schloss die Augen, lehnte sich an das hohe Bettgestell und umklammerte das Siegel, als wollte sie es in der Faust zerquetschen.

Toby. Sir George. Die Katze. Scammell. Der Geruch von Blut. Bittere Galle stieg in ihr auf. Doch dann meldete sich jene Kraft zurück, die sie zum Handeln zwang. Sie raffte sich auf, zog den Läufer vom Bett, der die Kissen bedeckte, und warf ihn wie einen Schal über die bloßen Schultern. Erst jetzt gelang es ihr, wieder tief durchzuatmen und ihre Lage zu überdenken.

Das Zimmer war voller Blut. Scammells geharnischter Körper lag in grotesker Verrenkung vor dem Fenster, eine fleischige Hand ausgestreckt, als flehe sie um Mitleid. Mildred, deren Fell mit dunklem Blut verklebt war, wirkte winzig im Tod. Es war inzwischen taghell geworden. Durch die bleiverglaste Fensterscheibe sah Campion Wolken aufziehen, die ihr für die folgende Nacht Rettung versprochen hätten. James Wright, Toby, Lady Margaret. Sie alle schienen ihr jetzt unerreichbar fern zu sein. Die Zwänge ihres alten Lebens, das sie fast vergessen zu haben glaubte, nahmen wieder Besitz von ihr. Als Kind in Werlatton hatte sie den Zorn und die Strafen Gottes ertragen müssen, jetzt galt es, das nackte Leben zu retten. Sie schloss die Augen und versuchte, sich Trost zuzusprechen, als der Schlüssel im Schloss knirschte und sie aufschrecken ließ.

Sie riss die Augen auf und schlang den Schal enger um den Hals.

Ebenezer lächelte, die Arme ausgebreitet, als wollte er sie herzlich willkommen heißen. «Dorcas! Meine liebe Schwester!» Er schaute sich wie beiläufig in der Kammer um und wich mit dramatischer Gebärde zurück, als er den Toten am Boden liegen sah.

Hinter ihm tauchte Goodwife Baggerlie auf, drängte an ihm vorbei und starrte auf Samuel Scammells Leichnam. Sie holte tief Luft. «Mörderin! Mörderin!»

«Nein, nein! Meine Schwester!» Ebenezer bewegte sich zwei Schritte auf sie zu. «Nein, nein!»

Campion schüttelte den Kopf. Sie hockte vor dem Bett und wippte mit dem Oberkörper hin und her. «Geht weg! Geht weg!»

«Mörderin!», schrillte die Stimme der Haushälterin. «Sie hat ihn umgebracht!»

«Nein», murmelte Campion.

«Haltet Euch von ihr fern. Berührt sie nicht», übertönte

eine andere Stimme das Kreischen, eine Stimme, die ihr bekannt vorkam. Sie öffnete die Augen, schaute sich benommen um und sah Treu-bis-in-den-Tod Hervey in der Tür stehen. Er hatte eine Hand erhoben und hielt mit der anderen eine Bibel an die schwarze Jacke gepresst.

«Dirne! Mörderin! Hexe!», zeterte die Haushälterin.

Ebenezer kniete neben Scammells Leichnam nieder. «Wie hätte sie es fertigbringen sollen, ihn zu töten? Sie ist doch noch ein Mädchen. Er dagegen war bewaffnet und geharnischt. Sie kann ihn unmöglich getötet haben!»

Goodwife Baggerlie zögerte, schien sich aber dann an das zu erinnern, was ihr in den Mund gelegt worden war. Sie trat vor, zeigte mit knochigem Finger auf Campion und raunte: «Sie ist eine Hexe. Ich sah, wie der Teufel sie aus Master Scammells Haus entführt hat. Der Leibhaftige, mit flammenden Haaren. Aus der Hölle emporgestiegen. Sie ist eine Hexe!»

«Nein!», protestierte Ebenezer.

«Ruhe!» Treu-bis-in-den-Tod Hervey kam näher. Er hatte sich in den vergangenen Monaten dem Studium der Dämonenlehre gewidmet, weil er sich damit endlich zu profilieren hoffte. Schon am Weihnachtsmorgen hatte er Ebenezer gegenüber die Vermutung geäußert, dass Dorcas Slythe eine Hexe sei, und in Aussicht gestellt, sie als solche zu überführen. Um der Wahrheit Genüge zu tun, hatte er hinzugefügt, dass er darin nur einer Anregung der Haushälterin folge, die diesen Verdacht schon seit langem hege. Er aber sei nun entschlossen, mit all seiner Kraft den Prinzen der Finsternis, der Dorcas' Verbündeter war, zu bekämpfen. Er wollte sie, nach der er nach wie vor heimlich schmachtete, nun erniedrigen, demütigen und durch sie zu Ruhm gelangen. Er schaute sich in der Kammer um und rief, wie zuvor mit Ebenezer verabredet: «Ah! Eine Katze! Ihre Vertraute!»

Die Haushälterin schüttelte sich vor Entsetzen.

Treu-bis-in-den-Tod ging mit energischen Schritten auf Campion zu, blieb in der Mitte des Zimmers stehen und legte seine Bibel auf den Tisch. Sein spitzer Adamsapfel hüpfte auf und ab, als er sagte: «Falls es noch eines Beweises bedarf, wird dieser denkbar einfach zu erbringen sein.»

«Bruder Hervey?» Ebenezer gab sich tief beeindruckt.

Treu-bis-in-den-Tod trat einen weiteren Schritt vor. «Ich brauche Eure Hilfe. Fürchtet Euch nicht, Gott ist mit uns.» Er brauchte ihnen nicht zu erklären, was er vorhatte. «Jetzt!»

Im Nu hatten die drei das Mädchen aufs Bett geworfen. Die Haushälterin hielt es an den Händen gepackt, Ebenezer an den Beinen. Campion schrie und wehrte sich vergebens, als ihr Treu-bis-in-den-Tod den Schal wegzog und das Kleid auseinanderriss.

«Festhalten!» Treu-bis-in-den-Tod beugte sich über sie. Campion spürte seinen heißen Atem auf der Haut und versuchte, sich aufzubäumen, was aber nur dazu führte, dass ihr Bruder und die Haushälterin umso brutaler zupackten.

Mit trockenen, rauen Händen berührte der Pfaffe ihre Brüste. Als er zu sprechen anhob, war es, als erklärte er die Lehre von der Dreifaltigkeit. «Dies, Bruder Slythe, ist der Milchquell für Säuglinge und als solcher von Gott gewollt, weshalb eine Hexe den Satan nicht an ihrem Busen nährt.» Seine Hände glitten nun tiefer und kneteten die Haut über den Rippen. «Wir suchen nach anderen Zeichen, die sie als Hexe verraten. Ah!» Er zeigte auf das Muttermal über dem Nabel, mit dem Toby sie am Weihnachtstag gehänselt hatte. «Da ist er. Der Beweis.» Und obwohl dieser angeblich gefunden war, fuhren seine Hände wieder hinauf zu den Brüsten.

«Sir! Seht!» Die Haushälterin hatte das Siegel entdeckt. «Ist es das, wonach Ihr suchtet?»

«Ja, das ist es!»

Treu-bis-in-den-Tod musste der Haushälterin helfen, das Siegel zu lösen. Vom Zugriff der beiden befreit, wälzte sich Campion zur Seite und schluchzte ins Kissen. Sie fühlte sich beschmutzt und geschändet.

«Seht!» Ebenezer hatte den Zylinder aufgedreht und zeigte dem Pfaffen das Kruzifix.

«Eine papistische Hexe!»

Campion weinte, sie glitt wieder in den Abgrund. Sie hörte kaum mehr, wie Treu-bis-in-den-Tod den dreiundzwanzigsten Psalm anstimmte, und als der Bruder nach den Wachen rief, wurde sie ohnmächtig. Man wickelte sie in ein Tuch, damit die Soldaten von Oberst Fuller nicht sahen, was mit ihr geschah, und trug sie nach unten zur Kutsche, die vorgefahren war.

Ebenezer wandte sich grinsend an Hervey und sagte: «Ihr hattet recht, Bruder.»

«Der Himmel meint es gut mit uns.»

«Ja, so ist es.»

Der Pfaffe setzte eine ernste Miene auf und schüttelte den Kopf. «Sie muss vor Gericht gestellt werden, Bruder.»

«In der Tat.» Ebenezer trat ans Fenster und sah, wie seine Schwester unter der Aufsicht von Goodwife Baggerlie in die Kutsche gehievt wurde. Für ihn war der Fall abgeschlossen. Alles Weitere lag in der Hand des Richters, und der konnte allenfalls darüber entscheiden, ob Dorcas im Feuer oder am Galgen sterben sollte.

«Kein Zweifel», beteuerte Treu-bis-in-den-Tod, «sie ist eine Hexe.»

«Kein Zweifel.»

Ebenezer zuckte mit den Achseln und hinkte zurück in die Galerie, wo er mit der Hand auf das Stuckwerk an der Decke wies, auf Vorhänge und Teppiche, auf die Gemälde und edlen Möbel und sagte: «Hexerei hat sie an diesen Ort geführt. Wie sonst, wenn nicht durch infame List, hätte sie hier Aufnahme finden können?»

Auf Herveys Antwort achtete er nicht. Stattdessen schaute er sich in dem prachtvoll eingerichteten Saal um und hasste, was er sah, denn alles Schöne war ihm zuwider, vor allem, weil sich der Adel damit schmückte. Er verabscheute ihn.

Inzwischen aber zählte er selbst zu den Privilegierten. Nach Scammells Ableben war nun er rechtmäßiger Besitzer des Matthäus-Siegels und Nutznießer des Bundes. Seinen Reichtum aber, so beschloss er, die Spitze eines Tischtuchs befingernd, würde er gewiss nicht für solchen Tand verschwenden, sondern besseren Zwecken zuführen. Er wollte sich für ein England einsetzen, das sich den Gesetzen Gottes beugte und darum eine strenge, vorausschauende Herrschaft nötig hatte. Das Königreich Gottes würde kommen – mit ihm in der Regierung. Er hatte in den letzten Monaten entdeckt, dass er die Gabe hatte zu führen, fürchtete aber immer noch die Macht und Erfahrung älterer Männer. Darum nahm er sich vor, ihnen zu schmeicheln und nachzueifern.

An Hervey gewandt, in dem er einen zukünftigen Gefolgsmann sah, sagte er mit barscher Stimme, die er in seiner neuen, erhabenen Position für angemessen hielt: «Ich glaube, es ist an der Zeit für ein Wort des Dankes, Bruder.»

«Wahrhaftig.»

Sie knieten unter den heidnischen Gottheiten aus Gips nieder und dankten dem Allmächtigen für seine Gunst und Vorsehung, die ihnen zu diesem großen Sieg verholfen hatten.

«Amen», sagte Treu-bis-in-den-Tod.

19

«Der Mensch, vom Weibe geboren, lebt kurze Zeit und ist voll Unruhe.»» Lady Margaret hörte die Worte von Pastor Perilly und dachte, dass ihr Mann doch trotz aller Sorgen ein sehr beschauliches Leben geführt hatte.

«‹Er geht auf wie eine Blüte und fällt ab, flieht wie ein Schatten und bleibt nicht.›» Wie wahr – falls eine Blüte je von einer Musketenkugel ins Gesicht getroffen worden war.

Sie stand auf den großen Steinplatten im Mittelgang der Kapelle von Lazen. Durch die Fenster, deren prächtige Bleiverglasung zerschossen worden war, fiel graues Licht aus dunklen Regenwolken. Die in Stein gemeißelten Wappen von Lazen und der Familie Lazender waren zerkratzt, die Reliefs der Ahnen voller Einschussnarben, wenn sie auch mit Kalkleim ausgebessert worden waren. Sie sahen erbärmlich aus.

Lady Margaret blickte durch ihren Schleier auf das Loch unter den vier aufgedeckten Steinplatten. Die Kapellengruft war feucht. Sie sah den verrotteten Rand eines alten Sarges, an dessen Seite gerade der neue Sarg mit Sir Georges sterblichen Überresten hinabgelassen wurde. Eines Tages, so dachte sie, würde auch sie in diesem Loch liegen, die Augen für immer starr emporgerichtet zu den Besuchern der Kapelle. Doch dann erinnerte sie sich, dass die Welt Kopf stand und sie womöglich nie an der Seite ihres Gatten liegen würde. Denn noch während Pastor Simon Perilly die Totenfeier zelebrierte, tagte in der großen Halle der Ausschuss für Beschlagnahmung, der Sir Toby, dem rechtmäßigen Erben, den Besitz an Lazen streitig machte.

Es war hinterhältig und gemein, doch sie konnte nichts dagegen tun. Überschwänglich in seinem Sieg hatte der Ausschuss die Stunde der Beisetzung für das Zusammentreffen bestimmt, um sicherzustellen, dass die Familie nicht vertreten sein würde. John, der Earl of Fleet, beurlaubt von der Armee des Grafen von Essex, die gen Westen marschierte, war zwar dennoch anwesend, würde aber, wie Lady Margaret vermutete, kaum etwas ausrichten können. Auf ihrer rechten Seite stand Anne, die Gräfin von Fleet, zu ihrer Linken Caroline. Toby lag darnieder, und es stand immer noch zu befürchten, dass er als Nächster zu begraben sein würde.

Perillys Stimme schwoll an. «‹Die Gnade unseres Herrn Jesus Christus, die Liebe Gottes und die Gemeinschaft der Heiligen sei mit euch ewiglich. Amen.›»

Lady Margaret starrte noch eine Weile auf den Sarg aus hellem, gehobeltem Holz, wandte sich dann ab und sagte: «Kommt.»

Draußen auf dem verkohlten Rasenstück, wo die siegreichen Puritaner die Altarschranken verbrannt hatten, dankte sie den Dorfbewohnern, Pächtern und Dienern für ihre Anteilnahme. Hoffnung machen konnte sie ihnen nicht. Mit Blick auf Mr Perilly sagte sie: «Danke, Simon. Ihr habt gut gesprochen.»

Pastor Perillys Zukunft war ebenso ungewiss wie die von Lady Margaret. Er faltete sein Skapulier über dem Gebetbuch zusammen. «Er wird wiederauferstehen, Lady Margaret.»

Sie nickte. «Ich vertraue darauf, dass Gott am Tag der Wiederauferstehung Rache walten lässt, Mr Perilly.» Sie wandte sich ab und führte ihre Töchter durch die verwüsteten Gärten auf das Neue Haus zu.

Oben, in Tobys Schlafzimmer, traf sie auf den Arzt, der ihren Sohn zur Ader ließ. «Schon wieder?»

«Es ist das beste Mittel, Lady Margaret.» Dr. Sillery hatte aus Tobys Arm eine Tasse Blut abgezapft und legte nun mehrere Decken über den Patienten. «Und schwitzen muss er.»

Lady Margaret verzichtete darauf zu entgegnen, dass bislang nichts geholfen habe. Sie setzte sich zu ihrem Sohn und legte ihm eine Hand auf die Stirn. Sie fühlte sich heiß an. Er hatte Fieber, und sie wusste, dass ein solches Fieber meist zum Tod führte. Sie blickte zu Sillery auf. «Und die Verletzungen?»

«Die Hand heilt gut, erstaunlich gut.» Er zuckte mit den Achseln. «Aber die Schulter …»

Lady Margaret betrachtete Tobys schweißnasses und unrasiertes Gesicht. Ein Musketengeschoss hatte seine linke Schulter durchbohrt, das Gelenk zerschlagen und in der Achselhöhle, wo es ausgetreten war, eine hässliche Wunde zurückgelassen. Nachdem er von diesem Schuss zu Fall gebracht worden war, war ein Schwert auf ihn herabgefahren und hatte zwei Finger seiner linken Hand abgetrennt. Die Fingerstümpfe waren schon verheilt, die Haut, die sich darüber gebildet hatte, rosig und frei von Wundbrand. Die Schulter aber hatte sich offenbar entzündet. Tagtäglich roch Sillery an der Wunde, legte die Stirn in Falten und wusste sich nur mit einem weiteren Aderlass zu behelfen, um Tobys Körpersäfte auszugleichen. Mr Perilly sprach jeden Tag Gebete für den Kranken, und Lady Margaret fürchtete, dass daraus bald Gebete für einen Sterbenden werden könnten. In einem anderen Zimmer des Neuen Hauses saß Oberst Washington aufrecht mit einem Verband über den erloschenen Augen im Bett.

«Mutter?» Anne steckte den Kopf zur Tür herein.

«Ich komme.»

In der langen Galerie, die die siegreichen Truppen bislang unberührt gelassen hatten, wartete der Earl of Fleet mit ängstlicher, angespannter Miene. Er war hin und her gerissen zwischen seinen Überzeugungen, die ihn auf einen Sieg des Parlaments hoffen ließen, und seinen Verpflichtungen gegenüber der Familie seiner Frau. «Lady Margaret.»

«John? Mir scheint, Eure Miene verheißt nichts Gutes.»

«Nein.» Er breitete in hilfloser Geste die Arme aus. «Ich habe mein Bestes gegeben, doch was wir an Geld aufbieten können, reicht leider nicht aus.»

Lady Margaret zeigte sich ebenso ruhig und ernst wie schon während der Beisetzung ihres Mannes. «Darf ich fragen, wer die höchste Summe geboten hat?»

Der Graf legte die Stirn in Falten und trat, sichtlich befangen, ans Fenster. «Geld wurde nicht geboten.» Er hob die rechte Hand, um Fragen abzuwehren, und fuhr fort: «Der Besitz soll, wie es scheint, statt der Rückzahlung eines Darlehens dem Gläubiger überschrieben werden.»

«Und wer ist der Gläubiger?»

John schaute seiner Schwiegermutter in die Augen und rieb nervös die Hände aneinander. «Sir Grenville Cony.»

«Ah.» Lady Margaret straffte die Schultern. «Ich nehme an, dieses unsägliche Miststück ist nicht persönlich zugegen.»

«So ist es.»

«Ich nehme ferner an, dass der Besitz konfisziert wurde. Und nicht verkauft.»

Fleet nickte. «Konfisziert.»

«Das heißt, ich bin völlig mittellos.»

«Nein, Mutter!», protestierte Anne.

Der Earl of Fleet stand mit dem Rücken zum Kamin. «Die Ländereien in Shropshire standen nicht zur Verhandlung.» Ihm war klar, dass dies kein Trost sein konnte.

Lady Margaret schnaubte. «Die werden verkauft werden müssen und wahrscheinlich nicht mehr als eine lächerliche Summe einbringen. Hoffnung auf das Haus in London kann ich mir wohl auch nicht machen, oder?»

Er schüttelte den Kopf. «Darauf erhebt ganz bestimmt der Londoner Ausschuss Anspruch.»

«Ganz bestimmt. Und wiederum im Interesse Conys, nicht wahr?»

Der Graf verschränkte seine Hände hinterm Rücken. «Aber da wäre immerhin noch das Tafelgeschirr, Lady Margaret. Mir fällt auf, dass alles Silber verschwunden ist. Sir George hat es gewiss in Sicherheit gebracht.»

Lady Margaret schüttelte den Kopf. Die Schätze von Lazen waren in den Kellern eingemauert, und es verschaffte ihr ein wenig Genugtuung, dass der Feind sie nicht entdeckt und keiner der Diener, die darum wussten, das Versteck verraten hatte. «Es gibt kein Silber», sagte sie.

«Kein Silber?» Der Graf schien schockiert zu sein.

«John!» Anne schaute ihre Mutter an. «Was hat Vater damit getan?»

«Das geht die Feinde des Königs nichts an.»

Es blieb eine Weile unangenehm still, bis sich der Earl of Fleet wieder zu Wort meldete. «Die Besitzübertragung wird erst in ein, zwei Wochen abgeschlossen sein. Ihr müsst also nicht sofort weg von hier.» Er lächelte. «Und natürlich seid Ihr in unserem Haus jederzeit herzlich willkommen. Es wäre uns eine Ehre.»

«Danke, John.» Lady Margaret lächelte ihrer Tochter zu. «Dank auch dir, Anne. Eines könntet ihr noch für mich tun.»

«Ja?», fragte der Graf eifrig, offensichtlich froh, von den schlechten Nachrichten, die er hatte überbringen müssen, abzukommen.

«Das Mädchen, das bei uns gewohnt hat, ist verschwunden. Ihr Name ist Dorcas Slythe. Ich möchte wissen, wohin sie gebracht wurde.»

«Mutter ...» Anne gab Campion die Schuld am Unglück ihrer Familie und hatte Lady Margaret mit Hinweis auf das Blut im Schlafzimmer davon zu überzeugen versucht, dass das Mädchen verwundet worden und inzwischen wahrscheinlich tot sei.

Lady Margaret brachte ihre Tochter zum Schweigen. «Ich will wissen, wo das Mädchen ist. Die Soldaten behaupten, es sei nach London gebracht worden. Kann ich mich auf dich verlassen, John?»

Er nickte. «Ja, natürlich.» Und nach einem kurzen Blick auf seine Frau: «Ich finde, Anne hat recht. Das Mädchen hat viel Unheil angerichtet.»

«Würdet Ihr das Sir Toby erklären, wenn er wieder genesen ist?», entgegnete Lady Margaret kühl.

Anne runzelte die Stirn. «Toby wird über ihren Verlust hinwegkommen, Mutter.»

Lady Margaret schnaubte. «Wenn Lazen fallen musste, damit meine Feinde dieses Mädchen vernichten können, will ich alles daransetzen, sie zu retten. Diesen Triumph sollen sie nicht haben.»

Der Earl of Fleet stellte sich neben seine Frau. «Selbst wenn wir sie fänden, Lady Margaret, bezweifle ich, dass wir etwas für sie tun könnten.»

«Du meinst also, dein Einfluss in den Reihen meiner Feinde hat abgenommen?»

Fleet zuckte die Achseln. «Er war nie besonders groß.»

Lady Margaret schickte sich an, in das Krankenzimmer ihres Sohnes zurückzukehren. Sie fürchtete, ihm – falls er sich von seinem Fieber erholen würde – sagen zu müssen, dass Campion verschwunden war. «Findet sie, John! Lasst mich wissen, wo sie ist, und dann werden wir sehen, was wir tun können. Ich will, dass das Mädchen gefunden wird.»

Campion war dort, wo die Raben nisteten – im Tower.

An der Südmauer strömte der Fluss entlang, während ein Wassergraben, der so schmutzig und stinkend war wie die Sielen der Stadt, die anderen drei Seiten begrenzte. Auf dem nahegelegenen Hügel nordwestlich der Zwingburg fanden die öffentlichen Hinrichtungen statt.

Der Tower of London war Königsschloss, Zeughaus, Garnison, Menagerie und das sicherste Gefängnis der Stadt, in dem Priester und Edelmänner, Soldaten und Bürger schmachteten, die als Feinde der Gesalbten des Herrn betrachtet wurden. Die hier einsitzenden Gefangenen waren keine gewöhnlichen Verbrecher, keine Mörder oder Diebe, sondern Feinde der Revolution. Der bekannteste von ihnen war William Laud, Erzbischof von Canterbury und Fürstreiter der Könige von Gottes Gnaden.

Der vom Parlament eingesetzte Verwalter des Towers, der Campion nach Sonnenuntergang vor der Pforte in Empfang nahm, war denkbar schlecht gelaunt. «Wer ist sie?»

«Dorcas Slythe.»

«Und?» Widerwillig nahm er von einem der Soldaten den Haftbefehl entgegen und grunzte, als er das Siegel des Komitees für Sicherheit sah. «Was wird ihr vorgeworfen?»

«Hexerei und Mord.»

Der Verwalter grinste hämisch. «Dann ab mit ihr hinter Schloss und Riegel.»

Treu-bis-in-den-Tod Hervey ließ sich von dem groben Kerl nicht einschüchtern. «Es könnte sein, dass sie ein Spion der Papisten ist.»

«Ach ja?» Der Verwalter blickte ein zweites Mal auf den Befehl. «Davon steht hier nichts.»

«Streitet Euch mit dem Komitee darüber. Oder wär's Euch lieber, von Sir Grenville Cony aufgeklärt zu werden?»

Der Verwalter blickte auf. «Sir Grenville? Das ist etwas anderes.» Er stieg auf den Tritt des Kutschenverschlags und spähte durchs Fenster. «Genießt sie irgendwelche Privilegien?»

«Nein.»

Der Verwalter war verärgert darüber, von der Wache aus seinem Quartier gerufen worden zu sein, und herrschte seinen Hauptmann an, dass er sich um die Aufnahme gefälligst selbst zu kümmern habe. Campion wurde aus der Kutsche geholt und sah zu, wie die Pferde mit lautem Hufgetrappel das schwerfällige Gefährt im Hof wendeten und davonzogen. Dann ging das Tor zu, und sie war im Tower gefangen.

Ihre Zelle hatte kein Fenster. Das einzige Licht drang vom Gang, der mit Talgkerzen beleuchtet war, durch den kleinen, vergitterten Türausschnitt herein. Der Boden bestand aus Steinen. In einer Ecke lag eine Schütte alten, faulen Strohs. Es gab weder Tisch noch Stuhl. Man hatte ihr eine verlauste Decke gegeben, die aber viel zu dünn war und vor der Kälte nicht schützen konnte. An diesem Ort herrschten durchweg Dunkelheit und Winter.

Sie zitterte und wimmerte und sang manchmal mit dünner Stimme vor sich hin. Das Brot war steinhart. Sie konnte sich nicht waschen. Das Haar hing ihr in klebrigen Strähnen vom Kopf, auf der Haut juckten zahllose Wanzenbisse, und ihr Schlaf wurde immer wieder unterbrochen vom Klappern zuschlagender Türen und dem metallischen Knirschen vorgeschobener Riegel, was ihr verriet, dass auch andere Zellen belegt waren.

Ab und an zeigte sich vor dem vergitterten Ausschnitt ihrer Tür ein Gesicht, erkennbar nur am Weiß der Augen, die auf sie herabblickten. Manchmal hörte sie Gelächter, bisweilen auch hasserfüllte Worte. «Hexe! Papistin! Hure!»

Dass sie nicht dem Wahnsinn verfiel, verdankte sie vor allem ihrer Liebe zu Toby. Sie stellte sich vor, dass er lebte, und ließ keinen anderen Gedanken zu. Die Arme um die Knie geschlungen, wippte sie, in ihrer Strohecke hockend, mit dem Oberkörper vor und zurück und malte sich ein Leben an seiner Seite aus. Sie sah ihn an den Feinden Rache üben und mit der Schwertklinge jene Welt aufschließen, von der sie beide geträumt hatten. Sie sah Sir Grenville von ihm erschlagen und Treu-bis-in-den-Tod Hervey vor seinen Füßen um Gnade winseln. Sie sah ihren Bruder in die Knie gezwungen und stellte sich vor, ihn noch bitterer büßen zu lassen als durch schnelle Rache, nämlich durch ihr Angebot geschwisterlicher Vergebung.

Wenn sie sich nicht in ihrer Traumwelt aufhielt, versuchte sie, Auswendiggelerntes laut aufzusagen. Sie sang zahllose Verse aus dem Hohelied Salomons und weinte, wenn sie Worte sprach wie: «... und die Liebe ist sein Schild über mir.» Sie rezitierte Psalmen, die ihr als Kind eingebläut worden waren, und kam immer wieder auf ein Gedicht zurück, das sie in Lazen Castle gelesen hatte. Sie erinnerte sich nur an die erste Strophe und war sich nicht sicher, ob sie alle Worte richtig im Sinn behalten hatte. Das Gedicht war von John Donne und trieb, wie Lady Margaret erklärt hatte, Scherz mit allzu innigen Liebesgefühlen, doch die Zeilen waren für sie wie Musik und ein großer Trost in ihrem stinkenden, kalten Rattenloch:

Wohlan, erhasch den Sternenschweif
und pflanz dich fort mit der Alraun.
Sag mir, wohin entflog der Zeiten Greif,
wer spaltete des Teufels Klau'n?
Lehr mich, der Nymphen Lied vernehmen,

allen Neid und Eifersucht verfemen
und find
den Wind,
der laut'res Glück ersinnt.

Sie hatte das Meer noch nie gesehen – obwohl sie ihm an der Poststation von Southampton sehr nahe gekommen war – und stellte sich vor, dass es voll von singenden Meerjungfrauen sein müsste. Wie schön, dachte sie, wäre es doch, sie gemeinsam mit Toby singen zu hören und Frieden zu finden.

Manchmal aber drohte sie zu verzweifeln. Dann dachte sie an die schreckliche Reise von Lazen Castle nach London, die sich über eine Woche hingezogen hatte, während der sie von Goodwife Baggerlie unablässig mit Gift und Galle bespuckt worden war. Obwohl entschlossen, in ihrem Gefängnis zu überleben und auszuharren, verließ sie oft der Mut. Wenn das Wasser von den Zellenwänden rann, wenn der Gestank von Urin und Kot unerträglich wurde, wenn sie, von Ratten aufgeschreckt, am ganzen Körper zitterte und nicht einmal mehr die Kraft hatte, sich von den Läusen zu befreien, die sie auf ihrer Haut sah, dann wünschte sie sich manchmal, tot zu sein, zumal sie in solchen Momenten auch Toby nicht mehr am Leben wähnte. Vielleicht, dachte sie, sangen die Nymphen auch nur für die Toten.

«Großartig! Ausgezeichnet! Eure Männer ziehen aus den Gärten ab?» Was sich wie eine Frage anhörte, war, wie Oberst Fuller wusste, als Befehl zu verstehen.

«Selbstverständlich, Sir Grenville.»

«Und möglichst schnell, Oberst. Ah! Eine Loggia! Ein Jammer, dass sie unter dem Beschuss so sehr gelitten hat. Ihr könnt doch hoffentlich ein paar Maurer auftreiben?»

«Natürlich, Sir Grenville.»

Sir Grenville trat in den Schatten der Säulenhalle und inspizierte die durch die Belagerung entstandenen Schäden. «Und Ihr sagtet, Oberst, das Tafelsilber sei nicht gefunden worden?»

«Ich vermute, es wurde verkauft, um die Verteidigung finanzieren zu können.»

«Wahrscheinlich. Oder eingeschmolzen. Schade, schade.» Seine Stimme klang alles andere als enttäuscht, und enttäuscht brauchte er auch, wie er selbst fand, wahrhaftig nicht zu sein. Das Füllhorn des Erfolgs war über ihm ausgeschüttet worden. Die Burg war früher als erwartet gefallen, und Ebenezer Slythe hatte ihm tatsächlich das Siegel ausgehändigt, als er ihn – mit seiner Schwester unterwegs nach London – in Winchester getroffen hatte. Sir Grenville hatte nun zwei Siegel. Niemand, ja, wirklich niemand außer ihm würde nun drei der vier Siegel zusammenführen können. Er hatte den Bund sicher.

Dorcas Slythe musste natürlich sterben. In einer Taverne in der Jewry Street von Winchester hatte Sir Grenville dem jungen Slythe den Haftbefehl für seine Schwester zugesteckt, in dem sie der Hexerei und des Mordes bezichtigt wurde. Ebenezer hatte, sehr zufrieden mit sich selbst, den Schriftsatz gelesen und angemerkt: «Es ließe sich noch Ketzerei hinzufügen.»

«Ketzerei, mein Junge? Hat denn der Kuchen nicht schon genug Pflaumen?»

Ebenezer schmunzelte verstohlen. «Im Inneren des Siegels steckt ein Kruzifix.»

«Wirklich?»

Ebenezer zeigte seinem Herrn die kleine, silberne Figur. «Das Parlament wird wohl wenig Gefallen daran haben.»

«Wahrscheinlich.» Sir Grenville lächelte und schenkte sich ein Glas Wein ein. «Mir würde es allerdings noch viel weniger gefallen, wenn die Siegel Aufmerksamkeit erregen. Nein, mein Junge. Aber das Gerücht, sie sei vom Papst geschickt, magst du getrost streuen. Ganz London wird sich empören.» Er steckte das Siegel des Apostels Matthäus in seine Tasche. «Du weißt, was zu tun ist?»

Ebenezer nickte. «Zuerst beschäftigt sich der Untersuchungsrichter mit ihr, dann die Geschworenen.»

«Genau.» Sir Grenville schob ihm einen Zettel zu. «Zieh diesen Mann zurate. Caleb Higbed. Ein tüchtiger Jurist. Auf ihn können wir uns verlassen. Gut!»

Die gute Stimmung, die er schon in Winchester an den Tag gelegt hatte, dauerte an. Sir Grenville kostete seinen Sieg aus. Er hatte im vergangenen Jahr große Ländereien erworben, doch keine hielt einem Vergleich mit Lazen Castle, seinem neuen Besitz, stand. Zwar hatten die Kanonen einigen Schaden angerichtet, doch das Neue Haus war auf wundersame Weise verschont geblieben. Bald, so dachte er, würde er sich zur Ruhe setzen können, und es gab kaum einen Ort, der als Alterssitz geeigneter wäre.

Zunächst aber galt es, seine Sache zum krönenden Abschluss zu bringen. Dem war er nun schon sehr nahe gekommen, denn die aus dem Norden Englands eintreffenden Nachrichten versprachen einen großen Sieg des Parlaments und der Schotten über die königstreuen Streitkräfte. Der Wind hatte sich gedreht und blies dem König nun auf dem Marston-Moor bei York mit brutaler Schärfe entgegen. Bald, so war abzusehen, würde auch York von den Rebellen eingenommen sein. Charles' Königreich zerfiel schneller als erhofft.

Der Sieg stand unmittelbar bevor. Mit einem zufriedenen

Lächeln im Gesicht betrat Sir Grenville das Neue Haus und ließ den Blick durch das prächtige, marmorne Treppenhaus schweifen. Obwohl schon jetzt ein reicher Mann, brauchte er das Vermögen aus dem Bund, das ihm Erträge versprach, die sämtliche Pachtzinsen aus all seinen Ländereien um ein Vielfaches übersteigen würden. Dem jungen Slythe stand zwar ein Anteil zu, aber er würde nie erfahren, wie hoch die Gesamteinkünfte in Wirklichkeit waren. An Oberst Fuller gewandt, fragte er: «Ist die Familie fort?»

«Nein, Sir Grenville. Wir haben Euch nicht so bald erwartet.»

Sir Grenville kicherte. Auf den marmornen Handlauf gestützt, hievte er seinen ungeschlachten Körper über die Treppe nach oben, warf den Kopf mit seinen weißen Engelslocken in den Nacken, um das Stuckwerk zu betrachten, und sagte: «Italienisch.»

«Wie bitte?»

«Italienisch, die Gipsarbeiten. Schön, sehr schön!»

«Ja, Sir.» Oberst Fuller hätte die Deckenpracht nur allzu gern von seinen Männern mit ihren Musketen zerschießen lassen, war aber ausdrücklich daran gehindert worden.

Sir Grenville Cony blieb auf halber Höhe stehen, drehte sich um und rief seinem Sekretär zu, der zusammen mit einem Leibwächter mit einigem Abstand folgte: «Ich sollte heiraten, John! Lazen Castle braucht eine Lady, nicht wahr?» Er lachte.

John Morse, der Conys Haltung gegenüber Frauen besser kannte als jeder andere, blieb verwundert stehen. «Heiraten?»

«Das wundert dich, was?» Sir Grenville kicherte. «Die Lazenders haben doch noch eine unverheiratete Tochter, nicht wahr, Oberst?»

«Ja, Sir. Caroline.»

«Ob sie mich wohl will?» Sir Grenville hustete vor Lachen. Seine Begleiter hatten ihn noch nie so gut gelaunt gesehen. «Sei's drum. Was hätte ich mit einem mittellosen Mädchen zu schaffen?»

Sekretär und Leibwächter lachten.

Sir Grenville winkte mit der Hand. «Weiter, weiter! *Veni, vidi, vici!*»

Oberst Fuller, der im Unterschied zu Sir Grenville tatsächlich gekommen war, Lazen Castle gesehen und besiegt hatte, schritt voraus und öffnete die Tür zur Galerie.

«Sir Grenville?»

«Ah! Die Galerie. Ich habe schon viel davon gehört.» Er trat ein. «Wer seid Ihr?»

Lady Margaret, die mit ihrem Stickrahmen am Fenster saß, blickte auf. «Cony?»

Sir Grenville kicherte. «Ihr erkennt mich. Der Preis des Ruhms. Und Ihr seid, wie ich annehme, Lady Margaret Lazender? Gehört es sich nicht aufzustehen, wenn der Herr des Hauses eintritt?»

Lady Margaret, die Conys Froschgesicht schon durch den Garten hatte gehen sehen, antwortete nicht und arbeitete ruhig weiter an der Gardine, der sie eine von Lorbeeren umkränzte Krone aufstickte.

«Sir Grenville?» Der Earl of Fleet hatte weiter hinten im Saal gewartet und kam nun näher.

«Mylord! Es überrascht mich, Euch hier anzutreffen.»

«Wir sind hier im Elternhaus meiner Frau, Sir Grenville.»

«Natürlich, natürlich.» Cony betrachtete die Stuckarbeiten an der Decke. «Oh, wie schön. Ganz ausgezeichnet.» Mit einer ruckhaften Kopfbewegung wandte er sich wieder Fleet zu. «Mylord, Ihr seid vermutlich hocherfreut über die Nachrichten aus dem Norden, nicht wahr? So wunderbar erfüllt sich Gottes Vorsehung.»

Lady Margaret schnaubte. Der Graf nickte. «Allerdings, Sir.»

Sir Grenville lachte. Er stolzierte durch den Saal und begutachtete die Einrichtung. «Ja, der Herr im Himmel segnet unsere Sache, Mylord. Überaus reichlich!» Er blieb vor der Feuerstelle stehen und blickte in den Raum. «Meine Ankunft hier hat sich verzögert, weil ich es für angebracht hielt, in Essex Station zu machen. Ihr werdet dort vermisst, Mylord.»

Der Earl of Fleet hatte sich umdrehen müssen, um Cony im Auge behalten zu können. «Ich werde in Kürze zurückkehren und meinen Pflichten nachkommen, Sir Grenville.»

«Daran zweifle ich nicht, Mylord. Darf ich fragen, welchem glücklichen Zufall es zu verdanken ist, dass ich Euch in meinem Haus antreffe?»

Der Graf runzelte die Stirn. Er kannte den Advokaten kaum, im Grunde nur dem Namen nach, und wusste, dass er seit kurzem dem Komitee beider Königreiche angehörte, jenem Ausschuss, der über all jene englischen und schottischen Gebiete regierte, die der König verloren hatte. Sir Grenville repräsentierte die Macht, die das Land eroberte. «Ich bin hier, um nach meiner Schwiegermutter zu sehen.»

«Ihretwegen? Warum ist sie noch hier?»

Lady Margaret hatte Cony den Rücken gekehrt und zeigte ihm die kalte Schulter.

Der Graf legte wieder die Stirn in Falten. «Ihr Sohn ist krank, Sir Grenville.»

«Krank?»

«Verwundet.»

«Ah! Er hat wohl gegen uns gekämpft.» Sir Grenville schüttelte den Kopf. «Ich nehme an, er steht unter Arrest.»

Oberst Fuller, der noch in der Tür stand, meldete sich zu Wort. «Er ist viel zu krank, um unter Arrest gestellt zu werden, Sir.»

Sir Grenville Cony schmunzelte. Er hatte auf diesen Moment gewartet und ihn einige Tage hinausgezögert, um vorher mit dem Earl of Essex zusammenzutreffen, der mit seinem Heer die royalistischen Truppen aus dem Westen zu vertreiben suchte. Jetzt, da er mit ihm gesprochen hatte, wollte er sich amüsieren. Eine Woche in Lazen zu verbringen war eine schöne Aussicht, die ihm zudem die Möglichkeit bot, die Pachtzinsen anzuheben und seinen neuen Besitz ertragreicher zu machen. Seine Froschaugen waren weit aufgerissen und auf den Grafen gerichtet. «Sind wir hier in einem Hospiz, Mylord? Soll ich etwa an meinen Feinden Nächstenliebe üben?»

Der Graf zeigte sich erstaunt. «Er war hier zu Hause, Sir Grenville. Und er ist so schwach, dass er nicht auf Reisen geschickt werden kann.»

«Ach, kann er nicht? Es gab welche, die behaupteten, der Tyrann könne nicht von seinem Thron gestoßen werden, und doch ist es gelungen.» Und mit wegwerfender Handbewegung: «Schafft ihn fort. Heute noch. Sofort. Ich will, dass die ganze Familie verschwindet, verstanden?»

Lady Margaret legte ihre Handarbeit ab, stand auf und ging langsam auf Sir Grenville zu. Sie trat so nahe an ihn heran, dass er gezwungen war, zu ihr aufzublicken. «Mein Sohn, Sir Grenville, wird sterben, wenn Ihr ihn fortschaffen lasst. Das kann Euch der Arzt bestätigen.»

Er lächelte. «Auf Ärzte ist kein Verlass.»

«Mein Sohn wird sterben.»

«Dann stirbt er eben.»

Wie ein Pistolenschuss hallte es durch den Saal, als sie ihm mit der flachen Hand ins Gesicht schlug. Mit wutverzerrtem Gesicht holte Grenville zum Gegenschlag aus, doch schon war der Earl of Fleet mit der Hand am Heft seines Schwertes zur Stelle. «Sir Grenville!»

Conys Leibwächter war so überrascht, dass er sich nicht rührte. Langsam senkte der Advokat die erhobene Hand. «Ihr werdet aus diesem Haus verschwinden, Lady Margaret, Ihr und der Rest der Familie. Ohne Eure Habe. Euch bleibt nur das, was Ihr am Leibe tragt.» An Fuller gewandt, sagte er: «In einer Stunde sind sie weg.»

«Ja, Sir.»

Sir Grenville wich zwei Schritte zurück und richtete seinen zornigen Blick auf den Grafen. «Und nun zu Euch, Mylord. Mir ist zu Ohren gekommen, dass Ihr Euch für das Schicksal von Dorcas Slythe interessiert.»

Der Earl of Fleet staunte, dass sich sein Suchauftrag so schnell herumgesprochen hatte. Er nickte stumm.

Sir Grenville lachte. «Sie wird bald tot sein, wenn sie es nicht schon ist. Entweder als Hexe aufgeknüpft oder als Gattenmörderin verbrannt.» Er lächelte. «Sie war mein Feind, Mylord, und das seid Ihr jetzt wohl auch. Raus mit Euch!»

Lady Margaret warf nicht einen Blick zurück, als sie in der Reisekutsche des Grafen Lazen Castle verließ. Anne und Caroline teilten sich mit ihr eine der beiden Sitzbänke, Toby lag ächzend auf der anderen. Oberst Washington hockte mit verbundenen Augen neben James Wright auf dem Kutschbock. Die Dienstboten, die Lady Margaret gebeten hatte mitzukommen, folgten zu Fuß. Sie schlugen einen Bogen um die Ruinen des Torhauses und stiegen auf die Hügel im Norden, wo Schafe grasten, die nun Sir Grenville gehörten.

Lady Margaret hielt die Hand ihres Sohnes gefasst. Sie hatte sich nur schwer eingestehen können, dass ihre Feinde gesiegt hatten. Ihr war alles genommen. Der Mann und das Haus. Das Leben ihres Sohnes hing am seidenen Faden, und die Töchter an ihrer Seite schwiegen. Pastor Perilly schloss auf dem Rücken seiner alten Mähre zur Kutsche auf. Auch er wusste nicht, wohin.

Caroline schluchzte.

Lady Margaret herrschte sie an: «Sei still, Kind! Vergeude deine Tränen nicht.»

«Aber, Mutter ...»

«Komm mir nicht mit ‹Aber, Mutter›.» Lady Margaret hörte, wie James Wright vor dem steil ansteigenden Fuhrweg, der von der Flussaue abzweigte, die Pferde anspornte. «Wir werden zurückkehren, Caroline. Das versichere ich dir. Wir kehren zurück.» Sie drückte die Hand ihres Sohnes fester, als versuchte sie, alle ihre Kraft auf ihn zu übertragen. «Wir werden auf dem Grab dieses Mannes tanzen. Das verspreche ich dir.»

❦ 20 ❦

Campion war von dem hellen Sonnenlicht geblendet, sie kniff die Augen zusammen, stolperte und stürzte zu Boden. Einer der beiden Soldaten, die sie begleiteten, versetzte ihr einen Tritt und brüllte: «Steh auf! Los, weiter!»

Sie wurde in eine kleine Kammer gebracht. Die Julisonne hatte die Gemäuer erwärmt, doch ihr war nach wie vor kalt. In den verfilzten Haaren klebte immer noch Scammells Blut. Sie war abgemagert, die Haut grindig, verschmutzt und voller Ungeziefer.

Weshalb sie geholt worden war, hatten ihr die Soldaten nicht gesagt. Sie lehnte an der steinernen Wand und versuchte, die Hände mit Speichel zu säubern, was aber nicht gelingen wollte. In ihrer Verzweiflung fing sie an zu weinen.

«Still, Weib!», knurrte einer der Soldaten.

Sie hörte ein Gemurmel vieler Stimmen wie in einer Kirche, bevor der Gottesdienst beginnt. Die Soldaten unterhielten sich leise. Einer von ihnen hielt einen Strick mit einer Schlinge in den Händen.

Plötzlich nahmen sie Haltung an, als die Tür aufging und eine Stimme verlangte, die Gefangene hereinzuführen. Campion wurde in einen Raum gestoßen, der voller Leute war. Ein Raunen wurde laut, als sie erschien.

In der Mitte des Raumes stand ein Stuhl für sie bereit. Einer der Soldaten zwang sie, darauf Platz zu nehmen, zerrte ihre Arme hinter die Rückenlehne und fesselte ihre Hände. Sie wehrte sich nach Kräften, konnte aber nichts ausrichten. Schluchzend rang sie nach Luft.

«Dorcas Scammell?»

Sie schloss die Augen und versuchte ruhig zu atmen. Hinter ihrem Rücken wurde aufgeregt getuschelt.

«Ruhe!» Die Geräusche verstummten. «Dorcas Scammell?»

Fünf Männer saßen ihr gegenüber an einem langen Tisch, der mit einem grünen Tuch bedeckt war. Durch die Fenster hinter ihnen fiel helles Licht und umschattete ihre Gesichter. Campion blinzelte.

Der Mann in der Mitte sprach. Seine Stimme klang sanft. «Euer Name ist Dorcas Scammell, nicht wahr?» Er war mittleren Alters und machte einen freundlichen Eindruck.

Sie antwortete nicht. Der Mann, der ihr die Frage gestellt hatte, richtete seinen Blick zur Seite. «Ist das Dorcas Scammell?»

«Ja, Sir.» Pfarrer Treu-bis-in-den-Tod Hervey saß mit

einem anderen Geistlichen an einem kleinen Tisch zu ihrer Rechten und hatte sich zur Beantwortung der Frage halb von seinem Platz erhoben.

Der Mann hinter dem langen Tisch wandte sich nach links und sagte: «Fürs Protokoll, die Antwort lautet ‹ja›.»

An einem Tisch zur Linken Campions saßen zwei Schreiber, die Hände voller Tintenflecken. Ihre Federn kratzten über das Papier.

Der Mann vor ihr nahm sie wieder in den Blick. «Ich will erklären, was hier geschieht. Mein Name ist Caleb Higbed. Ich vertrete das Recht. Auch die anderen Herren hier sind vom Gericht bestellt.» Er deutete auf die Männer, die neben ihm saßen. «Dies ist allerdings kein Gerichtsverfahren, Mrs Scammell. Es wird vermutlich auch gar keins geben.» Er sagte dies, als böte er einem Kind gezuckerte Früchte an. «Heute wollen wir Euch nur einige Fragen stellen, Mrs Scammell. Wir führen eine Vorverhandlung mit dem Ziel, ein Gutachten zu erstellen, das dann den Geschworenen vorgelegt wird. Diese entscheiden schließlich, ob Ihr vor ein Strafgericht gestellt werdet. Habt Ihr verstanden?» Er hatte sich nach vorn gebeugt und trug eine Höflichkeit zur Schau, die Campion unwillkürlich für ihn einnahm. Sie nickte, worauf sich Higbed lächelnd wieder zurücklehnte.

«Gut. Wie ich hier lese, werdet Ihr der Hexerei bezichtigt. Aus diesem Grund werden Euch die hier anwesenden Geistlichen verhören. In solchen Fällen verfahren wir immer so.» Er lächelte wieder, er schien sich entschuldigen zu wollen. «Deshalb mussten wir Euch auch die Hände fesseln. Wir wollen schließlich nicht, dass Ihr auf einem Besenstil davonfliegt.» Er hob die Augenbrauen und blickte verschmitzt drein. «Gut. Wir sind alle sehr stark in Anspruch genommen und wollen uns deshalb nicht länger als nötig mit Eurem Fall befassen.» Er rückte seine Unterlagen zurecht. «Sind meine Herren Kollegen einverstanden, dass wir beide Anklagen zusammenfassen? Hexerei und Mord? Es scheint ja, dass sie auch gar nicht voneinander zu trennen sind, nicht wahr?»

Die anderen nickten bestätigend. Zwei von ihnen studierten konzentriert die Dokumente. In der Menge hinter Campion wurde wieder getuschelt.

Caleb Higbed lächelte ihr freundlich zu. «Fangen wir also an, Mrs Scammell. Könnt Ihr mich klar und deutlich hören?»

Sie nickte.

«Lauter bitte, Mrs Scammell. Es ist wichtig, dass Ihr auch für unsere Schreiber zu verstehen seid.»

Sie nickte. «Ja.» Ihre Antwort war kaum mehr als ein Krächzen. Sie schluckte und versuchte es noch einmal. «Ja, ich kann Euch hören.»

«Gut. Gut.» Caleb Higbed wandte sich dem Geistlichen zu. «Mr Palley? Ich glaube, Ihr würdet gern den Anfang machen. Nun denn. Ich erteile Euch das Wort.»

Pastor Palley, ein Mann mit grimmiger Miene und schütterem Haar, stand auf und trat in den freien Raum zwischen Campion und der Richterbank. Er hatte die Hände gefaltet und sprach mit tiefer, kraftvoller Stimme: «Erbitten wir zunächst den Beistand Gottes.»

Palley bestürmte den Allerhöchsten mit einem kaum endenwollenden Schwall markiger Worte und betete, dass die Wahrheit offenbart und der Teufel bezwungen werde. Als er schließlich sein «Amen» in den Raum gerufen hatte, wandte er sich ohne Luft zu holen an Campion und schrie sie an: «Seit wann praktizierst du Hexerei?»

Sie starrte ihn fassungslos an. Tränen traten ihr in die Augen. Die Frage war tatsächlich an sie gerichtet. Palley reckte ihr sein massiges, wutverzerrtes Gesicht entgegen. In den Mundwinkeln schäumte Speichel. Er wartete eine Weile, riss dann den Arm in Richtung Schreiber und rief: «Haltet fest, die Hexe weigert sich zu antworten.»

Er starrte sie an, die Arme jetzt vor der Brust verschränkt, und wippte auf seinen großen schwarzen Schuhen auf und ab. «Frau!» Seine Stimme dröhnte, als käme sie aus den Tiefen der Erde. «Es wäre besser für dich zu gestehen. Bist du eine Hexe?»

«Nein!», schrie sie trotzig. «Nein!»

«Ha!» Er wirbelte auf dem Absatz herum und wandte sich mit triumphalem Grinsen an das Tribunal. «Der Teufel nimmt die Seinen in Schutz, Gentlemen. Ihr seht es. Aus ihr spricht der Teufel, wenn sie leugnet.» Aus dem Publikum war Gemurmel zu hören, das dieser Logik zuzustimmen schien. Die Schreiber ließen ihre Federn übers Papier tanzen.

Pastor Palley hatte offenbar den Auftrag, der Angeklagten möglichst rasch ein Geständnis zu entlocken, um dem Tribunal eine längere Sitzung zu ersparen. Er versuchte sie einzuschüchtern, beschimpfte sie aufs gröbste und drohte ihr mit Folter. Sie aber blieb bei ihrem einfachen Nein, das Palley wiederholt und lauthals zum Beweis ihrer Schuld erklärte. Obwohl Caleb Higbed dieser Auffassung ausdrücklich folgte, hielt er es doch für angebracht, weitere Beweise zu sammeln. Erschöpft kehrte Pastor Palley an seinen Tisch zurück, den er sich mit seinem stummen, aber aufmerksamen Amtsbruder Treu-bis-in-den-Tod Hervey teilte.

Caleb Higbed schüttelte den Kopf und zeigte sich betrübt. «Mit einer einsilbigen Leugnung können wir uns nicht zufrieden geben, oder?» Seine Kollegen pflichteten ihm bei. «Wir erwarten, dass Ihr die lautere Wahrheit bezeugt, Mrs Scammell, versteht Ihr das? Wenn nicht, wird sie durch

Schmerzen ans Licht gebracht werden. Ich hoffe, das wird nicht nötig sein. Nun denn ...» Er studierte wieder seine Unterlagen. «Wir sollten jetzt die Zeugen vernehmen. Ist Goodwife Baggerlie erschienen?»

So war es. Einer der Soldaten rückte ihr einen Stuhl zurecht. Da sie selbst nicht in dem Verdacht stand, eine Hexe zu sein, konnten sich die Rechtsvertreter mit ihren Fragen getrost direkt an sie wenden. Higbed schaute sie lächelnd an. «Ihr kennt Mrs Scammell schon viele Jahre, Mrs Baggerlie?»

«Jawohl, Sir. Seit ihrer frühen Kindheit.»

«So lange? Nun gut. Dann erzählt uns etwas von ihr.»

Die Haushälterin ließ sich nicht zweimal bitten und breitete vor dem Tribunal ein Sündenregister aus, das ihr flüssig über die Lippen ging, da sie es schon häufig vorgetragen hatte. Die Schreiber mussten sich sputen, um mithalten zu können, sie übertrafen noch den protokollierenden Engel, der schon über Dorcas' Unbotmäßigkeiten als Kind Buch geführt hatte. Schließlich kam auch die Hochzeit mit Samuel Scammell zur Sprache. «Hat sie in die Ehe eingewilligt?», fragte Caleb Higbed.

Goodwife Baggerlie trug eine neue Haube, unter der ihr rot angelaufenes Gesicht nur halb zu sehen war. «O ja, Sir. Und sie konnte sich glücklich schätzen, denn einen so guten Mann hätte sie eigentlich gar nicht verdient. Sie war einverstanden, Sir ... aber dann wiederum nicht. Nein.»

«Was ist geschehen?»

«Sie ist weggelaufen, Sir, auf und davon. Gekleidet wie eine Hure, Sir. Nach London. Und das ausgerechnet zu einer Zeit, in der sie um ihren armen Vater hätte trauern sollen, Gott hab ihn selig.»

Doch all dies war nur der Auftakt zu dem großen Thema der Trauung, von der die Haushälterin nun in aller Ausführlichkeit und mit großzügigen Ausschmückungen berichtete. Sie war gründlich darauf vorbereitet worden und behauptete, die Ehe sei, wie es das Gesetz vorschreibe, vormittags geschlossen worden, anschließend habe in Samuel Scammells Haus an der Themse eine Hochzeitsfeier stattgefunden. «Sie hat getobt und geschrien, Sir, und den Teufel angerufen, ja, sie hat den Teufel angerufen, so wahr ich hier stehe. Und der kam dann auch, Sir! Direkt aus der Hölle!» Sie legte eine Pause ein, um dem Entsetzen Raum zu geben. «Ein Flammenkopf, Sir, mit einem Schwert in der Hand. Und er nahm sie mit sich, geradewegs durch eine Feuersbrunst, die er entfacht hatte, ihr selbst aber nichts anhaben konnte. Ja, sie blieb unversehrt.»

Caleb Higbed war sichtlich beeindruckt. «Und das Haus war verriegelt?»

«Allerdings. Trotzdem ist er eingedrungen. Dieser Gestank, Sir! Oh, dieser Gestank. Den werde ich zeit meines Lebens nicht vergessen. Schwefel, genauso, wie es in dem guten Buch steht, Sir. Und plötzlich stand er im Zimmer, der Leibhaftige. Mit Feuer und Schwert. Und sie hat gelacht.» Sie zeigte mit dem Finger auf Campion und wiederholte: «Gelacht hat sie. Und der arme Pastor Boolsbie. Ich mag gar nicht daran denken...»

Caleb Higbed erhob eine Hand. Mit «Boolsbie» war, wie er vermutete, Seine Sobrietät Bollsbie gemeint, ein Name, der besser ungenannt blieb. «Es muss schrecklich für Euch gewesen sein, Goodwife. Ein Glas Wasser gefällig?»

«Ja, bitte, Sir.»

Im Publikum wurde getuschelt, als man der Haushälterin Wasser brachte. Einer der Richter betrachtete Campion mit grimmigem Blick und schüttelte den Kopf.

Die Befragung wurde fortgesetzt und die Haushälterin

aufgefordert, die Umstände des Todes von Samuel Scammell zu schildern. Sie berichtete, der Leichnam habe in einer Lache von Blut gelegen und Dorcas Slythe sei allein mit ihm in der Kammer gewesen. «Er war ein stattlicher Mann, Sir, und ein guter Mann.» Sie schniefte. «Ein Mann Gottes, Sir. An diesem Morgen hat er noch mit uns gebetet. Danach hat er sich gerüstet und ist in den Kampf gegangen. Und ausgerechnet im Moment des Sieges wurde er niedergestochen. Ja, Sir, ich habe die beiden vorgefunden, ihn und sie, und bei mir gedacht, dass so ein mageres Frauenzimmer unmöglich einen geharnischten Soldaten des Herrn getötet haben kann, es sei denn, es steckt eine größere Macht in ihr. Ja, das habe ich bei mir gedacht und mich dann daran erinnert, dass der Teufel sie geholt hatte, dieser Höllenfürst mit flammendem Kopf. Da war mir dann alles klar. Alles. Warum damals die Milch so häufig sauer wurde und der Schinken verdarb, was es mit dem Tod der armen Mutter auf sich hatte und wieso der arme Vater so plötzlich sterben musste. Ja, und ich wusste plötzlich auch, warum der liebe, arme Bruder mit einem verkrüppelten Bein zur Welt gekommen ist. Ich bin sofort auf die Knie gesunken und habe Gott gedankt, dass er mich verschont hat. Sie ist eine Hexe!»

Wieder ging ein Raunen durch die Menge. Das Tribunal schwieg für eine Weile. Nur die Schreibfedern kratzten.

«Habt Ihr das Hexenmal gesehen?»

«O ja, Sir. Und es war so unverkennbar wie die Nase in ihrem Gesicht. Ich habe es gesehen. Gott ist mein Zeuge.»

Es erübrigte sich, Gott anzurufen, denn schließlich war mit Treu-bis-in-den-Tod Hervey einer seiner Stellvertreter zugegen, und der hatte nun seinen Auftritt. Als die Haushälterin auf ihren Platz in den Reihen der Zuhörer zurückgekehrt war, gab Higbed dem Pfarrer wortlos zu verstehen, dass er vortreten möge. Es herrschte absolute Stille im Saal. Es schien, dass alle Anwesenden schockiert waren von dem, was die Zeugin vorgetragen hatte. Hervey stand auf und ging langsam auf die Richterbank zu. Er ließ sich lange Zeit, und es hatte den Anschein, als fehlten ihm die Worte. Doch plötzlich schnellte sein Kopf in die Höhe. Er blieb stehen und wandte sich dem Publikum zu.

«Es ist ein Jammer und ein großes Unglück, dass dieses Mädchen, das einst zu meiner Gemeinde zählte, dem Feind zu dienen scheint. Und ich meine nicht den irdischen Feind, nein, sondern den Erzfeind. Er ist unter uns und tobt wie ein gefräßiges Tier. Der Teufel. Luzifer. Belzebub. Satan ...» Er stockte, schaute sich mit funkelnden Augen um und fuhr dann mit gedämpfter Stimme und in fast verschwörerischem Tonfall fort: «Er war im Garten Eden, meine Brüder und Schwestern, und jetzt, da wir in diesem Land einen neuen Garten anzulegen versuchen, ist er zurückgekommen. Ja, der Teufel!» Er streckte den Arm aus und zeigte auf Campion. «Dorcas. Bist du von ihm besessen?»

Sie antwortete nicht. Treu-bis-in-den-Tod schüttelte den Kopf. Sein Adamsapfel hüpfte auf und nieder. «Sie ist zum Schweigen verurteilt, Brüder, weil es ihr an Wahrhaftigkeit gebricht.» Kopfschüttelnd ging er vor dem langen Tisch hin und her, blieb dann wieder stehen und sagte: «Da, wo wir sie neben dem Leichnam ihres guten Gatten vorgefunden haben, war auch eine Katze. Eine tote Katze. Erst Gott, der Allmächtige, wird dieses verruchte Frauenzimmer zum Geständnis zwingen. Ich kann vorläufig nur Mutmaßungen anstellen, bin aber fest davon überzeugt, dass diese Katze, diese tote Katze, ein böses Familiar war, das von ihr Besitz ergriffen hatte.» Er seufzte.

«Ihr alle habt es gehört!», sagte er und deutete mit ausgestrecktem Arm auf die Reihe der Rechtsvertreter. «Ihr habt gehört, dass sich Goodwife Baggerlie nicht zu erklären vermag, wie ein so mageres Mädchen imstande sein soll, einen geharnischten Mann im Vollbesitz seiner Kräfte zu bezwingen. Das hat sie auch nicht, Brüder.» Er wandte sich wieder dem Publikum zu und schäumte gleichsam über. «Es war der Teufel. Denn er hat der Ruchlosen dieses Familiar zur Seite gestellt. Ja, ich bin überzeugt davon, dass diese Katze auf ihren Befehl hin unserem lieben, verblichenen Bruder die Kehle aufgerissen hat. Oh, Brüder! Das Böse verrichtet grausame Werke. Sterbend tötete Bruder Scammell, indem er Gott um Hilfe bat, seinen Widersacher und entmachtete somit die Hexe. Zwar gewann er diesen Kampf, verlor aber darüber sein eigenes Leben.» Wieder legte er eine Pause ein, um die dramatische Schilderung wirken zu lassen.

Caleb Higbed räusperte sich und fragte mild und freundlich: «Pfarrer Hervey? Wir haben die Pflicht, den Geschworenen einen umfassenden Bericht vorzulegen, Männern, die in der Dämonenlehre nicht so bewandert sind, wie Ihr es seid. Würdet ihr so gütig sein zu erklären, was es mit einem Familiar auf sich hat?»

«Selbstverständlich.» Treu-bis-in-den-Tod schritt wieder auf und ab und setzte eine gewichtige Miene auf. «Eine Hexe, meine Herren, dient dem Teufel, der aber nicht gleichzeitig bei all seinen Dienerinnen sein kann. Er ist nicht allgegenwärtig. Darum stellt er jeder einzelnen Hexe ein Familiar als seinen Vertreter zur Seite, meist in Gestalt einer Katze oder einer Kröte. Mir ist bekannt, dass es mitunter auch eine Ziege sein kann, in der Regel sind es aber, wie gesagt, Katze oder Kröte.» Er war am Ende des Raumes angelangt und machte kehrt. «Das Familiar, meine Herren, ist zwar als ein irdisches Tier getarnt, kann sich aber auf Erden nicht ernähren, da alles, wovon Mensch und Tier hienieden zehren, von Gott kommt. Ein Katzen-Familiar zum Beispiel kann keine Maus fressen, es würde daran erkranken.» Mit Blick auf die Zuhörer fuhr er fort: «Stattdessen, liebe Brüder und Schwestern, sorgen Hexen für den Unterhalt dieser bösen Hilfsgeister. Der Teufel stattet sie mit einer dritten Zitze aus, getarnt als ein körperlicher Makel, und an dieser Zitze säugt sie das Familiar und gibt ihm von der Schlechtigkeit zu trinken, die in ihr steckt. Daran, meine Herren», sagte er und wandte sich wieder den Advokaten zu, «genau daran erkennt man eine Hexe. An der dritten Zitze.»

Einer von Higbeds Kollegen, der bislang noch nichts gesagt hatte, beugte sich vor. «Seid Ihr ein Experte, Bruder Hervey?»

«Allerdings, Sir. Zugegeben, es ist ein schreckliches Forschungsgebiet voller Dornen und Schlangen, allzeit bedroht durch den Leibhaftigen, doch gibt es einige von uns, die sich auf diesem faulen Weinberg an die Arbeit machen, um Gottes Volk zu schützen.»

«Ihr habt das Hexenmal gesehen?»

«Jawohl, Sir.»

«Wie ist ein Hexenmal von einem normalen Makel zu unterscheiden?»

Hervey lächelte. «Die Beweise liefert der gnädige Gott, Sir, und ich will euch einen solchen zeigen.» Sein spitzer Adamsapfel ging wieder auf und ab, als er sich umdrehte und an Campion vorbei auf das Publikum zuging. «Die dritte Zitze, Brüder, ist, wie ihr euch denken könnt, eine Ausstülpung, an der das Familiar angelegt werden kann.» Er stand unmittelbar hinter der Angeklagten. «Ich brauche Unterstützung, Soldat.»

Sie schrie und schlug um sich, war aber wehrlos. Der Soldat hatte seinen Stiefel auf einen ihrer Füße gepflanzt und hielt sie mit beiden Händen an der rechten Schulter gepackt, während Treu-bis-in-den-Tod ihr mit einem kleinen Messer das verschmutzte Kleid aufschlitzte, das auf dem Transport nach London notdürftig geflickt worden war.

Hervey war erregt. Er hatte das Mädchen begehrt, ohne Aussicht, es jemals in seine Arme schließen zu können. Dann aber war ihm mit einem Mal klar geworden, dass er über das Studium der Hexerei an viele Frauen herankommen konnte. Das Mädchen war voller Schmutz, bis auf die Knochen abgemagert und dünstete üble Gerüche aus. Dennoch spürte er Lust aufkeimen, als er das zerfetzte Kleid öffnete.

«Da!»

Campion versuchte sich aufzubäumen und fühlte am Ohr den heißen Atem des Soldaten, der sich über ihre Brüste beugte. Alles gaffte, nur Pastor Palley sah nicht hin, er starrte auf seine gefalteten Hände.

«Da!» Treu-bis-in-den-Tod fuhr von hinten mit der rechten Hand über ihren Leib und zeigte mit ausgestrecktem Finger auf den Leberfleck über dem Nabel. «Eine Ausstülpung, meine Herren.»

Die Protokollanten hatten aufgehört zu schreiben und hielten Maulaffen feil. Zwei Soldaten schlichen weiter nach vorn, um besser sehen zu können.

Campion schrie, bis ihr die Stimme versagte und nur noch ein Schluchzen zu hören war. Sie zerrte an den Fesseln, bis die Handgelenke aufgescheuert waren, doch es gelang ihr nicht, ihre Blöße zu verbergen und der Demütigung ein Ende zu machen. Sie spürte, wie sich Herveys Finger um ihren Bauch spannten, und sah das Messer in seiner rechten Hand nach unten fahren.

«Nein, nein!»

Er zischte ihr ins Ohr: «Halt still, Dorcas. Es wird dir nicht wehtun, wenn du stillhältst. Und hör auf zu schreien.»

Sie zitterte vor Angst und schnappte nach Luft. Hervey hatte den Kopf über ihre linke Schulter gebeugt und die Augen auf den Leberfleck gerichtet, auf den er nun das Messer zuführte. Sie spürte die kalte Klinge auf dem Bauch und hörte ihn scharf durch die Nase einatmen, als er die Spitze aufsetzte und vorgab zuzustechen. Doch statt des gefürchteten Einstichs spürte sie nur die kalte Klinge auf der Haut.

Plötzlich sprang er von ihr weg und hielt das Messer in die Höhe. «Seht Ihr? Kein Schmerz. Ihr könnt es bezeugen, meine Herren. Ihr saht das Messer auf dem Hexenmal, saht, wie ich es durchbohrte. Hat sie etwa aufgeschrien? Hat sie sich gewehrt? Nein! Und das, meine Herren, beweist, dass es sich um keinen natürlichen Makel handelt, sondern um ein Hexenmal, denn es ist im Unterschied zu jenem vollkommen unempfindlich. Dafür hat der Teufel gesorgt, um zu verhindern, dass die Amme des Bösen Schmerz leidet, wenn die Katze, die sie säugt, ihre spitzen Zähne in die Zitze bohrt.» Er steckte das kleine Messer in die Scheide zurück.

Campion hielt den Kopf gesenkt. Tränen rannen ihr übers Gesicht und tropften auf die nackten Brüste. Hervey, der immer noch hinter ihr stand, glitt mit den Händen über ihre Schultern und umfasste ihre Brüste, knetete sie mit kalten, trockenen Fingern und sagte: «Seht, Gentlemen, das Zeichen des Teufels!» Daraufhin packte er den Stuhl bei der Lehne und zerrte ihn herum, sodass sie nun die Zuschauer vor sich hatte. Und wieder tasteten seine Finger nach ihren Brüsten. «Seht Ihr, Brüder? Damit hat Gott die Frau ausgestattet, um Kinder zu nähren. Und hier …», seine rechte Hand fuhr nach unten, während die linke auf der Brust liegen blieb, «das Zeichen des Teufels.» Das Publikum starrte. Es bestand fast ausschließlich aus Männern, in der Mehrzahl Soldaten der im Tower stationierten Garnison, die gekommen waren, um genau das zu erleben, was sich nun vor ihren Augen abspielte. Vor dem Strafgericht blieb eine der Hexerei angeklagte Frau verhüllt. Entblößt wurde sie nur vor einem Tribunal, das Beweise für die Geschworenen sammelte. Die Männer konnten sich, wie es schien, nicht satt sehen. Die in den hinteren Reihen standen auf. Treu-bis-in-den-Tod rieb mit seinen trockenen Händen Campions Bauch zu beiden Seiten des Muttermals und wagte sich mit den Fingerspitzen bis zu den Hüftknochen vor. «Seht her, Brüder. Der Leib einer Hexe!» Er zog die Hände zurück, drehte den Stuhl wieder herum und trat beiseite.

Campion war gebrochen. Sie hatte nicht einmal mehr die Kraft, das Kleid zu richten. Es ekelte sie vor den Männern und vor deren Verkehr mit Frauen. Sie fühlte sich beschmutzt, die Unschuld, die sie einst am sommerlichen Ufer des Baches empfunden hatte, war verhöhnt. Sie schluchzte.

«Kann man sie nicht bedecken?», rief Pastor Palley empört.

Es wurde ein Stück Sackleinen aufgetrieben, das im Winter in die Türritze gestopft wurde, um die kalte Zugluft abzuwehren, und nun ihrer Schande ein passendes Kleid bot.

Treu-bis-in-den-Tod Hervey starrte sie an, hob langsam den ausgestreckten Finger und sagte: «Sie ist als Hexe überführt.»

Caleb Higbed aber schien sich immer noch nicht zufrieden zu geben. «Gibt es noch andere Arten der Beweisführung?»

«Durchaus, Sir», antwortete Hervey. «Wir könnten sie an Händen und Füßen fesseln und in einen Tümpel werfen. Ertrinkt sie, ist sie unschuldig. Schwimmt sie aber auf dem Wasser, so hat der Teufel seine Hand im Spiel.»

Higbed kicherte. «Dann muss jeder tote Köter im Wassergraben des Towers ein Höllenengel sein.» Es schien, als überlegte er für einen Moment, die Angeklagte einer solchen Prüfung zu unterziehen, nahm aber davon Abstand und fragte: «Andere Verfahren?»

Hervey nickte. «Da wäre noch eins, Sir.»

«Ich höre, Bruder Hervey.»

Treu-bis-in-den-Tod langte in seine Jackentasche und zog eine in schwarzes Leder gebundene Bibel daraus hervor. «Das Vaterunser, meine Herren.» Er schlug die Seite auf. «Eine Hexe kann die Worte unseres Herrn nicht wiederholen, denn es sind Worte von solcher Macht und Heiligkeit, dass sie der Teufel von den Seinen nicht ausgesprochen hören will. Mag sein, dass sie die Worte nachspricht, aber irgendwann wird sie ins Stocken geraten oder zu weinen anfangen, da das Böse in ihr rebelliert.»

Die Richter hatten auf eine andere Art der Prüfung gehofft, auf eine, die sich wie die erste der körperlichen Verfassung der Angeklagten gewidmet hätte, waren aber neugierig geworden. Einer von ihnen machte sich allerdings Sorgen und fragte, was denn wäre, wenn die Angeklagte nicht ins Stocken geriete, doch Caleb Higbed forderte Treu-bis-in-den-Tod auf, mit der Prüfung zu beginnen. «Wir müssen sicher sein, Bruder Hervey, absolut sicher. Wir sind ein Tribunal des Rechts und darum gehalten, der Gefangenen Gerechtigkeit widerfahren zu lassen.»

Hervey legte Campion die Bibel auf den Schoß, aufgeschlagen beim sechsten Kapitels des Matthäusevangeliums. Das Buch war so eng gebunden, dass sich die Seiten von allein aufrichteten und den Text kaum erkennen ließen. Doch Campion brauchte die Worte nicht zu lesen, sie kannte sie auswendig. Sie war ein wenig ruhiger geworden und seufzte leise vor sich hin. Treu-bis-in-den-Tod hatte wieder hinter ihr Aufstellung bezogen und rief: «Ihr seht, meine Herren? Es hat ihr offenbar die Sprache verschlagen.»

«‹Unser Vater im Himmel!›», hob Campion an und brachte ihn damit zum Schweigen. Sie sprach mit laut vernehmlicher Stimme, die ihr verliehen wurde von einer inneren Kraft und der Entschlossenheit, sich gegen dieses Verfahren zu wehren. Im Stillgebet hatte sie diese Kraft von Gott erfleht, und nun hallte ihre Stimme klar und deutlich durch den Raum. «‹Dein Name werde geheiligt. Dein Reich komme. Dein Wille geschehe im Himmel wie auf Erden.›» Sie sprach aus voller Seele, mit Sinn und Verstand. Die Augen geschlossen und den Kopf hoch erhoben, richtete sie die Worte nicht an das Tribunal, sondern an ihren Heiland, der wie sie von Priestern und Rechtsgelehrten verfolgt worden war. «‹Unser täglich Brot gib uns heute. Und vergib uns unsere Schulden, wie auch wir vergeben unseren Schuldigern.›» Keiner der Anwälte rührte sich. Auch die Schreiber waren wie erstarrt. «‹Und führe uns nicht in Versuchung, sondern erlöse uns von dem Bösen.›» Treu-bis-in-den-Tod Hervey wurde nervös. Er rückte noch dichter an sie heran und stach ihr das Messer in die Haut über den Rippen, sodass sie plötzlich laut aufschrie und die Augen aufriss.

«Da habt Ihr's!» Er ließ das Messer in der Tasche verschwinden. «Sie kann die Worte nicht aussprechen. Es gelingt ihr nicht. Seht Ihr, wie sie sich windet? Seht Ihr, wie sich der Teufel in ihr wehrt?» Er nahm die Bibel von ihrem Schoß. «Sie ist eine Hexe!»

«Nein!»

Treu-bis-in-den-Tod wich zurück und zeigte mit dem Finger auf sie. «Eine Hexe!»

«‹Unser Vater im Himmel! Dein Name werde geheiligt.

Dein Reich komme. Dein Wille geschehe im Himmel wie auf Erden ...›» Trotzig wiederholte sie das Gebet des Herrn, doch Hervey schlug ihr wuchtig ins Gesicht.

«Sie lästert Gott!», brüllte er.

Das Publikum geriet in Aufruhr und klatschte Hervey Beifall. Campions Wange schmerzte. Der Tumult hinter ihr nahm eine bedrohliche Lautstärke an. Caleb Higbed fürchtete, dass ihm die Verhandlung außer Kontrolle geriet, und hämmerte mit der Faust auf den Tisch. «Ruhe! Ruhe!» Er wartete, bis sich der Lärm gelegt hatte und sagte lächelnd: «Ich glaube, wir haben genug gehört. Nicht wahr?» Die Kollegen nickten. Caleb Higbed suchte seine Papiere zusammen. «Ich möchte mich bei Pfarrer Treu-bis-in-den-Tod Hervey bedanken und natürlich auch bei Pfarrer Palley.» Die beiden Geistlichen verbeugten sich artig. Mit Blick auf Campion sagte Caleb Higbed: «Es war ein interessanter Vormittag. Wir werden unsere Erkenntnisse den Geschworenen unterbreiten, die dann entscheiden, ob dieser Fall vor dem Strafgericht verhandelt wird.» Er lächelte ihr zu und winkte die Soldaten herbei. «Ihr könnt sie abführen.»

Man brachte sie ins Gefängnis zurück, stieß sie in ihre kalte, stinkende Zelle und verriegelte die Tür. Sie hockte sich aufs Strohlager, beinahe froh darüber, wieder allein zu sein, und scheuerte mit dem Sackleinen die Brüste ab, bis ihr die Haut wund wurde. Doch das Gefühl, besudelt und geschändet zu sein, blieb. Sie lehnte den Kopf an die kalte, feuchte Steinmauer und weinte. Sie war verloren.

Ebenezer Slythe hatte die Demütigung seiner Schwester mitangesehen. Er hatte in der letzten Bankreihe gesessen und war sich sicher, dass sie ihn nicht gesehen hatte. Er dachte an die unerschütterliche Zuversicht, die sie als Kind auch dann noch beibehalten hatte, wenn ihre Eltern sich gegen sie zusammengetan hatten. Ihm, Ebenezer, war ihre Lebensfreude stets ein Dorn im Auge gewesen. Sie hatte laufen, springen und lachen können, während er in einem verkrüppelten Körper gefangen war. Doch jetzt hatte sich das Blatt gewendet, und er empfand eine tiefe Genugtuung darüber, dass ihr Lebensmut gebrochen zu sein schien.

Er wartete, bis sich der Saal geleert hatte, und folgte dann den Anwälten nach draußen auf ein kleines Rasenstück vor der Kapelle des Towers. Als Caleb Higbed ihn sah, entschuldigte er sich bei seinen Kollegen und kam auf ihn zu. «Mr Slythe, seid Ihr zufrieden?»

«Zufrieden und dankbar, Sir.» Ebenezer wollte Caleb Higbed, diesen erfolgreichen und einflussreichen Mann, nicht brüskieren. «Es wird doch wohl keine Probleme geben, oder?»

«Probleme?» Caleb Higbed reckte sich und wandte sein freundliches Gesicht der Sonne zu. «Ein herrlicher Tag! Ist Euch bekannt, dass bei Houndsditch Mohnblumen blühen? Ich kam gestern dort vorbei, es war eine Pracht. Es erstaunt mich immer wieder, wie viele Wildblumen in unserer Stadt gedeihen. Am Gray's Inn ist sogar Ackergauchheil zu finden. Ein prächtiger Anblick.» Er schaute sich lächelnd um. «Aber – zu den Problemen. Seid Ihr zu Fuß oder zu Pferde?»

«Ich reite zurück.»

«Ah! Zu Fuß sieht man allerdings sehr viel mehr, Mr Slythe.» Er warf einen Blick auf Ebenezers verkrüppeltes Bein. «Nun ja, ich verstehe. Probleme.» Er hatte sich in Bewegung gesetzt. «Ich frage mich allen Ernstes, ob es nicht klüger gewesen wäre, die Anklage auf Mord zu beschränken. Es besteht doch wohl kein Zweifel daran, dass sie ihren Ehemann getötet hat, oder?»

«Absolut kein Zweifel, Sir.»

«Eine Verurteilung wegen Mordes führt ebenso sicher in die Hölle wie ein nachgewiesener Hexereivorwurf. Aber für eine Änderung der Anklage ist es wohl zu spät, richtig?», fragte er und blickte Ebenezer hoffnungsvoll an.

«Sir Grenville besteht darauf, dass ihr Hexerei vorgeworfen wird.»

«Ah! Sir Grenville, der gute Sir Grenville.» Caleb Higbed lachte. «Ein Mann des Kanzleigerichts. Er wird sich in Rechtsfragen gewiss nicht korrigieren lassen, schon gar nicht von uns, nicht wahr, Mr Slythe? Nein, wahrhaftig nicht. Die Hexerei bleibt also in der Anklage. Und dazu ein kleiner Mord.» Er blickte einem Trupp von Soldaten nach, die auf das Haupttor zumarschierten. Das Sonnenlicht funkelte auf Pikenspitzen und Brustharnisch. «Ein schöner Anblick. Daran habe ich immer meine Freude.» Er blickte wieder zu Ebenezer. «Die Geschworenen werden unserer Empfehlung entsprechen. Auch daran kann überhaupt kein Zweifel bestehen. Trotzdem bin ich etwas besorgt, nicht sehr, aber eben doch besorgt.»

«Sir?»

«Es geht um das *maleficio*, Mr Slythe», sagte er mit gewichtiger Miene.

Ebenezer lächelte respektvoll. «*Maleficio*, Sir?»

«Ah! Es ist wohl eine Krankheit unter uns Anwälten, immer zu erwarten, dass auch die uns verstehen, die keine Anwälte sind. Seit 1604 gilt bezüglich der Strafverfolgung von Hexerei die Forderung einer so genannten *maleficio*-Erklärung, Mr Slythe, das heißt, eine der Hexerei angeklagte Person kann nur dann verurteilt werden, wenn ihr *maleficio* als Tatmotiv nachgewiesen wurde. Sie muss vorher unmissverständlich den Wunsch geäußert haben, das Opfer ihrer Heimtücke zu vernichten. In unserem Fall, Mr Slythe, brauchen wir also den

Beweis, dass Eure Schwester ihren Ehemann vorsätzlich mit den Mitteln der Hexerei getötet hat. Genauer gesagt, sie muss dies vorher angekündigt haben. Könnt Ihr mir folgen?»

Ebenezer schüttelte den Kopf. «Aber das ist doch Unsinn. Welche Hexe würde denn ihre Absichten öffentlich bekannt geben?»

«Jungen Männern wie Euch mögen viele unserer Gesetze unsinnig erscheinen. Und Ihr habt durchaus recht, aber Gesetz ist Gesetz, und daran lässt sich nicht rütteln, Mr Slythe. Kurzum, wir brauchen entweder ein umfassendes Geständnis oder einen Zeugen, der beschwört, dass Eure Schwester ihre scheußliche Tat angekündigt hat.» Und mit zerknirschter Miene fügte er hinzu: «Ich hatte gehofft, Palley könnte ihr das Geständnis abringen, aber er hat leider versagt.»

«Ein Geständnis?»

«Und das nach Möglichkeit aus freien Stücken», antwortete Higbed. «Womit wir auf ein weiteres Problem stoßen, Mr Slythe ...»

«Sir?»

Caleb Higbed schaute blinzelnd zum großen White Tower empor. «Früher haben dort Turmfalken genistet. In diesem Jahr sind mir aber noch keine zu Gesicht gekommen. Ein Kollege sagte mir, dass sie geschossen worden seien. Sehr schade. Ja, Mr Slythe, noch ein kleines Problem. Ich bin sicher, dass Ihr Eurer Schwester unter Folter ein Geständnis abpressen könntet, was auch sehr zu begrüßen wäre, doch am Ende würde sie wahrscheinlich noch um einiges schlimmer aussehen. Habe ich recht?»

Ebenezer nickte. «Durchaus, Sir.»

Caleb Higbed schmunzelte. «Keine Sorge, Mr Slythe, wir werden sie schon noch verurteilen, müssen aber umsichtig sein. Mir war, als hätte ich unter all dem Schmutz Reste von

Schönheit an Eurer Schwester wahrgenommen. Sie ist ein hübsches Mädchen, nicht wahr?»

Ebenezer runzelte die Stirn. «Ja, das ist sie.»

«Ihr seid verwirrt», lachte Higbed. «Nun, glaubt nicht, dass ich nach zwanzig Jahren Rechtspflege an Verstand eingebüßt hätte. Bedenkt, Eure Schwester wird dem Strafrichter und Geschworenen gegenüberstehen, die wir davon zu überzeugen haben, dass sie eine Hexe, eine Mörderin und eine Royalistin ist. Und was werden sie sehen? Ein erbärmliches Wesen, bleich, abgemagert und in Tränen aufgelöst. Wer würde da nicht Mitleid empfinden?» Er hob eine Hand wie zur Abwehr. «Oh, sie wird natürlich verurteilt werden, davon bin ich überzeugt. Dennoch könnte es sein, dass man sich ihrer erbarmt. Meine Erfahrung im Umgang mit Menschen hat mich zweierlei gelehrt. Erregt eine Frau Mitleid bei einem Mann, wird er ihr zu helfen versuchen. Das wäre in unserem Fall riskant.»

Ebenezer verlagerte sein Gewicht auf das gesunde Bein und streckte das kranke aus. «Und das andere, Sir? Die zweite Lehre?»

«Ah, ja. Sieht dagegen ein Mann eine Frau im Stolz ihrer Schönheit und prächtig gekleidet, regt sich Unmut in ihm. Warum sollte ein anderer eine solche Frau besitzen, während man selbst an eine hässliche alte Schnepfe gebunden ist?» Er lachte. «Nicht dass Ihr glaubt, ich wäre persönlich betroffen. Wie dem auch sei, wenn unsere Geschworenen eine schöne, stolze Frau vor sich sehen, wird ihnen genau diese Frage durch den Kopf gehen. Und am Ende werden sie vernichten wollen, was sie nicht besitzen können. Ist Euch selbst noch nicht aufgefallen, wie sehr Männer danach trachten, schöne Dinge zu zerstören? Wir wollen ihnen Gelegenheit dazu geben und ihren Hass schüren.»

«Ihr empfehlt mir also, sie herauszuputzen?»

«Wie scharfsinnig Ihr seid. Ja, und ich empfehle mehr als das. Für eine kleine bescheidene Summe, für zehn Pfund nur, könntet Ihr eine Wohnung für Eure Schwester anmieten und sie von einer Hausdame bedienen lassen. Sie muss gewaschen, gekleidet und so gut versorgt werden, dass sie wieder zu Kräften kommt. Kauft Ihr ein hübsches Kleid, eines, in dem sie verführerisch wirkt – wie eine Hure, als die sie Goodwife Baggerlie bezeichnet hat. Und ringt ihr ein Geständnis ab!»

Ebenezer kniff die Brauen zusammen. Er wusste sich nur mit Folter zu helfen.

Higbed lachte. «Sir Grenville sagt Euch eine glänzende Zukunft voraus, Mr Slythe. Er hält Euch für sehr intelligent. Denkt nach, und Ihr werdet einen Weg finden. Vor allem aber sorgt dafür, dass sie hübsch herausgeputzt ist. Dann haben wir schon so gut wie gewonnen.»

Caleb Higbed verabschiedete sich, ging durch die Stadt nach Hause und winkte alten Bekannten zu, die ihm unterwegs begegneten. Es interessierte ihn nicht weiter, warum ein Bruder seine Schwester zu vernichten trachtete, zumal solche Familienstreitigkeiten durchaus nicht ungewöhnlich waren. Persönlich zweifelte er daran, dass es Hexen gab, aber Anwälte wurden nicht für ihre Überzeugungen bezahlt, sondern dafür, andere zu überzeugen. Er würde die Anklage vor Gericht vertreten und zweifelte keinen Augenblick daran, eine Verurteilung im Sinne Sir Grenvilles zu erwirken, um ihm, dem so überaus einflussreichen Mann, einen kleinen Gefallen zu tun. Er nickte mit heiterer Miene den Wachen am Ludgate zu. «Einen schönen Tag, die Herren, einen schönen Tag.»

Gott war im Himmel, der König hatte auf dem Marston-

Moor eine weitere Niederlage erlitten, und für die Protestanten war die Welt in Ordnung.

In ihrer Zelle sang Campion, scheinbar irregeworden, mit zitternder Stimme eine Gedichtzeile immer und immer wieder vor sich hin. «Lehr mich, der Nymphen Lied vernehmen, lehr mich, der Nymphen Lied vernehmen …» Sie war verloren.

❧ 21 ☙

Für Treu-bis-in-den-Tod Hervey war die Welt nicht in Ordnung. Ehrgeiz ist ein strenger Zuchtmeister, der sich mit kleinen Fortschritten nicht zufriedengibt und nur den vollen Erfolg anerkennt. Der war dem Pfarrer jedoch bislang versagt geblieben. Beklagen durfte er sich aber auch nicht, jedenfalls nicht laut, denn Ebenezer hatte ihm ein stattliches Haus an der Seething Lane zur Verfügung gestellt und Goodwife Baggerlie beauftragt, für sein Wohlbefinden zu sorgen. Doch darum ging es ihm nicht – er wollte Ruhm.

Immerhin schien es, als sei er diesem Ziel einen kleinen Schritt näher gekommen. Drei Amtsbrüder hatten sich bei ihm gemeldet, von denen zwei in der Kunst der Hexenerkennung unterwiesen werden wollten. Er hatte sie fortgeschickt mit dem Rat, Gott zu bitten, dass er sie gegen den Teufel wappnen möge. Außerdem war Hervey eingeladen worden, in St. Mary's Overie eine Predigt zu lesen, doch hatte es an jenem Sonntagvormittag so heftig geregnet, dass nur sehr wenig Kirchgänger erschienen waren. Zudem lag St. Mary's in Southwark jenseits des Flusses. Treu-bis-in-den-Tod jedoch träumte davon, in der St. Paul's Kathedrale vor gefüllten Bänken zu predigen.

Der Fall Dorcas Scammell hatte zwar für einige Aufregung gesorgt, aber was die Öffentlichkeit sehr viel mehr bewegte, waren die Nachrichten vom Krieg und der Erfolg im Norden des Landes. Eine königstreue, im Tower eingesperrte Hexe konnte bei weitem nicht so faszinieren wie Geschichten von einer geschlagenen Armee und guten Protestanten, die die Streitkräfte des Königs besiegten. Zur Hinrichtung der Hexe würde wohl jede Menge Volk zum Tower Hill pilgern, doch wie Treu-bis-in-den-Tod wusste, sollte noch vor ihr ein in Bedford verurteilter katholischer Priester den Feuertod erleiden. Nichts wurde in London so sehr bejubelt wie der Anblick eines brennenden Papisten. Ein solches Schauspiel ließ sogar die Hungersnot vergessen.

Ja, der Ruhm wollte sich für Treu-bis-in-den-Tod einfach nicht einstellen, und das machte ihm schrecklich zu schaffen. Er zermarterte sich den Kopf, betete und ging stundenlang in seiner behaglichen Kammer auf und ab, bis er schließlich eine erstaunlich simple Antwort auf seine Fragen fand. Es war spät in der Nacht, als er bei Kerzenlicht in der neuesten Ausgabe des *Mercurius Britanicus*, dem wichtigsten Nachrichtenblatt Londons, den jüngsten Bericht über die Belagerung von York zur Kenntnis nahm und erfuhr, dass die Sache der Parlamentarier zum Besten stand und ihre Kommandeure den Ruhm ernteten, der ihm versagt blieb. Plötzlich durchfuhr es ihn, und er zitterte vor Aufregung bei dem Gedanken, der sich ihm nun aufdrängte. Natürlich! Die melancholische Erstarrung war mit einem Mal überwunden. Er griff zu Papier und Feder, spitzte den Gänsekiel und schrieb geschlagene zwei Stunden lang. Er korrigierte, fügte hinzu und formulierte um, und es war schon nach drei Uhr in der Früh, als er sich müde, aber glücklich zurücklehnte, voller Zuversicht, nun endlich für seine Mühen belohnt zu werden.

Und er sollte recht behalten. Seit dem glorreichen Sieg der Heiligen auf dem Marston-Moor hatte der Herausgeber des *Mercurius* bislang nur ein paar kleinere Artikel erhalten, mit denen sich die Seiten seines Blattes nicht füllen ließen. Tagtäglich wurde die Einnahme Yorks erwartet, ein Kommentar dazu lag bereits im Bleisatz. Doch die ersehnte Meldung ließ auf sich warten, und so gab es nur wenig, was das Interesse der Leserschaft hätte erregen können. Da kam Treu-bis-in-den-Tod in das staubige Büro des Herausgebers und legte einen Bericht über Dorcas Scammell vor, der ihm auf Anhieb gefiel.

Die Geschichte wurde ohne Kürzungen abgedruckt. Sie erzählte von der Heimsuchung Londons durch den Teufel und von dem Feuer, das, von ihm gelegt, einen Teil der Thames Street verheert hatte. Beschrieben wurde außerdem der Mord an Hauptmann Samuel Scammell, dem «wackeren Krieger des Herrn», und der Herausgeber gab einen Holzschnitt in Auftrag, der zeigte, wie Dorcas Scammells Katze einem geharnischten Mann, dessen Schwert von einem grinsenden Satan zurückgehalten wurde, an der Kehle hing, während die Hexe, mit klauenartigen Fingern dargestellt, das Höllentier anstachelte. Der Künstler gab ihr schwarze Haare, eine scharf geschnittene Nase und ausgefallene Zähne.

Im weiteren Verlauf der Geschichte wurde Ebenezer Slythe gewürdigt: Er «nahm Abstand von seiner Bruderliebe, um der Liebe des allmächtigen Herrn im Himmel Genüge zu tun, und entführte unter großem Kummer und Schmerzen seine Schwester aus Lazen.» Doch die kurze Lobpreisung seines Gönners war nichts im Vergleich zu der Ehre, die sich Treu-bis-in-den-Tod Hervey selbst angedeihen ließ. Er hatte seinen Bericht in der dritten Person verfasst und seine Entdeckung der teuflischen Art von Dorcas Scammell überaus wortreich ausgeschmückt. «Gestärkt von der Kraft des Herrn, der mächtiger ist als der Teufel», habe er die Hexe bezwungen, und zwar, wie er schilderte, in einem titanischen Kampf, der einem Vorgeschmack auf das Zusammenprallen von Gut und Böse bei Armageddon gleichkomme.

Ebenezers Aufforderung, das in dem Siegel versteckte Kruzifix zu verschweigen, hatte Hervey irritiert, nicht zuletzt auch die seltsame Erklärung, die er mit der Frage umschrieben hatte, ob der Kuchen denn nicht schon genug Pflaumen habe. Nein, Bruder Hervey mochte sich mit den wenigen Pflaumen nicht zufriedengeben. Die Bevölkerung von London fürchtete sich vor dem Katholizismus. Zwar gab es in der Hauptstadt nur äußerst selten Fälle von Hexerei, doch wenn er ihr, so seine Überlegung, eine Hexe präsentierte, die zudem eine Katholikin war, würde er damit die Massen aufrühren können. Auf der Welle ihrer Empörung wollte er zu Ruhm gelangen.

Der *Mercurius Britanicus* bezeichnete Dorcas Scammell als Katholikin und führte als Beleg an, dass sie ein Kruzifix am Hals trug, «jenes teuflische Emblem, das Hexen auszeichnet. Sie gab sich alle Mühe, es in einem mit Edelsteinen verzierten Amulett zu verbergen, damit niemand seine wahre Natur erfahre. Dank des Allmächtigen aber konnte sein Diener Treu-bis-in-den-Tod Hervey das Böse in seiner Arglist überführen, was ihm auch weiterhin gelingen möge. Darum beten wir.»

Pfarrer Treu-bis-in-den-Tod Hervey war zufrieden mit seinem Werk. Er hatte die Hexerei mit dem Katholizismus in Verbindung gebracht, beides den Royalisten zugeschrieben und sich damit selbst als Teufelsaustreiber ersten Ranges in Szene gesetzt. Der Herausgeber des *Mercurius* ahnte, dass diese Geschichte hohe Wellen schlagen würde und verfasste einen eigenen Kommentar. Er pries den Pfarrer, warnte das protestantische England vor den Tücken des Teufels und rief Treu-bis-in-den-Tod dazu auf, alle Hexen dingfest zu machen, die das Königreich Gottes zu beschmutzen versuchten. Auf Herveys Drängen hin fügte er noch einen Absatz hinzu und schrieb, dass sich dieser aus Sorge um das Seelenheil der weiblichen Bevölkerung bereiterklärt habe, jede Frau, sei sie arm oder reich, in seinem Haus an der Seething Lane zu empfangen und auf Herz und Nieren zu überprüfen. Gegen eine geringe Summe Geldes werde er ihr ein Zeugnis ausstellen, das sie freispreche von der Macht des Bösen. Mit einem solchen Zeugnis ausgestattet, brauche sich keine Frau mehr zu fürchten.

Gleich nach Erscheinen dieser jüngsten Ausgabe des *Mercurius* wurde Herveys Haus von Frauen belagert, die sich von ihm untersuchen lassen wollten, und so wurde er über Nacht zur Berühmtheit. Er wurde gebeten, in der Stadt, in Westminster und in einigen Gemeinden außerhalb Londons zu predigen, und erhielt so viele Einladungen, dass er nur einem geringen Teil nachkommen konnte. Mit den Frauen, die ihn um Rat ersuchten, arbeitete er Tag und Nacht. Gründlich und gewissenhaft erforschte er ihre Körper auf der Suche nach Hexenmalen, und wirkte somit überaus segensreich in Gottes Weingarten – endlich ein glücklicher Mann.

«Himmelherrgott! Wer um alles in der Welt ist dafür verantwortlich?» Sir Grenville, gerade nach London zurückgekehrt, war außer sich. Ebenezer hatte ihn noch nie so wütend erlebt. Der kleine Mann schlug mit der Faust auf die Zeitung und schrie: «Sind in dieser Stadt alle verrückt geworden? Kaum bin ich einmal zwei Wochen nicht zur Stelle, schon geht alles drunter und drüber.» Seine Arme umklammerten seinen großen Wanst. «Um Himmels willen, wer, Ebenezer?»

Ebenezer zuckte mit den Achseln. Er stand am Fenster und starrte auf das Lambeth-Moor jenseits des Flusses. «Hervey, wenn mich nicht alles täuscht.»

«Hervey! Dieser verdammte Kerl. War er nicht gewarnt?»

«Nicht ausdrücklich.»

«Himmel! Warum nicht?»

Ebenezer wandte sich mit ausdrucksloser Miene seinem Gegenüber zu. «Es war meine Schuld.»

Dieses Eingeständnis schien Sir Grenville milder zu stimmen. Er nahm den *Mercurius* zur Hand und starrte auf den grob geschnitzten Holzschnitt. «Du musst immer darüber informiert sein, was deine Leute tun, immer. Herr im Himmel! Die Menschen sind so dumm. Wenn man ihnen nicht zeigt, wie's geht, pissen sie am Ende aus den Nasenlöchern. Gott verdammt nochmal, Ebenezer.»

Ebenezer konnte Sir Grenvilles Wut gut nachvollziehen. Der *Mercurius Britanicus* zirkulierte als das wichtigste Nachrichtenblatt der Rebellen auch außerhalb von London, nicht zuletzt auch in den großen Städten des europäischen Festlands. Die Bankiers aus Florenz, den Niederlanden und Venedig waren überaus interessiert am Verlauf des Krieges, in den sie viel Geld investiert hatten. Sieg oder Niederlage der einen oder anderen Seite bedeutete für sie Gewinn oder Ruin. Sir Grenville hatte schon bei anderer Gelegenheit ausführlich darauf hingewiesen, dass der *Mercurius* in Amsterdam gelesen wurde, noch bevor er das Parlamentsheer im Norden erreichte. «Und wer hält sich in Amsterdam auf?», hatte er geschrien.

«Lopez.»

«Lopez! Dieser verdammte, dreckige Jude. Lopez!»

Sir Grenvilles Stimme war jetzt nur noch ein klägliches Winseln. Er schüttelte den Kopf und sagte: «Dieser verfluchte

Pfaffe hat das Siegel beschrieben. Um Himmels willen. Das Siegel!»

«Glaubt Ihr, dass Lopez kommen wird?»

Sir Grenville nickte. «Er wird kommen, Ebenezer.»

«Was wäre denn von ihm zu befürchten? Dass er sie aus dem Tower befreit? Wohl kaum. Und Ihr habt zwei Siegel.»

Sir Grenville lehnte sich zurück und schmollte. Er verspürte einen heftigen Stich im Bauch, als ihm die Worte von Barnegat, seinem Astrologen, in den Sinn kamen, der vorausgesagt hatte, dass ein Feind übers Meer herbeigesegelt käme. Aretine! Dieser verfluchte Aretine! Cony fürchtete diesen Mann, obwohl es hieß, dass er tot sei und fernab in der amerikanischen Wildnis begraben liege. Sir Grenville schüttelte den Kopf. «Nein, er kann nichts anrichten, Ebenezer, aber er könnte es versuchen, und ich will keine Scherereien. Verstehst du? Ich will dieses verdammte Mädchen lieber heute als morgen tot sehen. Dann hätten wir nichts mehr zu befürchten.» Er rieb sich mit beiden Händen das teigige Gesicht und sagte: «Sorg dafür, dass das Strafverfahren vorgezogen wird. Sprich mit Higbed. Sag ihm, dass wir alle nötigen Kosten übernehmen. Hauptsache, ihr wird möglichst bald der Prozess gemacht.»

«Ja.»

«Und verdoppele die Anzahl der Wachen vorm Haus. Verdreifache sie!» In seinen hervortretenden Augen flackerte wieder Wut auf.

«Seid Ihr Euch sicher, dass ich das tun soll?»

«Natürlich!» Sir Grenville erinnerte sich an das hübsche Gesicht seiner Feindin und an ihren Wagemut, der sie schließlich in den Tower gebracht hatte. «Lopez hat schon einmal einen Gefangenen aus dem Tower befreit», sagte er mit düsterer Stimme.

«Das wird ihm diesmal nicht gelingen», entgegnete Ebenezer.

«Wie dem auch sei, ich will Klarheit, und das möglichst schnell.»

Ebenezer strich mit der flachen Hand über seinen Hals. Sir Grenville schüttelte den Kopf, obwohl er durchaus versucht war, das Mädchen heimlich töten zu lassen.

«Nein. Aretine ist zwar tot, aber er hatte viele Freunde. Ein Mord an dem Mädchen würde vergolten werden. An einem ganzen Land aber kann keiner Rache üben. Nein. Das Gericht soll sie zum Tode verurteilen. Dann kann uns niemand einen Vorwurf machen.» Sir Grenville warf einen Blick in die Zeitung und las: «Ebenezer Slythe nahm Abstand von seiner Bruderliebe, um der Liebe des allmächtigen Herrn im Himmel Genüge zu tun, und entführte unter großem Kummer und Schmerzen seine Schwester aus Lazen.» Eben noch wutentbrannt, fing Sir Grenville nun so an zu lachen, dass seine Schultern auf und ab hüpften. Mit ausgestrecktem Finger zeigte er auf seinen Schützling, dessen bleiches Gesicht keinerlei Regung verriet. «Du solltest dir einen Leibwächter zulegen, mein Junge. Das Geld dafür hättest du ja. Sei auf der Hut. Pass immer auf, was hinter deinem Rücken geschieht.»

Am Tag nach der Beweisaufnahme durch das Tribunal wurde Campion wieder aus ihrer Zelle geholt und durch dunkle Gänge und enge Stiegen geführt. Sie fürchtete, weiteren Torturen ausgesetzt zu werden und wimmerte vor Angst. Umso mehr überraschte es sie, als ihr die Wachen schließlich die Tür zu einem hellen, warmen Zimmer öffneten. Auf dem Boden lag ein Teppich, und die Fenster, obwohl vergittert, waren groß und mit Samt behängt. Zwei Frauen nahmen sich ihrer an. Sie halfen ihr aus den Kleidern, badeten sie, wuschen ihr die Haare und bereiteten ihr schließlich ein bequemes Bett. Eine der beiden brachte auf einem Tablett eine warme Mahlzeit, setzte sich zu ihr auf die Bettkante und half ihr beim Essen. «Wir päppeln dich auf, meine Liebe.»

Jede noch so kleine Bewegung kostete sie Zeit und Kraft. Sie wusste nicht, wie ihr geschah, genoss es aber, sauber und frei von Läusen zu sein. Es war himmlisch. Sie weinte.

«Ja, so ist es recht», sagte die Frau und tätschelte ihren Kopf. «Weine nur, meine Kleine.»

«Warum werde ich auf einmal so verwöhnt?»

Die Frau lächelte. «Du hast Freunde, mein Kind. Freunde. Die haben wir doch alle nötig, nicht wahr? Und nun iss deinen Teller leer. Recht so. Ein braves Mädchen.»

Man ließ sie schlafen. Als sie erwachte, war es Abend. Im Kamin brannte ein Feuer. Eine der beiden Frauen servierte ihr Wein und wieder zu essen. Campion trug eine wollene Robe. Die Haare waren mit einer Schleife zusammengebunden. «Ist dir auch warm genug?», fragte die Frau lächelnd.

«Ja.»

«Setz dich ans Feuer.»

Es war herrlich, in diesem warmen, sauberen Haus zu sein. Im Innern fühlte Campion sich jedoch nach wie vor besudelt. Mit Entsetzen dachte sie an Herveys Hände auf ihrer Haut zurück. Nichts würde jemals wieder so sein wie früher. Herveys Schmutz haftete ihr unauflöslich an. Doch selbst das war ohne Bedeutung, denn sie sah für sich keine Zukunft mehr. Irgendjemand hatte dafür bezahlt, dass ihr Erleichterung verschafft worden war, und sie vermutete, dass Lady Margaret dahintersteckte. Eine andere Erklärung fiel ihr nicht ein. Tobys Mutter hatte anscheinend dafür gesorgt, dass sie, Campion, ihre letzten Tage auf Erden nicht im Schmutz zubringen musste. «Wie geht es Toby?», fragte sie die Frau.

«Toby? Ich kenne keinen Toby, meine Liebe. Möchtest du noch Nachtisch?»

Am nächsten Morgen trat sie vor das vergitterte Fenster des Schlafzimmers und schaute hinab auf einen winzigen Innenhof, in dem sie eine kleine, graue Gestalt erblickte. Offenbar ging sie tagtäglich darin auf und ab, denn auf dem Rasenstück hatte sich eine Spur gebildet. Eine ihrer neuen Gefängniswärterinnen nickte mit dem Kopf und sagte: «Das ist der Erzbischof.»

«William Laud?»

«Richtig. Er ist ein bisschen gestutzt worden.» Sie lachte. «Bald wird er wohl noch ein bisschen mehr gestutzt werden.»

Campion sah den Erzbischof von Canterbury hin und her gehen, den Kopf gesenkt und in der Hand ein Buch. Er war wie sie ein Gefangener. Einmal warf er einen Blick zu ihr herauf und lächelte, als sie die Hand zum Gruß erhob. In den Tagen danach kehrte sie zur gleichen Zeit immer wieder ans Fenster zurück, und die beiden lächelten einander zu.

Schließlich meldete sich ein Strafverteidiger bei ihr. Er hieß Francis Lapthorne und versprach ihr einen glücklichen Ausgang der Verhandlung, die von der Grand Jury gefordert worden war. Als sie Mr Lapthorne fragte, wer ihn geschickt habe, lächelte er nur und sagte: «Darauf zu antworten wäre sehr gefährlich, Miss Slythe, denn selbst Steinmauern haben Ohren. Seid einfach froh, dass ich hier bin.»

Das war sie. «Wie geht es Toby?»

«Macht Euch keine Sorgen. Die sind jetzt nicht mehr nötig. Versteht Ihr?»

Sie zeigte ein so erleichtertes Lächeln, dass Mr Lapthorne

ganz angerührt war. Er war noch recht jung, vielleicht Anfang dreißig, hatte ein feingeschnittenes Gesicht und eine tiefe, ausdrucksvolle Stimme. «Ihr weint ja», sagte er lachend und reichte ihr ein Taschentuch.

Er lachte auch über die gegen sie erhobenen Vorwürfe. «Ihr sollt eine Hexe sein? Unsinn, barer Unsinn! Da wäre wohl eher diese Haushälterin mit dem Teufel im Bunde. O ja, wenn es Hexen gibt, ist sie bestimmt eine.» Er war voller Pläne. Er wollte die Nachtwächter, die den Brand auf Scammells Werft bekämpft hatten, in den Zeugenstand rufen und danach befragen, ob denn einer von ihnen tatsächlich in jener Nacht den Leibhaftigen gesehen habe. Er mokierte sich über die Behauptung, dass eine Katze oder sie, die Angeklagte, Samuel Scammell getötet haben könne, zumal dieser bewaffnet und geharnischt war. Campion schöpfte Mut. Als er sie das zweite Mal besuchte, ließ er sie das Vaterunser aufsagen und klatschte anschließend Beifall. «Großartig. Könnt Ihr das vor Gericht wiederholen?»

«Wenn mir niemand ein Messer in den Rücken stößt.»

«Hat man das getan? Herrje!» Mr Lapthorne schüttelte den Kopf. «Zu dumm, dass ich nicht dabei gewesen bin. Aber jetzt bin ich ja da.» Er legte eine Ledertasche auf den Tisch und entnahm ihr eine Schreibfeder, ein Tintenfässchen sowie mehrere Bögen Papier. Das Fässchen mitsamt der Feder schob er zu ihr hin und sagte: «An die Arbeit, Dorcas.»

«Nennt mich Campion.» Sie lächelte schüchtern.

«Campion. Wie reizend. Euer zweiter Name?»

Um sich eine Erklärung zu ersparen, nickte sie bloß.

«Nun denn. Ihr müsst jetzt ein paar Dokumente unterschreiben, Campion. Tja, ohne die geht es leider nicht. Manchmal fürchte ich, dass unsereins am Ende noch in dieser Papierflut ertrinkt. Fangen wir hiermit an.»

Er hatte ein Schriftstück aufgesetzt, das ihre Geschichte nacherzählte und in allen Einzelheiten der Wahrheit entsprach. Sie überflog den Text, bewunderte seinen Stil und setzte ihren Namen darunter. Dann legte er ihr mehrere Papiere vor, die bescheinigen sollten, dass ihr im Tower Vergünstigungen zuteil geworden waren. Als sie das infrage stellte, antwortete er lächelnd: «Wir wollen doch auch die Wärter günstig stimmen, nicht wahr? Vor Gericht macht es einen guten Eindruck, wenn sie zufrieden sind und Euch helfen. Die Geschworenen wissen ohnehin, dass Ihr kein schlechtes Mädchen seid. Keine Sorge. Wir werden auch hie und da kleine Geldbeträge springen lassen.»

Dann legte er einen Stoß Briefe auf den Tisch, allesamt Zeugenaufrufe. Davon sollten vierundzwanzig an Mitglieder der Nachtwache gehen und fünfundvierzig an Soldaten, die an der Belagerung von Lazen Castle teilgenommen hatten. Francis Lapthorne erklärte, ihre Namen den Stammrollen des Parlaments entnommen zu haben, und rieb sich vergnügt die Hände. «Die Gegenseite wird es noch bereuen, es mit uns aufgenommen zu haben. O ja, sie werden am Ende wie ausgemachte Dummköpfe dastehen.» Er lachte über ihren Einwand, dass die puritanischen Soldaten womöglich vor einer Zeugenaussage zurückscheuen würden. «Ihr habt vielleicht bislang nur die harsche Seite unserer Rechtsprechung kennengelernt, werdet aber bald sehen, dass sie eine behutsame Wahrerin der Wahrheit ist. Die Männer werden aussagen, wenn sie dazu aufgerufen werden. Lest Euch nun die Briefe durch und unterschreibt sie dann.»

«Durchlesen? Den ganzen Berg an Briefen?», fragte sie lachend.

«Ihr solltet immer vorher lesen, was Ihr unterschreibt, meine Liebe», antwortete er, versicherte ihr aber, dass in allen

Briefen dasselbe stehe, sodass es reiche, wenn sie nur einen lese. Er sah ihr zu, wie sie einen Brief nach dem anderen signierte, und erklärte unterdessen, dass er Abstand davon genommen habe, Lady Margaret oder Pastor Perilly, wie von ihr vorgeschlagen, als Zeugen aufzurufen, weil er dies als zu gefährlich erachte. «Bekennende Royalisten sollten sich derzeit lieber nicht in London aufhalten. Versteht Ihr?»

«Ja.»

«Sorgt Euch nicht. Wir werden gewinnen, o ja, das werden wir.» Francis Lapthorne streute Sand über die frische Tinte, schüttelte den Sand dann von den Briefen ab und steckte sie ein.

«War das alles?»

«Wollt Ihr mehr?» Er lachte. «Ja, das war alles.»

Er versprach, am nächsten Morgen wieder zur Stelle zu sein, und verabschiedete sich. Campion sah ihn die von Erzbischof Laud hinterlassene Spur überqueren. Unter dem kleinen Torbogen blieb er noch einmal stehen, schaute zu ihr auf und verbeugte sich. Sie winkte.

Wenig später betrat Francis Lapthorne ein Hinterzimmer in dem Wirtshaus «Bear Inn», das nahe der London Bridge gelegen war. Er hatte alle Papiere verbrannt, bis auf zwei blanke Bögen, die Campions Unterschrift trugen. Diese legte er nun mit großer Geste vor Ebenezer Slythe auf den Tisch. «Die zu beschaffen war nicht gerade einfach, Sir.»

«Du bist gut dafür bezahlt worden.»

«In der Tat. So viel hätte ich vom Theater nicht bekommen.» Da die Puritaner alle Bühnen geschlossen hatten, waren Schauspieler wie Francis Lapthorne arbeitslos. «Es ist mir immer ein Vergnügen, Sir Grenville gefällig zu sein.»

Ebenezer musterte ihn mit saurer Miene. «Das Vergnügen beruht in gewisser Hinsicht zweifellos auf Gegenseitigkeit.»

Lapthorne zuckte mit den Achseln. «Mit ihm befreundet zu sein ist eine große Ehre», entgegnete er wie zur Entschuldigung.

Ebenezer hörte nicht hin. Er starrte auf die unterschriebenen Blätter. «Herrgott nochmal!»

«Wie bitte?»

«Sieh dir das an!» Ebenezer schob die Papiere über den Tisch. «Idiot!»

«Wieso?» Lapthorne verstand nicht. «Ihr habt zwei Unterschriften verlangt, und die habe ich Euch besorgt. Was wollt Ihr mehr?»

Ebenezer drehte eins der Blätter herum und las mit sarkastischer Stimme: «Dorcas Campion Scammell. Was zum Teufel soll das heißen?»

«Das ist ihr Name.»

«Campion? Ihr Name ist nicht Campion.»

Lapthorne zog die Schultern ein. «Den hat sie mir genannt und gesagt, es sei ihr zweiter Name.»

«Idiot!»

Der Mime gab sich beleidigt. «Jeder kann sich nennen, wie es ihm gefällt. Wenn sie sagt, dies sei ihr Name, dann ist er das. Für ein Geständnis wird er allemal ausreichen.»

«Bete zu Gott, niemals vor mir ein Geständnis ablegen zu müssen.» Ebenezer nahm die beiden Blätter an sich. «Und bete, in dieser Sache hier recht zu behalten.» Er warf zwei Münzen auf den Tisch.

Lapthorne war sichtlich enttäuscht, denn es waren vier Münzen versprochen gewesen – für Schreibarbeit und Mühen, die eigentlich das Doppelte hätten einbringen müssen. Aber er wollte mit diesem jungen Mann, dessen dunkle Augen gefährlich funkelten, nicht streiten. Er lächelte und sagte: «Übermittelt bitte Sir Grenville meine herzlichsten Grüße.»

Ohne ihn eines Blickes zu würdigen, hinkte Ebenezer nach draußen. Gestützt auf einen Stock und von seinen Leibwächtern begleitet, überquerte er die Straße und stieg langsam die Stufen zur Anlegestelle hinab, wo sein Boot auf ihn wartete. Er nahm auf der Heckbank Platz und nickte den Ruderknechten zu. Die Unterschriften, so dachte er, sollten wohl tatsächlich für die Geständnisse reichen. Mit dem einen würde sich Dorcas der Hexerei bezichtigen und mit dem anderen zum Mord an Scammell bekennen. Seine Schwester war dem Untergang geweiht, und nicht einmal der Jude aus Amsterdam konnte sie noch retten. Ebenezer lächelte. Alles war gut, und auch die Nachrichten aus Europa ließen vermuten, dass Hervey in seinem törichten Ehrgeiz keinen Schaden angerichtet hatte.

Julius Cottjens, der Mann, der seiner Kundschaft exklusive Nachrichten aus der Finanzhauptstadt des Nordens zukommen ließ, schlenderte zum Hafen wie an jedem Abend, seit ihn Sir Grenvilles leicht hysterischer Brief erreicht hatte. Cottjens kam dieser Aufgabe gern nach, denn er ging gern spazieren. Sein Hund sprang munter um ihn herum, die Pfeife schmeckte, und dass er auch noch für diesen abendlichen Rundgang bezahlt wurde, war ein besonders glücklicher Umstand. Cottjens fühlte sich rundum wohl und zufrieden.

Er machte immer an derselben Stelle halt und setzte sich auf einen Poller. So auch an diesem Abend. Der Hund beschnüffelte Tuchballen, während der Rauch aus der Pfeife in der warmen Sommerluft über das stille Wasser des Kanals trieb.

Die *Wanderer*, der Grund für seine abendlichen Spaziergänge, hatte sich nicht von der Stelle bewegt. Die Bordwände ragten weit aus dem Wasser heraus, was darauf schließen ließ, dass die Frachträume im Innern des Schiffes nach wie vor leer waren. Zwar war der Hauptmast wieder aufgerichtet worden, doch die Spiere lagen noch alle festgezurrt an Deck. Ein prächtiges Schiff, dachte Cottjens, wenn es auch Tage dauern würde, es seeklar zu machen.

Ein Matrose schleppte eine Kiste voller Holzkeile über den Landungssteg. Cottjens winkte mit der Pfeife und rief: «Schiffe, die stillliegen, bringen kein Geld.»

«*Mijnheer*?»

Cottjens wiederholte seine Bemerkung, worauf der Matrose mit den Schultern zuckte und sagte: «Die hat schon jede Menge Geld eingefahren, *Mijnheer*.»

Cottjens zeigte sich beeindruckt. Er verwies auf den Namen, der mit eleganten Buchstaben unter den Fenstern des Heckaufbaus geschrieben stand. «Ein englisches Schiff, nicht wahr?»

«O nein, *Mijnheer*. Es wurde hier gebaut und gehört Mordecai Lopez. Ich glaube, ihm gefallen englische Namen.»

«Der gute Mordecai? Ist er wieder in Amsterdam?»

Der Seemann verlagerte die Kiste auf die andere Schulter. «Ja, aber er ist krank. Möge der Herr im Himmel seine Hand über ihn halten.»

«Amen.» Cottjens klopfte die Pfeife am Poller aus. «Schwer krank?»

«So heißt es, *Mijnheer*. Ihr entschuldigt mich jetzt?»

Cottjens rief seinen Hund und machte sich wieder auf den Rückweg. Er hatte eine weitere Nachricht für Sir Grenville, eine, die den dicken, schlauen Engländer gewiss zufrieden stimmen würde.

Er schlug einen kleinen Umweg ein, der ihn an Lopez' Haus vorbeiführte. Im Parterre und ersten Obergeschoss waren die

Fensterläden geschlossen, wie üblich. Weiter oben aber drang Lampenlicht durch die Scheiben, und hinter einem Vorhang bewegte sich ein Schatten.

Cottjens pfiff den Hund zu sich. Er war, wie Ebenezer Slythe in London, wieder ein wenig älter, reicher und weiser geworden, kurzum, ein glücklicher Mann. Er würde Sir Grenville die gute Nachricht übermitteln können, dass Mordecai Lopez krank war und völlig außerstande, ihn bei seinen Geschäften zu stören.

✱ 22 ✱

Der Tag vor Campions Hinrichtung begann trüb und feucht. Von Westen waren Schauer aufgezogen, die den Fluss in einem tristen Zinngrau erscheinen ließen.

Die Bäcker machten sich Sorgen. Bei schönem Wetter liefen die Geschäfte besser. Zwar würde sich, selbst wenn es in Strömen regnete, eine Menge Volk auf dem Tower Hill einfinden, um der Hinrichtung zuzusehen, doch nur wenige würden Interesse an aufgeweichten Backwaren haben. Und so beteten die Bäcker, dass die Wolken aufreißen und der Herr im Himmel für besseres Wetter sorgen würde. Am späten Vormittag schienen die Gebete erhört worden zu sein. Am Himmel tat sich eine große Wolkenlücke auf, durch die strahlendes Sonnenlicht auf Whitehall und Westminster fiel, und die Wetterapostel sagten für den folgenden Tag heiteres Wetter voraus.

Noch war kein Urteil gesprochen worden, das hielt die Bäcker aber nicht davon ab, besonders fleißig zu sein. Der Ausgang des Verfahrens schien festzustehen, offen war lediglich die Frage, für welchen Urteilsspruch sich Richter Sir

John Henge entscheiden würde. Die Mehrheit der Londoner Bevölkerung sähe die Angeklagte am liebsten gehängt. Die Zeit der Hexenverbrennungen war vorbei, und so hofften alle darauf, dass der Hexe hoch oben auf dem Schafott und für alle gut sichtbar der Strick um den Hals gelegt würde. Andere wünschten sich für sie einen langsameren Tod. Ihre Verbrechen, so sagten sie, seien so abscheulich, dass ein abschreckendes Exempel an ihr statuiert werden müsse. Sie wollten die Verurteilte auf der Streckbank und geviertteilt sehen. Das würde nicht nur andere Hexen davon abschrecken, ihre Familiare auf bewaffnete Männer zu hetzen, es hatte den zusätzlichen Vorteil, dass das Opfer nackt ausgezogen wurde, bevor man ihm die Eingeweide aus dem Leib schnitt und vor seinen Augen verbrannte. Der nackte Körper einer jungen Frau würde den Preis verdoppeln, den man für einen Fensterplatz auf den Tower Hill nehmen konnte. Auch diejenigen, die, wie zu solchen Anlässen üblich, kleine Tribünen vor der Hinrichtungsstätte bauten, favorisierten eine schwerere Strafe.

Andere, die sich Gedanken darüber machten, dass die Revolution womöglich fremde Ideen in England freisetzen könnte, sprachen sich für den Scheiterhaufen aus. Eine wegen Totschlags an ihrem Mann verurteilte Frau sollte gehängt werden, für eine Frau aber, die ihren Mann vorsätzlich ermordet hatte, wäre eine härtere Strafe angebracht. Denn Frauen mussten im Zaum gehalten werden, und viele unbescholtene Bürger vertraten die Ansicht, dass der Anblick einer im Feuer hingerichteten Gattenmörderin allen Zuschauerinnen einschärfen würde, dass die Revolution keinen Gattenmord erlaubte.

In einer Hinsicht aber herrschte allgemeine Übereinstimmung, und entsprechend wurden sämtliche Kirchengemeinden in und um London auf das große Ereignis vorbereitet.

Wahrscheinlich hatten nie zuvor so viele puritanische Pfarrer gleichzeitig denselben Text für ihre Predigt gewählt, nämlich aus dem zweiten Buch Mose, Kapitel 22, Vers 17: «Die Zauberinnen sollst du nicht am Leben lassen.» Der *Mercurius* hatte ganze Arbeit geleistet. Treu-bis-in-den-Tod Hervey war ein gefeierter Held, die Hexe würde sterben, und schon hatte ein Verleger ein schaurig-schönes Pamphlet herausgegeben, das die Geschichte der Hexe Dorcas Scammell in aller Ausführlichkeit nacherzählte. Mütter drohten unartigen Kindern mit der Aussicht auf ein ähnlich elendes Schicksal.

Bereits einen Tag vor der Hinrichtung hatte sich, trotz heftiger Regenschauer, eine große Menschenmenge auf dem Tower Hill eingefunden, um bei den Vorbereitungen zuzuschauen. Viele kannten und schätzten diesen Ort, wo sie schon so manchen Edelmann durch das Schwert hatten sterben sehen, das Privileg dieses gnädigen, weil raschen Todes erwarb sich, wer dem Henker vorher eine gutgefüllte Börse zusteckte. Nach allgemeiner Auffassung war Tyburn der geeignetere Hinrichtungsort, weil es dort Zuschauerränge in ausreichender Anzahl gab, doch man hatte Verständnis für die Bedenken der Behörden, denen der lange Transport der Hexe zu heikel erschien, weil zu befürchten stand, dass sie auf dem langen Weg quer durch London gelyncht werden würde.

Zimmerleute kamen, um das Schafott zu errichten. Die Menge jubelte und rief dazu auf, die Plattform höher zu bauen. Als später das Seil über den Querbalken gelegt wurde, beschwerten sich viele und meinten, dass die Hexe verbrannt werden solle, wie es Brauch sei. Der Ärger aber legte sich, als einer der Arbeiter den Totentanz eines Gehängten aufführte und tosenden Beifall dafür erhielt.

Jemand fragte, ob das Urteil denn schon gesprochen sei,

doch es schien, dass diejenigen, die für den Aufbau des Galgens verantwortlich waren, den Spruch von Sir John Henge schlicht vorweggenommen hatten. Gerüchte machten die Runde, aber Genaueres war nicht bekannt.

Das Wetter wurde besser. Schwaches Sonnenlicht fiel auf den Hügel, als der Henker kam, um das Gerüst zu begutachten. Er winkte seinem Publikum zu, scherzte und brachte die Menge zum Lachen, als er bei einer dickleibigen Frau, die sich durch vorlaute Bemerkungen hervortat, Maß zu nehmen versuchte.

Treu-bis-in-den-Tod Hervey verließ insgesamt dreimal den Gerichtssaal im Tower, um auf dem Hügel nach dem Rechten zu sehen. Bei seinem dritten Besuch war immer noch kein Urteil gesprochen worden, und so stieg er auf das Schafott, um die Menge zu beruhigen.

«Geduld, liebe Leute. Bald ist es so weit. Morgen werdet ihr eine Hexe sterben sehen. Anschließend wird die Stadt für uns alle sicherer geworden sein.» Die Menge spendete johlend Beifall. Treu-bis-in-den-Tod Hervey sprach ein Gebet, bat Gott, dass er ihm Kraft für seinen Kampf gegen das Böse geben möge, und versprach den Leuten, nicht zu ruhen, bis auch die letzte Hexe beseitigt sein würde.

Fernab in seinem Haus am Strand erwartete Sir Grenville Cony vier hochrangige Besucher, die allesamt Mitglieder des Unterhauses und strenggläubige Puritaner waren, weshalb er das Bildnis des nackten Narziss hatte zuklappen lassen. Auf dem Tisch lag aufgeschlagen eine Bibel, die sein Sekretär mit zahlreichen Randnotizen versehen hatte. Die vier Gentlemen mussten allerdings noch eine Weile warten, denn Sir Grenville hatte sich noch um einen anderen Gast zu kümmern.

Septimus Barnegat war vielleicht der einzige Mann, der Sir Grenville Cony nicht fürchtete, denn als Astrologe und

Deuter der kosmischen Geschicke war er geschützt, und die Wahrheiten, die er aussprach, konnten weder durch Drohungen noch durch Schmeicheleien ins Wanken gebracht werden. Barnegat war als Wahrsager weit über die Grenzen des Landes hinaus bekannt und konnte darum für seinen Rat sehr viel Geld verlangen. Kaufleute, Seefahrer und Adlige befragten ihn nach der Zukunft, weshalb er immer sehr beschäftigt war. Er war allerdings äußerst jähzornig und geriet schnell in Rage, wenn ihm Fragen gestellt wurden, die mit seinem Wissensgebiet nichts zu tun hatten. Eine solche Frage war ihm soeben von Sir Grenville gestellt worden. Barnegats Antwort fiel entsprechend barsch aus.

«Woher soll ich das wissen, Sir Grenville? Nennt mir die Geburtsdaten des Mädchens. Dann könnte ich Euch antworten, allerdings nicht auf Anhieb. Es braucht seine Zeit, bis die Tabellen studiert und sämtliche Einflüsse bedacht sind.» Er zuckte mit den Achseln. «Natürlich müssen wir alle sterben. Nichts ist so gewiss. Aber ob es schon morgen sein wird, kann selbst ich nicht vorhersagen.»

Sir Grenville wippte, die Hände über dem mächtigen Bauch gefaltet, auf seinem Sessel vor und zurück. «Und aus meinen Tabellen ist nichts zu ersehen?»

«Doch, natürlich. Aber keine weiblichen Einflüsse. Vielleicht ist es das, was Ihr zu hören wünscht.» Barnegat erlaubte sich ein kleines Schmunzeln. «Ich kann mir nicht vorstellen, dass Sir John Henge der Angeklagten gegenüber Milde zeigt.»

«Nein. Und wegen dieser anderen Geschichte?»

Barnegat seufzte. «Welche? Da sind tausend andere Geschichten.»

«Der Feind aus Übersee.» Sir Grenville machte einen auffallend demütigen Eindruck im Beisein des berühmten Sternendeuters, mit dem wahrhaftig nicht gut Kirschenessen war. Der legte die Stirn in Falten, blickte auf das wunderschön gezeichnete Planetenschaubild und nickte behäbig. «Ja, da ist ein Widersacher jenseits des Meeres. In der Konstellation trifft diesbezüglich einiges zusammen.» Er spitzte seine Lippen. «Die Gefahr droht von Osten.»

«Seid Ihr sicher?» Sir Grenville beugte sich neugierig vor. Im Osten lag Holland, und ebendort hielt sich Lopez auf. Den Juden fürchtete er weit weniger als den Feind im Westen.

Barnegat gab sich erschöpft. «Wenn ich mir nicht sicher wäre, hätte ich es nicht gesagt. Wenn ich etwas nicht weiß, räume ich das auch ein. Eure Frage erübrigt sich also.»

«Gewiss, gewiss.» Sir Grenville nahm die Zurechtweisung kaum zur Kenntnis. «Wird er nach England kommen?»

Die astrologische Wissenschaft war ein heikles Unterfangen. Es gab in Europa zwar kaum einen König oder Staatsmann, Bankier oder Kaufmann, der irgendeine Entscheidung getroffen hätte, ohne vorher die Gestirne zu befragen, doch keiner von ihnen wusste auch nur annähernd um die Komplexität der Arbeit eines Astrologen. Sie war ein Mysterium, das nur einige wenige Eingeweihte durchschauten, jene nämlich, die ihre Tage und Nächte dem Studium der wundervollen Sternen- und Planetenbahnen widmeten. Den Zweiflern, von denen es auch welche gab, wenn auch nur sehr wenige, pflegte Septimus Barnegat die Frage entgegenzuhalten, wieso Astrologen denn nicht Hunger litten, wenn ihre Wissenschaft nichts tauge. Gleichwohl hütete er sich zuzugeben, dass die Lösung mancher Probleme gewissermaßen auf der Hand lag und darum keiner komplizierten, zeitaufwändigen Analyse harmonischer Sphären bedurfte.

Da Septimus Barnegat ein vermögender und angesehener

Mann war, nahm er selbst gern irdische Hilfe in Anspruch. So liess er, wie alle besseren Londoner Astrologen, Julius Cottjens allmonatlich einen erklecklichen Betrag zukommen und zahlte ihm für alle Neuigkeiten, die seine Kundschaft betrafen, ein zusätzliches Honorar.

Barnegat wusste um Sir Grenvilles Furcht vor Lopez und war auch über dessen Erkrankung informiert. Mit dem Zeigefinger, der vom vielen Tabakgenuss ganz gelb geworden war, beschrieb er eine elliptische Kurve und sagte: «Ich sehe da ein Krankenlager.» Und mit Blick auf Sir Grenville: «Ich denke, die Segel bleiben gestrichen.»

Sir Grenville lächelte. Cottjens' Nachricht war bestätigt. «Und von Westen?»

«Nichts. Nichts als Leere, Sir Grenville.»

«Ausgezeichnet!»

Sir Grenville war glücklich. Seit Monaten berichtete Barnegat von diffusen Einflüssen, aber langsam trat die Wahrheit zutage. Sir Grenville konnte sich in Sicherheit wiegen. Von seinem Widersacher aus Übersee drohte keine Gefahr, und das Problem Dorcas Slythe würde, auch wenn sein Astrologe es noch nicht bestätigt hatte, sehr bald aus der Welt sein. Barnegat rollte seine Karten zusammen, steckte sie zusammen mit den Almanachen in seinen Koffer und äusserte, dass die Presbyterianer seiner Einschätzung nach an Boden verlören, während die radikalen Revolutionäre, Unabhängige wie Ebenezer Slythe, im Aufwind seien. Barnegat, der die wichtigsten Führer der Unabhängigen beriet, liess Sir Grenville wissen, dass diese bald Geld nötig haben würden.

«Viel Geld?»

«Sie wollen ein eigenes Heer aufstellen», erklärte Barnegat und machte aus seinem Missfallen kein Hehl. «Eine Armee tollwütiger Puritaner, die wahrscheinlich Psalmen singen werden, wenn sie ihren Gegnern die Köpfe einschlagen. Die könnten sehr gefährlich werden, Sir Grenville.»

«Und am Ende den Sieg davontragen.»

«Vorausgesetzt, sie treiben genügend Geld auf. Es scheint, dass ihnen die Niederländer durchaus freundlich gesinnt sind.»

Sir Grenville ahnte, dass sein Astrologe versuchte, ihn auszuhorchen. Er nickte und sagte: «Sie könnten sich die weite Reise sparen. Ich bin gesprächsbereit.»

«Sie wollen die Monarchie abschaffen.»

Sir Grenville lächelte. «Wir haben auch jetzt keinen König, und trotzdem scheint die Welt nicht unterzugehen.» Er konnte darauf verzichten, Barnegat zur Verschwiegenheit aufzufordern. Der Astrologe würde einen Klienten nie verraten und kein Wort darüber verlieren, dass auch Sir Grenville daran dachte, den Presbyterianern, die an der Krone festhielten, den Rücken zu kehren und sich den Unabhängigen anzuschließen, die den König nicht einmal mehr als Galionsfigur für ihr Staatsschiff akzeptieren mochten. «Treffen wir uns nächste Woche wieder?»

«Gern. Zur selben Zeit, Sir Grenville?»

«Natürlich.»

Als Barnegat gegangen war, wartete Cony auf die nächsten Besucher, die mit ihm über politische Fragen zu reden wünschten. Er blickte auf den Fluss hinaus, der am Tower vorbeiströmte, und lächelte. Morgen würde das Mädchen sterben und er, Sir Grenville Cony, würde sämtliche Einkünfte aus dem Bund bekommen. Einen Teil davon würde er an Ebenezer auszahlen, so wie er schon früher einen Teil an dessen Vater ausgezahlt hatte, aber nicht einmal Ebenezer, dieser gerissene junge Mann, würde jemals erfahren, welche ungeheuren Summen ihm entgingen.

Sir Grenville besaß zwei Siegel, und niemand würde sie ihm streitig machen können. Sein Widersacher im Ausland, der einzige Mann, der Dorcas Slythe zu retten vermochte, lag krank danieder. Ja, die Planetenbahnen verliefen, wie Septimus Barnegat gesagt hatte, ganz in seinem Sinne.

Unter einem weniger guten Stern stand Pastor Simon Perilly. Lady Margaret hatte ihn gebeten, sich auf die gefährliche Reise nach London zu begeben, um dort einen Advokaten zu finden, der Campions Verteidigung übernehmen würde.

Als er den ehemaligen Advokaten von Sir George für dieses Amt zu gewinnen versuchte, wurde dieser plötzlich krank. Ein anderer, den Perilly als einen Freund angesehen hatte, drohte damit, Anzeige zu erstatten und ihn als Spion verhaften zu lassen. Perilly sah sich auf ganzer Linie gescheitert und mochte inzwischen selbst nicht mehr daran glauben, dass das Mädchen noch zu retten wäre.

Mit Schrecken dachte er daran, nach Oxford zurückzukehren und vor Lady Margaret seinen Misserfolg einzugestehen. Sie war in die Hauptstadt des Königs geflohen, weil sie lieber unter Königstreuen sein wollte als im Haus ihres abtrünnigen Schwiegersohnes. Simon Perilly wusste, wie viel ihr an Campions Freiheit lag, denn sie hoffte, den Feinden einen Schlag versetzen zu können, indem sie das Mädchen vor dem Tod bewahrte. Ihre Enttäuschung würde groß sein.

Perillys allerletzte Hoffnung war ein Mann, den er aus Cambridge kannte und von dem er wusste, dass er ihn nicht verraten würde. Luke Condign war zwar Rechtsgelehrter, konnte aber für Campion kaum von Nutzen sein, weil er für das Unterhaus arbeitete. Sein Büro befand sich in Westminster, und dort, in der feindlichen Hochburg, traf Perilly den alten Freund. Als Condign den Grund seines Besuches erfuhr, blickte er düster drein und sagte: «Nichts zu machen, Simon, rein gar nichts.»

«Oh, das ist schrecklich ungerecht.»

Condign zuckte mit den Schultern. Er zweifelte daran, dass sich Rauch auch ohne Feuer bilden konnte, wollte aber seinen Freund nicht enttäuschen. «Tut mir leid.»

«Du könntest aber eines für mich tun.»

«Was denn?», fragte Condign, auf Unannehmlichkeiten gefasst.

«Ich würde ihr gern eine Nachricht zukommen lassen. Dass ich sie persönlich treffe, kommt wohl nicht in Frage.»

«Es sei denn, du willst dich gleich mit ihr einsperren lassen, mein Freund.» Condign lächelte. «Aber ich könnte dafür sorgen, dass sie deine Nachricht bekommt.» Allabendlich wurde ein Sack voller Briefe im Tower abgeliefert. Ein Großteil dieser Briefe war an Gesandtschaften im Ausland adressiert und wurde von der Anlegestelle des Towers aus verschifft. Ein weiterer Teil war für das Zeughaus bestimmt und bestand zumeist aus Anträgen auf die Bestückung mit Waffen. Einige wenige Briefe gingen an Gefangene. «Dir ist aber hoffentlich klar, dass jedes Schreiben kontrolliert wird. Briefe, die am Parlament Kritik üben, werden nicht weitergeleitet.»

«Ich weiß.» Simon Perilly ließ sich Papier und Tinte geben, dachte kurz nach und schrieb dann rasch: «Toby geht es gut, er kann seinen Arm schon wieder gebrauchen. Lord Tallis hat ihn in seinem Haus in Oxford aufgenommen. Wir alle beten für dich.» Fast hätte er noch hinzugefügt, dass sie sich im Himmel wiedersehen würden, ließ aber davon ab. «Sei stark im Herrn.» Seufzend streute er Sand über die frische Tinte und schob dann das Blatt seinem Freund zu.

Condign nickte. «Das wird man durchgehen lassen. Weißt

du eigentlich, dass die Lordschaften Fleet und Atheldene einen Gnadenantrag für sie eingereicht haben?»

«Ja, ich weiß.» Lady Margaret hatte ihren Freunden und Verwandten Briefe geschrieben und sie um Hilfe gebeten.

Luke Condign seufzte. «Wir leben in einer seltsamen Zeit. Früher haben die Bürgerlichen den Adel noch um Rat ersucht, aber heute ...» Er zuckte mit den Achseln. «Willst du mit uns zu Abend essen? Grace würde sich sicher freuen.»

«Gern.» Pastor Simon Perilly hatte seine Pflicht erfüllt und getan, was ihm möglich war. Alles Weitere lag bei Sir John Henge.

Richter Sir John Henge, der Schrecken aller Anwälte, ächzte vor Schmerzen, die von dem Stein in seiner Galle herrührten.

Das Verfahren streckte sich länger hin als erwartet, was insbesondere an Caleb Higbed lag, der unablässig lächelte, wie eine Taube mit dem Kopf nickte und einfach nicht zum Ende kommen mochte. Immerhin hatte die Gefangene keinen eigenen Advokaten, was sie aber nicht daran hinderte, immer wieder Protest einzulegen. Er hatte sie mehrfach zum Schweigen bringen müssen.

Ihr Schicksal lag nun in den Händen der Geschworenen. Zu welchem Urteil sie gelangen würden, war schon in dem Augenblick abzusehen gewesen, als die Angeklagte den Gerichtssaal betreten hatte, ausstaffiert mit einem scharlachroten Kleid, dessen Ausschnitt einen tiefen Einblick auf den Busen nehmen ließ, der bei jedem Atemzug über die Schnürbrust drängte. Alle Versuche, das Kleid zu richten und einen sittsameren Eindruck zu machen, waren gescheitert. Die Geschworenen, allesamt gutbetuchte Protestanten, zeigten sich empört über dieses Hurenkostüm.

Schon zu Prozessbeginn war Sir John auf Ungereimtheiten gestoßen. Higbed, dieser Narr, hatte ihm versichert, dass ein Geständnis vorliege, doch als sich Sir John, der für seine akribische Anwendung der Rechtsvorschriften bekannt war, dieses Geständnis zeigen ließ, fiel ihm auf, dass die Angeklagte mit einem Namen unterschrieben hatte, der mit dem in der Anklageschrift verzeichneten Namen nicht übereinstimmte.

Zur Rede gestellt, antwortete Higbed lächelnd: «Wie Euer Ehren bemerken, hat sich die Angeklagte entschieden, mit eben diesem Namen zu unterschreiben.»

«Aber ist das auch ihr Name?»

«Nein, Euer Ehren.»

«Dann ist es wohl auch nicht ihr Geständnis. Ich dachte, so etwas müsste selbst dem dümmsten Vertreter unserer Zunft klar sein, Mr Higbed.»

«Wie Euer Ehren meinen.»

Der Prozessordnung war Folge zu leisten, und obwohl auch Sir John das Verfahren gern abgekürzt hätte, kam er nicht umhin, nach Beweisen zu verlangen.

Also wurden die Zeugen aufgerufen. Von Caleb Higbed vorher instruiert, sagte Goodwife Baggerlie unter Eid aus, aus Dorcas' Mund gehört zu haben, dass sie die Absicht habe, ihren Mann mit Mitteln der Hexerei zu töten. Damit war der Tatbestand des *maleficio* erfüllt.

Ebenezer Slythe bat mit bleichem Gesicht um Gnade für seine Schwester. Sir John fiel ihm ins Wort. «Ich dachte, dieser Zeuge wäre geladen, um den Sachverhalt zu klären.»

Caleb Higbed entgegnete schmunzelnd: «Wir glaubten, dass Euer Ehren vielleicht ein Ohr haben für die Bitte eines Bruders.»

Sir John stöhnte laut auf und rutschte, von Bauchschmerzen geplagt, auf seinem Stuhl hin und her. «Gnadengesuche,

Mr Higbed, haben erst nach der Urteilsverkündung einen Sinn, nicht vorher. Habt Ihr Euren Verstand verloren, oder haltet Ihr mich für einen Narren?»

«Nichts läge mir ferner, Euer Ehren.»

Ebenezer wurde entlassen. Lächelnd verließ er die Zeugenbank. Seine Bitte um Gnade war nicht mehr als eine der Öffentlichkeit gewidmete Geste und das, was schlichtere Gemüter von einem Bruder erwarteten. Higbed hatte ihm versichert, dass Sir John Henge die Bedeutung des Wortes Gnade gar nicht kannte.

Es war Abend geworden. Schatten umhüllten das große Königswappen über dem Richterstuhl, mit dem man die Illusion aufrechterhalten wollte, dass das Parlament nicht den König, sondern nur dessen Hintermänner bekämpfte. Noch berieten sich die Geschworenen.

Dass sie so viel Zeit brauchten, behagte Sir John nicht, zumal er unmissverständlich klargemacht hatte, welche Entscheidung er von ihnen erwartete. «Nun?», knurrte er.

Der Sprecher erhob sich. «Wir sind zu einem Urteil gelangt, Euer Ehren.»

«Einstimmig?»

«Ja, Euer Ehren.»

«Und?», drängte Sir John Henge.

«Zur Anklage der Hexerei, euer Ehren: schuldig.»

Ein Raunen ging durch die Zuhörerschaft, aber sofort kehrte wieder Ruhe ein, als Sir John mit strengem Blick in die Runde schaute. Caleb Higbed legte erleichtert den Kopf in den Nacken und sah nicht, wie der Richter vorgab, eine Notiz in sein Buch zu kritzeln, obwohl die Urteile schon längst darin geschrieben standen.

«Und zur Mordanklage?»

«Schuldig.»

Alle hatten einen Aufschrei der Angeklagten erwartet, doch sie blieb wie schon während des gesamten Verfahrens auch jetzt gefasst. Sir John schaute sie an. Ein hübsches Ding, dachte er, glaubte aber zu wissen, dass der Teufel stets die Besten auserwählte. An Caleb Higbed gewandt, fragte er mit sardonischem Grinsen: «Ihr hattet da noch ein Gnadengesuch, Mr Higbed?»

«Es liegt Euch bereits vor, Euer Ehren», antwortete Caleb Higbed. «Oder soll ich es noch einmal verlesen?»

«Bewahre, nein!» Sir John klappte das große Buch zu, setzte seine schwarze Kappe auf und starrte auf die in Scharlachrot gekleidete Angeklagte. Seine zusammengekniffenen Lippen verrieten unverhohlenen Abscheu.

«Dorcas Scammell, Ihr seid zweier Verbrechen, die in ihrer Ruchlosigkeit jeder Beschreibung spotten, für schuldig befunden worden. Ihr habt einen Pakt mit dem Teufel geschlossen und die von ihm verliehenen Zauberkräfte dazu verwandt, Euren Gatten Samuel Scammell vorsätzlich zu töten.

Hexerei wird mit dem Tod durch Erhängen geahndet, so hat es das Parlament in seiner Weisheit angeordnet. Eure Mordtat aber verlangt den Tod durch das Feuer.» Er wand sich auf seinem Stuhl hin und her. Strafprozesse im Tower, an diesem zugigen und kalten Ort, waren ihm verhasst.

«An dieser Stelle erlaube ich mir, das Gericht und all diejenigen, die eines Tages mein Richteramt übernehmen werden, daran zu erinnern, dass in diesem Land einmal die geheiligte Überzeugung vorherrschte, wonach Hexen verbrannt werden sollten. Nicht, um ihnen Schmerzen zuzufügen, sondern um zu verhindern, dass der böse Geist einer Hexe auf andere übergreife. Diese Vorsichtsmaßnahme erscheint mir nach wie vor geboten. Somit folge ich dem besonnenen Urteil der Geschworenen und verfüge, dass Ihr, Dorcas Scammell, morgen Vormittag zu einer Hinrichtungsstätte geführt und den Flammen ausgeliefert werdet, bis Euch der verdiente Tod ereilt. Gott sei Eurer Seele gnädig.»

Für eine Weile herrschte vollkommene Stille im Saal, alle Augen waren auf Campion gerichtet. Dann brach tosender Beifall aus.

Campion saß mit bleichem Gesicht, die Hände im Rücken gefesselt, auf ihrem Stuhl und rührte sich nicht. Sie verriet keinerlei Regung, auch nicht, als die Wächter kamen und sie abführten.

So strahlend wie am nächsten Morgen war die Sonne schon lange nicht mehr über London aufgegangen. Nach den Regenfällen der vergangenen Tage schien die Stadt reingewaschen und von den Nachtwinden frisch durchlüftet zu sein. Die in Scharen herbeigeströmte Menge sah auf dem Tower Hill ein paar letzte hohe Wolken ostwärts fliegen.

In Anbetracht der ungeheuer großen Anzahl an Schaulustigen behaupteten manche, dass bislang nur die Hinrichtung des Grafen von Strafford so viele Menschen angelockt habe. Alle waren in bester Stimmung, und unter großem Jubel wurde anstelle des abgebauten Galgens ein Scheiterhaufen aus Reisigbündeln aufgeschichtet. «Baut ihn höher, baut ihn höher!», feuerte die Menge die Henkersknechte an. «Es will doch jeder was sehen, auch die, die hinten stehen.»

Der Scheiterhaufen wurde acht Fuß hoch, und nur der relativ kurze Pfahl in der Mitte verhinderte ein höheres Maß. Unter großem Gelächter taten die Henkersknechte, als wärmten sie sich die Hände an einem Feuer, das noch gar nicht entzündet war, und traten dann respektvoll zurück, als der Scharfrichter kam, um ihr Werk zu begutachten.

Er kletterte auf den Reisigberg, stampfte, um seine Festigkeit zu prüfen, darauf herum und ließ von einem Gehilfen zwei Ketten an den Pfahl nageln, die dem Opfer später um Hals und Hüfte gelegt werden sollten. Wieder vom Scheiterhaufen heruntergestiegen, befahl der Scharfrichter, zwei Löcher in den Haufen zu bohren, groß genug, um ein Feuer darin entfachen zu können. Erst als dies geschehen war, gab er sich zufrieden.

In einem Abstand von vierzig Schritt hatte sich inzwischen ein Spalier aus Soldaten gebildet, die von denen, die sie zurückhalten sollten, immer wieder darum gebeten wurden, ihre Helme abzusetzen und die Köpfe einzuziehen. Kinder zwängten sich zwischen die Soldaten und warteten gespannt auf das Schauspiel, für das sie schon die ganze Nacht über angestanden hatten. Die Häuser im Westen des Hügels boten die beste Aussicht, und wer es sich leisten konnte, hatte dort ein Zimmer angemietet. Manche Hauswirte boten den zahlenden Gästen Erfrischungen an, andere hatten in den Fenstern oder auf dem Dach Fernrohre aufgestellt. Die Warte im Osten des Towers war Angehörigen der Soldaten und hohen Beamten vorbehalten. Alle erwarteten gespannt den großen Moment.

Prediger, die schon am Abend zuvor in ihren Gemeinden die Stimmung aufgeheizt hatten, gingen nun durch die Menge und sorgten dafür, dass Psalmen angestimmt und Gebete gesprochen wurden.

Die Kinder konnten ihre Ungeduld kaum mehr im Zaum halten und fingen an zu maulen aus Sorge, die Eltern könnten es versäumen, sie in die Höhe zu heben, sobald das Feuer entzündet sein würde. Händler drängten durch die Menge und boten Backwaren feil, manche trugen schwere Fässer auf dem Rücken und zapften Wasser zum Verkauf daraus ab.

Es war ein besonderer Tag. Die Prediger sprachen gar von einem heiligen Tag und sagten, dass dem Willen Gottes heute Geltung verschafft und eine Frau dem Tod überantwortet werde, damit das Land vor dem Erzfeind verschont bliebe. Es sei kein Wunder, sagten die Prediger, dass der Herr die Sonne strahlen lasse.

Man hatte Campion tags zuvor gesagt, dass das scharlachrote Kleid das einzige sei, das zur Verfügung stünde. Nun aber war ihr ein schlichter Kittel zum Anziehen gegeben worden, der aus so dünnem Stoff bestand, dass er, wie sie vermutete, sofort Feuer fangen würde.

Den Wärtern kam sie vor, als sei ihr Geist bereits umnachtet. Nach der von Francis Lapthorne eingeflößten, dann aber bitter enttäuschten Hoffnung hatte sie aller Mut verlassen. Seitdem war ihr keine Gefühlsregung mehr anzumerken. Nur einmal, als sie den Brief von Pastor Perilly gelesen hatte, war sie in Tränen ausgebrochen, teils vor Freude darüber, dass Toby lebte, teils aber auch darüber, dass es für sie beide keinen Sommer mehr geben sollte.

Ihr Weinen hatte die Wärter gerührt und in Verlegenheit gebracht.

Pastor Treu-bis-in-den-Tod Hervey schien dagegen völlig ungerührt zu sein. Ihm war die Aufgabe zugedacht, sie zum Schafott zu begleiten, und er betete, dass sie auf diesem letzten Weg Reue zeigen würde. Das wäre Stoff für eine großartige Predigt: eine Hexe, die um Vergebung bittet und auf Gottes Barmherzigkeit hofft, während er, Treu-bis-in-den-Tod, sie zum himmlischen Gnadenthron geleitet! Er folgte den beiden Soldaten, die Campion zum Scheiterhaufen führen sollten, und kaum dass er ihr Zimmer betreten hatte, setzte er zu seiner Predigt an, obwohl auch ihm deutlich sein musste, dass sie, benommen wie sie war, keines seiner Worte in sich aufnehmen konnte.

Einer der Soldaten fesselte ihr die Hände auf dem Rücken und zog den Knoten so fest zusammen, dass sie vor Schmerzen aufschrie. «Pass auf, Jimmy!», lachte der andere. «Sie wird dich noch verhexen.»

Ihr Hauptmann herrschte sie an und bat sich Ruhe aus. Mit der ihm auferlegten Pflicht war er ganz und gar nicht einverstanden. Er hatte bislang immer fest an die Unfehlbarkeit der Gerichte geglaubt, doch als er am Abend zuvor mit seinen Eltern in Caleb Higbeds Haus zu Gast gewesen war, hatte der Anwalt, auf den Prozess angesprochen, lauthals gelacht und gesagt: «Das ist natürlich barer Unsinn. Dieses Mädchen ist keine Hexe. Aber wenn die Gesetze etwas anderes behaupten, muss man sich danach richten. Der Schweinebraten ist köstlich, nicht wahr?»

Es erleichterte den Hauptmann ein wenig zu sehen, dass die junge Frau gefasst zu sein schien. Wie schrecklich ihre letzte Nacht für sie gewesen sein musste, war nur den geröteten Augen und ihrem Gesichtsausdruck anzusehen. Und auch der eine scheue Blick, den sie ihm zuwarf, zeugte von den Schrecken, die sie empfinden musste. Mit einem Lederbeutel in der Hand trat der Hauptmann vor und bedauerte, das, was er nun zu tun beabsichtigte, nicht schon getan zu haben, ehe man ihr die Hände gefesselt hatte. Der Beutel schien schwer zu sein und war mit einer langen Riemenschlaufe versehen. Er lächelte unsicher. Es gehörte nicht zu seiner Pflicht, ihr diesen Beutel zu überreichen, aber sein Vater hatte den Vorschlag gemacht, und der Hauptmann war froh darüber gewesen. «Mrs Scammell?»

Sie schaute ihn wortlos und mit hohlem Blick an, es schien, als sei sie entrückt.

«Dieser Beutel ist voller Schießpulver, Mrs Scammell», sagte der Hauptmann. Wenn Ihr erlaubt, werde ich ihn Euch um den Hals hängen und unterm Kleid verstecken. Es sorgt für ein rasches Ende.»

«Schießpulver?» Treu-bis-in-den-Tod Hervey kniff die Brauen zusammen. «Auf wessen Befehl, Hauptmann?»

«Kein Befehl, Sir. So will es der Brauch.»

«Das bezweifle ich.» Der Pfarrer grinste. «Die Opfer der Hexe hatten auch kein rasches Ende. Warum also sollte ihr ein solches vergönnt sein? Nein, Hauptmann. Behaltet den Beutel. Sie muss die volle Schärfe des Gesetzes erleiden.» Er wandte sich Campion zu und stieß ihr seinen nach Zwiebeln stinkenden Atem ins Gesicht. «‹Ihr pflüget Böses und erntet Übeltat.› Bereue! Noch ist es nicht zu spät. Bereue!»

Sie schwieg und gab auch keinen Laut von sich, als die Soldaten sie zur Tür stießen, wobei einer der beiden ihre Brüste befingerte.

«Hände weg!», brüllte der Hauptmann.

Das Mädchen schien von alldem gar nichts mitzubekommen.

Ein einzelner Glockenschlag ließ wissen, dass das erste Viertel der vollen Stunde verstrichen war. Der Hauptmann betrachtete ihr schönes, bleiches Gesicht. «Wir müssen gehen.»

Sie bewegte sich wie in Trance, hörte und sah nichts, als sie die Fußspuren des Erzbischofs im Hof überquerte. Von einem vergitterten Fenster aus sah William Laud, wie sie abgeführt wurde, und segnete sie mit dem Zeichen des Kreuzes. Eines Tages würde auch er diesen Weg gehen müssen und unter dem Beifall der Puritaner zu Tode gequält werden. Als sie unter dem Torbogen verschwunden war, kehrte er in seine stille Zelle zurück.

Viele der Zuschauer machten ihrer Ungeduld lauthals Luft, während sich andere gleichmütig damit abfanden, dass noch eine weitere Viertelstunde abzuwarten war. Die Soldaten hatten eine Schneise geöffnet, die sich von der Pforte des Towers bis zum Scheiterhaufen erstreckte und mit angelegten Piken freigehalten wurde. Einigen Händlern war erlaubt worden, von dieser Gasse aus Backwaren und Bier zu verkaufen, und auch faule Früchte, die bei Hinrichtungen immer sehr begehrt waren, weil viele ihre Freude daran hatten, die Opfer damit zu bewerfen.

Vor dem Scheiterhaufen war der Gehilfe des Scharfrichters damit beschäftigt, mit Hilfe eines Blasebalges Holzkohle zum Glühen zu bringen. Die Luft über der Kohlenpfanne flimmerte. Auf dem Boden daneben lagen zwei Pechfackeln bereit, um mit ihnen den Reisighaufen in Brand zu setzen. Aus der Menge rief jemand dem Scharfrichter zu, er solle doch bitte die Kastanien für ihn aus dem Feuer holen. Der große, mit einem Lederwams gekleidete Mann lächelte müde. Er kannte all die alten Scherze nur zu gut. Das Sterben bot für ihn keine Überraschungen mehr.

Am Fuß des Hügels brach ein Jubelsturm aus, der sich rasch ausbreitete. Sie kam! Väter hoben ihre Kinder auf die Schultern, alles stand auf den Zehenspitzen und reckte die Hälse. Die Prediger priesen Gott und frohlockten, dass sein Wille auf Erden geschehe.

Was den Jubel ausgelöst hatte, war der Umstand, dass die Tower-Pforte geöffnet worden war. Wer in den vorderen Reihen stand, konnte in der Ausfahrt ein Pferdefuhrwerk sehen, auf dem die Verurteilte ihre letzte Reise antreten sollte. Sie hätte den Weg auch zu Fuß zurücklegen können, doch damit wäre die Menge um ihren Anblick betrogen worden. Und so war der Befehl erteilt worden, für die Todesprozession einen Mistkarren zu beschaffen.

Campion ging auf den Karren zu. Sie konnte durch den offenen Torbogen sehen und erkannte dahinter einen Ausschnitt der riesigen Menge. Der Lärm, der von ihr ausging, war entsetzlich. Es war wie das Knurren und Kläffen eines wilden Tieres, das sie anzuspringen drohte, und zum ersten Mal an diesem Tag schreckte sie vor der ihr auferlegten Tortur zurück.

Schreckliche Bilder suchten sie heim. Sie hatte Angst, und sie schauderte bei dem Gedanken an das Aufflackern der ersten Flammen und die an den Füßen fressende Hitze, daran, dass das Kleid Feuer fing und die Haut versengte. An ihren Schreien würde sich die hasserfüllte Menge laben. Sie stellte sich vor, dass ihre Haare brennen würden, und ahnte, dass die Schmerzen unerträglich und schlimmer sein würden, als es die Vorstellung auszumalen vermochte. Die Hölle auf Erden stand ihr bevor, ehe sie dann endlich himmlischen Frieden fände. Sie hoffte, dort, im Himmel, Sir George wiederzusehen, und fragte sich, ob das bei Gott erfahrene Glück den auf Erden erlittenen Kummer vergessen machte. Wenn sie nur Toby nicht vergessen würde.

Treu-bis-in-den-Tod Hervey zischte ihr ins Ohr: «‹Meinest du, dass ich Gefallen habe am Tode des Gottlosen, spricht der Herr, und nicht viel mehr, dass er sich bekehre von seinem Wesen und lebe?› Das sind Worte der heiligen Schrift, Frau. Bereue!»

Sie beachtete ihn nicht. Allein konnte sie den Karren nicht erklimmen. Der Hauptmann half ihr dabei und hielt sie beim Ellbogen gefasst, als sie über die verschmierten, fauligen Bretter nach vorn ging, wo sie mit einer Schlinge um den Hals an das Gatter gebunden wurde, das den Fuhrmann vor seiner üblichen Fracht schützen sollte. Der Hauptmann wollte ihr etwas sagen, fand aber keine Worte, die ihr etwas hätten bedeuten können. Stattdessen lächelte er nur.

Treu-bis-in-den-Tod Hervey drängte durch die Soldaten an den Rand des Karrens. Er war gewarnt worden, nicht auf dem Karren mitzufahren, sondern ihm zu Fuß zu folgen, um nichts von den Gegenständen abzubekommen, mit denen die Verurteilten beworfen wurden. Er brüllte aus vollem Hals, war aber bei all dem Lärm und ausgelassenen Gelächter kaum zu hören. «Bereue, Frau! Der Tod ist nahe. Bereue!»

Campion stand mit dem Rücken zur geöffneten Pforte. Sie hörte Pferdegetrappel, konnte aber die vier Reiter nicht sehen, die die Ausfahrt versperrten. Ihre Stiefel, Wämser und orangefarbenen Leibbinden waren verdreckt und deuteten darauf hin, dass sie einen weiten Weg hinter sich hatten. Der Karrengaul scheute vor dem Gedränge und Lärm der Menge zurück und sprang zur Seite. Ein Ruck fuhr durch das Gespann, und Campion glaubte, die Fahrt würde beginnen. Mit geschlossenen Augen und klar vernehmlicher Stimme sprach sie: «‹Unser Vater im Himmel …›» Sie hatte sich vorgenommen, die Worte des Herrn vom Scheiterhaufen aus ihren Peinigern entgegenzuschleudern, doch in Anbetracht des Lärms ahnte sie, dass man sie nicht hören würde. Trotzdem wollte sie diese Männer wissen lassen, dass sie eine Unschuldige verbrannten. «‹Unser täglich Brot gib uns heute.›»

«Halt!», donnerte eine mächtige Stimme.

Campion aber ließ sich nicht unterbrechen. Sie hörte, wie Hervey sie schreiend der Lästerung bezichtigte, doch sie betete weiter. «‹Und vergib uns unsere Schulden, wie wir vergeben unseren Schuldigern.›» Sie wappnete sich gegen den Hass der Menge. Der Hauptmann stand immer noch neben ihr. «‹Und führe uns nicht in Versuchung, sondern erlöse uns von dem Übel. Denn dein ist das Reich und die Kraft und die Herrlichkeit in Ewigkeit. Amen.›»

«Amen!», wiederholte spöttisch die laute Stimme.

Sie schlug die Augen auf und sah einen berittenen Soldaten in Leder und Harnisch neben dem Karren. Mit der einen behandschuhten Hand zügelte er sein großes Pferd, die andere hielt das Gatter in Campions Rücken gepackt. Er sah sie an und zeigte ihr ein Gesicht von beispielloser Schrecklichkeit. Ein stahlgrauer Bart umwucherte einen breiten, grausamen Mund. Das eine Auge schien sie zu verspotten, über dem anderen lag ein seltsamer Lederflicken, der nicht nur das Auge, sondern auch einen Großteil der rechten Gesichtshälfte verdeckte und bis unter den Rand der Sturmhaube reichte. In seiner unsäglich wilden, furchterregenden Erscheinung wirkte er wie eine vom Krieg hervorgebrachte menschliche Bestie. Wie selbstverständlich beherrschte er die Szene vorm Tor. «Ist das die Hexe?»

«Ja, Sir», antwortete der Hauptmann, der immer noch auf dem Karren stand.

Der bärtige Reiter griff in seine Ledertasche und zog eine Schriftrolle daraus hervor, die, wie Campion sehen konnte, mit einer Schleife umwickelt war, an der ein großes rotes Siegel hing. «Ich habe hier einen Haftbefehl für sie.» Der Hauptmann nahm das Dokument entgegen, rollte es auseinander und krauste die Stirn.

«Ihr seid Oberst Harries, Sir?»

«Nein, ich bin der König von Spanien. Hat Er noch weitere dumme Fragen?»

Merklich eingeschüchtert warf der Hauptmann einen zweiten Blick auf das Schreiben. «Scheint alles in Ordnung zu sein, Sir.»

«Es scheint? Er zweifelt? Was erlaubt Er sich?» Oberst Harries legte eine in Leder gehüllte Hand an das ramponierte Heft seines Schwertes. «Ist nun alles in Ordnung, Grindskopf, oder nicht?»

«Ja, Sir, ja!», beeilte sich der Hauptmann zu sagen.

«Dann schneid das Weib los und gebt es mir.» Harries drehte sich im Sattel um und rief: Mason!»

«Sir!» Einer der drei Begleiter des Oberst näherte sich auf seinem Pferd.

«Sieh nach, ob das verdammte Boot da ist.» Dann wandte er sich wieder dem Hauptmann zu, der wie vom Schlag getroffen dastand und sich nicht rührte. Harries schmunzelte, was ihn nicht freundlicher aussehen ließ. «Wie heißt du, Junge?», fragte er mit gedämpfter Stimme.

«Wellings, Sir. Hauptmann Robert Wellings.»

«Schneid sie los, Wellings, oder ich schneide dir das Gekröse aus dem Leib. Beeilung!»

Wellings hielt immer noch den Haftbefehl in der Hand und wusste nicht, was er tun sollte. Weil er kein Messer hatte, griff er schließlich, sichtlich verstört, nach seinem Schwert. Harries explodierte vor Wut.

«Bastard! Hat sie dich etwa verhext?»

Ehe sich der Hauptmann versah, hatte Harries seine lange Klinge gezogen. Er sah Campion an und brüllte: «Beug dich nach vorn, Hexe. Ich sagte, beug dich nach vorn!»

Sie zerrte an der Fessel, die sie an den Karren gebunden hielt, zog die Schultern ein, als sie das Schwert durch die Luft zischen hörte, und spürte, wie die Klinge unmittelbar hinter ihrem Kopf herabsauste. Mit lautem Aufschrei stürzte sie nach vorn. Hauptmann Wellings fing sie auf. Harries hatte die Fessel zerschlagen, ohne ihr ein Haar zu krümmen, und steckte das Schwert zurück in die Scheide.

«Was geht hier vor? Wer seid Ihr?» Der Vorgesetzte von

Wellings eilte herbei, rot im Gesicht und offenbar verärgert über die Verzögerung. Die Zuschauermenge verlangte mit lautem Gebrüll, die Hexe brennen zu sehen.

Harries streckte die Hand in Richtung Wellings aus. «Her mit der Rolle!»

«Sir.»

Oberst Harries wandte sich dem anderen zu. «Wie heißt du?»

Der rotgesichtige Soldat krauste die Stirn. «Prior.»

Harries blickte in die Runde der Soldaten und hielt die Schriftrolle in die Höhe. «Ich habe hier eine Vorladung der papistischen Hexe vor den Ausschuss für Sicherheit. Und das …», er deutete auf das Siegel, «ist das Siegel des Parlaments, heute Morgen aufgedrückt vom Sprecher des Unterhauses persönlich. Falls jemand Einwände hat, soll er sich jetzt zu Wort melden.»

Niemand rührte sich, nur Oberst Prior erhob zaghaft Protest. «Sie soll doch gleich verbrannt werden.»

«Brennen kann sie auch später noch.»

«Aber die Menge!» Prior deutete mit der Hand durch das Tor nach draußen, wo sich Tumult breitmachte. Die Wachsoldaten konnten das wartende Volk in seiner Ungeduld kaum mehr im Zaum halten.

«Allmächtiger!» Harries beugte sich im Sattel vor. «Im Jahre 1629, du Wurm, habe ich eine Festung gehalten und neun Monate lang gegen die Truppen des Heiligen Römischen Reiches verteidigt. Und du schaffst es nicht, den Tower von London vor einem losen Haufen aus Frauen und Lehrjungen zu schützen?» Und mit Blick auf Hauptmann Wellings: «Was stehst du da noch rum, Grindskopf? Schaff sie gefälligst vom Wagen!»

Die Soldaten im Hof murrten, als Wellings der Gefangenen

vom Karren half. Harries richtete sich in den Steigbügeln auf. «Ruhe!» Er schaute sich um. «Ihr werdet sie brennen sehen, aber nicht heute.»

«Warum nicht?», fragte jemand.

«Warum nicht?», entgegnete Harries wütend. «Man hat sie als Hexe und Gattenmörderin überführt, aber nie danach gefragt, was es mit dem verdammten Kruzifix auf sich hat, das sie am Hals trug. Angenommen, es stammt aus Rom oder Spanien. Habt ihr mit dem verfluchten König nicht schon genug Ärger? Wollt ihr etwa auch noch gegen die Heere des Papstes Krieg führen?» Die Soldaten hörten unwillig zu. Harries versuchte, sie zu beruhigen. «Die Hexe kommt schon noch auf den Scheiterhaufen, aber vorher wollen wir ihr ein paar Fragen stellen und ihr im Folterkeller ein bisschen einheizen.» Er fuhr im Sattel herum. «Schließt das Tor!»

Das Versprechen einer Folter und die unbestreitbare Gültigkeit des vom Unterhaus besiegelten Haftbefehls, den nun Oberst Prior in den Händen hielt, taten ihre Wirkung, und der Unmut unter den Soldaten legte sich vollends, als Harries in Aussicht stellte, dass die Hexe noch vor Ablauf der Woche ihrem Flammentod zugeführt werde. Den Männern stand somit ein zweiter Feiertag bevor. Treu-bis-in-den-Tod Hervey wollte den Befehl sehen, wich aber schnell zurück, als Harries seinen Blick auf ihn richtete.

«Sir, das Boot ist da.» Harries' Bote war zurückgekehrt.

«Bring das Mädchen, Mason!» Harries sprang vom Pferd. «Ihr zwei, nehmt die Pferde. Wir treffen uns in Westminster.»

«Sir!»

Bewegung kam auf. Zwei von Harries' Reitern rissen ihre Pferde herum, nahmen die beiden anderen Pferde beim Zügel und sprengten zum Tor hinaus, das die Wachposten gerade schließen wollten. Wellings hob Campion vom Karren. Oberst Harries mokierte sich über seine Behutsamkeit. «Gefällt dir die Hexe, Wellings?»

«Ihre Hände sind gefesselt, Sir.»

«Sie kann doch springen, oder? Mein Gott! Die Soldaten von heute würden's nicht einmal mehr mit einer zarten Elfe aufnehmen. Beeil dich, Weib!» Er packte sie bei der Schulter, warf Prior einen Blick zu und fragte: «Ist Ebenezer Slythe hier?»

Der Oberst runzelte die Stirn. Statt seiner antwortete Treubis-in-den-Tod: «Er ist oben auf dem Festungswall.»

«Um besser sehen zu können, he?» Harries lachte. «Ich kann nicht länger warten. Beweg dich, Hexe!»

Harries und Mason führten Campion am Glockenturm vorbei auf das so genannte Verrätertor zu, jenes Mauergewölbe, das sich über die Anlegestelle des Towers spannte. Vor den Stufen, die ins Wasser führten, dümpelte ein großes Boot inmitten von Unrat und Kehricht. Es war mit sechs Ruderknechten bemannt, die allesamt einen unruhigen Eindruck machten, vielleicht auch deshalb, weil, wie jedermann wusste, über diese Stufen meist nur Verbrecher geführt wurden, auf die Beil, Schlinge oder Feuer warteten. Harries stieß Campion vor sich her. Der Fluss führte Niedrigwasser, weshalb die unteren Stufen tückisch glatt waren. «Steig ein.»

Prior war ihnen gefolgt. «Ihr werdet die Brücke nicht passieren können, Oberst», sagte er.

«Das weiß ich selbst!», schnappte Harries. Die Stromschnellen vor den engen Mauerbögen der London Bridge waren nur bei Hochwasser befahrbar und selbst dann sehr gefährlich. «An der Bear Wharf steigen wir in eine Kutsche um. Oder glaubst du etwa, ich würde sie durch die verdammte Menge führen?»

Mason, der einfache Soldat, ließ Campion auf der Heckbank Platz nehmen. Oberst Harries setzte sich neben sie und nickte den Ruderknechten zu. «Los!»

Mit ihren langen Ruderstangen schleusten sie das Boot durch das dunkle, tropfende Tunnelgewölbe und unter dem großen Fallgatter hindurch, mit dem die Ausfahrt versperrt werden konnte. Campion sah den Bug ins Sonnenlicht gleiten und spürte die warmen Strahlen im Gesicht, als das Boot die Mauern des Towers hinter sich ließ und stromaufwärts glitt.

«Schau hin, Hexe!», sagte Harries und streckte den rechten Arm aus. Es schien ihr, als sähe sie ihn hinter dem Visier seiner Sturmhaube grinsen.

Campion erblickte die riesige Menge auf dem Hügel, durch die eine Schneise vom Tower bis zu dem Scheiterhaufen verlief, der auf der niedrigen Hügelkuppe deutlich zu erkennen war. Der Lärm, der von der Menge ausging, schallte dumpf über das Wasser und schien sich über die ganze Stadt auszubreiten.

Harries zupfte an ihrem leinenen Gewand. «Wie ich sehe, hast du dich auf einen warmen Tag eingestellt», sagte er und lachte laut auf. Die Ruderknechte grinsten und legten sich in die Riemen.

Bald schob sich das Zollhaus vor den Tower-Hügel, doch das Zetern und Kreischen der Menge war immer noch zu hören, es schien ihr nachzustellen. Campion zitterte am ganzen Körper. Dem Scheiterhaufen war sie entkommen. Doch was half es, wenn ihr stattdessen nun glühende Eisen und Zangen drohten?

Die Männer vor ihr zogen im Gleichtakt die Ruder durchs Wasser und ließen sie nicht aus den Augen. Sie weinte und wusste selbst nicht, ob es Erleichterung war, die die Tränen fließen ließ, oder die Furcht vor den Schrecken, die nicht enden wollten. Die Sonne glitzerte auf dem Wasser und warf ihre Strahlen auf die mit hohen Häusern bebaute London Bridge.

«Auf die Anlegestelle zuhalten!», knurrte Harries.

Die Ruderknechte auf der Steuerbordseite setzten einen Schlag aus, und das Boot nahm Kurs auf einen baufälligen Pier am Ufer. Ein Seemann, der mit einem Eimer Kielwasser aus einer dänischen Schaluppe schöpfte, starrte auf das kleinere Boot, das am Heck seines Schiffes vorbeizog und anlegte.

«Steh auf, Hexe!» Harries hievte sie auf den Pier, warf dem Schlagmann eine gefüllte Börse zu und führte Campion eilenden Schritts zu einer wartenden Kutsche, deren Fenster mit Leder verhängt waren. Mason kletterte auf den Bock und nahm neben dem Kutscher Platz, während Harries und Campion die Kabine bestiegen. Sofort setzte sich der Wagen in Bewegung.

Campion wusste nicht, ob die Fahrt nach Süden oder Norden, Osten oder Westen ging. Sie hörte den Kutscher rufen und spürte, wie er das Gespann in engen Kurven durch schmale Gassen steuerte. Manchmal, wenn die Sonne auf die Kutsche fiel, drangen helle Strahlen durch die Ritzen, die die vor die Fenster genagelten Lederlappen freiließen. Dann hörte sie, wie ein Tor zugeworfen wurde und allen Straßenlärm ausblendete. Das Hufgetrappel der Pferde hallte von steinernen Mauern wider. Kaum hatte die Kutsche angehalten, stieß Harries den Verschlag auf. «Raus mit dir!»

Sie befand sich in einem engen Hof, umringt von fensterlosen Mauern, in denen sich, von der Zufahrt abgesehen, nur ein einziges Tor befand.

«Da lang, Hexe!»

Campion dachte an das Märtyrerbuch, das ihr als Kind gegeben worden war. Sie wusste, dass sie nicht die Tapferkeit besaß, Folter zu ertragen, und weinte.

Harries stieß sie durch einen langen, kühlen Gang und stampfte festen Schrittes hinterdrein. Campion zitterte in Erwartung der Qualen, die sie zu fürchten hatte.

Vor einer Tür angekommen, zog Oberst Harries ein Messer und zerschnitt ihre Handfessel. Die rauen Lederhandschuhe streiften ihre Haut. Als er sie befreit hatte, machte er die Tür auf und hieß sie eintreten.

Ein Feuer brannte im Kamin. Da waren ein Bett, frische Kleider, Speisen und Wein. Sie hatte sich darauf gefasst gemacht, von groben Händen ergriffen zu werden, doch stattdessen trat eine mütterliche Frau auf sie zu und nahm sie in die Arme. Sie flüsterte ihr tröstende Worte zu, streichelte ihr Haar und wehrte allen Schrecken von ihr ab. «Freu dich, mein Kind, du bist gerettet.»

Campion wusste nicht, wie ihr geschah. Sie fing hemmungslos an zu schluchzen. Sie war dem Flammentod entronnen und, obwohl sie es selbst noch nicht zu fassen vermochte, in Sicherheit.

❦ 23 ❦

Oberst Joshua Harries stand in den Diensten des Grafen von Manchester, der als General das Oberkommando über die parlamentarischen Streitkräfte der Eastern Association führte und mit seiner klugen Heeresführung am meisten zum Sieg der Schlacht auf dem Marston-Moor beigetragen hatte. Als Oberst Harries vom Parlamentssprecher verlangte, einen Haftbefehl gegen Dorcas Scammell auszustellen, weil er herausfinden wollte, ob die im *Mercurius* erwähnte Frau Teil einer katholischen Verschwörung war oder nicht, blieb dem Sprecher nichts anderes übrig, als der Forderung zu entsprechen. Mit den Streitkräften musste man sich gutstellen, außerdem, so wusste der Sprecher, würde nicht er, sondern ein anderer der aufgebrachten Menge auf dem Tower-Hügel erklären müssen, warum die Hinrichtung aufgeschoben war.

Allerdings wäre es um seine Ruhe geschehen gewesen, hätte er gewusst, dass am Tag der angesetzten Hinrichtung der wahre Oberst Joshua Harries im großen Dom von York weilte, um für die erfolgreiche Belagerung der Stadt zu danken.

Der Mann, der sich Harries nannte, war ebenfalls ein Oberst der parlamentarischen Streitkräfte, hätte aber gewiss nicht für den Sieg der Rundköpfe gedankt. Oberst Vavasour Devorax war ein Mann des Königs im Dienste des Feinds, kurzum: ein Spitzel.

Vavasour Devorax hatte die Gesichtsmaske abgelegt, als er zu Campion ins Zimmer zurückkehrte, doch auch ohne diesen Lederflicken sah er furchterregend aus. Seine Augen waren grau und kalt, und über die rechte Gesichtshälfte verlief, knapp am Auge vorbei, eine wulstige Narbe vom Haaransatz bis hinunter zum stahlgrauen Bart. Seine harte, bittere Miene zeugte davon, dass er alles gesehen hatte und durch nichts mehr zu überraschen war.

«Was hast du ihr gegeben?», fragte er und trat an Campions Bett.

«Laudanum.» Die Frau sprach mit einem starken ausländischen Akzent.

Schweigend betrachtete er das schlafende Mädchen und zupfte dabei mit einer Hand am Saum seines speckigen Lederwamses. Nach einer Weile wandte er sich der Frau zu und sagte: «Ich will, dass du mir den Bart abschneidest.»

«Aber warum denn das?», fragte sie erstaunt.

«Himmel, Frau! Die halbe Armee sucht einen einäugigen Mann mit Bart.» Er schaute zurück auf Campion. «Und das alles nur wegen der da.»

«Ist sie's denn nicht wert?»

«Wer weiß?» Er verließ das Zimmer und schlug die Tür hinter sich zu.

«Betrinkt Euch, Devorax», rief die Frau hinter ihm her.

Und genau das hatte Vavasour Devorax auch vor. Sein Gesicht war nicht nur vom Krieg verwüstet, der Alkohol hatte das seinige dazu beigetragen. Tagsüber trank er nie, aber es gab kaum eine Nacht, in der er sich nicht volllaufen ließ, ob in Gesellschaft oder, wie meistens, missmutig und allein.

Er war nicht ohne Freunde. Die Männer, die ihm folgten und mit ihm nach London geritten waren, nachdem er den *Mercurius* gelesen hatte, waren stolz auf ihn und – auf ihre Weise – Freunde. Wie er liebten sie das Abenteuer und hatten als Söldner in den europäischen Religionskriegen gekämpft. Weder dem König noch dem Parlament verpflichtet, hielten sie einzig und allein ihm, Vavasour Devorax, die Treue. Wenn er ihnen einen Befehl erteilte, gehorchten sie.

Devorax wiederum gehorchte den Befehlen seines Herrn. Warum er diesem, einem Juden, so ergeben war, wusste sich niemand zu erklären. Es hieß, dass Mordecai Lopez ihn von einer maurischen Sklavengaleere freigekauft hatte. Andere mutmaßten, dass er ein Bankert des Juden sei, von einer nichtjüdischen Frau zur Welt gebracht, doch bislang hatte es niemand gewagt, ihn danach zu fragen. Nur eines war gewiss: Für Devorax war jeder Wunsch von Mordecai Lopez ein Befehl.

Marta Renselinck, jene mütterliche Frau, die sich um Campion kümmerte, mochte Vavasour Devorax nicht. Sie verübelte ihm seinen Einfluss auf ihren Herrn, nahm Anstoß an seinen Launen und fürchtete seine scharfe Zunge. Marta war Lopez' Haushälterin und als solche für ihren Herrn so unverzichtbar, dass er sie mit sich über die Nordsee nach London geführt hatte. Die anderen Dienstboten waren in Amsterdam zurückgeblieben und instruiert worden, allen, die sich nach dem Juden erkundigten, zu sagen, dass er schwer krank und ans Bett gefesselt sei. In Wirklichkeit war Lopez mit dem ersten verfügbaren Schiff nach England gesegelt, mit Papieren ausgestattet, die ihn als einen Vertreter der Bank von Amsterdam auswiesen und bevollmächtigten, mit dem Parlament über ein von seiner Bank gewährtes Darlehen zu verhandeln. Dank dieser gefälschten Papiere hatte er die Wachposten am Hafen unbehelligt passieren können. Daraufhin waren die beiden, Lopez und seine Haushälterin, auf direktem Weg zu diesem Haus gefahren. «Vavasour ist hier, Marta. Jetzt wird alles gut.» Von Sorge umgetrieben, seit er die Nachricht im *Mercurius* gelesen hatte, schien Lopez endlich wieder gelöst und voller Zuversicht, das Mädchen befreien zu können. Um ihrem Herrn zu gefallen, hatte Marta ihr Missfallen an dem großen, groben englischen Soldaten für sich behalten.

Campion erholte sich nur langsam. Es dauerte, bis sie ihren Rettern traute und den Gedanken zuließ, tatsächlich in Sicherheit zu sein. Erst nach drei Tagen konnte Marta ihr das Einverständnis entlocken, mit jenem Mann zu sprechen, der ihretwegen aus Amsterdam gekommen war.

Campion war nervös und achtete kaum auf die Kleider, die sie anlegte. Sie war voller Misstrauen gegenüber allen, die mit den Siegeln zu schaffen hatten. Doch Marta Renselinck lachte über ihre Ängste und sagte: «Er ist ein guter, freundlicher Herr. Und jetzt haltet still, damit ich Euch die Haare richten kann.»

Marta führte sie in einen prachtvoll eingerichteten Raum. Die Fenster wiesen zum Fluss, und Campion bemerkte zum ersten Mal, dass sich das Haus ihres Gastgebers am Südufer befand. Auf der rechten Seite war der Tower von London zu sehen, dessen hohe Zinnen von den Strahlen der untergehenden Sonne berührt wurden. Links spannte sich die große Brücke über das Wasser. Der Raum war mit dunklem Holz vertäfelt, auf dem Boden lagen Teppiche aus dem Orient, und vor einer Wand stand ein großes Regal voller Bücher, deren vergoldete Rücken im Kerzenlicht schimmerten. Zaghaft bewegte sie sich auf eines der Fenster zu, die einen herrlichen Ausblick auf die Stadt boten, und schrie plötzlich vor Schreck auf, als aus einer Nische in der Bücherwand ein Schatten auftauchte.

«Habt keine Angst, Dorcas. Ich freue mich, Euch zu sehen.» Der Fremde lächelte. «Endlich.»

Es war ein alter, hagerer Mann, der da in aufrechter Haltung auf sie zukam. Er hatte die schlohweißen Haare aus einem Gesicht zurückgekämmt, das von der Sonne gebräunt und voller Runzeln war. Er trug einen kleinen, sorgfältig gestutzten Spitzbart und Kleider aus schwarzem Samt mit weißer Spitze.

«Mein Name ist Mordecai Lopez. Mir gehört dieses Haus. Es steht Euch zur freien Verfügung», sagte er lächelnd und verbeugte sich höflich. «Wollen wir uns ans Fenster setzen? London zeigt sich von seiner schönsten Seite, wenn die Sonne hinter der Brücke untergeht. Ich glaube, nicht einmal Venedig könnte einem Vergleich standhalten. Darf ich bitten?»

Seine Art war sanft und sehr gesittet. Er bewegte sich so langsam, als fürchtete er, sie durch eine rasche Gebärde verstören zu können. «Mein Volk ist in England nicht willkommen. Ich habe lange Zeit in London gelebt, doch dann wurden wir vertrieben. Also musste ich meinen schönen Besitz aufgeben und konnte nur dieses Haus behalten, unter anderem Namen, versteht sich.» Er lächelte. «Es lässt sich mit dem Boot erreichen, und wenn es sein muss, bin ich schnell wieder verschwunden.» Das Haus lag direkt am Fluss; Campion hörte die Wellen ans Fundament schlagen. Mordecai Lopez bot ihr Wein an. «Vavasour wohnt ständig in diesem Haus und hält seine königstreuen Freunde hier versteckt. Ich fürchte, dass man ihm eines Tages auf die Schliche kommt und das schöne Haus dem Erdboden gleichmacht.» Er reichte ihr einen kostbaren Kelch aus geschliffenem Kristall. «Welchen Eindruck habt Ihr von Vavasour?»

Von Marta wusste sie, dass «Oberst Harries» in Wirklichkeit Vavasour Devorax hieß. Campion war immer noch nervös. Sie schaute ihrem Gegenüber in die Augen und antwortete: «Er scheint Furcht und Schrecken zu verbreiten.»

Lopez lachte. «O ja, meine Liebe, er ist fürwahr beängstigend.»

«Wer ist beängstigend?», meldete sich überraschend eine raue Stimme aus dem Hintergrund. Campion drehte sich erschrocken um und sah den großen, grauhaarigen Oberst in der Tür stehen, den sie nur an der Stimme wiedererkannte. Bart und Lederflicken waren verschwunden, was ihn aber nicht ansehnlicher machte. Den Blick auf sie gerichtet, kam er näher. «Dass Ihr noch einmal die Sonne untergehen seht, war wohl nicht zu erwarten, Miss Slythe? Oder sollte ich Euch Mrs Scammell nennen?»

«Miss Slythe», stammelte sie, wieder von Angst gepackt.

«Sie spricht! Ein Wunder.» Er prostete ihr mit einer Flasche zu. «Ihr solltet mir dankbar sein, Miss Slythe. Ohne mich wäre von Euch nur noch ein Häufchen Asche übrig.»

Das Herz schlug ihr bis zum Hals. «Ich danke Euch, Sir.»

«So ist es recht.» Vavasour Devorax ließ sich in einen Sessel fallen und streckte, ungeachtet seiner schmutzigen Stiefel, die Beine auf dem Teppich aus. Er grinste Lopez zu und sagte: «Ich bin durch die Straßen dieser einst hübschen Stadt gegangen und bekam allerorts zu hören, dass unsere Freundin vom Teufel gerettet wurde. Vom Teufel!» Er lachte und rieb sich das Kinn, das auffallend bleicher war als der Rest seines Gesichts.

«Bist du betrunken, Vavasour?», fragte Lopez gleichmütig.

«Allerdings.» Und mit Blick auf Campion: «Wenn Ihr demnächst einmal eine Flasche leeren, eine junge Frau retten oder jemanden betrügen wollt, bin ich Euer ergebener Diener.» Er führte die Flasche an den Mund und ließ einen Teil des Weins auf dem Lederwams verrinnen. Als er die Flasche wieder abgesetzt hatte, fragte er, die harten, kalten Augen auf Campion gerichtet: «Findet Ihr nicht auch, dass ich einen famosen Teufel abgebe, Miss Slythe?»

«Ich weiß nicht, Sir.»

«‹Sir›, sie nennt mich ‹Sir›! Bin ich denn wirklich schon so alt?» Er schüttelte den Kopf und fragte plötzlich mit vorwurfsvoller Miene: «Dieser Priester im Tower, der dürre Kerl mit dem nervösen Tick … war das Treu-bis-in-den-Tod Hervey?»

Sie nickte. «Ja.»

«Schade, dass ich das nicht schon vorher wusste. Ich habe diesen Haderlump heute im Paul's Cross auf der Kanzel gesehen und gehört, wie er mich als den Leibhaftigen beschimpfte. Mich! Ich hätte mir dieses Miststück gleich am Tower schnappen und ihn mit einem rostigen Messer kastrieren sollen. Wenn es an dem überhaupt was zu kastrieren gibt, was ich bezweifle.»

«Vavasour!», empörte sich Lopez. «Du verletzt die Gefühle unseres Gastes.»

Devorax lachte lautlos. «Ihr seht», sagte er mit spöttischer Miene, «so beängstigend bin ich am Ende doch nicht. Ich lasse mich von meinem Herrn zurechtweisen, und wer sich zurechtweisen lässt, kann nicht beängstigend sein.» Er schaute Lopez an. «Ich brauche Geld, mein Herr und Gebieter.»

«Natürlich. Fürs Wirtshaus?»

«Und für Frauen.»

Lopez schmunzelte. «Du kannst mit uns essen, Vavasour.»

Campion hoffte im Stillen, dass der große Kerl das Angebot ausschlagen würde, und war erleichtert, als er den Kopf schüttelte. «Nein. Heute Abend gönn ich mir und meinen Männern Schweinefleisch. Das bekommt man ja bei Euch und Euresgleichen nicht. Aber genau danach ist mir jetzt, und außerdem treibt es mich an einen Ort, wo ein gemeiner Soldat nicht Gefahr läuft, die Gefühle einer jungen Frau zu verletzen.» Er stand auf. «Geld?»

Lopez erhob sich und sagte, an Campion gewandt: «Ich bin gleich wieder bei Euch.»

Die beiden verließen den Raum. Campion atmete auf. Auch wenn sie dem Söldner ihre Rettung verdankte, so hatte sie doch Angst in seiner Gegenwart. Sie beruhigte sich und schaute zum Fenster hinaus.

Lopez hatte nicht zu viel versprochen. Die Sonne senkte sich in goldener Pracht, und vor einem glutroten Himmel zeichnete sich schwarz die Silhouette der London Bridge mit ihrer Häuserzeile ab. Niedrigwasser zwängte sich schäumend durch die engen Bögen, und es schien, als triebe die Brücke auf geschmolzenem Gold, das sich nach Osten hin in dunkles Wasser ergoss. Angesichts dieses Schauspiels fühlte sich Campion der Wirklichkeit ganz entrückt. Sie wünschte, Toby oder Lady Margaret wiederzusehen. Sie war unter Fremden, und es mangelte ihr an der Nähe von Freunden.

«Ihr fürchtet Euch vor ihm, nicht wahr?»

Mordecai Lopez war ins Zimmer zurückgekehrt und zog die Tür hinter sich zu. «Ihr braucht keine Angst vor ihm zu haben. Er ist mir in Treue zugetan und wird Euch beschützen.» Er nahm ihr gegenüber Platz und betrachtete sie mit ernster Miene. «Ihr haltet ihn wahrscheinlich für ungehobelt. Vielleicht ist er das auch, aber vor allem ist er sehr unglücklich. Er geht inzwischen auf die Fünfzig zu und hat viel Unglück erfahren. Darum sucht er Zufriedenheit im Suff und bei den Dirnen.»

«Vavasour», fuhr Lopez fort, «ist durch und durch Soldat, vielleicht einer der besten in ganz Europa. Aber was bleibt einem Soldaten zu tun übrig, wenn er in die Jahre gekommen ist? Vavasour ist wie ein alter, erfahrener Wolfshund, der fürchten muss, dass er mit seiner Meute nicht mehr mithalten kann.» Campion lächelte, der Vergleich gefiel ihr. Lopez sah ihr Lächeln und war sichtlich angetan. «Bedenkt, auch er ist einmal jung gewesen, hatte Hoffnungen, Träume und Pläne. Doch die haben sich nun alle in Luft aufgelöst.» Er schüttelte den Kopf. «Ja, er kann sehr rüde sein, laut und beängstigend. Aber so verhält es sich nur, weil er nicht zeigen will, wie es in seinem Innersten aussieht. Habt keine Angst vor ihm. Selbst ein Wolfshund braucht ab und zu einen Knochen. Nun …», wechselte er abrupt das Thema. «Marta wird noch ein paar Kerzen anstecken und Feuer im Kamin machen. Dann können wir zu Abend essen.»

Campion fragte sich, ob sie jemals für einen Mann wie Devorax Sympathie empfinden können würde, vergaß den Soldaten aber über dem Essen und genoss es, mit ihrem eleganten und vornehmen Gastgeber am Tisch zu sitzen, der sich als aufmerksamer und mitfühlender Zuhörer erwies. Sie erzählte ihm ihre ganze Lebensgeschichte und scheute sich auch nicht zu verraten, wie Toby sie nannte.

«Darf auch ich Euch Campion nennen?»

Sie nickte.

«Das will ich dann tun. Danke.» Er deutete auf ihren Teller. «Die Ente ist aus Holland. Ihr müsst sie kosten.»

Als sie zu Ende gegessen hatten, setzten sie sich in die Sessel vorm Fenster. Es war Nacht geworden. In der Dunkelheit über dem Fluss funkelten Kerzenlichter aus den Häusern der großen Brücke, und der gelbe Schein von Schiffslaternen spiegelte sich auf dem Wasser, das wie schwarzes Öl dahinfloss. Mordecai Lopez zog die Vorhänge zu. «Wollt Ihr Toby wissen lassen, dass Ihr in Sicherheit seid?»

Sie nickte. «Ja, bitte.»

«Ich werde einen von Vavasours Männern nach Oxford schicken. Habe ich richtig verstanden, dass sich Toby im Haus von Lord Tallis aufhält?»

Campion wusste nur, was sie von Pastor Perilly erfahren hatte. «Ich glaube, ja.»

«Eurem Verlobten steht jetzt natürlich der Titel Sir zu.»

Daran hatte sie noch gar nicht gedacht, sie lachte auf. «So ist es wohl.»

«Und Ihr werdet Lady Lazender sein.»

«Nein!» Nicht die Heirat, aber der Gedanke daran, einen solchen Namen zu tragen, erschien ihr lächerlich.

«Aber ja. Und sehr reich.»

Campion merkte auf. Mordecai Lopez hatte bislang kein Wort über die Siegel verloren, wohl aber mit gespanntem Interesse zugehört, als sie auf das Siegel des Apostels Matthäus zu sprechen gekommen war und geschildert hatte, mit welcher Verbissenheit Sir Grenville Cony und ihr Bruder auf dieses Schmuckstück aus gewesen waren. Sollte nun der Moment gekommen sein, den sie einst im Haus von Cony herbeizuführen gehofft hatte, als sie, statt das Geheimnis des Siegels zu lüften, in seine Fänge geraten war? Lopez stand auf, verzog sich in eine Ecke des Zimmers und kehrte mit einem Beutel in der Hand ans Fenster zurück. Campion spürte, dass sie vor einer großen Entdeckung stand. Es machte ihr Angst.

Wortlos öffnete Mordecai Lopez den Beutel, entnahm ihm einen Gegenstand, den er auf das kleine Tischchen neben ihrem Sessel legte, und setzte sich wieder.

Sie musste nicht erst hinschauen, um zu wissen, was es war.

Er lächelte. «Es ist für Euch.»

Im hellen Kerzenschein schien das Gold an Glanz noch dazugewonnen zu haben. Sie wagte es nicht, den mit Juwelen verzierten Zylinder zu berühren, sah sie in ihm doch die Ursache für all das schreckliche Leid, dem sie und andere ausgesetzt waren. Samuel Scammell hatte sterben müssen, Lazen Castle war gefallen, Sir George getötet worden, auch sie hätte fast ihr Leben verloren – und das alles nur wegen dieser Siegel.

Schließlich nahm sie den Zylinder doch in die Hand, mit angehaltenem Atem, und wunderte sich wieder über die Schwere des kostbaren Goldes.

Das Siegel des Apostels Matthäus kennzeichnete ein Beil, das des Apostels Markus das stolze Symbol eines geflügelten Löwen. Das Lukas-Siegel war ähnlich. Es zeigte einen geflügelten Ochsen mit erhobenem Kopf, das dem dritten Evangelisten zugeschriebene Sinnbild.

Campion schraubte die beiden Hälften auseinander und fand darin eine kleine Figur, die ganz und gar nicht so verstörend wirkte wie das Kruzifix im Matthäus- oder die nackte Frauengestalt im Markus-Siegel. Es war ein winziges Schwein aus Silber.

«Jedes der Siegel enthält etwas, das für seinen Hüter besonders abscheulich ist», erklärte Lopez mit ruhiger Stimme. «Für Matthew Slythe war dies ein Kruzifix, Sir Grenville Cony schreckt vor einer nackten Frau zurück, und mir wurde ein Schwein zugedacht.» Er lächelte. «Aber ich fühle mich dadurch weiß Gott nicht beleidigt.»

Sie schraubte die beiden Hälften wieder zusammen und blickte zu ihrem Gastgeber auf. «Und was steckt im vierten Siegel?»

«Das weiß ich nicht. Derjenige, der sich all das ausgedacht hat, ist der Besitzer des Johannes-Siegels. Ich würde allzu gern wissen, wovor er sich am meisten fürchtet.»

Sie krauste die Stirn und traute sich kaum, die Frage zu stellen, die ihr seit nunmehr einem Jahr auf den Nägeln brannte. «Sprecht Ihr von Christopher Aretine?»

«Ja.» Lopez schaute ihr in die Augen und sagte mit unverändert ruhiger Stimme: «Es ist an der Zeit, Campion, dass Ihr in alles eingeweiht werdet.» Er nahm einen Schluck Wein und lauschte versonnen auf das Zischen im Kamin, in dem Treibholz brannte, das offenbar noch nicht ganz getrocknet war. Campion hatte schon fast den Eindruck, als spannte er sie absichtlich auf die Folter, doch dann setzte er sein Weinglas behutsam ab und berichtete.

«Ich will mit Christopher Aretine beginnen, mit meinem Freund.» Er starrte auf das Siegel in Campions Händen, als hätte er es nie zuvor gesehen. «Er war ein Mann, von dem es hieß, dass in ganz Europa kein anderer so glanzvoll sei wie er, und es würde mich nicht wundern, wenn diese Behauptung der Wahrheit entsprach. Er war überdies ein Schurke, ein kluger Kopf und Dichter, ein Kämpfer und ein Freund, wie man ihn sich nicht besser wünschen kann.» Lopez stand wieder auf und ging auf die Bücherwand zu. «Er war ein großer Frauenverehrer, Campion, auch wenn er so manchen, die ihn liebten, sehr viel Kummer machte.» Er stieg auf eine Trittleiter und zog aus dem obersten Fach ein Buch heraus. «Kit hatte eine verrückte Art, die sich kaum beschreiben lässt. Angst kannte er wohl nicht. Dafür hatte er umso mehr Stolz. Es wäre ihm im Traum nicht eingefallen, vor anderen die Knie zu beugen. Außerdem schwelte in ihm unsägliche Wut. Manchmal frage ich mich, ob er, von Hass getrieben, nach Liebe suchte.» Lopez hing diesem Gedanken nach, nahm wieder in seinem Sessel Platz und legte das Buch in seinen Schoß.

«Kit Aretine hätte alles haben können, Campion, alles. Der alte König bot ihm sogar die Grafenwürde an, doch Kit schlug sie aus.»

Er legte eine Pause ein und nippte an seinem Wein. Campion beugte sich vor. «Er schlug sie aus?»

Lopez lächelte. «Ihr müsst bedenken, meine Liebe, dass König James vom Schlag eines Sir Grenville Cony war und Liebhaber männlichen Geschlechts bevorzugte. Ich glaube, er machte Kit den Hof. Der aber wollte davon nichts wissen und erwiderte die Gunstbezeugungen des Königs mit einem Gedicht.» Lopez schmunzelte. «Es erschien anonym, doch alle Welt wusste, dass Kit Aretine der Autor war. Ja, er brüstete sich sogar damit. In dem Gedicht beschreibt er den König als ‹schottische Kratzdistel unbestimmten Geschlechts›.» Lopez lachte und freute sich zu sehen, dass Campion einstimmte. «Es war ein schlechtes Gedicht», fuhr der Alte fort und schüttelte den Kopf. «Ein törichter Einfall, denn er konnte nur eines bewirken. Kit landete dort, wo Ihr gewesen seid, im Tower. Alle haben mit seinem Tod gerechnet, denn die öffentliche Beleidigung wog allzu schwer, als dass sie ungesühnt hätte bleiben können. Aber es gelang mir, ihn zu befreien.»

«Das wart Ihr?»

«Ich stand in seiner Schuld, und der König von England schuldete mir einen kleineren Betrag. Den erließ ich ihm und erwirkte im Gegenzug Kits Freilassung. Unter einer Bedingung. Dass er England verließ und nie wieder dorthin zurückkehrte.» Lopez nahm das Buch von seinem Schoß. «Aus dem Dichter – falls er denn jemals einer gewesen sein sollte – wurde ein Soldat. Hier ...», er reichte ihr das Buch, «das ist er.»

Das Buch fühlte sich seltsam an. Es schien fast nur aus seinem ledernen Einband zu bestehen. Als sie es aufschlug, stellte Campion fest, dass fast alle Seiten herausgerissen und nur zwei übrig geblieben waren, nämlich die Titelseite – ‹Gedichte etc. über verschiedene Themen. Von Mr Christopher Aretine› – und der Abdruck eines mit Ornamenten umrahmten Holzschnitts, der den Dichter abbildete. Es war ein kleines, lebloses Porträt, das die hochtrabende Miene des Dargestellten aber deutlich zum Ausdruck brachte. Er blickte wie ein Eroberer in die Welt.

Campion blätterte die Titelseite um und entdeckte im Innern des Buchrückens, an dem noch die Fäden der herausgerissenen Seiten klebten, die mit kühnem Schwung geschriebenen Worte: ‹Meinem Freund Mordecai dieses um einiges verbesserte Exemplar. Kit.› Campion schaute Lopez an.

«Hat er die Gedichte eigenhändig herausgerissen?»

«Ja. Und verbrannt. Dort, in diesem Kamin.» Lopez lachte kurz auf und schüttelte dann den Kopf. «Er wusste wohl, dass aus ihm nie ein großer Dichter werden würde, und so hat er das Schreiben ganz aufgegeben. Ihm ist jedoch, wie mir scheint, nie wirklich bewusst gewesen, was für ein außergewöhnlicher Mensch er war. Kit Aretine, meine Liebe, hat eine Fülle großer Talente verschwendet.» Mordecai Lopez trank von seinem Wein und schaute auf das Siegel. Als er das Glas abstellte, richtete er seinen Blick auf Campion und sprach die Worte, die sie im Grunde wenig überraschten, ihre Seele aber zutiefst erschütterten. «Und er war Euer Vater.»

❧ 24 ❧

Die Glocken von St. Mary's schlugen elf. Von der großen Kathedrale hallte vielstimmiges Geläut über den Fluss. Die Stadttore wurden geschlossen. Von den abertausend Bewohnern waren die meisten schon zu Bett gegangen. Sie schliefen einem neuen Tag entgegen, der sich von dem vergangenen kaum unterscheiden würde. Für Campion aber sollte sich mit dieser Nacht alles ändern. Matthew Slythe, jener düstere Puritaner, der sie mit dem Zorn Gottes beladen hatte, war nicht ihr leiblicher Vater. Ihr Vater war ein gescheiterter Poet, ein Gelehrter, Liebhaber und Exilant. Kit Aretine. Campion schlug in dem entleibten Buch wieder die Seite mit dem Holzschnitt auf und suchte in dem hochmütigen, gebieterischen Porträt nach Ähnlichkeiten mit sich selbst. «Mein Vater?»

«Ja», antwortete Lopez mit sanfter Stimme.

Campion hatte das Gefühl, in einen tiefen, dunklen Abgrund gestürzt zu sein, und mühte sich nach Kräften, ans Licht zurückzukehren. ‹Gedichte etc. über verschiedene Themen.› Aber welche? Welche Themen hatten ihren wirklichen Vater inspiriert?

«Angefangen hat alles vor langer Zeit in Italien.» Lopez

hatte sich in seinem tiefen Sessel zurückgelehnt. «Dort grassierte ein mörderischer Hass auf mein Volk. Den Anstoß dazu gab, wenn ich mich richtig erinnere, der Tod eines christlichen Kindes, das in einen Fluss gefallen und ertrunken war. Man glaubte, dass wir Juden das Kind entführt und in unserer Synagoge geopfert hätten.» Er lächelte. «Solche Vorwürfe wurden überall gegen uns erhoben. Die Christen fielen über uns her. Euer Vater, damals noch ein sehr junger Mann, hielt sich zufällig in der Gegend auf, und ich glaube, es hat ihm einfach besser gefallen, den Pöbel zu bekämpfen, als sich ihm anzuschließen. Er rettete mir, meiner Frau und meiner Tochter das Leben. Er schlug sich für uns und war beleidigt, als ich ihm zum Dank eine Summe Geld anbot. Am Ende konnte ich ihn dann doch belohnen. Als ich erfuhr, dass er im Tower gefangen war, setzte ich mich mit König James in Verbindung, der sich Geld von mir geliehen hatte. Ich erließ ihm seine Schuld und erwarb dafür die Freilassung deines Vaters.

Er hatte keinen Penny in der Tasche, als ich ihn mit nach Holland nahm. Geld wollte er sich immer noch nicht schenken lassen, aber er schlug mir einen Handel vor. Er war bereit ein Darlehen anzunehmen und versprach, es nach einem Jahr mit Zinsen an mich zurückzuzahlen. Nur den reinen Gewinn wollte er für sich behalten.»

Lopez ließ seine Erinnerungen aufleben und lächelte. «Das war im Jahr 1623. Er kaufte ein Schiff, einen stattlichen Zweimaster, rüstete es mit Kanonen, heuerte Männer an und segelte gen Spanien. Er war ein Pirat, nichts weiter, auch wenn er ein holländisches Patent besaß. Die Spanier hätten sich dadurch nicht davon abhalten lassen, ihn auf kleinem Feuer zu rösten. Aber wenn das Glück Eurem Vater einmal zulächelte, dann lächelte es übers ganze Gesicht.» Lopez trank einen Schluck. «Ihr hättet seine Rückkehr miterleben sollen. Er kam mit zwei weiteren Schiffen, und beide waren voller Gold.» Lopez schüttelte den Kopf. «So viel habe ich nie wieder zu Gesicht bekommen. Es gab zwar zwei andere Engländer, die den Spaniern noch mehr abjagen konnten, aber keiner von ihnen machte sich so wenig aus der Beute wie Euer Vater. Er zahlte mir das geschuldete Geld zurück, behielt einen kleinen Teil für sich und nahm mir das Versprechen ab, alles andere in Verwahrung zu nehmen und Euch, Campion, zur Verfügung zu stellen. Ein Vermögen, meine Liebe, ein wahres Vermögen.»

Das Feuer im Kamin war heruntergebrannt. Es wurde kühl, doch Lopez machte keine Anstalten, Holz nachzulegen. Er erzählte weiter, und Campion hörte aufmerksam zu. Von einem Fremden erfuhr sie, wer sie war.

Lopez strich sich mit der Hand über den Bart. «Bevor all dies geschah, das heißt vor der unglückseligen Veröffentlichung des Spottgedichtes, hatte sich Kit in eine Frau verliebt. Ja, er war in Liebe entbrannt und schrieb mir, dass er seinem ‹Engel› begegnet sei und heiraten wolle. Ich kannte ihn schon seit sechs Jahren und bezweifelte, dass er sich jemals binden würde. Aber sechs Monate später erhielt ich einen weiteren Brief, und darin schwärmte er immer noch von dieser Frau, die so unschuldig, sanft und doch überaus stark sei. Und nicht zuletzt sehr, sehr schön.» Lopez betrachtete Campion und lächelte. «Das muss sie wohl gewesen sein, denn sie war Eure Mutter.»

«Wie hieß sie?»

«Agatha Prescott. Kein schöner Name, wie mir scheint.»

«Prescott?» Campion dachte nach.

«Ja. Sie war die jüngere Schwester von Martha Slythe.» Lopez zuckte mit den Achseln. «Es wundert mich noch heute, dass Kit Aretine ein puritanisches Mädchen kennenlernen konnte. Aber so war's, und die beiden waren sehr verliebt. Doch zur Heirat kam es nicht mehr, denn er wurde in den Tower geworfen, und sie blieb schwanger zurück.»

Mordecai Lopez schlürfte an seinem Wein. «Sie war allein. Vielleicht hat sie Kits Freunde um Hilfe gebeten, aber er verkehrte damals mit Leuten, die nicht gerade verlässlich waren, und so blieb jede Hilfe aus. Wer mochte sich schon mit einem schwangeren Engel abgeben?» Er zuckte mit den Achseln. «Ich hätte ihr gern geholfen, war aber außer Reichweite. Ihr blieb schließlich nichts anderes übrig, als in Schande zur Familie zurückzukehren.»

Campion versuchte sich vorzustellen, wie Matthew Slythe reagiert hätte, wenn sie schwanger geworden wäre. Ein entsetzlicher Gedanke. Es tat ihr im Nachhinein weh um das Mädchen, das gezwungen gewesen war, zu den Prescotts zurückzukehren.

Lopez verschränkte die Hände über den Knien. «Sie haben sie versteckt und sich ihrer geschämt. Womöglich waren sie froh über das, was dann geschah. Agatha starb im Kindbett nur wenige Tage nach Eurer Geburt.»

Campion standen Tränen in den Augen. Sie weinte im Stillen um das Mädchen, das dieselben Fesseln zu zerschlagen versucht hatte wie sie selbst. Wie sie, ihre zurückgelassene Tochter, hatte Agatha Prescott frei sein wollen, war aber von der Familie daran gehindert worden und an der Engherzigkeit zerbrochen.

«Und so seid Ihr in die Welt getreten», sagte Lopez lächelnd. «Als kleiner Bankert, die Schande der Familie Prescott. Sie gaben Euch den Namen Dorcas. Bedeutet er nicht ‹voll guter Werke›?»

«Ja.»

«Und damit Ihr diesem Namen in ihrem Sinne gerecht werden würdet, haben sie ihre Werke an Euch verrichtet und eine gute Puritanerin aus Euch zu machen versucht.» Lopez schüttelte den Kopf. «Als Kit wieder frei war, hatte er den Prescotts einen Brief geschrieben und angeboten, sich um Euch zu kümmern. Sie aber lehnten sein Ersuchen ab.»

«Warum?»

«Weil ihr Problem bereits gelöst war. Agatha hatte eine ältere Schwester, Martha. Keine besonders schöne Frau, wie man mir sagte.»

Campion lächelte. «Wahrhaftig nicht.»

«Die Prescotts waren vermögend und konnten es sich leisten, Martha mit einer reichen Mitgift auszustatten. Matthew Slythe stimmte einer Heirat zu und war bereit, Euch an Kindes statt anzunehmen. Matthew und Martha schworen sich, die Schande Agathas auf ewig zu vertuschen. Also musstet Ihr versteckt gehalten werden.»

Campion dachte an Matthew und Martha Slythe. Kein Wunder, dachte sie, dass sie so schwer mit dem Zorn Gottes beladen worden war. Ihre Pflegeeltern hatten fürchten müssen, dass schon mit dem kleinsten Lächeln und geringsten Zeichen von Freude Agathas schändliches Erbe zum Vorschein treten und der puritanische Schleier zerrissen werden könnte.

«Später», fuhr Lopez fort, «hat Kit Aretine versucht, sein gewonnenes Vermögen an Euch abzutreten.» Er lachte leise. «Man sollte meinen, dass es nicht schwer sein kann, das eigene Kind zu beschenken. Aber nein! Die Puritaner wollten das Geld nicht haben. Es war, wie sie glaubten, teuflischer Herkunft und dazu angetan, Euch vom wahren Glauben wegzuführen. Dann aber erlitt Matthew Slythe mit seinen Geschäften Schiffbruch.» Lopez schenkte sich Wein ein.

«Und plötzlich dachte er über Kits Angebot ganz anders. Es war nun nicht mehr teuflisch, sondern gottgewollt.» Er lachte. «Also beauftragte er einen jungen Notar, die Erbschaft zu regeln.»

«Sir Grenville Cony?», fragte Campion.

«Schlicht und einfach Grenville Cony. Aber eine verschlagene kleine Kröte war er schon damals. Und wie alle Männer seiner Zunft hat er eine Vorliebe für Finessen, denn die machen einen Advokaten reich. Kurzum, mit ihm fingen die Verwicklungen an.»

In tönendem Durcheinander schlugen die Glocken zur Viertelstunde. Am Flussufer klapperte Takelwerk.

«Aus rechtlichen Gründen konnten wir Euch das Geld nicht einfach schenken. Außerdem trauten wir diesem Cony nicht über den Weg. Er kam nach Amsterdam, um sich mit uns zu treffen. Sein Besuch wurde zum Desaster.»

«Wie das?»

Lopez schmunzelte wehmütig. «Cony verliebte sich in Euren Vater, was eigentlich auf der Hand lag für jemanden, der Männern zugeneigt ist. Aber damit nicht genug. Cony belästigte Kit und stellte ihm in sklavischer Abhängigkeit nach.» Lopez gluckste kichernd. «Ich habe Eurem Vater geraten, auf sein Werben einzugehen und Conys Hingabe zu unserem Vorteil zu nutzen. Aber auf solche Geschichten ließ sich Kit nicht ein. Als es ihm zu bunt wurde, riss er Cony die Kleider vom Leib, bearbeitete ihn von hinten mit der Scheide seines Schwertes und warf ihn in einen Kanal. Bei helllichtem Tag und vor aller Augen!»

Campion lachte. «Das hätte ich gern gesehen. Oder besser noch: selbst getan.»

«Cony übte auf seine Weise Vergeltung. Er kaufte ein Gemälde mit der Darstellung eines nackten Narziss und beauftragte den Künstler, das Gesicht mit dem Porträt Eures Vaters zu übermalen. Er wollte damit der Öffentlichkeit kundtun, dass Aretine sein Liebhaber gewesen war. Ein seltsamer Racheakt, wie mir scheint, aber Grenville Cony hatte offenbar Gefallen daran.»

Campion hörte nicht mehr zu. Sie erinnerte sich an das Bild über dem Kamin und sah vor ihrem geistigen Auge das wunderschöne, verwegene und selbstherrliche Gesicht, das sie in seinen Bann geschlagen hatte. Ihr Vater! Dieses unglaublich verführerische Wesen, von dem sie gedacht hatte, dass es zu heroisch aussähe, um aus Fleisch und Blut zu sein, war ihr Vater. Jetzt verstand sie, warum so viele seinen Namen mit Ehrfurcht aussprachen und Kit Aretine als den ansehnlichsten Mann Europas bezeichneten. Ihre Mutter, das puritanische Mädchen, hatte bestimmt gar keine Chance gehabt, ihm zu widerstehen. Campion erinnerte sich an das goldblonde Haar, die markanten Gesichtszüge und seine unvergleichliche Schönheit.

Lopez schmunzelte. «Ihr habt das Gemälde gesehen?»

Sie nickte. «Ja.»

«Mir ist es nie zu Gesicht gekommen, aber ich habe mich oft gefragt, ob es ihm auch nur annähernd gerecht werden kann. Cony hat einen holländischen Maler beauftragt, Eurem Vater in einem Wirtshaus aufzulauern und ihn auf Leinwand zu bannen.»

«Er hat ihn wie eine Gottheit aussehen lassen.»

«Das spricht für große Ähnlichkeit. Seltsam, dass sie aus Hass erwachsen ist.» Lopez zuckte mit den Achseln. «Wie dem auch sei, es hat unsere Aufgabe nicht leichter gemacht.» Er kam nun auf den Bund zu sprechen. «Ich hatte schon einen Teil des Geldes darauf verwendet, Eigentum zu erwerben. Mit anderen Worten, Ihr besitzt bereits Grund und Boden in Italien, Holland, Frankreich, England und Spanien.» Er lächelte. «Und dieser Grundbesitz bringt weiteres Geld aus Pachtzinsen und Ernteerträgen ein. Ja, Campion, Ihr seid sehr, sehr reich. Wahrscheinlich eine der reichsten Frauen ganz Englands. Unser Vorschlag war nun, den Grundbesitz treuhänderisch zu verwalten und die Erträge bis zu Eurer Volljährigkeit an Matthew Slythe abzuführen. Aber darauf wollten sich die anderen nicht einlassen.

Cony fürchtete, dass seinem Mandanten der goldene Zufluss irgendwann abgegraben werden könnte, wenn wir allein über die Besitzungen verfügten. Matthew Slythe wäre eine unsichere Zukunft beschieden – und damit auch Euch.» Lopez verzog das Gesicht. «Ihr könnt Euch kaum vorstellen, wie sehr wir uns darum bemüht haben, Euch das Geld zukommen zu lassen. Zu diesem Zweck entwickelten wir einen anderen Plan. Wir erklärten uns bereit, die Kontrolle über den Grundbesitz aufzugeben, stellten aber die Bedingung, dass Euch bei Eurer Volljährigkeit die alleinige Verfügungsgewalt über alle Ländereien und sämtliche Erträge zustünde. Matthew Slythe war damit jedoch nicht einverstanden. Er glaubte, dass Ihr, dermaßen reich gesegnet, auf den gottlosen Stand Eurer wahren Eltern zurückfallen würdet. Er wollte, wie er sagte, Zeit für Eure Seele gewinnen und schlug vor, dass Ihr erst im Alter von fünfundzwanzig Jahren in den Genuss Eures Erbes kommen solltet.

Darin willigten wir ein. Um zu verhindern, dass sich Grenville Cony, Matthew Slythe oder andere an den Besitzungen bereicherten, hielten wir es für angebracht, die Bank von Amsterdam mit der Verwaltung zu betrauen. Selbst Cony stimmte dem zu, denn diese Bank ist so zuverlässig wie keine zweite. Sie wird nicht von einer Familie, sondern von der Nation geführt und vergreift sich nur selten an den Geldern ihrer Kunden. Dort, Campion, liegt Euer Vermögen nach wie vor zu treuen Händen.»

Es kam ihr seltsam vor, dass Lopez immer wieder von ‹ihrem› Vermögen sprach. Sie empfand sich nicht als reich begütert und schon gar nicht als vermögend. Sie war eine junge Frau, die um ihre Freiheit kämpfte und getrennt war von dem Mann, den sie liebte.

Lopez blickte zur Decke empor. «Agenten in ganz Europa überweisen der Bank die Erträge aus Euren Ländereien. Sie erhalten natürlich ein Honorar für ihre Dienste, und ich bin mir sicher, dass ein jeder von ihnen zu betrügen versucht. Auch die Bank verlangt einen Zins, und es würde mich nicht wundern, wenn sie die Zahlen zu ihren Gunsten addiert. Von ihr geht allmonatlich ein Wechsel an Grenville Cony, und der, meine Liebe, lässt sich wahrscheinlich ebenfalls mit einer gehörigen Summe entschädigen. Der Rest des Geldes ging an Euren Vater und den Bund, der von uns allen und der Bank eingesetzt wurde, um zu gewährleisten, dass das Geld Eurem Wohl und Eurer Erziehung zugute kommt.»

Sie lachte bei der Vorstellung, dass Matthew Slythe sich um ihr Wohl gesorgt haben sollte.

Lopez lächelte.

«Anfangs lief alles nach Plan, doch der enthielt einen schrecklichen Fehler. Wir hatten Vorkehrungen getroffen für den Fall, dass sich einschneidende Änderungen ergeben würden. Angenommen, zwischen England und Holland bräche Krieg aus. In einem solchen Fall hätten wir die Kontrolle über das Eigentum an einen anderen Treuhänder übertragen müssen. Also beschlossen wir, dass für einen Vertrag, der dann aufzusetzen wäre, auf unserer Seite drei Unterschriften ausreichen sollten. Das erschien uns sicher genug, denn weder ich noch Euer Vater hätten sich von Grenville

Cony oder Matthew Slythe übers Ohr hauen lassen. Dann aber hat Kit die ganze Sache über die Maßen kompliziert. Er fragte, was denn wäre, wenn einer von uns vieren stürbe? Ob es denn nicht besser sei, wenn jeder ein Siegel habe, das er im Notfall an denjenigen abtreten könne, der ihm besonders nahe stehe. Das Siegel verleiht seinem Besitzer ein Viertel der Vollmacht über den Bund und beglaubigt die Unterschrift desjenigen, der wegen des Bundes einen Brief an die Bank von Amsterdam schreibt. Ich fand die Idee nicht gut, aber Kit hatte wahrscheinlich schon ausgeheckt, Matthew Slythe ein Kruzifix und Grenville Cony eine Frau zukommen zu lassen. Wie dem auch sei, er setzte sich mit seinem Vorschlag durch.»

Lopez beugte sich vor und fuhr fort: «Nun sind für alle Regelungen in Sachen Bund nicht mehr nur drei Unterschriften, sondern darüber hinaus drei Siegel vonnöten. Das heißt, derjenige, der im Besitz dreier Siegel ist, kann über das gesamte Vermögen verfügen. Über alles. Der Bund wäre aufgelöst. Wenn Grenville, der jetzt, wenn mich nicht alles täuscht, zwei Siegel besitzt, ein drittes hinzugewinnt, wird er einfach in die Bank hineinspazieren und alle Guthaben an sich reißen können. Ihr würdet leer ausgehen.»

Campion nickte. «Und solange Sir Grenville zwei Siegel hat, sind uns die Hände gebunden.»

«Ja, allerdings nur bis zu Eurem fünfundzwanzigsten Geburtstag. Damit es dazu nicht kommt, hat er alles darangesetzt, um Euch in den Tod zu schicken.»

Lopez hob sein Glas und lächelte ihr zu. «Es gilt also, dass Ihr, Verehrte, dem Fettwanst die beiden Siegel abtrotzt, um dann mit ihnen und dem Siegel des Apostels Lukas nach Amsterdam zu reisen. Das wäre im Sinne Eures Vaters, und ich werde Euch dabei helfen.»

Campion nahm das Siegel vom Tisch. Sie wusste jetzt, warum Sir Grenville ihr nach dem Leben trachtete, begriff, dass Samuel Scammell sterben musste, weil Ebenezer das Siegel zu erben hoffte, und konnte sich endlich auch erklären, warum Matthew Slythe sie im Hinblick auf den Bund belogen hatte. Sie verstand jetzt einiges, doch manche Fragen blieben offen.

«Wo ist das vierte Siegel?»

«Das weiß ich nicht», antwortete Mordecai Lopez, bekümmert, wie es schien.

«Ist mein Vater noch am Leben?»

«Auch das weiß ich nicht.»

Ein Teil des Geheimnisses war gelüftet. Jetzt aber stellte sich ihr ein neues Rätsel, eines, dessen Lösung für sie weitaus wichtiger war als die vier goldenen Siegel.

«Warum hat mich mein Vater nicht zu sich genommen?»

«Wäre Euch das lieber gewesen?»

«Ja, oh, ja.»

Lopez schien in Verlegenheit zu geraten. «Damit hat er wohl nicht gerechnet.»

«Hat er sich denn nicht erkundigt?»

Lopez lächelte matt. «Ich glaube nicht. Ich weiß es nicht.»

Sie ahnte, dass er vieles unerwähnt gelassen hatte. «Sagt mir, was Ihr wisst.»

Lopez seufzte. Er hatte befürchtet, dass sie ihm diese Fragen stellen würde. «Ich glaube, Kit hat immer gehofft, Euch zu sich nehmen zu können, aber es war nie die rechte Zeit dazu. Als der Bund beschlossen und die Siegel verteilt waren, machte er sich auf den Weg nach Schweden. Er kämpfte für die Schweden und wurde ein Vertrauter des Königs.»

Campion wusste, dass von Gustav Adolf die Rede war, dem großen Kriegsherrn, der das Schwert des protestantischen

Glaubens bis tief in das Heilige Römische Reich der Katholiken getrieben hatte. «Als der König fiel, war Euer Vater an seiner Seite. Wenig später verließ er das schwedische Heer und kam zu mir nach Amsterdam. Ich erkannte ihn kaum wieder, Campion. In dem Krieg war irgendetwas mit ihm geschehen. Er hatte sich sehr verändert.»

«Inwiefern?»

«Ich weiß nicht.» Lopez zuckte mit den Achseln. «Er war Ende dreißig. Ich vermute, er glaubte, gescheitert zu sein und seine Hoffnungen auf eine große Zukunft begraben zu müssen. Ihr wart damals elf. Ich weiß, dass er vorhatte, Euch aufzusuchen, vielleicht sogar mit sich zu nehmen. Aber er sagte, womöglich wäret Ihr ein glückliches kleines Mädchen, das mit einem Mann wie ihm nichts zu schaffen haben wollte.» Lopez wählte seine nächsten Worte mit Bedacht. «Ihr wart nicht sein einziges Kind, Campion. Er hatte außer Euch zwei Söhne, ein Zwillingspaar in Stockholm, ein kleines Mädchen in Venedig und ein hübsches Kind in Holland.»

«Hat er sie gesehen?», fragte sie mit flacher Stimme.

Er nickte. «Er war ja aus England verbannt und ist viel gereist.» Lopez schüttelte den Kopf. «Ich weiß, es klingt ein wenig lieblos, aber Ihr wart für ihn etwas ganz Besonderes, nämlich die Tochter seines ‹Engels›, der einzigen Frau, die er wirklich liebte. Ich glaube, nein, ich weiß, dass er sich geschämt hat. Er schämte sich dafür, dass Agatha im Kindbett sterben musste und dass er Euch im Stich gelassen hat. Und ich glaube, dass er Angst hatte, Euch zu sehen.»

«Angst?»

Lopez lächelte. «Ja. Was, wenn die Tochter von Kit Aretine und seinem Engel, das Kind dieser großen Liebe, eine Enttäuschung für ihn gewesen wäre? Was, wenn Ihr ihn verachtet hättet? Er wollte wohl den Schatz seiner Erinnerung an die vollkommene Frau und die vollkommene Liebe bewahren. Ich weiß es nicht besser, Campion.»

Campion hob das Siegel in die Höhe. «Glaubte er etwa, sein Geld könnte mir reichen?»

«Vielleicht.»

«Ich will es nicht!» Es schmerzte sie, von Kit Aretine im Stich gelassen worden zu sein. Sie erinnerte sich an die unglücklichen Jahre ihrer Kindheit, Jahre, die ihr erspart geblieben wären, wenn er sie zu sich genommen hätte. «Ich will es nicht», wiederholte sie und legte das Siegel auf den Tisch.

«Soll das heißen, Ihr wollt seine Liebe nicht?»

«Die habe ich nie erfahren.» Sie dachte an ihn, den stattlichsten Mann Europas, den Gelehrten, Schelm, Poeten, Liebhaber und Kämpfer, der seine Tochter engstirnigen Puritanern überlassen hatte, weil sie ihm selbst zur Last gefallen wäre. «Was ist aus ihm geworden?»

«Das letzte Mal habe ich ihn 1633 in Amsterdam getroffen. Er wollte sich niederlassen und wieder anfangen zu schreiben, allerdings keine Gedichte. Er hatte vor, in ein fernes Land zu ziehen, und wünschte sich, dass sein Name vergessen werde. Dort, in der Ferne, wollte er sich selbst ein Grabmal setzen, als Landmann von seiner Hände Arbeit leben, ein wenig schreiben und vielleicht sogar schließlich selbst Kinder großziehen. Er fuhr nach Maryland.» Lopez lächelte. «Ich habe mir sagen lassen, dass es dort tatsächlich einen Grabstein gibt, auf dem sein Name geschrieben steht, und kann mir vorstellen, dass er über jeden lacht, der ihn tot und begraben wähnt. Vielleicht ist er inzwischen tatsächlich gestorben, ich glaube allerdings, dass er noch lebt und eine Farm bestellt.»

«Hat er Euch nie geschrieben?»

«Kein Wort.» Lopez schien müde geworden zu sein. «Er

wollte in Maryland allen Schmerz aus seiner Vergangenheit vergessen.»

«Und das Siegel?»

«Er hat es mit sich genommen.»

«Er könnte also noch leben.»

Lopez nickte. «Ja.» Lopez mochte Campion nicht belügen. Er hatte sie lieb gewonnen und sah in ihr die Kraft der toten Mutter weiterleben. Auch war ihr einiges von Kit Aretine eigen, seinem Freund, dem er versprochen hatte, niemandem Auskunft über ihn zu geben, nicht einmal seinen Kindern. Lopez sah sich an dieses Versprechen gebunden und darum verschwieg er, dass er sehr wohl Nachricht aus Maryland erhalten hatte. «Er hat aufgehört zu dichten, weil er zu großer Dichtkunst nicht fähig war. Vielleicht wollte er deshalb auch mit seiner Vergangenheit brechen, denn er hat wohl eingesehen, dass er dem Bild, das er von sich als Kit Aretine hatte, nicht gerecht werden konnte. Stellt ihn Euch als einen amerikanischen Farmer vor, der von dem ungewöhnlichen Leben, das er einst führte, nur noch träumt.»

«Und von den im Stich gelassenen Kindern?», setzte Campion zornig hinzu.

«Nicht, ohne seinem liebsten ein Vermögen zu hinterlassen.»

«Ich verzichte.» Sie war enttäuscht und wütend, stand auf und nahm das Lukas-Siegel zur Hand. Sie verabscheute das Ding und legte es mit entschiedener Geste neben Lopez auf den Tisch. «Ich will's nicht haben.»

Der alte Mann sah sie vor den Kamin treten. Sie rückte den Schirm beiseite und stocherte so ungestüm in der sterbenden Glut, dass Funken sprühten. Sie legte den Schürhaken ab, wandte sich Lopez zu und fragte: «Erscheint der *Mercurius* auch in Maryland?»

«Ja, aber um Wochen verspätet.» Er hob das Siegel in die Höhe. «Fürs Erste bleibt Euch das von ihm.»

«Kann er mir nicht wenigstens einmal zu Hilfe kommen?»

Lopez ging auf die Frage nicht ein und sagte wie beiläufig: «Ich habe Freunde in London, Geschäftsleute, die es nicht stört, dass ich Jude bin. Vavasour hat sich mit einigen von ihnen in Verbindung gesetzt und erfahren, dass Lazen Castle nunmehr im Besitz von Grenville Cony ist.» Er schaute Campion in die Augen. «Ohne dass er einen Penny dafür bezahlt hätte.»

Campion war entsetzt. «Soll das heißen ...»

Er nickte. «Sir Toby Lazender hat alles verloren. Alles. Er und seine Mutter sind auf Almosen angewiesen.»

Sie starrte auf das Siegel, das mit seinem Gold hell in der Dunkelheit des Zimmers schimmerte, und spürte, dass sie sich davon nicht trennen konnte. Toby zuliebe musste sie den Plänen von Christopher Aretine folgen. «Ich soll also die anderen herbeischaffen?»

Lopez lächelte. «Mit unserer Hilfe. Ich werde Vavasour damit beauftragen.»

«Euren Wolfshund.»

Lopez nickte. «Mein Wolfshund gegen einen Frosch namens Cony.»

Er hatte sie von ihrer Wut auf Kit Aretine abgelenkt und daran erinnert, dass sie Toby und seiner Mutter gegenüber verpflichtet war. Trotzdem konnte sie von ihrer Empörung nicht ablassen und fragte trotzig: «Wird mein Vater zurückkommen?»

«Das ist seine Sache. Und was würde es ändern? Ich helfe Euch, weil ich in seiner Schuld stehe.»

Campion hörte im Geiste Matthew Slythe sagen: «‹Ich, der

Herr, dein Gott, bin ein eifersüchtiger Gott, der da rächt der Völker Missetaten an den Kindern.'» Sie hatte für die Missetaten ihres Vaters zu sühnen und musste sein Erbe antreten. Die Liebe zu Toby ließ ihr keine andere Wahl. «Bewahrt das Siegel für mich auf», bat sie Lopez.

«Ich bewahre es seit sechzehn Jahren», erwiderte er. «Auf ein paar Tage mehr oder weniger kommt es jetzt nicht mehr an.»

Sie zog sich zurück, um schlafen zu gehen. Mordecai Lopez aber blieb noch lange wach. Er zog die schweren Vorhänge zurück und dachte an eine alte Liebe zwischen einem puritanischen Mädchen und einem Poeten, eine zum Scheitern verurteilte Liebe, die für kurze Zeit hell entbrannt war und ein Mädchen hervorgebracht hatte, das so strahlend schön war wie die Liebe selbst. Der Fluss drängte schäumend durch die Bögen der Brücke, und im Spiegel des Wassers tanzten die Lichter zahlloser Schiffslaternen. Lopez schätzte Kit Aretine als seinen teuersten Freund, konnte aber Campion nicht verdenken, was sie als Letztes, bevor sie zu Bett ging, in bitterem Tonfall sagte: «Der Bastard in meiner Familie bin nicht ich.» Lopez starrte auf den Nachthimmel im Westen und murmelte tieftraurig: «Mein Freund, mein Freund.»

❧ 25 ❧

London war in Aufruhr. Die Soldaten der Garnison durchsuchten die Stadt nach einer Hexe, die aus dem Tower entkommen und vermutlich längst entschwunden war, weshalb sich keiner wirklich Mühe gab, sie zu finden. In den Kirchen wurde der Herr im Himmel angefleht, sein Volk vor dem Teufel zu bewahren, während jede Leiche, die im Morgengrauen entdeckt wurde, jenem Dämon zugeschrieben wurde, der, wie man glaubte, die Straßen unsicher machte.

Mordecai Lopez saß am Frühstückstisch und beobachtete die patrouillierenden Soldaten auf der gegenüberliegenden Uferseite. «Denen steht ein fruchtloser Tag bevor», sagte er schmunzelnd.

«Wie den meisten Soldaten», brummte Devorax.

«Keine gute Nacht gehabt?», fragte Lopez in Anspielung auf die blutunterlaufenen Augen und die saure Miene seines Leibwächters.

«Heute Nacht war's noch gut.» Devorax trank einen Schluck Wasser und schnitt eine Grimasse. «Ich werde langsam zu alt für solche Späße. Nun, was gibt's für mich zu tun?»

Lopez nippte an seinem Tee, einem Luxusgetränk, auf das er nicht verzichten mochte. «Ich möchte eine Nachricht nach Oxford senden. Könnte einer deiner Männer dafür sorgen?»

«Natürlich. An wen soll sie gehen?»

Lopez berichtete von Sir Toby Lazender, und es schien Devorax nicht zu gefallen, was er hörte.

«Glaubt Ihr, dass sie zu ihm gehen wird?»

«Wenn er sie will.» Lopez blies in die Schale, um das Gebräu abzukühlen. «Wenn ich ein Spieler wäre, würde ich darauf wetten, dass sie noch vor dem Winter Lady Lazender wird.»

Marta Renselinck brachte das Frühstück. Als sie wieder gegangen war, knurrte Devorax: «Es wäre besser, sie führe nach Amsterdam. Dort wäre sie in Sicherheit.»

«Aber sie wird nach Oxford gehen.» Lopez fischte mit dem Zeigefinger ein Teeblatt aus der Schale. «Könntest du sie begleiten?»

«Ihr zieht die Fäden, *Mijnheer*, und ich tanze für Euch rund um die verdammte Welt. Ich nehme an, Ihr wollt nach Amsterdam zurückkehren.»

«Sobald sie abgereist ist, ja.»

«Und ich muss wohl hier bleiben», brummte Devorax. Er stach mit der Gabel in ein Spiegelei und sah zu, wie der flüssige Dotter über den Zinnteller rann. Mit Blick auf Lopez' Teeschale sagte er: «Mir ist unbegreiflich, wie Ihr eine so eklige Brühe trinken könnt.» Er häufte das Ei auf ein Stück Brot. «Es liegt also an mir, die Siegel einzusammeln. Hab ich richtig verstanden?»

«Wenn es einer schafft, dann du.»

«Auch darauf könnt Ihr wetten. Es wird allerdings ein Weilchen dauern.» Über sein verwüstetes Gesicht huschte ein Lächeln, das so verschlagen war wie seine Pläne im Hinblick auf die Schmuckstücke des Bundes. Vavasour Devorax rüstete sich zum Krieg.

Sir Grenville Cony jaulte vor Schmerzen.

«Sir Grenville! Haltet still, ich bitte euch!» Der Arzt hatte seinem Patienten eine Vene geöffnet und zapfte ihm Blut ab, das er in einem Silberbecher auffing. Bei seinen vermögenden Patienten gebrauchte er immer diesen kostbaren Becher, um ihnen damit zu zeigen, dass sie eine bevorzugte Behandlung genossen. Dr. Chandler schüttelte den Kopf. «Es ist sehr zähflüssig, Sir Grenville, wirklich sehr zähflüssig.»

«Es tut vor allem weh!», krächzte Sir Grenville.

«Nicht lange, mein Herr, nicht lange», entgegnete Chandler mit aufmunterndem Lächeln. «Das Wetter ist wunderschön. Vielleicht solltet Ihr eine Bootsfahrt unternehmen. Dabei würdet Ihr wieder zu Kräften kommen.»

«Ihr seid ein Dummkopf, Chandler.»

«Wie Ihr meint, Sir Grenville.» Der Arzt legte einen Druckverband auf die Wunde.

Die Tür öffnete sich, und herein trat Ebenezer Slythe, seine dunklen, ausdruckslosen Augen auf Cony gerichtet. «Cottjens lässt sich entschuldigen.»

«Cottjens ist ein Misthaufen. Was hängt Er immer noch hier herum?», schnauzte er seinen Arzt an, der versuchte, die Blutflecken auf Sir Grenvilles Oberarm wegzuwischen. Sir Grenville krempelte den Hemdsärmel herunter, schwang seine Beine über die Bettkante und ächzte. Seit der Flucht des Mädchens aus dem Tower litt er unter höllischen Bauchschmerzen. «Und?»

Ebenezer zuckte mit den Achseln. «Lopez scheint doch nicht krank zu sein. Er ist auch nicht zu Hause.» Und mit sardonischem Lächeln fügte er hinzu: «Cottjens sagt, er werde Euch das Schmiergeld, das er für diese Information hat springen lassen müssen, nicht berechnen.»

«Wie großzügig von ihm», feixte Sir Grenville und scheuchte den Arzt zur Tür hinaus. «Dann steckt also dieser Jude dahinter.»

«Anzunehmen.»

«Und das Weibsbild ist wahrscheinlich längst in Amsterdam.»

Ebenezer zuckte mit den Achseln. «Anzunehmen.»

«Anzunehmen! Anzunehmen! Was sagen die Ruderknechte?»

Die Männer, die Campion vom Tower zur Bear Wharf gerudert hatten, waren ausfindig gemacht worden. Aber ihre unter Folterandrohung gemachten Aussagen halfen nicht weiter. Ebenezer hinkte auf einen Sessel zu. «Sie sagen, dass die Hexe an der Anlegestelle in eine Kutsche umgestiegen ist.»

«Und weiter?»

«Nichts.» Ebenezer schien völlig gelassen zu sein.

«Die Kutsche hat sie dann vermutlich zu einer anderen

Anlegestelle gebracht.» Sir Grenville rieb sich den Oberarm und verzog vor Schmerzen das feiste, käsig weiße Gesicht. «Dieser jüdische Hurensohn! Wir hätten die ganze Bande nicht nur vertreiben, sondern umbringen sollen.»

Ebenezer staubte die Ärmel seiner schwarzen Jacke ab. «Seid froh, dass Ihr es nur mit ihm zu tun habt. Nach allem, was man hört, wäre Aretine der ärgere Feind.»

Fünf lange Tage hatte Sir Grenville in Angst und Schrecken verbracht, weil zu fürchten war, Kit Aretine könnte von den Toten auferstanden und zurückgekehrt sein. Durch Cottjens' Entschuldigung war diese Sorge nun von ihm genommen. Trotzdem umgab er sich mit seinen Leibwächtern und verließ das Haus nur, wenn es sein musste. «Sieh zu, dass dein verfluchtes Haus bewacht wird.»

«Dafür ist gesorgt.» Mit Geldern aus dem Bund hatte Ebenezer ein großes, am Flussufer gelegenes Haus in Chelsea erworben. Sir Grenville, der den jungen Mann zu seinem Erben gemacht hatte, war damit nicht einverstanden gewesen, hatte ihm aber schließlich Unabhängigkeit gewährt.

Sir Grenville schob den Papierstapel beiseite, den ihm sein Sekretär auf den Tisch gelegt hatte. «Was machen wir jetzt?»

Ebenezer schmunzelte. «An der Befreiungsaktion waren mindestens vier Männer beteiligt. Der ein oder andere müsste sich doch auftreiben lassen.»

«In Amsterdam?», fragte Sir Grenville verärgert.

«Ich habe daran gedacht, eine Belohnung auszusetzen. Zweihundert Pfund für all diejenigen, die brauchbare Informationen über Dorcas' Flucht vortragen können.»

«Und was soll das nützen?»

Ebenezer zuckte mit den Schultern. «Vielleicht finden wir so eine Spur, die zu ihr führt. Und wenn wir sie gefunden haben, bringen wir sie um.» Seine dunklen Augen auf Sir

Grenville gerichtet, fügte er hinzu: «Ihr hättet mir schon früher freie Hand lassen und nicht so zimperlich sein sollen.»

Sir Grenville grunzte. «Bei der nächsten Gelegenheit werde ich ihr selbst den Hals umdrehen. Lob eine Belohnung aus, und dir werden Heerscharen von Idioten die Tür einrennen und Lügen auftischen.»

Ebenezer lächelte. «Mit Idioten weiß ich umzugehen.»

«Fürwahr.» Sir Grenville drehte sich in seinem breiten, gepolsterten Sessel um und schaute durchs Fenster hinunter in den Garten, durch den zwei bewaffnete Männer patrouillierten. «Uns bleiben noch vier Jahre, Ebenezer. Dieser verdammte Bankert darf nicht fünfundzwanzig werden. Vier Jahre!»

«Das reicht.»

«Mach sie ausfindig und bring sie um.» Sir Grenville richtete seine Froschaugen wieder auf Ebenezer. «An meine Siegel kommt niemand heran. Niemand!»

Ebenezer musste ihm im Stillen recht geben. Sir Grenville war von zwölf Leibwächtern abgeschottet, die ihn nicht aus den Augen ließen. Nicht einmal Ebenezer konnte mit einer Waffe in seine Nähe gelangen. Die Siegel waren in Sicherheit. Das wusste keiner besser als Ebenezer, der darauf hoffte, heimlich Abdrücke vom Markus-Siegel machen zu können. Er wartete auf eine günstige Gelegenheit, bislang allerdings vergeblich.

Ebenezer träumte immer noch von der alleinigen Verfügungsgewalt über den Bund. Weder Dorcas noch Cony sollten in ihren Genuss kommen. Die Stiefschwester verdiente das Geld nicht und würde es nur verschleudern, und Sir Grenville gehörte nach Ebenezers Einschätzung längst der Geschichte an.

Nein, dachte Ebenezer, als er auf das Boot von Sir Grenville zusteuerte, den Bund verdiente nur er. Er würde das Geld einsetzen, um die Macht zu gewinnen, mit der England verändert werden könnte. Seine Vision war ein von disziplinierten Heiligen bevölkerter Staat, an dessen Spitze vernünftige Männer standen. Das war seine Mission, und er würde alles daransetzen, sie zu erfüllen.

Drei Tage später saß Campion am Fenster des Hauses in Southwark und hörte die Tür aufgehen. Sie glaubte, Lopez sei vorzeitig von seinem Mittagschlaf erwacht, doch nicht er betrat das Zimmer, sondern Vavasour Devorax. Seine harsche Stimme ließ sie vor Schreck zusammenfahren.

«Es sind gute Nachrichten für Euch eingetroffen.»

Sie legte das Buch ab, drehte sich um und bemerkte ein hämisches Grinsen in seinen Augen. Es schien, dass er sich wieder einen Bart wachsen lassen wollte. «Sir?»

«Mason ist aus Oxford zurück.» Devorax ließ sich in einen Sessel fallen. Er hielt eine Flasche in der Hand. «Wollt Ihr mit mir feiern?»

Sie schüttelte den Kopf. «Welche Nachricht bringt er?»

«Sir Toby Lazender und seine Mutter freuen sich auf Euch. Es scheint, dass sie Eure Ankunft kaum erwarten können.» Er füllte einen Zinnbecher mit Branntwein und sah, wie sie anfing zu strahlen. «Brennt Ihr so sehr darauf, uns zu verlassen?»

«Nein, Sir.» Sie fühlte sich nach wie vor unwohl in der Nähe dieses Mannes und glaubte zu spüren, dass er sich über sie lustig machte. «Ihr seid sehr freundlich, Sir.»

«Soll wohl heißen, Mordecai ist sehr freundlich.» Devorax trank einen Schluck und wischte sich den Mund ab. «Ihr werdet ihm fehlen.» Er lachte. «Ich glaube, er sieht in Euch die Tochter, die er verloren hat.»

«Verloren?»

«Sie ist verbrannt. Sie und ihre Mutter», erklärte Devorax unverblümt. «Deshalb würde er nie wieder ein aus Holz gebautes Haus beziehen.» Er sah ihre Miene und lachte. «Ihr braucht den Alten nicht zu bemitleiden. Die Sache liegt Jahre zurück.»

«Hat er nie wieder geheiratet?»

«Nein.»

Devorax stierte in den leeren Becher, als wunderte er sich, wohin sein Inhalt entschwunden war. «Macht Euch um Mordecai keine Gedanken. Es mangelt ihm an nichts.» Er griff zur Flasche.

Verärgert über seine bissigen Worte, fragte sie: «Glaubt Ihr, Geld könnte eine Familie ersetzen?»

Er starrte ihr aus kalten, grauen Augen entgegen und antwortete in herablassendem Tonfall: «Zählt doch mal die Schlafzimmer.»

«Wozu?»

«Herr im Himmel!» Er stellte Flasche und Becher ab und zählte die Finger seiner linken Hand. «Ihr habt das große Zimmer mit Blick auf den Fluss und schlaft vermutlich allein.»

«Allerdings», sagte sie errötend.

«Dann wäre da die kleine Kammer auf der Rückseite, wo ich schlafe, wenn ich schlafe. Direkt über uns ist das andere große Zimmer, in dem Mordecai schläft, nicht wahr?»

«Ja.»

«So weit, so gut. Und nun frage ich Euch, wo schläft Marta?» Er griff wieder zur Flasche. «Nicht bei mir, das kann ich Euch versichern. Sie verachtet mich.» Er grinste. «Und in der Küche auch nicht.» Er lachte. «Die beiden sind nun schon seit zwölf Jahren zusammen. Weder will sie den jüdischen noch er den lutherischen Glauben annehmen, und so leben sie vergnügt in Sünde. Seid Ihr schockiert, gnädiges Fräulein?»

Sie schüttelte den Kopf.

«Oh, Ihr seid's doch. Der galante alte Herr, Euer Retter, entpuppt sich als ein ganz gewöhnlicher Mann.» Devorax schien plötzlich von Zorn ergriffen zu sein. Er deutete auf das Fenster und sagte mit knarrender Stimme: «Schaut Euch um in der Stadt. Sie ist voll von hochnäsigen Rundköpfen, Pfaffen und Winkeladvokaten, die uns vorschreiben, wie wir leben sollen. Aber ich sage Euch eines ...» Er beugte sich vor. «Sie haben alle ihr Geheimnis, ausnahmslos alle. Und wisst Ihr, wo es zu finden ist?»

Seine grimmige Miene machte ihr Angst. Sie schüttelte den Kopf, was er mit einem freudlosen Lachen quittierte. «In ihren Schlafzimmern, gnädiges Fräulein. Seid also nicht empört darüber, dass unserem Mordecai das Bett gewärmt wird, ohne dass die Kirche ihren Segen dazu gegeben hätte.» Er trank aus der Flasche.

Campion wollte sich nicht von ihm einschüchtern lassen. «Wie lange kennt Ihr ihn schon?»

«Seit eh und je, wie's scheint.» Devorax lachte.

«Kanntet Ihr meinen Vater?»

Die grauen Augen richteten sich auf sie. «Aretine? Ja.»

«Wie war er?»

Devorax lachte. «Ein hübscher Bursche. Vom Glück verwöhnt. Und vor allem von den Frauen.» Er nickte. «Ich habe ihn gemocht. Allerdings war er zu schlau für diese Welt. Schlau zu sein ist nicht immer von Vorteil, gnädiges Fräulein. Es bringt oft Ärger mit sich.»

«Wo habt Ihr ihn kennengelernt?»

«Im Krieg. Auch ich habe für die Schweden gekämpft.» Er deutete auf die Narbe in seinem Gesicht. «Die ist mir in Lützen beigebracht worden. Von irgendeinem verdammten Kerl mit Schwert. Aber der Streich ist ihn teuer zu stehen gekommen. Ich habe ihn getötet.» Wieder nahm er einen Schluck aus der Flasche. «Wir brechen morgen auf.»

«Schon morgen?», fragte sie überrascht. Ihr war klar, dass man in London immer noch nach ihr suchte. Reisende, die die Stadtgrenzen passierten, würden kontrolliert werden.

Devorax nickte. «Morgen. Ich stelle Euch einen Begleiter zur Seite, jemanden, der auf Euch aufpasst.» Mehr sagte er nicht.

Am Abend bewirtete sie ihr Gastgeber mit einem besonderen Abschiedsessen. Campion versuchte, ihre Freude über das baldige Wiedersehen mit Lady Margaret und Toby zu verbergen. Lopez konnte sie ihr trotzdem ansehen. «Euer Sir Toby darf sich glücklich schätzen.»

«Die Glückliche bin ich.»

«Werdet Ihr mir schreiben?»

Sie nickte. «Versprochen.»

Er prostete ihr mit seinem Weinglas zu. «Ich weiß Euch in guten Händen, Campion.» Er lächelte. «Und Vavasour wird die Siegel für Euch beschaffen. Es könnte eine Weile dauern. Geduldet Euch also. Nehmt einstweilen hiermit vorlieb.»

Er schob ihr etwas zu. Zuerst dachte sie, es sei das Siegel des Apostels Lukas, doch es war, wie sie bemerkte, eine Gutschrift. «Die könnt Ihr in Oxford einlösen.»

Sie schüttelte den Kopf. «Das kann ich nicht annehmen.»

«Warum nicht?», fragte er lachend. «Heiraten ist kostspielig, Campion. Ihr braucht ein Kleid, müsst Eure Gäste bewirten und Euch auch nach einer Bleibe umschauen. Nehmt es an. Ich bestehe darauf. Wenn die Siegel beisammen sind, könnt Ihr's mir zurückzahlen.»

Er hatte ihr einen Wechsel über tausend Pfund ausgestellt,

was sie in Verlegenheit brachte, zumal er ihr schon etliche neue Kleider gekauft hatte. «Vergesst nicht, dass Ihr selbst sehr reich seid, Campion. Für Reiche ist es ganz einfach, Geld zu leihen – im Unterschied zu denen, die es wirklich nötig haben. Nehmt es. Da wäre noch etwas ...»

Sie sah ihn an und wusste, dass er ihr fehlen würde. «Was?»

Einem Zauberer gleich ließ er das Siegel in der Hand aufscheinen. «Auch das müsst Ihr mitnehmen.»

«Warum verwahrt Ihr es nicht?»

«Weil es für Euch besser ist, etwas in der Hand zu haben, das Euch Mut macht. Denn Mut werdet Ihr brauchen.» Er lächelte. «Gebt es, wenn Ihr wollt, Toby in Verwahrung.» Er legte das Siegel in die Mitte des Tisches. «Ich gebe Euch, was Euch gehört.»

Sie nahm das Schmuckstück in die Hand und spürte deutlich, dass sie sich mit ihm in große Gefahr bringen würde. «Werdet Ihr es behalten?», fragte Lopez.

«Ja.»

Er zeigte sich zufrieden und hob wieder sein Glas. «Recht so.»

Zwei Stunden nach Mitternacht, als der Wind durch die Haare der Verräter wehte, deren Köpfe auf dem Tor des Towers aufgespießt waren, schlich Vavasour Devorax wie eine große Katze auf Campions Schlafzimmer zu. Dass er getrunken hatte, war ihm nicht anzumerken. Er hielt eine Laterne in der Hand.

Lautlos öffnete sich die Tür. Er hatte die Angeln tags zuvor heimlich geschmiert.

Campion schlief. Sie lag auf der Seite und hatte ihren Kopf auf den angewinkelten Arm gebettet.

Eine Bodendiele knarrte. Devorax hielt inne. Das Mädchen fuhr mit der Zunge über die Lippen, rührte sich und war dann wieder still. Im schwachen Licht der Laterne sah der Eindringling das Siegel des Apostels Lukas neben dem Bett liegen.

Er nahm es an sich und schlich damit in seine Kammer. Auf dem Tisch vor der Wand lag eine kleine quadratische Scherbe aus dickem Glas, die er zuvor mit Öl bestrichen hatte. Er nahm nun die Kerze aus der Laterne, betropfte das Glas mit Wachs und drückte ihm das Siegel auf.

Er wiederholte den Vorgang zweimal, steckte die Kerze in die Laterne zurück und wickelte die Scherbe mit dem kostbaren Wachsabdruck zuerst in Musselin, dann in Wolle. Zum Schluss packte er das Bündel in ein kleines Holzkästchen. Auf Socken stahl er sich zurück in Campions Schlafzimmer und legte das Siegel neben das Bett auf den Boden. Wenig später hatte er auch alle Spuren seiner Tat auf dem Tisch in seiner Kammer beseitigt.

Mit einer entkorkten Flasche Wein in der Hand streckte er sich auf seinem Bett aus. Morgen würde er das Mädchen nach Oxford bringen und anschließend seine eigenen schlauen Pläne verfolgen. Ein Siegelabdruck reichte ihm dazu. Grinsend schloss er die Augen und setzte die Flasche an.

Vierter Teil

Die Siegel finden zusammen

❧ 26 ❧

Früher Morgen. Über dem Fischmarkt am Billingsgate kreischten die Möwen. Karren rumpelten durch die Straßen. Die Stadt erwachte. Eine Patrouille der Parlamentsarmee setzte die Fahndung nach Campion fort.

Marta Renselinck brachte ihr ein Kleid für die Reise. «Fragt mich nicht, warum, Campion, ich weiß es nicht. Der Schuft verrät mir nichts.» Devorax hatte das Kleid besorgt, ein billiges. Dazu eine passende Haube.

Mordecai Lopez gab ihr einen Kuss auf beide Wangen. «Vielleicht komme ich zu Eurer Hochzeit.»

Sie lächelte. «Vielleicht will mich Toby nicht mehr.»

«Ihr habt mir nicht erzählt, dass er ein Esel ist.»

Sie lachte. «Ja, bitte kommt zu unserer Hochzeit.»

«Wenn es mir möglich ist. Ich weiß es nicht. Passt gut auf Euch auf, meine Liebe. Habt Ihr das Siegel?»

Sie nickte. Die Kette lag um ihren Hals, und seltsamerweise fühlte sich der Anhänger vertraut und zugleich fremd an. «Ich werde Toby bitten, ihn in Verwahrung zu nehmen.»

«Gut.» Er hielt sie beim Ellbogen. «Habt Ihr das Geld?»

«Ja.»

«Eure Sachen sind schon auf dem Karren. Marta hat auch Proviant eingepackt. Ihr seid in sicheren Händen, denn Vavasour hat Euch einen Begleiter zur Seite gestellt. Er ist nicht gerade angenehm, wird Euch aber beschützen.»

«Einen Begleiter?»

«Es soll eine Überraschung sein. Kommt!»

Im Hof stand ein kleiner, schäbiger Karren, umringt von Devorax' Männern, die alle zu Pferde saßen, bewaffnet waren und Feldbinden der Parlamentarier trugen. Nur Mason war unbewaffnet. Ähnlich unauffällig gekleidet wie Campion, saß er auf dem Kutschbock und wartete. Devorax grinste, als er sie kommen sah. «Darf ich Euch Eurem Bruder vorstellen?», sagte er und deutete auf Mason.

Mason lachte. «Hallo, Schwester.»

«Und was ist der Zweck eurer Reise, Mason?», fragte Devorax.

«Den Vater bestatten, Sir.»

Die Männer lachten laut auf. Erstaunlich gewandt für einen fast Fünfzigjährigen, sprang Devorax auf den Karren und streckte die Hand aus. «Lasst Euch helfen.»

Auf der Ladefläche befand sich eine längliche Kiste, der ein entsetzlicher Gestank entströmte, als Devorax den Deckel anhob. «Euer Vater.»

Campion verzog das Gesicht. In der Kiste lag die in ein schmutziges Laken gehüllte Leiche eines alten Mannes mit weißen, strähnigen Haaren, eingefallenen Wangen und blauen Lippen. Vavasour Devorax grinste und sagte: «Wir nennen ihn ‹Old Tom›. Ihr seid seine Tochter und führt Papiere mit Euch, die bestätigen, dass Ihr ihn nach High Wycombe bringt, wo er bestattet werden soll. Falls jemand fragt, woran er gestorben ist, sagt, dass er der Pest zum Opfer gefallen sei.» Er blickte auf Old Tom herab. «Hat mich zehn Pfund gekostet. In dieser verfluchten Stadt wird von Tag zu Tag alles teurer.» Er ließ den Deckel fallen und sagte mit Blick auf Mason: «Du bist auf dich allein gestellt, bis wir London hinter uns gelassen haben. Verstanden?»

«Ja, Sir.»

«Aufmachen!», rief er dem Torwächter zu. «Es geht los.»

Um sich den weiten Umweg durch das Lambeth-Moor zu ersparen, steuerten sie direkt auf die Stadt zu. Die Soldaten an der London Bridge kletterten auf den Karren, stiegen aber, als sie einen Blick in die Kiste geworfen hatten, schnell wieder ab. Ähnlich flüchtig waren die Kontrollen am Ludgate und an der Knight's Bridge, wo sie zum dritten und letzten Mal aufgehalten wurden. Vavasour Devorax und seine Männer waren vorausgeritten und nicht mehr in Sicht. Campion konnte ihre Furcht kaum verbergen. Sie stellte sich vor, was geschehen würde, wenn die Soldaten Verdacht schöpften. Mason dagegen wirkte völlig unbekümmert. Kaum war sein Hinweis auf die Pest gefallen, beeilten sich die Wachposten, ihn durchzuwinken.

Nach fünf Meilen schlossen sie zu Vavasour Devorax auf. Erleichtert wechselte Mason seine Kleider und rüstete sich mit Schwert, Lederwams und orangefarbener Feldbinde wieder zum Soldaten. Old Tom wurde in seiner Kiste vom Karren gehievt, ins Unterholz geschleppt und den Tieren zum Fraß vorgeworfen. «Er hat seinem König gedient», sagte Devorax mit breitem Grinsen.

«Seinem König?», fragte Campion irritiert.

«Schließlich hat er dessen Feinde an der Nase herumgeführt. Ihr könnt reiten?»

«Im Damensattel.»

Sie ließen den Karren zurück, luden dem Zugpferd Campions Gepäck auf und halfen ihr auf das eigens für sie mitgeführte Pferd. Devorax' Männer schienen froh darüber zu sein, die Stadt hinter sich gelassen zu haben, und es kam noch mehr Freude auf, als sie wenig später in einem Wirtshaus Rast machten. «Es hat keinen Sinn, später einzukehren, denn dann sind die besten Räume womöglich schon vergeben», erklärte Devorax und rief die Stallburschen zu sich. «Kommt», forderte er Campion auf. «Erfrischen wir uns in der Schankstube.»

Sie lernte an diesem Abend einen neuen Vavasour kennen, einen betrunkenen Mann, der in Gesellschaft anderer Zecher aufblühte und ihnen haarsträubende Geschichten über seine Kriegstaten auftischte. Er sang Lieder, riss Witze und lag schließlich als Campions Leibwächter schnarchend vor ihrer Kammertür.

Am nächsten Tag zogen sie auf Feldwegen über fruchtbares Ackerland. An einer Stelle, die sich von den anderen kaum unterschied, machten sie halt und schickten eine Vorhut voraus. Devorax gab einen Befehl aus, den seine Männer mit Jubel begrüßten. Sie legten ihre orangefarbenen Feldbinden ab und zogen zerknitterte, weiße Schärpen hervor, die sie als königstreue Soldaten kennzeichneten. Ihr Anblick erinnerte Campion an Toby. Vavasour Devorax erklärte, dass der Belagerungsring um Oxford durchstoßen sei. Sie befanden sich jetzt auf dem Territorium der Royalisten.

Campions Stimmung heiterte sich auf. Seit ihrer Verschleppung nach London hatte sie das Land nicht mehr gesehen. Das Korn reifte, Hecken und Felder leuchteten in sattem Grün, und als Devorax den Tross auf einen sanften Hügel geführt hatte, richtete sie sich im Sattel auf und schaute zu den Lerchen empor, die am Himmel schwirrend tirilierten.

Vavasour Devorax bemerkte ihren Überschwang und meinte: «Versucht, nach vorn zu blicken.»

Sie folgte seinem Rat und sah in der Ferne das silberne Band der Themse. Wolken warfen weite Schatten über die Landschaft, doch die Stadt am Ufer des blinkenden Flusses lag in der Sonne. Oxford mit seiner Vielzahl an Zinnen und

Türmen war von einem mächtigen Erdwall umfriedet, der die neue Hauptstadt des Königs vor seinen Feinden aus dem nahegelegenen London schützte. Devorax warf Campion einen Blick zu. «Sieht gut aus von hier, nicht wahr?»

Sie nickte. «Ja.»

«Aber im Inneren stinkt's gewaltig», fügte er lachend hinzu und zeigte seine großen gelben Zähne. «Los, weiter!»

Auf dem Wehrgang des hohen Erdwalls waren Gewehrläufe auf sie gerichtet, als sie sich dem Durchlass näherten. Die Wachposten aber machten den Weg sofort frei, als Devorax ihnen seinen Passierschein präsentierte. Vor der eigentlichen Stadtmauer diesseits des Walls mussten sie sich ein weiteres Mal ausweisen. Einer der Wachsoldaten musterte Campion und fragte: «Wer ist sie?»

«Die Königin von Saba», knurrte Devorax.

Als sie das Stadttor passierten, fand Campion bestätigt, was Devorax angedeutet hatte. Es stank tatsächlich. Auf den Straßen herrschte dichtes Gedränge, dichter noch als in London. Devorax erklärte, dass die meisten Universitätsgebäude von der königlichen Armee und den zahllosen Hofschranzen in Beschlag genommen worden seien, die dem König folgten wie Möwen einem Schiff. Die Garnison war riesengroß, und viele der Soldaten hatten ihre Frauen mitgebracht. Die Stadt schien aus allen Nähten zu platzen, zumal sich auch jede Menge Flüchtlinge in ihr aufhielten. Devorax kam auf Lady Margaret und Toby zu sprechen. «Eure Freunde können von Glück sagen.» Sein Tonfall verriet, dass er nicht viel von ihnen hielt.

«Warum?»

«Unterkünfte sind rar in der Stadt und sündhaft teuer. Lady Margaret Lazender aber genießt das Privileg, im Haus von Lord Tallis zu wohnen. Hier geht's lang.»

Er kannte sich in Oxford bestens aus und führte Campion zielsicher in eine enge Gasse im Zentrum der Stadt. Vor einem der Häuser blieb er stehen und sagte zu Mason: «Du kannst ihr Gepäck hier abstellen.» Und an Campion gewandt: «Wir sind da.» Er beugte sich von seinem Sattel herab und klopfte an die Tür.

Aufgeregt und voller Vorfreude wartete sie darauf, dass die Tür geöffnet wurde.

Devorax kniff die Brauen zusammen und klopfte ein zweites Mal.

Eine Dienstmagd machte schließlich auf und blickte ängstlich zu dem großen, grimmigen Soldaten auf. «Sir?»

«Hast du geschlafen, Mädchen?»

«Nein, Sir.»

«Ist Sir Toby Lazender zu Hause?»

«Nein, aber Lady Margaret, Sir.»

Devorax zeigte auf Campions Gepäck. «Trag das Zeug rein. Beeilung!» Und mit Blick auf Campion, die neben der Tür stand, sagte er: «Worauf wartet Ihr noch?»

«Kommt Ihr nicht mit ins Haus?»

«Wozu? Glaubt Ihr, ich wollte höfliche Konversation betreiben?»

Campion schüttelte den Kopf. Seine barsche Art behagte ihr nicht. «Ich muss Euch danken, Sir.»

«Allerdings. Habt Ihr das Siegel?»

«Ja.»

«Passt gut darauf auf.» Er griff die Zügel kürzer und wendete sein Pferd. «Wenn ich Euch brauche, lasse ich Euch eine Nachricht zukommen. Aber macht Euch keine falschen Hoffnungen.»

Brüskiert warf sie den Kopf zurück und entgegnete: «Von Euch erwarte ich nichts, Sir.»

«Dann ist ja alles gut.» Er lachte. «Wer nichts erwartet, kann auch nicht enttäuscht werden.» Es schien, dass er zufrieden mit sich war. «Ein kleiner Rat noch.»

«Sir?»

«Haltet Euch von den verfluchten Puritanern fern. Sie verachten alles Schöne.» Er gab seinem Pferd die Sporen. Die Hufe schlugen auf dem Pflaster Funken, als er davonsprengte. Campion schaute ihm verwundert nach. Hatte Vavasour Devorax ihr soeben ein Kompliment gemacht?

«Miss?», fragte die Magd irritiert.

«Ist Lady Margaret zu sprechen?»

«Ja, Miss.»

«Führ mich zu ihr.»

Vor lauter Aufregung schwirrte ihr der Kopf, als sie dem Mädchen durch einen langen, dunklen Korridor folgte, bis es schließlich vor einer Tür stehen blieb und anklopfte.

Eine herrische, vertraute Stimme rief: «Herein!»

«Miss?» Das Mädchen hielt ihr die Tür auf.

Campion zögerte. Die Stimme wurde lauter.

«Wer ist's? Soll ich vielleicht raten?»

Fast zaghaft trat Campion vor. Sie hatte manchmal von diesem Moment geträumt, um dem Schrecken in ihrem Gefängnis zu entfliehen, aber nie wirklich geglaubt, die grauen, aufgetürmten Haare und die markant gebogene Nase jemals wiederzusehen. Campion fand sich in einem großen Gartenzimmer wieder und lächelte. «Lady Margaret?»

«Mein Kind!» Lady Margaret kam mit weit ausgebreiteten Armen auf sie zugeeilt. Sie warf sich ihr an den Hals und überschüttete sie mit freundlichen Worten. Campion drückte die ältere Frau an sich, bis sie sanft von ihr zurückgestoßen wurde. Lady Margaret schüttelte den Kopf. «Du weinst ja, mein Kind. Dabei dachte ich, du wärst froh, mich zu sehen.»

«Das bin ich, und Ihr wisst es.» Sie weinte vor Glück und Erleichterung. Dann nahmen sich die beiden wieder in den Arm und redeten aufeinander ein, als bliebe ihnen nur eine Viertelstunde Zeit. Campion lachte und weinte, erzählte und hörte zu und hielt Tobys Mutter bei der Hand gefasst.

Lady Margaret nahm Campion die Haube vom Kopf und zauste ihr Haar. «Du siehst schrecklich aus, mein Kind. Hat dir denn niemand die Haare geschnitten?»

«Man hätte mich fast bei lebendigem Leib verbrannt. Ans Haaremachen war nicht zu denken.»

«Ja, meine Liebe, aber auch wenn's ans Sterben geht, sollten wir nicht zuletzt auf unser Aussehen achten. Der erste Eindruck ist sehr wichtig, Campion. Der Herr im Himmel mag zwar vor allem an inneren Werten interessiert sein, aber er wäre doch ein Ignorant, wenn er nicht auch einen Blick auf die äußeren Reize werfen würde.» Sie nahm eine Glocke vom Tisch und läutete. «Wir werden jetzt zuerst ein Glas Wein trinken, meine Liebe, und dich dann herausputzen, bevor Toby zurückkommt.»

Eine Tür öffnete sich, und Enid, Lady Margarets Zofe, kam herein. «Ihr wünscht?» Als sie Campion sah, schlug sie überrascht die Hände vors Gesicht und schien den Tränen nahe.

«Enid!» Lady Margaret tat überrascht und sagte: «Hast du eine Maus gesehen?»

«Seid Ihr es wirklich?» Enid flog ihr in die Arme.

Das herzliche Willkommen und die Freude, unter guten Freunden zu sein, rührten Campion wieder zu Tränen.

Lady Margaret räusperte sich. «Der Heilige Geist kann's wohl nicht sein, Enid. Versuch's mal mit einer intelligenteren Bemerkung.» Lächelnd ließ sie den beiden einen Moment Zeit, sich zu begrüßen, und bestellte dann eine Flasche Malvasierwein. «Später werden wir uns um Campions Haare kümmern, Enid.» Und mit Blick auf das schwarze Kleid sagte sie: «Deine Trauer um Sir George in allen Ehren, Liebes, aber ich finde, du solltest dich für Toby ein bisschen hübscher machen.»

Campion hielt es für angemessen zu verschweigen, dass ihr Trauergewand Old Tom geschuldet war. «Wie geht es Toby?»

Lady Margaret nahm Platz, straffte ihre Schultern und hob das Kinn. «Seine Stimmung wechselt. Er ist zu Tode betrübt, wenn er glaubt, dich nie wiederzusehen, und Freude, wenn er dann doch wieder Hoffnung schöpft. Ich kann ihn nicht verstehen. In dieser Stadt wimmelt es geradezu von wunderschönen und hochwohlgeborenen Mädchen, von denen manche sogar einen prächtigen Busen haben. Du hast abgenommen, meine Liebe. Eine dieser jungen Frauen wäre eine geradezu perfekte Partie, Lady Clarissa Worlake, doch Toby bleibt stur. Nein, ich verstehe ihn nicht.»

Campion lächelte. «Wollt Ihr wirklich, dass er Lady Clarissa heiratet?»

Enid war mit dem Wein ins Zimmer gekommen. «Sie brächte ihn um, wenn er es täte.»

«Enid! Habe ich dir nicht schon häufig genug die Leviten gelesen?»

«Ja, Mylady.»

Enid schmunzelte über Lady Margarets Schulter hinweg und reichte beiden ein Glas süßen Wein.

«Was macht seine Verletzung?», fragte Campion.

«Er hat zwei Finger verloren», antwortete Lady Margaret und hielt den Ringfinger und den kleinen Finger der linken Hand in die Höhe. «Er schämt sich deswegen und trägt einen Handschuh. Seine Schulter ist noch recht steif, aber er hat sich bemerkenswert rasch erholt. Ich hatte auf der Fahrt hierher mit dem Schlimmsten gerechnet.»

«Wann wird er zurückkommen?»

«Ich dachte, du wärst glücklich, dich mit mir unterhalten zu können.»

«Das bin ich auch, Lady Margaret. Ich könnte kaum glücklicher sein.»

«Ich will's dir glauben, weil es so hübsch klingt. Toby wird erst gegen Abend zurück sein. Wir haben also noch etwas Zeit für uns. Du musst mir alles erzählen. Enid, du kannst gehen. Der Tisch ist sauber genug.»

Sie unterhielten sich den ganzen Nachmittag über, bis Enid kam, um Campion die Haare zu schneiden und aufzudrehen. Caroline war bei ihrer Schwester und ihrem Schwager. In der von Lord Tallis zur Verfügung gestellten Wohnung hielten sich zurzeit nur Lady Margaret, Toby und ihre zwei Dienstboten auf. Von den Kleidern, die Marta Renselinck für Campion gekauft hatte, billigte Lady Margaret nur eines, und auch das nur zähneknirschend. Sehr viel mehr Gefallen fand sie an dem, was Campion über die Siegel und den Bund zu berichten wusste. «Du bist also reich.»

«Wenn es mir denn gelingen sollte, drei Siegel zusammenzubringen.»

«Für eine junge Frau ist es durchaus zweckmäßig, reich zu sein.» Sie hatte den von Lopez ausgestellten Wechsel nicht annehmen wollen und gesagt, dass Sir Toby als Haushaltsvorstand in allen monetären Angelegenheiten selbst entscheide. «Habe ich richtig verstanden, dass diese hässliche kleine Kröte Cony in Besitz zweier Siegel ist?»

«Ja.»

«Und dieses Scheusal, dein Bruder, steht ihm zur Seite?»

Campion richtete die Schürze und betrachtete sich im Spiegel. «Das Beste habt Ihr noch nicht gehört.»

«Spann mich nicht auf die Folter, mein Kind.»

Campion schaute ihr in die Augen. «Ich bin keine Slythe.» Sie errötete und war sich plötzlich nicht mehr sicher, ob die Wahrheit für eine zukünftige Schwiegermutter wirklich eine so gute Nachricht war. «Ich bin das uneheliche Kind von Kit Aretine.»

Lady Margaret, die ein Faible für Stammforschung hatte und sich mit den Verwandtschaftsverhältnissen des Adels bestens auskannte, war begeistert. «Kit Aretine! Dein Vater? Wie ich mich freue, meine Liebe! Ja, mir fällt ein Stein vom Herzen. Es war mir nämlich, offen gestanden, ganz und gar nicht recht, das Blut der Slythes auf meine Enkelkinder vererbt zu sehen. Das von Aretine ist dagegen durchaus akzeptabel, auch wenn schottisches Blut darin ist, aber daran lässt sich leider nichts ändern.»

«Schottisches?»

«Gütiger Himmel, ja! Kits Mutter war eine McClure, die irgendeinen heidnischen Vornamen trug, ich glaube, Deirdre. Eine hübsche Frau, wie ich annehme, aber definitiv schottischer Abstammung. Sie hat jedoch lange genug in England gelebt, weshalb man hoffen darf, dass sich die ärgsten Anteile dieser Erbschaft verloren haben.» Lady Margaret war alles Schottische ein Gräuel. «Du bist also die Tochter von Kit.»

«Ja.»

«Sein Bankert. Nun, darüber werden wir hinwegsehen müssen. Er war schon immer ein Schelm. Und saß übrigens wie du im Tower ein.»

«Weil er König James als ‹eine schottische Kratzdistel unbestimmten Geschlechts› bezeichnet hat.»

«Lernt man so was im Gefängnis, Kind?», lachte Lady Margaret. «Wo ist dein Vater jetzt?»

«In Amerika, Maryland. Wenn er denn noch lebt.»

«Verstehe.» Lady Margaret schien nicht sonderlich beeindruckt zu sein. «Ob er kommen wird, um nach dir zu sehen?»

«Keine Ahnung.»

«Ich kann nur hoffen, dass er sich inzwischen eine gepflegte Sprache zugelegt hat. Was ich allerdings bezweifle. Diese amerikanischen Siedlungen sind wohl alles andere als kultiviert.»

«Ich bin mir nicht sicher, ob es mir gefiele, wenn er käme.»

«Sei nicht dumm, Campion. Es heißt von Kit Aretine, dass er überaus hübsch und geistreich ist. Ich wollte ihn immer schon einmal kennenlernen.» Sie trat zwei Schritte zurück. «Jetzt siehst du wieder ganz passabel aus. Lass dir noch ein Paar Ohrringe anstecken. Und kneif dir in die Wangen, Kind. Du brauchst ein bisschen Farbe im Gesicht.»

Sie saßen im Schatten der Birnbäume im Garten. Campion lauschte der Geschichte vom Kampf um Lazen Castle und erfuhr, dass Sir Grenville Cony die Familie vertrieben hatte. Die Lazenders seien ruiniert, sagte Lady Margaret, sie hätten alles verloren, Grundbesitz, Geld und ihr Zuhause. Charles Ferraby, der ochsenäugige Bewerber um Caroline, habe seine Hand zurückgezogen. Eine mittellose Braut wolle keiner haben. Nur Lord Tallis, Sir Georges alter Freund, habe Hilfe angeboten.

Plötzlich war jenseits der Gartenmauer Hufgetrappel zu hören. Auf ein Rufzeichen hin wurde das Tor geöffnet. Lady Margaret spitzte die Ohren. «Das ist Toby, meine Liebe. Versteck dich.»

«Verstecken?»

«Natürlich. Männer wollen überrascht werden. Das hält ihr Interesse wach.»

Campion zog sich hinter hohe Sträucher zurück und wartete voller Ungeduld und mit pochendem Herzen. Sie kam sich vor wie ein kleines Mädchen bei einem spannenden, heimlichen Spiel. Stiefelschritte waren zu hören, eine Tür schlug zu, und dann vernahm sie den gedämpften, aber deutlich erkennbaren Klang seiner Stimme. Aus unerfindlichen Gründen fühlte sie sich plötzlich an den Tower erinnert, an das Scharren der Ratten in der feuchtkalten Zelle. Dann wurde sie durch Lady Margarets gebieterische Stimme zurück in den von Fliederbäumen beschatteten Garten geholt. «Komm mit nach draußen, Toby. Ich möchte mit dir reden.»

Campion hörte Schritte auf den flachen Feldsteinen am Rand des Rasens. Dann war es still. Sie wartete. «Wo bleibt Ihr, Mutter?», rief Toby.

«Augenblick noch. Sag mir, wie spät es ist.»

Er betrat jetzt den Rasen und kam näher. Campion rang um Fassung. Sie versuchte, Ruhe zu bewahren, und zupfte an ihren Ringellocken. Endlich konnte sie ihn sehen. Seine roten Haare leuchteten in der Sonne. Er trug einen schwarzen Lederrock, die Linke steckte in einem Handschuh. Vor der Sonnenuhr stehengeblieben, rief er: «Kurz vor halb sieben, Mutter.» Weil eine Antwort ausblieb, drehte er sich um und sah das taubenblaue Kleid unter dem Flieder.

«Toby?»

Sie konnte sich nicht länger beherrschen, nicht mehr ruhig bleiben. Sein schönes Gesicht verriet Verwunderung, Freude, und dann lagen sie sich in den Armen. Er hatte die verletzte Hand um ihre Schulter gelegt, sie schmiegte sich an seine Brust. «Toby!»

«Du bist hier.» Er hob ihren Kopf und küsste sie sanft, fast vorsichtig, als müsste er sichergehen, dass er sich nicht täuschte. «Campion?»

Sie küssten sich wieder, mit Leidenschaft und so inniglich,

als wollten sie sich nie mehr voneinander lösen. Sie krallte beide Hände in seinen rauen Lederrock und klammerte sich an ihn, als gelte es, am Leben festzuhalten.

«Toby!», rief Lady Margaret aus dem Haus.

«Mutter?»

«Gibt es dafür keinen Ort, an dem ich nicht zusehen muss?»

Er lachte seine Mutter über Campions Kopf hinweg an und küsste sie dann wieder. Campion hätte es nicht gestört, wenn die ganze Welt Zeuge gewesen wäre. Sie hatte nach Hause zurückgefunden.

❦ 27 ❦

Vavasour Devorax' Rat, keine falschen Hoffnungen zu hegen, war hinfällig, denn was Campion in diesem Sommer an Glück erlebte, hätte sie nicht einmal zu träumen gewagt.

Campion Aretine – Lady Margaret bestand darauf, sie so zu nennen – würde in einem Monat Sir Toby Lazenders Frau werden. Das Aufgebot war bestellt, und niemand brachte Gründe vor, warum die beiden nicht in den heiligen Stand der Ehe treten sollten. Vor kurzem noch vom Flammentod bedroht, hatte ihr Leben eine plötzliche Kehrtwende vollzogen. Es bestand nun aus einer scheinbar ununterbrochenen Folge von Tanzfesten, zu denen Gäste kamen, die, obwohl sie sie nie zuvor gesehen hatte, das große Glück mit ihr teilen wollten. Wäre ihr Leben ein Fluss, er wäre nun aus den dunklen Höhlen schrecklicher Qualen auf eine sonnenüberflutete Parklandschaft hinausgetreten. Der Himmel aber war noch nicht von grenzenlosem Blau.

Einen Ort wie Oxford hatte sie nie zuvor gesehen. Seine

Türme und Höfe, Zinnen und Torbögen zeugten von einer Schönheitsliebe, die einem Mann wie Matthew Slythe vollkommen fremd gewesen wäre. Doch all diese Pracht war bedroht. Es stand schlecht um den König. Seine Streitkräfte befanden sich im Rückzug, und über der Stadt lagen dunkle Schatten, die auch Campion nicht verborgen bleiben konnten, obwohl dieser Sommer für sie alles zu vergolden schien. Den Gestank und das Gedränge in den engen Straßen nahm sie kaum wahr. Sie sah nur das Schöne. Sie schwelgte in Liebe.

Aber selbst in der weiten, sonnigen Landschaft, durch die ihr Fluss strömte und die Tausende Blumen mit ihrem Duft erfüllten, zog noch ein anderer Schatten auf, nämlich derjenige aus ihrer Vergangenheit. Die Männer, die sich an einem zornigen Gott ergötzten, zerschlugen nicht nur das sichtbar Schöne. Sie hatten durch die trockenen, schrundigen Hände von Treu-bis-in-den-Tod Hervey auch ihre Unschuld beschmutzt, und dieser Schmutz haftete ihr immer noch an. Sie wusste darum und bekam es wieder deutlich zu spüren, als sie eines Tages Ende August mit Toby, der von seinen Garnisonspflichten beurlaubt war, allein über die Felder im Westen ritt.

Der Krieg schien weit weg zu sein. Das Gras war saftig grün, das Getreide voll schwerer Ähren, und an den Ufern des Flusses blühten wilde Blumen in üppiger Pracht. Es war ein Tag wie damals vor vielen Jahren in Werlatton, als sie ein letztes Bad in ihrem Bach genommen hatte, ein Tag, an dem sich vor lauter Hitze ein glastiges Weiß auf den Horizont legte und die Luft, vom Gesumm der Insekten erfüllt, zu vibrieren schien.

Doch das Wasser des Flusses, der sie hierher geführt hatte, war eingetrübt von den Höhlen des Schreckens, die er passiert hatte, und obwohl die vordem reißende Strömung gebändigt schien, hatte sie Angst. Sie ließ sich davon nichts anmerken, fürchtete aber den Tag der Hochzeit, denn das Gift, das Treubis-in-den-Tod Hervey auf sie übertragen hatte, wirkte in ihr nach.

Toby führte sie von der Themse weg und lenkte sein Pferd durch die Wälder im Norden zu einer saftigen Aue, durch die sich ein klarer Fluss schlängelte. An einem schattigen Fleck machten sie halt und setzten sich ins Gras am Ufer des Flusses.

Es überraschte Campion, dass ihnen, obwohl sie nun schon seit drei Wochen fast ständig miteinander plauderten, immer wieder Neues einfiel und die Lust am Zwiegespräch nicht abzunehmen schien. Er amüsierte sie, half ihrer Bildung nach, hörte ihr aufmerksam zu, stritt sich mit ihr, und selbst ein eher bangloses Stichwort konnte zu einer ausgiebigen Unterhaltung führen, denn sie waren beide voller Neugier auf die Welt des anderen.

Sie hatten in einem Korb Proviant mitgebracht, aßen Brot und kaltes Fleisch und tranken Wein. Danach legte sich Campion auf den Rücken und bettete den Kopf auf ihren Sattel. Toby lag dicht neben ihr auf dem Bauch. Er schaute sie an. «Sie werden inzwischen erfahren haben, dass du hier bist.»

«Ja.» Dieses Thema kam immer wieder auf. Toby war überzeugt davon, dass Sir Grenville Cony seine Informanten in Oxford hatte. «Wir könnten doch auch ohne die Siegel auskommen, oder?» Der Wein hatte Campion ein wenig benommen gemacht.

«Wenn du meinst.» Er zupfte an einer Kleeblüte und betupfte seine Zunge mit Nektar. «Würdest du lieber gar nichts mehr damit zu tun haben? Sollen wir dieses Siegel wegwerfen?» Toby trug das Geschenk von Lopez am Hals.

Sie seufzte. «Sie haben schon so viel Unheil gebracht. Ebenezer hasst mich, Cony trachtet mir nach dem Leben, ich werde in den Tower geworfen und muss mich von Männern wie Vavasour Devorax befreien lassen.» Sie hob den Kopf, um Toby anzusehen. «Ich habe nicht darum gebeten.»

Toby wälzte sich auf die Seite und schrie vor Schmerzen auf, als er kurz auf der verletzten Schulter lag. «Ja, aber ohne die Siegel wärst du jetzt womöglich mit einem Mann wie Samuel Scammell verheiratet. Vielleicht hättest du schon einen kleinen Scammell zur Welt gebracht. Mit eigener kleiner Bibel und seiner eigenen kleinen Sorgenstirn.»

Sie lachte und wandte ihr Gesicht der Sonne zu. «Ja.» Das Plätschern der Wellen beruhigte sie. «Armer Scammell.»

«Arm?»

«Auch er hat das alles nicht gewollt. Er war harmlos.»

«Er war habgierig.»

Beide wurden schweigsam. Die Sonne leuchtete durch Campions Lider. Sie hörte, wie sich die Pferde rührten, ein Fisch aus dem Wasser sprang. «Brauchen wir die Siegel, Toby?»

Er wälzte sich wieder auf den Bauch. Seine dunkelroten Haare umschatteten das feingeschnittene, von seiner Mutter geerbte Gesicht. Er ließ mit der Antwort auf sich warten. Campion schaute ihn an. Sie liebte, was sie sah. Es war, wie sie fand, kein klassisch schönes Gesicht. Ein Mann wie Lord Atheldene würde die Blicke einer Frau eher auf sich lenken, doch sie sah Toby mit liebenden Augen. Ihre Blicke begegneten sich.

«Zwei Antworten. Ich würde dich auch dann heiraten, wenn du das ärmste Mädchen im ganzen Königreich wärst. Die zweite Antwort: Ja, wir brauchen sie. Lazen ist seit Menschengedenken im Besitz unserer Familie. Ich würde es gerne zurückkaufen können, weiß der Himmel, wann dies möglich ist, aber ich täte es gern, bevor Mutter stirbt.»

Sie nickte.

Er lächelte sie an. «Aber wenn du darauf verzichten willst, um Cony und deinen Bruder ein für alle Mal los zu sein, werfe ich dieses Siegel auf der Stelle fort. Ich heirate dich und schätze mich glücklich.»

«Wirf es nicht fort», entgegnete sie. «Wir werden Lazen Castle zurückkaufen.»

«Und du wirst Campion Lazender sein.»

Sie lachten beide. Der Name klang seltsam. Sie erinnerte sich, dass er die Lichtnelken in ihrem Weidenkorb gesehen und ihr darum den Namen dieser Blume – Campion – gegeben hatte. «Hätte ich dich nicht getroffen, hieße ich noch immer Dorcas.»

«Dorcas.» Toby ließ sich das Wort auf der Zunge zergehen. «Dorcas. Dorcas. Dorcas.»

«Hör auf damit! Ich hasse diesen Namen.»

«So werde ich dich nennen, wenn du mir Ärger machst.»

Sie verscheuchte eine Fliege mit der Hand. «Campion», sinnierte sie. «Ja, der Name gefällt mir viel besser.»

«Nur gut, dass du damals keine Kuhschellen gepflückt hast. Lady Kuhschelle Lazender klingt irgendwie seltsam.»

«Oder Ferkelkraut.»

«Oder Gänsekresse.»

«Lady Löwenmaul Lazender.» Sie lachte. «Campion ist mir doch am liebsten.»

«Es gab einen Dichter namens Campion», sagte Toby.

«Ich weiß.»

«Von mir.» Grinsend schob er sich so weit auf seinem Ellbogen nach vorn, dass sein Gesicht dicht über ihrem schwebte. «Hör zu.» Er dachte kurz nach.

«Unsere Freiheit ist dahin,
wenn wir uns den Weibern beugen.
Was also wär uns ihr Gewinn,
wenn sie doch nur Pein erzeugen?»

«Das hat Campion geschrieben?», lachte sie.
«Wort für Wort.»
«Ziemlich dürftig, findest du nicht auch?»
Er zuckte mit den Schultern und kitzelte ihre Wangen mit einem Grashalm. «Es sollte dir auch nicht gefallen. Du solltest dich ärgern und mich einen Frauenverächter schimpfen.»
«Mir ist zu heiß, als dass ich mich ärgern könnte. Sag mir einen anderen Vers von ihm auf. Danach entscheide ich mich, ob ich dich heiraten will.»
Er nickte. «Einverstanden.» Er gab sich wieder nachdenklich, drückte ihr dann rasch einen Kuss auf die Lippen und zitierte, den Blick auf sie gerichtet:

«Der Himmel ist Musik, und himmlisch
ist deiner Schönheit Herkunft.»

Nun mimte Campion Nachdenklichkeit. Sie schaute in seine grünen Augen und sagte: «Ich heirate dich.»
«Haben dir die Worte gefallen?»
«Sehr.»
«Das dachte ich mir.»
«Hast du sie deshalb für heute auswendig gelernt?»
Er lachte. «Woher weißt du?»
«Weil du sonst nur die Gedichte kennst, die dein Vater zu Weihnachten gesungen hat, und weil du ein Buch mit Campions Gedichten auf dem Tisch im Garten liegen lassen hast. Es ist über Nacht ganz feucht geworden.»

Er grinste. «Frauen sollten weniger scharfsinnig sein.»

«Uns bleibt nichts anderes übrig, Toby, bedenkt man, was wir heiraten.»

«Wen ihr heiratet.»

«Was.»

Er küsste sie wieder, lange und zärtlich, und als sie die Augen schloss, legte er ihr seine rechte Hand auf den Bauch. Er spürte, wie sie unter seiner Berührung verkrampfte und vor ihm zurückschreckte. Er hob den Kopf. «Campion?»

Ihre Augen blieben geschlossen. Sie sagte nichts. Der Schrecken kehrte zurück, das Entsetzen darüber, besudelt worden zu sein. Das Wasser war getrübt, das Gift wirkte, und der Schatten der Vergangenheit legte sich auf sie.

«Campion?»

Sie wollte antworten, wollte ihm ihre Liebe geben, wenn er ihr bloß ein wenig Zeit ließe. Doch schon in einer Woche sollte die Hochzeit sein, und sie hatte Angst.

Er nahm die Hand von ihrem Leib, führte sie sanft über ihr Gesicht und hob die Lider an. Sie sah ihn aus blauen, angstgeweiteten Augen an. Er lächelte. «Dieser Pfaffe wird dich nie wieder berühren.»

Sie starrte ihn an. «Du weißt Bescheid?»

Er nickte. «Ich lese den *Mercurius* und habe mir manches denken können.»

Sie hatte geglaubt, den dunklen Fleck vor ihm verbergen zu können. Auch Lady Margaret, der sie vieles anvertraut hatte, wusste längst nicht alles. Sie richtete sich auf und strich sich eine Haarsträhne aus dem Gesicht. «Hat deine Mutter etwas erwähnt?»

«Nein», antwortete er, was nicht ganz der Wahrheit entsprach. In ihrer unverblümten Art hatte Lady Margaret ihrem Sohn versichert, dass seine Braut noch Jungfrau sei, ihm aber gleichzeitig geraten, sehr behutsam mit ihr umzugehen. Toby setzte sich ihr nun gegenüber. «Erzähl.»

«Es gibt nichts zu erzählen.»

«Es gibt nichts, wovor du Angst haben müsstest.»

Sie sah ihn an, fast herausfordernd, wie es schien. Dann zuckte sie mit den Achseln und berichtete ihm mit tonloser, flacher Stimme, was ihr widerfahren war.

Obwohl ihr, wie sie wusste, sehr viel schlimmeres Leid erspart geblieben war, fühlte sie sich geschändet und im tiefsten Inneren verletzt. Sie berichtete Toby von Herveys Übergriffen und ihrer Entblößung vor den Augen des gaffenden Publikums im Gerichtssaal. Während sie sprach, spürte sie wieder die tastenden Hände des Priesters, die beschmutzt hatten, was sie doch rein halten wollte.

Toby sagte nichts und blieb auch stumm, als sie alles gesagt hatte. Sie starrte unverwandt in die Strudel des Flusses, während Toby wortlos ihr nachdenkliches, wunderschönes Profil betrachtete.

Nach einer Weile wandte sie sich ihm zu und flüsterte: «Vavasour Devorax hat eine seltsame Bemerkung gemacht.»

«Was hat er gesagt?», fragte er vorsichtig, und es schien, als spürte er im kalten Wasser einer scheuen Forelle nach.

«Er sagte, jeder Mensch habe ein schreckliches Geheimnis und dieses Geheimnis sei immer im Schlafzimmer zu finden. Das meinte er wirklich so. Mir will das aber nicht einleuchten. Es hieße ja, die Liebe würde in einer armseligen, schmutzigen Kammer enden, zwischen stinkenden Laken.»

«Das ist nicht so.»

Sie hatte ihn nicht gehört. «Scammell hat versucht sich an mir zu vergreifen, der Kerl, den du getötet hast, auch. Außerdem waren da noch Pastor Hervey und ein Wachsoldat im Tower.» Campion stockte und schüttelte den Kopf. Sie hasste die Siegel nicht zuletzt deshalb, weil sie sie verwundbar machten und diesen Sommertag am Fluss vergifteten.

Toby legte ihr eine Hand unters Kinn und hob ihren Kopf an. «Glaubst du, meine Eltern hätten ihre Liebe schmutzig gefunden?»

«Nein, aber sie sind auch anders.» Ihr war selbst klar, dass Ihre Antwort kindisch klingen musste.

Er lächelte und schüttelte den Kopf. «Es muss nicht schmutzig sein ...»

«Woher weißt du?»

«Hör mir zu.»

«Von Lady Clarissa Worlake?»

«Nein.» Er lachte. «Willst du mir endlich zuhören?»

«Von wem?»

«Campion!» Er überraschte sie mit unvermittelter Strenge. «Hör zu! Was glaubst du, wie die Leute von Lazen ihre Frauen, Männer und Liebhaber fanden?»

«Das weiß ich nicht.» Ihr war elend zumute. Sie fühlte sich kindisch und unerfahren, bedrückt von dem Schatten, der auf ihr lastete, diesem dunklen Flecken an einem ansonsten makellosen Himmel.

«Wir haben vom Maitag gesprochen, erinnerst du dich? Und dem Erntefest. Davon, dass sich die jungen Leute und auch die nicht mehr ganz so jungen in die Büsche schlagen, wenn es dunkel geworden ist. Das ist nicht schrecklich. Wenn dem so wäre, warum sehnte man sich dann danach?» Er lächelte. «Zugegeben, es könnte ungemütlich werden, wenn es regnet, aber schädlich ist es nicht. Die meisten fangen damit an, bevor sie geheiratet haben, und die Kirche hat nichts dagegen. Es heißt Liebe und wird zurecht gefeiert.»

«Ich hatte nie einen solchen Maitag.» Sie schaute ihn vorwurfsvoll an. «Du aber.»

«Natürlich. Hätte ich stattdessen zu Hause über meiner Bibel hocken und meine Nachbarn als Sünder schmähen sollen?»

Seine Empörung entlockte ihr ein zögerliches Lächeln. Sie schüttelte den Kopf. «Tut mir leid, Toby. Vielleicht ist es doch nicht richtig, mich zu heiraten. Ich bin ein kleines Puritanermädchen und weiß von nichts.»

Er lachte und streichelte ihre Wange. «Darüber bin ich froh.»

«Warum?»

«Weil dir niemand in einer Mainacht oder in einem Heuschober nachgestellt hat.»

Sie lächelte, fühlte sich aber immer noch elend. «Du bist etlichen nachgestellt, stimmt's? So wie mir damals am Bach.» Sie schüttelte den Kopf. «Hätte ich gewusst, dass du mir auflauerst ...»

«Wärst du dann tot umgefallen?»

«Ich hätte mich in Grund und Boden geschämt.»

«Arme Campion.» Er lächelte. «Wann warst du das letzte Mal schwimmen?»

«Im vergangenen Jahr», antwortete sie. «An dem Tag, als wir uns begegnet sind.» Wie oft hatte sie im Tower daran zurückgedacht, an diese herrlichen Stunden am Bach, als sie unter strahlender Sonne von kristallklarem Wasser umspült worden war.

Toby richtete sich auf. «Ich nehme jetzt ein Bad.»

«Das kannst du nicht.»

«Warum nicht?»

Sie blieb ihm die Antwort schuldig: Weil er sich vorher ausziehen müsste, und davor hatte sie Angst. Treu-bis-in-den-Tod Hervey hatte ihr diese Angst eingeflößt, die Angst vor dem eigenen Körper und den Körpern anderer. Sie fürchtete den Moment, der immer näher rückte, die Hochzeitsnacht, und ahnte, dass Toby sie hierhergeführt hatte, um ihr diesen Schrecken zu nehmen.

Er grinste. «Dir ist heiß.»

«Nein.»

«Mir ist jedenfalls so heiß, dass ich jetzt schwimmen gehe.»

Er stand auf, ging ein paar Schritte zur Seite und zog sich aus. Sie starrte in die vor Hitze flirrende Luft über dem mit Mohnblumen durchsetzten Gerstenfeld jenseits des Wasserlaufes. Ihr war bewusst, dass sie sich töricht verhielt, aber sie konnte nicht anders.

Toby lief los – ein weißer Schatten am Rand ihres Gesichtsfelds – und warf sich ins Wasser, johlte vor Vergnügen und ließ eine glitzernde Fontäne aufspritzen. Dann stand er, bis zur Brust eingetaucht, in der Mitte des Flusses und wischte sich das Wasser aus den Augen. «Es ist herrlich. Komm rein.»

«Ist mir zu kalt.»

«Es ist erfrischend.»

Sie sah die noch immer blau angelaufene Schulter, das verunstaltete Gelenk. «Hast du deinen Handschuh noch an?»

«Komm rein und sieh selbst nach.» Er grinste ihr zu, tauchte unter und ließ sich mit dem Wasser treiben, bis er hinter einem Gestrüpp von Brennnesseln verschwand. «Du kannst jetzt kommen», rief er. «Von hier aus sehe ich nichts.»

«Das hast du letztes Jahr auch gesagt.»

Er lachte. Dann war es still.

Die Hitze machte ihr zu schaffen. Das Kleid klebte auf der juckenden Haut. Die Luft zitterte über der Gerste, Mohn- und Kornblumen leuchteten im grellen Sonnenlicht.

Sie hatte Lust zu schwimmen, sie erinnerte sich gut daran,

was für eine Wonne es war, im Bach von Werlatton zu baden. Sie wollte die Wellen auf der Haut spüren, vielleicht würde das kühle Wasser die Schändung durch Herveys Hand abspülen. Sie wartete auf ein Wort von Toby, hoffte, dass er sie noch einmal bäte, doch es blieb still. «Ich bleibe!», rief sie stattdessen.

«Gut. Wie du möchtest, meine Liebe.»

Sie lauschte, aber mehr war von ihm nicht zu hören. Er war auch nicht mehr zu sehen. Sie wartete. «Wo bist du?»

«Hier.»

Sie stand auf, ging auf das Gestrüpp zu und entdeckte ihn zwanzig Schritt weiter unten im Wasser. Er lachte.

«Schwimm weiter weg», rief sie und deutete auf eine Stelle, wo der Fluss hinter dichten Weiden und Kreuzdornbüschen verschwand.

«Warum sollte ich? Du willst ja nicht ins Wasser.»

«Vielleicht ja doch.»

Er setzte eine pflichtschuldige Miene auf, drehte sich um und schwamm ein paar Züge. «Weit genug?»

«Nochmal so weit. Na los!»

Lachend gehorchte er und zog sich hinter die Büsche zurück. Sie wartete einen Moment, um sich zu vergewissern, dass er nicht wieder auftauchte, ging dann an die Stelle zurück, wo er seine Kleider mitsamt dem goldenen Siegel achtlos abgelegt hatte, und blickte auf das glitzernde Wasser. Es drängte sie, in den Fluss zu steigen, nicht nur zur Erfrischung, vor allem hoffte sie, den Schatten abstreifen zu können.

Sie lief wieder zu den Brennnesseln hin und hielt nach Toby Ausschau. «Und wenn mich jemand sieht?», rief sie.

Er antwortete nicht.

Als sie wieder bei seinen Kleidern, dem Lederrock und Schwert angekommen war, schaute sie sich nach allen Seiten um. Es war keine Menschenseele zu sehen. Sie überlegte, ob es möglich wäre, kurz ins Wasser zu springen und wieder angezogen zu sein, ehe Toby hinter den Büschen zum Vorschein käme.

Eins der Pferde hob den Kopf und warf ihr einen Blick zu, der sie verlegen machte. Sie starrte wieder auf den Horizont, auf den Waldrand, der eine halbe Meile entfernt war, und suchte den Flusslauf ab.

Wenn sie früher ein Bad im Bach genommen hatte, hatte sie Angst vor Matthew Slythe und seinem Ledergürtel gehabt. Als sie jetzt Schuhe und Strümpfe auszog, die Schürze ablegte und das Kleid aufschnürte, spürte sie eine ganz andere Angst. Sie hielt inne, duckte sich und spähte nach allen Seiten. Das Herz klopfte ihr bis zum Hals, sie hörte das Blut in den Ohren rauschen. Schnell streifte sie das Kleid über den Kopf, warf es neben Tobys Sachen und nestelte an den Bändern des Unterrocks. Sie spürte die heiße Sonne im Nacken, ließ den Unterrock fallen und rannte zum Fluss, um sich in seinen Wellen zu verbergen.

Es war genauso wie damals, so rein, so kühl, so wohltuend. Sie fühlte sich vom Wasser überall umschmeichelt und empfand eine Freude, die alles andere vergessen ließ. Den Kopf untergetaucht, schwamm sie unbeholfen bis in die Mitte des Flusses hinaus und spürte die Strömung auf sich einwirken. Es war ihr ein Genuss, vom Wasser getragen und gewaschen zu werden. Sie schwamm zurück, kniete sich nahe dem Ufer auf den von Pflanzen weich gepolsterten Grund und ließ das Wasser über die Schultern strömen.

«Gefällt's dir?» Toby war an die vierzig Schritt entfernt und lächelte ihr zu. Den Kopf ins Wasser getaucht, schwamm er herbei. Sie wollte schon Reißaus nehmen und zu ihren Kleidern laufen, doch dann richtete er sich, bis auf zwanzig

Schritte herangekommen, im Wasser auf und lachte ihr zu. «Komm und sieh zu, wie ein achtfingriger Mann eine Forelle fängt.»

Sie schüttelte den Kopf.

«Dann komm ich zu dir.»

«Bleib, wo du bist, Toby!»

Er watete langsam in ihre Richtung. «Das sollten wir jeden Sommer tun, wenn wir verheiratet sind. Falls wir nach Lazen zurückkehren, könnten wir eine hohe Mauer um einen der Wassergräben bauen. Wie fändest du das?»

Sie bekam kein Wort heraus und nickte nur.

Er tat, als bemerkte er nicht, dass sie sich noch tiefer ins Wasser zu ducken versuchte. «Im Lazen-Bach zu schwimmen wäre natürlich noch viel schöner. Ich könnte den Leuten aus dem Dorf mit der Todesstrafe drohen, falls sie es wagen sollten, uns zu beobachten, aber das wäre vielleicht doch ein wenig überzogen.» Er war jetzt nur noch etwa zehn Schritt entfernt. «Die meisten werden uns für verrückt halten, dass wir freiwillig ins Wasser gehen.»

«Bleib, wo du bist, Toby!» Treu-bis-in-den-Tod Hervey fuhr ihr mit seinen Händen über den Leib, Scammell grinste hämisch, und ein ganzer Saal voll Männer lachte über ihre Blöße. «Komm nicht näher!», rief sie und verschränkte die Arme vor der Brust.

Toby blieb stehen. Er war bis auf wenige Schritte herangekommen und lächelte. «Campion?», flüsterte er sanft. Doch plötzlich stieß er einen Schrei aus. Mit schmerzverzerrtem Gesicht hielt er die verletzte Schulter gepackt. Aus dem Schrei wurde ein qualvolles Ächzen. Er warf den Kopf hin und her, kippte zur Seite und trieb mit der Strömung davon.

«Toby!»

Vergeblich suchte er nach Halt. Das Wasser trug ihn fort.

Campion vergaß ihre Furcht, vergaß, dass sie nackt war. Sie richtete sich auf, ruderte durchs Wasser und drängte ihm nach. «Toby!»

Sie griff nach der behandschuhten Hand, die er ihr entgegenstreckte, verfehlte sie, bekam aber dann seinen rechten Arm zu fassen. Sie schrie auf, als ihr der Arm entglitt, warf sich in ihrer Verzweiflung nach vorn und versuchte, seinen Oberkörper aufzurichten. Plötzlich wurde sie gewahr, dass er mit beiden Beinen sicher auf dem Grund stand und sie mit der Rechten an sich drückte. Seine grünen Augen schauten sie an.

«Toby!»

«Psst.»

«Du hast mir was vorgemacht.» Sie wusste nicht, ob sie lachen oder weinen sollte, und fing plötzlich an zu zittern, als er sie an sich zog und ihr mit der rechten Hand über den Rücken streichelte, so sanft, als wäre sie ein silberner, zwischen Wasserranken versteckter Fisch. «Toby?»

Er hob ihren Kopf mit der linken, behandschuhten Hand. Sie ließ sich küssen und schloss die Augen, weil sie nicht wusste, wohin mit ihren Blicken. Dann umschlang sie ihn mit ihren Armen und schmiegte ihr Gesicht an seine Schulter. Die Angst war noch da, doch er schien sie davor in Schutz zu nehmen. Sie hielt sich an ihm fest, verspürte eine Erregung in sich und wusste, dass sie genau davon in Werlatton geträumt hatte, in jenen Nächten, als ihre Liebe noch ein unerfüllbares Sehnen gewesen war. «Toby?»

«Psst.» Er trug sie aus dem Wasser und legte sie ins Gras. Sie wagte es nicht, die Augen zu öffnen, und gab keinen Laut von sich. Sie erwartete, einen Schmerz zu empfinden, wünschte ihn sogar herbei und streichelte seinen Rücken, während er sie liebte und ihre Angst besiegte. Als es geschehen war, trug er sie in den Bach zurück und badete sie darin. Erst jetzt schlug sie schüchtern die Augen auf.

Er lächelte. «War es so schrecklich?»

Sie schüttelte den Kopf. «Es tut mir leid.»

«Was denn?»

«Dass ich mich so töricht angestellt habe.»

«Das hast du nicht.»

Sie schaute ihn an. «Du hast mich angeschwindelt.»

«Ja.»

Sie lachte und stellte ihm eine peinliche Frage, die ihr wichtig erschien. «War es schön für dich?»

«Das müsste ich doch fragen.»

«Antworte bitte.»

«Es war schöner als schön», sagte er lächelnd.

«Schöner als all die Male im Mai?»

«Schöner noch als erträumt.»

Sie errötete. «Wirklich?»

«Vergewissere dich doch.»

«Wie?»

«Frag mich, ob ich's noch einmal will.»

Sie bespritzte ihn mit Wasser, warf einen Blick stromabwärts und fragte dann: «Willst du?»

Sie liebten sich wieder. Diesmal sah sie ihn an, drückte sich fest an ihn und spürte, dass der Schatten von ihr abgefallen war. Später, nach einem weiteren Bad im kühlen, klaren Wasser, ließen sie sich, im Gras ausgestreckt, von der Sonne trocknen. Campion, nackt unter wolkenlosem Himmel, ruhte mit dem Kopf auf ihrem Sattel, während Toby, auf den Ellbogen gestützt, auf der Seite lag und mit der Fingerspitze über ihren weißen, schlanken Leib fuhr. «Du bist wunderschön.»

«Deine Mutter meint, meine Brüste würden größer, wenn wir uns nur oft genug liebten.»

Er lachte. «Wir sollten Maß nehmen. Du weißt, wie Väter die Größe ihrer Kinder nachmessen und Kerben in den Türpfosten schnitzen. So ähnlich machen wir's auch und zeigen dann unseren Gästen, wie weit du gediehen bist.»

Lachend wandte sie sich ihm zu, streckte die Hand aus und zupfte ihm ein dunkelrotes Haar von der Brust. «Er liebt mich. Hat's wehgetan?»

«Ja.»

Sie zupfte ihm ein zweites Haar aus. «Er liebt mich nicht.»

«Hör auf, ich bin erschöpft und müde.»

«Ich kann jetzt nicht aufhören.» Sie zupfte ein drittes. «Er liebt mich.»

Er hielt ihre Hand fest. «Belassen wir's dabei.»

«Wie du meinst.» Sie lächelte glücklich. Sie küssten sich und lagen Arm in Arm beieinander.

Das Siegel des Apostels Lukas lag zwischen ihren Sachen, vergessen und so fern wie der Krieg. Sie schmeckte seine Haut mit der Zunge. «Wird es immer so sein zwischen uns?»

«Wenn wir es wollen.»

«Ich will es.»

Der Fluss strömte hell und klar unter dem wolkenlosen Himmel dahin. Campion hatte Frieden mit sich geschlossen.

❦ 28 ❦

Es wird, wenn überhaupt, erst morgen regnen», verkündete Lady Margaret, was weniger als Meinung zu verstehen war, vielmehr als Befehl, gerichtet an den allmächtigen Gott, der allerdings andere Pläne zu haben schien, denn der Himmel über Oxford hatte sich zugezogen. Der September begann mit trübem Wetter.

Lady Margaret stand an Campions Bett. «Willst du den ganzen Tag liegen bleiben?»

Campion schüttelte den Kopf. «Nein.»

«Es ist schon nach sechs, Kind. Wir frühstücken gleich.»

«Bin gleich unten.»

Lady Margaret musterte sie mit kritischem Blick. «Du siehst viel besser aus, Kind. Was mein Sohn da vorige Woche mit dir angestellt hat, war offenbar längst überfällig.» Mit dieser Bemerkung rauschte sie aus dem Zimmer, rief nach Enid und brachte den Haushalt in Schwung für einen besonders geschäftigen Tag. Campion war amüsiert und erstaunt zugleich. Amüsiert, weil Lady Margaret die vorzeitige Entjungferung der Braut durch den Bräutigam offenbar guthieß, und erstaunt darüber, dass es ihr anscheinend anzumerken war. Sie hatte immer versucht, ihre Nöte zu verbergen, und musste nun erkennen, dass weder Mutter noch Sohn zu täuschen waren.

Der Schatten hatte sich verzogen, und das war gut so, denn der heutige Tag sollte heiter sein. Heute war der Tag, der bestätigte, dass selbst die wildesten Träume Wirklichkeit werden konnten. Heute würde sie heiraten.

Lady Margaret war am Frühstückstisch weniger optimistisch. «Mag sein, dass er den Weg zur Kirche nicht findet, meine Liebe. Ich habe ihn gestern Abend aus dem Haus vertrieben und muss nun fürchten, dass er nicht nüchtern ist. Womöglich hat er sich in die Tochter des Schankwirts verliebt und ist mit ihr durchgebrannt. Ich hatte eine Cousine dritten Grades, die dem Stallknecht ihres Vaters verfallen war.»

«Tatsächlich?»

«Zweifelst du etwa an meinen Worten?» Sie schnupperte

mit ihrer römischen Nase an dem Birkentee und befand ihn für genießbar. «Sie wurde später mit einem schrecklich langweiligen Pfarrer aus den Fens verheiratet. Wahrscheinlich haben alle gehofft, dass sie beizeiten im Moor versinkt, aber sie hat stattdessen neun Kinder zur Welt gebracht und sich zu einem Dorn im üppigen Fleisch des Bischofs von Ely entwickelt. Iss was, Kind!»

Das Hochzeitskleid war das prächtigste, das in Oxford geschneidert werden konnte. Der Unterrock bestand aus weißer Seide und war mit taubenblauen Blumen bestickt. Unter Lady Margarets Anleitung schnürte Enid die Braut und nahm dann das Hochzeitskleid vom Bett.

Es war aus strahlend weißem Satin, vorn vor dem Unterrock geteilt und mit blauen Seidenrosen umgenäht. Am Rücken wurde es nicht etwa festgehakt, sondern mit blauen Bändern zusammengefasst, die Enid zu großen Schleifen verknotete. Auch die Ärmel waren durch Schleifen mit dem Mieder verbunden, und es genügte ein einfacher Handgriff, um sie zu lösen. Der Kragen des Kleides bestand aus cremefarbenem Seidenbrokat, einem wunderschönen, kostbaren Material mit besonders fester Bindung.

Die Schuhe, die, wenn sie ging, unter dem Unterrock zum Vorschein kamen, waren mit silbernem Satin überzogen und mit einer blauen Blume verziert. Die Ohrringe fassten funkelnde Saphire ein, und von silbernen Haarspangen hing ein sieben Ellen langer Schleier herab. Sie zupfte die Spitze zurecht und sagte: «Eins fehlt noch.»

«Ja?»

«Geduld, mein Kind.» Lady Margaret öffnete ihr Handarbeitskästchen. «Hier.»

Sie reichte ihr ein Paar perlenbestickter Spitzenhandschuhe. Campion fühlte sich an die Nacht erinnert, als sie Matthews Slythes Versteck in der großen Truhe gefunden hatte, und wusste, dass es die Handschuhe ihrer Mutter waren. Kein Zweifel, Kit Aretine hatte sie seinem «Engel» geschenkt, der wahrscheinlich voller Hoffnung darauf gewesen war, sie zur eigenen Hochzeit tragen zu können. Die Handschuhe waren als der einzig übriggebliebene Besitz von Agatha Prescott nach Werlatton geschickt worden. Lady Margaret sagte: «Ich habe sie von Lazen mitgebracht, als mich dieser widerliche Zwerg vertrieben hat. Warum weinst du, Kind?»

«Oh, Lady Margaret!» Campion wünschte, ihre Mutter könnte nun vom Himmel auf sie herabblicken. Sie streifte die zarten, edlen Handschuhe über. «Wie soll er jetzt den Ring an meinen Finger stecken?»

«Bist du dir denn sicher, dass er vorm Traualtar erscheinen wird? Nun, vermutlich muss er ein bisschen nachhelfen, wenn's klemmt. Du willst es doch den Männern nicht unnötig leicht machen, oder? Komm, lass dich anschauen.»

Lady Margaret war stolz auf ihre schöne Schwiegertochter und glücklich, dass Campion um ihre Schönheit nicht viel Aufheben machte. Sie trat ein paar Schritte zurück und musterte sie von Kopf bis Fuß. «Du kannst es dir natürlich immer noch anders überlegen.»

«Kann ich das?»

Enid lachte. «In zwei Stunden werde ich Euch Lady Lazender nennen müssen, Miss.»

«Ach, Enid.»

«Natürlich wird sie das», sagte Lady Margaret, die sich an der unnötigen Drapierung des Kleides beteiligte und mal an dieser, mal an jener Falte zupfte. «Du wirst in den Adelsstand erhoben, Kind, und erfahren, dass höflicher Respekt nur eine kleine Entschädigung ist für die Verantwortung, die du zu tragen hast.» Sie schien mit dem Kleid der Braut zufrieden zu sein. «Du siehst großartig aus, Campion. Erstaunlich, was eine gute Schneiderin zu leisten vermag. Du kannst jetzt nach unten gehen und deinen Gentleman begrüßen.»

«Meinen Gentleman?»

«Hattest du etwa vor, allein durch den Mittelgang zu schreiten?»

Genau das hatte sich Campion vorgestellt. Sie wusste, dass Mordecai Lopez nicht nach Oxford kommen konnte. Vor zwei Tagen war ein Brief mit seiner Absage eingetroffen, und es gab außer ihm niemanden, der als Brautführer in Betracht kam. Darum hatte sie sich innerlich darauf eingestellt, allein an Tobys Seite zu treten. «Wer ist es?»

«Ihn ‹es› zu nennen ist nicht gerade höflich. Er hat beträchtliche Mühen auf sich genommen, um dir eine Gefälligkeit zu erweisen, die für ihn zweifellos eine harte Prüfung ist. Es wäre also das Mindeste, wenn du dich ihm gegenüber freundlich zeigtest.» Unter den herben Ton mischte sich wie immer ein Gutteil Warmherzigkeit, doch Campion hatte den Verdacht, dass noch andere Gefühle mitschwangen.

Der wartende Gentleman strich sich mit der Hand über den kleinen Schnauzbart und merkte auf, als er Schritte auf der Treppe hörte. «Wer da?»

«Oberst Washington!»

Er strahlte übers ganze Gesicht, als hätte ihn die eigene Tochter begrüßt. Seine blinden Augen waren mit einem samtenen Tuch verbunden, das aber nicht alle schlimmen Narben abdecken konnte.

Sie gab ihm einen Kuss. «Oberst!»

«Ihr erinnert Euch an mich, meine Liebe!» Geschmeichelt richtete er sich zu seiner vollen Größe auf, blieb aber auch so um ein oder zwei Zoll kleiner als Campion. Er hielt ihre Hände. «Noch hättet Ihr die Zeit, Euren Sinn zu ändern. Ich stehe ganz zu Euren Diensten.» Er lächelte. «Ich bin sicher, Ihr seid wunderschön, und kann nur hoffen, dass ich Euren Glanz nicht trübe.»

«Ihr seht großartig aus, Oberst.» Washington trug einen braunen Samtrock, unter dem ein rotes Hemd zum Vorschein kam. Um die Hüfte hatte er die königliche Feldbinde gewickelt. Er hielt einen großen, mit Federn geschmückten Hut in der Hand, und an der Seite hing, wenn auch nur zum Schmuck, sein Schwert.

Lady Margaret kam die Treppe herunter. «Ah, Sir Andrew!»

«Sir Andrew?», fragte Campion.

Washington nickte. «Der König hat mich für den Verlust meiner Augen belohnt. Eine Pension wäre wohl sinnvoller gewesen, aber Ehrentitel sind heutzutage erschwinglicher.» Er wandte sich Lady Margaret zu. «Die Kutsche wartet auf Euch, Mylady, und wird dann für uns wieder zurückkommen.»

«Aber nicht zu bald, Andrew. Für Toby ist bislang alles viel zu glatt gegangen. Es wird Zeit, dass er ein wenig warten muss und sich Sorgen macht.» Lady Margaret schien zu vergessen, dass sich Toby sehr wohl große Sorgen gemacht und lange auf Campion gewartet hatte, als sie ihren Feinden ausgeliefert gewesen war. Der Vorwurf passte auch nicht zu ihrer Stimme, die, wie Campion bemerkte, von großer Zuneigung zu ihrem Sohn zeugte. Lady Margaret sah ihr Lächeln und sagte: «Wollen wir hoffen, dass der Bräutigam nüchtern ist, was ich allerdings stark bezweifle. Wahrscheinlich liegt er volltrunken in irgendeinem Weinkeller.»

Auch Sir Andrew Washington hatte Bedenken. «Hoffentlich regnet es nicht.»

«Es wird nicht regnen», sagte Lady Margaret bestimmt. «Komm, Enid.»

Als die beiden abgefahren waren, sagte Campion: «Dass Ihr mich begleitet, ist sehr freundlich von Euch.»

«Ach was. Es macht mich stolz, sehr stolz. Ihr aber hättet Euch sicher einen Brautführer gewünscht, der Euch näher steht.»

«Mein lieber Sir Andrew, ich wüsste nicht, wen ich in diesem Amt lieber sähe.»

Ihre Antwort schien ihm zu gefallen. «Allerdings seid Ihr es, die mich führen muss.»

«Wie kommt Ihr zurecht?»

«Oh, irgendwie geht's.» Er lächelte. «Ich bewohne ein kleines Haus in Wiltshire, und meine Diener sind sehr gütig. Sie versorgen mich bestens und lesen mir vor. Ansonsten mache ich mich im Garten nützlich, dazu reicht der Tastsinn aus. Und im Unterschied zu früher finde ich inzwischen Gefallen daran, mich mit anderen zu unterhalten. Ich höre gern zu, versteht Ihr?» Die samtene Maske war auf sie gerichtet. «Lady Margaret hat große Angst um Euch gehabt. Während Eurer Kerkerhaft war ich in Oxford und konnte nicht viel für Euch tun.»

«Ich hab's überlebt, Sir Andrew.»

«Dafür haben wir gebetet. Und wie! Meine Knie sind immer noch wund. Nun, seid Ihr bereit für die Parade? Gibt es für Euch noch etwas zu tun, bevor wir gehen?»

Es war nicht weit bis zur Kirche St. Mary's. Die Bewunderung der Menge, die sich in der Straße vor dem Haus versammelt hatte, brachte Campion in Verlegenheit, als Oberst Washington ihr in die Kutsche half. Sie dachte an die weite Wegstrecke, die sie bis hierher zurückgelegt und die mit dem Siegel des Apostels Matthäus ihren Anfang genommen hatte. Sie hatte die schmucklosen schwarzen Kleider der Puritaner und ihre strikten Regeln abgelegt und war nun im Begriff, in Seide und Satin zu heiraten. Eine zufällige Begegnung am Bach von Werlatton hatte sie vor den Traualtar geführt, und sie dachte an das, was in all den Monaten durch Krieg und Feuer, Haft und Folter hinweg unverändert geblieben war: die Liebe, die sie mit Toby verband.

Die Hochzeit war ein großes Ereignis in Oxford. Nach den Feldzügen im Sommer blickten die Royalisten auf eine Folge bitterer Niederlagen zurück. Der Feind hatte seine Überlegenheit weiter ausgebaut, und es stand schlecht um die Sache des Königs. So war nun Campion zu einem Symbol trotzigen Widerstandes geworden. Man hatte ihr als Royalistin und Hexe den Prozess gemacht. Doch sie war ihren Peinigern entflohen und wurde nun in der Hauptstadt des Königs als Heldin gefeiert. Vor der Kirche erwartete sie eine noch viel größere Menschenmenge, und als James Wright den Verschlag öffnete, drohte sie der Mut zu verlassen. James lächelte ihr aufmunternd zu. Tobys Knappe war nach Oxford gekommen, um Campion zu beschützen, wenn sie ohne Toby das Haus verließ.

Oberst Sir Andrew Washington ergriff ihren Ellbogen. «Nur Mut, meine Liebe.»

Sie hatte nicht damit gerechnet, dass die Kirche so voll sein würde. Als sie den blinden Sir Andrew über die Stufen des Portals führte, erklangen triumphierende Orgelklänge und Chorgesang. Campion war überwältigt von der Musik und dem Anblick, der sich ihr bot. Die versammelten Gäste hatten ihren feinsten Staat angelegt. Spitze und Silber, Samt, Seide und Juwelen schimmerten im Licht der Kerzen, die von Mordecai Lopez' Geld gekauft worden waren. Campion wurde nervös und lächelte scheu, als sie an Sir Andrews Seite den Mittelgang entlangschritt und alle Blicke auf sich gerichtet sah.

Toby stand vor den Stufen zum Altarraum. Er war in silbernen Samt gekleidet, unter den aufgeschlitzten Ärmeln und Hosenbeinen blitzte goldene Atlasseide. Die hohen grauen Stiefel waren an den umgekrempelten Stulpen scharlachrot gefüttert. Er lächelte ihr so schelmisch zu, dass sie in ihrer Freude und Erregung fast laut aufgelacht hätte. Und dann fürchtete sie wieder, ihre Stimme könne versagen, wenn der Bischof sie zum Jawort aufforderte.

Der Bischof in seinem kostbaren Talar nahm die Trauung persönlich vor. Campion wunderte sich selbst über die Festigkeit ihrer Stimme, als sie die Worte zu sagen hatte, die Wirklichkeit und Traum zu vermengen schienen. «Ich, Campion Dorcas Slythe Aretine ...»

Sir Toby, so nervös wie seine Braut, zwängte ihr den Ring über den Spitzenhandschuh. Von der Liturgie bekam Campion vor Aufregung kaum etwas mit, doch ihr Herz machte einen großen Sprung, als Toby sein Gelübde ablegte und die Worte sprach: «Mit meinem Leib ehre ich dich.» Eine solche Formel hätte in der Welt von Matthew Slythe keinen Platz gehabt, denn für Puritaner war der menschliche Körper ganz und gar nicht verehrungswürdig, geschweige denn zur Verehrung imstande. Sie hätten ihn allenfalls als «Tempel des Heiligen Geistes» bezeichnet, doch war Campion schon als Kind dazu angehalten worden, diesen Tempel als eine vergiftete Quelle der Versuchung zu betrachten, als eine Bürde, von der man sich nur wünschen konnte, dass sie einem mit dem Tod genommen wurde. Matthew Slythe hatte immer wieder darauf hingewiesen, dass es im Himmel keinen ehelichen Austausch gebe. Campion aber wähnte auch dort grüne Auen, durch die klare Bäche flossen, an dessen Ufer Liebhaber beieinanderliegen konnten.

Pastor Simon Perilly spendete seinen Segen mit strahlender Miene, und dann hielt der Bischof eine gnädigerweise kurze Predigt, worauf die Orgel wieder ertönte und Campion am Arm ihres Ehemannes die Kirche verließ. Sie war jetzt Campion Lazender und nie mehr Dorcas Slythe. Sie hatte, wie Liebende es müssen, ihr Schicksal in die eigene Hand genommen.

Vor dem Kirchenportal begrüßten sie die ersten Sonnenstrahlen des Tages. Grell funkelte ihr Abglanz auf den breiten Hellebardenklingen der königlichen Gardisten, die in ihren dunkelroten Uniformen Spalier standen, und die Schatten der Piken zeichneten sich scharf auf dem mit Blumen bestreuten Weg zu ihren Füßen ab.

Von Glockenklängen begleitet, fuhren sie zum Merton College, in dem bis vor wenigen Wochen Königin Henrietta Maria residiert hatte. Es war immer noch ihr Palast, aber weil die Königin im Ausland weilte, hatte Toby die Erlaubnis erhalten, in dem großen Festsaal die Hochzeitsfeier auszurichten. Der große Aufwand behagte ihm nicht, doch hatte Campion eine Feier gewünscht, die der Lazenders würdig sei. Außerdem wollte sie auf diese Weise den Feinden trotzen, die ihre neue Familie beraubt hatten. Sie würden sich, so Campion, noch lange an diese Hochzeit erinnern, und so hatte sie darauf bestanden, einen Teil des von Lopez geliehenen Geldes in ein prunkvolles Fest zu investieren.

Lady Margaret hatte für diesen Tag auf ihre Trauerkleidung verzichtet und glänzte in einem scharlachroten Gewand, das sie in dem reichgeschmückten Saal zu dem Blickfang neben der Braut machte. Von den Gästen gefragt, woher ihre Schwiegertochter stamme, antwortete Lady Margaret: «Sie ist Aretines Füllen. Ihr erinnert Euch doch an seine Familie, oder? Ein exzellentes Geblüt. Zwar mit einer McClure'schen Ader, aber durch und durch angliziert.»

Campion wurde so vielen Leuten vorgestellt, dass sie sich die einzelnen Namen nicht merken konnte. Sie nahm ungezählte Handküsse entgegen, und dass sie nicht besonders gut tanzen konnte, störte niemanden, zumal kaum einer der Gäste nüchtern genug war, um es zu bemerken. Sie tanzten altenglische Tänze: «Cherrily and Merrily», «The Friar and the Nun» und, als es Abend wurde, die Stimmung ausgelassener und weil die Männer darauf bestanden, «Up Tails All». Campion musste die Damen beim «Petticoat Wag» anführen. Caroline, die zur Hochzeit nach Oxford gekommen war, feuerte ihre Schwägerin an. «Höher mit dem Röckchen! Höher!»

Bei Sonnenuntergang regnete es ein wenig, sodass sich auf den feuchten Pflastersteinen, Mauern, Torbögen und Büschen das Licht der Fackeln spiegelte, die Toby und Campion den Weg nach Hause leuchteten. Tobys engste Freunde bildeten ihre Eskorte, junge Burschen und Mädchen, die angeheitert und voller Erwartung waren, denn es sollte nun einem alten Brauch entsprochen werden, dem Campion mit gemischten Gefühlen entgegensah. Vor der Pforte des Hauses von Lord Tallis angekommen, lächelte sie Toby zu und fragte: «Müssen wir?»

«Natürlich, daran führt kein Weg vorbei.» Er lachte.

Dass Campions Hochzeitskleid nur von Schleifen zusammengehalten wurde, hatte seinen Grund in dem, was nun bevorstand. Die Mädchen trieben die Braut durchs Treppenhaus und griffen mit den Händen nach ihr, um an den Schleifen zu ziehen. Die Männer unten in der Halle sahen zu und klatschten Beifall, sooft eines der hellblauen Bänder übers Geländer geworfen wurde. Schon war der rechte Ärmel abgestreift, bald folgte der linke. Die Männer drängten näher und verlangten, mehr nackte Haut zu sehen. Der Überrock fiel zu Boden, als Campion über die Schwelle zum Schlafzimmer geschubst wurde.

Die johlenden Männer machten sich derweil an Tobys Hose zu schaffen und scheuchten ihn über die Stufen nach oben. Campion hatte sich aufs Bett werfen lassen, wo ihr von Caroline nun auch der Unterrock ausgezogen wurde. Lachend verkroch sie sich unter den schweren Bettdecken, um ihre Blöße zu verbergen.

Das Gelächter der Mädchen ging in ein schrilles Kreischen über, als Toby ins Zimmer gestoßen wurde. Er war nackt bis auf den Handschuh, der seine verstümmelte Hand verhüllte. Grinsend verbeugte er sich vor den jungen Damen, als ihn die Freunde seiner Braut zuführten. Caroline half Campion, an den Decken festzuhalten, die von den Männern zurückgeschlagen wurden, um dem Bräutigam ins Bett zu helfen. Sir Toby, der nun neben seiner Braut lag, rief ihnen zu: «Ihr habt eure Pflicht erfüllt und könnt jetzt gehen. Verschwindet!»

Die meisten schienen bleiben zu wollen. Sie machten es sich mit ihren Weinflaschen bequem und beobachteten lachend das nackte Paar unter den Decken. Mit puritanischen Hochzeitsriten hatte all das ganz und gar nichts zu tun, aber es entsprach einem traditionellen englischen Brauch, und Campion errötete, als die Gäste sagten, dass sie sich erst dann verziehen würden, wenn sie Toby küsste. Sie küsste ihn.

«Mehr, mehr!»

Nach einer Weile zogen die Schaulustigen ab. Toby musste aus dem Bett steigen und, nackt wie er war, denen, die immer noch nicht gehen wollten, Beine machen. Dann verriegelte er die Tür, drehte sich grinsend zu ihr um und fragte: «So schlimm war's doch nicht, oder?»

Campion lächelte. «Nein.»

«Sie werden alle unten auf uns warten. Pass auf.» Er

stampfte mit beiden Beinen laut und rhythmisch auf die Dielenbretter, worauf frenetischer Jubel durchs Haus hallte. Er grinste. «Was hast du an?»

«Nichts.»

«Zeig's mir.»

«Toby!»

Es setzte sich zu ihr ans Bett. «Hallo, Lady Lazender.»

«Hallo, Sir Toby.»

«Es wird Zeit, dass wir auch vor Gott ein Paar werden.»

«Ich dachte, das seien wir schon.»

«Das war nur eine Vorübung.» Er schlug die Decke zur Seite, küsste sie, und dann endlich waren die beiden miteinander vermählt.

Ende Oktober ließ es sich in Oxford kaum mehr aushalten. König Charles war mit seinen Streitkräften zurückgekehrt, und die Stadt platzte aus allen Nähten. Lady Margaret mokierte sich über die vollgestopften, stinkenden Straßen. Es wurde beschlossen, ins nahegelegene Woodstock auszuweichen, das eine eigene kleine Garnison royalistischer Truppen unterhielt. Toby war sich über die Gefahr, in der Campion schwebte, jederzeit bewusst. Um den Bund ein für alle Mal an sich zu reißen, sann Sir Grenville auf ihren Tod, und Toby glaubte, dass sie in der kleinen, gutbewachten Ortschaft sicherer sein würde als in den anonymen Massen, die die Straßen der Stadt bevölkerten.

Vor der Abreise aber galt es noch eine Pflicht zu erfüllen. Sie waren zu einer Audienz bei Hofe geladen und machten sich an einem windigen, verregneten Tag auf den Weg zur Christ Church. Vor der Kirche hatte sich eine empörte Menschenmenge versammelt, die von kriegsmüden Soldaten in Schach gehalten wurde. Nur mit Mühe gelang es Toby, seine

Frau und seine Mutter zum Audienzsaal zu führen, vorbei an der langen Warteschlange derjenigen, die aufgerufen waren, den König zu begrüßen.

Campions Neugier war größer als ihre Nervosität. Das lärmende Durcheinander und die offenkundige Abneigung der Hofschranzen gegenüber dem einfachen Volk ließen die Audienz in einem wenig würdevollen Licht erscheinen, doch als sie dann zum ersten Mal den König sah, war sie plötzlich von Ehrfurcht ergriffen. Immerhin stand sie vor einem König, einem Gesalbten Gottes, der weit über denen thronte, die sich hier um ihn scharten.

König Charles war trotz seiner hochhackigen Schuhe und dem mit Federn geschmückten Hut sehr viel kleiner, als Campion ihn sich vorgestellt hatte. Er stand reglos, ja, geradezu zaghaft inmitten des Gedränges, über das er sich seiner Miene nach zu wundern schien. Man hätte ihn auch für einen jener Universitätsdoktoren halten können, die durch die Straßen Oxfords gingen und anscheinend nicht wahrhaben wollten, dass ein Königshof mitsamt seiner Armee in die Stadt eingezogen war.

Ein Diener, der einen langen Stab mit goldener Spitze in der Hand hielt, rief die Lazenders nach vorn. Sir Toby verneigte sich tief, Lady Margaret und Lady Campion beugten die Knie. Der König nickte spröde und schien kaum interessiert an den dreien. Der Diener, der sie nach vorn gerufen hatte, forderte sie auf, wieder zurückzutreten.

Plötzlich erhob der König seinen rechten Arm. Campion sah, dass er schwere Ringe an den behandschuhten Fingern trug. Den Blick auf sie gerichtet, fragte er mit gezierter, aber klarer Stimme: «Du bist die Tochter von Christopher Aretine?»

«Ja, Eure Majestät.»

Er zwinkerte, und sie glaubte schon, sein Interesse an ihr sei erschöpft. Doch dann sagte er: «Es freut uns, dass du loyaler bist als er.»

Campion wusste darauf nichts zu entgegnen, und es schien, dass der König auch keine Antwort erwartete, denn er hatte sich schon den nächsten Gästen zugewandt. Sie trat zurück, unsicher, ob seine Bemerkung als Kompliment oder als Beleidigung zu verstehen war.

Lady Margaret hatte keine Zweifel. «Wir ertragen dieses scheußliche Gewühl, um unsere Hochachtung zu zeigen, doch er verhält sich flegelig. Wäre er nicht von Gott gesalbt, würde er wahrscheinlich nirgendwohin eingeladen. Zu einer gepflegten Konversation ist er offenbar nicht imstande. Wahrscheinlich kann er sich nur mit langweiligen Priestern unterhalten. Aber was kann man von einem Schotten auch anderes erwarten?» Sie schnaubte empört und nahm keine Rücksicht darauf, dass andere ihre Worte hören konnten. «Zugegeben, im Vergleich zu seinem Vater schneidet er ein wenig besser ab. König James hatte eine schrecklich feuchte Aussprache und nicht die geringsten Tischmanieren. Ich hoffe, meine Enkelkinder lernen beizeiten, sich kultiviert bei Tisch zu benehmen. Kaum etwas ist so unerträglich wie ein Kind, das mit den Händen auf seinem Teller herumpatscht – wie es übrigens dein Gemahl als Kind getan hat. Zum Glück haben wir nur selten miteinander gegessen. Ah! Da ist Lord Spears. Er behauptet, eine neue Methode der Veredelung von Obstbäumen entwickelt zu haben. Der Mann ist ein Narr, aber vielleicht hat er ja recht. Wir sehen uns später.» Mit diesen Worten stürzte sie sich in die Menge.

Toby grinste Campion zu. «Na, was hältst du von unserem ach so weisen Monarchen?»

«Ich habe ihn mir etwas anders vorgestellt.» Sie warf einen

Blick zurück auf den kleinen, spitzbärtigen Mann, dem sich gerade ein Untertan näherte, der so dickleibig war, dass er sich kaum verneigen konnte.

«Ich hatte schon befürchtet, du würdest dich nass machen.»

«Toby! Also wirklich!»

«Lady Lazender», rief von hinten eine knarrende Stimme, die ihren Namen zu verspotten schien. «Ihr müsst mich Eurem Gatten vorstellen.»

Sie fuhr herum und sah Vavasour Devorax mit schiefem Grinsen vor sich stehen. Der Bart, den er sich wachsen ließ, war schon gut einen Zoll lang. Er machte einen verwahrlosten Eindruck, und seine schmutzigen Kleider sonderten einen üblen Geruch ab. Die grauen Haare waren fast so kurz geschoren wie die der Rundköpfe und verliehen seinem vernarbten Gesicht einen noch wüsteren Ausdruck. Sein Anblick machte sie nervös. «Oberst Devorax. Das ist Sir Toby.»

Er nahm Toby mit seinen kalten grauen Augen ins Visier und nickte kaum merklich.

Toby lächelte. «Ich muss Euch danken, Sir, für den Schutz, den Ihr meiner Frau habt angedeihen lassen.»

«Ja», bestätigte Devorax frei heraus.

«Darf ich Euch zum Essen bei uns einladen?»

«Ihr dürft, aber ich schlage Eure Einladung aus. Lady Lazender weiß, dass ein Dinner in höfischer Gesellschaft nicht nach meinem Geschmack ist.» Die grauen Augen richteten sich auf Campion. «Habt Ihr das Siegel?»

«Ja.» Es hing versteckt an Tobys Hals.

«Wohnt Ihr immer noch im Haus von Lord Tallis?»

Von seiner rüpelhaften Art verunsichert, warf sie einen flüchtigen Blick auf Toby und antwortete: «Wir ziehen nach Woodstock um, Sir.»

Er grinste. «Tut das nicht.»

Ein Bischof versuchte, sich an ihnen vorbeizuzwängen, um dem König näher sein zu können. Devorax knurrte ihn auf eine Weise an, die Campion daran erinnerte, dass Lopez seinen Leibwächter mit einem Wolfshund verglichen hatte. Erschrocken wich der Bischof zurück und entschuldigte sich vielmals.

Toby nahm Anstoß an Devorax' rüdem Verhalten und fragte verstimmt: «Warum sollten wir das nicht tun?»

«Weil Ihr schon bald nach Amsterdam reisen werdet.»

«Schon bald?» Campion zeigte sich überrascht.

«Mit drei Siegeln im Gepäck. Vorausgesetzt natürlich, dass Ihr an Eurem Vermögen noch interessiert seid.»

Campion schwieg. Sie war in sich gekehrt und schien die lärmende Menge um sich herum vergessen zu haben.

Toby krauste die Stirn. «Wie gedenkt Ihr, die beiden anderen Siegel zu beschaffen?»

«Durch Mord. Das ist wohl die schnellste Methode.»

«An Sir Grenville?»

«Sie sind in seinem Besitz.» Devorax machte einen gelangweilten Eindruck. «Ich werde Euch abholen. Falls ich selbst nicht kommen kann, schicke ich Mason. Bereitet Euch auf die Reise vor. Ihr werdet an der Ostküste in See stechen. Und packt nur die nötigsten Sachen. Wir wollen schließlich kein Aufsehen erregen.» Er nickte den beiden zu und wandte sich ab.

Campion war verwirrt. So einfach, wie von Devorax dargestellt, hatte sie sich die Beschaffung der Siegel nicht vorgestellt. «Oberst?»

«Ja.» Er warf ihr einen überraschten Blick zu.

Sie wusste im Grunde nichts zu sagen und fragte: «Seid Ihr sicher, dass Ihr nicht zum Essen kommen wollt?»

«Ja, ich bin mir sicher.» Dann war er verschwunden.

Toby schüttelte den Kopf. «Ein unangenehmer Kerl.»

«Mir gegenüber war er immer höflich.»

Es regnete, als sie die Christ Church verließen. Der Winter stand vor der Tür, und es war damit zu rechnen, dass die aufgeweichten Straßen kaum mehr zu befahren sein würden. Campion bekam es plötzlich mit der Angst zu tun. Sie hatte sich in Oxford sicher und geborgen gefühlt und scheute vor der Reise zurück, die voller Gefahren sein würde und womöglich weitere Todesopfer forderte, ehe sie Kit Aretines Erbe antreten könnte.

«Du machst dir Sorgen, nicht wahr?», fragte Toby.

«Ja.»

«Wie wär's, wenn ich alleine führe?»

Sie schüttelte den Kopf. Ihre Reise hatte im Haus von Matthew Slythe ihren Ausgang genommen. Sie würde ungeachtet aller Befürchtungen diese Reise zu Ende führen und auch die übrigen Siegel beschaffen.

❦ 29 ❦

Ebenezer Slythes Auslobung einer Belohnung für Hinweise, die zur Ergreifung der Hexe führten, hatte nur die üblichen Narren auf den Plan gerufen, die glaubten, mit einer Lüge zweihundert Pfund erschwindeln zu können.

Im September berichtete dann der *Mercurius Aulicus*, das Nachrichtenblatt der Royalisten, dass die aus dem Tower entflohene «Hexe», jene Dorcas Scammell, die die gesamte Londoner Garnison zum Narren gehalten habe, in Oxford vor den Traualtar getreten sei und sich nun Lady Campion Lazender nenne. Ebenezer schmunzelte, als er diese Nachricht las. Glaubte sie wirklich, das sie unter verändertem Namen ihren Feinden entkommen könnte?

Sir Grenville reagierte weniger gelassen. «Was gibt es da zu lachen? Sie ist in Oxford, geschützt von den Streitkräften des Königs. Schlimmer noch: Sie ist verheiratet. Herr im Himmel! Wir müssen sie töten, alle beide. Rechtlich hat er jetzt alle Vollmacht über das Vermögen.»

Drei Wochen später aber zeichnete sich ab, dass die Prediger recht behalten sollten. Es geschahen wieder Zeichen und Wunder auf Erden, nicht zuletzt in England, wo die Heiligen nach der Macht strebten. Und Ebenezer war Zeuge eines solchen Wunders. Inständig hatte er von Gott erbeten, in den Besitz der Siegel zu gelangen, und nun schienen seine Gebete erhört worden zu sein.

Es war an einem kalten, verregneten Montagmorgen, als ein Fremder an die Tür klopfte und sich von den Wachen in eine düstere Kammer führen ließ, die ihn anscheinend nur wenig beeindruckte. Er warf einen Blick auf die glühenden Kohlenpfannen, den fleckigen Tisch mit den am Rand verschraubten Handschellen und auf die verschiedenen Folterwerkzeuge, die an den Wänden ringsum hingen. Dann richtete er seinen Blick auf Ebenezer und fragte: «Mister Slythe?»

«Wer bist du?»

«Mein Name ist Mason, Sir. John Mason.»

«Und ich nehme an, du bist auf zweihundert Pfund aus, stimmt's?» Ebenezer trug einen langen schwarzen Mantel mit Pelzbesatz. In den Kellergewölben seines Hauses war es meist sehr kühl, es sei denn, er ging in ihnen seiner Arbeit nach.

«Nein, Sir.» Mason machte nicht viel Worte. Er war als Soldat gekleidet, hatte sein Schwert aber vor der Tür ablegen müssen.

«Ach, nein?» Ebenezer schien überrascht zu sein und ließ seine Frage wie eine Drohung klingen.

«Aber mein Oberst hätte das Geld gern, Sir. Ich bin in seinem Auftrag hier.»

Ebenezer zögerte. Er war es nicht gewöhnt, dass ihm hier, in dieser Kammer, so viel Selbstsicherheit entgegengebracht wurde. Er warf einen Blick auf seine Wachen, die hinter Mason standen und auf der Hut waren, und wandte sich dann wieder dem jungen Mann zu. «Und wer ist dein Oberst?»

«Er heißt Devorax, Sir.»

Der Name sagte Ebenezer nichts. Er fuhr sich mit der Hand durch das schwarz glänzende, streng zurückgekämmte Haar. «Mason, ich hatte schon von Dutzenden Besuch, die behaupteten, meine Belohnung zu verdienen. Den Letzten musste ich bestrafen. Er hat jetzt ein Loch in der Zunge, auf dass er nie mehr lügen wird.»

«Was Ihr nicht sagt, Sir.» Mason blieb unbekümmert.

«Lass dir das eine Warnung sein. Bist du wegen der Hexe gekommen?»

«Richtig, Sir.»

«Und? Ich weiß, wo sie ist. Glaube also nicht, dass ich dich für einen Hinweis auf ihren Aufenthaltsort belohne.»

«Nein, Sir. Ich bin hier, um euch eine Nachricht zu übermitteln, Sir. Außerdem habe ich ein kleines Geschenk von Oberst Devorax für Euch. Mit den besten Empfehlungen.» Mason sprach, als klärte er seinen Truppenführer über den Zustand der Kavallerie auf.

Ebenezer hinkte einen Schritt auf ihn zu. Er hatte sich erst vor einer Stunde rasiert, doch auf seinen Wangen zeigte sich schon wieder ein dunkler Schatten. «Ein Geschenk?»

«Ja, Sir.»

«Nun?»

Mason öffnete eine kleine Ledertasche, die an seinem Gürtel hing, und entnahm ihr ein in Papier eingeschlagenes Päckchen.

Ebenezer nahm es entgegen, packte es aus und wurde still. In seiner Hand lag die Hälfte eines Wachsabdrucks, auf dem sich klar und deutlich der vordere Teil eines geflügelten Stiers erkennen ließ. Darunter war der Name «Lukas» zu lesen.

«Woher hast du den?» Ebenezer konnte seine Erregung nicht verbergen.

«Von Oberst Devorax.»

«Und woher hat er das Siegel, du Dummkopf?»

«Keine Ahnung, Sir. Ich gehöre nicht zu denen, die der Oberst ins Vertrauen zieht.»

«Wer zum Teufel ist dieser Oberst?»

«Jemand, der Euch zu treffen wünscht, Sir. Das soll ich Euch ausrichten.»

«Und? Hat er mir noch etwas zu sagen?»

Mason schloss die Augen, als versuchte er, sich zu konzentrieren, und sagte dann, wie auswendig gelernt: «Heute, Schlag drei, unter dem Galgen von Tyburn, Sir. Ihr sollt nicht mehr als vier Eurer Männer mitbringen, Sir. Er selbst kommt nur mit zweien. Das ist alles, was ich Euch zu sagen habe.»

Ebenezer betrachtete den halben Siegelabdruck. Herr im Himmel! Lopez' Siegel! Einen Moment lang überdachte er die Möglichkeit einer Falle, doch er sah keinerlei Hinweis darauf. Tyburn war ein gutgewählter Treffpunkt. Die Hinrichtungsstätte lag an einem einsamen Kreuzweg außerhalb Londons, auf flachem Gelände, das es für beide Seiten unmöglich machte, unbemerkt anzurücken. Hinzu kam Devorax' tolldreister Vorschlag, dass Ebenezer sich von vier Männern begleiten ließ, während er selbst nur mit zweien kommen wollte. Ebenezer dachte kurz nach. «Ich werde zur Stelle sein.»

«Gut, Sir.» Mason wandte sich ab und verlangte mit ausgestreckter Hand nach seinem Schwert. Ebenezer nickte dem Wachposten zu und blickte dem Fremden nach, der sich über die Kellerstufen entfernte. «Ihm nach!», befahl er dem einen, als Mason verschwunden war.

Mason kümmerte sich nicht um seinen Verfolger. Er ging zu den Privy Stairs und wartete im rauen, feuchten Wind auf ein Fährboot. Gefolgt von seinem Beschatter, kreuzte er den Fluss und ging bei den Lambeth Stairs an Land. Wenige Schritte von der Anlegestelle entfernt wartete ein junger Bursche mit einem Pferd am Zügel. Mason grinste Slythes Mann zu, stieg in den Sattel und galoppierte davon. Sein Verfolger blieb hilflos zurück.

Der Galgen von Tyburn war ein großes, von drei hohen Stützen getragenes Dreieck, an dem insgesamt bis an die zwei Dutzend Verurteilte gleichzeitig aufgeknüpft werden konnten.

Als Ebenezer auf den Kreuzweg zuritt, sah er schon von Ferne drei Reiter an der verabredeten Stelle warten. Zur Abschreckung von Straßenräubern baumelten die faulenden Leichen zweier Verbrecher am Galgen. Auf der Schulter des einen hockte eine Krähe und pickte emsig, während sich eine zweite am Rande des riesigen Gebälks das Gefieder putzte.

Es war kalt. Von Westen trieben heftige Regenschauer heran, die sich auf die Sträucher und das schüttere Gras ergossen. Die Oxford Street, die von der Hinrichtungsstätte wegführte, war aufgeweicht. Die Krähen auf den Feldern zu beiden Seiten der Straße hatten dem Regen den Rücken gekehrt und starrten nach Osten, wo sich ein großer Rauchschleier, der von zahllosen Kaminen aufstieg, mit den tiefhängenden Wolken über London vermischte.

Ebenezer ritt bis auf zehn Schritt an den Galgen heran. Der Kälte wegen verdrossen, kauerte er vornübergebeugt im Sattel, in einen großen schwarzen Umhang gehüllt, unter dem er aus Angst vor Verrat einen ledernen Brustpanzer trug. In der Satteltasche steckten zwei geladene Pistolen. Nicht einmal der böige Wind vermochte den Gestank an diesem Ort zu vertreiben. Von den bloßen Füßen der Gehängten tropfte Regenwasser.

Einer der drei Reiter lenkte sein Pferd auf Ebenezer zu, der all seinen Verdruss vergaß und neugierig wurde, denn es näherte sich ihm ein behelmter Mann mit grauem Bart und einer dünnen Ledermaske, die das halbe Gesicht verdeckte. Er nickte Ebenezer zu. «Mr Slythe?»

Ebenezer erkannte den Mann. Eine ganze Armee war hinter ihm her. «Ihr habt der Hexe zur Flucht verholfen.»

Der Mann grinste. «Ich gestehe.» Er setzte den Helm ab und riss sich dann die Maske vom Gesicht. Zwei graue Augen starrten Ebenezer entgegen. «Mein Name ist Devorax. Vavasour Devorax.»

Ebenezer lief ein Angstschauer über den Rücken. Er hatte sich in Sicherheit gewogen, fürchtete nun aber doch einen Hinterhalt. «Was wollt Ihr?»

«Mit Euch sprechen, Mr Slythe.» Eine dritte Krähe flatterte herbei und protestierte mit lautem Kreischen über die Störung durch die Reiter. Sie landete auf einem der Querbalken des Galgens und starrte auf sie herab. Devorax grinste. «Mein Vater pflegte zu sagen, dass die Krähen von Tyburn besonders schmackhaft sind. Ich schlage vor, wir lassen die Vögel in Ruhe fressen und ziehen uns ein Stück zurück.»

Ebenezer nickte und folgte dem narbengesichtigen Mann über das morastige Feld, auf dem sich bei Hinrichtungen die Zuschauer versammelten.

Devorax hatte seinen Helm wieder aufgesetzt. Sein feuchtes Gesicht glänzte hinter den Eisenstäben des Visiers. «Weit genug?»

Die anderen Reiter waren nachgerückt und hielten zehn Schritt Abstand.

«Schön, dass Ihr gekommen seid, Mr Slythe», sagte Devorax mit freundlicher Stimme. «Kommen wir gleich zur Sache.»

Ebenezer war auf der Hut, obwohl von Devorax keine Bedrohung auszugehen schien. «Zur Sache?»

«Ja, Mr Slythe. Ich habe beschlossen, meinen Söldnerdienst zu quittieren und mich zur Ruhe zu setzen.» Devorax grinste. «Dazu brauche ich Geld.»

Ein heftiger Regenschauer ergoss sich plötzlich über die beiden. Ebenezer wischte sich das Gesicht und legte die Stirn in Falten. «Wer seid Ihr?»

«Habe ich mich nicht schon vorgestellt? Vavasour Devorax.» Beide Hände auf den Sattelknauf gestützt, beugte sich der Soldat nach vorn. «Ich habe über viele Jahre einem Mann namens Mordecai Lopez gedient. Wisst Ihr, wer das ist?»

«Ich habe von ihm gehört. Gedient?»

«Ja.» Vavasour Devorax nahm wieder den Helm vom Kopf und hängte ihn am Kinngurt über den Knauf der Pistole, die in ihrem Futteral am Sattel steckte. Langsam und ohne Argwohn zu erregen, öffnete er die Satteltasche. Er entnahm ihr ein steinernes Fläschchen, entkorkte es und trank daraus. «Auch ein Schluck gefällig, Mr Slythe? Rumbouillon von den Westindischen Inseln.»

Slythe schüttelte den Kopf und versuchte, klar zu denken. Er hatte die nasse Kälte vergessen und verlangte von Devorax mehr über seine Dienste für Mordecai Lopez zu wissen. Devorax gab ihm bereitwillig Auskunft und verheimlichte nichts. Er beschrieb, wie er Campion aus dem Tower befreit hatte, und nannte sogar Lopez' Adresse in London. «Er wohnt dort unter falschem Namen und dürfte das Haus eigentlich gar nicht besitzen. Ihr könntet es also beschlagnahmen. Und den Gewinn mit mir teilen.» Er grinste.

Ebenezer war immer noch nicht zufrieden. «Warum verratet Ihr ihn?»

Devorax lachte. «Kann man Juden verraten, Mr Slythe? Sie haben schließlich unseren Heiland getötet. Diesen Mistkerlen eins auszuwischen ist nie und nimmer eine Sünde.»

Ebenezer konnte dieser Logik folgen, hatte aber immer noch Fragen. «Warum habt Ihr ihm so lange gedient?»

«Des Soldes wegen, Mr Slythe. Er hat mich gut bezahlt.» Devorax setzte das Fläschchen wieder an die Lippen. Ebenezer sah, wie ihm dunkle Tropfen durch den kurz geschorenen, grauen Bart sickerten. Devorax starrte auf die im Wind schaukelnden Galgenvögel. «Ich werde alt, Mr Slythe, und will nicht länger im Sold stehen. Ich möchte einen Hof haben, genug Geld, um mich jede Nacht betrinken zu können, und eine Frau, die mich morgens mit einem Frühstück weckt.» Er blickte missmutig drein. «Ich bin diesen verdammten Juden leid, Mr Slythe. Er tätschelt mir wie einem Schoßhund den Kopf und wirft mir dann und wann einen Knochen hin. Ich habe es satt, versteht Ihr, Mr Slythe? Ich bin kein Hund.»

«Ich verstehe», antwortete Ebenezer, überrascht von dem plötzlichen Wutausbruch.

«Das hoffe ich, Mr Slythe. Ich habe lange genug für ihn die Drecksarbeit gemacht und war in ganz Europa unterwegs als sein Kurier, um den Armeen in England und den Niederlanden, in Schweden, Italien, Frankreich und Spanien Geld zukommen zu lassen. Tu dies, tu das, hieß es immer, und zum Dank hat er mir den Kopf getätschelt. Sapperlot!

Und ich dachte, er würde mir irgendwann einmal ein Haus schenken. Von wegen. Und dann kommt dieser Bankert von Aretine dahergelaufen. Und was bekommt sie? Geld in Hülle und Fülle. Dabei hat sie's nicht einmal nötig. Sie ist verheiratet. Soll doch ihr Mann für sie sorgen.»

Ebenezer bemühte sich um einen ruhigen Tonfall. «Ihr sagtet, der Jude habe Euch das Leben gerettet.»

«Jessas!» Devorax spuckte in den Schlamm. «Er hat mich von einer Galeere runtergeholt. Ich war da auf einer Ruderbank festgenagelt und hab mir die Lunge aus dem Leib gekotzt. Zugegeben, dieses eine Mal hat er mir geholfen. Na und? Soll ich Euch verraten, wie vielen Männern ich das Leben gerettet habe, Mr Slythe? Ich bin ein echter Soldat und keiner dieser zarten Buben, die umherstolzieren und ‹König Charles! König Charles!› rufen. Sakrament! Ich habe Schlachtfelder gesehen, über die das Blut in Strömen floss. Abends klebte meine Faust mit verkrustetem Blut am Schwert fest, und im Schlaf vereisten mir die Haare in Blutpfützen. Ja, ich habe zahllosen Männern das Leben gerettet, aber von keinem verlangt, dass er mir zeit seines Lebens dafür danken muss.» Er setzte wieder die Flasche an, und der Sattel knarrte unter ihm, als er sich zurücklehnte. «Ich behaupte nicht, dass er mich schlecht behandelt hat, Mr Slythe», fuhr er knurrend fort. «Aber es geht so nicht weiter. Wisst Ihr, wie viel mir der Jude dafür gezahlt hat, dass ich das Mädchen aus dem Tower hole?» Ebenezer schüttelte den Kopf. Devorax lachte. «Fünfzehn Goldstücke. Und die musste ich mit allen teilen, die mir geholfen haben. Habt Ihr eine Vorstellung davon, wie schwierig es ist, jemanden aus dem Tower zu befreien? Weiß Gott, ich habe mehr erwartet und auch mehr verdient.»

Ebenezer nickte. Vavasour Devorax rührte eine verwandte

Saite in ihm an. Vielleicht, so dachte er, war es die schiere Kraft des Soldaten, eine Kraft, die er an sich selbst kannte. Oder vielleicht waren es die Geschichten von der blutverkrusteten Schwerthand und den von Blut getränkten Schlachtfeldern, die einen Widerhall in ihm fanden. «Was also bietet Ihr mir an, Devorax?»

Devorax grinste. Die kurzen Haare klebten regennass auf seinem Schädel, was ihn noch brutaler, noch bösartiger aussehen ließ. «Ich gebe Euch das Siegel des Apostels Lukas und das Mädchen obendrein. Es wäre Euch doch nicht recht, wenn es fünfundzwanzig Jahre alt würde, oder?» Er nahm wieder einen Schluck Rum aus der Flasche. «Den verfluchten Gatten könnt Ihr auch haben, wenn Ihr wollt.»

Ebenezer nickte. «Ihr holt das Siegel von Amsterdam?»

«Nein. Es ist in Oxford.» Devorax lachte. «Sie hat es in Verwahrung, aber nicht verhindern können, dass ich einen Abdruck davon gemacht habe. Nach dem Willen des Juden trägt sie ihn als Erinnerung an ihren Vater um den Hals.» Er lachte über den Gedanken.

Ebenezer konnte in seiner Erregung kaum an sich halten. Wenn das Lukas-Siegel tatsächlich in Oxford war, hatte er leichtes Spiel. «Und was wollt Ihr dafür?», fragte er betont ruhig.

Vavasour Devorax starrte auf seine Flasche. Dann schaute er Ebenezer mit herausfordernder Miene an und sagte: «Ich habe zwölf Männer. Die kann ich nicht einfach sitzenlassen, deshalb verlange ich hundert Pfund für jeden. Für mich selbst …» Er schien nachzudenken. «Zweitausend.» Er hob die Hand, um Einspruch abzuwehren. «Das ist nicht wenig, ich weiß, aber ich weiß auch, welchen Wert der Bund hat.»

Ebenezer verzog keine Miene. Die Forderung schien maßlos, schlug aber im Vergleich mit den Erträgen aus dem Bund tatsächlich kaum zu Buche. «Warum wendet Ihr Euch an mich, Devorax, und nicht an Sir Grenville Cony?»

Devorax lachte laut auf. «Würdet Ihr einem Advokaten trauen, Mr Slythe? Himmelherrgott! Dieses Gesindel dreht einem das Wort im Mund herum und lügt, dass sich die Balken biegen. In fünfzig Jahren habe ich ein paar Dinge gelernt, Mr Slythe. Ich kann schneller als die meisten einen Gegner vom Pferd holen und anderen mit der bloßen Hand den Kehlkopf aus dem Schlund reißen. Und noch etwas habe ich gelernt: Traue nie, niemals einem verfluchten Advokaten. Traut Ihr diesem Cony?»

Ebenezer zuckte mit den Achseln. «Vielleicht.»

«Das Geld aus dem Bund geht an Euch, nicht wahr?» Devorax wartete, bis Ebenezer ein Kopfnicken andeutete. Der Soldat musterte den jungen Mann mit scharfem Blick. «Wie viel zahlt er Euch? Fünftausend im Jahr? Sechs? Sieben?» Devorax lächelte. «Siebentausend also.»

«Und?»

Die Rumflasche an den Lippen, nahm Devorax einen tiefen Schluck. «Mordecai Lopez hat ausgerechnet, dass der Bund im Jahr fast zwanzigtausend einbringt. Jetzt wisst Ihr, um wie viel Euch der Fettwanst betrügt. Und dem sollten wir trauen? Was würde er wohl tun, wenn er alle drei Siegel hätte? Glaubt Ihr, er gäbe uns unseren gerechten Anteil?» Devorax schüttelte den Kopf. «Nein, Mr Slythe, wir hätten anderes zu erwarten, nämlich ein paar Meuchler des Nachts und zwei flache Gräber. Ich will mit Sir Grenville Cony nichts zu tun haben.»

Ebenezer streckte sein lahmes Bein aus. «Und warum sollte ich Euch vertrauen?»

«Jessas! Sehe ich so aus, als bräuchte ich zwanzigtausend im Jahr? Damit mir zeit meines Lebens Heerscharen von

Schmarotzern nachstellen? Nein. Ihr gebt mir gerade mal so viel, dass ich mir ein schönes Hurenhaus kaufen kann, Mr Slythe, und ich versichere Euch meiner unverbrüchlichen Treue. Dazu natürlich die kostenlose Vorzugsbehandlung durch meine Dirnen.»

«Ich dachte, Ihr wolltet einen Hof», entgegnete Ebenezer.

«Eine Stutenfarm.» Devorax lachte.

Ebenezer fühlte sich geschmeichelt, dass dieser Mann mit ihm scherzte, blieb aber auf der Hut. «Was macht Euch so sicher, dass ich zuverlässig bin?»

Devorax grinste. Er verkorkte die Rumflasche, steckte sie in seine Satteltasche zurück und setzte den Helm wieder auf. «Schaut mir zu, Mr Slythe.»

Nur mit dem Druck seines Knies drehte er das Pferd und trabte los. Dann zog er sein langes Schwert blank und stieß einen Befehl aus, der sein Pferd in Galopp versetzte. Lehm spritzte von den Hufen auf.

Die Krähen flatterten verschreckt auf. Devorax richtete sich im Sattel auf, preschte auf einen der Gehängten zu und holte mit dem Schwert aus. Mit einem einzigen Hieb trennte er der Leiche zuerst den einen Arm ab und dann im Aufschwung derselben Kreisbewegung den anderen, bevor der erste Arm zu Boden gefallen war.

«Hepp! Hepp!», brüllte Devorax.

Ebenezer hatte schon von den großartigen Leistungen gut ausgebildeter Kavalleriepferde gehört, aber noch nie eines in Aktion gesehen. Der Hengst richtete sich auf, machte auf der Hinterhand kehrt und schlug mit den Vorderläufen aus wie gegen einen unsichtbaren Feind. Devorax brachte ihn in Schwung, ritt im engen Bogen auf den Gehängten zu und ließ abermals das Schwert durch die Luft sausen. Die Klinge fuhr quer durch den faulenden Leib, durch Rückgrat und

Gedärm, kreiste um den Kopf des Soldaten und durchtrennte den Hals des Toten dicht unter der Schlinge. In drei Teile zerhackt, fiel die Leiche zu Boden.

Ebenezer staunte nicht schlecht über Reitkunst und Schlagkraft des bärtigen Mannes, der nun wieder den Helm vom Kopf nahm und diesen am Sattel befestigte. Er grinste und rief mit einer Stimme, die so kalt war wie der schneidende Wind: «Stellt Euch vor, was ich einem lebendigen Leib antun könnte, Mr Slythe.»

Devorax wischte mit Daumen und Zeigefinger den stinkenden Schleim von der Klinge, trocknete sich die Hand an der Mähne des Pferdes und steckte das Schwert in die Scheide zurück. Seine beiden Gefolgsleute grinsten, während Ebenezers Männer wie ihr Herr mit entsetzter Miene auf den zerhackten Leichnam starrten. Der Gestank war fürchterlich. Devorax trabte an Ebenezers Seite. Er wirkte so entspannt und ruhig wie vor dem grausigen Schauspiel. «Kann ich Euch vertrauen, Mr. Slythe?», fragte er und griff nach der Flasche.

Ebenezer Slythe reagierte auf sonderbare Weise. Er lachte. «Ihr könnt mir vertrauen, Devorax», antwortete er, ohne den Blick von der Leiche am Boden abzuwenden, über die sich nun die Krähen hermachten. «Wie gedenkt Ihr mir das Mädchen und das Siegel auszuliefern?»

Mit geschlossenen Augen leerte Devorax seine Flasche und schleuderte sie dann fort. «Kein Problem. Für den Fall, dass das Mädchen nicht kommt, hätte ich noch andere Abdrücke des Siegels zu bieten, mit denen sich alle nötigen Dokumente beglaubigen ließen. Aber sie wird kommen.» Er grinste. «Sie kann mich zwar nicht leiden, aber sie vertraut mir und glaubt, dass ich die Siegel für sie beschaffe. Sie wird keine Schwierigkeiten machen, wohl aber Sir Grenville. Vermute ich richtig, dass er zwei Siegel in seinem Besitz hat?»

«Ja, und die sind streng bewacht.» Ebenezer ließ die Schultern hängen. Er mochte selbst nicht daran glauben, dass es gelingen könnte, Sir Grenville die beiden Siegel abzujagen. «Ich komme nicht einmal in ihre Nähe.»

«O doch, das werdet Ihr.» Devorax schien Ebenezers Bedenken nicht ernst zu nehmen. Er holte eine neue Flasche aus der Satteltasche und zog den Korken. «Ich verfüge über ein Schiff und schlage vor, dass wir Sir Grenville und das Mädchen an einen entlegenen Küstenflecken locken, ihnen die Siegel abnehmen und dann nach Amsterdam segeln. Ganz einfach.» Er grinste.

Ebenezer schüttelte den Kopf. «Sir Grenville würde nie mit seinen Siegeln das Haus verlassen.»

Devorax sagte nichts. Der Regen rann ihm in Strömen über das Gesicht, über Lederwams und Stiefel. «Wovor hat er Angst?», fragte er schließlich.

Ebenezer blickte zu den grauen Wolken empor. «Davor, dass ein anderer die Siegel an sich bringt.»

Geduldig wie ein Lehrer mit seinem Schüler fragte Devorax: «Dorcas hat doch das Lukas-Siegel, nicht wahr?»

«So sagtet Ihr.»

«Und das Siegel des Apostels Matthäus war über mehrere Monate in ihrem Besitz. Angenommen, Sir Grenville erführe, dass sie Wachsabdrücke davon gemacht hat. Sie hätte dann doch so gut wie zwei Siegel, richtig?»

Ebenezer nickte.

«Außerdem wäre da noch, wie Ihr Euch erinnert, ein viertes Siegel. Angenommen, Sir Grenville müsste befürchten, dass Aretine noch am Leben ist und sich mit seiner Tochter in Amsterdam trifft.» Devorax hob die linke Hand und zählte an drei Fingern ab: «Matthäus, Lukas und Johannes.» Er grinste. «Glaubt Ihr nicht auch, dass Sir Grenville alles daransetzen wird, das Mädchen aufzuhalten? Und dass er sich selbst auf den Weg macht, weil er nicht riskieren kann, dass ein anderer drei Siegel zusammenbringt?»

Ebenezer grinste. Er war angetan von der Eleganz des Vorschlags, sah aber auch Schwierigkeiten. «Hat das Mädchen tatsächlich Abdrücke vom Matthäus-Siegel gemacht?»

«Nein, aber ich weiß von ihr, dass Ihr, Mr Slythe, nach ihr im Besitz dieses Siegel wart.» Seine grauen Augen blitzten amüsiert. «Seid Ihr auch so ehrlich damit umgegangen?»

Ebenezer grinste wieder und nickte. «Zugegeben, ich habe Abdrücke gemacht.»

«Gut. Dann berichtet Sir Grenville von mir. Gebt ihm den halben Abdruck des Lukas-Siegels und den ganzen des Matthäus-Siegels. Sagt ihm, Ihr hättet mich gedungen, damit ich Lopez betrüge. Sagt ihm die Wahrheit, nur eines verschweigt ihm.»

«Dass Ihr ihn töten werdet?»

«Dass ich ihn töten werde.» Devorax lachte. «Gebt ihm die Siegel, Mr Slythe, und nennt ihm Lopez' Adresse. Er wird Euch glauben.»

Regen tropfte von Ebenezers Hutkrempe. Sein Mantel war durchnässt. «Wie überzeuge ich ihn davon, dass Aretine lebt?»

«Das braucht Ihr nicht. Ich werde ihn davon überzeugen», antwortete Devorax. «Vor zwei Tagen, Mr Slythe, hat das für dieses Jahr letzte Schiff aus Maryland im Hafen festgemacht. Übermorgen werde ich Sir Grenville den Beweis liefern, dass sich Aretine in der Stadt aufhält.»

Ebenezer nickte. «Er wird in Panik geraten.»

«Gut. Am Donnerstagmorgen ist es so weit. Haltet Euch bereit, Mr Slythe. Ihr werdet ihn begleiten.»

«Wohin?»

Ebenezer überlegte. Falls Devorax ein falsches Spiel spielte, würde er nicht verraten wollen, welchen Ort an der Ostküste er als Sammelstelle für die Siegel ausgewählt hatte. Denn wüsste er Bescheid, würde er einen Trupp Männer vorausschicken können mit dem Auftrag, einen möglichen Hinterhalt zu vereiteln. Vavasour Devorax aber nannte die Ortschaft und sogar das Gebäude, in dem er Sir Grenville seiner Siegel berauben wollte.

Ebenezer merkte sich Devorax' Instruktionen und fragte: «Kann ich meine Leibwächter mitbringen?»

«Ihr wärt ein Narr, wenn Ihr es nicht tätet. Sir Grenville wird bestimmt nicht schutzlos kommen.»

«Wann treffen wir uns dort?»

Devorax zuckte mit den Achseln. «Bald, Mr Slythe, sehr bald.» Er nickte seinen Männern zu, die reglos auf ihren Pferden saßen und auf ihn warteten. «Ich werde Mason zu Euch schicken. Wundert Euch nicht, wenn er mitten in der Nacht kommt. Wo kann er Euch finden?»

Ebenezer nannte einen Ort. «Wie bald ist ‹sehr bald›, Devorax?»

Der hässliche Soldat grinste und griff nach den Zügeln. «Innerhalb einer Woche, Mr Slythe.» Devorax schwenkte sein Pferd herum.

Ebenezer ließ ihn ungern ziehen. Er fühlte sich sicher in der Nähe dieses starken Mannes und überlegte, Devorax in seine eigenen Pläne einzubinden, sobald der Bund ihm gehörte. «Devorax! Eine letzte Frage.»

«Nur eine?», lachte der Soldat.

«Womit wollt Ihr Sir Grenville überzeugen, dass Aretine lebt?»

Devorax grinste übers ganze, vernarbte Gesicht. Er steckte die Rumflasche in die Satteltasche und setzte den Helm auf.

«Das ist mein Geheimnis. Wartet's ab. Es wird Euch gefallen.» Er trieb sein Pferd an.

«Devorax?»

Der Soldat drehte sich um. «Mr Slythe?»

«Ich habe Euch Eure zweihundert Pfund noch nicht gegeben.»

«Bewahrt sie für mich auf. In spätestens einer Woche hol ich mir das Geld, Mr Slythe. Spätestens.» Er brüllte die letzten Worte über die Schulter hinweg und gab seinem Pferd die Sporen, das mit weiten Sätzen davongaloppierte und die Krähen von ihrem Aas verscheuchte. Seine Männer sprengten hinterdrein und folgten ihm durch die Regenschleier nach Westen.

Ebenezer schaute ihnen nach, führte dann sein Pferd unter die schweren Balken des Galgens und starrte auf das scheußliche Werk des Soldaten. Maden wimmelten im Gedärm des zerhacken Leichnams. Er blickte zu dem zweiten Toten auf, der an seinem Strick im Wind schaukelte. Von den schwarz angelaufenen Füßen tropfte Regenwasser in eine Pfütze, die sich am Boden darunter gebildet hatte. Ebenezer spielte mit dem Gedanken, auch diese Leiche mit dem Schwert zu zerteilen, wusste aber, dass seine Kraft dazu nicht reichte. Egal. Bald würde er die Kraft von Tausenden nutzen. Bald würde der Bund ihm gehören.

Er zerrte am Zügel, riss sein Pferd herum und forderte seine Männer auf, ihm zu folgen. Sie ritten nach Süden, auf Withehall zu. Es galt, die Siegel einzusammeln.

30

Sir Grenville Cony zu überzeugen war nicht so einfach wie geglaubt. Er war kein Narr, und dass er in der Welt der Politik so lange überlebt hatte, verdankte er nicht zuletzt seiner Skepsis und dem Verzicht darauf, jede sich bietende Gelegenheit beim Schopf zu ergreifen. «Ich bin ein alter Mann, Ebenezer. Du schlürfst Ambrosia, ich aber rieche Gift.»

«Glaubt Ihr Devorax nicht?»

«Ich habe ihn noch nicht getroffen.» Sir Grenville starrte zum Fenster hinaus. Auf den Fluss prasselten heftige Regenschauer nieder. Er wandte sich wieder seinem Schreibtisch zu. «Die Siegel sind echt. Warum hat er dich aufgesucht und nicht mich?»

«Auf der Belohnungsanzeige stand mein Name.»

«Stimmt», knurrte Sir Grenville. «Aber von Lopez heißt es, dass er sehr großzügig ist. Warum beklagt sich dieser Devorax?»

Ebenezer zuckte mit den Achseln. «Lopez war ihm gegenüber tatsächlich großzügig. Er hat ihm das Leben gerettet und ihn in seine Dienste genommen. Ich glaube, Devorax ist es einfach nur leid, für den Juden zu arbeiten, und möchte sich endlich selbstständig machen.»

Sir Grenville nickte und richtete seine Froschaugen auf Ebenezer. «Sollen wir ihn umbringen?»

«Er verlangt nicht viel. Gebt ihm, was er haben will.»

Ein Bote brachte die Nachricht, dass die Soldaten, die nach Southwark geschickt worden waren, Lopez' Haus verlassen und leer geräumt vorgefunden hatten. Sir Grenville, der schon mit einer Falle gerechnet hatte, war zufrieden. «Ein Schlag, Ebenezer! Ein Schlag gegen den Juden!» Er lachte. «Es sei denn, er hat nur einen Köder ausgelegt, um uns näher an den Haken zu bringen.» Er stand auf und zwängte seinen dicken Bauch an der Schreibtischkante vorbei. «Du sagst, Devorax will das Weib nach Amsterdam bringen. Warum? Sie hat doch allenfalls den Nutzen zweier Siegel.»

Ebenezer spielte seine Rolle gut. «Devorax behauptet, dass Aretine am Leben ist und sie in Amsterdam das Siegel des Apostels Johannes bekommt.»

Sir Grenville, soeben noch heiter und vergnügt, wurde kreidebleich. «Am Leben?»

Ebenezer zuckte mit den Achseln. «Das sagt er jedenfalls. Vielleicht meint er auch nur, dass Lopez das vierte Siegel hat. Ich weiß es nicht.» Er zeigte auf die beiden roten Wachsabdrücke auf Sir Grenvilles Schreibtisch. «Möglich, dass das Mädchen über zwei Abdrücke verfügt. Es wäre zu dumm, wenn Aretine wirklich noch am Leben ist.»

«Zu dumm! Ha! Du hast ja keine Ahnung, was diesen Hundesohn betrifft. Gütiger Himmel! Devorax will das Mädchen also von Bradwell aus außer Landes bringen. Habe ich richtig verstanden?»

Ebenezer nickte.

«Wann?»

«Das will er mir später mitteilen.» Ebenezer hatte improvisiert und sah nun mit Genugtuung, dass Cony in helle Aufregung geraten war.

«Morse! Morse!», brüllte Sir Grenville nach seinem Sekretär.

Die Tür öffnete sich. «Sir?»

«Ruf Barnegat zu mir, sofort! Sag ihm, ich zahle ihm das Doppelte, aber er soll unverzüglich kommen.»

«Ja, Sir.»

«Augenblick noch!» Sir Grenville richtete sich an Ebenezer. «Wann wird es so weit sein?»

«In spätestens einer Woche.»

«Morse, lass dir von Ebenezer erklären, wo dieses Bradwell liegt, und dann schick ein Dutzend Männer dorthin. Sie sollen das Kaff durchsuchen und weitere Befehle abwarten. Und noch etwas, Morse.»

«Sir?»

Cony raufte sich die weißen Locken. «Sorg dafür, dass meine Reisekutsche fahrbereit ist. Ich brauche sie noch in dieser Woche.»

Morse sah ihn fragend an. «Aber Ihr wolltet doch die französische Gesandtschaft ...»

«Raus mit dir!», brüllte Cony. «Und tu, was ich dir gesagt habe.»

Sir Grenville starrte an Ebenezer vorbei auf das große Ölgemälde über der Feuerstelle. Aretine, der schönste Mann, den Cony je zu Gesicht bekommen hatte. Lebte er? War er zurückgekommen, um ihn zu demütigen? Cony trat vor den Kamin und klappte die Seitenflügel über der nackten Gestalt zu. «Bete zu Gott, dass du irrst, Ebenezer.»

Am nächsten Tag, einem Mittwoch, kehrte Vavasour Devorax in die Stadt zurück. Campion hätte ihn nicht wiedererkannt. Er hatte gebadet, Bart und Haare gestutzt und die grauen Strähnen mit Lampenschwarz gefärbt. Bei Kerzenschein wirkte er um zehn Jahre verjüngt. Statt der abgenutzten, speckigen Soldatenkluft trug er ein schlichtes schwarzes Gewand und auf dem Kopf einen Puritanerhut mit breiter Krempe. Er hielt eine abgegriffene Bibel in der Hand, und seine einzige Waffe war ein langer, schlanker Dolch.

Sein Ziel war die nahe dem Tower Hill gelegene Seething Lane, wo er an die Tür eines abgedunkelten Hauses klopfte. Zu dieser späten Stunde schliefen wohl die meisten Anwohner schon. Er musste ein zweites Mal klopfen, ehe die Tür einen Spalt breit geöffnet wurde.

«Wer ist da?»

«Mein Name ist Gelobt-sei-Gott Barlow. Ich bin Pfarrer im heiligen Dienst des Unterhauses.»

Goodwife Baggerlie krauste die Stirn. «Es ist spät, Sir.»

«Kann es für Gottes Werk je zu spät sein?»

Widerwillig machte sie die Tür weiter auf. «Seid Ihr gekommen, um mit Pfarrer Hervey zu sprechen?»

«So ist es.» Devorax trat ein und zwang die Haushälterin beiseitezutreten. «Ist Pfarrer Hervey schon zu Bett gegangen?»

«Er ist beschäftigt, Sir.» Die Haushälterin war sichtlich beeindruckt von der Größe des Unterhauspredigers. Sie hatte sich einen Mantel über das Nachthemd geworfen und die Haare mit einem Musselintuch umwickelt.

Devorax schenkte ihr ein grausiges Lächeln. «Er betet wohl, Schwester, nicht wahr?»

«Er hat Besuch.» Baggerlie war nervös und scheute davor zurück, sich diesem großgewachsenen Kirchenmann zu widersetzen. «Es wäre besser, Ihr kämt morgen wieder, Sir.»

Devorax kniff die Brauen zusammen. «Ich lasse mich von einer Frau nicht zurückweisen. Wo ist er?»

In ihren kleinen Augen blitzte Trotz auf. «Er hat ausdrücklich gesagt, dass er nicht gestört sein will, Sir.»

«Das Unterhaus wünscht, ihn zu stören. Und nun bring mich zu ihm, Frau.»

«Wenn Ihr hier bitte warten wollt, Sir», entgegnete die Haushälterin, doch der Pfarrer folgte ihr durch das blank polierte Treppenhaus. Sie blieb stehen und versuchte, Devorax zurückzuhalten. «Wartet in der Halle. Ich werde Euch ein Feuer machen.»

«Führ mich endlich zu ihm, Frau. Was ich zu tun habe, duldet keinen Aufschub.»

Eine Stimme tönte durchs Treppenhaus, gedämpft von einer Tür. «Was ist da unten los?»

«Master?» Sie zuckte mit den Achseln. «Er wird verärgert sein.»

«Los jetzt!»

Sie führte ihn in einen breiten, gewachsten Dielengang im Obergeschoss. Eine Tür öffnete sich um ein, zwei Zoll. In dem Spalt zeigte sich ein Gesicht. «Goodwife Baggerlie?»

Devorax drängte an ihr vorbei. «Pfarrer Hervey?»

«Ja, Sir.»

«Das Unterhaus schickt mich mit guten Nachrichten.»

Treu-bis-in-den-Tod, der sich einen Umhang über die nackten Schultern geworfen hatte, krauste die Stirn. «Ich komme gleich, Sir.»

Devorax zitierte aus den Psalmen. «‹Zögere nicht.›» Er stieß die Tür auf und zwang Hervey zurück. «Meine liebe Mistress Hervey, gnädige Frau, entschuldigt mich.»

Im Bett lag, die Augen weit aufgerissen, eine hübsche, dunkelhaarige junge Frau, anscheinend nackt, denn sie hielt krampfhaft das Laken gepackt, das sie sich bis zum Kinn gezogen hatte. Devorax warf einen Blick auf Hervey. «Ich wusste gar nicht, dass Ihr Euch eine Frau genommen habt.» Er nahm den Hut vom Kopf und verbeugte sich vor der Frau im Bett. «Gnädige Frau, ich habe dringend mit Eurem Gatten zu reden. Verzeiht Ihr mir?»

Sichtlich verschreckt, nickte die Frau. Sie war mit einem Leutnant der parlamentarischen Nordarmee verheiratet und hatte sich an Hervey gewandt, um sich von ihm beurkunden zu lassen, dass ihr Körper frei von Hexenmalen war. Treu-bis-in-den-Tod Hervey, eifrig darauf bedacht, ihrem Wunsch zu entsprechen, hatte sie nun schon zum wiederholten Male in sein Haus gebeten. Manchmal nahm seine hingebungsvolle Untersuchung des Leibes eine ganze Nacht in Anspruch. Devorax schaute sich in der Kammer um, sah ihre Kleider auf einem Stuhl liegen und warf ihr einen Mantel zu. «Wartet unten, Madam. Es wird nicht lange dauern.»

Er drehte sich um, als sie ihre Blöße mit dem Mantel bedeckte und aus dem Bett stieg. Sie warf einen nervösen Blick auf ihr Kleid, schien es aber für besser zu halten, nicht viele Worte zu machen, und huschte an dem Fremden vorbei nach draußen.

Die Haushälterin wollte folgen, doch Devorax versperrte ihr den Weg. «Du bleibst, Frau», sagte er und warf die Tür ins Schloss. Er brauchte einen Zeugen. Wenn die junge Frau nicht so hübsch gewesen wäre, hätte er sie als zweite Zeugin genommen, aber eine reichte ihm.

Pfarrer Treu-bis-in-den-Tod Hervey raffte den Umhang eng um sich. Zu einer kühnen Handlung war er nicht imstande, und so musste er tatenlos mit ansehen, wie der große Mann den Schlüssel im Schloss herumdrehte und dann in seine Tasche steckte. «Sir! Sagtet Ihr nicht, Ihr brächtet gute Nachrichten vom Parlament?»

«Sagte ich das?» Devorax nickte. «Ja, das waren meine Worte.» Er fegte die Kleider der jungen Frau vom Stuhl und rückte ihn für die Haushälterin zurecht. «Setz dich!»

Goodwife Baggerlie warf Hervey einen nervösen Blick zu und gehorchte. Devorax lächelte dem Pfarrer zu. «Ich empfehle Euch, ebenfalls Platz zu nehmen.»

Die Kammer war behaglich eingerichtet und zeugte von Herveys beträchtlichem Erfolg. Vor den zugezogenen Fensterläden hingen kostbare Vorhänge. Die gegenüberliegende Wand verschwand in Gänze hinter Regalen voller Folianten.

Vor dem Kamin, in dem ein munteres Feuer prasselte, standen auf einem großen Teppich Tisch und Sessel. An dem Tisch schien Treu bis-in-den-Tod zu arbeiten, denn es lagen allerlei Bücher und Schriftstücke darauf. Drei große silberne Kerzenhalter spendeten Licht. Weitere Kerzen brannten auf dem Kaminsims und auf zwei niedrigen Tischchen neben dem Bett. Herveys Suche nach Hexenmalen bedurfte offenbar einer ausgiebigen Illumination.

Devorax zog, als ihm Hervey den Rücken zukehrte, ein Seil aus dem Ärmel hervor und band damit die Haushälterin an der Stuhllehne fest. Sie schrie.

«Schweig still, oder ich schnür dir den Hals ab.»

«Sir!», empörte sich Treu-bis-in-den-Tod. Er starrte auf den großen Mann, der seine Haushälterin nun auch an Händen und Füßen fesselte. Goodwife Baggerlie war starr vor Entsetzen, doch Devorax rechnete damit, dass sie sich über kurz oder lang zur Wehr setzen würde.

«Ein Mucks, und du bist totes Fleisch.»

«Sir!» Hervey hielt immer noch seinen Umhang gepackt und trat hilflos und verzweifelt von einem Bein auf das andere.

«Das Unterhaus schickt mich in einer sonderbaren Angelegenheit, Sir. Ich werde Euch gleich alles erklären.» Devorax hatte die Haushälterin wie einen Spießbraten verschnürt, zog nun ein Taschentuch hervor und stopfte es ihr als Knebel in den Mund. Seine Drohungen hatten sie gefügig gemacht. Ihre kleinen, geröteten Augen waren mit Entsetzen auf ihn gerichtet, als er lächelnd auf Hervey zuging. «Ich bin gekommen, um Erkundigungen einzuholen.»

«Erkundigungen?» Hervey wich zurück.

«Allerdings.» Devorax streckte die Hand aus und langte nach Herveys Umhang. Treu-bis-in-den-Tod versuchte, daran festzuhalten, hatte aber dem kräftigen Zugriff des Soldaten nichts entgegenzusetzen. Devorax lachte über die nackte, bleiche Gestalt des Pfarrers. «Setzen!»

Hervey bedeckte seine Scham mit beiden Händen. «Erklärt Euch, Sir!»

Ehe sich der Pfarrer versah, hatte Devorax seinen Dolch aus der Scheide gezogen und ihm die Spitze auf die Brust gesetzt. «Auf den Stuhl!»

Hervey gehorchte. Er schlug die dünnen Beine übereinander und hatte die Hände im Schoß ineinandergelegt.

Devorax lachte ihn aus. «Rasierst du dir die Brust?»

«Wie bitte?»

Devorax setzte sich auf die Tischkante. Die Haushälterin beobachtete ihn aus schreckensstarren Augen. «Du bist nicht verheiratet, stimmt's?», fragte der große Soldat.

Hervey antwortete nicht. Er starrte auf den Dolch, der plötzlich auf ihn zuschnellte. «Ich hab dich was gefragt.»

«Nein, Sir. Nein.»

«Dann hast du also Textstellen in der Bibel einer fremden Frau gesucht, ja?»

Hervey war außer sich vor Angst. Er konnte den Blick von der schrecklichen Stahlspitze nicht abwenden. «Eine Hure, nicht wahr?», bemerkte Devorax amüsiert. «Verlangt sie Hurenlohn?»

«Nein!»

«Ah! Sie gibt sich dir also umsonst.» Devorax lachte. «Wenn das mal nicht ihrem ehrenwerten Gewerbe schadet.»

Hervey sprach sich Mut zu. Er stemmte beide Hände in die Seiten und sagte: «Was wollt Ihr, Sir?»

«Was ich will? Mit dir reden.» Devorax stand auf und trat, nachdem er einen Blick auf die gefesselte Haushälterin geworfen hatte, vor das hohe Bücherregal. Um aller Welt kundzutun, dass Christopher Aretine nach Europa zurückgekehrt war, hatte er sich zu dieser Strafaktion an einem erklärten Feind seiner Tochter entschlossen. Und er brauchte die Zeugin, auf dass sie Sir Grenville Cony über alles, was er sagte, aufklärte. Er kehrte den Büchern den Rücken, wandte sich dem verängstigten, nackten Pfaffen zu und sprach mit lauter Stimme: «Ich bin gekommen, um mit dir über Dorcas Slythe zu reden.» Es sah das schiere Entsetzen in Herveys Augen. «Du erinnerst dich doch an sie, oder?»

Treu-bis-in-den-Tod nickte.

«Ich höre dich nicht.»

«Ja.»

Mit unvermindert lauter Stimme betonte Devorax jedes einzelne Wort: «Mein Name ist nicht Barlow. Auch diene ich nicht diesem Rattenloch, dass du Parlament nennst. Mein Name ist Christopher Aretine. Sagt dir dieser Name was? Christopher Aretine.»

Hervey schüttelte das bleiche Gesicht. Sein Kehlkopf sprang auf und ab. «Nein.»

Der Soldat fuhr herum und zielte mit der Dolchspitze auf die Haushälterin. «Christopher Aretine! Kennst du den Namen?»

Auch sie schüttelte den Kopf, doch er wusste, dass sie sehr wohl von ihm gehört hatte. Er kehrte an den Tisch zurück, hockte sich wieder auf die Kante und ließ die Klinge auf die Handfläche klatschen. «Wo befand sich ihr Hexenmal, Pfaffe?»

Treu-bis-in-den-Tod Hervey starrte in das grimmige Gesicht. Es schien, als verstünde er nicht, was mit ihm geschah, doch seine Angst war buchstäblich zu riechen. «Auf ihrem Bauch, Sir.»

«Auf ihrem Bauch.» Wieder und wieder klatschte der Stahl

auf die Hand. Die Klinge war achtzehn Zoll lang. «Zeig es mir.»

Langsam bewegte Hervey die rechte Hand und deutete auf das Sternengeflecht unter der Brust. «Da, Sir.»

«Ein bisschen hoch für einen Bauch. Hast du ihren Busen abgesucht?»

Hervey zitterte vor Angst. Er war kein tapferer Mann.

«Ich habe gefragt, ob du auch ihren Busen abgesucht hast.»

«Sir?»

«Wenn du nicht gleich antwortest, spieß ich an dieser Klinge eines deiner Augen auf, Dreckskerl.»

«Ja, Sir, das habe ich.»

«Warum?»

«Weil es so üblich ist, Sir.»

«Erklär mir das», sagte Devorax und schlug einen fast launigen Tonfall an.

Treu-bis-in-den-Tod Hervey schluckte und legte die rechte Hand zurück in den Schoß. «Hexenmale sind Zitzen, Sir, die sich für gewöhnlich nahe der Brüste befinden.» Er nickte eifrig, wie um den Wahrheitsgehalt seiner Worte zu bestätigen.

Devorax schmunzelte. Ohne seine Augen von Hervey abzuwenden, ließ er den Dolch durch die Luft wirbeln und fing ihn am Heft wieder auf. «Wie heiße ich?»

«Aretine, Sir, Christopher Aretine.»

«Gut. Hat dir die Untersuchung der Brüste von Dorcas Slythe gefallen?»

«Sir?» Hervey bekam es wieder mit der Angst zu tun. Für einen Moment hatte er gehofft, das Gespräch würde einen günstigeren Verlauf nehmen, doch der Schrecken setzte sich fort.

«Ich habe dich etwas gefragt.»

«Nein, Sir.»

Die Klingenspitze schrieb vor Herveys Augen Kreise in die Luft. «Ich glaube, es hat dir gefallen. Sie ist sehr schön. Hattest du dein Vergnügen an ihr?»

«Nein. Ich tat, was notwendig war, Sir. Ich suchte nach Hinweisen auf den Feind des Herrn im Himmel. Das verschafft kein Vergnügen.»

«Sag das der Hure, die eben bei dir war. Hast du Dorcas Slythes Brüste gestreichelt?»

«Nein!»

Die Dolchspitze war nur zwei Fingerbreit von Herveys rechtem Auge entfernt. Er wich mit dem Kopf zurück und starrte auf die im Kerzenlicht funkelnde Klinge. «Ich gebe dir noch eine Chance, Dreckskerl. Hast du ihre Brüste gestreichelt?»

«Ich habe sie berührt, Sir, nur berührt.»

Devorax kicherte. «Du bist ein Lügner, Hervey. Ich wette, du hast kaum an dich halten können.» Er führte die Klingenspitze auf die Haut unter Herveys Augapfel. «Sag adieu zu deinem Auge, Dreckskerl.»

«Nein!», schrie Hervey auf und verlor vor Schrecken die Kontrolle über seine Blase.

Devorax lachte. Er zog den Dolch zurück und schüttelte den Kopf. «Jämmerling. Ich werde dir jetzt eine Geschichte erzählen.»

Er stand auf. Ein übler Gestank breitete sich in der Kammer aus. Hervey wagte es nicht, sich zu rühren, behielt aber den großen Mann im Auge, der langsam zwischen den Fenstern und der Bücherwand hin und her ging. Auch die Haushälterin folgte ihm mit ihren Blicken. Sie merkte sich jedes Wort, das der Soldat sprach.

«Es ist schon viele Jahre her, dass ich in dieser schönen

Stadt gelebt und Gedichte geschrieben habe. Es war die Zeit, bevor sie von Dreckskerlen, wie du einer bist, in eine Jauchegrube verwandelt wurde. Ich hatte eine Tochter, die mir allerdings bis zum heutigen Tag nie zu Gesicht gekommen ist. Ich kenne aber ihren Namen, und auch du kennst ihn.» Er grinste dem Pfaffen zu. «Wie lautet er wohl?»

Hervey antwortete nicht.

Devorax sah die Haushälterin an. «Du weißt, von wem ich spreche, nicht wahr?»

Sie wusste es. Ebenezer hatte ihr vor kurzem anvertraut, dass Dorcas nicht seine Schwester war, ihre wahre Herkunft aber verschwiegen. Die Slythes hatten den Eltern von Martha Slythe versprochen, das Geheimnis der unehelichen Geburt der Ziehtochter zeitlebens zu hüten.

Der schwarzhaarige Soldat wandte sich wieder dem Pfarrer zu. «Ich spreche von Dorcas Slythe. So hieß sie jedenfalls früher. Jetzt ist sie verheiratet und eine Lady.»

Hervey warf den Kopf hin und her. «Nein. Nein.»

«Ich werde dich töten, Hervey, und alle Welt wird erfahren, dass Christopher Aretine zurückgekehrt ist, um Rache zu üben.» Er grinste. Treu-bis-in-den-Tod saß zitternd in seiner Pfütze. Devorax erhob die Stimme, um sicherzustellen, dass die Haushälterin jedes seiner Worte hörte. «Und nicht nur dich werde ich töten. Ich segle morgen nach Amsterdam, werde aber in zwei Wochen wiederkommen und mich dann mit Sir Grenville Cony beschäftigen. Soll ich dir verraten, wie ich ihn umbringen werde?»

Hervey nahm all seinen Mut zusammen, brachte aber nicht viel auf. Er sah den Tod kommen und versuchte verzweifelt, ihn mit Worten abzuwehren. «Ihr seid von Sinnen, Sir. Bemüht Euren Verstand und denkt nach!»

«Das tue ich.» Devorax ging langsam auf den Pfarrer zu.

«Und du wirst sterbend darüber nachdenken, warum du den Tod verdienst. Du stirbst für das, was du meiner Tochter angetan hast. Verstehst du?»

«Nein! Nein!»

«Oh, doch.» Devorax' Stimme war so unerbittlich wie der Winterwind. «Sie ist meine Tochter, und du, Dreckskerl, hast dich an ihr vergangen.»

Von der Klinge bedroht, hatte Hervey den Kopf in den Nacken geworfen. Die strähnigen, strohgelben Haare fielen auf den Tisch herab. Seine Augen waren weit aufgerissen. Er rührte sich nicht, und selbst sein Kehlkopf stand still, als Devorax den Dolch auf sein Gesicht senkte. «Ich hasse dich. Wir sehen uns in der Hölle wieder.»

«Nein!», schrie Hervey. Die Klinge fuhr ihm in den Mund. Er versuchte, sie mit den Zähnen aufzuhalten, doch der große Mann lachte nur und stieß zu. Er stemmte den Dolch mit solcher Wucht durch die Kehle, dass die Spitze im Nacken hervortrat und in der Tischplatte darunter stecken blieb.

«Gleich bist du tot, Dreckskerl.»

Den Rücken über die Stuhllehne gekrümmt, gab Hervey entsetzliche Laute von sich. Er trat mit beiden Beinen aus und griff nach dem Heft des Dolches. Devorax achtete nicht weiter auf ihn und wandte sich der Haushälterin zu, die ihre Augen vor Entsetzen so weit aufgerissen hatte wie der Sterbende. Devorax versperrte ihr die Sicht. «Hast du meine Tochter schikaniert?»

Zitternd schüttelte sie den Kopf.

«Ich werde sie befragen und in zwei Wochen zurück sein. Berichte Sir Grenville, was ich gesagt habe.»

Sie nickte.

Das gequälte, kehlige Röcheln war verstummt. Blut überschwemmte den Tisch und tropfte auf den Teppich. Devorax ging zu dem Toten und zog die Klinge heraus. Sie kratzte an den Zähnen entlang und ließ den Kopf hochfahren. Als er den Dolch am Vorhang abgewischt und in die Scheide zurückgesteckt hatte, wandte er sich wieder der Haushälterin zu. «Mit den besten Empfehlungen an Sir Grenville. Und sag ihm, dass Christopher Aretine nichts vergisst.»

Er nahm die Kleider der jungen Frau, schloss die Tür auf und ging nach unten. Eingehüllt in ihren Umhang und mit einem zweiten Mantel bedeckt, den sie in der Eingangshalle gefunden hatte, hockte sie auf der unteren Treppenstufe. «Geh besser nicht nach oben, Herzchen.»

Zitternd blickte sie zu ihm auf.

Er lächelte. «Wie heißt du?»

Sie nannte ihm Namen und Adresse. Devorax warf ihr die Kleider vor die Füße. «Dein Mann dient in der Armee?»

Sie nickte.

«Du willst doch bestimmt nicht, dass er von deinem Besuch hier erfährt, oder?»

Sie schüttelte den Kopf. «Nein, bitte, nur das nicht!»

Er legte einen Finger an die Lippen. «Die Sache bleibt unter uns.» Er beugte sich herab und flüsterte ihr etwas ins Ohr. Sie lachte. Devorax gab ihr einen Kuss auf die Wange. «Bis bald. Und vergiss nicht, was ich gesagt habe. Geh nicht nach oben. Versprochen?»

Sie nickte. «Versprochen.»

Er ließ sie zurück, dachte, was für ein hübsches Geschenk sie in dieser üblen Nacht war und eilte in Richtung Aldgate, wo er Mason mit den Pferden warten sah. Lachend schwang er sich in den Sattel. «Was ist, Oberst?», fragte Mason.

«Ach, nichts.» Er lachte immer noch. «Da zieht man los, um einen Mann zu töten, und findet eine Frau. Nicht schlecht, oder? Hast du einen Schluck für mich?»

Mason reichte ihm ein Steingutfläschchen. Devorax setzte es an die Lippen und spürte, wie der Branntwein heiß durch die Kehle rann. «Himmel, das tut gut. Und jetzt gib mir meine Sachen.»

Devorax legte den schwarzen Rock ab und trat die Schuhe von den Füßen, zog dann sein Lederwams an, stieg in seine hohen Stulpenstiefel und gürtete das Schwert. Wieder fing er an zu lachen.

«Was ist?»

«Nichts, John.» Er stellte sich die Miene von Sir Grenville vor, wenn dieser von der Haushälterin zu hören bekäme, dass Aretine zurückgekehrt sei. Er nahm noch einen Schluck aus der Flasche und sagte: «Du machst dich jetzt auf den Weg zu Mr Slythe, John.»

«Sofort?»

«Ja. Sag ihm, dass wir uns Montagabend in Bradwell treffen. Spätestens um sieben.»

Mason wiederholte, was er auszurichten hatte.

«Und sag ihm, wenn ihn bis morgen Vormittag um zehn noch keine Nachricht von Aretine erreicht hat, soll er eine Patrouille zum Haus von Pfarrer Hervey schicken. Er weiß, wo es ist.»

«Sir.»

«Und wir zwei treffen uns morgen Abend vor dem Haus des Mädchens in Oxford.»

Mason schien nicht bange davor zu sein, eine so weite Strecke in so kurzer Zeit zurücklegen zu müssen. «Oxford, morgen Abend, Sir.»

Devorax lachte. «Die Katze steckt im Taubenschlag und kommt da nicht mehr raus. Ab mit dir!»

Er schaute Mason nach und hörte die Hufschläge von den Häusern der Leadenhall Street widerhallen. Dann trieb er das eigene Pferd an, ließ Schuhe und Rock in der Gasse zurück und passierte die Aldgate. Den Torwachen brüllte er zu, dass sie gefälligst die Augen offen halten sollten, und beschimpfte ihren Hauptmann als dreckigen Hurensohn.

Jenseits der Tormauern ritt er nach Norden, um einen großen Bogen nach St. Giles in der Oxford Street zu schlagen. Nach einer Mordtat riet es sich, das Stadtinnere zu meiden.

Im Galopp flog er über die Moorfields, warf den Kopf zurück und lachte in Richtung des wolkenverhangenen Mondes.

«Kit Aretine! Alter Gauner! Du kannst stolz auf mich sein.»

Er lachte und ritt tiefer in die Nacht hinein.

❦ 31 ❦

Sir Toby Lazender war müde. Er hatte einen Trupp von hundert Mann zur Ortschaft Wallingford geführt, die angeblich von Rundköpfen überfallen und geplündert worden war. Die Hinweise hatten sich allerdings als falsch erwiesen, und so war er unverrichteter Dinge, erschöpft und durchnässt nach Oxford zurückgekehrt, wo ihn neue Probleme erwarteten. Seine Mutter kam ihm in der Halle entgegen.

«Toby!»

«Mutter?»

«Wir haben Besuch. Mein lieber Junge, du bist ja nass bis auf die Haut. Ein seltsamer Mann ist gekommen. Er besteht darauf, Campion unter vier Augen zu sprechen. Er gefällt mir nicht. Er ist betrunken und flegelig. Finde du heraus, was er will.»

Toby setzte sich auf die Truhe in der Halle. Er legte sein Schwert ab, zog Wams und Stiefel aus und ließ die Sachen von James Wright wegschaffen. «Wie ist sein Name, Mutter?»

«Devorax.» Lady Margaret schnaubte. «Ich weiß, er hat ihr das Leben gerettet, aber das entschuldigt nicht sein unverschämtes Gebaren. Er hat mich doch tatsächlich vor die Tür geschickt. Mit dem netten Sir Horace Devorax wird er gewiss nicht verwandt sein. Erinnerst du dich an ihn, Toby? Er hat in Somerset prächtige Hunde gezüchtet.»

Toby schüttelte den Kopf. «Nein, ich erinnere mich nicht. Wo sind sie?»

«Nach wie vor in Somerset, wenn ich mich nicht irre. Es sei denn, unsere Feinde haben auch Hunden den Krieg erklärt.»

Toby lächelte. «Wo sind Campion und Devorax?»

«Im Gartenzimmer. Ist es wahr, dass du uns verlassen wirst, Toby?»

Toby vermutete, dass seine Mutter gelauscht hatte. Er lehnte den Kopf mit den dunkelroten Locken an die vertäfelte Wand in seinem Rücken. «Amsterdam?»

«Ja. Es scheint, dass dort die Siegel zusammengetragen werden können.» Sie schaute ihn an. «Ich werde nicht allein in Oxford zurückbleiben, Toby.»

Er lächelte. «Verstehe.» Lady Margaret zog es nach Wiltshire in ein kleines, aber schmuckes Haus, dessen Miete von Lopez' Darlehen an Campion bezahlt wurde. Toby wusste auch, dass seine Mutter den kleinen, blinden Mann wiederzusehen wünschte, der dort wohnte. «Wir werden nicht lange in Holland bleiben, Mutter.»

«Devorax sagt, dass dort einiges zu richten sei, was immer er damit meinen mag. Ach, es wäre schön, wieder über Geld zu verfügen.» Sie kniff die Brauen zusammen. «Ich traue ihm nicht, Toby. Vielleicht wär's besser, ihr führt nicht.»

Er stand auf und drückte seiner Mutter einen Kuss auf die Stirn. «Lass mich mal mit ihm reden. Und nicht draußen am Fenster lauschen. Du könntest dich noch erkälten.»

«Das meiste ist ohnehin nicht zu verstehen», entgegnete Lady Margaret. «Er nuschelt und grummelt. Du wirst mir später Bericht erstatten. Geh jetzt. Ich will wissen, was gespielt wird.»

Als Sir Toby, der Herr des Hauses, das Zimmer betrat, hätte sich Vavasour Devorax mindestens erheben sollen, doch der Soldat blieb im Sessel sitzen und blickte nur griesgrämig auf. Toby störte sich nicht weiter daran.

«Oberst? Seid willkommen.»

Der hässliche Kerl nickte. Sein Bart und seine Haare waren, wie Toby bemerkte, unnatürlich schwarz. Auf dem Boden neben ihm stand eine zur Hälfte geleerte Flasche Wein.

Campion stellte sich neben Toby und hob das Gesicht, um einen Kuss von ihm entgegenzunehmen. Er sah in ihren Augen die Erleichterung darüber, dass er gekommen war. «Hallo, geliebte Frau.»

Sie hatte Devorax den Rücken zugekehrt und flüsterte ihm zu: «Er ist betrunken.»

Toby blickte den Fremden an. «Wünscht Ihr etwas zu essen, Sir?»

«Nein», antwortete er kopfschüttelnd. «Wollt Ihr wissen, worum es geht?»

Toby setzte sich neben Campion auf die Bank. Die Kerzen ringsum flackerten. Vavasour Devorax richtete sich ächzend im Sessel auf und starrte Toby in die Augen. «Ich habe es Eurer Frau schon gesagt. Cony ist tot, wir haben seine Siegel, und Ihr werdet damit nach Holland fahren.» Er nahm einen tiefen Schluck aus der Flasche.

«Cony ist tot?»

«Sir Grenville steht vor seinem Schöpfer.» Devorax setzte die Flasche ab. «Der wird wohl nicht besonders erbaut sein über sein Werk», fügte er lachend hinzu.

«Wie ist er ums Leben gekommen?»

«Wie?» Devorax lachte. «Was glaubt Ihr? Ich habe ihn getötet. Damit.» Er tippte auf das Heft seines Schwertes.

Toby konnte es kaum fassen. Er schüttelte den Kopf. «Hatte er denn keine Wachen um sich?»

«Natürlich hatte er welche.» Devorax schien verärgert zu sein über die Frage, doch dann lehnte er sich seufzend zurück und erzählte in gelangweiltem Tonfall: «Vergangene Nacht hat es in London einen Mord gegeben. Pfarrer Treu-bis-in-den-Tod Hervey steht nun ebenfalls vor seinem Schöpfer. Das habe ich so eingerichtet. Anschließend bin ich auf weitem Umweg zu Sir Grenvilles Haus geritten und habe für mich und meine Männer Einlass gefordert unter dem Vorwand, den Mord an Pfarrer Hervey zu untersuchen und deshalb mit dem Hausherrn sprechen zu müssen. Als wir drin waren, sind wir unserer eigentlichen Absicht nachgekommen.» Er lächelte. «Der dicke kleine Mann hat sich erstaunlich gut geschlagen, dann aber mit seinem Blut einen prächtigen Teppich ruiniert. In seinem Geldschrank, den wir aufbrechen mussten, fanden sich zwei Siegel, die der Apostel Matthäus und Markus.»

Campion hielt Tobys Hand gefasst. Mit Blick auf Devorax fragte Toby: «Habt Ihr die Siegel?»

«Nicht dabei.» Er lächelte mitleidig. «Glaubt Ihr etwa, ich würde mit der Hälfte eines Vermögens in der Tasche durch halb England reiten? Ich habe sie natürlich nicht bei mir, meine Männer verwahren sie. Die sind jetzt unterwegs zu Lopez' Schiff, wo auch Ihr Euch einfinden werdet.» Er winkte mit der Flasche. «Die Sache ist ausgestanden, Kinder. Vavasour Devorax hat Euch zu Eurem Glück verholfen.»

Toby musste sich im Zaum halten. «Mein Name ist Sir Toby und meine Frau ist Lady Lazender. Ich wünsche, dass Ihr uns in diesem Haus Respekt entgegenbringt.»

Die grauen Augen wirkten plötzlich ganz und gar nicht betrunken, sondern sehr bedrohlich. Dann aber heiterte sich das bärtige Gesicht auf. «Wie gesagt, Vavasour Devorax hat Euch zu Eurem Glück verholfen. Bedankt Euch gefälligst.»

Toby schwieg. Lachend betrachtete Devorax die Flasche und beschloss, auch den Rest zu trinken. Als er sie geleert hatte, wischte er sich die Lippen und verschmierte dabei das sonderbare Schwarz in seinem Bart.

«Wir treffen uns Montagabend wieder. Ihr werdet über Epping nach Osten reisen, zu einer Ortschaft namens Bradwell. Das sind ein paar Hütten an der Küste von Essex. Wenn Ihr durch den Ort kommt, mündet linker Hand ein Fluss ins Meer. Könnt Ihr mir folgen?»

Toby nickte. «Ja.»

«Folgt der Küste, und Ihr werdet zu einer Scheune gelangen. Sie ist unverwechselbar und sieht aus wie eine Kirche, denn unmittelbar davor steht eine Turmruine, auf der ein Leuchtfeuer brennt. Dort werde ich auf Euch warten. Montagabend, Schlag acht. Verstanden?»

Toby nickte wieder. «Ja.»

«Der nächst größere Ort ist Maldon. Seid vorsichtig. In der Gegend wimmelt es von Puritanern, die Euch liebend gern auf dem Scheiterhaufen sähen. Und noch etwas ...» Er guckte spöttisch. «Bringt das Siegel des Apostels Lukas mit Euch.»

«Ja.»

Campion ließ Tobys Hand los und sah Devorax kritisch an. «Warum tut Ihr all dies für uns, obwohl wir Euch doch, wie es scheint, zuwider sind?»

Devorax zuckte mit den Achseln. «Muss ich Euch denn mögen? Ich führe einen Befehl aus, nicht mehr und nicht weniger. Einen Befehl von Lopez.»

Sie musterte das vom Feuer und den Kerzen beschienene verwüstete Gesicht. «Warum gehorcht Ihr ihm?»

«Warum nicht?» Er langte neben den Sessel und holte eine zweite Flasche Wein hervor. «Wir alle müssen irgendwem gehorchen, es sei denn wir sind Könige. In dem Fall würden wir von anderen erwarten, dass sie uns aus dem Schlamassel heraushelfen, den wir angerichtet haben.» Er zog den Korken und schaute Toby an. «Ihr habt doch nichts dagegen, dass ich trinke, Sir Toby?», fragte er mit höhnischer Betonung des Ehrentitels.

«Ihr könntet mir ein Glas abgeben. Ich bin müde.»

«Müde vom Soldatenspiel?», feixte Devorax. «Die Soldaten, die an meiner Seite kämpften, tranken aus der Flasche.» Er füllte das von Toby hingehaltene Glas. «Das waren echte Soldaten und keine Jammerlappen, die in schmucken Feldbinden herumstolzieren und Gebete ausstoßen.»

«Gestorben wird auch bei uns», entgegnete Toby.

«Das allein macht keinen Krieg», sagte Devorax und schloss die Augen. «Dazu bedarf es wilden Hasses.» Er öffnete die Augen wieder. «Ist Euch bewusst, dass der König verlieren wird?»

«Wird er das?»

«Oh, ja. Im Osten formiert sich eine neue Armee.» Er schlug wieder einen höhnischen Tonfall an. «Die New Model Army. Heilige mit Schwertern, Sir Toby. Sie sind überaus gefährlich. Ein Mann tötet lieber für seinen Gott als für seinen König. Sie werden diesen Krieg gewinnen.» Er trank. «Ich kann nur hoffen, dass England nicht denselben Weg geht wie die deutschen Lande.»

«Habt Ihr dort gekämpft?», fragte Toby. Er spürte, dass Devorax milder gestimmt war, dass seine Wut nachließ.

Devorax nickte. «Ja.»

«Kanntet Ihr meinen Vater?», fragte Campion.

«Ja.»

Es wurde still. Campion hoffte mehr zu erfahren. Devorax trank. Toby schaute ins Feuer und dann zurück zu dem Soldaten. «Meine Mutter sagt, Kit Aretine sei der bestaussehende Mann Englands gewesen. Und der gescheiteste.»

Devorax lachte freudlos. «Mag sein.» Es schien, als wollte er nicht mehr dazu sagen, doch dann lehnte er sich schwerfällig vor. «Er hat sich allerdings verändert.»

Campion merkte auf. «Inwiefern?»

«Er ist gealtert. Er hat zu viel gesehen. Mir gegenüber sagte er, der Verstand sei eine Illusion, und wer durch Blut stapfe, könne nicht an Illusionen festhalten.» Devorax machte eine Handbewegung. «Jedenfalls hat ihm sein Verstand nicht geholfen.»

Toby wartete, doch als von dem Soldaten nichts Weiteres zu hören war, sagte er: «Ihr habt ihn gut gekannt?»

Die grauen Augen richteten sich auf ihn. «Ja, ich kannte ihn gut, den armen Teufel.» Er lachte.

«Habt Ihr ihn gemocht?», wollte Campion wissen.

Devorax schien nachzudenken und nickte dann. «Ja, ich habe Kit gemocht. Jeder mochte ihn. Man konnte gar nicht anders. Er war jemand, der eine ganze Gesellschaft zum Lachen brachte.» Der Wein hatte dem Soldaten anscheinend die Zunge gelockert. «Er konnte sogar auf Schwedisch scherzen. Wenn wir nachts am Lagerfeuer saßen, schien uns alles erträglich, wenn nur Kit dabei war. Auch wenn wir noch so froren, hungerten und vom Feind bedroht waren, wusste er uns immer aufzuheitern. Das ist wohl eine besondere Gabe.» Er zuckte mit den Schultern. «Aber wie gesagt, er hat sich verändert.»

«Inwiefern?», fragte Campion noch einmal. Sie hatte sich

nach vorn gebeugt, den Mund halb geöffnet. Toby sah ihr vom Feuerschein beleuchtetes Profil und verspürte angesichts ihrer Schönheit einen vertrauten Stich in der Brust.

Devorax wischte sich die Lippen am schmutzigen Ärmel seines Lederwamses. Es schien, als wollte er nicht antworten. Dann aber sagte er: «Er verliebte sich. Wie so oft, doch diesmal war es etwas anderes. Er sagte mir, es sei die zweite Frau, die er von ganzem Herzen liebte. Die erste war Eure Mutter», erklärte er mit Blick auf Campion. «Die zweite war eine Schwedin, eine wunderschöne Frau. Tatsächlich waren alle seine Frauen schön, doch diese schien Gott an einem seiner besten Tage erschaffen zu haben.» Er grinste. «Sie hatte Haare in der Farbe wie das Eure, Lady Campion, trug sie aber kurz, denn sie folgte Kit, und lange Haare sind lästig, wenn man in Feldlagern schläft. Sie zog mit uns in die deutschen Lande.» Devorax schien im Geiste weit entrückt zu sein und die Tage der großen schwedischen Angriffe auf die Katholiken im Norden des Kontinents wiederaufleben zu lassen. «Kit sagte, es sei seine letzte Schlacht. Er wollte sie heiraten und mit ihr in Stockholm leben, wozu es aber nicht kam. Sie starb.» Er hob die Flasche. «Und er war fortan nicht mehr derselbe.»

«Das ist schrecklich», flüsterte Campion.

Devorax lachte. «Schlimmer als schrecklich. Ich erinnere mich genau. Wir waren in einer Kleinstadt und wähnten die verdammten Katholiken meilenweit entfernt. Aber das waren sie nicht. Ich glaube, wir hatten wie so häufig viel zu viel getrunken und wurden von den Mistkerlen nächtens überrascht. Die halbe Stadt brannte lichterloh, und in der anderen Hälfte geriet ein jeder, der nicht fliehen konnte, unter die Hufe der feindlichen Kavallerie. Es herrschte Chaos. In dieser einen Nacht verloren wir über hundert Mann und ein Gutteil unserer Pferde.»

«Ist sie getötet worden?», fragte Campion.

«Nein.» Er setzte wieder die Flasche an, neigte den Kopf und schloss die Augen. In der Straße war Hufgetrappel zu hören, und irgendwo im Haus knarrte eine Diele. «Kit kämpfte wie von Sinnen. Er muss wohl ein halbes Dutzend Gegner niedergerungen haben. Aber wohin man blickte, zogen weitere Feinde auf. Sie kamen aus allen Winkeln herbei. Er stand auf der Straße, brüllte ihnen zu und hackte mit seinem Schwert auf sie ein. Er war zu Fuß, doch sie konnten ihn nicht überwältigen. Und dann, als alles fast vorüber war, tauchte sie plötzlich auf, in einen dunklen Umhang gehüllt. Er hielt ihre Haare für einen Helm und feuerte seine Pistole auf sie ab. Der Schuss ging durch ihren schwangeren Leib.» Er schüttelte den Kopf. «Er sagte später, dass er die Pistole bis zu diesem Moment völlig vergessen hatte. Sie starb qualvoll. Es war nicht schön.» Wieder nahm er einen tiefen Schluck aus der Flasche und wischte sich den Mund ab. «Das ist die Geschichte Eures Vaters, Lady Campion, und wenn Ihr einen Rat von mir hören wollt, was ich bezweifle, solltet Ihr darauf hoffen, ihm nie zu begegnen. Er ist nicht mehr der Mann, den Eure Mutter liebte.»

Campion hatte wieder Tobys Hand gegriffen. Ihre Miene verriet tiefe Betrübnis. Devorax sah sie an und grinste. «Ihr wolltet die Geschichte hören. Ich habe sie erzählt.»

Sie schüttelte den Kopf. «Sie ist entsetzlich», sagte sie mit erschaudernder Stimme.

«Wer eine junge Frau für einen Soldaten hält und Haare mit einem Helm verwechselt, sollte keine Pistole im Gürtel tragen.» Er zuckte mit den Achseln. «Aber wir waren ja alle betrunken.» Er stand auf. «Ich gehe jetzt.»

Auch Campion erhob sich. Sie war schockiert, nicht zuletzt von der Kaltherzigkeit, mit der Devorax von ihrem Va-

ter gesprochen hatte. Doch es drängte sie, mehr zu erfahren.
«Wollt Ihr nicht bleiben und mit uns essen?»

«Nein.» Devorax richtete sein Schwert. «In einem Wirtshaus fühle ich mich wohler.» Er grinste. «Ihr werdet in Bradwell sein?»

Toby nickte und stand auf. «Reisen wir nicht zusammen?»

«Nein. Ich reise allein, werde aber auf Euch warten. Schlag acht, Montagabend.»

Er verließ das Haus und trat – mit der Flasche in der Hand – auf die regennasse Straße hinaus.

Campion schaute ihm nach und sah ihn auf einen Reiter zugehen, der ein zweites Pferd am Zügel hielt. Die beiden verschwanden in Richtung Carfax und ließen Campion mit quälenden Gedanken zurück, aufgerührt von der von ihm erzählten Geschichte. Und sie fürchtete sich. Sie hatte Angst davor, in den Osten zu ziehen, ins Herz des Puritanismus. Aber dann dachte sie an Lazen Castle, das sie der Familie zurückgeben wollte, der sie so viel verdankte und nun auch angehörte. Entsetzt über all den Jammer in Gottes Welt, klammerte sie sich an Toby fest. Um seiner und seiner Mutter willen würde sie nach Bradwell reisen.

In einiger Entfernung, nahe den jüngst von einer Feuersbrunst heimgesuchten Häusern von Oxford, warf Vavasour Devorax die leere Flasche in eine der Ruinen, von denen immer noch Rauchgestank ausging. «Nun?», fragte er Mason.

«Sir Grenville Cony hat ein Dutzend Männer nach Bradwell geschickt, Sir.»

Devorax nickte. «Und Slythe?»

«Er wird dort sein, Sir. Pünktlich um sieben und begleitet von Sir Grenville, wie er sagt.»

«Gut.» Devorax grinste. «Wie viele Männer bringt Slythe?»

«Nach eigener Auskunft sechs.»

«Gut, gut. Mit den zwölfen von Cony werden wir es leicht aufnehmen.»

Mason gähnte. «Es werden bestimmt ein paar mehr sein, wenn ich Sir Grenville richtig einschätze.»

Devorax machte sich keine Sorgen. Mit seinen eigenen Männern und denen von Slythe würde er Conys Leibgarde gewiss überwältigen können. Und es blieben noch genügend Kämpfer für eine kleine Truppe, die, in die Ortschaft von Bradwell abkommandiert, Toby und Campion zur Scheune folgen und ihnen den Rückweg abschneiden würden.

«Kommt das Mädchen, Sir?», fragte Mason.

«Ja.» Devorax grinste. «Sie und ihr Mann. Alle beide.»

«Hatten sie denn keine Bedenken?»

Devorax schüttelte den Kopf. «Sie glaubt, Cony sei tot.» Er lachte. «Sie wird da sein, John, ihrem Vater zuliebe.» Er hatte Campion beobachtet und ihr die Rührung über die wahre Geschichte von Kit Aretines schwedischer Frau deutlich angesehen. «Sie ist schwärmerisch», höhnte er und grinste Mason zu. «Komm, John. Ich treibe eine Hure für dich auf. Nach Montag kannst du mir das Geld für sie zurückgeben.» Er lachte laut auf und war zufrieden mit sich, denn er hatte eingefädelt, was den meisten unmöglich erschienen wäre. Die Siegel des Matthäus, Markus und Lukas würden dank seiner in der entlegenen Küstenortschaft von Bradwell zusammenfinden.

❊ 32 ❊

Toby und Campion verließen Oxford am nächsten Tag. Sie reisten allein. James Wright hatte darum gebeten, sie begleiten zu dürfen, war aber von Toby beauftragt worden, bei Lady Margaret zu bleiben.

Lady Margaret umarmte die beiden zum Abschied. «Ich traue diesem Devorax nicht. Es wäre besser, ihr würdet euch nicht auf seine Pläne einlassen.»

Campion lächelte. «Was tätet Ihr an meiner Stelle?»

Wann sie zurück sein würden, wussten sie nicht. Devorax hatte Campion gesagt, dass Mordecai Lopez in Amsterdam auf sie wartete, um mit ihr die Siegel zur Bank zu bringen, die ihr dann das Vermögen aus dem Bund überschreiben sollte. Das sei eine verwickelte, langwierige Prozedur, hatte Devorax gesagt. Toby gab seiner Mutter einen Kuss, stieg in den Sattel und lächelte ihr zu. «Vielleicht sind wir Weihnachten wieder zurück, Mutter.»

«Vielleicht auch eher», fügte Campion hinzu.

«Ich habe mich dazu entschieden, Apfelbäume zu kultivieren», sagte Lady Margaret. «Andrew schreibt, dass sie in Wiltshire besonders gut gedeihen.»

Campion gab ihr einen Kuss. «Wir werden Euch vermissen.»

«Natürlich, meine Liebe.»

Sie reisten zu Pferde, denn eine Fahrt mit dem Wagen hätte länger als vier Tage gedauert, und so viel Zeit blieb ihnen nicht, wenn sie die Verabredung einhalten wollten. Die Straßen waren aufgeweicht und zu dieser Jahreszeit kaum befahrbar. Sie ritten größtenteils über Wiesen und folgten einem Kurs, der sie in weitem Abstand an London vorbeiführte.

Am Samstag waren sie bereits tief in das puritanische

East Anglia eingedrungen. Allerorten kamen ihnen zornige Forderungen nach der Entmachtung von König und Adel zu Ohren. In dem Krieg ging es nicht mehr nur um Steuern und um die Rechte des Parlaments, er hatte sich zu einem religiösen Kreuzzug entwickelt, der das Ziel hatte, die alte Ordnung umzustoßen. Man hörte wieder die alte Losung der Bauernaufstände: «Als Adam pflügte und Eva spann, wo war da der Edelmann?»

Toby sah einem Edelmann nicht ähnlich. Er reiste als Soldat, bewaffnet mit Schwert und Pistole, und an seinem Sattel hing eine Sturmhaube. Man hielt ihn für einen Kämpfer, der mit seiner Frau und einem Packpferd von der Schlacht nach Hause zurückkehrte. Campion war wie eine Puritanerin gekleidet. Sie hatte sich ein Paar flache Schuhe aus steifem Leder zugelegt und trug unter ihrem langen schwarzen Umhang ein schlichtes, weites Kleid mit weißem Kragen und gestärkter Schürze. Die Haare steckten unter einer Haube. Im Gepäck führte sie allerdings noch andere Kleider mit sich, Kleider, die einer Lady angemessen waren.

War auch ihr Äußeres schmucklos und ihr Verhalten voller Demut, so flogen doch ihre Hoffnungen hoch. Mordecai Lopez hatte versprochen, die Siegel zusammenzubringen und den Willen ihres Vaters zu erfüllen. Der Tod Sir Grenvilles dauerte sie ebenso wenig wie das Ende von Treu-bis-in-den-Tod Hervey, und sie glaubte, dass es mit den Morden nun ein Ende habe. Die Siegel hatten ihren Blutzoll erhalten und würden nun den von der Familie ihres Mannes erlittenen Verlust wieder gutmachen. Beschwingt ritt sie diesem Ziel entgegen, ungeachtet der kalten Herbstschauer, die einen Vorgeschmack auf frostigeres Wetter gaben, das die aufgeweichten Straßen mit Eis und Schnee überziehen würde.

Sie durchquerten den Epping Forest – zwei Reiter allein

unter mächtigen Baumkronen. Die Blätter hatten sich verfärbt; viele waren schon zu Boden gefallen und von den Winden zu einem Teppich auf ihrem Weg ausgelegt worden. Manchmal erspähte Campion tief im goldenen Schatten ein regloses Reh, das Witterung aufgenommen hatte. Einmal kamen sie an einem Lager von Köhlern vorbei, deren Torfhütten, fast unsichtbar versteckt im Gehölz, nur aus nächster Nähe auszumachen waren. Aus dem großen Meiler stieg blauer Rauch auf. Die Köhler verkauften ihnen in Lehm gebackenes Igelfleisch. Von dem Krieg bekamen sie nicht mehr mit, als dass sie gute Preise für ihre Holzkohle erzielten, die zur Herstellung von Schwarzpulver benötigt wurde.

Am Sonntag mussten Toby und Campion ihre Reise unterbrechen, denn sie befanden sich auf puritanischem Territorium, wo der Tag des Herrn als heilig erachtet wurde. Sie hatten den Forst hinter sich gelassen und eine hügelige Landschaft mit fruchtbaren Äckern und großen Scheunen erreicht. Unterkunft fanden sie in der einzig freien Kammer eines Gasthofes, an deren Wände Nachrichten von den Siegen des Parlamentsheeres geheftet waren.

Sie gingen in die Kirche, denn die drei an diesem Tag gefeierten Gottesdienste auszulassen hätte Argwohn heraufbeschworen und Erkundigungen nach sich gezogen. Toby konnte der Versuchung, sein schauspielerisches Talent zu erproben, nicht widerstehen. Er stellte Campion mit dem Namen Rechtschaffenheit-währt-ewiglich Gunn vor und sagte, dass sie auf der Reise nach Maldon seien, wo die Familie seiner Frau lebe. Der Pastor, ein ernster junger Mann, der in seinen Gebeten darum bat, dass die Royalisten «dahingemäht würden und ihr Blut das Land der Heiligen düngen möge», musterte Campion mit neugierigen Blicken. Sie standen zwischen uralten Grabsteinen vor der Kirche und waren von Dorfbewohnern umringt. «Und wo in Maldon wohnt Eure Familie, Mistress Gunn? Meine Mutter lebt ebenfalls an diesem Ort.»

Campion wusste keine Antwort und schaute sich Hilfe suchend um.

Toby legte ihr eine Hand auf den Arm und sagte: «Der Herr in seiner Weisheit hat meiner lieben Frau fromme Einfalt geschenkt. Ihr müsst behutsam mit ihr umgehen.»

Die Frauen, die mit Campion auf der den Frauen vorbehaltenen Seite der Kirche gesessen hatten, drückten ihr Mitgefühl aus. Auch der Pastor zeigte sich betrübt und sagte: «Ich werde in der Abendmesse für sie beten, Oberst Gunn.»

Als sie kurz darauf im Gasthof eine kalte Mahlzeit zu sich nahmen, zischte Campion Toby an. «Untersteh dich, mich noch einmal als Schwachsinnige hinzustellen!»

Er grinste. «Psst! Es wäre übrigens angebracht, wenn du ein wenig sabbertest.»

«Toby!»

«Und lass dir um Gottes willen nicht anmerken, dass du dich amüsierst. Wenn wir einen glücklichen Eindruck machen, werden sie uns auf die Schliche kommen.»

Sie schnitt ein Stück Käse für ihn ab. «Wie kommt es bloß, dass ich dich liebe, Toby Lazender.»

«Du bist eben ein bisschen einfältig, meine Liebe», antwortete er lächelnd.

Am nächsten Tag brachen sie schon in aller Frühe auf und durchquerten einen fruchtbaren, gut gewässerten Landstrich. Die Mühlen standen immer noch nicht still und mahlten die Reste der Getreideernte. Die meisten Hütten waren mit Lehm verputzt und mit schmuckvollen Reliefs verziert, die Korngarben oder Girlanden aus Früchten abbildeten. Der Wind blies ihnen in den Rücken. Er trieb hohe Wolken gen

Osten und kräuselte das Wasser der Flüsse, die der Nordsee entgegenströmten. Am Abend, so dachte Campion, würde sie zum ersten Mal das Meer sehen, auf dem es dann mit einem großen Schiff ins Ausland ginge. Sie war unruhig in Anbetracht des Ungewissen, auf das sie sich der Siegel wegen eingelassen hatte.

Die Landschaft wurde flacher. Sie ritten unter einem Himmel, wie Campion ihn größer noch nie gesehen hatte. Der Horizont bildete eine gerade, wie mit dem Lineal gezogene Linie, die nur durch ein paar krumme Bäume und Häuser oder Scheunen unterbrochen wurde. Die Luft schmeckte salzig, und das Kreischen vereinzelter Möwen kündete vom nahen Ende der Reise.

Nur noch selten kamen sie an Behausungen vorbei. Die wenigen Hütten, die ihnen zu Gesicht kamen, waren armselige Verschläge aus Brettern, die mit Pech bestrichen waren, kaum größer als die höchsten Gräser der Salzmarsch. Hoch oben in der Luft sah Campion Gänse in enger Formation nach Süden ziehen, der Fremde entgegen.

Am späten Nachmittag erstanden sie Brot und Käse von einer alten, buckligen Frau, die sie argwöhnisch beäugte. «Wohin des Wegs?», fragte sie.

«Nach Bradwell», antwortete Toby.

Die Alte guckte ungläubig. «Was kann man da bloß wollen?» Sie betrachtete die Münze, die Toby ihr gegeben hatte, und schien den Entschluss zu fassen, dass es sie nicht weiter kümmern sollte, warum diese seltsamen Leute gutes Geld für schlechten Käse ausgaben.

Am Rand einer Marsch machten sie Rast, um zu essen. Hundert Schritt entfernt lag das Gerippe eines morschen Bootswracks am Ufer eines trüben Wasserlaufs. Die hier im salzigen Schlamm wachsenden Pflanzen – Queller, Schuppenmiere und Seegras – waren Campion allesamt unbekannt und so fremd wie die Reise selbst.

Als sie endlich hinter der kleinen Ortschaft von Bradwell das Meer erblickte, war sie enttäuscht. Es entsprach ganz und gar nicht der Vorstellung, die sie sich gebildet hatte, nachdem sie von gewaltigen, sich vor schwarzen Felsen auftürmenden Wassermassen gelesen hatte, nicht zuletzt im Alten Testament mit seiner Darstellung des Leviathan, der in unergründlichen Tiefen dräute.

Jenseits einer weiten Wüste aus Schlick und Morast, die wohl eine Meile tief sein mochte, zeigte sich das Meer als ein grauer, trister Streifen, begrenzt von einer weißschimmernden Linie, an der entlang das Wasser über glasig glänzenden Uferschlamm lappte. Toby, der das Meer schon gesehen hatte, konnte sich vorstellen, wie bei Flut die Wogen, vom Ostwind aufgewühlt, über die flache, von kleinen Wasserläufen durchzogene Marsch hereinbrechen und alles überspülen würden.

Campion zog ihren Umhang enger um den Hals. «Ist das unser Ziel?», fragte sie und deutete mit einer Kopfbewegung auf ein kleines Gebäude mit hohem Giebel, das sich vor dem dunkelnden Himmel abzeichnete.

Toby nickte. «Ja.» Dahinter entdeckte er ein Schiff, dessen Rumpf hinter der Landzunge, auf der das Gebäude stand, verschwand. Es war nur der Mast zu sehen, ein winziger Strich am Horizont.

«Toby!» Campion hatte sich umgedreht und starrte zurück. «Toby!», rief sie ängstlich.

Eine halbe Meile hinter sich sah nun auch er vier Reiter. Ihre Pferde rührten sich nicht. Die Mäntel der Männer wehten im Wind. Das Licht der untergehenden Sonne glühte rot auf ihren Helmen. Sie waren mit Schwertern bewaffnet. «Wir werden verfolgt», sagte Campion.

Toby schaute sich um. Der Pfad, auf dem sie sich befanden, führte zur Scheune am Horizont und war der einzige Weg dorthin. Er lächelte seiner Frau zu. «Komm. Wir haben nichts zu befürchten.»

Er richtete sein Schwert, warf noch einen Blick auf die Reiter und führte Campion auf den Ort zu, an dem die Siegel zusammengebracht werden sollten, ein Gebäude, das so einsam und verlassen war wie der ganze Küstenabschnitt und schon an die tausend Jahre dort stand.

Die Römer hatten es errichtet und als Festung zur Abwehr der sächsischen Piraten ausgebaut, die mit ihren Ruderbooten aus nebelumhüllter Ferne in das Mündungsgebiet des Blackwater kamen. Hier hatten die Römer ihre Götter verehrt und, dem Mithraskult entsprechend, das Blut geopferter Stiere über die Köpfe neurekrutierter Legionäre ausgegossen, um so die Götter zu bitten, ihr Leben auf den grauen Meeresgewässern zu schonen.

Die Römer waren wieder abgezogen, und aus den sächsischen Piraten waren Siedler geworden, die ihren eigenen wilden Göttern huldigten, ehe sie den christlichen Glauben annahmen. Aus den römischen Mauern bauten sie eine Kirche, die zur Pilgerstätte wurde. Dann kamen Heiden aus dem Norden mit furchterregenden Schwertern und Streitäxten, die Wikinger, die die Christen von der Küste vertrieben. Die Kirche blieb stehen, doch die Kinder von Thor und Odin wussten nichts von dem Gott der Christen, und so wurde aus der alten Kirche eine Scheune, obwohl sie sich als solche in dieser Einöde kaum eignete. Heute diente sie als Pferch für Schafe zum Schutz vor der Nacht. Auf dem halb eingestürzten Turm befand sich ein eiserner Korb, in dem ein Feuer entfacht werden konnte, um die Seeleute vor den morastigen Untiefen in Ufernähe zu warnen.

Zu dieser vergessenen Kirche an einsamer Küste führten Vavasour Devorax und Ebenezer Slythe ihre Männer. Auch Sir Grenville Cony fand sich dort ein, rückversichert durch seine Vorhut, die ihm mitgeteilt hatte, dass ihm keine Gefahr drohte. Mit seiner Kutsche kam er nur bis zur nächsten Farm, von dort musste er zu Fuß gehen. Als er den niedrigen Erdwall – das, was von den römischen Befestigungsanlagen übrig geblieben war – erreicht hatte, fand er seine vorausgeschickten Männer tot oder gefangen genommen vor. Musketiere rückten mit angelegten Büchsen gegen ihn vor, und als er sich in panischer Angst umdrehte, sah er etliche Reiter von hinten herbeipreschen. Sir Grenville wurde gestellt und, an Händen und Füßen gefesselt, in das alte Gebäude geführt.

Vavasour Devorax hatte die Scheune herrichten lassen, um der Übergabe der Siegel einen gebührenden Rahmen zu geben. Der Lehmboden war ausgefegt und frei geräumt worden für einen Tisch, den man aus dem Dorf herbeigeschafft hatte, und fünf Stühle, von denen einer am Kopf des Tisches stand und jeweils zwei an den Seiten. Für Licht sorgten etliche Kerzen. Ebenezer hatte bereits am Tisch Platz genommen. Vor ihm lag eine geladene Pistole.

Vavasour Devorax trat vor. «Sir Grenville! Verehrtester!»

«Wer zum Teufel seid Ihr?» Conys Blicke huschten hektisch durch den Raum. Die Wachen behielten ihn im Auge und grinsten.

«Mein Name ist Vavasour Devorax.» Er trug seinen Helm auf dem Kopf, sodass im Halbdunkel der Scheune von seinem vernarbten Gesicht kaum etwas zu erkennen war. Sir Grenville sah allerdings, dass der große, bärtige Soldat schmunzelte. «Ich bin derjenige, der Treu-bis-in-den-Tod Hervey getötet hat. Dass ich mich zu diesem Behuf unter anderem Namen vorgestellt habe, werdet Ihr gewiss verzeihen. Sonst hätten wir jetzt nicht das Vergnügen, Eure feiste Bekanntschaft zu machen. Setz dich, Cony, dorthin, neben Mr Slythe.»

Sir Grenville sah sich um all seine Wünsche und Hoffnungen aufs Hinterhältigste betrogen, wirkte aber gelassen und ließ sich seine Verzweiflung nicht anmerken. Er dachte nach. Ohne auf Ebenezer und dessen hochmütiges Grinsen zu achten, wandte er sich dem stämmigen Soldaten zu und sagte: «Wir sollten miteinander reden, Devorax. Ich bin Geschäftsmann und bereit zu verhandeln.»

Der Soldat, der soeben noch mit sanfter Stimme gesprochen hatte, fauchte ihn nun an: «Wenn du dich nicht sofort auf deinen fetten Arsch setzt, Cony, reiß ich dir mit bloßen Händen die Rippen auseinander. Beweg dich!»

Sir Grenville setzte sich neben Ebenezer. Die beiden wechselten kein Wort miteinander. Devorax lächelte und schlug wieder einen freundlicheren Tonfall an. «Nun wollen wir ein Weilchen warten.»

Sir Grenville kniff die Brauen zusammen. «Worauf?»

«Auf den Apostel Lukas, Sir Grenville. Worauf sonst?» Devorax lachte. «Auf den Apostel Lukas.»

Toby und Campion konnten nicht entkommen. Sie waren von bewaffneten Männern umzingelt, deren Gesichter hinter den Gitterstäben ihrer Sturmhauben nicht zu erkennen waren. Als sie ihm Schwert und Pistole abnahmen, setzte sich Toby zur Wehr und schlug einen von ihnen mit den Fäusten nieder. Doch er war ihnen hoffnungslos unterlegen, und Campion schrie, dass er sich geschlagen geben solle.

«Ein vernünftiges Mädchen.» Devorax war vor die Tür getreten.

Toby versuchte, sich aus den Händen, die ihn hielten, zu befreien. «Bastard!», brüllte er.

«Ruhig Blut, mein Kleiner.» Devorax schien sich zu amüsieren. «Ich will nicht hernach mein Schwert säubern müssen, nur weil du den Helden spielen willst.» Er nickte seinen Männern zu. «Bringt die beiden ins Haus.»

Campion warf einen Blick auf John Mason, den sie als einen der Männer wiedererkannte, die sie gerettet und nach Oxford in Sicherheit gebracht hatten. «Warum? Warum?»

Mason zuckte mit den Achseln. «Tut, was er verlangt, Miss. Es würde Euch nicht gut bekommen, ihm die Stirn zu bieten.» Er deutete auf den Eingang.

Im Schein der brennenden Kerzen sah sie Ebenezer am Tisch sitzen. Und neben ihm saß Sir Grenville Cony. Er lebte! Sie schrie auf und musste es sich gefallen lassen, von Devorax auf einen der Stühle gestoßen zu werden. «Setz dich deinem teuren Bruder gegenüber.» Seufzend richtete er den Blick auf Toby und sagte: «Wenn du keine Ruhe gibst, mein Kleiner, muss ich dich am Stuhl festbinden. Sei vernünftig und nimm Platz.»

Sie setzten sich. Die Wachen bezogen dicht hinter ihnen Aufstellung. Devorax nahm am Kopf des Tisches Platz und stellte einen eckigen Lederkoffer vor sich ab. Er blickte durch das vergitterte Visier des Helms und sagte: «Ich glaube, wir können beginnen.»

Ebenezer sah Campion an. Sie steckte in der Falle. Hinter den hohen Fenstern zu beiden Seiten der Scheunenhalle war es dunkel geworden. Draußen, wo sich der Blackwater ins Meer ergoss, lag das Schiff vor Anker. Campions Fluss hatte sie an diesen trostlosen Ort unter trübem Himmel gespült, ans Ende.

❦ 33 ❦

Durch die zerbrochenen Fenster und Lücken im Dach drang das wehmütige Geschrei der Möwen. Seufzend wehte der Wind durch das Seegras nach Osten. Das Meer rauschte, wo sich seine Wellen am Ufer brachen.

Vavasour Devorax und Ebenezer Slythe lächelten. Sir Grenville blickte grimmig drein. Toby hielt Campion unterm Tisch an der Hand.

Devorax zog eine Pistole aus dem Gürtel und legte sie neben den Lederkoffer. «Geliebte Brüder, wir haben uns hier versammelt, auf dass zwei aus unserer Runde sehr, sehr reich werden.» Er lachte.

Ebenezer trug einen schwarzen Mantel mit Pelzbesatz. Unter seiner rechten Hand lag eine Pistole mit silbernem Knauf. «Willkommen, Schwester», grüßte er schmunzelnd. «Du hast mich deinem Gatten noch nicht vorgestellt.»

Campion schwieg. Devorax lachte. «Mir scheint, Lady Lazender hat es die Sprache verschlagen. Darum werde ich die Herren miteinander bekannt machen. Mr Slythe? Euch gegenüber sitzt Sir Toby Lazender. Sir Toby?» Devorax verbeugte sich spöttisch. «Der feiste Wicht, den Ihr vor Euch seht, ist Sir Grenville Cony. Mein Gefangener, wie Ihr es seid.»

Hinter Cony stand ebenfalls ein Wachsoldat. Campion hatte dafür keine Erklärung, wähnte sie ihn doch unter ihren Feinden. Devorax bemerkte ihre Verwirrung und sagte: «Dein Bruder und ich haben die Siegel zusammengebracht.» Er blickte auf Sir Grenville und reckte sich genüsslich. «Lady Lazender hielt Euch für tot, Sir Grenville. Darum hat sie mir ihr Vertrauen geschenkt. Ihre Vermutung war zwar falsch, aber geradezu hellseherisch.»

Sir Grenville sagte nichts und verriet mit keiner Miene, was er dachte oder fühlte.

Devorax wandte sich wieder an Campion. Seine Augen glitzerten hinter den eisernen Gitterstäben. «Sir Grenville ist hierhergekommen, weil er fürchtet, dass Kit Aretine in London nach ihm sucht. Du schuldest mir deinen Dank, Mädchen. Ich habe im Namen deines Vaters Pfarrer Treubis-in-den-Tod Hervey ins Jenseits befördert.» Devorax kicherte. «Er starb unter großer Angst und mit einer grässlichen Duftnote. Kit Aretine kann stolz auf mich sein.»

«Ich wünschte, er wäre hier», sagte Campion verbittert.

Devorax lachte. «Richte deine Hoffnungen nicht auf Versager, Mädchen.»

«Der Name meiner Frau ist Lady Lazender.»

Devorax betrachtete Toby wie ein lästiges Kind und sagte mit gelangweilter Stimme: «Wenn du nicht ruhig bist, schlitz ich dir die Zunge entzwei.»

Die Männer von Devorax und Ebenezer schienen sich zu amüsieren. Einige hatten ihre Schwerter gezogen, andere wiegten Pistolen oder Musketen in den Armen. Devorax war ausnahmsweise nüchtern und beherrschte mit seiner zuversichtlichen Überheblichkeit die seltsame Scheunenhalle. «Bevor die Flut einsetzt und das Wasser hoch genug gestiegen ist, bleibt uns noch ein wenig Zeit, die wir uns mit Gesprächen vertreiben könnten. Vielleicht ergötzt mich der eine oder andere auch damit, dass er um sein Leben fleht.» Sein Blick wanderte langsam von Sir Grenville zu Toby und von Toby zu Campion. «Aber beginnen wir mit den Siegeln. Wenn mich nicht alles täuscht, hast du den Apostel Lukas, Mädchen. Leg ihn auf den Tisch.»

Campion rührte sich nicht. Es war kalt in der Scheune. Sie spürte, wie die Soldaten in ihrem Rücken sie beobachteten.

Devorax seufzte. «Entweder legst du das Siegel jetzt auf den Tisch, Weib, oder einer meiner Männer wird dich danach absuchen. Du hast die Wahl.»

Toby zog seine Hand hervor, was Ebenezer veranlasste, seine schwere Pistole zu heben. Devorax aber streckte seine Pranke aus und drückte den Lauf herunter. «Ich glaube, unser Kleiner hat, was wir wollen, Mr Slythe.»

Toby langte unter seinen Kragen, zog die Goldkette über seine dunkelroten Locken und legte das Siegel des Apostels Lukas auf die rohen Tischbretter. Ebenezer griff danach mit seinen langen, weißen Fingern und jubelte in sich hinein.

Mit Blick auf Sir Grenville sagte Devorax: «Ihr seid doch wohl auch nicht mit leeren Händen gekommen, Sir Grenville. Eure beiden Siegel, her damit!»

Der Stuhl, auf dem Cony saß, knarrte. Campion hörte das endlose Rauschen des Meeres. Der hinter Sir Grenville aufgestellte Wachposten spannte das Steinschloss seiner Büchse.

Blinzelnd und mit zögerlicher Bewegung griff Sir Grenville in eine seiner Rocktaschen. Devorax' Pistole war auf ihn gerichtet. Der dicke Mann verzog das Gesicht, als er in der engen Tasche herumkramte und schließlich die Siegel zum Vorschein brachte. Er ließ sie auf den Tisch fallen.

Der Wachposten trat zurück. Ebenezer sammelte die drei Stücke vorsichtig ein.

Die Siegel des Matthäus, Markus und Lukas waren vereint, zum ersten Mal, seit es sie gab. Die Goldketten waren ineinander verschlungen, wie Funken glühten die kleinen, schmuckvoll aufgesetzten Edelsteine.

Ebenezer starrte mit seinen dunklen Augen auf das, was vor ihm lag. Seine Gedanken griffen voraus auf unumschränkte Macht und Herrlichkeit.

Sir Grenvilles fahle Froschaugen traten mit Blick auf die Siegel noch weiter hervor. Er suchte verzweifelt nach einem Ausweg. Solange sie alle am Tisch beieinandersaßen und redeten, statt zu töten, war noch nichts verloren.

Auch Campion starrte auf die Schmuckstücke und dachte an das durch sie verursachte Leid, an die Schrecken, denen sie ihretwegen ausgesetzt war. Sie ergriff Tobys Hand und spürte ihre wohltuende Wärme.

Vavasour Devorax blickte in die Runde der vom Kerzenlicht beschienenen Gesichter. Seine eigene Miene zeugte von tiefer Befriedigung. «Wir sollten jetzt vielleicht ein Dankgebet für einen abwesenden Freund sprechen. Den Apostel Johannes.»

«Wär's nicht angemessener, Eurem abwesenden Freund Mordecai Lopez zu danken?», empörte sich Campion.

Vavasour Devorax grunzte belustigt. «Die Frau will, dass ich mich schuldig fühle. Ach ja, mein ‹Freund› Lopez.» Er betrachtete sie mit frechem Grinsen. «Mein Freund Lopez ist ein Jude, der sich allzu lange meine Dienste erkauft hat und glaubt, dass mir ein freundschaftlicher Klaps auf den Hinterkopf ausreicht. Aber so ist es nicht. Ich erwarte mehr vom Leben als Schwert und Lederrock. Es ist an der Zeit, dass auch ich ausgesorgt habe.» Er lebte auf, wie es schien, beseelt von seinem Zorn. Nach vorn gebeugt, fegte er die drei Siegel mit der geöffneten Hand vom Tisch. «Mein Lohn für lange Dienste!» Er schüttelte die Schmuckstücke und ließ die Ketten rasseln.

Sir Grenville meldete sich erstmals zu Wort. «Wenn Ihr Lopez' Feind seid, Devorax, seid Ihr mein Freund.»

Devorax lachte. Er legte die Siegel wieder auf den Tisch und ließ die Ketten über den aus Damaszenerstahl geschmiedeten Lauf von Ebenezers Pistole fallen. «Das Wort Freund scheint heute Abend in aller Munde zu sein. Ich bin nun reich und jedermanns Freund, obwohl ich gar keine Freunde nötig habe.»

«Was wünscht Ihr Euch dann?», fragte Sir Grenville mit gebrochener Stimme.

Devorax starrte ihn lange an und antwortete schließlich: «Ich wünsche mir ein bestimmtes Hurenhaus in Padua, Sir Grenville. Dort könnte ich meine alten Tage auf die Weise beschließen, die mir am ehesten zusagt.»

Sir Grenville hatte endlich den Einstieg in ein Gespräch mit ihm gefunden. Er nickte lächelnd in Richtung der drei goldenen Siegel. «Mit diesem Schatz könntet Ihr halb Europa in ein Hurenhaus verwandeln, Devorax», sagte er ruhig und gelassen. «Ohne Freunde aber hättet Ihr nur wenig Schutz vor den Feinden, die Euch belagern werden.»

«Feinde?», höhnte Devorax. «Welche? Habt Ihr Euch etwa selbst im Sinn, Sir Grenville? Eure Leiche wird in Kürze die Wattwürmer mästen.» Er sah die Furcht, die sich in den hervortretenden Augen spiegelte. «Lopez? Der Jude ist ein alter Mann und weiß, wie ich mein Schwert zu führen verstehe. Er wird sich hüten, Rache zu üben.»

Campion hielt Tobys Hand umklammert. Sie wollte sich ihre Angst nicht anmerken lassen. «Mein Vater.»

«Dein Vater?» Das bärtige Gesicht wandte sich ihr zu. «Kit Aretine hat dich im Stich gelassen. Warum sollte er jetzt herbeigelaufen kommen, wenn er's denn könnte? Glaubst du wirklich, eine Tochter, die er nie gesehen hat, wäre ihm wichtiger als die Freuden eines paduanischen Hurenhauses?» Devorax lachte. «Vergiss nicht, ich kannte deinen Vater gut. Ich weiß, was ihm gefällt.» Er betrachtete ihr Mienenspiel. «Wenn du dein Leben retten willst, könntest du mit mir kommen und mir gefällig sein.»

Devorax warf den Kopf zurück und lachte laut auf. Ebenezer grinste. Die beiden Wachen hielten Toby bei der Schulter gepackt und zwangen ihn zurück auf seinen Stuhl.

Devorax wartete, bis sich Toby beruhigt hatte, und fragte Ebenezer: «Was sollen wir mit ihnen anfangen, Mr Slythe?»

Ebenezer zuckte mit den Achseln. «Umbringen.»

Devorax gab sich überrascht. «Aber Sir Grenville war doch gut zu Euch. Wollt Ihr ihn nicht retten?»

Sir Grenville bedachte Ebenezer mit hasserfülltem Blick. Ebenezer lächelte seinem einstigen Gönner zu. Wäre er tot, erbte er dessen Vermögen. «Er soll sterben.»

«Und Eure Schwester?», fragte Devorax in vorgetäuschter Unschuld. «Wollt Ihr denn nicht wenigstens das Leben Eurer Schwester retten?»

«Sie ist nicht meine Schwester», antwortete Ebenezer. «Sie ist die Tochter von Aretine und einer Hure.»

Devorax lächelte. «Auch sie soll sterben?»

Ebenezer nickte.

Mit Blick auf Toby sagte Devorax: «Und du, mein Kleiner, willst wahrscheinlich neben ihr begraben liegen, nicht wahr?»

«Fahr zur Hölle!»

«Alles zu seiner Zeit, mein Kleiner.» Devorax schaute lächelnd in die Runde. «Was für ein angenehmer Abend. Die Flut steigt, ein Schiff wartet, Mr Slythe und ich teilen uns das Vermögen aus dem Bund, und ihr werdet sterben.» Er schwieg still, um seine Worte wirken zu lassen. Ein Windstoß pfiff durchs morsche Gebälk und flaute wieder ab. Das Rauschen der Brandung schwoll an.

Campion blickte zu dem großen Soldaten auf. Sie versuchte ihre Stimme im Zaum zu halten und sagte ruhig: «Toby hat nichts getan. Er wollte all das nicht. Lasst ihn gehen.»

«Campion!»

«Nein, nein! Ruhe!» Devorax schmunzelte. «Spricht da Liebe aus deinem hübschen Mund?»

Campion hob ihr Kinn. «Ich liebe ihn.»

«Oh! Wie rührend. Wie sehr liebst du ihn, Mädchen?» Er beugte sich ihr entgegen. «Wie sehr?»

«Ich liebe ihn.»

«Genug, um auf den Bund zu verzichten?» Devorax grinste. «Wie hoch ist sein Preis? Kommen wir ins Geschäft. Der Kleine darf leben, wenn du mir dein ganzes Vermögen überschreibst.»

Campion nickte. Es war ohnehin verloren.

Devorax hatte offenbar vorhergesehen, dass sie um Tobys Leben bitten und jeden Preis für ihn zahlen würde. Er öffnete seinen Lederkoffer und entnahm ihm ein Blatt Papier, ein Tintenfässchen, eine Schreibfeder und Siegelwachs. «Unterschreib, Frau, und der Kleine bleibt am Leben.»

Das vorbereitete Schreiben war kurz. Es widerrief ihren Anspruch auf das vom Bund verwaltete Vermögen und wies die Bank von Amsterdam an, alle entsprechenden Vereinbarungen außer Kraft zu setzen. Sie tauchte die Feder in das Tintenfässchen und setzte ihren Namen unter das Schreiben. Devorax schmunzelte. «Damit wäre unser Handel rechtens. Unser Advokat wird bestätigen, dass es immer besser ist, den Rechtsvorschriften zu genügen, nicht wahr, Sir Grenville?»

Sir Grenville sagte nichts. Er schaute Devorax dabei zu, wie er heißes Wachs aufs Papier tropfen ließ und dann die Siegel zur Hand nahm. «Matthäus, Markus, Lukas. Na, bitte!» Er hob das Blatt in die Höhe. Im Kerzenlicht schimmerten die drei Abdrücke wie frisches Blut. «Der Bund wechselt den Besitzer. Lady Campion Lazender ist bettelarm, und Sir Toby wird leben.»

Toby warf einen kurzen Blick auf den besiegelten Brief, richtete sich an den Soldaten und sagte: «Sie stellt für Euch keine Gefahr mehr dar. Lasst sie leben!»

Devorax legte das Schreiben auf den Tisch. «Du willst, dass sie lebt, mein Kleiner?»

Toby nickte.

Devorax gab sich nachdenklich. «Sie hat alles für dich geopfert. Was hättest du zu bieten?»

Toby schäumte vor Wut, sah sich aber außer Stande, Widerstand zu leisten. Er wusste, dass Vavasour Devorax nur noch auf das Hochwasser wartete und sich derweil amüsierte. Er hatte ihm nichts entgegenzusetzen. «Auch ich gäbe alles für sie», entgegnete er.

«Auch dein Leben?»

«Nein!», protestierte Campion.

«Würde sie geschont?», fragte Toby.

«Ja.» Devorax nickte den Männern hinter Toby zu, die auf dieses Zeichen gewartet hatten und den Gefangenen ergriffen. Sie waren ihm an Kraft überlegen, und er musste ohnmächtig mit ansehen, wie zwei weitere Soldaten aus Devorax' Truppe Campion vom Stuhl zerrten und zur steinernen Mauer der Scheune führten. Mit der Pistole in der Hand ging Vavasour Devorax auf sie zu. Er warf einen Blick zurück auf Toby und sagte: «Ich zähle bis drei, mein Kleiner. Dann erschieße ich deine Frau. Wenn du dich vor sie stellen möchtest, nur zu. Meine Männer werden dich begleiten.» Nur fünf Schritt von Campion entfernt, hob er die schwere Waffe und richtete die Mündung auf ihre Brust. «Bedenke, mein Kleiner, deine Frau ist arm wie eine Kirchenmaus. Du kannst sie hier sterben lassen und deiner Wege ziehen. Heirate eine vermögende Braut. Es gibt in England viele junge Witwen mit Geld.»

Campion starrte mit Schrecken in das schwarze Loch der

Mündung. Dann hob sie den Blick und schaute durch das hohe Fenster der Scheune. Ein einzelner Stern glitzerte am Himmel.

«Eins», knurrte Devorax.

Toby schrie und stemmte sich mit aller Kraft gegen die Männer, die ihn hielten, konnte ihnen aber nicht entweichen, um über Devorax herzufallen. Ebenezer grinste.

«Nein, Toby, nein!», rief Campion, als er sich ihr näherte, die beiden Schergen im Schlepptau.

«Doch.» Er lächelte und gab ihr einen Kuss. Ihre Lippen waren weich und kalt. «Ich liebe dich.»

«Zwei!»

Die Männer, die Toby und Campion gepackt hielten, suchten zu beiden Seiten Deckung. Um sie nicht zu gefährden, rückte Devorax zwei Schritte näher heran. Die Wachen grinsten. «Du kannst gehen, mein Kleiner. Eine Bettlerin als Frau wäre dir doch nur eine Last.»

Toby achtete nicht auf ihn. Er wollte seine Arme um sie schließen, wurde aber von den Schergen daran gehindert. Also beugte er sich wieder vor und gab ihr noch einen Kuss. «Ich liebe dich.»

«Drei.»

Devorax drückte ab. Ein Flammenstrahl und schwarzer Rauch zuckten aus der Mündung. Der Explosionsknall hallte dröhnend von den Mauern wieder, und Toby, der Devorax den Rücken zugekehrt hatte, glaubte, einen heißen Stich im Körper zu verspüren.

Der Schuss war ein Signal. Ebenezers Leibwachen schauten grinsend zu, und ehe sie sich versahen, waren Devorax' Männer über sie hergefallen. Alle sechs wurden im Handumdrehen entwaffnet und zu Boden geworfen.

Ein in Leder gehüllter Arm schnellte über Ebenezers

Schulter hinweg und griff nach seiner Pistole. «Keine Bewegung, Mr Slythe», knurrte einer von Devorax' Männern und drückte ihm von hinten ein Messer an den Hals.

Devorax senkte die rauchende Pistole und wandte sich Ebenezer zu. «Warum sollte ich überhaupt irgendjemanden an dem Bund beteiligen, Mr Slythe?»

Von den Wachen freigegeben, warf sich Campion Toby an die Brust. «Liebster!»

«Er ist unverletzt», rief Devorax und übertönte den Lärm und die Flüche der überwältigten Wachen. «Die Waffe war nur mit Pulver und Watte geladen. Lasst ihn los.»

Die Männer rückten von Toby ab, der mit Campion in den Armen herumfuhr und sich dem hochfahrenden, behelmten Soldaten zuwandte. «Was treibt Ihr für ein Spiel?»

Devorax lachte und warf die Pistole auf den Boden. «Ich musste mich davon überzeugen, dass Ihr den Bund auch wirklich verdient, Sir Toby. Er gehört Euch.» Er nahm den Helm vom Kopf und lachte über den verwunderten Ausdruck in den Gesichtern von Campion und Toby. «Ich bin Lopez' Mann. Das bin ich seit Jahren und werde es immer sein.» Sir Grenville hörte die Worte mit Entsetzen. Ebenezer starrte mit weitaufgerissenen Augen auf den großen Soldaten.

Devorax trat an den Tisch heran. «An die Siegel heranzukommen war mir nur durch Täuschung möglich. Aber ich will zugeben, dass mich auch Neugier zu dieser List hat greifen lassen.» Er hob das dreifach besiegelte Schreiben in die Höhe. «Ihr werdet ein über die Maßen großes Vermögen erben, Sir Toby, und ich habe mich gefragt, ob Ihr sie des Geldes wegen oder um ihrer selbst willen liebt. Kit Aretine hätte es nicht gefallen, wenn sein Schatz einem habgierigen Mann in die Hände gefallen wäre.» Er hielt das Papier über eine brennende Kerze. Es ging in Flammen auf, die den von

Pulverrauch geschwängerten Raum mit einem Male hell aufleuchten ließen. «Wärt Ihr nicht schützend vor Eure Frau getreten, Sir Toby, hätte ich Euch nicht mit ihr nach Holland reisen lassen.» Er ließ den brennenden Brief fallen und trat die Flammen mit dem Stiefelabsatz aus. Er schaute Campion an und sagte: «Ihr seid jetzt reich, gratuliere. Und Ihr werdet geliebt, was, wie mir scheint, ein größerer Segen ist.»

Devorax öffnete den Koffer und entnahm ihm eine Flasche und zwei Gläser, von denen er eines Toby reichte. «Ich meine gehört zu haben, dass Ihr einen guten Tropfen zu schätzen wisst. Wollt Ihr mit mir anstoßen?»

Campion und Toby standen immer noch Arm in Arm beieinander. Sie waren verwirrt. Der Pistolenschuss hallte ihnen noch in den Ohren. «Ihr seid Lopez' Mann?», fragte Campion.

«Natürlich bin ich das», antwortete Devorax. Er hatte beide Gläser mit Wein gefüllt. «Einen guten Freund lässt man nicht im Stich, und, glaubt mir, Mordecai Lopez ist ein guter Mann. Er hat ein Haus in London aufgegeben, um diese Siegel zusammenzuführen, und erachtet den Preis für Euer Glück gering. Kommt, stoßen wir auf die Siegel an.»

John Mason gab Toby sein Schwert und die Pistole zurück. Toby schien seine Fassung immer noch nicht zurückgewonnen zu haben. Er schnallte das Schwert um, steckte die Pistole in den Gürtel und führte Campion am Ellbogen zum Tisch. Sein Stuhl war umgekippt. Er bückte sich, um ihn aufzuheben, und blickte auf Ebenezers Männer, die sich, von allen Seiten bedroht, nicht zu rühren wagten. An Devorax gerichtet, sagte er: «Ich habe tatsächlich geglaubt, Ihr wolltet Campion töten.»

«Das dachten die beiden auch», erwiderte Devorax und nickte mit dem Kopf in die Richtung von Cony und Ebenezer. «Sonst wären sie nicht gekommen. Denkt darüber nach, Sir Toby. Wie hätte ich die Sache sonst einfädeln sollen?» Er hob die Flasche. «Für Euch war's gewiss nicht angenehm, aber mein Plan ist immerhin aufgegangen.» Er lachte und sah Campion an. «Lady Campion, bitte nehmt die Siegel an Euch. Ich habe ihretwegen viel Ärger gehabt und muss mich jetzt betrinken.»

Campion setzte sich. Devorax stellte ein Glas Wein vor ihr ab und reichte Toby das andere, als er sich neben sie setzte. Devorax prostete ihnen mit der Flasche zu. «Auf einen abwesenden Freund, auf Christopher Aretine.»

Campion nippte lächelnd am Glas, bemerkte, dass sie durstig war, und leerte es in einem Zug.

«Er wäre stolz auf Euch», sagte Devorax wehmütig.

Sie blickte zu ihm auf. «Wäre er das?»

«Auf Euch beide», antwortete er und schob Campion die drei Siegel hin. «Schade nur, dass das letzte Schmuckstück fehlt.»

Sie starrte auf die drei goldenen Zylinder. «Ja, schade.»

«Steckt sie ein, Lady Campion. Sie gehören Euch.»

Campion rührte sich nicht.

Devorax seufzte. «Sir Toby? Gebietet Eurer Frau, die Siegel an sich zu nehmen, und sei es nur zu meiner Entlastung. Ich werde alt und möchte nicht länger auf sie aufpassen müssen.»

Campion streckte die Hand aus und berührte die Goldstücke so vorsichtig, als fürchtete sie, sich daran verbrennen zu können. Dann aber griff sie entschlossen zu und nahm das Erbe ihres Vaters an sich. Matthäus, Markus und Lukas. Beil, geflügelter Löwe und geflügelter Stier. Sie streifte die Ketten über die Haube und ließ die Juwelen auf ihrem Umhang prangen. Cony und Ebenezer schauten zu.

Campion lauschte dem Rauschen der steigenden Flut. Sie erinnerte sich an das Gedicht, das ihr im Tower Trost gespendet hatte, und fragte sich, ob sie das Singen der Meerjungfrauen vernahm.

Auch Vavasour Devorax hörte die Brandung und lächelte den beiden zu. «Ihr werdet bald in See stechen. Wir warten nur noch darauf, dass das Beiboot des Schiffes nahe genug ans Ufer herankommen kann, um Euch an Bord zu nehmen.»

Campion betrachtete das von Narben verwüstete Gesicht. «Kommt Ihr nicht mit?»

«Nein.» Er schien zu lachen. «Ich muss hier noch aufräumen», sagte er mit Blick auf Sir Grenville und Ebenezer.

Campion schaute ihren Bruder an, doch ihre Frage war an Devorax gerichtet: «Ihr werdet ihn doch nicht auch töten?»

«Doch, das werde ich.»

Sie schüttelte den Kopf. «Nein.»

«Nein?», fragte Devorax überrascht.

Was immer Ebenezer getan hatte, war er doch ihr Bruder gewesen, und in seiner Niederlage sah er wieder aus wie in jungen Jahren. Devorax' erfolgreicher Hinterhalt hatte ihm das hochmütige Lächeln und die erst vor kurzem gewonnene Selbstsicherheit genommen. Er war wieder der, den Campion aus Werlatton kannte: ein unbeholfener, linkischer Junge, den sie zu lieben und vor einer Welt zu beschützen versucht hatte, die ohne Erbarmen war, insbesondere gegenüber verkrüppelten Menschen. «Nein. Er ist mein Bruder.»

Devorax zuckte mit den Achseln. «Ihr seid töricht.» Er nickte und sagte: «Ich lasse ihn leben, werde aber dafür sorgen, dass er sich an mich erinnert.» Campion wollte etwas sagen, doch er schnitt ihr das Wort ab: «Ich sagte, ich lasse ihn leben.»

Ein Soldat erschien in der Tür. «Oberst? Das Boot kommt.»

«Schon?» Devorax stellte die Flasche ab. Er nickte Campion zu. «Kommt, Ihr segelt jetzt nach Holland. Verabschiedet Euch von Sir Grenville. Ihr werdet ihn nie wiedersehen.»

Campion würdigte Cony keines Blickes. Von Toby am Ellbogen gestützt, stand sie auf. Sie blieb noch einen Moment stehen und lächelte Ebenezer an. «Auf Wiedersehen, Eb.»

Seine dunklen Augen waren voller Hass.

«Wir werden eines Tages Freunde sein», sagte sie immer noch lächelnd.

«Du wirst in der Hölle brennen, Dorcas», höhnte er.

Von Devorax' Männern bewacht, blieben die Gefangenen in der Scheune zurück, als Campion und Toby dem großen Soldaten in die mondlichte Nacht hinaus folgten. Zwei Soldaten trugen ihr Gepäck ans Ufer.

Die Wellen rauschten jetzt lauter. Campion sah die schäumende Brandung, einen weißen wogenden Streifen in der Dunkelheit. Sie zog den Umhang enger über die Siegel.

Devorax stand auf einer kleinen Landzunge, einem Ausläufer des Römerwalls, und blickte suchend aufs Meer hinaus. «Wir laufen diese Stelle häufig an.» Campion ahnte, dass er von den königlichen Spitzeln sprach, die zwischen der englischen Küste und Holland hin- und herpendelten. Er schien etwas gesehen zu haben. «Kommt!»

Seine Stiefel knirschten auf leeren Muschelschalen, als er sie am Wasser entlangführte. Der Geruch von Seetang hing in der Luft.

Campion entdeckte das große Schiff mit den schwachbeleuchteten Fenstern im Heckaufbau und davor ein kleines Boot, das aufs Ufer zuhielt. Das Wasser schäumte weiß, wo die Ruderblätter die Wellen durchschlugen. Devorax zeigte auf das große Schiff. «Das ist die *Wanderer*, Mordecais Schiff. Die Mannschaft ist ihm treu ergeben. Ihr könnt ihr vertrauen.»

«So wie wir Euch vertrauen konnten?», entgegnete Toby lächelnd.

Devorax lachte. «Gerade so.»

Campion schaute in das grimmige Gesicht. Das Mondlicht versilberte sein Haar, den Bart und die breite Schnalle seines Waffengurtes. «Danke für alles.»

«Seid Ihr's nicht schon müde, so häufig danksagen zu müssen?» Er lachte. «Verzeiht Ihr mir, Sir Toby?» Ohne auf eine Antwort zu warten, hob er Campion hoch und trug sie durch die Brandung zu dem kleinen Boot. Er begrüßte die Ruderer in einer fremden Sprache. Sie antworteten freudig und drehten bei. Devorax setzte Campion auf der Heckbank ab, die Gepäckstücke wurden eingeladen, und dann kletterte auch Toby über den Dollbord. Der Wind blies kalt über die Marschen von Essex und schleuderte Gischt über den Rand des schaukelnden Bootes.

Devorax blickte auf Campion herab. «Richtet Lopez aus, dass ich Cony getötet habe.»

Sie nickte.

«Und berichtet ihm alles, was geschehen ist.»

«Das werde ich.»

Devorax öffnete seine Ledertasche und warf Toby ein quadratisches Päckchen zu. «Das ist für Mordecai Lopez. Passt gut darauf auf und lasst es nicht nass werden.»

«Versprochen.»

Devorax ergriff Campions Hand, zog sie an sich und küsste sie. «Das Wetter ist günstig, Ihr werdet eine gute Überfahrt haben.» Er gab ihre Hand frei. Seine Männer waren schon zur Scheune zurückgekehrt. «Gott sei mit Euch.»

Die holländischen Seeleute legten sich in die Riemen. Gischt schäumte um den Bug.

Campion drehte sich um. Devorax stand noch immer in der Brandung. «Werden wir Euch wiedersehen, Oberst?»

«Wer weiß?» Seine Stimme klang wieder barsch. Das Boot nahm Fahrt auf und zog eine weißschimmernde Spur hinter sich her. Die Ruder knarrten in den Dollen.

Toby legte ihr den Arm um die Schultern. Es war bitterkalt auf dem Wasser. Zur Linken sah er, wie sich die Wellen, Reihe um Reihe, auf einer Sandbank brachen. Er drückte seine Frau an sich. «Ich bin froh, dass wir ihn nicht zum Feind hatten.»

«Das bin ich auch.» Sie spürte die Siegel unter ihrem Umhang. In sicherer Verwahrung und geschützt vor Feind und Krieg, sollten sie nun ihrer Bestimmung zugeführt werden, auf dass Campion das Vermögen des Vaters erbte, mit dem er sie schon vor so langer Zeit bedacht hatte. Sie verließ England.

Noch einmal schaute sie zurück, doch die Küste war kaum mehr zu erkennen. Vor dem Nachthimmel sah sie nur den spitzen Giebel der alten Scheune, sonst nichts. «Er hat mir einen Handkuss gegeben», sagte sie und lachte auf.

«Vielleicht mag er dich am Ende doch.»

Die Bootswand prallte an den Rumpf der *Wanderer*. Kräftige Hände halfen Campion an Bord des Schiffes, wo es nach Pech und Salz roch. Die Wanten klapperten im Wind.

Der Kapitän, ein bärtiger Mann mit freundlichem Lächeln, führte sie in eine geräumige, behaglich eingerichtete Kabine im Heck. Er gab ihnen warme Seemannskleider zum Anziehen, versprach, sie mit Suppe zu beköstigen, und zog sich zurück, um die Segel setzen zu lassen.

Campion schaute Toby in die Augen. Die beiden waren allein und blickten zurück auf das, was ihnen in dieser Nacht widerfahren war, auf die Schrecken, auf ihren Kuss unter der Bedrohung der auf sie gerichteten Pistole und auf den denkwürdigen Moment, als sich Devorax schließlich zu Lopez bekannt hatte. Campion lächelte. «Ich liebe dich.»

Über ihren Köpfen liefen bloße Füße übers Deck. «Ich liebe dich», sagte Toby. Er legte das Päckchen für Lopez auf den Tisch und hielt plötzlich inne.

Auf dem Einschlagpapier stand in Tinte ein Name geschrieben: «Lady Campion Lazender.»

«Es ist für dich bestimmt.»

Sie starrte lange auf das Päckchen, löste dann mit klammen Fingern die Verschnürung und brachte eine lackierte Holzschatulle zum Vorschein. Sie maß rund sechs Zoll im Quadrat und zwar an die fünf Zoll hoch. Ein feinziselierter Metallriegel diente als Verschluss.

Dass ein Ruck durch das Schiff ging, als der Anker gelichtet wurde, bemerkte sie nicht. Auch spürte sie nicht, wie sich das Schiff, vom Wind ergriffen, zur Seite neigte.

Sie öffnete den Deckel und ahnte schon, was sie darunter finden würde.

Die Schatulle war innen mit rotem Samt ausgeschlagen. In einem Kissen steckten vier runde Aushöhlungen für die vier Siegel. Drei davon waren leer. In dem vierten befand sich das Siegel des Apostels Johannes, umwickelt von einer goldenen Kette.

Campion öffnete eines der Kabinenfenster und schrie in die Nacht hinaus. Ihr Schrei klang wie der einer Möwe an einem verlassenen Strand. Sie schrie in Richtung der Marschen, dem dunklen Küstenstreifen entgegen. «Vater!»

Christopher Aretine hörte sie nicht. Er stand am Ufer und schaute dem Schiff nach, auf dem seine Tochter davonsegelte, in Sicherheit und von der Liebe begleitet, die er ihr selbst so gern gezeigt hätte. Er starrte über das Wasser hinaus, bis sich die dunklen Umrisse des Schiffes in der Nacht verloren.

Sie war das Ebenbild ihrer Mutter. Ihr Anblick rührte eine Flut von Erinnerungen an längst vergangene Zeiten auf, an ein wunderschönes Mädchen, an schmerzliches Sehnen und Hoffen, Freude, Glück und Liebe. Er hatte Campion die Wahrheit sagen wollen, sich aber nicht dazu durchringen können. Jetzt aber würde sie Bescheid wissen und zu ihm finden können, wenn sie es denn wollte.

Er wandte sich ab, watete durch die Wellen und bestieg den Erdwall. Er beneidete sie um ihre Liebe.

Aretine kehrte in die Scheune zurück. Seine Augen waren so gefühllos wie das Meer. Er hob die Weinflasche, nahm einen tiefen Schluck und richtete den Blick auf Sir Grenville. «Deine Zeit ist abgelaufen, Cony.»

Sir Grenville zuckte zusammen. Sein Bauch schmerzte, aber er hoffte noch immer. «Können wir nicht reden, Devorax?»

Der große Soldat lachte. «Devorax! Du hast mich also tatsächlich nicht wiedererkannt, wirst dich wohl aber noch erinnern an die Zeit, da du mich unter deine stinkenden Laken zu ziehen hofftest und mein Gesicht auf das des nackten Narziss hast malen lassen.» Devorax lachte über den vor Angst bebenden Fettwanst, der da vor ihm stand. «Gibt es das Gemälde noch, Cony? Ergötzt du dich noch immer daran?»

Cony zitterte am ganzen Körper.

Kit Aretine lächelte. «Ich bin aus Maryland zurückgekehrt, als der Krieg ausbrach, Cony. Ich habe gebetet, dass ich dich zum Feind haben werde.»

«Nein!» Es schien, als wäre dem Advokaten das Wort mit einem Fleischerhaken herausgerissen worden.

«Doch.» Aretine wandte sich Ebenezer zu, und seine Stimme war kälter als der Wind, der Campion davontrug. «Mein Name ist Christopher Aretine. Deine Schwester hat um Gnade für dich gebeten. Soll ich dich am Leben lassen?»

Ebenezer brachte keinen Ton hervor. Ihm war, als hätten sich seine Gedärme verflüssigt. Er erinnerte sich, wie dieser Mann mit schauriger Schlagkraft den Gehängten bei Tyburn zerhackt hatte.

Aretine kehrte beiden den Rücken zu. Seine Tochter hatte sich für Ebenezer eingesetzt, doch er war nicht gnädig gestimmt. Mit Blick auf seine Männer deutete er mit der Hand ringsum und sagte: «Tötet sie alle.»

Er verließ das alte steinerne Gebäude, das einst eine Kirche gewesen war, und hörte die Schreie, die um Gnade winselten, hörte das Gemetzel und schenkte ihm weiter keine Beachtung. Er stieg auf den Wall, blickte aufs Meer, dachte an seine so wohlgeratene Tochter und empfand Mitleid mit sich selbst. Er trank.

Campion weinte. «Er ist mein Vater.»

Toby starrte auf die Siegel, die nebeneinander auf dem Tisch lagen, und schüttelte den Kopf. «Wenn er es dir doch nur selbst gesagt hätte.»

Auf der Unterseite des Schatullendeckels standen die Worte: «Für Campion, in der Empfindung, die ich für Liebe halte. Dein Vater, Devorax, Aretine, Kit.» Campion schüttelte den Kopf. «Ich verstehe nicht.»

Sie nahm das Siegel des Apostels Johannes zur Hand. Sein Symbol war der Giftkelch, mit dem Kaiser Domitian den Heiligen zu töten versucht hatte. Um den Stil des Kelches wand sich die Schlange, dank derer das Gift unschädlich gemacht worden war.

Im Siegel des Apostels Matthäus hatte sich zu Matthew

Slythes Abscheu ein Kruzifix befunden, eine nackte Frauengestalt steckte Sir Grenville zum Spott im Markus-Siegel und ein silbernes Schwein in Mordecai Lopez' Lukas-Siegel.

Versteckt im Inneren des Johannes-Siegels fand Campion den Schrecken ihres Vaters: einen winzigen silbernen Spiegel, in dem er sich selbst betrachten konnte.

Das Schiff segelte durch die Nacht, seine Last war die Liebe.

**Marina Fiorato
Die Glasbläserin von Murano**

Venezianisches Glas: kostbar wie Gold. Um sein Geheimnis zu wahren, wurden die Glasbläser auf die Insel Murano verbannt. Fast vierhundert Jahre später stößt die junge Leonora Manin auf das Erbe ihrer Familie. Sie ahnt nicht, wie eng die Vergangenheit mit ihrer eigenen Zukunft verknüpft ist ...
rororo 24400

Historische Romane
Jahrhunderte der Liebe und Romantik

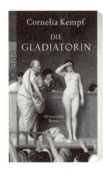

**Cornelia Kempf
Die Gladiatorin**

Die germanische Sklavin Anea wird zur Gladiatorin ausbildet und muss in der Arena gegen Männer und Löwen kämpfen. Sie überrascht alle durch ihre Stärke und Unerschrockenheit – doch sie ahnt nicht, dass der härteste Kampf ihr noch bevorsteht ... rororo 24470

**Sabine Wassermann
Die Teufelsmalerin**

Mainz 1631: Seit 13 Jahren wütet der große Krieg, Hexenfurcht geht um in deutschen Landen, und der Malerstochter Henrietta wird bei Todesstrafe verboten, den Pinsel zu führen. Doch ihr Vater ist schwerkrank, und sein Meisterwerk wartet auf die Vollendung. Da besetzen die Schweden die Stadt ... rororo 24491

Weitere Informationen in der Rowohlt Revue *oder unter* www.rororo.de